MW00466263

Dello stesso autore nel catalogo Einaudi

Natalia Ginzburg
Cinque romanzi brevi
e altri racconti

Introduzione di Cesare Garboli

Einaudi

© 1964 e 1993 Giulio Einaudi editore s.p.a., Torino

Prima edizione «Supercoralli» 1964

www.einaudi.it

ISBN 88-06-17680-3

Apparso nei Supercoralli trent'anni fa, *Cinque romanzi brevi* occupa nella storia della produzione narrativa della Ginzburg un posto di grandissima importanza. Libro, da una parte, editorialmente inventato, perché nato dall'esigenza di sfruttare il grande successo di *Lessico famigliare* (Premio Strega 1963), offrendo in un solo volume ad alto prezzo tutta o quasi la produzione piú o meno «giovanile» di uno scrittore dai titoli fino allora sparsi e discreti e dalle tirature limitate; e libro, al contrario, di segno intellettuale, dove la creatività letteraria rivolge delle domande a se stessa, libro «segreto» che trascina il lettore nei retroscena di un processo di laboratorio. Sotto questo aspetto, *Cinque romanzi brevi* liquida una fase di ricerca e ne apre un'altra. Circoscrive una parabola e sanziona la fine di un ciclo. Definisce e consacra uno scrittore, e lo consegna per sempre a quella infida e seconda vita che gli sarà data dal pubblico; quella vita apparentemente vittoriosa, non si sa quanto desiderabile, che comincia quando i sogni degli scrittori si avverano e la loro giovinezza finisce.

La prima ad accorgersi della grande importanza, della delicatezza e del pericolo rappresentati da un libro gettato sul mercato per esigenze editoriali fu la stessa Ginzburg. Fu lei, con ogni probabilità, a infoltire un libro già di per sé abbastanza misto, fatto di cinque storie stilisticamente eterogenee, con una manciata di racconti che sono come il solfeggio, i primi, timidi tentativi di un artista cucciolo (*Un'assenza, Casa al mare, Mio marito*) o, come nel caso del racconto *La madre*, esercizi di qualità piú matura, piú raffinata, ma pur sempre di scuola. Che cosa si nascondesse dietro la volontà della Ginzburg è chiaro: il bisogno di dare a tutta la propria produzione narrativa «prima del *Lessico*» (a eccezione del romanzo *Tutti i nostri ieri*) il senso di un itinerario, di un percorso forse confuso, cieco, ma che aveva portato, nella sua cecità, e con una sua oscura coerenza, verso un traguardo. A questo fine, la Ginzburg scrisse per la ristampa in volume unico dei *Cinque romanzi brevi* una Nota, come lei la chiamava, o una Prefazione (come la chiamò l'editore) di forte impianto saggistico, dove a spadroneggiare sono gli stessi protagonisti del *Lessico famigliare* (l'io e la memoria), e dove il laborioso *iter* che ha portato la Ginzburg dai primi tentativi ancora puerili fino al trionfo del *Lessico* viene interpretato, decifrato e riepilogato in termini di autobiografia letteraria non meno storica che formale.

Questa Nota, o questa Prefazione, rappresenta nella storia della Ginzburg qualcosa di piú di una svolta; uno spartiacque, la presa di coscienza che divide in due il destino di uno scrittore. Prima di questa Nota, la Ginzburg aveva rivolto a se stessa delle ansiose e tormentose domande di «narratologia»: come scrivere, se partire da se stessi o dal mondo, e quando usare la prima persona o la terza, e se raccontare di cose, luoghi, fatti, psicologie che si conoscono o che s'ignorano. Per anni, per i trenta lunghi anni di apprendistato che vanno da *Un'assenza* (1933) al *Lessico* (1963), la Ginzburg si era arrovellata intorno al «punto di vista» del narratore, che è il modo – non uno dei tanti ma il piú cruciale – di legittimare l'immaginario: dove, in quale punto mettersi per guardare il mondo e rappresentarlo in termini attendibili (non imputabili, dice la Ginzburg, di «casualità»). A un tratto, il «punto di vista» si era presentato spontaneamente. Nel momento in cui la prima persona della Ginzburg diventa anagrafica (*Lessico famigliare*), e il punto di vista del Narratore va a coincidere con l'io di Natalia Ginzburg in carne e ossa, il nesso tra immaginazione e realtà si snebbia quasi per miracolo, e la confusione diventa chiarezza. A rendere inscindibili i due momenti, e a farli portatori di una stessa realtà insieme illuminata e cieca, è la condizione femminile, presupposto di conoscenza «bassa», dove l'ottusità animale si unisce a un'intelligenza occhiuta, tesa, per partorire i propri strumenti, nello sforzo di uscire dalla pigrizia e dal letargo. Per una sorta di predestinazione (per quel destino che si nasconde nelle vocazioni autentiche e irresistibili) la Ginzburg è stata chiamata a rispondere sulla propria carne, fino a un diapason di contraddizione e lacerazione, di questo buio intreccio tra animalità e intelligenza. Le oscure esigenze che spingono la giovane Ginzburg a scrivere storie di madri e figli, mariti e mogli, fratelli e sorelle, non accettano di farsi confinare nel regno della narrazione e dell'immaginazione. Esse chiedono un altro conforto, un altro appello, una ricognizione mentale, il soccorso e il paragone della coscienza. Chiedono di essere interpretate, decifrate in secondo grado al di là della letteratura che hanno prodotto. Ma il prezzo pagato dalla Ginzburg per volare nelle regioni alte della letteratura, facendo leva cocciutamente, eroicamente, esclusivamente sull'oscurità delle viscere (su un pensiero che rifiuta le ali, che non vuole e non può alzarsi da terra) è stato altissimo. Nel conto delle perdite va computato anche l'arbitrio dell'immaginazione. Fin dai primi passi, come testimonia il libro che abbiamo tra le mani, il Narratore puro si definisce nella Ginzburg come uno scrittore destinato a rileggersi. Dunque, un Narratore-saggista.

Come espressione letteraria autonoma, il saggismo ginzburghiano ha una data di nascita ufficiale: *Le piccole virtú* (1961), gran libro di filosofia morale piú o meno coevo dell'ultimo dei romanzi qui riuniti, *Le voci della sera* (1962). Ma, come ripensamento della propria attività creativa, come ritratto di se stessa allo specchio, il nesso tra il saggista e il romanziere s'inaugura con la Prefazione ai *Cinque romanzi brevi*, esercizio severo, accanito, quasi furente di critica stilistica, e insieme sguardo retrospettivo gettato sui vecchi strumenti di un'officina narrativa in disarmo. L'intento non è di demolire i propri romanzi giovanili, ma di farne altrettante tappe, altrettante stazioni di una metafora. Tra i tanti modi di leggere un libro imprecisabile come *Lessico famigliare*, c'è anche quello di scorgervi, ben nascosta sotto i ricordi d'infanzia, un'allegoria della vita adulta. Come tanti Pinocchi, i *Cinque romanzi brevi*, a eccezione dell'ultimo, che è il preludio, la prova generale del *Lessico*, giacciono disarticolati sotto lo sguardo di chi li contempla ormai trasformato e rinato. Sguardo senza compiacenza, ma anche memore e grato ai passi e agli sbagli compiuti; sguardo spietato ma non impietoso. L'autocritica della Ginzburg è severissima, ma non tanto da non indicare, in mezzo alla confusione e agli errori del principiante, anche le piste lungo le quali ha preso forma una vocazione imperiosa. Si direbbe che il narratore diventato critico dia senso, retrospettivamente, e armonizzi ciò che in primo grado era solo un ronzare di frasi e accenti romanzeschi, di situazioni in attesa d'intreccio, concerto di voci melodiche provenienti da voraci letture dei russi in traduzione: il Čechov piú drammatico e Dostoevskij, soprattutto, anche se il fanciullesco e ozioso protagonista di *Un'assenza* sembra debitore, nella sua sindrome regressiva, all'eterno bisogno d'infanzia di Oblomov. Ma non potrei giurare che la Ginzburg conoscesse Gončarov già nel 1933. Del resto, questa ragazza sa benissimo divinare anche i possibili romanzi russi non ancora o mai scritti. È posseduta dai russi, innamorata dei russi, e li imita senza nessuno sforzo, con la naturalezza che regala l'amore. Protagonista assoluto è l'orecchio, che ripete e modula il fraseggio delle traduzioni, imitate nelle inflessioni dei dialoghi, nell'abbandono dei personaggi a stati di psicologia profonda poi subito rinnegati, nelle disperazioni improvvisamente coscienti e altrettanto improvvisamente dimenticate, nei destini inutilmente complicati e nelle tragedie senza perché. Soltanto in vista di *Mio marito* i russi si ritirano per far posto, mi sembra, a Maupassant, soprattutto al Maupassant di *Une vie*, dove si ritrova il rapporto tra le due donne, la cittadina e la contadina. A volte, come nel racconto *La madre*, si sente nella Ginzburg il bisogno d'infoltire la rappresentazione e di pigiarne gli elementi moltiplicandoli in uno spazio ristretto, riempiendo l'angusta superficie del quadro di tanti particolari minuziosamente lavorati e studiati, come faceva il giovane Rembrandt di *Anna e Tobia*, o, che so, del cosiddetto *Cambiavalute*: segno di insicurezza, di puerilità, ma anche di gran gusto romanzesco. Ma al tempo della *Madre*, nel 1948, il concerto dei russi era già finito da un pezzo. Esso tacque di colpo non appena la Ginzburg cominciò *La strada che va in città*, il breve romanzo che inaugura la serie qui riunita. In questa ottantina di pagine non è facile trovare dei modelli. La Ginzburg vi appare intera e diritta come poi sarà sempre: tutta lei, e solo lei.

Aspro, pungente, pieno di sapori nuovi come un frutto appena un po' acerbo, *La strada che va in città* è uno dei libri piú belli di Natalia Ginzburg. È un libro senza rughe: non perde mai di freschezza, e mantiene intatta, a ogni rilettura, attraverso gli anni, la sua ruvidezza selvatica e adolescente. È un libro dai tanti significati possibili, dove tutto si svolge in penombra, negli angoli, di nascosto, e tutto è in pieno sole e in primo piano. Di solito lo si annette a quell'area di manierismo pavesiano-contadino promosso dalle traduzioni di romanzi americani di cui è esempio, a tacere di *Paesi tuoi*, la nota antologia *Americana* compilata in quegli anni da Elio Vittorini per l'editore Bompiani. E la presenza di una certa America in traduzione è confermata dalla stessa Ginzburg, col suo richiamo alla grande fortuna in Italia di *Tobacco's road*. Ma basterebbe grattare un po' sotto la superficie per incrinare questo tenace luogo comune. Può sembrare strano, ma c'è uno stretto parallelismo tra la carpenteria famigliare, la piccola folla di voci, gli spazi e le nicchie assegnate a ciascun personaggio del breve romanzo e la sapiente, animata orchestrazione di due libri di memoria come le *Voci della sera* e perfino *Lessico famigliare*. A volte si ha quasi l'impressione che il primo dei romanzi della Ginzburg sia la sinopia irriconoscibile di quei due libri famosi. L'interesse rivolto al vivere insieme, ai legami di sangue, all'odio e all'amore che si creano nella promiscuità di una tana anticipa il tema dei libri piú tardi. Perfino il rapporto tra le due sorelle, la nubile e la maritata, Delia e Azalea, si lascia leggere come il precedente di quello tra Natalia e Paola nel *Lessico*. Uguale è l'attenzione prestata alle apparenze, alla futilità, agli atteggiamenti, ai vestiti dietro i quali la vita si nasconde e si manifesta. Si tratta, naturalmente, di parallelismo speculare, sepolto sotto una forte opposizione di tono e di stile. Il senso di marcia è invertito: là, nei libri piú tardi, la scoperta della memoria è una forma di riconciliazione, segna il ritorno al grembo, e scrivere è far pace col mondo; qui, nel libro di esordio, scrivere è incontrare il mondo, sputare se stessi, rompere con la tana e proiettarsi verso la crudeltà dell'ignoto. La semplicità di schema con cui la Ginzburg ha raccontato la voglia, la fretta, la gioia, la fatalità, il bisogno di diventare adulti ha già la forza, in sé, e la forma di una narrazione compiuta, perché chiama in causa, fisiologicamente, il tempo: *La strada che va in città* è la storia di una gravidanza, seguita passo passo dai suoi antefatti alla sua conclusione, senza che mai ci venga insinuato il sospetto che sia questo l'argomento cui bisogna prestare attenzione.

In una lettera a Silvio Micheli del 31 gennaio 1946, la Ginzburg si lascia andare a una confidenza: «le ho mandato una copia della *Strada che va in città*. È un libro che tante volte mi piace, ma tante volte mi sembra futile e freddo». La stessa incertezza, piú o meno con le stesse parole, verrà espressa vent'anni dopo nella No-

ta ai romanzi brevi: «Non so se mi piacesse. O meglio mi piaceva
fino all'inverosimile perché era mio; soltanto mi sembrava che in
fondo non dicesse nulla di speciale». I rapporti della Ginzburg col
suo romanzo d'esordio non furono mai facili. Ma qualcosa cambiò
dopo la raccolta delle *Opere complete* nel Meridiano Mondadori.
Non so perché, forse da qualche piccolo indizio, mi sono formato
la convinzione che negli ultimi anni la Ginzburg giudicasse *La strada che va in città* uno dei suoi libri migliori, e non solo il piú amato.
Non si può dire lo stesso del piú drammatico dei romanzi di questa
serie, *È stato cosí*. C'era una corda tragica, nella gioventú della
Ginzburg, una corda dal suono ottuso e sordo che ha preso forma
in *È stato cosí* ed è poi ritornata a farsi sentire, dopo tanti anni,
inaspettata, tenace, e anche piú acuta, in certe azioni e situazioni
del suo repertorio teatrale. Su *È stato cosí* (che avrebbe dovuto in-
titolarsi, in un primo tempo, «Storia senza destino», e prima ancora, «Un passo nell'ombra») la Ginzburg non ha nessuna di quelle
inquietudini, di quelle preoccupazioni che le dà una figlia incomprensibile come *La strada che va in città*. Ha le idee molto chiare.
«So dove è vivo e dove non è *casuale*. Ma so dove è *casuale*» – certezza da laboratorio, che non si cura di sciogliere o penetrare un
mistero. *È stato cosí* è una confessione, un grido, ma anche una
strana scommessa, perché non si può impostare un romanzo su una
voce cosí debole e appena sussurrata, dandogli poi delle tinte cosí
forti. La Ginzburg lo scrisse «per essere un po' meno infelice», e
lo giudicava un romanzo per donne: «Non succede quasi niente. Si
sparano, ma nient'altro. Pavese non l'ha letto. L'ha letto Mila al
quale è piaciuto, poi l'hanno letto delle donne. È un libro per le
donne» (a Silvio Micheli, Natale 1946). È un romanzo dai ritmi
veloci, velocissimi, anzi, all'approssimarsi del passaggio piú cupo,
quasi vorticosi, come se al flusso delle parole fosse impressa un'ac-
celerazione da convoglio senza piú comandi. Un'analoga e para-
dossale convergenza di ritmo veloce e di adagio disperato era stata
sperimentata dalla Ginzburg in un piccolo racconto coevo poi andato disperso, *Estate*, che, per le sue affinità con *È stato cosí*, ho
suggerito all'editore d'inserire in questa raccolta.

Se lo si confronta col romanzo d'esordio, *È stato cosí* presenta
piú di una novità: aumentano la densità e lo spessore (lavorato a
maglie strette, direbbe la Ginzburg) a detrimento degli incantevoli

e naturali giochi d'aria che sono il fascino della *Strada che va in città*. Sistematica diventa la dignità narrativa accordata a particolari insignificanti dotati di grande valore semiotico: atteggiamenti, abbigliamenti di cui la realtà si veste, spie e cifre magicamente parlanti, quasi tutte riconducibili all'ambito della percezione femminile del mondo, dal «culo come un cavolfiore» che identifica una donna rivale al futuro che potrebbe di colpo schiarirsi e riservare delle sorprese se aiutato da una piccola spinta, da come si entra in scena: «A San Remo m'avrebbe prestato il suo vestito da sera di tulle scollato nella schiena con due rose celesti sulla spalla». Mentre si viaggia immersi nel piú completo stato confusionale, questi correlativi accendono e trasmettono a intermittenza dei segnali rivelatori. È il nesso tra queste due polarità – confusione emotiva, chiarezza metaforica – a spingere avanti il racconto. *La strada che va in città* si snodava in allegro, saltava di qua e di là; *È stato cosí* ha le gambe pesanti, il passo è veloce ma plumbeo. Il tema è lo stesso: l'impatto della Ragazza col mondo, il bisogno, l'imperativo di uscire dall'infanzia come ci si libera da un torpore e ci si disintossica da un veleno. La Ginzburg giovanile è tutta diversa da come ci è apparsa nei libri piú noti, anzi, simmetricamente speculare; è una Ginzburg infanticida, ribelle alla famiglia e all'infanzia: il suo problema è bruciare le tappe, entrare nel mondo, misurarsi con la dura legge delle esperienze fisiologiche e esistenziali. Il rapporto col mondo è il rapporto con l'Altro, e l'Altro da sé è per definizione il maschio, l'uomo (il marito, il diverso col quale si deve convivere). Questa proiezione verso la vita adulta, sempre a ridosso di gesti estremi, si manifesta con quella febbre di libertà, quel brivido, quella percezione confusa del «tutto è possibile» che hanno le sindromi esistenzialiste (non c'è da stupirsi, i tempi erano quelli). Cosí uno stesso tema si spezza in due e si divarica in due stili diversi. Impenetrabile sensibilità alla tragedia in *È stato cosí*, romanzo depresso e angosciato, e un sottile, crudele ma lieto senso della realtà nel bell'allegretto fisiologico del romanzo d'esordio.

Col sopravvenire degli anni Cinquanta, i drammi e i conflitti si placano. La Ginzburg della *Strada che va in città* e di *È stato cosí* è uno scrittore che aggredisce il mondo, e lo investe con la veemenza di domande perentorie e assolute. La Ginzburg di *Valentino* e *Sagittario* è uno scrittore ormai maturo, che organizza storie di am-

biente e di psicologia torinese con sapiente curiosità. Ma la Ginzburg è un romanziere atipico, uno scrittore per definizione speri-
mentale. Ricomincia sempre daccapo, a ogni luna, e non si ferma
mai dove arriva. L'ultimo dei cinque romanzi brevi è portatore di
una novità lirica e musicale del tutto inattesa. L'autore delle *Voci
della sera* è uno scrittore che ha deciso non solo di nascondersi, ma
di sparire. Tutto quello che la Ginzburg è stata fino allora non le
interessa piú. Non le interessa né litigare col mondo né interrogarlo. Lo scrittore si eclissa, si mette da parte, in un angolo, e ascolta
il coro di tante voci disperse, il fraseggio lasciato nell'aria da tutta
la vita che non è stata sua. Non c'è piú bisogno di farsi domande.
Il loro grido non si sente piú, si è perso come un volo di uccelli
mentre la vita correva e diventava adulta. In gioco non è piú l'Altro, ma il Sé, la musica del Sé.

                                                    CESARE GARBOLI

[1993].

Il racconto *Estate*, qui per la prima volta raccolto in volume, fu pubblicato
da Natalia Ginzburg sulla rivista viareggina «Darsena nuova» nel fascicolo di
marzo 1946. È stato ristampato di recente nel fascicolo 508-510 di «Paragone». Il carteggio con Silvio Micheli è stato illustrato da Luigi Surdich nella sua
relazione al Convegno ginzburghiano di San Salvatore Monferrato nel maggio
1993. Alcuni estratti sono stati editi da Marcello Ciccuto («Documenti e studi», rivista lucchese dell'Istituto storico della Resistenza, giugno 1992); e due
lettere, rispettivamente del 31 gennaio e 26 febbraio, si leggono nella loro in-
tegrità nel già citato fascicolo di «Paragone».

Cinque romanzi brevi
e altri racconti

I racconti compresi in questo volume, sono stati scritti nell'ordine cronologico seguente:

Un'assenza, Torino, luglio 1933;
Casa al mare, Torino, luglio 1937;
Mio marito, Pizzoli (Abruzzo), maggio 1941;
La strada che va in città, Pizzoli, settembre-novembre 1941;
È stato cosí, Torino, ottobre 1946 - gennaio 1947;
La madre, Torino, novembre 1948;
Valentino, Torino, febbraio 1951;
Sagittario, Roma, gennaio-febbraio 1957;
Le voci della sera, Londra, aprile 1961.

Un'assenza è il primo racconto vero che io scrissi. Avevo scritto, in precedenza, una profusione di poesie; e avevo incominciato molti racconti, fermandomi dopo le prime tre o quattro righe. Avevo anche scritto e portato a termine dei romanzi: ma in età infantile. Piú andavo oltre nell'adolescenza, e meno mi riusciva, non dico di portare a termine un romanzo, o un racconto, ma proprio di superare le prime tre righe.

Il mio nume era Cecov. Avevo però altri innumerevoli numi, che anch'essi mi accompagnavano dal mattino alla sera, protettori e interlocutori invisibili a cui sottoponevo e destinavo costantemente, dentro di me, non solo il mio desiderio di scrivere ma ogni mio pensiero, ogni mia azione ed ogni mia abitudine; protettori i cui libri io non leggevo, ma piuttosto succhiavo come un bambino succhia il latte della balia, studiandomi di suggere e penetrare il segreto della prosa.

Tutti quei racconti cominciati e interrotti dopo quattro righe, avevano generato in me una totale sfiducia nella mia capacità di portare a termine qualcosa, per cui quando mi diedi a scrivere

Un'assenza tremavo dalla paura di fermarmi prima della fine. Scritta *Un'assenza* non ricordo se lo giudicai un bel racconto, ma ero trasecolata dall'orgoglio e dallo stupore per averlo finito. Ricordo tuttavia che pensai ch'era un vero racconto, un racconto « per adulti » (pensai proprio cosí, « per adulti ») e mi dissi che ero forse un « enfant prodige ». Avevo diciassette anni. L'idea d'essere forse un « enfant prodige » non mi colmò tuttavia di superbia e di giubilo, perché soffrivo per molte profonde mortificazioni e malinconie, fra cui quella di esser timida, di avere pochi amici e brutti vestiti e di essere una cattiva scolara. Scritta *Un'assenza* non guarii dalla timidezza, e nulla trapelò nel mio comportamento che tradisse l'alta opinione che m'ero fatta del mio scrivere. Ma devo dire a mio scorno che quest'idea segreta d'essere un « enfant prodige » io me la portai dentro per molti e molti anni, anche quando da un pezzo ogni traccia di prodigio e d'infanzia era svanita da me.

Dopo *Un'assenza*, scrissi e portai a termine molti racconti. Qualche racconto potei pubblicarlo su riviste o giornali. Mi rendo conto, ripensando a quegli anni, che io allora vivevo pensando costantemente al mio scrivere. Mi flottavano sempre per la testa non solo personaggi e racconti, ma anche titoli di racconti: di alcuni racconti non possedevo null'altro che il titolo, ma avere il titolo d'un racconto mi sembrava già una ricchezza, un titolo era per me un racconto potenziale. Ebbi in testa per molti anni il titolo *Vicenda*, e non so dire quanti racconti disparatissimi incominciai con questo titolo, distruggendoli perché non mi sembravano degni d'una simile parola indistinta e meravigliosa; e quando me ne andavo per la strada ed ero contenta per qualche ragione, mi dicevo: « E poi scriverò anche il racconto *Vicenda* », e mi rallegravo alle stagioni felici che riserbava l'avvenire per me.

I miei numi, a quel tempo, erano per lo piú stranieri. Non conoscendo io nessuna lingua straniera salvo il francese, tanto Cecov come molti altri miei numi li leggevo in traduzione; ma questo non m'importava tanto perché non mi curavo dello stile; quello che mi stava a cuore era imparare il modo di condurre e articolare una storia, il modo di maneggiare e illuminare la realtà. E siccome appunto i miei numi erano stranieri, mi dolevo d'esser nata in Italia e d'abitare a Torino, perché quello che avrei voluto descrivere nei miei libri era la Prospettiva Nevskij, mentre invece mi trovavo costretta a descrivere il Lungo Po. E questo mi sembrava una grande mortificazione. Il nome della città di Torino non suscitava nessuna eco melodiosa nel mio cuore, ma invece mi confinava nelle angustie della mia esistenza quotidiana, evocandone la banalità e lo squallore. Inoltre i miei personaggi non potevano chiamarsi Sonia o Sascia, ma dovevano, per forza di cose, chiamarsi Maria o Giovanna. E io ne soffrivo e mi sembrava che i miei personaggi fossero, dalla nascita, condannati; relegati dal nome che portavano in una condizione di svantaggio.

Tuttavia m'accorsi che, a mano a mano ch'ero trascinata sull'onda dello scrivere, scordavo l'amarezza di non vivere a Mosca o a Pietroburgo e m'accorsi che i miei personaggi, pur chiamandosi per forza di cose Maria o Teresa, mi piacevano lo stesso. E avevo ormai scoperto definitivamente che non potevo fingere di vivere a Pietroburgo, vivendo ahimè, come vivevo, a Torino. Era assolutamente impossibile. Ma potevo – ed è quello che feci – non precisare il luogo dove i miei personaggi vivevano, situarli nell'indeterminato. Cosí, quando camminavo per le vie di Torino, mi figuravo d'essere a Pietroburgo, città che non avevo mai veduto se non nell'immaginazione; e cercavo di isolare gli aspetti che potevano avere in comune Pietroburgo e Torino (il grigiore, la nebbia, i carretti, le pozzanghere, i mucchi di neve) per descrivere nei miei racconti quegli aspetti e quegli aspetti soltanto, per liberare il mondo dei miei personaggi d'ogni precisazione piemontese e mortificante, e farli vivere in una nebulosa indeterminatezza geografica, indeterminatezza che mi pareva l'unica condizione in cui quei miei personaggi potessero crescere e moltiplicarsi.

C'era un'altra cosa che mi pesava nello scrivere ed era il mio ambiente sociale. Non amavo il mio ambiente sociale. Ero figlia d'un professore d'università. La professione di mio padre mi sembrava, non so perché, inaccettabile: mi sembrava, tra le professioni, la piú inadatta a generare scrittori. Avrei voluto che mio padre fosse o un principe, o un contadino; e che noi fossimo o molto ricchi, o molto poveri. E invece la mia famiglia non era né molto ricca, né molto povera: noi eravamo, ahimè, dei borghesi. E per giunta, eravamo ebrei: cosa che mi sembrava anche questa mi relegasse lontanissimo dal mondo della poesia, perché non sapevo di nessun scrittore che fosse insieme e ebreo, e di famiglia borghese, e figlio d'un professore, e cresciuto in Piemonte: sapevo sí che Kafka era ebreo, ma lui comunque non era cresciuto in Piemonte: tutto l'insieme delle circostanze che s'intrecciavano sulla mia persona, mi sembrava costituire un impedimento al fatto che io diventassi mai un vero scrittore. Io non avrei mai potuto – perché sempre di piú capivo che si può raccontare soltanto quello che si conosce, quello che si conosce dal di dentro, e come sia difficile descrivere una condizione sociale diversa dalla nostra, difficile, quasi impossibile, impossibile come figurarsi un personaggio che viva sulle rive del Danubio, della Neva o del Don – non avrei mai potuto raccontare né di contadini, né di principi; non sapevo né la vita dei molto ricchi, né la vita dei molto poveri; e per di piú ero ebrea e per quanto la mia famiglia non fosse per nulla osservante, noi eravamo però per questo in una condizione particolare e diversa dagli altri: come immaginare la vita degli altri da un angolo cosí ristretto, cosí particolare e inconsueto? L'unica cosa che potevo fare era figurarmi la vita della famiglia d'un medico: perché questa vita doveva essere non troppo lontana e dissimile dalla mia. E difatti in quei miei racconti la professione che attribuivo ai miei personaggi, era per lo piú quella del medico: essendo mio padre professore di medicina. Ma io avrei voluto che mio padre fosse invece, almeno, un medico condotto di campagna. Avrei voluto vivere in provincia, o in campagna.

Da bambina, avevo desiderato di poter portare l'intera mia vita in un libro: scrivere un grande libro che contenesse, giorno per giorno, l'intera mia vita, insieme a quella delle persone che erano intorno a me. Ma da bambina amavo la mia vita; e ora invece, nell'adolescenza, la detestavo. Perciò ora, nell'adolescenza, pur avendo ben capito che si possono raccontare soltanto le cose che si conoscono dal di dentro, non volevo che nulla di me si riflettesse nei miei racconti, nulla di me e della mia vita; volevo che i miei racconti, benché nutrendosi puramente di quello che io conoscevo com'era necessario e inevitabile, fossero tuttavia proiettati in un mondo impersonale e da me distaccato, nel quale non era possibile scorgere traccia di me. Avevo un sacro orrore dell'autobiografia. Ne avevo orrore, e terrore: perché la tentazione dell'autobiografia era in me assai forte, come sapevo che avviene facilmente alle donne: e la mia vita e la mia persona, bandite e detestate, potevano irrompere a un tratto nella terra proibita del mio scrivere. E avevo un sacro terrore di essere « attaccaticcia e sentimentale », avvertendo in me con forza un'inclinazione al sentimentalismo, difetto che mi sembrava odioso, perché femminile: e io desideravo scrivere come un uomo.

Una volta una persona mi disse una cosa che mi fece un'impressione profonda. Questa persona era un pittore e stava, un pomeriggio, dipingendo su una terrazza. Aveva capelli castani ricciuti e un grande profilo aquilino e roseo, e dipingeva incurvando le labbra e socchiudendo un occhio. Era grande, roseo e calmo, e il quadro che dipingeva era roseo, con rocce rosa e verdi e rivoli rosa. Aveva, nel dipingere, un gesto largo, libero e pacato, un respiro pacato e profondo. Io lo ammiravo molto e mi sembrava l'impersonificazione del mondo adulto, mondo dal quale ancora mi sentivo esclusa. Continuando a dipingere e socchiudendo ogni tanto un occhio per osservare il suo quadro, lui mi disse che i racconti che io scrivevo non erano affatto brutti; erano però *casuali.* Cioè io non sapevo nulla della realtà, ma tiravo a indovinare: mi muovevo in un mondo ancora irreale, che è il mondo degli adolescenti, e gli oggetti che descrivevo e le vicende che raccontavo erano veritieri e reali solo in apparenza, ma io non ne conoscevo il vero peso e il vero significato, li avevo agguantati *per caso,* pescando a caso nel vuoto. Rimasi folgorata dalla verità di queste parole. Difatti io scrivevo *per caso,* spiando la vita degli altri ma senza capirla bene e senza saperne nulla, tirando a indovinare e *fingendo di sapere.* Perciò poteva succedermi – questo lui non l'aveva detto ma mi era sembrato trapelasse nelle sue parole – poteva succedermi che il giorno in cui cessassi di essere *casuale,* cioè il giorno in cui entrassi a far parte del mondo adulto, perdessi totalmente ogni facoltà di scrivere. Cioè quando le parole acquistassero per me il loro significato e il loro peso vero, io potevo trovarmi troppo debole per saperle adoprare.

Allora mi sforzai di scrivere non piú *per caso.* Ma non era facile. Diventai sospettosa e fiutavo e orecchiavo ogni parola che m'accadeva di scrivere, per vedere se non fosse *casuale.* Se scrivevo di un giardino o di un bosco, mi prendeva subito il dubbio che quel giardino o quel bosco non esistessero veramente in me, che di loro a me importasse nulla o molto poco. Ma poi smisi di fiutare ogni parola perché, se mi fermavo a fiutare cosí ogni parola, a un certo punto non scrivevo piú nulla. E poi mi feci adulta e scopersi che il pericolo d'essere *casuale* lo correvo lo stesso. Perché non si trattava d'un vizio dell'adolescenza, ma piuttosto d'un vizio del mio spirito. Ero abile nel gioco della simulazione e della finzione: ero abile nel fingere di amare quello che mi era in verità indifferente: ero abile nel tirare a indovinare e nel *fingere di sapere.*

Mi stupisce ricordare ora quanto io pensassi, in quegli anni, al mio scrivere. A poco a poco, diventando adulta, sempre meno pensai allo scrivere: e oggi, non ci penso affatto. Allora mi flottavano sempre in testa idee di racconti. Oggi non possiedo nessuna idea, mai; penso a tutt'altro, penso sempre a tutt'altro, fino al giorno in cui mi metto a scrivere: quando mi metto a scrivere, oggi come allora, mi calo a fondo nella storia che scrivo. Ma uso vivere senza piú una sola storia nella testa, non una: non sento piú nella testa quel perenne, indistinto e dolce flottare. E una volta usavo pensare che ero colpevole, se non scrivevo: e anche quando non avevo voglia di far nulla e mi sentivo arida e vuota, mi costringevo a tentare di scrivere. Oggi non mi sento in colpa se non scrivo, non cerco mai di scrivere se non ne ho voglia, non guardo piú le cose e la gente pensando che potrei metterle in un racconto, non vado mai architettando frasi e articolando racconti e se ripenso a quel che ero a vent'anni, tutto in me si è cosí trasformato che trovo difficile riconoscermi, e quando mi metto a scrivere ritrovo, sí, la felicità di allora, ritrovo quella grande felicità ma non piú quel piacere fresco e intatto che sentivo una volta, quel piacere fresco di toccare e muovere cose che non avevo mai mosso e toccato, ritrovo una grande felicità ma non piú quel vivo e fresco piacere.

Un'assenza, Casa al mare e Mio marito sono soltanto tre dei numerosi piccoli racconti che scrissi fra i diciassette e i ventidue anni. Quando scrissi Casa al mare mi parve d'aver raggiunto l'apice della freddezza e del distacco. Non sognavo che la freddezza e il distacco, e quel racconto mi sembrava ammirevole: eppure qualcosa in tutto quel distacco mi disgustò. Per sembrare un uomo, avevo addirittura finto, in quel racconto, d'essere un uomo: cosa che non ho mai piú fatto e che non rifarò mai. Avevo però scoperto la prima persona, il grande piacere di scrivere in prima persona, piacere a me sconosciuto fino a quel giorno. Mio marito lo scrissi di nuovo in prima persona ma si trattava, questa volta, di una donna: avevo però pensato una donna quanto piú possibile diversa e lontana da me. A quel tempo, come ho detto, guardavo sempre le persone pensando che le avrei messe in un racconto. Dopo aver scritto Mio marito mi accorsi che il medico di quel racconto assomigliava come una goccia d'acqua, nei tratti, al medico dei miei bambini: persona che avevo guardato senza mai pensare che potevo metterlo in un racconto. S'era insinuato nel racconto senza che io lo sapessi. Mi accorsi allora che entravano nei miei racconti non quelli che io decidevo che dovessero entrarvi, ma altri che avevo guardato con occhio distratto. Quel medico, l'avevo guardato distrattamente pensando solo di servirmene come medico, e non certo come personaggio: e cosí capii che lo sguardo non distratto che io davo agli esseri umani, proponendomi di usarli per il mio mondo poetico, in un certo senso li sciupava, li avvizziva e li rendeva inservibili come personaggi; quello sguardo non distratto, ma utilitario e interessato li consumava, logorando in essi immediatamente ogni vita poetica. Entravano invece, non richiesti, altri su cui il mio sguardo s'era appena posato o su cui s'era posato, com'era il caso di quel pediatra, intensamente ma per dei motivi che non concernevano in nulla il mio scrivere.

Mio marito lo scrissi nel maggio del '41, a Pizzoli, paese della campagna abruzzese. In vita mia non avevo mai abitato in campagna. Avevo soggiornato sí in campagna ma per villeggiatura. Pizzoli era un luogo di confino e vi andai quando l'Italia entrò in guerra. Ci rimasi tre anni. Avevamo una casa sulla piazza del paese e dalle finestre, di là dalla piccola piazza dove c'era una fontana, vedevo orti, colline e pecore. Le donne con gli scialli neri che ci sono nel racconto *Mio marito* eran quelle che passavano e ripassavano, in groppa agli asini, lungo i sentieri che salivano alle colline o scendevano, tra le vigne, giú al fiume. Il grido acuto che incitava gli asini echeggiava costantemente su quei sassosi sentieri, grido gutturale e rauco, e mi chiedevo come avevo fatto a vivere per tanti anni senza sapere che esistesse quel grido. Potevo riandarmene via dal paese quando volevo, perché non ero io confinata, bensí mio marito, ma non era facile per me partire e non m'allontanai di là se non due o tre volte e per pochi giorni, in tre anni. Quel paese lo amavo e lo detestavo. Avevo sempre una nostalgia pungente di Torino, città dov'ero cresciuta e che m'era sempre parsa stupida e piatta, e che ora vedevo bellissima nel ricordo, con i larghi viali dove i tram passavano dondolando e scampanellando, e dove quell'acuto grido gutturale, amato e detestato, non si udiva mai.

Cominciai a scrivere *La strada che va in città* nel settembre del '41. Mi flottava in testa il settembre, il settembre della campagna in Abruzzo non piovoso ma caldo e sereno, con la terra che diventa rossa, le colline che diventano rosse, e mi flottava in testa la nostalgia di Torino, e anche forse *La via del tabacco* che avevo letto, mi pare, a quel tempo e mi piaceva un poco, non molto. E tutte queste cose si confondevano e si rimescolavano dentro di me. Desideravo scrivere un romanzo, non piú solo un racconto breve. Soltanto non sapevo se avrei avuto abbastanza fiato.

Cominciando a scrivere, temevo che fosse, di nuovo, solo un racconto breve. Però nello stesso tempo temevo che mi venisse troppo lungo e noioso. Ricordavo che mia madre, quando leggeva un romanzo troppo lungo e noioso, diceva «Che sbrodolata». Prima d'allora non mi era mai capitato di pensare a mia madre quando scrivevo. E se ci avevo pensato, sempre mi era sembrato che non m'importasse nulla della sua opinione. Ma adesso mia madre era lontana e io ne avevo nostalgia. Per la prima volta sentii il desiderio di scrivere qualcosa che piacesse a mia madre.

Per non sbrodolare, scrissi e riscrissi piú volte le prime pagine, cercando di essere il piú possibile asciutta e secca. Volevo che ogni frase fosse come una scudisciata o uno schiaffo.

Personaggi veri non affatto richiesti entrarono nella storia che avevo pensato. Veramente non so se avevo proprio pensato una storia. Scopersi che un piccolo racconto bisogna averlo in testa come in un guscio, ma un lungo racconto, a un certo punto si sgomitola tutto da solo, quasi *si scrive da sé*. Io mi ero fermata a lungo sulle prime pagine, ma dopo le prime pagine presi la rincorsa e tirai dritto d'un fiato.

I miei personaggi erano la gente del paese, che vedevo dalle finestre e incontravo sui sentieri. Non chiamati e non richiesti eran venuti nella mia storia: e alcuni li avevo subito riconosciuti, altri li riconobbi soltanto dopo che ebbi finito di scrivere. Ma in loro si mescolavano – anch'essi non chiamati – i miei amici e i miei piú stretti parenti. E la strada, la strada che tagliava in mezzo il paese e correva, tra campi e colline, fino alla città di Aquila, era venuta anche lei dentro alla mia storia della quale io ancora non sapevo il titolo, perché dopo avere avuto per anni tanti titoli nella testa, ora che scrivevo un romanzo non sapevo che titolo dargli. Quando ebbi finito il mio romanzo (cosí lo chiamavo in me) contai i personaggi e vidi che erano dodici. Dodici! Mi sembrarono molti. Tuttavia mi disperai perché in verità non era un romanzo, ma null'altro che un racconto un po' lungo. Non so se mi piacesse. O meglio mi piaceva fino all'inverosimile perché era mio; soltanto mi sembrava che in fondo non dicesse nulla di speciale.

La strada era, dunque, la strada che ho detto. La città era insieme Aquila e Torino. Il paese era quello, amato e detestato, che abitavo ormai da piú d'un anno e che ormai conoscevo nei piú remoti vicoli e sentieri. La ragazza che dice « io » era una ragazza che incontravo sempre su quei sentieri. La casa era la sua casa e la madre era sua madre. Ma in parte era anche una mia antica compagna di scuola, che non rivedevo da anni. E in parte era anche, in qualche modo oscuro e confuso, me stessa. E da allora sempre, quando usai la prima persona, m'accorsi che io stessa, non chiamata, non richiesta, m'infilavo nel mio scrivere.

Non diedi nessun nome né al paese, né alla città. Sentivo sempre quell'antica avversione ad usare nomi di luoghi reali. E anche usare nomi di luoghi inventati, allora mi ripugnava (lo feci piú tardi). Cosí anche sentivo una profonda avversione per i cognomi: i miei personaggi non avevano mai cognome. Non so se ancora giocasse in me il rammarico d'essere nata in Italia, e non sulle rive del Don. Ma credo piuttosto che allora io sentissi come una spinta a cercare un mondo che non fosse situato in un punto speciale dell'Italia, un mondo che potesse essere insieme nord e sud. E in quanto ai cognomi, mi ci vollero anni e anni per liberarmi dell'avversione ai cognomi: e non credo d'esserne del tutto libera neppure oggi.

Quando ebbi finito quel romanzo, scopersi che se c'era in esso qualcosa di vivo, nasceva dai legami d'amore e di odio che mi legavano a quel paese; e nasceva dall'odio e dall'amore in cui s'erano accoppiati e rimescolati, nei personaggi, la gente del paese e i miei parenti stretti, amici e fratelli: e mi dissi ancora una volta che io non dovevo raccontare nulla che mi fosse indifferente o estraneo, che nei miei personaggi dovevano sempre celarsi persone vive a cui ero legata da vincoli stretti. Apparentemente non mi legavano vincoli stretti alla gente del paese, che incontravo passando e che era entrata in quella mia storia: ma stretto era il vincolo d'amore e di odio che mi legava all'intero paese; e nella gente del paese s'erano mescolati i miei amici e fratelli. E pensai che questo significava scrivere non *per caso*. Scrivere *per caso* era lasciarsi andare al gioco della pura osservazione e invenzione, che si muove fuori di noi, cogliendo a caso fra esseri, luoghi e cose a noi indifferenti. Scrivere non *per caso* era dire soltanto di quello che amiamo. La memoria è amorosa e non è mai *casuale*. Essa affonda le radici nella nostra stessa vita, e perciò la sua scelta non è mai *casuale*, ma sempre appassionata e imperiosa. Lo pensai; ma poi lo dimenticai, e in seguito ancora per molti anni mi diedi al gioco dell'oziosa invenzione, credendo di poter inventare dal nulla, senza amore né odio, trastullandomi fra esseri e cose per cui non sentivo che un'oziosa curiosità.

Il titolo *La strada che va in città* non fui io a trovarlo. Fu mio marito. Il libro uscí nel '42 con pseudonimo, e nel paese, nessuno seppe che io avevo scritto e stampato un libro.

Quando scrissi *È stato cosí* erano passati sei anni. Non rileggevo mai *La strada che va in città*, un po' perché l'avevo molto riletto quand'era uscito, ma soprattutto perché mi ricordava un'epoca in cui ero stata felice, e il paese: paese al quale non tornavo mai e che mi sembrava lontano e remoto come l'India o la Cina, ed era vero che era lontano e remoto, anzi in un certo senso non esisteva piú che nella mia memoria: perché se vi fossi ritornata, non avrei potuto ritrovarvi nulla della persona che ero quando vi abitavo e nulla della felicità in cui vi avevo vissuto; le strade per le quali ci si arrivava erano per me sconvolte e interrotte.

Scrivendo *La strada che va in città* volevo che ogni frase fosse come una scudisciata o uno schiaffo. Invece quando scrissi *È stato cosí* mi sentivo infelice e non avevo né la voglia né la forza di schiaffeggiare o di scudisciare. Si penserà che avessi voglia di sparare, dato che questo racconto comincia con un colpo di pistola: ma no. Ero del tutto senza forze, e infelice.

Scrissi questo racconto per essere un po' meno infelice. Sbagliavo. Non dobbiamo mai cercare, nello scrivere, una consolazione. Non dobbiamo avere uno scopo. Se c'è una cosa sicura è che è necessario scrivere senza nessuno scopo.

Il colpo di pistola è nato dal caso. Desideravo scrivere e trovai un colpo di pistola, e gli andai dietro. Ma il colpo di pistola non risponde a una reale necessità della storia. La storia scorre a malgrado e al difuori di esso. Il colpo di pistola dovrebbe essere soltanto un proposito. Sarebbe stato giusto se quella donna non avesse sparato, ma avesse immaginato di sparare. Mi si chiederà perché includo nel volume questo racconto, se, come è chiaro, non mi piace piú. Ma in realtà non è vero che non mi piace; so dove è vivo e dove non è *casuale*. Ma so dove è *casuale*. Quando lo scrissi avevo la mente confusa e annaspavo nel buio, e difatti ciò che è ancora vivo nel racconto è proprio, in quella donna, il buio, il confondere e l'annaspare.

Ero tornata a vivere a Torino. Avevo ritrovato Torino, la nebbia, il grigio inverno e i muti viali dalle panchine deserte. Questo racconto *È stato cosí* lo scrissi quasi tutto nella sede della casa editrice dove allora lavoravo. Era subito dopo la guerra e c'erano stufe di terracotta molto fumose, perché gli impianti dei termosifoni, distrutti nella guerra, non funzionavano ancora. Questo racconto è intriso di fumo, di pioggia e di nebbia. Che cosa mi flottasse in testa oltre al fumo e alla nebbia, non so. Mi flottava in testa vagamente un romanzo americano letto molti anni prima in una traduzione francese: il titolo francese era *Chair de ma chair*; il titolo inglese era *Mother's cry*: non ricordo l'autore. Dirò qui che a volte possiamo essere spinti a scrivere non da libri che ci piacciono molto, ma da libri che non ci piacciono affatto. Essi giungono a noi per strade oscure, toccando corde segrete, colmandoci di lagrime e di commozione forse volgari e ignobili, ma a quella commozione e a quelle lagrime, che sgorgano da noi mentre il nostro giudizio permane ostile, dobbiamo l'impulso a scrivere.

Riguardo a *Chair de ma chair*, ricordo che era un romanzo dove una donna dice di suo figlio che finisce sulla sedia elettrica. Era un romanzo tutto senza virgole. E io non avevo voglia di metter le virgole. Spiego perché. Le virgole sono come dei passi. I passi sono fatica e io non avevo voglia di far fatica, sentendomi senza forze non volevo camminare, ma sedermi e sdrucciolare giú. Perciò scrissi *È stato cosí*, romanzo quasi senza virgole, ma pure finii col metterci alcune virgole e anche finii col fare un po' di fatica, la fatica di comporre e architettare una tenue storia, perché mentre scrivevo pensai che senza fatica non si fa nulla. Forse il colpo di pistola al principio corrisponde alla sedia elettrica del romanzo americano. Mentre scrivevo non mi curai di sapere se nella donna che dice « io » c'ero o non c'ero io stessa. Perché ero molto infelice e lasciavo che la mia infelicità pascolasse dove le pareva.

Qualcuno quando uscí quel racconto mi disse: « Se tu fossi piú felice, avresti scritto un racconto piú bello ». Tacqui perché pensavo che era vero. Era sí vero ma era anche piú vero che non si trattava per me di diventare meno infelice, ma di riuscire a scrivere a malgrado della mia infelicità e senza curarmene, senza lasciare che intorbidasse e ammalasse le cose che scrivevo. Ma per riuscire a questo è necessario che l'infelicità non sia in noi un'interrogazione lagrimosa e ansiosa, bensí una consapevolezza assoluta, inesorabile e mortale.

Negli anni che seguirono, a poco a poco io smisi di pensare allo scrivere. Ci pensavo soltanto quando scrivevo. Scrissi *La madre* nel '48, *Valentino* nel '51. Scrissi questi due racconti senza che prima mi flottasse nulla in testa, nulla. Vivevo – e vivo – senza idee di racconti.

Nel '52 scrissi *Tutti i nostri ieri*, romanzo quasi lungo di cui non parlerò qui. Dirò soltanto che in esso i miei personaggi avevano perduto la facoltà di parlarsi. O meglio si parlavano, ma non piú in forma diretta. I dialoghi in forma diretta m'erano venuti in odio. Qui si svolgevano in forma indiretta, intersecati strettamente nel tessuto della storia; e il tessuto connettivo della storia era stretto, come una maglia lavorata troppo stretta e fitta, che non lascia filtrare l'aria. Nel '57 scrissi *Sagittario*, racconto anch'esso totalmente privo di dialoghi. *Sagittario* ha due difetti. Il primo è che anche qui il tessuto è troppo stretto e fitto, molto di piú che non in *Tutti i nostri ieri*; e il secondo è che la storia è troppo architettata. Ricordo che dovetti faticare nel comporre ed articolare la storia. Ne riportai un senso di fatica. Ora c'è una certa misura di fatica in tutto ciò che scriviamo, ma è necessario che questa misura di fatica non sia superata mai. O meglio la fatica di quando scriviamo dev'essere fatica naturale e felice, ma non dev'esser mai la fatica triste e fredda del pensiero. Il pensiero, quando fatica, non diventa piú grande, ma piú piccolo. Diventa piccolo come un insetto. Il suo sforzo è quello d'una formica che lavora al suo formicaio. È necessario scrivere e pensare col cuore e col corpo, e non già con la testa e col pensiero.

Nel '61, scrissi *Le voci della sera*. Vivevo a Londra da due anni. Passavo le mattinate a leggere vecchi numeri della « Stampa » e di « Paese sera ». Cercavo, in quei giornali, nomi di strade di Torino e di Roma, dove accadevano incidenti e delitti. Non riuscivo a leggere i giornali inglesi. Leggevo però, in inglese, tutti i romanzi di Ivy Compton Burnett. Sono romanzi dove non c'è che dialogo: un dialogare pervicace e maligno. Mi piacevano. Avrei voluto poter incontrare Ivy Compton Burnett, anziana signorina che abitava, m'avevan detto, nel mio quartiere. Tuttavia m'avevano anche detto che non era interessante incontrarla, perché parlava solo del tempo, e di frigoriferi. Ma io amavo i suoi libri e avrei voluto, una volta, parlare di frigoriferi con lei.

Uscivo di casa. La mia casa era situata fra Holland Park e Notting-Hill Gate. Io mi dirigevo verso Notting-Hill Gate. Facevo spese in un negozio che si chiamava « Delikatessen store » e che era tenuto da un polacco. Si vedevano, in vetrina e sul banco, in mezzo alle scatolette, dei pani di segala e dei grandi piatti di crauti. Rientravo incontrando sulla mia strada vecchiette, che potevano anche essere Ivy Compton Burnett. Avevo una pungente nostalgia dell'Italia.

Cominciai *Le voci della sera* proponendomi di scrivere un raccontino di due o tre pagine. Dopo la prima pagina pensai che avrei scritto un racconto lungo, forse lunghissimo. Vidi a un tratto sorgere in quel racconto, non chiamati, non richiesti, i luoghi della mia infanzia. Erano le campagne del Piemonte e le vie di Torino. Io tutta la vita m'ero vergognata di quei luoghi, li avevo banditi dal mio scrivere come una paternità inaccettabile; e quando essi si erano affacciati nei miei racconti, io in fretta li avevo mascherati, cosí in fretta che nemmeno me n'ero accorta; e li avevo mascherati cosí bene che io stessa li riconoscevo a stento. Ma ora invece me li ritrovavo là, a Londra, generati dalla nostalgia, sposati chissà come ai dialoghi di Ivy Compton Burnett, malinconici perché lontani ma insieme cosí festosi, cosí cristallini e limpidi! Non ci pensai nemmeno a mascherarli: questa volta non l'avrebbero tollerato. E dai luoghi della mia infanzia scaturivano le figure della mia infanzia, e dialogavano, fra loro e con me. Ne provai grande gioia. Dalla gioia, non facevo che andare a capo; andavo a capo a ogni frase. Chi mai m'avesse impedito di andare a capo in quegli anni, visto che andando a capo provavo quella gioia matta, non so.

C'era ben poco da inventare, e non inventai. O meglio inventai ma l'inventare scaturiva dalla memoria, e la memoria era cosí risoluta e felice che si liberava senza sforzo di quello che non le rassomigliava. Usavo cognomi. Ero cosí contenta e cosí libera che usavo cognomi, tanto mi sembrava insignificante la mia antica ripugnanza ai cognomi, tanto mi era semplice lasciarmi indietro tutte le antiche avversioni e le antiche vergogne.

Nel '62 scrissi *Lessico famigliare*, romanzo che non includo in questo volume. Ero a Roma di nuovo; e avevo, adesso, la nostalgia di Londra. Perché la nostalgia si sposa sempre al desiderio di scrivere.

Lessico famigliare è un romanzo di pura, nuda, scoperta e dichiarata memoria. Non so se sia il migliore dei miei libri: ma certo è il solo libro che io abbia scritto in stato di assoluta libertà. Scriverlo era per me del tutto come parlare. Non m'importava piú niente delle virgole, delle non virgole, della maglia larga, della maglia stretta: niente, niente. Non avevo piú nessuna specie di ribrezzo o di avversione. E soprattutto non mi domandai neppure una volta se scrivevo *per caso*. Il caso era totalmente esulato da me.

Cosí arrivai alla pura memoria: vi arrivai a passi di lupo, prendendo vie traverse, dicendomi che le fonti della memoria erano quelle a cui non dovevo mai bere, l'unico luogo al mondo in cui dovevo rifiutarmi di andare. E non so se scriverò ancora altri libri: ma so che se scrivessi ancora dovrei ritrovarmi in quello stato di assoluta e pura libertà.

Ho scritto questa prefazione un poco per rintracciare le ragioni che in questi anni mi hanno governato nel mio scrivere, ma anche perché, ripubblicando i miei vecchi libri, mi sembrava triste non aggiungervi nulla di nuovo. Se non vi avessi aggiunto qualcosa di nuovo, ripubblicare i miei vecchi racconti non m'avrebbe dato alcun piacere.

NATALIA GINZBURG

Novembre 1964.

Cinque romanzi brevi

La strada che va in città

« Le fatiche degli stolti saranno il loro tormento,
poiché essi non sanno la strada che va in città ».

Il Nini abitava con noi fin da quando era piccolo. Era figlio d'un cugino di mio padre. Non aveva piú i genitori ed avrebbe dovuto vivere col nonno, ma il nonno lo picchiava con una scopa e lui scappava e veniva da noi. Finché il nonno morí e allora gli dissero che poteva stare sempre a casa.

Senza il Nini eravamo cinque fratelli. Prima di me c'era mia sorella Azalea, che era sposata e abitava in città. Dopo di me veniva mio fratello Giovanni, poi c'erano Gabriele e Vittorio. Si dice che una casa dove ci sono molti figli è allegra, ma io non trovavo niente di allegro nella nostra casa. Speravo di sposarmi presto e di andarmene come aveva fatto Azalea. Azalea s'era sposata a diciassette anni. Io avevo sedici anni ma ancora non m'avevano chiesta. Anche Giovanni e anche il Nini volevano andarsene. Solo i piccoli erano ancora contenti.

La nostra casa era una casa rossa, con un pergolato davanti. Tenevamo i nostri vestiti sulla ringhiera delle scale, perché eravamo in molti e non c'erano armadi abbastanza. «Sciò sciò, – diceva mia madre, scacciando le galline dalla cucina, – sciò sciò...» Il grammofono era tutto il giorno in moto e siccome non avevamo che un disco, la canzone era sempre la stessa e diceva:

> Mani di vellutòo
> Mani profumatée
> Un'ebbrezza datée
> Che dire non sòo.

Questa canzone dove le parole avevano una cadenza cosí strana piaceva molto a ciascuno di noi, e non facevamo che ripeterla nell'alzarci e nel metterci a letto. Giovanni e il Nini dormivano nella camera accanto alla mia e la mattina mi svegliavano battendo tre colpi nel muro, io mi vestivo in fretta e scappavamo in città. C'era piú di un'ora di strada. Arrivati in città ci si lasciava come tre che non si conoscessero. Io cercavo un'amica e passeggiavo con lei sotto i portici. Qualche volta incontravo Azalea, col naso rosso sotto la veletta, che non mi salutava perché non avevo il cappello.

Mangiavo pane e aranci in riva al fiume, con la mia amica, o andavo da Azalea. La trovavo quasi sempre a letto che leggeva romanzi, o fumava, o telefonava al suo amante, leticando perché era gelosa, senza badare affatto che ci fossero i bambini a sentire. Poi rientrava il marito e anche con lui leticava. Il marito era già piuttosto vecchio, con la barba e gli occhiali. Le dava poca retta e leggeva il giornale, sospirando e grattandosi la testa. – Che Dio mi aiuti, – mormorava ogni tanto fra sé. Ottavia, la serva di quattordici anni, con una grossa treccia nera arruffata, col bimbo piccolo in collo, diceva sulla porta: – La signora è servita –. Azalea s'infilava le calze, sbadigliava, si guardava a lungo le gambe, e andavamo a metterci a tavola. Quando suonava il telefono Azalea arrossiva, sgualciva il tovagliolo, e la voce di Ottavia diceva nell'altra stanza: – La signora è occupata, chiamerà piú tardi –. Dopo il pranzo il marito usciva di nuovo, e Azalea si rimetteva a letto e subito s'addormentava. Il suo viso diventava allora affettuoso e tranquillo. Il telefono intanto suonava, le porte sbattevano, i bambini gridavano, ma Azalea continuava a dormire, respirando profondamente. Ottavia sparecchiava la tavola e mi chiedeva tutta spaventata che cosa poteva succedere se « il signore » avesse saputo. Ma poi mi diceva sottovoce, con un sorriso amaro, che del resto « il signore » anche lui aveva qualcuno. Usciva. Aspettavo la sera su una panchina del giardino pubblico. L'orchestra del caffè suonava e io guardavo con la mia amica i vestiti delle donne che passavano, e vedevo passare anche il Nini e Giovanni, ma non ci dicevamo niente. Li ritrovavo fuori di città, sulla strada polverosa, mentre le case s'illuminavano dietro di noi e l'orchestra del caffè suonava piú allegramente e piú forte. Camminavamo in mezzo alla campagna, lungo il fiume e gli alberi. Si arrivava a casa. Odiavo la nostra casa. Odiavo la minestra verde e amara che mia madre ci metteva davanti ogni sera e odiavo mia madre. Avrei avuto vergogna di lei se l'avessi incontrata in città. Ma non veniva piú in città da

molti anni, e pareva una contadina. Aveva i capelli grigi spettinati
e le mancavano dei denti davanti. – Sembri una strega, mammà,
– le diceva Azalea quando veniva a casa. – Perché non ti fai fare
una dentiera? – Poi si stendeva sul divano rosso nella stanza da
pranzo, buttava via le scarpe e diceva: – Caffè –. Beveva in fretta
il caffè che le portava mia madre, sonnecchiava un poco e se ne
andava. Mia madre diceva che i figli sono come il veleno e che mai
si dovrebbero mettere al mondo. Passava le giornate a maledire
a uno a uno tutti i suoi figli. Quando mia madre era giovane, un
cancelliere s'era innamorato di lei e l'aveva portata a Milano. Mia
madre stette via qualche giorno, ma poi ritornò. Ripeteva sempre
questa storia, ma diceva che era partita sola perché si sentiva stanca
dei figli, e il cancelliere se l'erano inventato in paese. – Non fossi
mai ritornata, – diceva mia madre, asciugandosi le lagrime con le
dita su tutta la faccia. Mia madre non faceva che parlare, ma io
non le rispondevo. Nessuno le rispondeva. Solo il Nini le rispondeva ogni tanto. Lui era diverso da noi, benché fossimo cresciuti
insieme. Benché fossimo cugini non ci assomigliava di viso. Il suo
viso era pallido, che neanche al sole diventava bruno, con un ciuffo
che gli cascava sugli occhi. Portava sempre in tasca dei giornali
e dei libri e leggeva continuamente, leggeva anche mangiando e
Giovanni gli rovesciava il libro per fargli dispetto. Lo raccoglieva
e leggeva tranquillo, passandosi le dita nel ciuffo. Il grammofono
intanto ripeteva:

> Mani di vellutòo
> Mani profumatée

I piccoli giocavano e si picchiavano e mia madre veniva a
schiaffeggiarli, e poi se la prendeva con me che stavo seduta sul
divano invece di venire ad aiutarla coi piatti. Mio padre allora le
diceva che bisognava tirarmi su meglio. Mia madre si metteva a
singhiozzare e diceva che lei era il cane di tutti, e mio padre prendeva il suo cappello dall'attaccapanni e usciva. Mio padre faceva
l'elettricista e il fotografo, e aveva voluto che anche Giovanni imparasse da elettricista. Ma Giovanni non andava mai quando lo
chiamavano. Di soldi non ce n'erano abbastanza e mio padre era
sempre stanco e rabbioso. Veniva in casa un momento e se ne andava subito, perché era un manicomio la casa, diceva. Ma diceva
che non era colpa nostra se eravamo venuti su tanto male. Che la

colpa era sua e di mia madre. A vederlo mio padre pareva ancora
giovane e mia madre era gelosa. Si lavava bene prima di vestirsi,
e si metteva della brillantina sui capelli. Non avevo vergogna di
lui se lo incontravo in città. Anche il Nini a lavarsi ci prendeva
gusto, e rubava la brillantina a mio padre. Ma non serviva e il
ciuffo gli ballava sugli occhi lo stesso.

Una volta Giovanni mi disse:

– Beve grappa il Nini.

Lo guardai stupita.

– Grappa? ma sempre?

– Quando può, – disse, – tutte le volte che può. Ne ha portata
anche a casa una bottiglia. Se la tiene nascosta. Ma l'ho trovata e
me l'ha fatta assaggiare. Buona, – mi disse.

– Il Nini beve grappa, – ripetevo tra me con stupore. Andai
da Azalea. La trovai sola in casa. Era seduta al tavolo in cucina e
mangiava un'insalata di pomodori, condita con aceto.

– Il Nini beve grappa, – le dissi.

Alzò le spalle con indifferenza.

– Bisogna pure fare qualche cosa, per non annoiarsi, – disse.

– Sí, ci si annoia. Perché ci si annoia cosí? – domandai.

– Perché la vita è stupida, – mi disse, spingendo via il piatto. –
Che cosa vuoi fare? Uno si stanca subito di tutto.

– Ma perché ci si annoia sempre tanto? – dissi al Nini la sera,
mentre tornavamo a casa.

– Chi si annoia? Io non mi annoio per niente, – disse e si mise
a ridere prendendomi il braccio. – Dunque ti annoi? e perché?
tutto è cosí bello.

– Cosa è bello? – gli chiesi.

– Tutto, – mi disse, – tutto. Tutto quello che guardo mi piace.
Poco fa mi piaceva passeggiare in città, ora cammino in campagna
e anche questo mi piace.

Giovanni era avanti a noi qualche passo. Si fermò e disse:

– Lui ora va a lavorare in fabbrica.

– Imparo a fare il tornitore, – disse il Nini, – cosí avrò dei
soldi. Senza soldi non ci posso stare. Ci soffro. Mi basta avere
cinque lire in tasca per sentirmi piú allegro. Ma i soldi, quando
uno li vuole, deve rubare o deve guadagnarseli. A casa non ce
l'hanno mai spiegato bene. Si lamentano sempre di noi, ma cosí

tanto per passare il tempo. Nessuno ci ha mai detto: va' e taci. Questo bisognava fare.

– Se mi avessero detto: va' e taci, li avrei sbattuti a calci fuori della porta, – disse Giovanni.

Sulla strada incontrammo il figlio del dottore che tornava dalla caccia col suo cane. Aveva preso sette o otto quaglie, e me ne volle regalare due. Era un giovanotto tarchiato, con dei gran baffi neri, che studiava medicina all'università. Lui e il Nini si misero a discutere, e Giovanni dopo mi disse:

– Il Nini il figlio del dottore se lo mette in tasca. Il Nini non è uno come tanti, non importa se non ha studiato.

Ma io ero tutta contenta perché Giulio m'aveva regalato le quaglie, e m'aveva guardato e aveva detto che un giorno si doveva andare insieme in città.

Adesso era venuta l'estate e cominciai a pensare a tutti i miei vestiti per rifarli. Dissi a mia madre che mi occorreva della stoffa celeste, e mia madre mi chiese se credevo che avesse i portafogli dei milioni, ma io allora le dissi che mi occorreva anche un paio di scarpe col sughero e non potevo far senza, e le dissi: – Maledetta la madre che t'ha fatto –. Mi presi uno schiaffo e piansi una giornata intera chiusa in camera. Il denaro lo chiesi a Azalea, che in cambio mi mandò al numero venti in via Genova a domandare se Alberto era in casa. Saputo che non era in casa, ritornai a portarle la risposta ed ebbi il denaro. Per qualche giorno io rimasi in camera a cucire il vestito, e quasi non mi ricordavo piú com'era la città. Terminato il vestito lo indossai e uscii a passeggio, e il figlio del dottore mi si mise subito accanto, comperò delle paste e le andammo a mangiare in pineta. Mi domandò che cosa avevo fatto chiusa in casa per tutto quel tempo. Ma gli dissi che non mi piaceva che la gente badasse ai miei affari. Allora mi pregò di non essere tanto cattiva. Poi fece per baciarmi e io scappai.

Stavo sdraiata tutta la mattina sul balcone di casa, perché il sole mi abbronzasse le gambe. Avevo le scarpe col sughero e avevo il vestito, e avevo anche una borsa di paglia intrecciata che m'aveva dato Azalea, purché le portassi una lettera in via Genova al numero venti. E il mio viso, le gambe e le braccia avevano preso un bel colore bruno. Vennero a dire a mia madre che Giulio, il figlio del dottore, era innamorato di me e la madre gli faceva delle lunghe scene per questo. Mia madre divenne di colpo tutta allegra e gentile, e ogni mattina mi portava un rosso d'uovo sbattuto perché diceva che le parevo un po' strana. La moglie del dottore stava alla finestra con la serva, e quando mi vedeva passare sbatteva i vetri come avesse visto un serpente. Giulio faceva un mezzo sorriso e continuava a camminarmi accanto e a parlare. Non ascoltavo quello che diceva, ma pensavo che quel giovanotto grosso, coi baffi neri, con degli alti stivali, che chiamava con un fischio il suo cane, sarebbe stato presto il mio fidanzato e molte ragazze in paese ne avrebbero pianto di rabbia.

Venne Giovanni a dirmi: – Ti vuole Azalea –. Era già molto tempo che non andavo in città. Ci andai col mio vestito celeste e le scarpe, con la borsa e con gli occhiali da sole. In casa di Azalea c'era tutto in disordine, nessuno aveva ancora fatto i letti e Ottavia, coi bambini attaccati alla sottana, singhiozzava appoggiata alla parete.

– L'ha lasciata, – mi disse, – si sposa.

Azalea sedeva sul letto in sottabito, con gli occhi spalancati e scintillanti. Aveva un fascio di lettere in grembo.

– Si sposa in settembre, – mi disse.

– Ora bisogna nascondere tutto, prima che venga il signore, – disse Ottavia radunando le lettere.

– No, bruciarle bisogna, – disse Azalea, – bruciatele. Che io non le veda mai piú. Che io non veda mai piú questa faccia. Questa faccia stupida, cattiva, – disse strappando il ritratto di un ufficiale che sorrideva. E si mise a piangere e a urlare, battendo il capo contro la spalliera del letto.

– Ora le pigliano le convulsioni, – mi disse Ottavia, – succedeva qualche volta a mia madre. Bisogna bagnarle il ventre con dell'acqua fredda.

Azalea non permise che le bagnassimo il ventre, e disse che voleva restar sola e che andassimo a chiamare suo marito perché doveva confessargli tutto. Fu difficile persuadere Azalea a non chiamare nessuno. Le lettere le bruciammo sul fornello in cucina mentre Ottavia me ne leggeva dei pezzi prima di gettarle nel fuoco, e i bambini facevano volare la carta bruciata per tutta la stanza. Quando tornò il marito di Azalea io gli dissi che Azalea stava male ed aveva la febbre, e lui allora andò a cercare un medico.

Quando tornai a casa era notte e mio padre mi chiese dov'ero

stata. Risposi che m'aveva chiamato Azalea, e Giovanni gli disse
che era vero. Mio padre disse che poteva anche esser vero ma lui
non sapeva, che gli avevano riferito che giravo col figlio del dottore e se era vero mi rompeva la faccia di schiaffi. Risposi che non
m'importava niente e facevo il mio comodo, ma poi mi venne la
rabbia e rovesciai la minestra per terra. Mi chiusi in camera e stetti
due o tre ore a piangere, finché Giovanni mi gridò attraverso il
muro che stessi zitta e li lasciassi dormire, che loro avevano sonno.
Ma continuavo a piangere e il Nini venne sulla porta a dire che se
gli aprivo mi dava i cioccolatini. Allora aprii e il Nini mi portò
davanti allo specchio, perché guardassi il viso gonfio che avevo, e
mi diede davvero dei cioccolatini e disse che glieli aveva regalati la
sua fidanzata. Domandai com'era questa sua fidanzata e perché
non me la faceva vedere, e lui mi disse che aveva le ali e la coda
e un garofano nei capelli. Gli dissi che avevo anch'io un fidanzato
ed era il figlio del dottore, e rispose: – Benissimo, – ma poi fece
una faccia strana e si alzò per andarsene. Allora io gli chiesi dove
aveva nascosta la grappa. Si fece rosso e rise, e disse che non erano
cose che riguardavano una signorina.

La sera dopo il Nini non tornò a casa. Non tornò nemmeno
nei giorni seguenti e non si vide piú la faccia del Nini, tanto che se
ne accorse perfino mio padre, che pure era sempre distratto, e domandò dove s'era cacciato. Giovanni rispose che stava bene ma
per adesso non veniva a casa. Mio padre disse:

– Finché gli piace di venire vengono, poi trovano di meglio e
buongiorno. Son tutti uguali, figli e non figli.

Ma Giovanni poi mi raccontò che il Nini adesso era con la sua
bella, che era una vedova ma giovane e si chiamava Antonietta.

Allora andai in città apposta per cercare del Nini e sapere se
era proprio vero. Lo trovai al caffè con Giovanni e prendevano il
gelato. Mi sedetti anch'io e portarono il gelato anche a me, e
restammo là per un pezzo a sentire la musica, e il Nini come un
signore pagò lui per tutti. Gli domandai se era vero di quella vedova. Disse sí, che era vero, e perché non venivo una volta a trovarlo nel suo piccolo appartamento, dove stava con Antonietta e
coi due figli che lei aveva, un maschio e una bambina. E disse ancora che Antonietta aveva un negozio di cartoleria e penne stilo-
grafiche e stava abbastanza bene.

– Cosí ti metti a fare il mantenuto, – gli dissi.

– Mantenuto? perché? io guadagno –. E mi disse che aveva
una paga discreta come operaio alla fabbrica e che contava di mandare presto un po' di soldi anche a casa.

Raccontai a Giulio del Nini mentre stavamo a fumare in pineta,
e gli dissi che un giorno lo andavo a trovare.

– Non devi andarci, – mi disse.

– Perché?

– Certe cose tu non le capisci, sei ancora troppo bambina.

Gli risposi che non ero affatto una bambina, che avevo diciassette anni e a diciassette anni mia sorella Azalea s'era sposata. Ma
ripeté che non potevo capire e che una ragazza non deve andare in
casa di chi vive insieme senza sposarsi. Rientrai di malumore quella
sera e mentre mi spogliavo per mettermi a letto, pensavo che Giulio mi portava in pineta e si divertiva a baciarmi, e intanto il tempo
passava senza che m'avesse chiesta ancora. E io ero impaziente di
sposarmi. Ma pensavo che dopo sposata volevo esser libera e go-
dermela un mondo, e invece forse con Giulio non sarei stata libera
per niente. Forse avrebbe fatto con me come il padre, che sua moglie l'aveva chiusa in casa perché diceva che il posto di una donna
è fra le mura domestiche, e lei era diventata una vecchia tignosa
che stava tutto il giorno alla finestra a veder passare la gente.

Non sapevo perché ma mi sembrava cosí brutto non vedere piú
il Nini per la casa, col suo ciuffo sugli occhi e il suo vecchio impermeabile scucito e i suoi libri, e non sentirlo piú predicare perché
aiutassi mia madre. Una volta andai a trovarlo per far dispetto a
Giulio. Era domenica, e mi prepararono il tè con le paste su una
bella tovaglia ricamata, e Antonietta, che era la vedova, mi fece
festa e mi baciò sulle guance. Era una donnina ben vestita, dipinta,
con dei capelli biondi leggeri, con le spalle magre e la vita grassa.
C'erano anche i figli che facevano il compito. Il Nini stava seduto
vicino alla radio, e non aveva sempre il libro in mano come a casa.
Mi fecero vedere tutto l'appartamento. C'era il bagno, la camera
matrimoniale e dei vasetti con le piante grasse dappertutto. Era
molto piú pulito e piú lucido che da Azalea. Parlammo di una cosa
e dell'altra, e m'invitarono a tornare spesso.

Il Nini m'accompagnò per un pezzo di strada. Gli domandai
perché non ritornava piú a casa, e gli dissi che a casa senza di lui

mi annoiavo ancora di piú. E mi venne da piangere. Si sedette con me su una panchina e mi tenne un po' stretta, e intanto mi accarezzava le mani e diceva che smettessi di piangere, perché se no mi si scioglieva il nero degli occhi. Gli dissi che il nero agli occhi io non me lo davo e non ero come Antonietta, che pareva un pagliaccio cosí tutta truccata, e lui faceva meglio a tornarsene a casa. Disse che invece io dovevo cercarmi un lavoro e venire a stare in città, perché saremmo andati al cinema la sera, ma bisognava proprio che facessi qualcosa per guadagnare ed essere indipendente. Gli dissi che non ci pensavo nemmeno e se lo levasse dalla testa, e poi presto avrei sposato Giulio e saremmo venuti ad abitare in città, perché anche a Giulio gli piaceva poco il paese. Cosí ci lasciammo.

Raccontai a Giulio che ero stata dal Nini, ma non si arrabbiò. Disse soltanto che gli rincresceva che facessi le cose che a lui dispiacevano. Raccontai di Antonietta e dell'appartamento, e mi chiese se sarei stata contenta d'avere un appartamento cosí. E poi disse che quando avesse dato l'esame di stato, ci saremmo sposati, ma prima non era possibile e intanto io non dovevo fare la cattiva.

– Non faccio la cattiva, – gli risposi.

Mi disse di andare domani a Fonte Le Macchie con lui. Per arrivare a Fonte Le Macchie si doveva camminare un pezzo in salita, e a me non piaceva camminare in salita e poi avevo paura delle vipere.

– Non ce ne sono vipere da quella parte, – mi disse, – e mangeremo le more e ci riposeremo ogni volta che vuoi.

Per un po' finsi di non capire e gli dissi che sarebbe venuto anche Giovanni, ma disse che Giovanni non ce lo voleva e dovevamo essere noi due soli.

A Fonte Le Macchie non ci arrivammo perché io mi fermai a mezza strada, mi sedetti su un sasso e gli dissi che non sarei andata piú avanti. Per spaventarmi cominciò a gridare che vedeva una vipera, sí sí l'aveva vista, era gialla e muoveva la coda in qua e in là. Io gli dissi di lasciarmi in pace perché ero stanca morta e avevo fame. Tirò fuori le provviste dal sacco. Aveva anche del vino dentro le borracce e me lo fece bere, finché mi buttai giú nell'erba stordita e capitò quello che m'aspettavo.

Quando scendemmo per tornare era tardi, ma io mi sentivo cosí stanca che dovevo fermarmi quasi a ogni passo, tanto che in fondo alla pineta mi disse che doveva correre avanti, perché se no faceva troppo tardi e sua madre si spaventava. Cosí mi lasciò sola e io camminavo inciampando in tutte le pietre, e si faceva buio e mi dolevano le ginocchia.

Il giorno dopo venne a casa Azalea. L'accompagnai per un po' e le dissi com'era stato. Sul principio non mi credeva e pensava che facessi cosí per vantarmi, ma all'improvviso si fermò e disse:

– È vero?

– È vero, è vero, Azalea, – io le dissi, e allora si fece ripetere tutto da capo. Era cosí spaventata e arrabbiata che si strappò la fibbia della cintura. Voleva avvertire suo marito che lo dicesse a mio padre. Le dissi di guardarsene bene e che del resto anch'io ne sapevo di belle sul suo conto. Ci bisticciammo e l'indomani andai apposta in città per far pace, ma intanto s'era calmata e la trovai che misurava un abito nuovo da ballo perché aveva ricevuto un invito. Mi disse che facessi pure il diavolo che volevo purché nessuno poi venisse a seccarla, e che del resto il figlio del dottore a lei non le piaceva per niente e le sembrava molto grossolano. Mentre uscivo vidi Giovanni col Nini e Antonietta e tutti insieme andammo a fare il bagno nel fiume, solo Antonietta non sapeva nuotare e rimase seduta nella barca. Io mi attaccavo alla barca e fingevo di rovesciarla per metterle paura, ma poi mi venne freddo e risalii e mi misi a remare. Antonietta cominciò a raccontarmi del marito e della malattia che aveva, dei debiti che aveva lasciato e gli avvocati e le cause. Io mi annoiavo e mi pareva buffa, seduta nella barca come in visita con le ginocchia strette e la borsa e il cappello.

Quella sera entrò in camera Giovanni a dirmi che s'era innamorato di Antonietta, e non sapeva se doveva dirlo al Nini e non sapeva come fare a farsela passare, e camminava avanti e indietro con le mani in tasca. Ma io lo maltrattai e gli dissi che ero stufa di tutte quelle storie d'amore, e Azalea e il Nini e anche lui e mi lasciassero in pace. – Maledetta la madre che t'ha fatto, – mi disse e se ne andò sbattendosi dietro la porta.

Giulio mi disse che a fare il bagno nel fiume ci dovevo andare con lui, e anche in città ci dovevo andare con lui e divertirci tutti e due insieme. E andai e nuotavamo nel fiume e prendevamo il gelato, e poi mi portava in una stanza di un certo albergo che lui conosceva. Quell'albergo aveva nome Le Lune: era in fondo a una strada vecchia, e con le sue persiane chiuse e il suo giardinetto deserto, sul principio faceva l'effetto d'una villa disabitata. Ma nelle stanze c'era il lavamani e lo specchio e dei tappeti per terra. Io lo raccontavo a Azalea che eravamo stati all'albergo, e lei diceva che una volta o l'altra me ne succedeva una bella. Ma adesso la vedevo poco Azalea perché s'era trovata un altro amante, che era uno studente senza un soldo e lei si dava un gran da fare a comperargli i guanti e le scarpe e a portargli delle cose da mangiare.

Una sera mio padre mi entrò in camera e buttò l'impermeabile sul letto, e mi disse:

– L'avevo detto che ti rompevo la faccia.

Mi prese i capelli e si mise a coprirmi di schiaffi, mentre io gridavo: – Aiuto, aiuto! – Finché venne mia madre affannata, con le patate nel grembiale, e chiese:

– Ma cosa è successo, cosa le fai, Attilio?

Mio padre le disse:

– Questo ci toccava vedere, sciagurati che siamo, – e si mise a sedere tutto pallido, passandosi le mani sulla testa. Io avevo un labbro che sanguinava e dei segni rossi sul collo, avevo le vertigini e quasi non mi reggevo, e mia madre voleva aiutarmi ad asciugare il sangue, ma mio padre la prese per un braccio e la spinse di fuori. Uscí anche lui e mi lasciarono sola. L'impermeabile di mio padre era rimasto sul letto, e io lo presi e lo gettai nelle scale. Mentre erano tutti a tavola uscii. La notte era chiara e stellata. Tremavo dall'agitazione e dal freddo e il labbro mi seguitava a sanguinare, avevo del sangue sull'abito e perfino sulle calze. Presi la strada verso la città. Non sapevo neppur io dove andavo. Sul principio mi dissi che potevo andare da Azalea, ma ci sarebbe stato il marito che subito avrebbe cominciato a farmi delle domande e a predicare. Cosí andai invece dal Nini. Li trovai seduti intorno alla tavola in sala da pranzo, che facevano il gioco dell'oca. Mi guardarono stupefatti e i bambini si misero a urlare. Allora mi gettai sul divano e cominciai a piangere. Antonietta portò un disinfettante per medicarmi il labbro, poi mi fecero bere una tazza di camomilla e mi prepararono il letto su una branda nell'anticamera. Il Nini mi disse:

– Spiegaci un po' cosa ti è capitato, Delia.

Gli dissi che mio padre mi s'era buttato addosso e voleva ammazzarmi, perché andavo con Giulio, e che dovevano cercarmi un lavoro e farmi venire in città, perché a casa non ci potevo piú stare.

Il Nini disse:

– Ora spògliati e mettiti a letto, e poi verrò da te e penseremo come si può fare.

Se ne andarono tutti e io mi spogliai e m'infilai a letto, con una camicia di Antonietta color lilla chiaro. Dopo un po' venne il Nini e sedette vicino al mio letto, e mi disse:

– Se vuoi ti cercherò un posto alla fabbrica dove lavoro io. Sul principio ti sembrerà difficile perché sei venuta su grande e grossa senza mai far niente. Ma ti abituerai a poco a poco. Se non troverò niente alla fabbrica entrerai a servizio.

Gli dissi che non mi andava di entrare a servizio e preferivo lavorare in fabbrica, e gli chiesi perché non potevo ad esempio fare la fioraia, sedermi sui gradini della chiesa con dei cesti di fiori. Disse:

– Sta' zitta e non dire sciocchezze. Del resto non puoi vendere niente perché non sai fare i calcoli.

Allora gli dissi che Giulio m'avrebbe sposata dopo l'esame di stato.

– Lévatelo di testa, – rispose.

E m'informò che Giulio aveva una fidanzata in città, e in città lo sapevano tutti: era una magra che guidava la macchina. Io ricominciai a piangere e il Nini mi disse di mettermi giú e di dormire, e mi portò ancora un altro guanciale perché stessi comoda.

L'indomani mattina mi vestii e uscii con lui nella città fresca e deserta. Venne con me fino al confine della città. Ci sedemmo sulla riva del fiume ad aspettare che venisse per lui l'ora di andare in fabbrica. Mi disse che ogni tanto aveva voglia di andare a Milano a cercarsi lavoro in qualche fabbrica grande.

– Ma prima devi liquidare Antonietta.

– Si capisce, non vuoi che me la porti dietro col negozio e con i due marmocchi.

– Non le vuoi bene allora, – dissi.

– Le voglio bene cosí. Stiamo insieme finché ci fa piacere, poi ci lasciamo in santa pace e buongiorno.

– Allora dàlla a Giovanni che le muore dietro, – gli dissi, e lui si mise a ridere:

– Ah, Giovanni? Del resto non è tanto male Antonietta, fa un po' di smorfie ma non è cattiva. Ma io non sono innamorato.

– Di chi sei innamorato? – gli chiesi, e mi venne in mente a un tratto che forse era innamorato di me. Mi guardò ridendo e disse:

– Ma proprio si deve amare qualcuno? Si può non amare nessuno e interessarsi di qualcosa d'altro.

Battevo i denti e gelavo dal freddo col mio vestito leggero.

– Hai freddo, gioia, – mi disse. Si tolse la giacca e me l'aggiustò sulle spalle.

Io gli dissi:

– Ma come sei tenero.

– Perché non devo essere tenero con te, – disse, – sei cosí disgraziata che mi fai pietà. Credi che non lo sappia che ti sei messa in un pasticcio con quel Giulio. Lo indovino perché ti conosco e poi me l'ha raccontato Azalea.

– Non è vero, – gli dissi, ma rispose che facevo meglio a star zitta perché lui mi conosceva e poi non era tanto stupido.

Suonarono le sirene e il Nini disse che doveva andare al lavoro. Voleva che tenessi la sua giacca, ma rifiutai perché avevo paura d'incontrare qualcuno e mi sentivo buffa con addosso quella giacca da uomo. Ci salutammo e gli dissi:

– Oh ma Nini perché non vieni piú a stare a casa.

Promise allora di venirmi a trovare l'indomani che era domenica. E poi si chinò svelto e mi baciò su una guancia. Rimasi ferma a guardarlo mentre se ne andava, con le due mani in tasca e il suo passo tranquillo. Ero tutta stupita che m'avesse baciata. Non l'aveva mai fatto. M'incamminai piano piano e intanto pensavo a tante cose, un po' al Nini che m'aveva baciata e un po' a Giulio che era fidanzato in città e me l'aveva nascosto, e pensavo: « Com'è strana la gente. Non si capisce mai cosa vogliono fare ». E poi pensavo che a casa avrei rivisto mio padre e che forse m'avrebbe di nuovo picchiata, e mi sentivo triste.

Ma mio padre non mi disse una parola e fece come se io non ci fossi, e anche gli altri fecero cosí. Solo mia madre mi portò il caffelatte e mi domandò dov'ero stata. Giulio non lo vidi in paese e non sapevo dov'era, se a caccia o in città.

L'indomani arrivò il Nini tutto eccitato e contento, e mi disse che m'aveva trovato un posto, non in fabbrica perché lí subito gli avevano detto di no, ma c'era invece una vecchia signora un po' matta che aveva bisogno di qualcuno che uscisse il pomeriggio con lei. Dovevo trovarmi in città tutti i giorni subito dopo pranzo e sarei tornata a casa la sera. Sul principio la paga era scarsa e non mi permetteva di vivere da sola in città, ma poi certo l'avrebbero aumentata, prometteva il Nini. Quella signora era una conoscente di Antonietta ed era stata lei che m'aveva raccomandato. Quel giorno a casa non c'era nessuno e io e il Nini rimanemmo sempre soli. Ci sdraiammo a parlare nella pergola e si poté discorrere in pace come fossimo stati in riva al fiume.

– Ma era piú bello sul fiume, – mi disse, – vieni ancora sul fiume una mattina e faremo anche il bagno. Tu non sai com'è bello fare il bagno alla mattina presto. Non fa freddo e ci si sente rivivere.

Ma io ricominciai a chiedergli di chi era innamorato.

– Lasciami in pace, – disse, – lasciami stare e non mi tormentare oggi che sono cosí contento.

– Dimmelo Nini, – gli dissi, – dimmelo e non lo dico a nessuno.

– Cosa t'importa, – disse. E invece cominciò a raccomandarmi che mi lavassi bene e mettessi un abito scuro quando fossi andata dalla vecchia. Gli risposi che non l'avevo un abito scuro e che se ci volevano tante storie mi passava la voglia di andare. Allora si arrabbiò e mi lasciò senza neppur salutarmi.

Dalla vecchia ci andai col mio solito vestito celeste. Mi aspettava già pronta per uscire col cappello e col muso incipriato. Dovevo passeggiare con lei e intrattenerla piacevolmente – cosí mi disse sua figlia –, poi ricondurla a casa e leggerle ad alta voce il giornale fino a quando le pigliasse sonno. Camminavo a piccoli passi con la sua mano infilata al mio braccio. La vecchia si lamentava continuamente. Diceva che ero troppo alta e che si stancava a darmi il braccio. Diceva che correvo troppo. Aveva una paura tremenda di attraversare le strade, si metteva a gemere e a tremare e tutti si voltavano. Una volta incontrammo Azalea. Non lo sapeva ancora che io lavoravo e mi guardò stupefatta.

Arrivata a casa la vecchia si beveva una tazza di latte come beve la gente d'età. Io intanto le leggevo il giornale. Dopo un po' cominciava a sonnecchiare e io trottavo via. Ma ero di cattivo umore e non godevo della città e dei negozi. Una sera mi venne in mente di andare a prendere il Nini alla fabbrica. Mi scoprí da lontano e gli si animò tutto il viso. Ma quando me lo vidi accanto, con un vecchio cappello troppo chiaro, con le scarpe rotte e troppo larghe che trascinava nel camminare, con l'aria sporca e stanca, mi pentii d'esser venuta a prenderlo e sentii vergogna di lui. Se ne accorse e si offese, e si arrabbiò con me perché dicevo che mi annoiavo a morte con la vecchia.

Ma quando fummo in riva al fiume si rasserenò a poco a poco, e prese a raccontarmi che nel cassetto di Antonietta aveva trovato la fotografia di Giovanni con la dedica dietro.

– Meglio cosí, – mi disse.

– Meglio cosí? perché meglio cosí?

– Cosa diavolo vuoi che me ne importi?

– Sei freddo come un pesce. Fai schifo.

– Sono un pesce, va bene. E tu che cosa sei? – Stette un po'
a guardarmi e poi disse: – Tu sei una povera ragazza.

– Perché?

– È vero che ti sei fatta portare alle Lune?

– Chi te l'ha detto? – chiesi.

– Me l'ha detto il mio ditino, – rispose, – ci sei stata diverse
volte?

– Non ti riguarda, – dissi.

– Povera ragazza! povera ragazza! – ripeteva come tra sé.

Mi arrabbiai e gli chiusi la bocca con la mano. Allora mi abbracciò buttandomi distesa, e baciava baciava il mio viso, le orecchie, i capelli.

– Sei matto, Nini? ma cosa mi fai? – dicevo, e un po' mi veniva da ridere, un po' avevo paura.

Si raddrizzò lisciandosi i capelli, e mi disse:

– Vedi quello che sei. Ciascuno si può divertire finché gli
piace, con te.

– E adesso hai voluto sapere se ero come tu dicevi?

– No. Non pensarci, ho scherzato, – mi disse.

Giulio mi aspettava sulla strada quella sera.

– Dove sei stato tutto questo tempo? – gli chiesi.

– A letto con la febbre, – rispose, e voleva prendermi il braccio. Ma gli dissi di andarsene e lasciarmi tranquilla, perché ormai
lo sapevo che aveva una fidanzata.

– Quale fidanzata? chi?

– Una che ha l'automobile.

Si mise a ridere forte, battendosi la mano sul ginocchio.

– Ne inventano di frottole, – disse, – e tu te le bevi. Non far
la stupida e vieni in pineta domani nel dopopranzo.

Ma gli dissi che il dopopranzo non ero più libera e gli raccontai della vecchia.

– Vieni al mattino allora, – mi disse.

Voltavo via la faccia e non volevo lasciarmi guardare, perché
avevo paura che s'indovinasse a guardarmi che il Nini m'aveva
baciata.

L'indomani mattina in pineta non fece che chiedermi chi me
l'aveva detto della fidanzata.

– Ho molti nemici, – mi disse, – c'è tanta invidia al mondo.

Mi tormentò per un pezzo, finché gli dissi che era stato il Nini.

– Il Nini se lo vedo gliene dico quattro, – mi disse. Poi cominciò a canzonarmi perché portavo a spasso la vecchia, e mi fece dispetto.

Andai di nuovo a prendere il Nini alla fabbrica. Ma lui ce l'aveva con me perché in casa della vecchia s'erano lamentati con Antonietta che io arrivavo sempre in ritardo.

– Non si può mai contare su di te, – mi disse, – va' avanti cosí che farai molta strada. Meno male che non t'hanno preso in fabbrica.

Gli dissi che ero stufa della vecchia e non volevo piú andarci.

– Vacci almeno fino alla fine del mese, che ti paghino lo stipendio. E i soldi dàlli a tua madre perché i piccoli avranno bisogno di scarpe.

– Li terrò io invece, – dissi.

– Brava, cosí va bene. Pensa sempre soltanto per te. Comprati qualche straccio da portare addosso, e divertiti. A me poi non me ne importa niente.

Non volle andare al fiume, e camminava verso casa sua. Trovammo Antonietta che stava chiudendo il negozio. Era tutta arrabbiata e mi disse che se sapeva com'ero non m'avrebbe raccomandato. Che figura le avevo fatto fare. Dalla vecchia arrivavo in ritardo e andavo via molto prima del tempo, e quando leggevo il giornale non facevo che ridere e sbagliavo apposta le parole. Mi salutò appena e se ne andò col Nini. Mentre tornavo a casa mi sentivo stanca e triste. Da qualche giorno mi sentivo poco bene, avevo come un malessere e non mangiavo piú niente, perfino l'odore delle pietanze mi dava disgusto. «Cos'ho? forse sono incinta, – pensai. – Come farò adesso?» Mi fermai. La campagna era silenziosa intorno a me e non vedevo piú la città, non vedevo ancora la nostra casa ed ero sola sulla strada vuota, con in cuore quello spavento. C'erano delle ragazze che andavano a scuola, andavano al mare d'estate, ballavano, scherzavano fra loro di sciocchezze. Perché non ero una di loro? Perché non era cosí la mia vita?

Quando fui nella mia camera, accesi una sigaretta. Ma quella sigaretta aveva un cattivo sapore. Ricordavo che anche Azalea non poteva fumare, nel tempo che dovevano nascere i suoi figli. Cosí succedeva adesso a me. Certo ero incinta. Quando mio padre l'avesse saputo, m'avrebbe ammazzata. « Meglio cosí, – pensavo, – morire. Che sia finita per sempre ».

Ma al mattino mi alzai piú tranquilla. C'era il sole. Andai a cogliere l'uva alla pergola insieme coi piccoli. Andai a passeggiare con Giulio per il paese. C'era la fiera e lui mi comperò un ciondolo portafortuna da mettere al collo. Ogni tanto mi veniva quello spavento, ma lo allontanavo da me. Non gli dissi niente. Mi divertii a vedere la fiera, con la gente che urlava, coi polli dentro le gabbie di legno, coi ragazzi che suonavano le trombette. Ricordai che il Nini era arrabbiato con me e pensai che sarei andata a cercarlo per rifare la pace.

Era festa quel giorno e non dovevo andare dalla vecchia. Anche il Nini non andava in fabbrica. Lo trovai mentre usciva dal caffè. Non era piú arrabbiato e mi chiese se prendevo qualcosa. Risposi di no e andammo al fiume.

– Facciamo la pace, – gli dissi quando fummo seduti.

– Facciamo pure la pace. Ma fra un po' devo andare da Antonietta.

– E io non ci posso venire? Antonietta è sempre tanto arrabbiata?

– Sí. Dice che non l'hai mai ringraziata di quello che ha fatto per te. E poi è gelosa.

– Gelosa di me?

– Sí, di te.

– Come sono contenta.

– Certo che sei contenta, brutta scimmia che sei. Ti godi un mondo a far soffrire qualcuno. E adesso dovrei proprio andare. Ma non ne ho voglia –. Se ne stava sdraiato sull'erba, con le braccia piegate sotto la testa.

– Ti piace stare con me? piú con me che con Antonietta?

– Molto di piú, – mi disse, – molto ma molto di piú.

– Perché?

– Non so perché, ma è cosí, – mi rispose.

– E anche a me piace stare con te. Piú con te che con tutti gli altri, – dissi.

– Piú con me che con Giulio?

– Piú con te.

– Oh, com'è questo fatto? – disse, e rise.

– Non lo so proprio, – dissi. Mi domandavo se m'avrebbe di nuovo baciata. Ma passava tanta gente quel giorno. A un tratto vidi Giovanni e Antonietta che venivano verso di noi.

– Ero sicuro di trovarli qui, – gridò Giovanni. Ma Antonietta mi guardò fredda fredda e non mi disse niente. Il Nini si alzò fiacco e andammo a spasso con loro in città.

La sera Giovanni mi disse:

– Che tipo strano sei tu. Ora t'è presa la mania del Nini e sei sempre col Nini, cucita al Nini e ti si trova sempre con lui.

Era vero che ero sempre col Nini. Lo andavo a prendere tutte le sere alla fabbrica. Non aspettavo altro che il momento di stare con lui. Mi piaceva stare con lui. Quando eravamo insieme, dimenticavo quello di cui avevo paura. Mi piaceva quando parlava, e mi piaceva quando stava zitto e si mangiava le unghie pensando a qualcosa. Mi domandavo sempre se mi avrebbe baciata, ma non mi baciava. Sedeva discosto da me arruffandosi il ciuffo e lisciandoselo, e diceva:

– Adesso vattene a casa.

Ma io non avevo voglia di tornare a casa. Non mi annoiavo mai quando eravamo insieme. Mi piaceva se mi parlava dei libri che leggeva sempre. Non capivo quello che diceva, ma mi davo l'aria di capire e facevo sí con la testa.

– Scommetterei che non capisci niente, – diceva e mi dava uno schiaffetto al viso.

Una sera mi prese male mentre mi svestivo. Dovetti sdraiarmi sul letto e aspettare che fosse passato. Ero tutta bagnata di sudore e sentivo dei brividi. « Anche a Azalea succedeva cosí, – ricordai. – Lo dirò a Giulio domani. Deve pure saperlo, – pensavo. – Ma allora cosa faremo? Lui cosa farà? È possibile che sia proprio vero? » Ma sapevo che certamente era vero. Non riuscivo a dormire e gettavo via le coperte, mi rizzavo a sedere sul letto col cuore che batteva. Che cosa avrebbe detto il Nini quando l'avesse saputo? Una volta stavo quasi per dirglielo, ma avevo avuto vergogna.

Trovai Giulio in paese la mattina. Non rimase con me che un momento, perché doveva andare a caccia col padre.

– Hai una brutta faccia, – mi disse.

– Perché non ho dormito, – risposi.

– Spero di prendere una bella lepre, – mi disse. – Ho proprio voglia di muovere un po' i piedi nei boschi.

Guardò le nuvole che nuotavano piano verso la collina.

– Tempo da lepri, – disse.

Quel giorno non andai dalla vecchia. Dopo aver gironzolato sola in città, salii da Azalea. Ma era fuori. C'era Ottavia che stirava in cucina. Aveva un grembiale bianco davanti, e non era in ciabatte. Tutto cambiava in casa, quando le cose di Azalea filavano bene. Anche i bambini sembravano ingrassati. Ottavia mi disse, mentre passava il ferro sopra un reggipetto di Azalea, che adesso andava tutto bene e Azalea era sempre contenta. Lo studente non era come l'altro. Non si scordava mai di telefonare. Faceva sempre quello che voleva Azalea e non era nemmeno andato a trovare i suoi che erano fuori, perché Azalea non gliel'aveva permesso. Bisognava soltanto badare che « il signore » non s'accorgesse di niente. Bisognava stare molto attenti. Mi pregò di aspettare il ritorno di Azalea per dirle di stare attenta.

Aspettai per un poco, ma Azalea non veniva e me ne andai. Era l'ora che il Nini usciva dalla fabbrica. Ma io m'incamminai adagio verso casa. Pioveva. Arrivai a casa bagnata e mi misi subito a letto, con la faccia nascosta sotto le lenzuola. Dissi a mia madre che non mi sentivo bene e non volevo mangiare.

– Un po' di freddo, – mi disse mia madre.

L'indomani mattina venne in camera, mi toccò il viso e disse che non avevo la febbre. E mi disse di alzarmi e di darle una mano a lavare le scale.

– Non posso alzarmi, – risposi, – sto male.

– Ah, ma è così che fai, – disse, – ora ti metti a fare l'ammalata. Chi si ammalerà sono io, che fatico dalla mattina alla sera e mi spezzo le braccia per voi. Se piglio il piatto non riesco neppure a mangiare, tanto mi sento stanca. E tu ci trovi gusto a vedermi crepare.

– Non posso alzarmi, te l'ho detto. Sto male.

– Ma cos'è? – mi disse mia madre, scostando le lenzuola per vedermi gli occhi. – Non ti sarà successo qualche cosa?

– Sono incinta, – le dissi. Mi batteva forte il cuore e per la prima volta mi accorgevo d'aver paura di quello che avrebbe fatto mia madre. Ma lei non rimase stupita. Sedette quieta sul letto, e mi tirò la coperta sui piedi.

– Sei proprio sicura? – domandò.

Feci sí con la testa, e piangevo.

– Non piangere, – disse mia madre, – vedrai che si aggiusterà tutto. Quel giovanotto lo sa?

Feci no con la testa.

– Dovevi dirglielo, bestia. Ma adesso aggiusteremo tutto per bene. Andrò io a parlare a quei ruffiani. Gli faremo sentire le nostre ragioni –. Si coperse la testa con lo scialle, e uscí. Poco dopo tornò tutta allegra, con la faccia rossa.

– Che ruffiani, – mi disse, – ma è fatto. Non c'è che da aspettare un po' di tempo. Il giovanotto deve prima fare l'esame. Cosí vogliono loro. Adesso bisogna che Attilio si tenga tranquillo. Ma ci penserò io. Tua madre ci pensa. Tu sta' a letto ben calda, – e mi portò una tazza di caffè. Poi prese il secchio e andò a lavare le

scale, e la sentivo ridere da sola. Ma dopo un po' mi stava di
nuovo davanti.

– A me quel giovanotto mi piace, – disse, – è la mamma che
non mi va. Il padre s'è trovato subito d'accordo, ha detto che era
pronto a riparare per il figlio, purché non ci fosse uno scandalo,
mi ha chiesto se gradivo un bicchierino. Ma la mamma ha fatto
un manicomio. S'è buttata sul figlio che pareva che volesse am-
mazzarlo. Gridava come un gallo. Ma io non mi son presa paura.
Le ho detto: « La mia ragazza ha solo diciassette anni, c'è il tribunale a difenderla ». S'è fatta bianca e si è messa a sedere, e stava
zitta a lisciarsi le maniche. Il figlio era lí a testa bassa e non mi
ha mai guardato. C'era solo il dottore che parlava. Mi ha detto
che per carità non ci fossero scandali, per la sua posizione. E camminava su e giú sul tappeto. Se tu vedessi i tappeti che hanno. Se
vedessi che casa. È una bella casa. Hanno tutto là dentro.

Ma io voltai la testa come per dormire, perché se ne andasse.

Finii con l'addormentarmi davvero, e mi svegliai mentre rientrava mio padre. Mi feci attenta e sentii che parlava con mia madre
nella loro stanza, poi a un tratto lo sentii gridare. « Ora viene e mi
ammazza », pensai. Ma non venne. Venne invece Giovanni.

– Dice il Nini perché non sei andata a prenderlo ieri, e che ti
aspetta oggi, – mi disse.

– Sono a letto, non vedi, – gli risposi, – sto male.

– Avrai la scarlattina, – mi disse, – hanno tutti la scarlattina.
I figli di Azalea se la son presa. Ora verrà anche a te la faccia come
una fragola.

– Non ho la scarlattina, – gli dissi, – è un'altra cosa che ho.

Ma non fece domande. Guardò dai vetri e disse:

– Dove va quello?

Mi affacciai anch'io e vidi mio padre camminare verso il paese.

– Dove va? non ha nemmeno mangiato, – disse Giovanni.

Verso sera venne Azalea. Entrò in camera con mia madre.

– Sai che in maggio avremo un bel bambino, – le disse mia
madre.

Non rispose e si sedette torva, sganciandosi la volpe dalle
spalle.

– Mammà chiacchiera molto, – mi disse quando ci trovammo
sole, – non è niente sicuro che ti sposi. Papà c'è andato e han fatto

un manicomio, per poco non s'accoppavano. Loro hanno offerto dei soldi purché papà stesse zitto e tu andassi a fare il tuo bamboccio da qualche altra parte, e per le nozze si vedrà, si vedrà, dicevano. Papà s'è messo a urlare che l'avevano disonorato, e che lui andava in tribunale se Giulio non giurava di sposarti. È arrivato da me che sembrava uno straccio. Io te l'avevo detto che finivi cosí. Adesso dovrai stare chiusa in casa, perché in paese hanno già cominciato a discorrere. Non sanno niente, ma annusano che c'è qualche cosa. Piacere per te.

La sera venne di nuovo Giovanni. Ora aveva capito anche lui e mi guardò con un'aria maligna. Mi disse:

– Il Nini non lo sa ancora di te.

– Non voglio che tu glielo dica, – gli dissi.

– Sta' tranquilla che non glielo dico, – mi disse, – se credi che ci trovi gusto a ripetere le bellezze che fai. Ti sei messa in un bel pasticcio. Chi lo sa se ti sposa. Ora intanto è partito e non si sa dove sia. Dicono che era già fidanzato. Per me, non me ne interesso. Va' al diavolo tu col tuo bamboccio.

Mi rizzai e gli tirai contro un bicchiere che c'era sul comodino. Si mise a urlare e voleva picchiarmi, ma venne mia madre. Lo prese per la giacchetta e lo trascinò via.

Mia madre non voleva che scendessi in cucina o nelle stanze di sotto, per la paura che mi ci trovasse mio padre. Seppi da Giovanni che mio padre aveva giurato che se gli toccava vedermi, non sarebbe piú venuto a casa. Ma io non avevo voglia di muovermi dal mio letto. La mattina m'infilavo il vestito per non aver freddo, mettevo le calze e tornavo a stendermi sul letto, con la coperta addosso. Stavo male. Ogni giorno che passava era peggio. Mia madre mi portava il pranzo su un vassoio, ma non mangiavo. Una sera Giovanni mi gettò un romanzo.

– Te lo manda il Nini, – mi disse, – t'ha aspettata tre ore davanti alla fabbrica. Son tanti giorni che ti aspetta, dice. «Sta male», gli ho risposto.

Mi provai a leggere il romanzo, ma poi lo lasciai. C'erano due che ammazzavano una ragazza e la chiudevano dentro un baule. Lo lasciai perché mi faceva paura, e perché non ero abituata a leggere. Dopo aver letto un po', dimenticavo quello che diceva prima. Non ero come il Nini. A me il tempo passava lo stesso. M'ero

fatta portare il grammofono in camera, e ascoltavo la voce chioc-
cia ripetere:

> Mani di vellutòo
> Mani profumatée

Era un uomo o una donna che cantava? non si capiva bene. Ma
mi ero abituata a quella voce, e mi piaceva sentirla. Non avrei voluto un'altra canzone. Adesso non volevo piú delle cose nuove.
Mettevo ogni mattina lo stesso vestito, un vestito vecchio, sciupato, con dei rammendi da tutte le parti. Ma di vestiti adesso non
m'interessavo piú.

Quando mi trovai davanti il Nini, la mattina della domenica, mentre mia madre era in chiesa, mi sentii malcontenta che fosse venuto. I fiori gocciolanti di pioggia che teneva in mano, i suoi capelli bagnati di pioggia, il suo viso eccitato e sorridente, io li guardai come una cosa stupida, che non conoscevo.

– Chiudi la porta, – gli dissi con rabbia.

– Ti ho spaventata, dormivi? Ecco dei fiori, – disse, sedendosi vicino a me. – Come stai? T'è passato? cos'è? Ti è venuta una faccia cosí strana.

– Sto male, – dissi. M'accorgevo che ancora non sapeva niente.

– T'è venuta una faccia magra, brutta, – mi disse. – Fai male a star chiusa qui in camera. Dovresti uscire a passeggiare un po'. Ti aspetto sempre davanti alla fabbrica. Penso: forse oggi starà bene e verrà. Verrai ancora a prendermi, quando sarai guarita?

– Non so.

– Perché non so? Che tono! Ti si è sciupato il carattere. Dimmi se verrai o se non verrai piú.

– Non mi lasciano uscire di casa, – risposi.

– Come non ti lasciano uscire?

– Perché non vogliono che vada con Giulio. E neppure con te. Non vogliono che vada coi ragazzi.

– Bene, – mi disse, – bene.

Si mise a camminare per la camera.

– Mi racconti un mucchio di bugie, – disse a un tratto, – dev'essere un sistema che hai trovato per mandarmi al diavolo. Come ti piace vedermi soffrire! come ti piace! Non posso piú lavorare, non posso far niente. Tutto il giorno non faccio che pensare a te. È questo che volevi, è vero? che io mi avvelenassi la vita? – Mi guardò con degli occhi lustri, cattivi. – T'è riuscito, – mi disse.

– Non me ne importa niente di farti soffrire, – gli dissi. Mi alzai a sedere sul letto. – Può darsi che una volta mi piacesse come dici tu. Ma adesso, cosa vuoi che me ne importi. Ho altro da pensare, adesso. Mi deve nascere un figlio.

– È questo? – disse, e non mi parve stupito. Ma la voce gli s'era come spenta. Mi posò la mano sulla spalla. – Oh povera ragazza! povera ragazza! – disse. – Come farai?

– Non so, – risposi.

– Ti sposerà?

– Non lo so. Non so niente. Ma gli hanno parlato. Forse mi sposerà, dopo che avrà finito di studiare.

– Lo sai che ti voglio bene? – mi disse.

– Sí, – dissi.

– Forse anche tu mi avresti voluto bene, a poco a poco, – mi disse. – Ma non serve che adesso ne parliamo. A parlarne fa ancora piú male. È finito. Vedi, io sono qui vicino a te, ma non trovo piú niente da dirti. Mi piacerebbe fare qualcosa per te, per aiutarti, ma intanto ho come voglia d'andarmene e che nessuno mi parli piú di te.

– Vattene allora, – gli dissi. E mi misi a piangere.

– Com'ero contento, – disse, – io mi dicevo che ti saresti innamorata anche tu a poco a poco. Qualche volta pensavo cosí, ma qualche volta invece mi prendeva paura di volerti troppo bene. Dicevo: non mi vorrà mai bene, le piace soltanto vedere come soffre la gente. Ma come siamo stati sciocchi, tutti e due.

Restammo un poco in silenzio. Le lagrime mi scorrevano lungo il viso.

– Forse mi sposerà, quando avrà finito di studiare, – gli dissi.

– Ma sí, forse ti sposerà. Del resto, io non sono adatto per te. Mi faresti troppo soffrire. Siamo cosí diversi noi due.

Se ne andò. Sentii sulle scale i suoi passi, lo sentii parlare con mia madre nell'orto. Mia madre entrò in camera a dirmi che in chiesa aveva visto la famiglia del dottore, ma Giulio non c'era. Il dottore le si era avvicinato e le aveva detto che Giulio l'aveva mandato per qualche tempo in città. E poi le aveva chiesto se poteva venire a parlare.

– È fatto, – mi disse mia madre.

Il dottore venne quel giorno stesso, e lui e mia madre si chiusero nella stanza da pranzo a discutere per quasi due ore. Mia madre poi salí e mi disse di tenermi allegra, perché erano tutti d'accordo e ci saremmo sposati in febbraio. Prima non si poteva perché Giulio doveva studiare tranquillo, senza emozioni, e fino al giorno del matrimonio non ci saremmo rivisti. Anzi il dottore voleva che io lasciassi subito il paese, per evitare le chiacchiere. Mia madre aveva pensato di mandarmi da una mia zia, che stava in un paese piú sopra, non molto lontano dal nostro. Mia madre aveva paura che io mi rifiutassi di andare. Perciò si mise a parlarmi con grande calore di quella mia zia, come dimenticando che erano in lite da anni per certi mobili. Mi raccontò dell'orto che aveva la zia davanti alla casa, un bell'orto grande dove avrei potuto passeggiare finché mi piaceva..

— Mi fa pietà vederti sempre chiusa in prigione qua dentro. Ma la gente è cosí cattiva.

Poi venne Azalea. Lei e mia madre si misero a discutere sul giorno che dovevo partire, e mia madre voleva che Azalea dicesse al marito di farsi prestare l'automobile dalla sua ditta, ma Azalea non ne voleva sapere.

Al paese di mia zia ci andai su un carro. Mi accompagnò mia madre. Prendemmo una strada fra i campi perché non mi vedesse nessuno. Io portavo un soprabito di Azalea, perché i vestiti miei non mi stavano piú bene e mi stringevano in vita. Si arrivò di sera. La zia era una donna molto grassa, con degli occhi neri sporgenti, con un grembiale di cotone azzurro e le forbici appese al collo, perché faceva la sarta. Cominciò a bisticciare con mia madre per il prezzo che dovevo pagare nel tempo che sarei rimasta con lei. Mia cugina Santa mi portò da mangiare, accese il fuoco nel camino e sedutasi vicino a me mi raccontò che anche lei sperava di sposarsi presto, « ma per me non c'è fretta », disse ridendo forte e lungamente. Il suo fidanzato era il figlio del podestà del paese ed erano fidanzati da otto anni. Lui adesso era militare e mandava delle cartoline.

La casa della zia era grande, con delle alte camere vuote e gelate. C'erano dappertutto dei sacchi di granturco e di castagne, e ai soffitti erano appese delle cipolle. La zia aveva avuto nove figli, ma chi era morto e chi era andato via. In casa c'era solo Santa, che era la minore e aveva ventiquattro anni. La zia non la poteva soffrire e le strillava dietro tutto il giorno. Se non si era ancora sposata era perché la zia, con un pretesto o con l'altro, le impediva di farsi il corredo. Le piaceva tenersela in casa e tormentarla senza darle mai pace. Santa aveva paura di sua madre, ma ogni volta che parlava di sposarsi e lasciarla sola piangeva. Si meravigliò che io non piangessi, quando ripartí mia madre. Lei piangeva ogni volta che sua madre andava per qualche affare in città, anche sapendo che prima di sera sarebbe tornata. In città Santa non c'era stata che due o tre volte. Ma diceva che si trovava meglio al paese. Pure il paese loro era peggio del nostro. C'era puzzo di letamaio, bambini sporchi sulle scale e nient'altro. Nelle case non c'era luce e l'acqua si doveva prendere al pozzo. Scrissi a mia madre che dalla zia non ci volevo piú stare e mi venisse a riprendere. Non le piaceva scrivere e per questo non mi diede risposta per lettera, ma fece dire da un uomo che vendeva il carbone di aver pazienza e restare dov'ero, perché non c'era rimedio.

Cosí restai. Non mi sarei sposata che in febbraio ed era soltanto novembre. Da quando avevo detto a mia madre che mi doveva nascere un figlio, la mia vita era diventata cosí strana. Da allora m'ero dovuta sempre nascondere, come qualcosa di vergognoso che non può essere veduto da nessuno. Pensavo alla mia vita d'una volta, alla città dove andavo ogni giorno, alla strada che portava in città e che avevo attraversato in tutte le stagioni, per tanti anni. Ricordavo bene quella strada, i mucchi di pietre, le siepi, il fiume che si trovava ad un tratto e il ponte affollato che portava sulla piazza della città. In città si compravano le mandorle salate, i gelati, si guardavano le vetrine, c'era il Nini che usciva dalla fabbrica, c'era Antonietta che sgridava il commesso, c'era Azalea che aspettava il suo amante e andava forse alle Lune con lui. Ma io ero lontana dalla città, dalle Lune, dal Nini, e pensavo stupita a queste cose. Pensavo a Giulio che studiava in città, senza scrivermi e senza venirmi a trovare, come non ricordandosi di me e non sapendo che doveva sposarmi. Pensavo che non l'avevo piú rivisto da quando aveva saputo che avremmo avuto un figlio. Che cosa diceva? Era contento o non era contento che ci dovevamo sposare?

Passavo le giornate seduta nella cucina della zia, sempre con gli stessi pensieri, con in mano le molle per il fuoco, con la gatta sulle ginocchia per sentirmi piú calda, e uno scialle di lana sulle spalle. Venivano ogni tanto delle donne a misurarsi i vestiti. La zia, in ginocchio, con la bocca piena di spilli, leticava per la forma del collo e per le maniche e diceva che quando c'era ancora la contessa, doveva andare tutti i giorni alla villa a lavorare per lei. La contessa era morta da un pezzo e la villa era stata venduta, e la zia piangeva sempre quando ne parlava.

— Era un gusto sentirsi fra le dita quelle sete, quei pizzi, – diceva la zia. – La povera contessa mi voleva tanto bene. Diceva: «Elide mia, finché ci sono io, non ti deve mancare mai niente».

Ma era morta in miseria, perché i figli e il marito s'erano mangiato tutto.

Le donne mi guardavano incuriosite e la zia raccontava che
m'aveva accolta per pietà perché i miei m'avevano messo fuori di
casa, per via di quella disgrazia che m'era successa. C'era qualcuna
che voleva farmi la predica, ma la zia tirava corto e diceva:

– Ora quello che è stato è stato, e poi non si sa. Certe volte
uno crede di sbagliare, e invece poi trova che ha fatto bene. A vederla cosí sembra una sciocca, ma è furba, perché s'è preso uno
ricco e istruito che finirà a sposarla. Chi è sciocca invece è mia
figlia, che fa l'amore da otto anni e non le riesce di farsi sposare.
Dice che è colpa mia che non le do il corredo. Glielo facciano loro
il corredo che stanno meglio di me.

– Un giorno o l'altro ti ritorno incinta, cosí sei contenta, – le
gridava mia cugina.

– Provati un po' e poi vediamo, – le diceva la zia, – ti strappo
tutti i denti dalla bocca se lo dici ancora. No, in casa mia queste
cose non si sono mai viste. Di nove figli, cinque sono femmine,
ma per la serietà nessuno ha mai potuto dir niente, perché le ho
custodite bene fin da piccole. Ripeti un po' quello che hai detto,
strega, – diceva a Santa. Santa scoppiava a ridere e le donne ridevano con lei, anche la zia rideva e non la smettevano piú per un pezzo.

La zia era la sorella di mio padre. Sebbene non fosse stata al
paese nostro da tanti anni, e io non l'avessi quasi mai vista prima
d'allora, sapeva i fatti di tutti e parlava di tutti come li avesse
sempre avuti intorno. Ce l'aveva con Azalea, perché diceva che
era troppo superba.

– Chi sa cosa si crede, perché d'inverno porta la pelliccia, – diceva. – La contessa ne aveva tre di pellicce e le buttava in braccio
al servitore entrando come se fosse stata tela straccia. Eppure lo
so io che prezzo avevano. Le conosco bene le pellicce. Quella di
Azalea è coniglio. Puzza di coniglio da un metro lontano.

– Quel Nini è un tipo buffo, – diceva qualche volta, – è mio
nipote tanto come te, ma non ho mai avuto il bene di conoscerlo
un po'. Un giorno che l'ho incontrato in città, m'ha fatto un bel
saluto ed è filato via. Eppure da bambino lo portavo in collo, e gli
mettevo le pezze ai calzoni perché andava strappato. Mi hanno
detto che sta con una donna.

– Lavora in fabbrica, – le dicevo.

– Meno male che ce n'è uno che lavora. I miei figli tutti lavorano, ma da voi nessuno fa niente. Siete venuti su come l'erba cattiva, che fa peccato pensarci. Tu da quando sei qui non ti sei mai rifatta il letto una volta. Passi la giornata seduta, coi piedi sullo sgabello.

– Sto male, – le dicevo, – sto troppo male, non mi posso stancare.

– Si capisce a guardarla come soffre, – diceva Santa, – è verde come un limone, e storce sempre la bocca. Non tutti son robusti come noi. Perché noi stiamo in mezzo ai contadini, e invece lei è cresciuta più vicino alla città.

– Di' pure che era sempre in città. Non faceva che scappare in città, fin da quando era piccolina, e così ha perso la vergogna. Una ragazza non dovrebbe metterci i piedi in città, quando non l'accompagna la madre. Di' che sua madre è mezza matta anche lei. Sua madre da ragazza era senza rispetto anche lei.

– Ma Delia se si sposa starà meglio di tutti, – diceva Santa, – e metterà superbia come ha fatto Azalea.

– È vero. Il giorno che si sposa non le manca più niente. Ora stiamo a vedere se si sposa. Può darsi che le vada bene, ma chi sa. Speriamo.

– Quando sarai maritata, verrò a farti da cameriera, – diceva Santa dopo che la zia se n'era andata, – se non mi sposo anch'io. Ma se mi sposo devo andare nei campi, col fazzoletto in testa e gli zoccoli ai piedi, seduta sul somaro e sudare su e giú tutto il giorno. Perché il mio fidanzato è contadino e hanno terra fin sotto il paese, senza contare la vigna, e hanno vacche e maiali. Anche a me non mi mancherà niente.

– Che allegria. Mi viene male solo a pensarci, – dicevo.

– Oh, a te vien male per poco, – diceva Santa offesa, tagliando il cavolo per la minestra. – A Vincenzo gli voglio bene, e me lo piglierei se anche fosse povero e stracciato, e mi toccasse patire la miseria con lui. Tu invece non hai tempo di pensare se vuoi bene a quello o a un altro, perché in ogni modo lo devi sposare, nello stato che sei. E ancora devi dirgli grazie se ti sposa. A me non mi fa niente lavorare, se ho vicino chi mi vuol bene.

Si cenava con la scodella nel grembo, senza allontanarci dal fuoco. Io non la finivo mai la minestra. La zia si versava nel suo piatto quello che avevo lasciato.

– Se vai avanti cosí, ti verrà fuori un topo, – diceva.

– È questo buio che mette paura. Mi fa andar via la voglia di mangiare. Quando è notte, qui sembra d'essere in una tomba.

– Ah, per mangiare ci vuole l'elettricità. Questa non l'avevo ancora sentita. Ci vuole l'elettricità.

Dopo cena, Santa e la zia stavano alzate un pezzo e lavoravano ai ferri. Si facevano le maglie di sotto. A me veniva sonno, ma restavo perché avevo paura di salire le scale da sola. Dormivamo tutt'e tre in un letto, nella camera sotto il solaio. La mattina ero l'ultima ad alzarmi. La zia scendeva a portare il mangiare alle galline, Santa si pettinava parlandomi del suo fidanzato. Un po' dormivo e un po' stavo a sentire, e le dicevo di pulirmi le scarpe. Le puliva badando che non entrasse la zia, perché la zia non voleva che io mi facessi servire. E intanto seguitava a raccontarmi tutte le sue storie. Diceva: – Mi chiamo Santa, ma non sono santa –. Diceva che non era santa perché il suo fidanzato l'abbracciava quando veniva in licenza ed uscivano insieme.

Passeggiavo qualche volta nell'orto, perché la zia diceva che una donna incinta non deve star sempre seduta. Mi spingeva fuori della porta. L'orto era cintato da un muro e si usciva in paese da un cancello di legno. Ma io non l'aprivo mai quel cancello. Il paese lo potevo vedere dalla finestra della nostra camera e non aveva niente che invitasse. Camminavo dal cancello alla casa, dalla casa al cancello. Da una parte c'erano le canne per i pomodori, dall'altra parte erano piantati dei cavoli. Dovevo stare attenta a non pestare niente. – Attenta ai cavoli, – gridava la zia, mettendo fuori la testa dai vetri. L'orto era pieno di neve e mi si gelavano i piedi. Che giorno era? che mese era? cosa facevano a casa? e Giulio era ancora in città? Non sapevo piú niente. Sapevo solo che il mio corpo cresceva, cresceva, e la zia m'aveva allargato il vestito due volte. Piú il mio corpo si faceva largo e rotondo, e piú il viso mi diventava piccolo, brutto, tirato. Mi guardavo sempre nello specchio del cassettone. Era una cosa strana vedere com'era diventato il mio viso. «È meglio che non mi veda nessuno», pensavo. Ma mi avviliva che Giulio non m'avesse scritto, che non fosse mai venuto a trovarmi.

Venne invece una volta Azalea. Capitò il pomeriggio. Aveva la famosa pelliccia e un cappello stranissimo, con tre penne piantate sul davanti. In cucina c'era Santa con delle bambine che imparavano a fare l'uncinetto. Azalea non guardò in faccia nessuno e s'infilò per le scale, e mi disse che voleva parlarmi da sola. Aprí la prima porta che vedeva e trovammo la zia, che s'era messa giú per dormire, senza il vestito e con la sottoveste nera, con la sua treccia grigia sulle spalle. Quando riconobbe Azalea la zia si alzò tutta impaurita e agitata, e cominciò a farle mille complimenti, come non ricordando tutto quello che diceva di lei. Voleva scendere a farle il caffè. Ma Azalea le rispose secca secca che non lo voleva, e che voleva stare un po' sola con me, perché doveva ripartire subito. Cosí la zia se ne andò e restammo sole, e lei si mise a chiedermi se stavo molto male.

– Sei già grossa, – mi disse, – ho l'idea che il giorno che ti portano in chiesa sarai come un pallone.

E mi disse che il padre di Giulio era ancora venuto a offrire dei soldi, purché non si parlasse piú di matrimoni. In casa c'era stato il finimondo, e lui se n'era andato spaventato, assicurando che l'avevano capito male e che invece era molto contento. Poi mi disse che anche dopo sposata sarei rimasta dalla zia per un poco, fino a quando avessi partorito, perché al paese da noi non ci fossero tanti discorsi. E disse che la madre di Giulio era una vecchia avara, che non dava da mangiare alla serva e contava ogni giorno le lenzuola per la paura che gliele rubassero, e se dovevo poi stare con lei non c'era da invidiarmi.

– Ma Giulio ha detto che staremo da soli in città.

– Speriamo che starete da soli, perché se devi metterti con lei ti farà la vita difficile.

– Di' a Giovanni che mi venga a trovare, – le dissi.

– Glielo dirò, ma chi sa se verrà. È occupato con una donna.

– Antonietta?

– Non so chi sia. È una bionda che aveva prima il Nini. Passeggiano abbracciati sul corso. Ma è vecchiotta e val poco.

– Dillo anche al Nini che mi venga a trovare. Mi annoio.

– Il Nini non lo vedo da un pezzo. Lo dirò anche a lui se lo trovo. Io verrò ancora qualche altra volta, ma sai, non ho molto tempo. Non mi lascia un minuto quello là. Viene sempre a fischiare sotto le finestre, e mi fa segno: è uno scandalo.

– È sempre lo studente? – domandai.

– Cosa credi, che ne cambi uno al mese? – rispose offesa, allacciandosi i guanti. – Addio, – mi disse, – vado, – e mi abbracciò. Restai stupita e anch'io la baciai sulla faccia fredda e incipriata. – Addio, – ripeté sulle scale. La vidi camminare rigida nell'orto, seguita dalla zia.

La zia mi venne a chiamare perché assaggiassi certe sue frittelle. Era ancora tutta sottosopra per la visita di Azalea. Mi disse che le aveva chiesto se aveva delle scarpe vecchie, per Santa e per sé. Azalea le aveva promesso di portargliele un'altra volta. Le frittelle sapevano di grasso e mi fecero vomitare. La venuta di Azalea m'aveva messo tristezza. Ero pentita d'averle chiesto che dicesse al Nini di venire. Che effetto gli facevo se veniva davvero? Non mi riconoscevo piú quando mi specchiavo. Non parevo neppur piú la stessa. Come correvo svelta per le scale, una volta. Ora il mio passo s'era fatto pesante, lo sentivo risuonare per tutta la casa.

Giovanni me lo vidi capitare qualche giorno dopo. Arrivò su in motocicletta. Un amico gliel'aveva prestata. Appena sceso mi fece vedere che aveva un orologio. E disse che l'aveva comperato col denaro che aveva guadagnato di commissione.

– Cos'è una commissione? – gli chiesi.

Mi spiegò che da un tale aveva avuto l'incarico di fargli vendere un camioncino. Senza fatica s'era poi trovato duecento lire in tasca.

– È da imbecilli rompersi la schiena in fabbrica otto ore al giorno come fa il Nini. I soldi vengono in tasca da sé. Basta saper discorrere. Il Nini intanto è sempre stanco morto e la domenica si rinchiude a dormire. Anche perché s'è messo a bere peggio d'una volta.

– Lo vedi sovente? – gli chiesi.

– Poco. Adesso ha cambiato domicilio, – disse.

– Non sta piú con Antonietta?

– No.

Volevo chiedergli ancora del Nini, ma lui ricominciò a parlare di quei denari, del camioncino che aveva venduto e di un'altra commissione per certo ferro che doveva toccargli fra poco. Sedette in cucina con Santa e l'aiutò a sbucciare le castagne, e intanto seguitava a vantarsi e a raccontare della commissione, e di un'idea che aveva di comprarsi una motocicletta quando avesse avuto soldi abbastanza. Santa uscí per andare alla benedizione e rimanemmo soli accanto al fuoco.

– Ti trovi bene qui? – mi chiese.

– Mi annoio, – dissi.

– Giulio è in città. L'abbiamo trovato Antonietta e io al caffè. Si è seduto con noi e ci ha pagato una bibita. Ha detto che si ammazza a studiare e non ha tempo di scriverti.

– C'era anche il Nini? – gli chiesi.

– Non c'era perché con Antonietta ora sono come cane e gatto. Antonietta dice che il Nini l'ha trattata come un villano e se n'è andato via di casa una mattina gridando peggio d'un diavolo. Adesso sta da solo in una stanza dove tiene ammucchiati i suoi libri e quando esce di fabbrica si ficca lí dentro e comincia a leggere e a bere. Se arrivo io, nasconde la bottiglia. Non si compra nemmeno da mangiare e s'è conciato sporco che mette paura. Antonietta m'ha dato da portargli dei libri che aveva lasciato da lei. «Antonietta te la regalo, – mi ha detto, – prendi il mio posto e va' a stare da lei che starai meglio che a casa tua; cucina bene Antonietta e l'arrosto lo fa delizioso».

– E allora tu ci andrai?

– Non sono mica stupido, – mi disse, – se ci vado finisce che mi tocca sposarla. Me la tengo finché ne ho voglia, e poi la pianto come ha fatto il Nini. Prima di tutto quando non è ancora dipinta si capiscono gli anni che ha. E poi ha sempre una lagna che annoia sentirla.

Si fermò a cena e spaventò Santa con la storia d'un certo fantasma che sbucava di notte sulla strada. Uscii con lui nell'orto.

– Addio, – disse mettendosi sopra il sellino, – sta' allegra.

Quando non avrai piú quel cocomero sul davanti, ti porterò con Antonietta al cinema. Se ne vedono di belle al cinema. Ci vado spesso perché Antonietta conosce il padrone e ci fanno entrare con lo sconto.

Partí con grande fracasso, facendo fumo da dietro.

La zia e Santa continuavano a parlare del fantasma, ne parlarono tutta la sera e parlarono anche di una monaca che compariva sempre alla fontana e che Santa aveva visto una volta, finché venne paura anche a me. Nel letto non potevo addormentarmi e non facevo che pensare alla monaca, e svegliai Santa tirandola per un braccio, ma si voltò dall'altra parte borbottando qualcosa. Mi alzai e andai alla finestra a piedi scalzi, e pensavo al Nini che beveva nella sua camera col ciuffo scompigliato, e metteva via presto la bottiglia quando entrava Giovanni. Mi venne voglia di parlare col Nini e di dirgli che avevo paura della monaca e dei fantasmi, e sentirlo ridere e canzonarmi come faceva una volta. Ma era ancora capace di ridere? Forse non rideva piú ed era come impazzito dal bere. Allora mi venne da piangere, e cominciai a piangere e a gridare ritta nella stanza in camicia con le mani sul viso. La zia si svegliò e saltò fuori dal letto, accese la candela e mi chiese cosa m'era successo. Le dissi che avevo paura. Mi disse di non far la stupida e di rimettermi a letto a dormire.

Venne in licenza il fidanzato di Santa, uno alto col viso color terracotta, che si vergognava a parlare. Santa mi domandò se mi piaceva il suo fidanzato.

– No, – le risposi.

– Forse a te piacciono solo coi baffi, – mi disse.

– No, – dissi, – c'è anche chi non ha i baffi e mi piace –. E pensai al Nini e di nuovo mi venne voglia d'essere con lui, lontano da Santa e dalla zia, sdraiata in riva al fiume col vestito celeste che avevo d'estate. Mi sarebbe piaciuto sapere se mi voleva ancora tanto bene. Ma adesso ero cosí brutta e buffa che avrei avuto vergogna di farmi vedere da lui. Avevo vergogna perfino davanti al fidanzato di Santa.

Santa era arrabbiata con me perché le avevo detto che non mi piaceva il suo fidanzato. Stette senza parlarmi per diversi giorni, finché dovetti chiamarla e chiederle scusa una volta che avevo bisogno che mi aiutasse a lavarmi i capelli. Fece scaldare l'acqua e me la venne a portare, e mi baciò e si commosse, e mi disse che quando io fossi partita non avrebbe saputo abituarsi a stare senza di me. E volle che le promettessi di scriverle qualche volta.

C'era un po' di sole e sedetti nell'orto per farmi asciugare i capelli, con un asciugamano sulle spalle. A un tratto vidi aprirsi il cancello ed entrò il Nini.

– Come va, – disse. Era sempre lo stesso con l'impermeabile e il cappello storto, e la sciarpa buttata intorno al collo, ma aveva un'aria distratta e antipatica e non trovavo niente da dirgli. E poi mi dispiaceva troppo che vedesse com'ero diventata. Mi disse di uscire dall'orto e passeggiare fuori perché non aveva voglia di dover parlare alla zia. Mi tolsi l'asciugamano di dosso e lo seguii fuori, e camminammo un pezzo per le vigne spoglie, sulla neve dura e gelata.

– Come va, – gli dissi.

– Male, – mi rispose. – In febbraio ti sposi?

– Sí, in febbraio.

– Giulio viene sovente qui?

– No. Non è mai venuto.

– E a te dispiace che non venga mai?

Non rispondevo e si fermò davanti a me, guardandomi fisso negli occhi.

– No che non ti dispiace. Non te ne importa niente nemmeno di lui. Dovrei essere piú contento cosí. E invece mi fa ancora piú male. A pensarci è una storia tanto stupida. Non varrebbe la pena tormentarsi piú.

Si fermò di nuovo aspettando che dicessi qualcosa.

– Sai che adesso sto solo?

– Sí, lo so.

– Mi trovo bene da solo. Passano delle intere giornate che non dico una parola a nessuno. Esco dalla fabbrica e vado subito nella mia stanza, dove ho i miei libri e nessuno che venga a dar noia.

– Hai una bella stanza? – gli chiesi.

– Macché.

Scivolavo e mi sostenne col braccio.

– Forse t'interessa sapere se sono ancora innamorato di te. No, credo di non essere piú innamorato.

– Sono contenta, – dissi. Ma non era vero e mi sentivo invece cosí triste che facevo fatica a non piangere.

– Quando sono venuto da te l'ultima volta, che m'avevano detto che eri malata, volevo domandarti se mi volevi sposare. Non so come mi era venuta quest'idea assurda. Certo rispondevi di no, ridevi o ti arrabbiavi, ma io non avrei sofferto tanto. Quello che m'ha fatto soffrire, è stato sapere che avrai un bambino, che tu con questa faccia, con questi capelli, con questa voce, avrai un bambino e forse gli vorrai bene, forse diventerai a poco a poco un'altra, e io cosa sarò per te? La mia vita non cambierà e io continuerò a andare in fabbrica, a fare il bagno nel fiume d'estate, a leggere i miei libri. Una volta ero sempre contento, mi piaceva guardare le donne, mi piaceva girare in città e comperarmi dei libri, e intanto pensavo a tante cose e mi pareva d'essere intelligente. Mi sarebbe piaciuto che avessimo un bambino insieme. Ma non ti ho mai neanche detto come ti volevo bene. Avevo paura di te. Che storia stupida è stata. È inutile piangere, – disse vedendomi le lacrime agli occhi. – Non piangere. Mi fa rabbia vederti piangere. Lo so che non te ne importa. Piangi cosí, ma poi cosa te ne importa?

– Anche a te adesso non t'importa piú di me, – gli dissi.

– No, – mi rispose. Cominciava a far buio. Mi riaccompagnò fino al cancello.

– Addio, – mi disse, – perché m'hai fatto dire che venissi qui?

– Perché volevo vederti.

– Volevi vedere come mi ero ridotto? Sono ridotto bene, – mi disse, – non faccio che bere.

– Ma l'hai sempre fatto di bere.

– Non come adesso. Addio. Non ti ho detto la verità. Ti ho detto che non ti volevo bene. Non è vero, ti voglio ancora bene.

– Anche se adesso io sono cosí brutta? – gli chiesi.

– Sí, – disse, e rise. – Ma ti sei fatta brutta davvero. Addio, me ne vado.

– Addio, – gli dissi.

Trovai Santa che piangeva in cucina, perché Vincenzo le aveva detto partendo che la sua famiglia non li lasciava sposare. Volevano un'altra ragazza coi soldi. Lui aveva promesso di sposarla lo stesso, ma la zia diceva che certo non si sarebbe deciso. La zia mi domandò dov'ero stata. Le dissi che ero uscita a passeggio col Nini.

– Ah, il Nini. Poteva ben venirmi a salutare. Ho visto morire sua madre.

Santa non volle cenare.

– Sei proprio stupida, – le disse la zia, – cos'è questa fretta di sposarsi? Qui a casa hai tutto il necessario. Quando una donna si sposa le cominciano i guai. Ci sono i figli che gridano, c'è il marito che bisogna servirlo, ci sono i suoceri che fan la vita dura. Se prendevi Vincenzo ti toccava andar nei campi la mattina presto, e zappare e falciare, perché quelli sono contadini. Avresti visto che gusto. Una ragazza non capisce la vita. Cosa c'è di meglio per te che startene a casa con tua madre?

– Sí, ma dopo? – rispose Santa singhiozzando.

– Dopo? dopo, vuoi dire quando sarò morta? Hai tanta fretta di vedermi morire? Camperò novant'anni per farti dispetto, – gridò la zia, sbattendole il rosario sulla testa.

– Tua cugina è diverso, – continuò dopo un poco, mentre Santa si asciugava gli occhi. – A lei è capitata una disgrazia. Non m'avrai fatto qualche brutto scherzo anche tu?

– No no, lo giuro.

– Spero bene. In casa mia queste cose non si sono mai viste. Ma delle volte il cattivo esempio vuol dire, come succede con la frutta marcia. Delia se fosse stata mia figlia stasera le davo due schiaffi. Non si va in giro con un giovanotto nello stato che sei, – mi disse, – come oggi col Nini. Non importa se siete venuti su insieme. Mica tutti lo possono sapere.

Non le risposi e invece presi a consolare Santa, e le dissi:

– Non disperarti che dopo sposata ti cerco un marito anche per te.

– Là, là, – mi disse la zia, – anche tu non hai tanto da cantare vittoria. M'hanno detto che il tuo fidanzato non ci pensa per niente a sposarti e va sempre con una signorina. Me l'hanno detto diversi, e ci credo. Del resto come mai non ti viene a trovare, sono venuti tutti, perfino quel matto del Nini, e proprio lui perché non è venuto.

– Se deve studiare, – le dissi.

– Non so. Io ripeto quello che ho sentito. Lo vedono con una signorina, cosí m'hanno detto. Tu merlo stai qui ad aspettare che venga a sposarti, e invece lui non si ricorda piú neanche chi sei.

– Non è vero, – le dissi.

– Perché non vai a domandarlo a lui se è vero. Fatti un po' avanti e digli che ti deve sposare, adesso che t'ha rovinata, se no pianti fuori uno scandalo. Agli uomini bisogna fargli paura. Sarà carino quando avrai un figlio sulle braccia e dovrai guadagnarti la vita. Perché tuo padre in casa non ti piglia piú, te l'assicuro io.

Se ne andò e restai sola con Santa. Santa mi disse:

– Come siamo disgraziate noi due, – e voleva tenermi abbracciata e che piangessimo insieme, ma io non avevo voglia di averla vicino. Scappai su in camera e mi chiusi a chiave. Non piangevo e guardavo zitta nel buio, e pensavo che aveva ragione di non volermi sposare. Perché adesso ero diventata brutta e l'aveva detto anche il Nini, e poi non gli volevo bene, non m'importava niente di lui. «Per me sarebbe meglio morire, – pensavo, – sono stata troppo stupida e disgraziata. Adesso non so piú cosa vorrei». Ma forse la sola cosa che volevo era tornare com'ero una volta, mettere il mio vestito celeste e scappare ogni giorno in città, e cercare del Nini e vedere se era innamorato di me, e andare anche con Giulio in pineta ma senza doverlo sposare. Eppure tutto questo era finito e non poteva piú ricominciare. E quando la mia vita era cosí non facevo che pensare che mi annoiavo e aspettare qualche cosa d'altro, e speravo che Giulio mi sposasse per andarmene via di casa. Adesso non desideravo piú di sposarlo e ricordavo come tante volte m'ero annoiata mentre mi parlava, e come tante volte m'aveva fatto dispetto. «Ma è inutile, – pensavo, – è inutile e ci dobbiamo sposare, e se lui non mi vuole sarò rovinata per sempre».

L'indomani venne mia madre e mi trovò con la febbre, per il freddo che avevo preso a girare col Nini fino a tardi, le disse la zia. La camera era troppo fredda e io sedevo in cucina al mio solito posto, con le gambe quasi nel fuoco. Battevo i denti e mi lamentavo per la febbre che avevo addosso. Mi sentivo la testa confusa e non capivo bene quello che diceva mia madre. Mia madre raccontava che di nuovo c'era stata una scena fra Giulio e mio padre, perché Giulio aveva detto che il bambino poteva anche non essere suo.

– Se tu non avessi fatto sempre la vagabonda, non avresti sentito di queste parole, – mi disse mia madre.

– È vero, – disse la zia, – e anche ieri è uscita a passeggio col Nini, e cosí le è venuta la febbre dal freddo che ha preso. A me non me ne importa niente, ma mi dispiace solo che l'ho qui da noi. Perché se la fama cattiva s'attacca a mia figlia, chi gliela toglie piú?

Ma io dissi che andassero via e mi lasciassero stare, perché mi dolevano tutte le ossa. La zia disse a mia madre che dovevo parlare io con Giulio, se era lui che non mi voleva, e anche mia madre disse che gli dovevo parlare, e mi lasciò il suo indirizzo in città, che aveva avuto dalla serva in segreto. Poi scappò via in fretta per essere a casa prima che tornasse mio padre, perché mio padre non voleva che venisse a vedermi e diceva che se anche ero morta lui non lo voleva sapere.

Cosí un giorno, quando fui guarita, mi preparai per andare in città, presi il denaro che m'aveva lasciato mia madre e un involto di dolci che aveva fatto la zia e che voleva che portassi a Giulio, ma i dolci quando fui sul postale li regalai a una donna. Per tutto il tempo che fui sul postale non feci che pensare alla città, che non rivedevo da un pezzo, e mi piaceva anche guardare dai vetri e guardare la gente che saliva e sentire di cosa discorrevano. Era sempre piú bello che in cucina, perché i pensieri tristi sparivano a trovarsi davanti tanta gente, che non mi conosceva e non sapeva tutte le mie storie. Mi rallegrò vedere la città, con i portici e il corso, e guardai se per caso c'era il Nini, ma a quell'ora doveva essere in fabbrica. Mi comprai delle calze e un profumo chiamato « notturno », finché non mi restarono piú soldi. E poi andai da Giulio. La padrona di casa, una coi baffi, che camminava trascinando una gamba, mi disse che dormiva e non osava chiamarlo, ma se aspettavo un poco si sarebbe alzato. Mi portò nel salotto ed aperse le imposte, e sedette con me e cominciò a raccontarmi della gamba che le si era gonfiata dopo che era caduta da una scala, mi raccontò le cure che faceva e i soldi che doveva spendere. Quando uscí per aprire al lattaio mi tolsi in fretta le calze e infilai quelle nuove che avevo comprato, e le altre che erano rotte le arrotolai e le ficcai nella borsa. E di nuovo sedetti ad aspettare finché venne la padrona a chiamarmi, e trovai Giulio nella sua camera cosí insonnolito che non capiva chi fossi. Poi si mise a girare senza scarpe e a cercare la cravatta e la giacca, e io sfogliavo i suoi libri sul tavolo, ma lui mi disse che lasciassi stare e non toccassi niente.

— Chi sa perché sei venuta, – mi disse, – ho da fare e mi dispiace molto di perdere il tempo. E poi cosa diranno qui in casa, dovrò certo spiegare chi sei.

– Dirai che ci dobbiamo sposare, – gli dissi, – oppure non vuoi piú che ci sposiamo?

– Hai paura che scappi, – mi disse con rabbia, – sta' tranquilla che adesso non ti scappo piú.

– Senti, – dissi con una voce quieta e bassa, che non mi parve la mia. – Senti, lo so che non t'importa piú di me. E anche a me non m'importa di te. Ma sposarmi devi sposarmi, perché se no mi butterò nel fiume.

– Oh, – disse, – l'hai letto in qualche romanzo.

Ma s'era un po' spaventato e mi disse di non ripetere certe sciocchezze, e gridò alla padrona che facesse il caffè. Dopo che ebbi preso il caffè portò via le tazzine e richiuse a chiave la porta, e mi disse che invece di parlare si poteva passare meglio il tempo.

Quando vidi dai vetri che era buio dissi che m'era già partito il postale, e lui allora guardò l'orologio e mi disse di far presto a vestirmi, che forse si arrivava ancora a prenderlo.

– Se no dove ti metto stanotte, – mi disse, – tenerti qui non ci penso neppure, la zoppa correrebbe a raccontarlo per tutta la città.

Alla fermata del postale si arrabbiò con me perché non trovavo il biglietto, e poi perché nella furia mi cadde la borsa e vennero fuori le calze che m'ero levate in salotto, e mi disse:

– Ma sei proprio sempre la stessa. Non imparerai mai come si vive.

La notte prima del mio matrimonio non feci che piangere, e la zia volle che stessi due ore con delle pezze fredde sul viso, perché non si vedesse tanto. Poi mi lavò i capelli con l'uovo e mi spalmò una crema sulle mani perché le avevo rosse e screpolate. Era una crema che adoperava sempre la contessa. Ma ogni volta che qualcuno mi parlava piangevo, e facevo pietà, coi capelli appena lavati che mi scappavano da tutte le parti, gli occhi gonfi dal piangere e la bocca tremante.

La mattina arrivarono mio padre e mia madre su un carro, e dopo un po' arrivarono i due piccoli a piedi, con la speranza di mangiare qualcosa. Ma erano cosí sporchi che la zia non lasciò che venissero in chiesa. Giovanni non l'avevano trovato perché era già filato in città, e Azalea era al mare coi figli, convalescenti d'una malattia. M'aveva scritto una lettera dove mi faceva capire che era là col suo amante e non aveva voglia di muoversi. Piú tardi vennero Giulio e suo padre. Giulio non si riconosceva per il soprabito lungo che aveva, per i guanti che teneva in mano e per le scarpe lucide. La zia si fece prestare delle seggiole, perché le sue perdevano la paglia.

In chiesa io non capii una sola parola di quello che diceva il prete. Morivo di paura che tutt'a un tratto mi venisse male, dal batticuore e dall'odore d'incenso. La chiesa era stata imbiancata da poco ed era nuda e vuota, che non pareva neppure una chiesa. Mia madre s'era portato lo scaldino e la zia non faceva che guardare la porta, col pensiero del pranzo che aveva sul fuoco. Santa piangeva per il dolore che non era lei a sposarsi, e anch'io piangevo e non riuscivo piú a smettere. Piansi per tutta la durata del pranzo che aveva preparato la zia. Ma gli altri finsero di non vedermi e si misero a parlare fra loro di cose che non mi riguardavano.

Quando mio padre fece per andarsene, la zia mi spinse davanti a lui e mi disse di chiedergli perdono dei dispiaceri che gli avevo dato. Mi baciò imbarazzato e voltò via la testa. Era molto cambiato in quei mesi e gli era venuta un'aria sempre offesa e triste. Adesso portava gli occhiali e non pareva piú la stessa persona che m'aveva picchiato per Giulio. Pareva che ogni forza di picchiare, di urlare e di arrabbiarsi l'avesse lasciato. Mi dava delle occhiate di traverso senza dirmi niente. Pareva che si vergognasse di me.

Dopo pranzo ripartirono tutti e solo Giulio rimase. Salimmo insieme in camera e mi disse che dovevo restare con la zia fino a quando fosse nato il bambino. Qualche volta sarebbe venuto a trovarmi, ma non troppo spesso. Perché s'era stancato a studiare e anch'io dovevo star tranquilla, e pensare che non era uno scherzo partorire un bambino. Mi disse di sdraiarmi a riposare per l'emozione che avevo provato in chiesa, e mi lasciò e scese in cucina con Santa che asciugava i bicchieri.

Venne poi a trovarmi una domenica. Era di nuovo vestito da caccia con gli stivali neri e la giacca sbottonata sul petto, come una volta quando lo vedevo in paese. Gli domandai se aveva già trovato l'alloggio.

– Quale alloggio, – mi disse, – non c'è nessun alloggio da trovare, perché staremo coi miei e mia madre ha già pronta la camera.

– Ah davvero, – gli dissi, e mi tremò la voce dalla rabbia. – Ma con tua madre io non ci voglio stare. Preferisco morire piuttosto che vedere ogni giorno tua madre.

– Non ti permetto di parlare cosí, – mi disse. E disse che presto avrebbe avuto uno studio in città, ma io dovevo abitare al paese coi suoi perché la vita era troppo costosa e noi non avevamo i mezzi per stare da soli.

– Era meglio non sposarsi allora, – gli dissi.

– Certo era meglio, – disse, – ma t'ho sposata perché mi facevi pietà. L'hai già dimenticato che volevi buttarti nel fiume.

Lo guardai bene in faccia e me ne andai. Traversai l'orto in fretta senza rispondere niente alla zia che mi chiedeva dove diavolo andavo. Mi misi a camminare per le vigne come quel giorno col Nini, e passeggiai a lungo con le mani in tasca, col vento che mi soffiava sul viso. Quando tornai Giulio se n'era andato.

– Carogna, – mi disse la zia, – sai farti rispettare tu. Passavo e
vi ho sentiti leticare. Ma per leticare è un po' presto. Gliene farai
vedere di carine se continui cosí.

Giulio tornò dopo qualche giorno con certi tagli di stoffa, perché voleva che mi facessi degli abiti, e mi disse che avrebbe ripensato a quell'affare della città.

– Mi metto contro i miei pur di farti contenta, – disse, – ma
non meriteresti niente, perché sei troppo cattiva.

La zia venne a guardare le stoffe e tirò fuori un giornale di
mode, e disse che appena mi fossi sgravata si sarebbe messa al
lavoro. Ma Giulio allora le disse che quelle stoffe le voleva portare da una sarta in città. La zia si fece rossa e si offese, e ci
disse di uscire dalla camera e andare in cucina perché doveva
riordinare un armadio. – E in fin dei conti questa è casa mia, – ci
disse.

Giulio mi disse che bisognava che fossi elegante se volevo abitare in città. Ma disse che non mi avrebbe permesso di vestirmi
come si vestiva Azalea. Perché Azalea portava certe cose stravaganti, che quando passava per la strada si voltavano tutti a guardarla. Lui non voleva che questo succedesse anche a me. Ma
elegante mi voleva elegante, perché una donna quando si tra-
scura non c'è gusto a portarsela intorno. Santa gli disse per fargli
dispetto che le stoffe le aveva scelte male, perché non erano i
colori di moda.

– La conoscono molto la moda quelli che stanno sempre in
mezzo alle cipolle, – disse Giulio.

– La moda è di vestirsi come gli altri, senza quegli stivali del-
l'orco, che mi scappa da ridere a vederli anche un metro lontano, –
rispose Santa.

Se la presero a male tutti e due e Giulio seguitò a parlarmi
come se fosse stato solo con me. Mi disse che se stavo in città
bisognava ricevere ogni tanto, e io dovevo imparare a ricevere e
tante altre cose, perché certe volte pareva che cascassi dal mondo
della luna. Lo guardai per vedere se pensava alle Lune dicendo
cosí. Invece lui non ci pensava affatto e pareva che non si ricordasse che m'aveva portato alle Lune, dove andavano anche le puttane, pareva che non si ricordasse piú del tempo che non eravamo
sposati, e la sua poca voglia di sposarmi e i denari che io dovevo

prendere pur di sparire da qualche altra parte, col figlio che avevo da lui. Adesso mi parlava sovente del nostro bambino, del viso che s'immaginava che avesse e di una carrozzella smontabile di un tipo nuovo che aveva visto e bisognava comprare.

I dolori mi presero di notte. La zia si alzò e chiamò la levatrice, e mandò Santa dalla sua madrina perché diceva che una ragazza non può vedere come nasce un bambino. Santa invece voleva restare perché aveva troppa impazienza di baciare il bambino e di mettergli in testa una cuffia coi nastri celesti che aveva ricamato per lui. Verso il mattino arrivò mia madre, anche lei con delle cuffie e dei nastri. Ma io ero tutta stravolta dalla paura e dal male, avevo avuto già due svenimenti e la levatrice disse che bisognava portarmi d'urgenza all'ospedale in città.

Mentre l'automobile correva verso la città, e mia madre mi guardava piangendo, io guardavo la faccia di mia madre e pensavo che presto sarei morta. Graffiavo le mani di mia madre e gridavo.

Mi nacque un maschio e lo battezzarono subito, perché sembrava che dovesse morire. Ma la mattina dopo stava bene. Io ero debole e avevo la febbre, e m'avevano detto di non allattare. Rimasi all'ospedale un mese dopo nato il bambino. Mio figlio lo tenevano le monache, e gli davano il latte col poppatoio. Me lo portavano di quando in quando, brutto come la fame con la cuffia che aveva ricamato Santa, con certe dita lunghe che muoveva pian piano, e un'aria misteriosa e fissa, come se stesse per scoprire qualcosa.

L'indomani del parto mi venne a trovare mia suocera, e se la prese subito con una monaca perché il bambino era fasciato male. Poi sedette impettita con la borsa in mano, con la sua faccia lunga e contristata, e mi disse che quando aveva partorito lei, aveva sofferto molto piú di me. I medici l'avevano lodata per il suo coraggio. Nonostante il parere dei medici, s'era ostinata a voler allattare. Disse che aveva pianto tutto il giorno perché aveva saputo che io non allattavo. Cercò dentro la borsa il fazzoletto e si asciugò le lagrime.

– È triste quando si nega al bambino il seno della madre, – mi disse. Ma aggiunse che del resto io non avevo un bel petto. Venne a guardarmi sotto la camicia. Con un petto cosí non potevo allattare. Mi venne rabbia e le dissi che volevo dormire, perché ero stanca e mi doleva la testa. Allora domandò se m'ero offesa e mi fece una carezza sul mento, e disse che lei era forse un po' troppo sincera. Tirò fuori una scatola di datteri e me la ficcò sotto il guanciale.

– Chiamami mamma, – disse nell'andarsene.

Quando fu andata via, mangiai a uno a uno tutti i datteri, e riposi la scatola pensando che poteva servire per metterci i guanti. E mi misi a pensare a certi guanti che mi sarei comprata dopo l'ospedale, di pelle bianca con le cuciture nere, come aveva Azalea, e poi tutti i vestiti e i cappelli che volevo farmi, per essere elegante e far dispetto a mia suocera, che avrebbe detto che sciupavo i denari. Ma ero triste perché era venuta mia suocera e adesso certo l'avrei avuta sempre intorno, e perché mi pareva che il bambino assomigliasse a lei. Quando mi portarono il bambino e me lo misero accanto nel letto, mi dissi che le assomigliava davvero e che per questo io non gli volevo bene. Mi faceva tristezza d'aver messo al mondo quel bambino, che aveva il mento lungo di mia suocera, che assomigliava anche a Giulio ma non aveva niente di me. « Se volevo bene a Giulio, anche al bambino gli volevo bene, – pensavo, – ma cosí non posso ». Pure nei suoi capelli molli e umidi, nel suo corpo e nel suo respiro, c'era qualcosa che mi attirava e mi restava in mente quando lo portavano via. A lui non importava di sapere se gli volevo bene, e se ero triste o allegra, e di quello che mi volevo comprare e dei pensieri che avevo, e mi faceva pena vedere com'era ancora piccolo e stupido, perché sarebbe stato bello se gli avessi potuto parlare. Starnutí e lo copersi con lo scialle. E ricordai con meraviglia che l'avevo avuto dentro di me, era vissuto sotto il mio vestito per tanto tempo, quando sedevo con la zia in cucina, e quando era venuto il Nini ed avevamo passeggiato insieme. Perché il Nini non si faceva vedere? Ma era meglio che non venisse ancora perché ero troppo debole e stanca, e ogni volta che mi agitavo a parlare mi doleva la testa. E poi avrebbe detto del bambino qualcosa di cattivo.

Giulio veniva sempre da me verso sera, quando le monache

pregavano nel corridoio e vicino al mio letto era accesa una piccola lampada sotto un paralume di seta. Quando veniva, io cominciavo subito a lamentarmi che non mi sentivo bene, che mi faceva male tutto il corpo come mi avessero picchiata e pestata, ed era vero, ma mi divertivo a spaventarlo. E poi dicevo che ne avevo abbastanza di stare all'ospedale, e le ore non passavano mai, e gli dicevo che una bella volta scappavo via per andare al cinema. Lui allora si metteva a pregarmi che avessi pazienza, e mi consolava e mi prometteva di portarmi in regalo qualcosa, se non lo facevo disperare. Adesso era tenero con me e mi diceva che avrebbe dato tutto purché fossi contenta, e aveva già preso in affitto un alloggio in città, con l'ascensore e tutto il necessario.

Non era vero che non mi piaceva stare all'ospedale, mi piaceva perché non dovevo far niente, e invece quando me ne fossi andata, mi toccava cullare il bambino e preparargli il latte, e lavargli il sedere ogni momento. Adesso non sapevo neppur bene come si fasciava, e poi mi spaventavo quando urlava, perché diventava viola e pareva che dovesse scoppiare. Ma qualche volta mi veniva rabbia di non potermi alzare e specchiarmi e indossare dei vestiti, e uscir fuori a vedere la città, ora che avevo dei soldi. C'eran dei giorni che non mi riusciva di farmi passare la noia, e allora mi mettevo ad aspettare che venisse qualcuno. Mia madre non veniva quasi mai perché aveva da fare, e poi perché era troppo malvestita per mostrarsi in città. Ora non era piú cosí contenta del mio matrimonio, e si era leticata con Giulio quando gli aveva chiesto in prestito dei soldi e lui le aveva detto di no. Mia madre non gliel'aveva piú perdonata e teneva il muso anche a me.

Un giorno venne Azalea, che era appena tornata dal mare, e aveva il naso spelato e dei sandali. Ma era triste perché col suo amante non andavano piú tanto bene, e lui era geloso pazzo e non voleva che andasse a ballare, e non facevano che bisticciarsi.

– Come va tuo figlio, – mi disse.

Le domandai se voleva vederlo, ma disse che di bambini ne aveva abbastanza dei suoi, e quando erano ancora tanto piccoli le facevano senso.

– Con tuo marito come va, – mi disse. – Hai fatto bene a non dargliela vinta perché se ti metteva da sua madre, stavi fresca e non vedevi piú un soldo. Bisogna sempre fare quello che si vuole con gli uomini, perché se ci si mostra tanto stupide, ti tolgono anche l'aria che respiri.

Il giorno dopo mi portò la sua sarta, per quanto le avessi spiegato che non si poteva ancora prendermi le misure, perché non mi dovevo muovere dal letto. Ma Azalea mi assicurò che la sarta era venuta semplicemente a conoscermi e a parlarmi di quello che si usava. Poi cominciò ad insistere perché mi alzassi, che tanto ormai non avevo piú niente, e stavo molto meglio di lei.

Quando mi alzai per la prima volta e infilai una vestaglia rosa col cigno che aveva pensato Azalea, mi sentii felice, e camminando adagio adagio con Giulio nel corridoio dell'ospedale, guardavo fuori dalle alte finestre che si aprivano sul corso. Poteva anche darsi che il Nini passasse di lí. Mi sedevo davanti alle finestre e guardavo se lo vedevo passare, perché l'avrei chiamato e gli avrei detto che doveva venire a trovarmi, e avremmo cominciato a bisticciare e a discutere insieme. Adesso certo non mi voleva piú bene, dopo che era passato tanto tempo, e anche se mi voleva bene ancora non era giusto non vedersi piú. Ma non lo vedevo passare e mi veniva malinconia, e leticavo con le monache perché volevano che ritornassi a letto.

La verità me la disse Giovanni, quando venne con una trombettina da regalare al bambino, come se già avesse potuto suonarla. Teneva in mano una cartella di cuoio e raccontò che adesso lavorava con un commerciante in tessuti, e viaggiava per offrire le stoffe. Ma aveva un'aria fiacca e spaventata come se fosse uscito da qualche brutta storia, e parlava agitando le braccia, senza guardarmi come se mi nascondesse qualcosa. « Antonietta l'avrà lasciato », pensai. Gli domandai cosa gli era successo.

– Niente, – rispose. Ma intanto seguitava a camminare scuotendo le mani, e a un tratto si fermò davanti al muro voltandomi la schiena. – Il Nini – disse, – è morto.

Misi giú il bambino che tenevo in collo.

– Sí, è morto, – disse, e cominciò a piangere, e io caddi seduta senza forza, col respiro che mi mancava. Allora si calmò a poco a poco e si asciugò la faccia, e disse che gli avevano detto che io non lo dovevo sapere, perché non stavo ancora tanto bene, ma eran già tanti giorni che era morto. Di una polmonite era morto. Invece Antonietta diceva che era colpa mia. Diceva che io ero troppo cattiva di cuore, perché il Nini era innamorato di me già da un pezzo, già da quando stava ancora con lei, e io l'avevo cosí tormentato e lo cercavo sempre, anche quando sapevo che ero incinta e mi dovevo sposare. Allora aveva perso la testa e s'era messo a vivere da disperato, in quella stanza che sembrava un cesso, senza mai né dormire né mangiare e ubriacandosi sempre. Antonietta diceva che se un giorno per caso m'incontrava, mi svergognava davanti alla gente. Ma Giovanni mi disse che non c'era niente di vero, perché il Nini era uno troppo freddo, che non s'interessava delle donne e gli premeva soltanto di bere. Lui quando l'aveva trovato che farneticava sul letto, credeva che fosse ubriaco e gli aveva rovesciato addosso la brocca dell'acqua, e Antonietta diceva che questo l'aveva fatto ammalare di piú. Perché Giovanni poi se n'era andato a chiamare Antonietta, e Antonietta aveva detto subito che sembrava la polmonite. Avevano cercato un dottore e per tre giorni Antonietta gli aveva fatto le pappe sulla schiena, come aveva comandato il dottore, e aveva ripulito la camera e aveva portato delle coperte da casa sua. Ma lui soffiava forte col respiro e non smetteva di farneticare, e voleva buttarsi giú dal letto e bisognava tenerlo per forza, fino a quando era morto.

La sera quando venne Giulio mi trovò che piangevo, piangevo e camminavo per la camera, e non volevo rimettermi a letto. Sul tavolo c'era la cena che m'aveva portato la monaca, la minestra già fredda nel piatto, che io non avevo toccato.

– Cos'è successo? – disse.

– È morto il Nini, – gli dissi, – me l'ha detto Giovanni.

– Maiale d'un Giovanni, – disse, – quando lo incontro gli spacco la faccia.

Mi prese il polso e disse che avevo la febbre, e mi pregò di ritornare a letto. Ma io non rispondevo e continuavo a piangere, e mi disse che aveva vergogna che dovessero vedermi le monache, mezza nuda com'ero, con la vestaglia tutta aperta davanti, e se volevo prendere la polmonite anch'io e andare all'altro mondo come il Nini. Era offeso e telefonò che venisse Azalea, e si mise a leggere il giornale senza piú guardarmi.

Venne Azalea e gli disse di andare al ristorante a mangiare, e allora se ne andò e disse che ci lasciava sole coi nostri segreti, perché tanto lui non contava, e non c'era bisogno di lui.

– È geloso, – disse Azalea quando fu andato via, – sono tutti gelosi.

– Il Nini è morto, – le dissi.

– Non è una novità, – mi disse, – è morto. Anch'io ho pianto quando l'hanno detto. Poi ho pensato che era meglio per lui. Succedesse presto anche a me. Ne ho abbastanza di vivere.

– Sono io che l'ho fatto morire, – le dissi.

– Tu?

– Perché mi voleva bene, – le dissi, – e io lo tormentavo e mi piaceva vederlo soffrire, finché s'è messo a bere piú di prima, e a stare sempre solo nella stanza, e non gl'importava piú di niente, dopo che aveva saputo che mi sposavo.

Ma Azalea mi guardò senza credermi e mi disse come con dispetto:

– Quando uno muore ci si mette sempre in testa qualcosa. Lui è morto perché s'era ammalato, e tu non ne puoi niente ed è inutile che adesso ci ricami sopra cosí. Di te non gl'importava niente, perché diceva sempre che eri sciocca e non sapevi resistere agli uomini, e che gli facevi pietà.

– Mi voleva bene, – le dissi, – mi portava sempre in riva al fiume a parlare. Mi leggeva i suoi libri e mi spiegava quello che volevano dire. M'ha baciato una volta. E anch'io gli volevo bene. Ma questo non lo capivo e credevo che mi piacesse divertirmi con lui.

– È inutile che ora tu ti metta a sognare sul Nini, – mi disse, – il Nini o un altro è lo stesso. Pur di avere qualcuno, perché la vita è troppo malinconica per una donna, se ci si trova sole. Il Nini era un po' meno stupido degli altri, è vero, e poi aveva gli occhi luccicanti, che sembra ancora di sentirseli addosso, ma dopo un po' diventava noioso, e non si capiva mai cosa pensava. Io non mi meraviglio che sia morto, mezzo marcio di grappa com'era, che è strano che non se ne sia andato prima.

Giulio tornò e Azalea scappò via, perché era tardi e il marito rientrava, e Ottavia aveva il mal di denti e non poteva cucinare.

La notte io mi sognai che il Nini era venuto all'ospedale, di nascosto aveva preso il bambino ed era ritornato via, ma gli correvo dietro e gli chiedevo dove aveva messo il bambino, e lui lo tirava fuori dalla giacca, ma il bambino era diventato piccolo piccolo, piccolo come una mela, e a un tratto il Nini scappò su per una scala, e c'era anche Giovanni e io chiamavo ma nessuno mi rispondeva.

Mi svegliai tutta affannata e sudata e vidi Giulio vicino al mio letto, perché era già mattina e lui era venuto presto per vedere come mi sentivo. Gli dissi che avevo sognato che il Nini rubava il bambino.

– No, non l'hanno rubato, – mi disse, – è là che dorme e non aver paura, che nessuno te lo viene a rubare.

Ma io continuavo a ripetergli che il Nini me l'ero visto davanti come fosse stato vivo, e m'aveva toccato e parlato, e singhiozzavo e m'agitavo sul letto. Mi disse d'imparare a dominarmi e di non essere tanto nervosa.

Pochi giorni dopo lasciai l'ospedale ed entrai nella mia nuova casa. E cominciò per me un'altra vita, una vita dove non c'era piú il Nini, che era morto e non dovevo pensarci perché non serviva, e dove c'era invece il bambino, Giulio, la casa coi nuovi mobili e le tende e le lampade, la serva che aveva scovato mia suocera, e mia suocera che veniva ogni tanto. Del bambino si occupava la serva e io dormivo fino a tardi al mattino, nel grande letto matrimoniale, con la coperta di velluto arancione, col tappetino in terra per posarci i piedi, col campanello per chiamare la serva. Mi alzavo e passeggiavo per la casa in vestaglia, e ammiravo i mobili e le stanze, spazzolandomi adagio adagio i capelli e bevendo il caffè. Ripensavo alla casa di mia madre, con la cacca dei polli dappertutto, con le macchie d'umido sui muri, con delle bandierine di carta legate alla lampada, nella stanza da pranzo. Esisteva ancora quella casa? Azalea diceva che dovevamo andarci un giorno insieme, ma io non avevo voglia di andarci perché mi vergognavo di pensare che una volta vivevo là dentro, e poi m'avrebbe fatto dolore rivedere la camera di Giovanni, dove dormiva anche il Nini nel tempo che si stava tutti insieme. Quando uscivo in città mi tenevo lontana dal fiume, e cercavo le strade piú affollate perché la gente potesse vedermi, com'ero adesso coi vestiti nuovi e la bocca dipinta. Mi sentivo adesso cosí bella, che non mi stancavo mai di specchiarmi, e mi pareva che nessuna donna fosse stata mai tanto bella.

Quando veniva mia suocera, si chiudeva in cucina con la serva e la interrogava su di me, e io mettevo l'orecchio alla porta e ascoltavo. La serva diceva che non volevo bene al bambino e non andavo mai a prenderlo quando piangeva, non chiedevo neppure se aveva mangiato, ed era lei che doveva far tutto, accudire al bambino e cucinare e lavare, perché io ero sempre a passeggio o mi specchiavo o dormivo, e non sapevo fare nemmeno un cucchiaio di brodo. Mia suocera andava a lamentarsi con Giulio, ma lui diceva che non era vero, e che io adoravo il bambino e me lo vedeva sempre in collo, e se uscivo qualche volta a passeggio non c'era niente di male, perché ero giovane e dovevo distrarmi, ed era lui che mi diceva di uscire. Giulio era adesso cosí innamorato di me che non gl'importava piú di sua madre né di nessun altro, e la madre gli diceva sempre che s'era fatto stupido e non vedeva piú la verità, e che se un giorno io gli mettevo i corni, avrebbe avuto quello che si meritava. Ma a me invece non diceva niente, perché io le facevo paura, e mi parlava sempre sorridendo e m'invitava a venirla a trovare, senza piú osare d'aprirmi i cassetti dopo che io le avevo detto d'impicciarsi degli affari suoi.

« Quando il bambino sarà piú grande, – pensavo, – ci sarà piú gusto con lui, quando correrà in triciclo per la casa, quando gli dovrò comprare i giocattoli e le caramelle ». Ma ora era sempre lo stesso, ogni volta che lo guardavo, con la sua grossa testa posata sul cuscino della culla, e dopo un po' mi veniva la rabbia e me ne andavo via. Non mi sembrava vero di uscire e vedermi davanti la città, senza aver camminato tanto tempo sulla strada piena di polvere e di carri, senza arrivarci spettinata e stanca, col dispiacere di doverla lasciare appena buio quando interessava di piú. M'incontravo con Azalea e ci si andava a sedere al caffè. A poco a poco io cominciai a vivere come Azalea. Passavo le giornate a letto e verso sera mi alzavo, mi dipingevo il viso e uscivo fuori, con la volpe buttata sulla spalla. Camminando mi guardavo intorno e sorridevo con impertinenza, come faceva sempre Azalea.

Una volta, mentre ritornavo a casa, incontrai Antonietta e Giovanni. Si tenevano abbracciati e camminavano chinando le spalle, perché pioveva e loro non avevano l'ombrello. – Buongiorno, – dissi. Andammo insieme al caffè. Io m'aspettavo che Antonietta da un momento all'altro mi saltasse addosso, e mi graffiasse con le sue unghie lucide e appuntite, che doveva passare le giornate a lavorarsele, per quanto non ne valesse la pena, brutta e vecchia com'era diventata. Invece non aveva l'aria di volermi graffiare, pareva quasi che avesse paura di quello che avrei detto di lei, e nascondeva i piedi sotto la poltrona, quando vedeva che glieli guardavo. Disse che aveva visto il mio bambino nella carrozzella, mentre era fuori ai giardini, ed avrebbe voluto avvicinarsi per dargli un bacino, ma non aveva osato per via della serva.

– Felice te che hai la serva, – mi disse, – io devo fare tutto da me. Però non ho molto da fare perché non c'è uomini in casa, sono sola io coi ragazzi.

Dopo aver detto questo arrossí, le vennero delle chiazze sul collo, e restammo in silenzio a guardarci, con in testa lo stesso pensiero. Ma lei ricominciò a domandarmi del bambino e di mio marito, e se andavo a ballare e facevo una vita divertente.

– A casa non ci vieni, – mi disse Giovanni. E disse che a casa era sempre la solita storia, e felice chi aveva tagliato la corda. Mi chiese del denaro in prestito, perché era vero che lui lavorava, ma poi a casa gli levavano tutto ed era sempre con le tasche vuote.

M'accompagnarono fino al portone e là mi dissero addio, e mentre io mi spogliavo nella mia camera, pensavo a Giovanni che forse adesso attraversava il ponte e se ne andava a casa per la strada buia, perché con Antonietta non voleva stare, se no c'era anche il caso che dovesse sposarla. Non avevamo detto niente del Nini, in tutto il tempo che eravamo stati insieme al caffè, come se avessimo dimenticato che anche a lui una volta piaceva sedersi al caffè, a fumare e a parlare, buttato di traverso sulla seggiola con le dita nel ciuffo e il mento alzato. Ma diventava sempre piú difficile pensare a lui, alla faccia che aveva e alle cose che diceva sempre, e mi sembrava già cosí lontano che metteva paura pensarci, perché i morti mettono paura.

È stato cosí

A Leone

Gli ho detto: – Dimmi la verità, – e ha detto: – Quale verità, – e disegnava in fretta qualcosa nel suo taccuino e m'ha mostrato cos'era, era un treno lungo lungo con una grossa nuvola di fumo nero e lui che si sporgeva dal finestrino e salutava col fazzoletto.

Gli ho sparato negli occhi.

M'aveva detto di prepararagli il termos per il viaggio. Sono andata in cucina e ho fatto il tè, ci ho messo il latte e lo zucchero e l'ho versato nel termos, ho avvitato per bene il bicchierino e poi sono tornata nello studio. Allora m'ha mostrato il disegno e ho preso la rivoltella nel cassetto del suo scrittoio e gli ho sparato. Gli ho sparato negli occhi.

Ma già da tanto tempo pensavo che una volta o l'altra gli facevo cosí.

Poi mi sono infilata l'impermeabile e i guanti e sono uscita. Ho preso un caffè al bar e mi son messa a camminare a caso per tutta la città. Era una giornata freddina e tirava un vento leggero che aveva sapore di pioggia. Mi son seduta su una panchina nel giardino pubblico e mi son tolta i guanti e mi son guardata le mani. Mi son tolta la fede e l'ho messa in tasca.

Siamo stati marito e moglie per quattro anni. Mi diceva che mi voleva lasciare, ma poi è morta la nostra bambina e cosí siamo rimasti insieme. Lui voleva che avessimo un altro figlio, diceva che m'avrebbe fatto bene, cosí facevamo spesso all'amore negli ultimi tempi. Ma non ci è riuscito di avere un altro bambino.

L'ho trovato che faceva le valige e gli ho chiesto dove andava. Mi ha detto che andava a Roma a decidere una certa causa con un legale. M'ha detto che potevo andare dai miei genitori, cosí non stavo sola in casa nel tempo che lui era via. Non sapeva quando sarebbe tornato da Roma, fra quindici giorni, fra un mese, non sapeva bene. Io pensavo che magari non sarebbe tornato. Ho fatto anch'io le valige. M'ha detto di prendere qualche romanzo da leggere per non annoiarmi. Ho preso nello scaffale *La fiera delle vanità* e due libri di Galsworthy e li ho messi nella mia valigia.

Gli ho detto: – Dimmi la verità Alberto, – e ha detto: – Quale verità, – e io ho detto: – Andate via insieme, – e ha detto: – Chi insieme –. E ha detto: – Tu lavori sempre di fantasia e ti mangi l'anima dentro a immaginare tante cose terribili, e cosí non hai pace e non dài pace agli altri.

M'ha detto: – Prendi la corriera che arriva alle due a Maona, – e io ho detto: – Sí.

Ha guardato il cielo e mi ha detto: – Farai bene a metterti l'impermeabile e gli stivali da pioggia.

Gli ho detto: – Preferisco sapere la verità in qualunque modo, – e lui s'è messo a ridere e ha detto:

> Verità va cercando, ch'è sí cara,
> Come sa chi per lei vita rifiuta.

Sono stata su quella panchina non so quanto tempo. Il giardino pubblico era deserto, le panchine erano umide di nebbia e il terreno era coperto di foglie fradice. Mi son messa a pensare a quello che avrei fatto. Mi dicevo che sarei andata in questura fra un po'. Avrei cercato di spiegare piú o meno com'erano andate le cose, ma non sarebbe stato facile. Bisognava cominciare dal primo giorno, da quando ci siamo conosciuti in casa del dottor Gaudenzi. Suonava il pianoforte a quattro mani con la moglie del dottor Gaudenzi e cantava certe canzoncine in dialetto. Mi guardava. Ha fatto un disegno della mia faccia a matita nel suo taccuino. Ho detto che mi pareva che mi assomigliasse, ma lui ha detto di no e ha strappato il foglio. Il dottor Gaudenzi ha detto: – Non sa mai fare il ritratto alle donne che gli piacciono –. Mi hanno dato da fumare una sigaretta e si son divertiti a vedere come mi lagrimavano gli occhi. Alberto mi ha riaccompagnato alla pensione e m'ha chiesto se poteva tornare l'indomani a trovarmi e a portarmi un romanzo francese di cui m'aveva parlato.

Il giorno dopo è venuto. Siamo usciti insieme e abbiamo passeggiato un poco e poi siamo andati al caffè. Mi guardava con gli occhi allegri e accesi e pensavo che forse era innamorato di me. Siccome non m'era ancora successo che un uomo mi amasse ero molto contenta e sarei rimasta non so quante ore con lui al caffè. Siamo andati a teatro la sera e mi son messa l'abito piú bello che avevo, un abito di velluto granata che m'aveva regalato mia cugina Francesca.

Francesca era anche lei a teatro dietro di noi e m'ha fatto segno. Il giorno dopo quando sono andata dagli zii a pranzo, Francesca m'ha chiesto: – Chi era quel vecchio. – Che vecchio, – dico. Dice: – Quel vecchio a teatro –. Allora le ho detto che era un tale che mi faceva la corte ma non me ne importava niente.

Quando è tornato alla pensione a trovarmi l'ho guardato bene e non m'è sembrato poi cosí vecchio. Francesca dice sempre vecchio a tutti. Ma non mi piaceva e soltanto ero molto contenta quando veniva da me alla pensione perché mi guardava con degli occhi cosí allegri e accesi, e allora fa piacere quando c'è un uomo che guarda cosí. Pensavo che forse era molto innamorato di me e pensavo: « Poverino » e immaginavo quando m'avrebbe chiesto di sposarlo, le parole che m'avrebbe detto. Io allora gli avrei detto no e m'avrebbe chiesto se potevamo restare amici e m'avrebbe ancora portato a teatro e una sera m'avrebbe presentato a un suo amico piú giovane che si sarebbe molto innamorato di me e io avrei sposato questo amico. Avremmo avuto tanti bambini e Alberto sarebbe venuto a trovarci e avrebbe portato un grosso panettone a Natale e sarebbe stato contento ma un po' malinconico.

Immaginavo sempre tante cose sdraiata sul mio letto nella pensione e pensavo come sarebbe stato bello se mi fossi sposata e avessi avuto una casa per me. Immaginavo come sarebbe stata la mia casa con mille piccoli oggetti eleganti e piante verdi, e immaginavo come avrei ricamato dei fazzolettini sdraiata in una grande poltrona. L'uomo che avrei sposato aveva ora una faccia e ora un'altra, ma la voce era sempre la stessa e ascoltavo dentro di me quella voce ripetere sempre le stesse parole ironiche e tenere. Era una tetra pensione con delle tappezzerie scure, e nella camera accanto alla mia c'era la vedova d'un colonnello che batteva nel muro con una spazzola ogni volta che spostavo una sedia o aprivo la finestra. Al mattino dovevo alzarmi presto per correre alla scuola dove insegnavo. Vestendomi in gran fretta mangiavo un panino e facevo bollire un uovo sul fornello a spirito. La vedova del colonnello batteva furiosamente nel muro con la sua spazzola mentre camminavo per la stanza cercando i vestiti e la figlia della padrona che era isterica strideva come un pavone nella stanza da bagno perché le facevano fare certe docce calde che avrebbero dovuto calmarla. Mi gettavo fuori nella strada e mentre aspettavo il tram nel mattino gelido e deserto mi divertivo a inventare tante storie strane che mi scaldavano e cosí certe volte arrivavo a scuola con una faccia assorta e stralunata che doveva essere piuttosto buffa a vedersi.

A una ragazza le fa tanto piacere pensare che forse un uomo è innamorato di lei, e allora anche se non è innamorata è un po' come se lo fosse e diventa molto piú carina con gli occhi che splendono e il passo leggero e la voce piú leggera e piú dolce. Prima di conoscere Alberto io tante volte pensavo che sarei rimasta sempre sola perché mi sentivo cosí scialba e senza attrattive, e invece quando l'ho incontrato mi pareva che fosse innamorato di me e allora mi dicevo che se piacevo a lui potevo piacere anche a un altro, magari all'uomo con la voce ironica e dolce che parlava dentro di me. Quest'uomo aveva ora una faccia e ora un'altra, ma aveva sempre delle spalle grandi e robuste e delle mani rosse e un po' goffe e aveva un modo delizioso di burlarsi di me quando tornava nella nostra casa la sera e mi trovava sdraiata in poltrona a ricamare dei fazzoletti.

Una ragazza quando sta molto sola e fa una vita piuttosto monotona e faticosa con pochi spiccioli nella borsetta e dei guanti logori, va dietro a tante cose con la fantasia e si trova senza difesa davanti agli errori e ai pericoli che la fantasia prepara ogni giorno a tutte le ragazze. Preda debole e inerme della fantasia io leggevo Ovidio in una vasta classe fredda a diciotto bambine e mangiavo nella tetra sala da pranzo della pensione guardando fuori dai vetri dipinti di giallo e aspettavo che Alberto venisse a prendermi per andare al concerto o a passeggio. Il pomeriggio del sabato salivo nella corriera a Porta Vittoria e andavo a Maona. Ripartivo la domenica sera.

Mio padre è medico condotto a Maona da piú di vent'anni. È un vecchio alto grasso e un po' zoppo che cammina appoggiandosi a un bastone di legno di ciliegio. D'estate ha un cappello di paglia con un nastro nero e d'inverno ha un berretto di castoro e un cappotto bordato di castoro. Mia madre è una donnetta piccina con una gran matassa di capelli bianchi. Mio padre lo chiamano poco perché è vecchio e si muove a fatica e chiamano invece il medico di Cavapietra che ha la motocicletta e ha studiato a Napoli. Mio padre e mia madre passano le giornate in cucina a giocare a scacchi col veterinario e l'assessore comunale. Io quando arrivavo a Maona il sabato mi sedevo vicino alla stufa e lí seduta stavo tutta la domenica fino all'ora di ripartire. Mi arrostivo accanto alla stufa e dormicchiavo gonfia di polenta e di minestra senza dire neanche una parola e mio padre tra una partita e l'altra di scacchi raccontava al veterinario che le ragazze moderne hanno perso il rispetto e non dicono neanche una parola di quello che fanno.

Quando mi trovavo con Alberto gli parlavo di mio padre e di mia madre e gli raccontavo come avevo vissuto a Maona prima di venire in città a insegnare, gli raccontavo di quando mio padre mi picchiava sulle mani col suo bastone e io andavo a piangere nello stanzino del carbone o quando nascondevo *Schiava o regina* sotto il materasso per leggermelo di notte o quando si andava al cimitero, io e mio padre e la serva e l'assessore comunale sulla strada che scende al cimitero fra i campi e i vigneti, una tremenda voglia di scappare lontano che mi prendeva a guardare quei campi e la collina deserta.

Ma invece Alberto non mi raccontava mai niente di sé e io m'ero avvezzata a non chiedergli niente, perché non m'era mai successo nella mia vita che qualcuno s'interessasse tanto a me e mi chiedesse tante cose come se avesse una grande importanza tutto quello che avevo detto o avevo pensato sulla strada del cimitero o nello stanzino del carbone, e allora mi sentivo molto contenta e non piú molto sola quando passeggiavo con Alberto nella città o quando siedevamo al caffè insieme. Lui m'aveva detto che abitava con sua madre che era vecchia e malata. La moglie del dottor Gaudenzi m'aveva detto che questa madre era una vecchia pazza piena di quattrini che passava le giornate a studiare il sanscrito e fumava sigarette in un bocchino d'avorio e non vedeva nessuno all'infuori d'un frate domenicano che veniva ogni sera a leggerle le Lettere di san Paolo, da anni non usciva di casa perché diceva che le dolevano i piedi a infilare le scarpe e stava sempre seduta su una poltrona nella sua villa con una cuoca giovane che rubava sulla spesa e che la maltrattava. Ma a Alberto non piaceva parlare di sé e in principio non me ne importava ma invece poi mi dispiaceva un poco, e provavo a domandargli qualcosa ma allora la sua faccia diventava come assorta e lontana e gli occhi gli si appannavano come succede agli uccelli ammalati, quando gli domandavo di sua madre o del suo lavoro o della sua vita.

Non mi diceva mai che era innamorato di me, ma io lo credevo perché veniva spesso a trovarmi alla pensione, e mi portava in regalo dei libri e dei cioccolatini e voleva che uscissimo insieme. Pensavo che forse era timido e non osava parlare e aspettavo che mi dicesse che era innamorato di me per raccontarlo a Francesca. Francesca aveva sempre tante cose da raccontare e io mai niente. Ma poi l'ho raccontato a Francesca che era innamorato di me anche se non m'aveva detto niente, perché mi aveva regalato dei guanti di camoscio marrone, e quel giorno mi sentivo sicura che lui mi voleva bene. E le ho detto che non l'avrei sposato perché era troppo vecchio, non sapevo bene quanti anni aveva ma doveva averne piú di quaranta e io allora solo ventisei. Ma Francesca m'ha detto che me lo levassi dattorno perché era un tipo che non le andava per niente, e m'ha detto che glieli sbattessi sul muso i suoi guanti perché non erano piú di moda cosí con gli automatici sul polso e mi davano un'aria provinciale. M'ha detto che aveva l'idea che mi sarei trovata in un pasticcio con quel tipo lí. Francesca aveva soltanto vent'anni a quel tempo ma io le davo sempre ascolto perché mi pareva molto intelligente. Ma quella volta invece non le ho dato ascolto e i guanti li mettevo sempre e mi piacevano anche se avevano gli automatici, e mi piaceva stare con lui e ho continuato a vederlo, perché a ventisei anni non m'era ancora successo che un uomo mi facesse dei regali e si curasse di me, e la mia vita mi pareva cosí malinconica e vuota, pensavo che Francesca faceva presto a parlare lei che aveva tutto quello di cui aveva voglia nella sua vita, e viaggiava e faceva sempre tante cose divertenti.

E poi è venuta l'estate e sono andata a Maona e m'aspettavo che lui mi scrivesse ma non m'ha scritto mai altro che una cartolina con la firma da un paese sui laghi. Mi annoiavo a Maona e le giornate non passavano mai. Stavo seduta in cucina o mi sdraiavo a leggere nella mia stanza. Mia madre con la testa avvolta in un tovagliolo pelava i pomodori sulla terrazza e li metteva a seccare su un asse di legno per la conserva, mio padre sedeva sul muretto della piazza davanti a casa col veterinario e l'assessore e faceva dei segni nella polvere col suo bastone. La serva lavava alla fontana nel cortile torcendo i panni con le sue braccia rosse e muscolose, le mosche ronzavano sui pomodori e mia madre puliva il coltello con un giornale e s'asciugava le mani impiastricciate. Guardavo la cartolina che m'aveva mandato Alberto e ormai la sapevo a memoria quella cartolina, il lago e il raggio di sole e le barche a vela, non capivo perché solo una cartolina e nient'altro. Aspettavo sempre la posta. Francesca mi ha scritto due volte da Roma dov'era andata sola con un'amica a studiare alla scuola di Filodrammatica, in una lettera mi diceva che era fidanzata e in un'altra diceva poi che era andato tutto in aria. Tante volte pensavo che Alberto forse sarebbe venuto a trovarmi lí a Maona. Mio padre si sarebbe stupito al primo momento, ma gli avrei detto che era un amico del dottor Gaudenzi. Andavo in cucina e portavo via il secchio della spazzatura perché puzzava, lo mettevo nello stanzino del carbone, ma la serva lo riportava in cucina perché diceva che non puzzava per niente. Un po' avevo paura che venisse perché avevo vergogna del secchio della spazzatura e di mia madre con la testa nel tovagliolo e le mani impiastricciate di pomodori e un po' lo aspettavo e credevo sempre di vederlo ogni volta che m'affacciavo alla finestra a guardare chi scendeva dalla corriera, se vedevo uno piccolo con l'impermeabile bianco mi prendeva come un affanno e mi sentivo tremare ma non era lui e allora rientravo nella mia stanza a leggere e a pensare fino all'ora del pranzo. Tante volte mi provavo a pensare ancora all'uomo con la voce ironica e le spalle larghe, ma si faceva sempre piú lontano quell'uomo e la sua faccia sconosciuta e mutevole non aveva piú senso per me.

Quando sono tornata in città l'ho aspettato Alberto perché pensavo che dovesse immaginarlo che io ero tornata, dato che riaprivano le scuole. Ma non veniva e ogni sera mi pettinavo e m'incipriavo e sedevo ad aspettarlo ma non veniva e allora mi coricavo. Era una tetra pensione con delle tappezzerie a fiorami e si sentiva l'urlo di pavone della figlia della padrona che non voleva spogliarsi. Avevo il suo indirizzo e anche il numero del telefono ma non osavo chiamarlo, era stato sempre lui a venire da me alla pensione.

Mi dicevo che forse non era ancora tornato in città. Ma un giorno allora da un telefono pubblico ho fatto il suo numero e ha risposto lui con la sua voce, non ho parlato e ho posato il ricevitore pian piano. Tutte le sere m'incipriavo e aspettavo. Avevo vergogna e fingevo con me stessa di non aspettare, mi mettevo a leggere un libro ma non capivo il senso di quello che leggevo. Le notti erano ancora calde e tenevo la finestra aperta, sentivo i tram che correvano lungo i viali e pensavo che forse lui era in uno di quei tram col suo impermeabile bianco e la borsa di cuoio, assorto nelle attività misteriose della sua vita di cui non mi voleva mai parlare.

E così allora mi sono innamorata di lui, mentre lo aspettavo seduta nella mia stanza della pensione col viso incipriato e passavano le mezz'ore e le ore e si sentiva l'urlo di pavone e mentre camminavo nella città guardando sempre se lo vedevo passare, e mi tremava il cuore ogni volta che vedevo un uomo piccolo con un impermeabile bianco e una spalla più alta dell'altra. Così ho cominciato a pensare sempre alla sua vita, come lui doveva vivere nella sua villa con la madre che studiava il sanscrito e non voleva infilarsi le scarpe, e ho cominciato a pensare che se mi chiedeva di sposarlo gli dicevo sí e allora avrei potuto sapere in ogni ora e in ogni minuto dov'era e cosa faceva e la sera quando fosse ritornato a casa avrebbe buttato l'impermeabile su una sedia nell'andito e io l'avrei appeso dentro l'armadio. Francesca non era ancora tornata da Roma e pensavo che quando fosse tornata m'avrebbe chiesto di Alberto e io allora avrei dovuto dirle che non l'avevo più veduto dopo l'estate e lei avrebbe detto: – Ma come se era innamorato di te, – e si sarebbe stupita e avrei avuto vergogna.

Sono andata dai Gaudenzi un giorno per vedere se ce lo trovavo o se dicevano qualcosa di lui. Non c'era il dottore, c'era soltanto la moglie che stava lavando i vetri. Son rimasta a guardare come strofinava i vetri e m'ha spiegato che prima si deve fare con dei giornali e cenere sciolta nell'acqua e poi fregare pian piano con uno straccio di lana e allora vengono lucidi che è uno splendore. E poi è scesa giù dalla scala e m'ha fatto la cioccolata ma non mi diceva niente di lui e così me ne sono andata via.

Un giorno l'ho incontrato per la strada. L'ho visto da lontano con la sua borsa di cuoio e l'impermeabile aperto che svolazzava. L'ho seguito per un tratto camminando dietro di lui. Non si voltava e fumava scuotendo via la cenere e s'è fermato a spegnere la cicca col piede, allora m'ha visto. Era molto contento e siamo andati al caffè. Mi ha detto che aveva avuto molto da fare e per questo non era ancora venuto da me alla pensione, ma tante volte aveva pensato a me. Lo guardavo e cercavo di riconoscere in quel piccolo uomo dai riccioli grigi la cosa che m'aveva tormentato e riempito d'angoscia per tutto quel tempo. Mi sentivo tutta fredda e avvilita e come rotta dentro. M'ha chiesto come avevo passato l'estate e se m'ero nascosta nello stanzino del carbone e allora abbiamo riso insieme. Ricordava ogni cosa che io gli avevo detto di me, niente aveva dimenticato. Gli ho chiesto come lui aveva passato l'estate. Subito ha preso un'aria come stanca e lontana e m'ha detto che soltanto aveva guardato il lago e che gli piacevano molto i laghi perché non c'è nessuna violenza nella luce e nel colore di un lago e invece il mare è qualcosa di troppo grande e crudele con le sue luci e i suoi colori violenti.

Ma dopo un po' che eravamo insieme eravamo di nuovo come prima e ridevamo insieme delle cose che io gli raccontavo. Pareva molto molto contento di stare con me e anch'io ero molto contenta e avevo dimenticato che l'avevo aspettato inutilmente per tanto tempo, mi dicevo che forse davvero aveva avuto molto da fare. Gli parlavo di mio padre e di mia madre e dell'assessore e della gente nuova che c'era adesso alla pensione, e lui disegnava in fretta la mia faccia nel taccuino mentre io parlavo e poi strappava il foglio e disegnava di nuovo la mia faccia. E ha fatto anche un disegno del lago e lui che remava in una barchettina e sulla riva delle vecchie signore con dei piccoli cani riccioluti dalla coda ritta che pisciavano contro le piante.

Abbiamo ricominciato a vederci quasi ogni giorno o la sera e quando rientravo alla pensione e salivo nella mia stanza mi chiedevo se lui era innamorato di me e se io ero innamorata di lui e non capivo piú niente. Non mi diceva mai delle parole d'amore e anch'io certo non gli parlavo di questo, ma parlavo della mia scuola e della pensione e dei libri che avevo letto. Pensavo alle sue mani piccole e gracili che disegnavano nel taccuino e i riccioli grigi intorno al viso magro e il piccolo corpo gracile nell'impermeabile bianco che andava nella città. Ci pensavo tutto il giorno e non vedevo niente altro, e ora erano le mani ora il taccuino ora l'impermeabile e poi di nuovo il taccuino e i riccioli sotto il cappello e il viso magro e le mani. Leggevo Senofonte a diciotto bambine nella classe riverniciata di verde con la carta geografica dell'Asia e il ritratto del papa, mangiavo nella saletta da pranzo della pensione con la padrona che passeggiava fra i tavoli e salivo sulla corriera di Porta Vittoria il sabato e mi sentivo diventare idiota perché non mi riusciva di provare interesse per nessuno e per niente. Non mi sentivo piú tanto sicura che lui mi amasse. Eppure mi portava dei libri e dei cioccolatini e pareva molto molto contento di stare con me. Ma non mi diceva mai niente della sua vita e mentre leggevo Senofonte in classe o scrivevo i voti nei registri non avevo davanti al mio pensiero che il suo piccolo corpo assorto nelle sue attività misteriose, il suo piccolo corpo nell'impermeabile bianco svolazzante per la città dietro a desiderî e impulsi sconosciuti a me ed ero presa come da una febbre. Ero stata abbastanza brava a insegnare una volta, e m'interessavo molto di tutte le allieve e del mio lavoro. Ma adesso non avevo piú nessun affetto per quelle diciotto bambine nei banchi, mi erano cosí indifferenti che ne avevo un senso di nausea e distoglievo lo sguardo.

Francesca è tornata da Roma ed era nera di umore, sono andata a cena da loro una sera ma pensavo sempre che Alberto veniva poi alla pensione e avevo fretta di andarmene via. È stata una lunga cena con lo zio e la zia che bisticciavano e Francesca nera di umore e muta con un vestito di maglia nera bellissimo che la faceva piú vecchia e piú pallida. La zia dopo cena m'ha chiamato nella sua stanza e m'ha chiesto cos'aveva Francesca, io le ho detto che non lo sapevo e avevo voglia di andarmene ma la zia mi teneva per la mano e piangeva e diceva che non capiva niente di Francesca e poi adesso Francesca si vestiva sempre di nero con dei cappelli neri che la invecchiavano e non si riusciva a sapere cos'aveva fatto alla scuola di Filodrammatica e cosa si proponeva di fare. La zia m'ha detto che Francesca si era fidanzata nell'estate e poi era andato tutto per aria, era un giovane molto buono e distinto e Francesca l'aveva piantato. E io sentivo che il tempo passava e forse Alberto era già alla pensione e la mano della zia teneva la mia mano e lei piangeva col viso nel fazzoletto.

Quando poi me ne sono andata era già tardi e sono arrivata

alla pensione che già stavano chiudendo la porta e la cameriera m'ha detto che c'era stato quel solito signore e m'aveva aspettato per un poco nel salottino e poi era andato via. Sono salita nella mia stanza e mi son messa a letto e m'è venuto da piangere. Era la prima volta nella mia vita che piangevo per un uomo e allora ho pensato che lo amavo se piangevo cosí. E ho pensato che se lui mi chiedeva di sposarlo gli dicevo sí e saremmo stati sempre insieme, e in ogni ora e in ogni minuto avrei saputo dov'era. Ma quando pensavo che anche avremmo fatto all'amore sentivo ribrezzo, e allora mi dicevo che forse non ero innamorata e non capivo piú niente.

Ma non diceva niente e stavamo insieme come due amici a parlare. Non voleva parlare di sé, voleva soltanto che fossi io a parlare. E i giorni che ero triste e tacevo mi pareva che s'annoiasse, e allora mi prendeva la paura che non venisse piú a cercarmi e mi sforzavo d'essere allegra, gli raccontavo della gente della pensione e dell'urlo di pavone e ridevamo insieme. Ma io poi quando lo lasciavo ero stanca e mi sdraiavo sul letto e pensavo alle fantasie che facevo una volta. Adesso ero diventata troppo idiota per fare delle fantasie. Adesso raccoglievo nella memoria ogni parola che lui m'aveva detto e guardavo se c'era dell'amore, prendevo tutte quelle parole e le voltavo e rivoltavo dentro di me, e un momento mi pareva che avessero un senso e l'attimo dopo avevano un altro senso e infine le lasciavo ricadere e mi s'annebbiavano gli occhi.

Una volta mi ha detto che a lui non gli riusciva di fare mai nessuna cosa sul serio. Disegnava ma non era mai diventato un pittore e suonava il pianoforte ma non gli era mai riuscito di suonar bene, era avvocato ma non aveva mai avuto bisogno di guadagnarsi da vivere e per questo se anche non andava all'ufficio non poteva succedere niente di grave. Cosí stava a letto al mattino a leggere dei romanzi. Ma tante volte lo prendeva come una vergogna e insieme come una sazietà e si sentiva soffocare nel suo letto morbido e caldo col piumino di seta gialla. Mi diceva che lui era come un tappo di sughero che galleggia sull'acqua del mare e le onde lo cullano piacevolmente ma non potrà mai sapere cosa c'è in fondo al mare. Questo soltanto mi aveva detto di sé e poi che gli piacevano i paesi sulle rive dei laghi e io raccoglievo le sue parole e le voltavo e le rivoltavo dentro di me ma era poco davanti alla grande distesa misteriosa della sua vita dove vedevo galleggiare una vecchia che studiava il sanscrito e un piumino di seta gialla.

Mentre ero là seduta nel giardino pubblico tutt'a un tratto s'è messo a piovere e sono andata via. Sono entrata di nuovo nel bar e ho preso un altro caffè e mi sono seduta un momento all'unico tavolino del bar vicino alla finestra. Stavo appoggiata ai vetri e guardavo piovere, e tutt'a un tratto mi son chiesta se qualcuno aveva sentito sparare. La nostra casa è in fondo a una strada solitaria e c'è intorno un piccolo giardino con molti alberi. Era possibile che nessuno avesse sentito. È la casa dove viveva la vecchia che studiava il sanscrito e gli scaffali son pieni di libri scritti in sanscrito e c'è ancora l'odore della vecchia nelle stanze. Io non l'ho mai vista la vecchia perché è morta prima che ci sposassimo ma ho visto il suo bocchino d'avorio dentro una scatola e ho visto le sue ciabatte e il suo scialle di lana a crochet e le sue scatole di cipria vuote con un batuffolo di cotone dentro e dappertutto ho sentito il suo odore.

Quando è morta sua madre lui pareva uno straccio. L'ha trovata morta una mattina nel letto. Quel giorno nel pomeriggio doveva venire a prendermi per andare a una mostra di quadri. L'ho aspettato e non veniva mai, allora gli ho telefonato. Mi ha detto che era morta sua madre. Non ho saputo dirgli molte cose lí sul momento, e allora gli ho poi scritto una lettera. È venuta fuori una lettera abbastanza bella; certe volte mi riesce di scrivere bene. Al funerale non ci sono andata perché la vecchia aveva lasciato scritto che al funerale non voleva nessuno, cosí m'ha detto il dottor Gaudenzi quando gli ho telefonato per sapere. Dopo qualche giorno Alberto mi ha mandato un biglietto dove mi diceva che non si sentiva ancora di uscire e mi pregava di passare da lui a casa. Avevo un gran batticuore al pensiero che avrei visto quella sua casa. L'ho trovato con la barba lunga e i capelli arruffati e con la giacca del pigiama indosso. Aveva litigato con la serva e la serva si era licenziata. Si è provato ad accendere la stufa ma non faceva che accartocciare giornali e non gli riusciva di accenderla. Ho acceso io la stufa e ci siamo seduti lí accanto, e mi ha mostrato un ritratto di sua madre quando era giovane, una donna grossa e superba con un gran pettine alla spagnola piantato nello chignon. Mi ha parlato a lungo di sua madre e non mi era facile accordare l'immagine della creatura gentile e sensibile di cui mi parlava, con la donna del ritratto e con la vecchia bizzosa in ciabatte che sempre avevo pensato. Guardavo la stanza e la stufa e il giardino fuori dai vetri con gli alti alberi nudi e la vite vergine sul muretto di cinta, e mi sentivo quieta e serena come non ero stata piú da tanto tempo, sentivo come se si fosse spenta quella febbre e quel senso strano e convulso che avevo da qualche tempo, là seduta con lui nella sua casa.

Quando sono andata via ero cosí contenta che non avevo voglia di restarmene sola alla pensione e cosí sono andata da Francesca. Ma Francesca era nera di umore e appena m'ha guardato in faccia m'ha detto che non aveva voglia di sentir confidenze perché se ne fregava degli altri e aveva mal di testa, era sdraiata sul letto con la borsa dell'acqua calda e m'ha detto di cucirle la fodera al soprabito perché doveva uscire e le ho cucito la fodera e poi l'ho lasciata.

Ma lui non mi ha piú detto di andare a casa sua e invece andavamo a passeggio sul fiume o siedevamo a lungo nei caffè. Non mi ha parlato piú di sua madre. Aveva una fascia nera da lutto alla manica dell'impermeabile ma aveva ricominciato a fare i suoi disegni nel taccuino e ha fatto anche un disegno di noi due che accendevamo la stufa. Quando mi lasciava provavo sempre un senso di stupore e di vuoto e non capivo niente di quell'uomo. Non capivo perché stava tante ore con me a chiedermi della gente della pensione e a disegnare. Non c'era mai una sola parola d'amore fra noi. Andavamo a camminare lontano lungo il fiume o nelle vie di barriera dove vanno di solito gli innamorati e non c'era una sola parola né un gesto d'amore fra noi.

Allora una volta gli ho detto che lo amavo perché ero stanca di portare quel segreto dentro di me e spesso mi sentivo soffocare sola nella mia stanza della pensione con quel segreto che mi cresceva di dentro, e sempre piú mi sentivo diventare idiota e non riuscivo a provare interesse per nessuno e per niente. Avevo bisogno di sapere se anche lui mi amava e se un giorno ci saremmo sposati. Ne avevo bisogno come uno ha bisogno di mangiare o di bere e

poi a un tratto ho pensato che bisogna sempre dire la verità anche
se è una cosa molto difficile e ci vuole coraggio. Cosí allora gli ho
detto che lo amavo. Stavamo appoggiati al parapetto d'un ponte.
Si faceva buio e i carri passavano adagio adagio lungo la strada col
lampioncino di carta sospeso sotto il ventre del cavallo. Gli uccelli
si alzavano silenziosi dall'erba alta e ispida della riva. Siamo stati
zitti per un poco a guardare come si faceva notte e le ultime case
di barriera che s'illuminavano poco lontano da noi. Mi ha detto
che gli piacevano tanto da piccolo quei lampioncini di carta e
aspettava tutto l'anno la sera della Consolata per appendere al
balcone quei lampioncini che poi si laceravano al mattino e gli faceva tristezza. Ma io a un tratto gli ho detto ogni cosa, gli ho detto
come l'aspettavo sempre nella mia stanza della pensione e gli ho
detto come mi tormentavo da sola e non riuscivo piú a trovare
gli errori nei temi e diventavo idiota a poco a poco, e lo amavo.
Mi son voltata a guardarlo dopo che avevo parlato e ho visto la
sua faccia spaventata e triste. E ho capito che lui non mi amava.
Allora mi son messa a piangere e lui ha tirato fuori il fazzoletto e
m'ha asciugato le lagrime. Era pallido e pieno di spavento e m'ha
detto che non aveva mai pensato che poteva succedermi questo, e
provava tanto piacere a stare con me e aveva tanta amicizia per
me ma non mi voleva bene. M'ha detto che era innamorato di una
donna da tanti anni, e non poteva sposarla perché era già sposata
ma gli pareva che non avrebbe mai potuto vivere con un'altra
donna. E aveva sbagliato con me e m'aveva fatto del male senza
saperlo, mai aveva pensato di potermi fare tanto male. Siamo tor-
nati in città senza piú parlarci. Sulla porta della pensione ci siamo lasciati e m'ha chiesto se poteva tornare da me l'indomani, e
io gli ho detto che preferivo che non ci vedessimo piú. Lui ha
detto: – Sí, – e se n'è andato via. Era come avvilito e l'ho guardato mentre si allontanava, aveva le spalle curve e i passi piccoli e
stanchi di un ragazzo che è stato picchiato.

Sono salita nella mia stanza senza cenare e mi son messa a
letto, e ho pregato la cameriera di telefonare a Francesca e dirle
se poteva venire da me. È venuta. Era molto bella col vestito di
maglia nera e un berretto alla turca con un pendaglio di seta e si
era depilata le sopracciglia. Si è seduta sul mio letto e ha acceso
una sigaretta, e mi ha detto: – Avanti –. Ma piangevo e non po-

tevo parlare. Fumava e aspettava. – È sempre quel vecchio? – mi dice, e io le dico: – Sí –. Ha fatto una smorfia con la bocca e ha buttato fuori una gran boccata di fumo. Dice: – È un tipo che non mi va.

Le ho raccontato tutto a poco a poco. È rimasta fino a mezzanotte e abbiamo dovuto poi svegliare la cameriera perché le aprisse il portone. Mi ha lasciato delle pastiglie per dormire ma non ho dormito lo stesso. Ogni tanto mi addormentavo, ma di colpo vedevo la faccia di Alberto piena di spavento e di dolore davanti a me. Mi chiedevo cos'avrei fatto adesso della mia vita. E avevo vergogna di ogni parola che gli avevo detto e tutte le sue parole e le mie parole bruciavano dentro il mio corpo.

Francesca è venuta da me l'indomani mattina. Mi ha portato delle arance. Ha mandato la cameriera alla mia scuola a dire che avevo la bronchite. Ha scritto a mia madre che non sarei andata a Maona il prossimo sabato perché non mi sentivo bene. M'ha sbucciato un'arancia, ma non avevo voglia di mangiarla e l'ha mangiata lei. Mi ha detto di non alzarmi per tutta la giornata. Mi ha detto che l'unica cosa che mi restava da fare era partire per San Remo con lei e rimanerci due mesi. Le ho detto che non potevo per via della scuola e che del resto non avevo denaro. Mi ha detto: – Chi se ne frega di quella sudicia scuola, – e che denaro ne aveva lei abbastanza per due e saremmo partite l'indomani. A San Remo m'avrebbe prestato il suo vestito da sera di tulle scollato nella schiena con due rose celesti sulla spalla. Ha tirato giú la valigia dall'armadio e l'ha pulita con un giornale, e ha cominciato a metter via i miei vestiti, poi è andata a casa a pranzare e a preparare la sua valigia. Sono rimasta a letto ancora un pezzo. Ho pensato alla donna che lui amava. Questa donna stava immobile davanti a me e mi fissava con degli occhi stupidi e crudeli in un viso grande e incipriato di rosa. Aveva un seno morbido e abbondante e delle mani lunghe e inanellate. Poi è scomparsa e dopo un minuto l'avevo di nuovo davanti, ma adesso era una donnina frusta e consunta con un cappello largo e fuori moda e un'aria stanca e affannata. La donnina col cappello largo aveva pietà di me, ma la sua presenza mi era intollerabile e avevo orrore del suo sguardo pietoso.

Mi chiedevo cos'avrei fatto della mia vita. Le parole che avevo detto e ascoltato fluivano e rifluivano dentro di me. Avevo la bocca arida e amara e mi faceva male la testa.

La cameriera è venuta a dirmi che il solito signore m'aspettava giú nel salottino. Mi sono alzata e mi sono vestita. Sono scesa e l'ho trovato seduto con la sua borsa sulle ginocchia. Aveva l'aria freddolosa e avvilita di un ragazzo in castigo. M'ha detto che non aveva dormito e gli ho detto che anch'io non avevo dormito. Siamo usciti e siamo andati in un caffè. Ci siamo seduti nel fondo d'una saletta buia e deserta con degli specchi dov'era scritto « Cinzano » a grandi lettere di lacca rossa. Nella sala accanto giocavano al biliardo e si sentivano le voci e i colpi. Mi ha detto che non poteva stare senza vedermi e che aveva passato una brutta nottata a pensare quanto male lui m'aveva fatto. Ma senza vedermi non poteva stare e sua madre era morta da poco e si sentiva cosí solo nella sua casa. Non poteva sopportare il pensiero di non trovarsi mai piú con me e le sue giornate erano fredde e vuote se non m'incontrava. Allora gli ho detto che aveva quella sua donna. Ma ha detto che quella donna era cattiva con lui tante volte e la sua vita non aveva gioia e si sentiva molto stupido e inutile, come un tappo di sughero che galleggia sull'acqua.

Non sono andata a San Remo. Francesca è venuta da me e le ho detto che non volevo partire. Si è molto arrabbiata e ha gettato tutte le arance per terra e ha sbattuto per terra la valigia e l'ha presa a calci. La vedova del colonnello si è messa a battere forte nel muro con la sua spazzola. Io le ho detto a Francesca che se c'era una cosa al mondo che non avevo voglia di fare era andare a San Remo e le ho detto che il mare mi faceva orrore con le sue luci e i suoi colori violenti. Le ho detto che preferivo crepare da sola nella mia stanza della pensione piuttosto che salire in treno e partire e le ho detto che quando uno ha un guaio gli fa bene sciropparselo da solo nei posti dov'è stato sempre e i luoghi nuovi fanno molto male alla gente nei guai. M'ha detto: — Allora arrangiati e un'altra volta non chiamarmi la sera al tuo letto di morte perché ho altro da fare —. Si è messa in testa il suo berretto alla turca e si è guardata un attimo nello specchio allacciandosi il cappotto e lisciandosi i fianchi.

Quando lui mi ha chiesto di sposarlo io gli ho detto sí. Ma gli ho chiesto come avrebbe fatto a vivere con me se era innamorato di un'altra donna, e allora m'ha detto che se gli volevo molto bene e avevo coraggio noi potevamo forse stare molto bene insieme, e c'è tanti matrimoni cosí perché è molto difficile e raro quando due si sposano che si vogliano bene tutti e due. Io volevo sapere ancora tante altre cose su quello che sentiva per me, ma non mi riusciva di parlare a lungo con lui delle cose importanti, perché si annoiava a cercare nel fondo delle cose e delle parole e voltarle e rivoltarle in ogni senso come facevo io. E quando mi mettevo a parlare di quella sua donna e gli chiedevo se s'incontrava ancora con lei, gli si velavano gli occhi e la sua voce si faceva stanca e lontana e mi diceva soltanto che era una donna cattiva e l'aveva fatto molto soffrire e adesso non voleva piú pensarci.

Cosí m'ha detto che ci saremmo sposati e abbiamo continuato a vederci e adesso mi teneva le mani e mi baciava quando eravamo soli al caffè o lungo il fiume, ma non mi diceva mai di preciso quel mese e quel giorno che ci saremmo sposati. Allora una volta gli ho detto che dovevamo andare insieme a Maona e che lui doveva parlare a mio padre. Non aveva l'aria di averne voglia ma è venuto. Avevo scritto a mia madre che togliesse il secchio della spazzatura dalla cucina e preparasse un buon pranzo per il sabato perché avrei portato con me una persona. Abbiamo preso la corriera a Porta Vittoria e lui ha disegnato nel suo taccuino tutta la gente che c'era nella corriera. Quando siamo arrivati a Maona mio padre e mia madre erano un po' stupiti e spaventati, ma lui allora ha detto che voleva parlare con mio padre e si sono chiusi nella saletta e mia madre ha portato un braciere acceso perché nella saletta ci fa freddo e hanno parlato. Mio padre poi era molto contento e abbiamo bevuto il marsala, ma mia madre mi ha preso in disparte e si è messa un po' a piangere e mi ha detto che le pareva cosí vecchio quell'uomo, ed era piú piccolo di me e mi arrivava appena appena alla spalla e lei aveva l'idea che l'uomo dev'essere piú alto della donna nel matrimonio. Mi ha chiesto se ero sicura di volergli bene, e io ho detto sí e allora mi ha abbracciato e mi ha portato nella sua stanza a mostrarmi le tovaglie e le lenzuola che aveva preparato da tanto tempo per il giorno che mi fossi sposata. Alberto è rimasto a chiacchierare tutto il giorno in cucina, mia madre aveva portato via il secchio della spazzatura e aveva mandato a comprare due saliere per non fare come sempre che il· sale era in una scodella e abbiamo cenato, poi son venuti il veterinario e l'assessore e mio padre ha detto che Alberto era il mio fidanzato. Alberto ha fatto una partita a scacchi con l'assessore e di nuovo abbiamo bevuto il marsala. Alberto è ripartito la sera stessa e aveva fatto molta amicizia con l'assessore e gli ha promesso di mandargli certi francobolli danesi che aveva a casa sua perché l'assessore fa raccolta di francobolli.

Allora quando mi sono spogliata quella sera nella mia stanza e quando mi sono coricata nel mio letto dove avevo dormito da bambina m'è venuto come uno spavento e un ribrezzo a pensare che presto ci saremmo sposati e avremmo fatto all'amore. Mi dicevo che era magari perché non avevo mai fatto all'amore, ma mi son chiesta se davvero lo amavo e ricordavo che quando mi baciava sentivo un po' di ribrezzo. Mi dicevo che è molto difficile sapere cosa c'è dentro di noi davvero, perché quando pareva che lui andasse lontano dalla mia vita sentivo dolore tanto che mi pareva di non poter più continuare a vivere, e quando era dentro la mia vita come adesso e parlava con mio padre e mia madre mi prendeva un ribrezzo e uno spavento. Ma ho pensato che forse succede così a tutte le ragazze e ci vuole coraggio e se uno segue tutti i piccoli sentieri dei suoi sentimenti e passa il tempo a guardare e ascoltare le cose dentro di sé sbaglia e non trova il modo giusto di vivere.

Son rimasta a Maona la domenica e mio padre è andato in città al mattino per incontrarsi col dottor Gaudenzi e sapere di Alberto. Quando è tornato la sera era sempre più contento e mi ha detto che gli faceva piacere che avessi scelto un uomo a modo e distinto e di un'alta posizione sociale. Ma mia madre piangeva e diceva che il matrimonio è un'incognita e lui allora le ha detto che era una scema e che le donne trovan sempre qualche pretesto per lagrimare un po'.

Prima che ci sposassimo quando andavamo insieme al caffè o si passeggiava, stava bene con me e gli piacevo se anche non mi voleva bene. Usciva di casa per venirmi a cercare, usciva anche con la pioggia per stare con me. Disegnava la mia faccia nel taccuino e m'ascoltava parlare.

Ma dopo che ci siamo sposati non disegnava piú la mia faccia. Disegnava degli animali e dei treni. Gli ho chiesto se disegnava dei treni perché aveva voglia di andarsene. Si è messo a ridere e m'ha detto di no. Ma dopo un mese che eravamo sposati se n'è andato. È stato via dieci giorni. L'ho trovato che faceva la valigia una mattina. Mi ha detto che andava con Augusto a fare un giro per i dintorni, a rivedere i luoghi dove andavano da ragazzi oziando nelle cascine. Non mi ha chiesto se volevo partire con loro. Non ne ha neppure parlato. Ma non mi sono molto stupita perché lui e Augusto erano amici da ragazzi e avevano un modo particolare e intimo di stare insieme, parlandosi in un linguaggio allusivo che non potevano capire gli altri. E poi m'aveva detto una volta che Augusto non aveva simpatia per me. È partito. Non ero molto malinconica ma pensavo che dovevo fare in modo che Augusto avesse un poco piú di simpatia per me, cosí avrei potuto andare con loro quando facevano un viaggio la prossima volta. Anche a me piaceva girare nei piccoli paesi. Lui credeva magari che a me non piacesse.

Avevamo una serva di sedici anni, la figlia del calzolaio di Maona. Si chiamava Gemma. Era molto sciocca e rideva nel naso in un modo che mi era spiacevole. S'era messa in testa che in casa c'erano i topi, ma io non ne ho mai visti. La notte dormiva con la faccia sotto le lenzuola per la paura che i topi salissero sul letto a divorarla. Allora una volta che è stata a Maona è tornata con un gatto. Gli parlava mentre faceva le pulizie. Il gatto scappava sempre nella stanza dov'era morta la vecchia e Gemma aveva paura d'entrarci perché credeva che la vecchia sarebbe sbucata fuori a un tratto dall'armadio e l'avrebbe accecata. Cosí si fermava sulla porta e supplicava il gatto di uscire di là. Il gatto faceva le fusa sulla poltrona e Gemma lo chiamava dalla porta e gli offriva delle croste di formaggio. Ma anch'io ci andavo spesso in quella stanza perché mi piaceva figurarmi com'era stata quella vecchia e fiutare il suo odore nei muri e nelle scatole di cipria vuote e nelle tende con le nappine. C'era la sua poltrona accanto alla finestra con lo sgabello per posarci i piedi e nell'armadio c'era il suo vestito nero e il suo scialle di lana a crochet.

Lo studio di Alberto era chiuso a chiave. Lo chiudeva ogni volta che usciva e si metteva la chiave in tasca. Gli ho chiesto perché e lui m'ha detto che c'era una rivoltella carica nel cassetto dello scrittoio. Il cassetto era senza serratura e non poteva chiuderlo, e cosí chiudeva a chiave la stanza. Si è messo a ridere e mi ha detto che non voleva che mi venisse una volta qualche brutta idea. Mi ha detto che da molti anni teneva nel suo cassetto quella rivoltella carica, per un giorno che gli veniva voglia d'ammazzarsi o d'ammazzare qualcuno. Era una vecchia abitudine, era ormai qualcosa come una convinzione superstiziosa. M'ha detto che anche Augusto aveva una rivoltella carica nel cassetto della sua stanza.

Quando è partito io mi fermavo tante volte davanti a quella stanza chiusa. Pensavo che non era per la rivoltella che lui chiudeva a chiave quella stanza. Forse c'erano lettere o ritratti. Mi dispiaceva di non avere io pure qualcosa da tenergli nascosto. Ma niente avevo da tenergli nascosto. Gli avevo detto tutto della mia vita. Era stata una vita abbastanza mediocre e incolore fino al giorno che l'avevo incontrato. E avevo lasciato cadere da me tutto quello che non aveva rapporto con lui. Avevo smesso d'insegnare. Francesca la vedevo di rado. Da quando avevo rifiutato di andare a San Remo s'incontrava malvolentieri con me. Sentivo che doveva fare uno sforzo per non dirmi delle cose spiacevoli. Avrei preferito che mi maltrattasse come faceva una volta. E invece adesso era fredda e gentile. I Gaudenzi ci invitavano qualche volta la sera me e Alberto ed erano molto gentili con noi e dicevano che si sentivano gli artefici della nostra felicità perché ho conosciuto Alberto da loro. Ma Alberto mi diceva che erano idioti e trovava sempre delle scuse per non andare. Invece era sempre cosí contento quando veniva Augusto da noi la sera. Stavano insieme nello studio e io andavo a dormire perché Alberto m'aveva detto che Augusto si sentiva impacciato quando c'ero io.

Pochi giorni dopo ch'era partito ho visto Augusto per strada. Camminava col bavero del cappotto alzato e le mani in tasca e la sua faccia vigorosa e sdegnosa m'ha fissato per un istante. M'è preso un tremito e non gli ho parlato, m'ha salutato con un piccolo cenno e s'è allontanato in fretta. E cosí ho saputo che Alberto m'aveva mentito, che non era partito con Augusto. Sono tornata a casa. Mi son seduta vicino alla stufa e il gatto m'è venuto in grembo. E allora in quel momento ho pensato che il nostro matrimonio era un disastro. Non l'avevo mai pensato prima. Carezzavo il gatto e fissavo fuori dai vetri il giardino con le foglie rosee nel sole che tramontava. E mi sono accorta che mi sentivo come un'ospite in quella casa. Non pensavo mai che era la mia casa e quando camminavo nel giardino non pensavo che era il mio giardino e quando Gemma rompeva un piatto mi sentivo colpevole anche se Alberto non diceva niente. Mi pareva sempre che la vecchia dovesse sbucare fuori dall'armadio e scacciarmi con Gemma e col gatto via dalla sua casa. Ma allora dov'era adesso la mia casa. A Maona nella mia camera mia madre ci aveva messo le patate e le bottiglie dei pomodori in conserva. E m'è venuta voglia d'essere di nuovo nella mia stanza della pensione con l'urlo di pavone e le tappezzerie a fiorami e farmi cuocere l'uovo sul fornello a spirito.

Ho cenato e mi son messa a letto. Avevo freddo e non riuscivo a dormire. Battevo i denti nel buio. Su quel letto avevamo fatto all'amore la prima volta dopo il nostro ritorno dal viaggio di nozze. Quindici giorni sui laghi. Avevo ribrezzo e vergogna quando faceva all'amore con me, ma pensavo che forse cosí succede a tutte le donne nei primi tempi. Mi piaceva sentirlo addormentato vicino a me. Ero calma. Gli ho detto come sentivo nel fare all'amore e gli ho chiesto se a tutte le donne succede cosí. Mi ha detto che lui non sapeva cosa diavolo succede alle donne, e che io avevo bisogno di avere un bambino perché questa è la cosa piú importante per una donna e anche per un uomo. E mi ha detto che dovevo guarire di quel vizio che avevo di guardare sempre fisso dentro di me.

Non avevo pensato che mi potesse mentire. L'avevo aiutato a fare la valigia, gli avevo dato una coperta di lana perché pensavo che ci poteva far freddo nelle cascine o nelle osterie di campagna dove diceva che si sarebbe fermato. Non voleva la coperta e avevo insistito. È uscito di casa in gran fretta perché diceva che Augusto l'aspettava al caffè della stazione.

Ricordavo come facevamo all'amore, le parole tenere e convulse che lui mi diceva. Poi s'addormentava e sentivo il suo respiro calmo nel buio vicino a me. Stavo a lungo sveglia nel buio e ricercavo tutte le parole che m'aveva detto. Non mi piaceva molto fare all'amore ma mi piaceva stare sveglia nel buio e ridirmi quelle sue parole.

Non era partito con Augusto. Era partito con quella sua donna. Certo non mi mentiva per la prima volta, certo si erano incontrati altre volte dopo che aveva deciso di sposarsi con me. Quando diceva che andava all'ufficio forse invece s'incontrava con lei. Facevano all'amore e lui le diceva quelle stesse parole convulse che diceva a me. Poi giaceva immobile al suo fianco e sospiravano un poco per il dolore di non essere sempre insieme. La donna stava immobile nel buio davanti a me. Aveva un abito di seta lucida e molti gioielli. Sbadigliava e si sfilava le calze con un gesto indolente. Poi spariva e tornava dopo un attimo, e adesso era una donna alta e maschia con dei passi lunghi e vigorosi e con un cane pechinese in collo.

Alberto è stato via dieci giorni. È tornato una sera. Pareva molto stanco e di cattivo umore. Mi ha detto che voleva un caffè molto caldo. Gemma si era già coricata e ho fatto io il caffè. Gliel'ho portato nella nostra camera. Beveva il caffè e mi guardava. Non m'aveva baciato. Beveva il caffè adagio, guardandomi fissamente. Gli ho detto: – Non sei stato via con Augusto. Con chi sei stato via?

Ha posato la tazza sul tavolo e si è alzato. Si è passato le dita fra i riccioli e si è grattato la testa con forza. Si è tolto la cravatta e la giacca buttandole sulla sedia. Mi ha detto:

– Sono stanco e ho molto sonno. Non ho nessuna voglia di parlare.

– Augusto è rimasto qui, – gli ho detto, – l'ho visto per la strada. Con chi sei stato via?

– Solo, – ha detto, – sono stato via solo.

Ci siamo coricati e ho spento la luce.

– Tutt'altro che un bel viaggio, – la sua voce s'è alzata d'improvviso nel buio. – Era meglio se restavo a casa.

Si è fatto vicino a me e si è stretto al mio corpo.

– Non mi domandare niente, – dice, – ti prego. Sono triste e sono molto stanco. Vorrei che tu stessi zitta e quieta quieta. Mi sento molto triste.

– È una donna cattiva? – gli ho chiesto.

– È una donna disgraziata, – mi dice, e accarezzava piano piano il mio corpo. – Non ne ha colpa quando fa del male.

Lagrime mute e calde mi scendevano lungo il viso. Ha toccato il mio viso con la mano e si è stretto piú forte a me.

– Un viaggio d'inferno, – mi dice, e l'ho sentito ridere piano piano. – Non mi domandare niente. Non mi domandare mai, mai niente. Sei la sola cosa che ho. Ricordalo.

La sua testa era sulla mia spalla e ho toccato con la mano i suoi folti ricci ruvidi e il viso magro e caldo. Abbiamo fatto all'amore e per la prima volta non ho avuto ribrezzo di lui.

Qualche mese dopo è partito di nuovo. Non gli ho domandato niente. Faceva la valigia nello studio e ho visto che metteva via un volume delle poesie di Rilke. Anche a me leggeva Rilke a volte la sera. È partito. Mi ha detto: – Tornerò fra due settimane –. Ha chiuso a chiave la porta dello studio, come sempre. Non dimenticava mai di chiuderla. Gli ho sorriso mentre se ne andava.

Avevo ancora quel sorriso sulle labbra mentre salivo le scale e tornavo in camera, e ho cercato di conservare quel sorriso sulla mia faccia per un po'. Mi son seduta davanti allo specchio e mi sono spazzolata i capelli. Facevo sempre quel sorriso idiota. Ero incinta, e la mia faccia era grassa e pallida. Le lettere che scrivevo a mia madre avevano lo stesso sorriso vile e idiota che c'era ora sulla mia faccia. Ma non ero piú andata a Maona perché avevo paura delle domande che m'avrebbe fatto mia madre.

– Sei la sola cosa che ho. Ricordalo –. L'avevo ricordato e quelle parole m'avevano aiutato a vivere un po' tutti i giorni. Ma perdevano la loro dolcezza a poco a poco, come un nòcciolo di prugna succhiato per troppo tempo. Non gli domandavo niente. Tornava a casa tardi la sera e non gli domandavo cos'aveva fatto. Ma l'avevo aspettato cosí a lungo che il silenzio s'era addensato dentro di me. Cercavo inutilmente qualcosa da dirgli per la paura che s'annoiasse con me. Cercavo delle cose buffe e divertenti da dire. Lavoravo a maglia sotto la lampada e lui leggeva il giornale grattandosi la testa con forza. Qualche volta disegnava nel suo taccuino, ma non disegnava piú la mia faccia. Disegnava dei treni e dei cavalli. Faceva dei piccoli cavalli in galoppo con la coda al vento. Adesso che avevamo il gatto disegnava anche dei gatti e dei topi. Gli ho detto che doveva fare un gatto con la sua faccia e un topo con la mia faccia. Si è messo a ridere e m'ha chiesto perché. Gli ho detto se non gli pareva che fossimo cosí noialtri due. Si è messo a ridere e m'ha detto che io non gli parevo niente affatto un topo. Ma ha disegnato un gatto con la sua faccia e un topo con la mia faccia. Il topo aveva un'aria spaventata e avvilita e lavorava a maglia, e il gatto era nero e feroce e disegnava in un taccuino.

Quando è partito per la seconda volta, la sera stessa che lui è partito è venuto Augusto da me. È rimasto tutta la sera. M'ha detto che Alberto partendo l'aveva pregato di farmi compagnia qualche volta nel tempo che lui non c'era. Ero un po' stupita e non trovavo niente da dirgli. Se ne stava seduto davanti a me con la pipa stretta fra i denti e con una brutta sciarpa di lana grigia buttata intorno al collo, e la sua faccia grande e vigorosa dai baffi neri mi fissava in silenzio. Allora gli ho chiesto se era vero che non aveva simpatia per me. È diventato rosso fin sulla fronte e negli occhi e ci siamo messi a ridere tutti e due. E cosí allora siamo diventati un po' amici. Tante volte basta una frase fra due che non sanno come parlarsi. Ci siamo messi poi a darci del tu perché mi ha detto che lui non riusciva a parlare quando dava del lei. Mi ha detto che in linea di massima non aveva simpatia per nessuno e che nella sua vita aveva conosciuto una sola persona molto molto simpatica ed era lui stesso. Mi ha detto che quando era di malumore si guardava nello specchio e si faceva un piccolo sorriso e allora diventava subito allegro. Gli ho detto che anch'io certe volte provavo a farmi un piccolo sorriso allo specchio ma a me non serviva. Mi ha chiesto se ero spesso di malumore e gli ho detto: – Sí, spesso –. Stava davanti a me con la pipa fra le dita e buttava fuori il fumo dalla bocca chiusa.

– Augusto, – dico, – com'è quella donna?

– Donna? – dice. – Chi?

– Quella donna che va con Alberto in viaggio.

– Senti, – mi ha detto, – è inutile che ne parliamo. Non mi sembra giusto che ne parliamo noi due insieme.

– Io non so niente di lei, – gli ho detto. – Non so neppure il suo nome. E mi divoro dentro a pensare com'è la sua faccia.

– Si chiama Giovanna, – mi ha detto. – Una faccia cosí. Niente di straordinario come faccia.

– Non è molto bella? – gli ho chiesto.

– Che ne so, – dice. – Me ne intendo poco io di bellezze. Credo di sí, credo che sia piuttosto bella, tutto sommato. O almeno era bella una volta, quando era piú giovane.

– Perché adesso non è piú tanto giovane?

– Non tanto, – dice, – ma a cosa serve che ne parliamo?

– Per piacere, – gli dico, – vorrei parlarne con te qualche volta. Mi stanco a pensarci sempre da sola. Non so niente di lei. Non sapevo neppure che si chiamasse Giovanna. Cosí mi pare d'esser sempre al buio. Mi pare d'esser cieca e di muovermi toccando le pareti e gli oggetti.

M'è caduto il gomitolo e s'è chinato a raccoglierlo. Dice: – Ma perché diavolo vi siete sposati voi due?

– Sí, – dico, – mi sono sbagliata. Non ne aveva una gran voglia ma non s'è fermato a pensarci. Non gli piace pensare a lungo alle cose importanti. E poi odia la gente che guarda fisso dentro di sé e che si sforza di trovare il modo giusto di vivere. Quando mi vede ferma e zitta a pensare, accende una sigaretta e va via. L'ho sposato perché volevo sapere sempre dov'era. E lui sa sempre dove sono io. Sa che son qui e l'aspetto. Ma io invece non so dov'è lui. Non è mio marito. Un marito è qualcuno che sai sempre dov'è. È qualcuno che quando ti chiedono: «Dov'è?» puoi rispondere subito e non hai paura di sbagliare. Ma io adesso non esco di casa per la paura d'incontrare della gente che conosco e che mi chieda: «Dov'è?» Capisci, non saprei come rispondere. Magari ti parrà una cosa un po' stupida, – gli ho detto, – ma ho vergogna e non esco di casa.

Dice: – Ma perché vi siete sposati? ma cosa v'è preso? – Mi son messa a piangere. Dice: – È stata una bella fesseria –. Soffiava via il fumo dalla bocca e mi fissava in silenzio. La sua faccia cupa e testarda pareva si rifiutasse d'aver pietà di me.

Gli dico: – Augusto, ma dov'è Alberto? Dove sarà adesso?

– Non lo so, – dice. – Buonanotte. Me ne devo andare –. Ha preso il suo cappotto sulla sedia e ha vuotato la pipa della cenere con un fiammifero. La sua alta persona solitaria era ferma nel vano della porta. Dice: – Non posso farci niente, davvero. Buonanotte.

Tutta la notte non m'è riuscito mai di dormire. Pensavo che Augusto s'innamorava di me e diventava il mio amante. Ogni giorno correvo a incontrarlo in un albergo in città. Tornavo a casa molto tardi e Alberto m'aspettava e guardava il mio viso con angoscia per capire dov'ero stata. Ma quando poi Augusto è tornato a trovarmi qualche sera dopo lo guardavo e avevo vergogna di quello che avevo pensato. Mi raccoglieva il gomitolo quando cadeva e riempiva la pipa e l'accendeva e vuotava via la cenere con un fiammifero, e camminava su e giú sul tappeto e io pensavo come avremmo fatto all'amore in una stanza d'albergo e mi facevo rossa di vergogna. Ma non aveva l'aria d'innamorarsi di me e io non avevo nessuna voglia di far l'amore con lui. Non ho piú parlato di Alberto e di me e anche lui non ne parlava, non sapevamo tanto di cosa parlare e m'annoiavo e mi pareva che anche lui s'annoiasse. Ma ero contenta che fossimo diventati un po' amici. Quando è tornato Alberto gli ho detto subito che eravamo diventati un po' amici. Non ha detto niente ma aveva un'aria come se non fosse contento. Tempestava e gridava nella stanza da bagno perché l'acqua non era ben calda e perché non trovava il pennello della barba e le altre cose di cui aveva bisogno. È venuto fuori dal bagno rasato e con la sigaretta accesa e allora io gli ho chiesto se questo viaggio era stato meglio dell'altro. M'ha detto che era stato un viaggio qualunque e non metteva conto di parlarne e che aveva dovuto andare a Roma per discutere di certi affari. Gli ho detto che lo pregavo di non partire fino a quando non fosse nato il bambino perché avevo paura di sentirmi male la notte e se ero sola poteva succedere un guaio. Allora m'ha detto che non ero la prima donna nel mondo che faceva un bambino e stavo fresca se avevo tutte quelle paure. Non ci siamo piú parlati per un po' e piangevo mentre lavoravo a maglia e allora è uscito sbattendo la porta.

La sera è venuto Augusto e l'ho fatto sedere in salotto, e Alberto ha detto di nuovo che era stato a Roma per affari e l'ha ringraziato perché m'aveva tenuto compagnia qualche volta. Dopo un poco Gemma mi ha chiamato in cucina per mostrarmi il libretto della spesa e quando sono tornata in salotto loro due non c'erano piú e li sentivo parlare nello studio. Pensavo se dovevo andare là con loro o se dovevo restare in salotto, volevo andare e non sapevo decidermi e alla fine ho pensato che non c'era niente di strano se andavo. Ho preso il mio lavoro e ho fatto per entrare nello studio ma la porta era chiusa a chiave. Ho sentito la voce di Alberto che diceva: – Sí, è inutile –. Cosa era inutile? Mi son seduta in salotto e ho cominciato a contare le maglie. Mi sentivo stanca e pesante e il bambino si muoveva dentro di me e allora ho pensato che avrei voluto morire col mio bambino e non provare piú quell'angoscia non sentire piú niente.

Sono andata a letto e mi sono addormentata e mi sono svegliata quando Alberto è venuto a letto. Gli ho detto: – Non ho paura e vorrei morire col mio bambino, – e lui ha detto: – Dormi e non dire delle sciocchezze. Non voglio che tu muoia –. Gli ho detto:

– Cosa te ne importa se muoio. Hai Augusto e Giovanna e non hai bisogno di me. Neanche del bambino tu non ne hai bisogno, cosa te ne farai d'un bambino, sei già vecchio e sei stato tanti anni senza avere dei figli, stavi bene e non sentivi nessun desiderio di averne.

Si è messo a ridere e ha detto:

– Non sono poi cosí vecchio. Ho quarantaquattro anni.

– Ma sei molto vecchio, – gli ho detto. – Hai tutti i capelli grigi. Sei stato quarantaquattro anni senza figli. Cosa te ne farai d'un bambino. È troppo tardi perché tu possa abituarti a un tratto a un bambino che piange nella tua casa.

– Non dire sciocchezze, ti prego, – mi ha detto. – Sai che desidero molto questo nostro bambino.

– Perché non hai fatto un figlio con Giovanna?

Ha dato un lungo sospiro nel buio. Mi ha detto:

– Ti ho chiesto di non parlarmi di quella persona.

Mi sono alzata a sedere sul letto.

– Non dire quella persona. Di' Giovanna.

– Come vuoi, – mi ha risposto.

– Di' Giovanna.

– Giovanna.

– Perché non avete pensato a fare un figlio insieme?

– Perché non credo che le sarebbe piaciuto avere un figlio con me.

– No? allora lei non ti vuol bene?

– Non credo che mi voglia molto bene.

– E anch'io non ti voglio bene. È impossibile volerti bene. Sai perché? perché non hai coraggio. Sei un piccolo uomo che non ha coraggio di andare in fondo alle cose. Sei un tappo di sughero, sei. Nessuno ti vuol bene e tu non vuoi bene a nessuno.

– Non mi vuoi bene? – mi ha chiesto.

– No.

– Da quanto tempo non mi vuoi piú bene?

– Non lo so. Già da un po' di tempo.

Di nuovo l'ho sentito sospirare. Ha detto:

– È una grande disgrazia.

– Alberto, – ho detto, – dimmi dove sei stato in questi giorni.

– Sono stato a Roma per certi affari.

– Solo? o con Giovanna?

– Solo.

– Giuralo.

– Non ho voglia di giurare, – mi ha detto.

– Perché non è vero. Sei stato con Giovanna. Dimmi dove. Sui laghi? siete stati sui laghi?

Ha acceso la luce e si è alzato. Ha preso una coperta nell'armadio. Mi ha detto:

– Vado a dormire di là nello studio. Riposeremo meglio tutti e due.

Era là nel mezzo della stanza con la coperta sul braccio, piccolo e gracile nel suo pigiama azzurro sgualcito, coi capelli arruffati e il viso pieno di stanchezza e d'angoscia. Mi son messa a piangere. Gli ho detto:

– No Alberto non voglio che vai via. Non voglio che vai via.

Piangevo e tremavo e s'è accostato a carezzarmi i capelli. Ho preso la sua mano e l'ho baciata.

– Non è vero che non ti voglio piú bene, – ho detto. – Ti voglio bene come non puoi credere. Non potrei stare con un altro uomo. Non potrei far l'amore con Augusto e con nessun altro uomo. Mi piace far l'amore con te. Sono tua moglie. Ti aspetto sempre quando tu sei via. Non penso a nient'altro, non mi riesce di pensare a nient'altro, e divento idiota a poco a poco. Mi dispiace di diventare idiota, ma non ne ho colpa. Ricordo sempre ogni cosa di noi, dal primo giorno che ci siamo incontrati. Sono contenta d'essere tua moglie.

– Allora cosí va bene, – mi ha detto. Ha preso la coperta e se n'è andato a dormire nello studio.

Per molto tempo non abbiamo piú dormito insieme.

Era buio quando sono uscita dal bar. Non pioveva piú ma il selciato era lucido di pioggia. Mi sono accorta d'essere stanchissima, con un senso di fuoco alle ginocchia. Ma ho continuato ancora per un pezzo a girare nella città, e poi ho preso un tram e sono scesa davanti alla casa di Francesca. Ma le finestre del salotto erano illuminate e ho visto la cameriera con un vassoio, allora mi sono ricordata che era mercoledí, e mercoledí è il giorno che Francesca riceve i suoi amici. Cosí non sono salita da lei. Ho ricominciato a camminare. Avevo i piedi stanchi e pesanti e avevo un buco nella calza sul calcagno sinistro, la scarpa soffregando sul calcagno nudo mi faceva male. Ho pensato che presto o tardi bisognava che tornassi a casa. E allora m'è venuto un brivido come di nausea. Sono tornata nel giardino pubblico. Mi sono seduta su una panchina e ho alzato un poco il piede fuori della scarpa per vedere il punto che mi faceva male. Il calcagno era arrossato e gonfio, c'era una bollicina che s'era lacerata e sanguinava. Le coppie si baciavano strette sulle panchine e nel buio degli alberi, c'era un vecchio addormentato per terra tutto raccolto sotto una mantella verde. Ho chiuso gli occhi e ho pensato a certi pomeriggi che portavo a passeggio la bambina nel giardino pubblico e si camminava piano piano e le davo del caffelatte che portavo con me nel termos dentro la borsa. Avevo una borsa a sacco dove mettevo tutte le cose che occorrevano alla bambina, il tovagliolino di gomma e quello di spugna e certi dolci morbidi con lo zibibbo che ci mandava mia madre da Maona e che le piacevano. Erano lunghi pomeriggi che passavo camminando piano piano con la bambina nel giardino pubblico, mi voltavo a guardarla venire avanti col suo cappuccio bordato di velluto e il cappotto coi bottoni di velluto e le ghette bianche. Francesca le aveva regalato un cammello che muoveva la testa nel camminare. Era molto bello con una sella di panno rosso a ricami d'oro e muoveva la testa con un'aria cosí buona e savia. Ogni minuto s'impigliava nello spago e cadeva e bisognava rimetterlo in piedi e andavamo avanti molto adagio fra gli alberi nel sole tiepido e come un po' umido e alla bambina le si sfilavano i guanti e mi chinavo a calzarglieli nelle dita e le pulivo il naso col fazzoletto e la prendevo in collo quando poi era stanca.

Ho pensato che sarei andata a casa la notte e poi sarei andata in questura al mattino. Non sapevo bene dov'era la questura e bisognava che cercassi l'indirizzo preciso nell'elenco telefonico. Bisognava che io chiedessi che mi lasciassero raccontare ogni cosa, proprio dal primo giorno, magari anche certi particolari che parevano banali ma invece avevano avuto una grande importanza. Era una faccenda un po' lunga ma dovevano lasciarmi parlare. Ho cercato d'immaginare la faccia di quell'uomo che m'avrebbe ascoltato – ho pensato una faccia olivastra con dei baffi che m'avrebbe ascoltato dietro a un tavolo. Di nuovo allora m'è venuto un brivido e m'è venuta voglia di chiamare Augusto e Francesca e pregare che andassero loro in questura o magari scrivere una lettera alla questura e aspettare a casa che qualcuno venisse a prendermi e mi portasse via. M'avrebbero poi messo in prigione ma a questo non riuscivo a pensarci. C'era la questura e l'uomo con la sua faccia olivastra lunga e lucida dietro il tavolo, quando rideva mi prendeva un brivido ma dopo non c'era piú niente, giorni e giorni e anni che precipitavano sordi come fuori della mia vita e non avevano nessun legame con i giorni e gli anni veri della mia vita dove avevo avuto la bambina e dove c'era Alberto e c'era Giovanna e c'erano Augusto e Francesca e Gemma e il gatto e Maona con mio padre e mia madre. Che io andassi in prigione o non andassi in prigione non contava perché quello che contava era già successo ed era Alberto quando gli avevo sparato e l'avevo visto cadere con tutto il corpo sul tavolo e avevo chiuso gli occhi ed ero corsa via dalla stanza.

La bambina è nata alle tre del pomeriggio l'undici di gennaio tre anni fa. Ho gridato per due giorni camminando per tutta la casa in vestaglia e Alberto mi veniva dietro con una faccia molto spaventata. È venuto il dottor Gaudenzi e una levatrice molto antipatica e giovane che chiamava Alberto « paparino ». La levatrice si è messa a litigare con Gemma in cucina perché trovava che le bottiglie non erano pulite. Ci volevano molte bottiglie per l'acqua sterilizzata e Gemma era molto spaventata perché mi sentiva gridare e aveva anche un orzaiolo in quei giorni e non capiva piú niente. Sono arrivati anche mio padre e mia madre. Giravo per tutta la casa e dicevo a tutti delle cose che non avevano senso, dicevo che dovevano aiutarmi a farla finita con quel maledetto bambino. Poi mi son messa a letto e avevo un sonno tremendo e m'addormentavo un minuto ma mi svegliavo con quell'orrendo dolore e urlavo e la levatrice mi diceva che sarei rimasta col gozzo se urlavo cosí. Avevo dimenticato il bambino. Avevo dimenticato anche Alberto e la sola cosa che m'importava era dormire e non avere piú male. Non volevo piú morire, volevo vivere e avevo molta paura di morire, chiedevo a tutti quando avrei finito di sentire quel male. Ma è durato ancora tanto tempo e la levatrice andava e veniva con le sue bottiglie e mia madre piangeva piccina e vestita di nero in un angolo della stanza e Alberto mi teneva la mano ma io non volevo la sua mano e mordevo il lenzuolo e mi sforzavo non di fare il bambino perché l'avevo dimenticato ma di buttare fuori dal mio ventre quel dolore che avevo.

E allora è nata la bambina e tutt'a un tratto non ho avuto piú male, e ho tirato su la testa a guardare la bambina che piangeva rossa e nuda fra le mie cosce e Alberto si è chinato su di me col viso pieno di sollievo e di gioia e mi sono sentita a un tratto cosí felice come non ero mai stata nella mia vita senza piú dolore nel mio corpo e con un senso di gloria e di pace.

Mia madre m'ha portato la bambina e me l'ha messa accanto nel letto, era avvolta in uno scialle bianco e fuori dallo scialle spuntavano i suoi due pugni chiusi rossi e freddi e la piccola testa umida e nuda. Ho visto la faccia di Gemma che si chinava su di me e aveva un sorriso glorioso e anche mia madre aveva quello stesso sorriso glorioso e il debole pianto della bambina dentro lo scialle mi sconvolgeva d'emozione e di gioia.

Mi dicevano tutti che dovevo riposare ma io adesso non avevo nessuna voglia di riposare e parlavo e parlavo e dicevo com'era la bambina e com'era fatto il suo naso e la fronte e la bocca. Hanno chiuso le imposte e sono andati via e hanno portato via la bambina e solo Alberto è rimasto con me e abbiamo riso insieme di Gemma che aveva quell'orzaiolo e della levatrice che a Alberto gli diceva « paparino ». Allora lui m'ha chiesto se ancora volevo morire e gli ho detto che non volevo morire per niente e che invece avevo una gran voglia di bere dell'aranciata. È andato a prepararmi l'aranciata e me l'ha portata in un grosso bicchiere sopra un vassoio e m'ha sorretto il capo mentre bevevo e m'ha baciato piano sui capelli.

Era molto brutta la bambina nei primi tempi e Alberto la chiamava « il rospiciattolo ». Quando tornava a casa da fuori chiedeva subito: – Cosa fa il rospiciattolo –. E poi andava a guardarla dentro la culla e stava lí a guardarla con le mani in tasca e ha comprato una macchina fotografica per farle delle fotografie quando fosse diventata un po' piú bella. Mia madre e mio padre sono ripartiti dopo qualche giorno e mia madre era molto contenta e partendo m'ha domandato se ero contenta e le ho detto di sí. Da Maona ha mandato in un gran pacco di cose di lana per la bambina anche un paio di calzini che aveva fatto per Alberto e mio padre invece gli ha mandato delle bottiglie di vino perché erano contenti e credevano che andasse tutto bene per me e mia madre m'ha scritto una lettera dove diceva che dovevo stare attenta che Alberto non si stancasse troppo col suo lavoro perché era cosí magro e mangiava poco e che dovevo fare in modo che la bambina non lo tenesse sveglio la notte. Forse mia madre credeva che di nuovo avremmo dormito insieme adesso che era nata la bambina, ma invece dormiva nello studio dopo quella sera che era tornato dal suo viaggio e io tenevo la culla della bambina vicino al mio letto. Ma non dormivo bene perché ogni tanto mi alzavo a guardare se la bambina dormiva e se non aveva freddo o troppo caldo e se aveva il respiro tranquillo. E poi la bambina dopo i primi mesi ha cominciato a essere molto cattiva e ogni minuto si svegliava e gridava e io m'alzavo a cullarla. Avevo sempre paura che Alberto la sentisse piangere anche là nello studio e allora subito m'alzavo a cullarla e la prendevo in collo e passeggiavo su e giú per la stanza cantando sottovoce. Cosí è diventata sempre piú cattiva e nervosa perché le piaceva farsi cullare e s'addormentava nelle mie braccia e pareva proprio addormentata con gli occhi chiusi e il respiro tranquillo ma appena la posavo nella culla ricominciava subito a gridare. Tutto il giorno avevo un gran sonno. Di latte ne avevo poco e mi sforzavo di mangiare e mangiare ed ero molto ingrassata ma la bambina invece era sempre magra e quando la portavo a passeggio nella carrozzella guardavo gli altri bambini piccoli in carrozzella e domandavo quanti mesi avevano e quanto pesavano e mi vergognavo che la mia bambina non fosse grassa e forte come gli altri. M'affannavo a pesarla dopo ogni poppata e tutti i sabati la pesavo nuda prima del bagno e avevo un quadernetto dove scrivevo con l'inchiostro rosso il suo peso complessivo d'ogni settimana e con l'inchiostro verde scrivevo il peso dopo le poppate e il sabato mattina m'alzavo con un gran batticuore sempre sperando che fosse cresciuta ma cresceva poco e certi sabati mi disperavo perché non era cresciuta per niente. Ma Alberto s'arrabbiava con me quando mi disperavo e mi diceva che anche lui era stato un bambino magro e mi canzonava per il quadernetto e per il modo come mi tremavano le mani nel vestire e svestire la bambina e come rovesciavo il borotalco e m'affannavo intorno alla bambina che urlava. E ha fatto un disegno di me con gli spilli di sicurezza in bocca e l'aria spaventata e affannata e la cintura della vestaglia sciolta che strascicavo per terra e i capelli stretti in una reticella come li portavo allora perché non avevo mai voglia di pettinarmi per bene. Io non lasciavo che Gemma toccasse la bambina e anzi avevo schifo quando s'accostava alla culla a fare i complimenti alla bambina e le dondolava il sonaglio con le sue mani sempre rosse e bagnate. E anche quando entrava Augusto nella stanza a vedere la bambina non ero contenta perché avevo sempre paura che portasse delle malattie da fuori e siccome lui stava con una sorella che aveva un bambino piccolo avevo sempre paura che questo bambino potesse avere la tosse convulsa o il morbillo e che Augusto portasse queste malattie su di sé e poi anche mi vergognavo perché Augusto m'aveva detto che il bambino di sua sorella era molto grasso e forte.

Quando la bambina ha avuto due o tre mesi Alberto si è messo a farle delle fotografie, la fotografava nel bagno e distesa sul tavolo e con la cuffia e senza la cuffia e per un po' si è divertito molto e ha comprato un'altra macchina fotografica di un tipo piú nuovo e un grande album con la copertina a fiori dove incollava con cura tutte quelle fotografie in ordine di tempo e scriveva sotto la data con l'inchiostro rosso e anche certe piccole frasi. Ma poi si è stancato di far fotografie perché lui era un uomo che si stancava di tutte le cose. E un giorno m'ha detto che andava a fare un piccolo viaggio per svagarsi e per vedere certi suoi amici che avevano una villa sui laghi e ho visto che nel fare la valigia metteva via le poesie di Rilke. Cosí è partito e ha chiuso a chiave la porta dello studio perché non si dimenticava mai di chiuderla e io mentre guardavo l'album delle fotografie sul tavolo del salotto pensavo come a poco a poco s'era seccato di fare fotografie e l'album era rimasto vuoto a metà. Mi veniva tristezza a vedere tutte quelle pagine vuote e nere nell'album, l'ultima fotografia era la bambina col sonaglio e sotto c'era scritto con l'inchiostro rosso: « Cominciamo a giocare ». Ho pensato allora che c'era una sola cosa di cui non s'era mai stancato nella sua vita ed era Giovanna perché ero sicura che era andato con lei ai laghi e leggevano Rilke insieme sulle panchine in riva al lago. Con me s'era stancato presto di leggere Rilke e la sera leggeva per conto suo il giornale o dei libri grattandosi forte in testa o frugandosi nei denti con uno stecchino e non mi parlava mai di quello che leggeva o pensava. Mi sono chiesta allora se era colpa mia ma pure quando mi leggeva Rilke ascoltavo e dicevo che erano bei versi anche se in fondo m'annoiavo un poco. Pensavo come faceva Giovanna a tenerlo cosí legato a sé, forse non gli faceva mai vedere che gli voleva bene e invece lo tormentava e lo ingannava, e lui allora non aveva mai pace e mai neppure per un solo istante riusciva a dimenticarsi di lei. Sono andata a guardare la bambina nella culla e m'ha fatto pietà quella bambina perché io sola le volevo bene davvero. Ma allora l'ho tolta dalla culla per allattarla e mentre mi sbottonavo il vestito e le davo il seno pensavo che quando una donna ha il suo bambino vivo tra le braccia tutto il resto per lei non dovrebbe contare piú niente.

La bambina aveva sei mesi quando ho cominciato a svezzarla e le preparavo certe pappe di farina di riso che però non le piacevano affatto. Era sempre molto magra e piangeva e non digeriva bene. Il dottor Gaudenzi era molto gentile e veniva sovente a vederla ma tante volte si spazientiva con me perché diceva che ero troppo impressionabile e non trovavo pace. E davvero io non trovavo pace e mi spaventavo tremendamente ogni volta che la bambina aveva la febbre e allora non capivo piú niente e ogni minuto le mettevo il termometro e leggevo in un libro tutte le malattie che possono venire e non mi pettinavo e non mangiavo e stavo sveglia la notte. Se la bambina aveva un po' di febbre diventavo come una furia e gridavo con Gemma senza ragione come se fosse stata colpa sua. Ma poi appena quella febbre passava a poco a poco ritornavo savia e avevo vergogna di Gemma perché le avevo strillato e la chiamavo e le facevo un regalo. Mi veniva voglia allora di non vedere la bambina per un po'. Mi prendeva come una ripugnanza per tutte le cose che circondavano la bambina, il sonaglio e la scatola del borotalco e i pannolini stesi sulle sedie, e avevo voglia di andare al cinema con delle amiche o di leggere dei romanzi. Ma non avevo amiche e se aprivo un romanzo dopo un po' mi seccavo e tornavo a leggere invece quel libro dove c'erano scritte le cose che devono mangiare i bambini piccoli e tutte le malattie.

Una sera mentre preparavo la farina di riso mi son vista capitare Francesca. Era senza cappello e non era dipinta. Aveva indosso l'impermeabile su un vestito nero e aveva un'aria cupa e minacciosa con un ciuffo sugli occhi. Mi ha chiesto se potevo darle da dormire perché aveva litigato con sua madre. Ho detto a Gemma che le facesse il letto su un divano in salotto. Si è seduta e mi stava a guardare mentre davo la pappa alla bambina, la bambina come al solito sputacchiava via tutto e Francesca fumava e stava a guardare.

– Non potrei sopportare un bambino, – mi ha detto. – Il giorno che avessi un bambino mi ammazzerei subito.

Alberto era nello studio. Sono andata a dirgli che c'era Francesca e che dormiva da noi perché le era capitato qualcosa. – Bene, – ha detto. Leggeva un libro tedesco su Carlo V e ci faceva delle annotazioni a matita in margine alle pagine.

Ho coricato la bambina. Francesca era in salotto e fumava sdraiata sul divano. Aveva un'aria come se quel salotto fosse sempre stata la sua stanza. Si era tolta le giarrettiere e le aveva appese alla spalliera della poltrona. Scuoteva via la cenere sul tappeto. Mi ha detto:

– Lo sai che ti fa le corna?

– Sí, lo so, – ho detto.

– E te ne freghi?

– No.

– Piantalo, – ha detto. – Andiamo a fare un viaggio. È un rospo d'un uomo. Cosa te ne fai?

– Gli voglio bene, – ho detto, – e abbiamo la bambina.

– Ma ti fa le corna. Ti cornifica allegramente con una. Li in-

contro insieme ogni tanto. È un tipo con un culo come un cavolfiore. Mica niente di bello.

– È Giovanna, – ho detto.

– Piantalo, – ha detto, – cosa te ne fai.

– L'hai vista, – ho detto, – com'è?

– Mmm, – ha detto, – non sa vestirsi. Camminano insieme adagio adagio. Li vedo spesso.

– Perché come un cavolfiore? – le ho detto.

– Come un cavolfiore, – ha detto, – rotondo. Lo muove quando
cammina. Cosa diavolo te ne importa?

Si è spogliata nuda e si è messa a passeggiare per il salotto. Ho
chiuso la porta a chiave.

– Hai paura che mi veda? – mi ha detto. – Hai paura che mi
veda quel rospo? Prestami una camicia da notte.

Le ho portato la camicia da notte e se l'è infilata.

– Ci ballo dentro, – mi ha detto, – sei grassa.

– Dimagrirò adesso che ho svezzato la bambina.

– Io non voglio bambini, – mi ha detto, – non voglio sposarmi. Sai perché ho litigato con mia madre? perché s'erano messi in
testa che sposassi un tale. Un tale d'un'agenzia di trasporti. Hanno
sempre il pallino di trovarmi qualcuno. Basta. Non ci torno piú a
casa. Mi piglierò una stanza e cercherò lavoro. Ne ho abbastanza
della famiglia. Figurati se voglio un marito nei piedi. Per farmi
cornificare come ti capita a te. Un bel gusto. Mi piace andare a
letto con gli uomini. Ma voglio cambiare spesso. Dopo un paio
di volte ne ho abbastanza d'un uomo.

La guardavo. Ascoltavo con spavento.

– Hai avuto degli amanti? – le ho detto.

– Sí, certo, – ha detto, e si è messa a ridere. – Ti fa orrore?

– No, – ho detto, – ma non capisco bene.

– Cos'è che non capisci?

– Come si può cambiare tante volte.

– Non capisci?

– No.

– Ho avuto molti amanti, – ha detto, – prima uno a Roma quando mi provavo a recitare. Mi ha chiesto di sposarlo e ho tagliato la
corda. Non lo sopportavo piú dopo un paio di volte. L'avrei buttato giú dalla finestra. Ma allora ero molto spaventata di me. Di-

cevo: cosa diavolo sono? una puttana sono, che mi piace tanto cambiare? Fanno molta paura le parole quando siamo piú giovani. E anch'io credevo allora che mi ci volesse un marito e una vita come tutte le donne. Ma invece a poco a poco ho capito che non bisogna pigliar le cose sul tragico. Dobbiamo accettare noi stessi cosí come siamo.

– E anche gli altri dobbiamo accettarli cosí come sono, – ho detto, – anche Alberto devo accettarlo cosí com'è. E poi a me non mi piace cambiare.

Lei a un tratto si è messa a ridere e mi ha baciato. – Sono sporca? – mi ha chiesto.

– No non sei sporca, – le ho detto, – ma sarai sola quando sarai vecchia.

– Cosa diavolo me ne importa di allora. Mi ammazzerò quando avrò quarant'anni. Oppure forse tu l'avrai piantato questo rospo e si starà insieme.

L'ho baciata e sono andata nella mia stanza. Avevo la testa confusa e pensavo a tante cose insieme. Pensavo tante parole insieme, rospo e cavolfiore e puttana e sporco e accettare se stessi e gli altri e ammazzarsi. Vedevo Alberto e Giovanna che camminavano insieme adagio adagio per strada, cosí come lui aveva camminato con me quando non eravamo ancora sposati. Adesso non andavamo mai a passeggio insieme. Mi sono coricata. Avevo una voglia tremenda di andare nello studio e stendermi con lui nel suo letto. Avevo voglia di stare con la testa sulla sua spalla e chiedergli perché non andavamo piú a passeggio insieme. E avevo voglia di dirgli che a me non piaceva cambiare. Ma non osavo andare nello studio e avevo vergogna che lui pensasse che ero venuta per fare all'amore e cosí ho aspettato da sola che mi venisse il sonno.

Francesca è rimasta da noi venti giorni. Ero molto contenta e mi faceva bene parlare con lei. Non mi spaventavo tanto quando la bambina aveva la diarrea e lei mi maltrattava un po' quando mi spaventavo ma in un modo che mi faceva bene. E qualche volta mi persuadeva a lasciare la bambina con Gemma e andavamo al cinema lei e io. Era una cosa piacevole alzarsi al mattino e trovare Francesca per la casa con una gran vestaglia di raso bianco e la faccia impiastricciata di crema e chiacchierare fino all'ora del pranzo. Era un gran sollievo avere lei per parlare. Allora mi sono accorta come con Alberto parlavamo poco – sempre meno cose si dicevano insieme e sempre piú di rado gli dicevo quel che avevo dentro. Abitava sempre piú nello studio quando era in casa. Nello studio c'era un gran disordine perché lui non lasciava che venissimo a riordinare. Gemma gli rifaceva il letto e scopava in sua presenza e poi subito doveva andarsene. Non doveva toccare niente sul tavolo e negli scaffali. C'era polvere e cattivo odore. Sul tavolo aveva il ritratto di sua madre e un busto di Napoleone di gesso che aveva fatto lui a sedici anni. Non assomigliava a Napoleone ma era abbastanza ben fatto. Aveva poi delle navi da guerra che costruiva da sé quando era un ragazzino, rifinite minuziosamente nei piú piccoli particolari. Andava molto fiero di quelle sue navi da guerra, soprattutto di un piccolo veliero con una bandierina. Ha chiamato anche Francesca nello studio a vederle, e ha voluto che guardasse la bandierina. E poi le ha mostrato i suoi libri e ci ha letto delle poesie di Rilke ad alta voce. Era molto gentile con Francesca e faceva di tutto per piacerle. Quando si trovava con una persona nuova, cercava sempre di riuscire simpatico. E poi aveva un po' paura di Francesca, credo. Ho pensato che forse anche Giovanna gli faceva paura. Di me invece non aveva paura e questo era il male. Non aveva niente niente paura di me.

Francesca mi ha mandato a casa sua a prenderle dei vestiti. C'era la zia e si è messa a piangere quando m'ha visto. M'ha fatto tante domande e non sapevo come rispondere. Non riusciva a capire perché Francesca non lo voleva quel tale dell'agenzia di trasporti. Era una persona molto a modo e tutt'altro che un brutto uomo. Non riusciva a capire cosa diavolo voleva Francesca nella sua vita. Non aveva mai capito un'acca di quella ragazza.

– È la nuova generazione, – diceva, – è la nuova generazione –. Piangeva e si stropicciava la faccia col fazzoletto bagnato. Ho cercato di spiegarle che Francesca era giovane e che aveva tempo di trovarsi un uomo che le piacesse di piú. Ma ha detto che non le andava come Francesca faceva con gli uomini, come civettava e come se ne teneva sempre tre o quattro alla volta. Non credo che s'immaginasse che Francesca aveva avuto degli amanti. Era una idea che non la sfiorava neppure. Faceva del suo meglio per capire ma non capiva niente. Pensavo come ognuno si sforza sempre di indovinare cosa fanno gli altri e come ognuno si tormenta sempre a immaginare la verità e si muove come un cieco nel suo mondo oscuro tastando a caso le pareti e gli oggetti. Ho fatto un pacco dei vestiti e sono andata via.

Francesca era in cucina e si depilava le sopracciglia davanti a uno specchietto. Gemma stava a guardare a bocca aperta e Francesca le ha fatto una smorfia. – Va' a prepararmi il bagno, fanciulla, – le ha detto. Gemma è scappata via ridacchiando. Francesca ha tirato fuori i vestiti dal pacco e li guardava voltandoli da una parte e dall'altra con un viso serio. Le ho chiesto se non sarebbe tornata piú a casa. – No, – ha detto, – basta –. Preparavo l'aranciata per la bambina. Era la prima volta che le davo dell'aranciata e mi sentivo emozionata e contenta. Ero contenta che diventasse una bambina grande, che mangiasse i cibi dei grandi. Ho messo a bollire il cucchiaino. – Quante storie, – m'ha detto Francesca. – Poi quando sarà una ragazza, ti romperà le scatole come faccio io con mia madre. La famiglia è una stupida invenzione. Figurati se mi sposo.

Ero un po' gelosa di Francesca. Alberto era molto gentile con lei e disegnava sempre la sua faccia. Lei lo trattava con un fare sprezzante ma quando ha cominciato a disegnare la sua faccia nel taccuino è diventata un po' meno sprezzante. La sera Alberto ci chiamava nello studio e ci leggeva Rilke, e veniva Augusto e ho pensato che Augusto e Francesca potevano sposarsi insieme. L'ho detto a Francesca ma lei allora mi ha detto che Augusto sembrava un notaio di provincia con quei grossi baffi e la sciarpa e i polsi che venivan fuori dalle maniche della giacca, e tra i due preferiva ancora quell'altro tipo dell'agenzia di trasporti. Però quando veniva Augusto andava subito a incipriarsi e studiava davanti allo specchio se mettere o non mettere la collana.

Ha venduto dei gioielli e si è presa in affitto un piccolo appartamento col telefono e il bagno e la cucina. Diceva che avrebbe cercato un impiego ma intanto non faceva niente e si è provata a fare dei quadri perché di recitare non ne aveva piú voglia. Erano strani quadri con delle grandi macchie di colore e ci metteva dentro un po' di tutto. Ci metteva delle case e dei teschi e dei guerrieri con l'armatura e la luna. Ci metteva sempre la luna. Si era fatta fare un grembialone largo di tela grigia e tutto il giorno stava chiusa a dipingere e diceva che adesso non aveva amanti.

Ero sempre molto occupata con la bambina. Cominciava a camminare e dovevo seguirla per tutta la casa badando che non si facesse male. Piangeva ogni volta che m'allontanavo da lei e dovevo portarmela dietro anche al cesso. Era molto cattiva e capricciosa e non voleva mai mangiare. Bisognava che la facessi giocare e la imboccassi mentre non se n'accorgeva. Camminava appoggiandosi alle sedie e si baloccava col gatto e col mio cestello da lavoro e la seguivo con la scodella e aspettavo che aprisse la bocca per infilarci dentro il cucchiaio.

Fino a un anno la bambina aveva gli occhi di un color grigio piombo, ma poi ho visto che a quel grigio piombo cominciava a mischiarsi del marrone. Aveva i capelli biondi e leggeri leggeri e glieli pettinavo raccolti stretti in un nastro. Era sempre molto magra e pallida e non era una bella bambina. Aveva gli occhi sempre come spenti e cerchiati di scuro. Non voleva mai mangiare né dormire. Piangeva fino a tardi la sera prima d'addormentarsi e dovevo passeggiarla su e giú per la stanza e cantare. Voleva sempre la stessa canzone, era una canzone francese che avevo imparato da mia madre.

> Le bon roi Dagobert
> A mis sa culotte à l'envers
> Le bon Saint-Elouas
> Lui dit: O mon roi
> Votre Majesté
> Est mal culottée.

Fasciavo la lampada con un cencio rosso e camminavo avanti e indietro con la bambina tra le braccia e cantavo. Quando uscivo da quella stanza mi sentivo spossata come dopo una lunga battaglia. Ma tante volte dopo un minuto ch'ero via dalla stanza quel pianto debole e stizzoso s'alzava nel silenzio della casa e dovevo tornare a cullarla e a cantare. La bambina non poteva soffrire Alberto e si metteva a gridare quando lui la prendeva in collo. Voleva sempre me e lui non lo voleva. Lui diceva che l'avevo viziata troppo e che ne avevo fatto una peste d'una bambina. Stava molto fuori e faceva sovente quei suoi viaggi e quando era in casa si chiudeva nello studio con Augusto e parlavano. Ma adesso a me non importava molto sapere di che cosa parlavano, se parlavano di Giovanna o di altro. Quello che m'importava era che la bambina mangiasse e che il suo piatto dov'era dipinto un pulcino che usciva dal guscio restasse vuoto. Ricordavo quello che m'aveva detto Alberto, che un figlio è la sola cosa importante per una donna e per un uomo. Pensavo che per una donna questa è davvero la sola cosa importante. Per un uomo no. Alberto, la sua vita era rimasta uguale dopo ch'era nata la bambina, lui faceva gli stessi viaggi e faceva gli stessi disegni nel taccuino e annotava appunti in margine ai libri e usciva per strada col suo passo leggero e veloce e con la sigaretta tra le labbra. Lui non era mai di cattivo umore per causa della bambina, se non aveva mangiato o se era pallida. Non sapeva neppure cosa mangiava la bambina e forse non aveva neppur visto che i suoi occhi mutavano di colore.

Pensavo che ero guarita dalla gelosia e che non m'importava piú niente di sapere se s'incontrava con Giovanna o no. Avevo avuto la bambina con lui e questo bastava. Il tempo che lo aspettavo nella pensione e tremavo nel pensare a lui era cosí lontano che io stentavo a credere che avesse fatto parte della mia vita. Certe volte mi chiamava nello studio e facevamo all'amore ma io ero sempre attenta in ascolto se quel debole pianto stizzoso s'alzava nel buio e non mi chiedevo neppure se provavo piacere o no. E lui non mi domandava cosa sentivo e io adesso pensavo che il nostro matrimonio era circa come tanti altri, né meglio né peggio di tanti altri.

Un giorno ero a passeggio con la bambina. La bambina aveva avuto in regalo il cammello da Francesca ed era il primo giorno che lo portavamo fuori. Era molto bello e dondolava la testa e tutti si fermavano a guardarlo. Andavamo avanti molto adagio nel sole tiepido e quieto e mi sentivo molto contenta perché la bambina aveva preso tutto il caffelatte e aveva mangiato due savoiardi. Il cammello cadeva e mi chinavo a rimetterlo in piedi e gli pulivo la sua bella sella rossa.

Allora ho visto Alberto che attraversava il corso con una donna. La donna era alta e aveva una pelliccia d'agnello, ma non ho visto altro. Ho preso la bambina in braccio e il cammello e sono ritornata a casa in fretta. La bambina si divincolava e gridava perché voleva camminare ma l'ho tenuta stretta fra le braccia e sono entrata in casa. Ho detto a Gemma che togliesse il cappotto alla bambina e la tenesse in cucina perché volevo scrivere una lettera. Mi sono chiusa in salotto e mi sono seduta sul divano. Avevo pen-

sato tanto a Giovanna e avevo finito col darle un viso grande e
immobile che non mi faceva piú male. Adesso questo viso spariva
e sorgeva un'alta figura con una pelliccia d'agnello che dovevo
stringere i denti per non sentire come mi faceva male. Camminavano insieme piano piano cosí come m'aveva detto Francesca. Lui
era uscito alle tre del pomeriggio e m'aveva detto che andava all'ufficio dove aveva da sbrigare certe pratiche ferme da diverso tempo.
Erano circa le quattro e mezzo quando li avevo incontrati. Mentiva e non si stancava mai di mentire. Non un muscolo della sua
faccia si muoveva quando mentiva. Aveva staccato il cappello dal-
l'attaccapanni e s'era infilato l'impermeabile ed era uscito col suo
passo veloce.

Cominciava a far buio quando è ritornato a casa. Ero ancora là
sul divano e la bambina giocava col gatto sul tappeto. Gemma
apparecchiava la tavola. È andato nello studio e mi ha chiamato.
Sono andata da lui. Guardandolo in viso ho capito che anche lui
m'aveva visto. Era come uno straccio, era. Parlava quasi senza
voce. Ha detto:

– Noi due non possiamo piú stare insieme.

– No, – ho detto.

– Non è colpa tua, – ha detto. – Hai fatto tutto quello che una
donna può fare. Sei stata molto cara con me e mi hai dato molto.
Ma forse avevi ragione quando dicevi che ero troppo vecchio, troppo vecchio per abituarmi a un tratto a una moglie e a una bambina.
Sono legato a certe vecchie storie. E non posso.

Mi guardava e aspettava che parlassi. Ma non ho parlato. Ha
detto:

– Non è come credi tu. Non andrò a stare con quella certa
persona. Ho bisogno di stare solo. Voglio vivere da solo ora. Mi
dispiace di mentirti cosí di continuo. Ho stima di te e non vorrei mentirti. Provo sempre un senso di oppressione quando ti ho
mentito. E mi sento colpevole. Vorrei starmene solo e un po'
tranquillo.

– Non andrai a stare con Giovanna? – ho detto.

– No, – ha detto, – ti giuro di no.

– Ma non me ne importa, – ho detto, – è lo stesso, dal momento che non saremo piú insieme. E perché non vuoi vivere con lei?

– No. Ha un marito e un figlio. Ci siamo conosciuti troppo

tardi. Succede sempre cosí. Ma sono molto legato a lei e mi ripugna vivere con un'altra donna.

– Ti ripugna?

– Sí.

– Ti ripugna stare con me? hai schifo di me?

– No, – ha detto, – non questo. Mi ripugna doverti sempre mentire.

– Ma hai detto: mi ripugna vivere con un'altra donna. Non è cosí che hai detto?

– Oh, non mi tormentare. Ti prego, non mi tormentare cosí. Non so quello che ho detto. Intendevo che non mi sembra giusto tenerti legata a me. Sei giovane e potresti essere felice con un altro uomo.

– Ma abbiamo la bambina. Ti ricordi che abbiamo la bambina?

– Verrò spesso qui. Rimarrete qui e io avrò una stanza fuori di casa. Verrò sempre a vedervi. Saremo sempre amici, – mi ha detto.

– Non saremo amici. Non siamo mai stati amici. Non sei stato per me né un amico, né un marito. Niente. Ma non sarò felice con un altro uomo. Non potrei far l'amore con un altro uomo, perché sempre vedrei la tua faccia. Non potrò piú liberarmi di questa tua faccia. Non è cosí semplice.

– Non dico che sia semplice. Devi avere molto coraggio. Sei molto brava. Sei una donna molto brava, sincera e coraggiosa, ed è questo che mi è piaciuto in te. E io invece non sono né coraggioso né sincero. Lo so. Mi conosco molto bene.

– E Giovanna? – ho chiesto. – Com'è Giovanna?

– Oh, non mi tormentare, – mi ha detto. – Se tu sapessi come mi è difficile parlare di lei con te. È una storia che dura da tanti anni e non capisco bene cosa c'è nel fondo. È una storia che dura da undici anni. Siamo molto legati l'uno all'altra. Siamo stati molto disgraziati, abbiamo sofferto e ci siamo fatti soffrire a vicenda, lei e io. Mi ha tradito anche e mi ha mentito e ci siamo detti delle cose crudeli e cattive e ci siamo lasciati, e poi ci siamo ritrovati e ogni volta era come una cosa nuova, sempre nuova dopo tanti anni. Ha sofferto molto quando ti ho sposato. Mi piaceva sentire che soffriva, mi piaceva sentire che si tormentava per me. M'ero tormentato io per lei tante volte. Ma credevo che l'avrei dimenticata, credevo che fosse semplice e invece quando abbiamo cominciato a vivere insieme noi due, soffrivo terribilmente perché eri tu e non lei qui con me. Volevo avere un figlio con te come lei ha un figlio con un altro uomo. Volevo dire « mio figlio » come lei mi diceva « mio figlio » e avere una vita per me che restasse sconosciuta a lei come lei aveva una sua vita che restava sconosciuta a me. Ci siamo lasciati e ci siamo ritrovati tante e tante volte. Ora davvero non mi è piú possibile continuare a stare con te. Mi cercherò una stanza e starò solo. Verrò spesso a vedere la bambina. Magari saremo piú amici di come siamo adesso. Magari allora non mi costerà tanto sforzo discorrere con te di tante cose.

— Va bene, — ho detto, — come vuoi tu —. Ha detto: — Sei molto brava —. Aveva l'aria sfinita e la voce rotta per avere parlato cosí a lungo di sé. Non ha voluto cenare e neanch'io non avevo voglia di mangiar nulla e abbiamo preso solo un po' di tè nello studio.

Poi ho dovuto addormentare la bambina e cantarle la canzone del *roi Dagobert*. Ci ha messo un bel pezzo prima d'addormentarsi. Finalmente l'ho stesa nella culla e l'ho coperta e son rimasta ferma a guardarla per un po'. È entrato Alberto e si è avvicinato alla culla e anche lui è rimasto fermo un minuto a guardarla e poi è andato via.

Mi sono spogliata e ho guardato nello specchio il mio corpo nudo che adesso non apparteneva piú a nessun uomo. Potevo fare quello che volevo di me. Potevo fare un viaggio con Francesca e con la bambina. Potevo incontrare un uomo e farci all'amore se me ne veniva voglia. Potevo leggere dei libri e guardare dei paesi e guardare come viveva tutta l'altra gente. Era necessario anzi che facessi cosí. Avevo sbagliato tutto ma si poteva ancora rimediare. Potevo diventare un'altra donna se facevo uno sforzo. Mi sono coricata e son rimasta un pezzo ad occhi aperti nel buio e sentivo una grande e fredda forza crescere nel mio corpo disteso.

Il giorno dopo ho scritto a mia madre se voleva tenere con sé la bambina a Maona per un po' di tempo. Mia madre lo desiderava da un pezzo. È venuto mio padre e Gemma e la bambina sono partite per Maona con lui. La bambina gridava e si dibatteva in braccio a Gemma e mi chiamava. Mi sono allontanata dalla finestra e mi sono coperta le orecchie con le due mani per non sentire il pianto della bambina in fondo alla strada. Avevo bisogno di riposarmi e di non cantare la canzone del *roi Dagobert* per un po' di tempo. Sono andata da Francesca. C'era Augusto da lei. L'avevo trovato altre volte da lei e ho pensato che forse erano amanti. Francesca dipingeva con un viso assorto e Augusto fumava la pipa e leggeva seduto al tavolo.

– Ho visto il cavolfiore, – ho detto.

Francesca mi ha guardato stupita e tutt'a un tratto ha capito e si è messa a ridere forte.

– Non è vero che si veste male? – mi ha detto.

– Non so, – ho detto, – aveva una pelliccia d'agnello.

Augusto corrugava le ciglia perché non capiva.

Ho detto: – Io e Alberto non staremo piú insieme.

– Finalmente, – ha detto Francesca. Mi ha portato nella stanza accanto e mi ha messo le mani sulle spalle. Ha detto: – Guarda d'essere in gamba e di tirargli fuori piú denaro che puoi. Guarda d'essere in gamba in ogni cosa. Quel rospo d'un uomo.

Augusto è uscito con me quando sono andata via. Era un pomeriggio chiaro e ventoso e per il cielo andavano certe grosse nuvole molto bianche e pesanti. Mi ha chiesto se volevo passeggiare un poco e gli ho detto di sí. Ci siamo messi a camminare a caso lungo il fiume, poi abbiamo traversato il ponte e siamo saliti su per una stradetta erbosa fino a un largo piazzale che domina tutta la città. Si sentiva il fischio lontano dei treni e delle fabbriche e i tram passavano scampanellando e scoccando una piccola scintilla fra le foglie verdi dei viali. Il vento mi arruffava i capelli e agitava la sciarpa di Augusto e gli sbatteva ciocche di capelli sul suo viso assorto e indifferente. In mezzo al piazzale sta una grossa donna di bronzo con un fascio di spighe, e ci siamo seduti là sotto sul piedestallo di pietra. Ho domandato a Augusto se era innamorato di Francesca e mi ha detto di no. Ma non gli ho creduto. Pensavo che quando con Francesca l'avessero fatta finita forse avrei fatto all'amore con lui e pensare questo mi dava un senso di calma non so perché. Mi dava un senso di riposo e di calma. Lo guardavo e sentivo che non avevo nessuna voglia di far l'amore con lui, guardavo i suoi baffi neri e la faccia dura e solitaria e il grande naso arrossato dal freddo. Ma pensavo che c'era tempo e che forse ne avrei avuto voglia piú tardi. Mi ha detto:

– Cosí avete deciso con Alberto di non stare piú insieme.

– No, – ho detto, – l'ha deciso lui. Magari forse sarà molto meglio cosí.

Si è messo a riempirsi la pipa con la borsa del tabacco fra le cosce e scuoteva la testa guardando fisso per terra.

– Vorrei una cosa, – ho detto. – Tu vedi Giovanna qualche volta?

– Qualche volta, – ha detto, – perché?

– Vorrei che tu le dicessi di venire un giorno da me. No, non è quello che credi tu. Non voglio supplicarla e piangere e farle pietà. Voglio soltanto parlare un minuto con lei. Mi pare che starei tranquilla dopo. Ho pensato tanto a lei, ho cercato tante e tante volte d'immaginare cosa avremmo detto se ci fossimo trovate insieme. E fa male immaginare cosí, stare al buio da soli a immaginare. Se potessi vederla per davvero una volta. E dopo ci farei una croce su tutta questa storia.

Ha detto: – Non credo che Alberto sarebbe contento se t'incontrassi con lei.

– No, – ho detto, – non sarebbe niente contento. Ha orrore di parlarmi di lei. Ha orrore di pensare che esistiamo noi due insieme e che possiamo incontrarci. Ha bisogno di muoversi da solo fra me e lei, ha bisogno come di vivere in due vite diverse. Ma sono stufa di pensare sempre a quello che a lui gli fa male. Sono stufa di non fargli del male. Sono stufa di stare sempre al buio da sola e guardare sempre dentro di me.

Fumava e guardava lontano. Il cielo era straordinariamente chiaro, il vento aveva ora un fiotto tiepido e le nuvole si dondolavano adagio sulle vette delle colline. La sciarpa di Augusto si agitava debolmente nel vento e la sua grande faccia chiusa e seria mi dava riposo.

Siamo andati via dal piazzale e scendevamo zitti giú per la stradina e mi sono voltata a guardare la donna dalle spighe che si alzava con le sue mammelle di bronzo nell'aria vivida e chiara. Pensavo che l'avrei ricordata e avrei ricordato quel giorno quando forse io e Augusto saremmo diventati amanti.

Mi ha detto: – Anch'io sono stato innamorato di Giovanna, tanti anni fa –. Non ho detto niente. Mi pareva d'averlo sempre saputo. Ha detto: – È stato allora della rivoltella.

– La rivoltella?

– Sí. È stato allora che abbiamo comprato la rivoltella, una Alberto e una io. Volevamo ammazzarci. Avevamo deciso di spararci alla stessa ora ciascuno nella propria stanza. Son rimasto tutta la notte con quella rivoltella sul tavolo e la stavo a guardare e mi sembrava sempre meno facile. Poi al mattino sono andato da Alberto e avevo molta paura per strada ma l'ho trovato che si vestiva per venire da me e ci siamo guardati e siamo scoppiati a ridere tutti e due. E da allora abbiamo tenuto sempre la rivoltella carica dentro il cassetto e ogni tanto io la vado a guardare ma non ho voglia di spararmi adesso. È stato molti anni fa. C'è dei momenti che davvero ti trovi con uno schifo di tutto ma i giorni e gli anni ti portano via e capisci qualcosa. Capisci che c'è un senso anche nelle cose piú sceme e non te la pigli calda e vai avanti.

Pensavo che diceva questo per me e che mi consolava a modo suo. Gli ero grata ma non trovavo niente da dire. Ha detto: – È stato molti anni fa. Tutta la notte son rimasto a guardare quella rivoltella sul tavolo. Giovanna aveva allora un altro uomo, un direttore d'orchestra, e trovavo difficile sopportare che fosse tanto innamorata di un altro. Volevo che piantasse il marito e quell'altra storia e venisse a stare con me. E Alberto era innamorato anche lui e si andava in giro per la città come pazzi a bere nelle osterie. Eravamo scemi. Non ci siamo ammazzati e abbiamo continuato per un pezzo a farneticare insieme e poi una volta ho capito che a lui adesso gli andava bene e il direttore d'orchestra era andato fuori dai piedi. Non aveva coraggio di dirmi niente e faceva il misterioso come ora con te. Ma a me non me ne importava piú niente. Mi son buttato a scrivere e a studiare e ho fatto un libro sulla guerra di successione polacca e ho deciso che non valeva la pena di pigliarsela calda per nessuno. Credevo che anche con Alberto durasse poco e invece dura ancora adesso. Con Giovanna ci siamo rivisti e siamo diventati amici e anche con Alberto siamo rimasti amici e tante volte ricordiamo quel giorno che ci era presa voglia di morire. Siamo scemi quando siamo ragazzi.

In città l'ho salutato e sono ritornata a casa. Dovevo preparare la cena perché Gemma non c'era e ho messo a cuocere le patate e la carne. Avevo nostalgia della bambina e avevo voglia di cantare la canzone del *roi Dagobert*. L'ho cantata mentre apparecchiavo. È entrato Alberto e gli ho chiesto quando aveva deciso di andarsene. Si è seduto a tavola col giornale davanti e non mi ha risposto. Ha detto a un tratto con una piccola voce fischiante:

– Sei molto ansiosa di liberarti di me?

– No, – ho detto, – fa' pure i tuoi comodi.

Ma dopo cena è andato nello studio e ha cominciato a riporre tutte le cose sue dentro una cassa di zinco. Riponeva i libri uno per uno dopo averli spolverati con cura e ha messo via il busto di Napoleone e tutte le sue navi da guerra. Lo guardavo ferma sulla porta. Poi a un certo momento si è seccato e si è seduto a leggere. Sono andata a scopare la cucina e mi son messa a letto.

È stato una domenica. Augusto mi ha avvertito per telefono al mattino. Nel pomeriggio è venuto a prendere Alberto e gli ha detto che venisse a casa sua a sentire certi dischi negri. Mi sono pettinata e incipriata e mi sono seduta ad aspettare.

Tutt'a un tratto ho sentito tintinnare la campanella al cancello. Ho premuto il bottone che l'apriva e ho sentito lo scatto. Dei passi sulla ghiaia del giardino. Avevo le mani fredde e sudate. Stringevo i denti e inghiottivo saliva. E Giovanna è entrata e ci siamo sedute in salotto una davanti all'altra.

Mi sono accorta subito che era molto intimidita e questo ha facilitato le cose. Aveva un po' di rossore alle guance che a poco a poco è scomparso. La sua faccia è rimasta pallida, di un pallore farinoso e freddo. Io la guardavo e mi dicevo: « È Giovanna ». Anche lei mi guardava. Aveva la sua pelliccia d'agnello, piuttosto spelacchiata e molto vecchia. Non aveva il cappello. Teneva i guanti fra le mani e stava con le gambe accavallate nella poltrona presso la finestra.

Avevo sempre pensato che avesse qualche cosa di volgare. Avevo sempre pensato una donna molto dipinta e con qualcosa di un po' volgare e violento nella faccia e nel corpo. Fra tante immagini che avevo pensato mi ero sempre fermata su un aspetto chiassoso e violento. Ma non aveva niente di volgare invece. Soltanto dopo qualche minuto mi sono accorta che era molto bella. Il suo viso era pallido e freddo e le labbra larghe e non truccate sorridevano silenziose. I denti erano piccoli e sani. La testa lunga e sottile dai capelli neri striati di grigio che portava puntati sull'alto con delle forcine se ne stava reclinata un po' da una parte. Aveva gli occhi azzurri.

Ha detto: – Dov'è la bambina?

– Non c'è, – ho detto, – è da mia madre in campagna.

– Peccato, – ha detto, – mi sarebbe piaciuto vederla.

– Le ho chiesto di venire qui, – ho detto, – magari le sarà sembrato un po' strano.

Ha detto: – Non potremmo darci del tu? sarebbe tanto piú facile.

– Ti ho chiesto di venire qui. Non ho niente di particolare da dire. Era una curiosità e basta. Magari forse una curiosità senza senso.

Stava zitta in ascolto con le gambe accavallate e i guanti frusti tra le lunghe mani.

– E non ho niente di particolare da dire. Non ho nessuna intenzione di buttarmi in ginocchio e invocare pietà. E neppure gettarti delle accuse in faccia. Non ti odio, credo di no. Lo so che non c'è niente da fare. Alberto andrà via. Cosí potrete incontrarvi piú spesso e lui non sarà costretto a mentire con me. Dice che gli dispiace ma non so se è vero. Tutto sommato stiamo male insieme. Magari forse non è colpa tua. Mi sono sforzata di fare che andasse bene, ma non ci sono riuscita. È stato un disastro.

Si è tolta la pelliccia. Ha detto: – Fa caldo qui –. Portava un abito di maglia verde con un grosso «g» ricamato in rosso sul seno sinistro. Non era un bel vestito. I suoi seni erano grossi e pesanti e i fianchi larghi e rotondi e le braccia e le gambe erano magre.

Si è guardata intorno. Ha detto:

– Nella casa tutto è sempre uguale. Venivo qui qualche volta, quando la madre di Alberto era viva.

– Venivi dalla vecchia? – le ho chiesto.

– Sí, – ha detto, e si è messa a ridere. – Venivo a giocare a dama con lei. Mi voleva bene. Era una strega però. T'avrebbe fatto la vita difficile. È stata una fortuna che sia morta in tempo. Avresti dovuto giocare a dama tutto il giorno e stare attenta a non vincere perché si arrabbiava.

Ho detto: – È stato abbastanza difficile anche cosí.

Mi ha chiesto se non avevo un ritratto della bambina. Le ho mostrato un ritrattino che avevo. L'ha guardato un momento e l'ha posato. Ha aperto la borsetta e ha tirato fuori anche lei un ritratto. – Questo è mio figlio, – ha detto. Ho guardato un ragazzo vestito alla marinaia, con delle grosse labbra e gli occhi chiari. – Non vuole studiare, – mi ha detto. – È difficile con un ragazzo. Meglio una bambina. Il latino non lo vuole studiare. Ma i professori adesso sono troppo esigenti.

Ho preparato il tè. Abbiamo preso il tè e abbiamo mangiato dei biscotti e ha detto che li trovava buoni. Pensavo adesso che poteva anche andarsene. Mi sentivo molto stanca, con un grande senso di stanchezza nei muscoli del viso. Avrei voluto ancora domandarle com'era andata la storia del direttore d'orchestra. Avrei voluto domandarle come aveva cominciato con Alberto, com'era successo che s'era innamorata di lui. Ho detto:

– Gli vuoi molto bene?

– Sí, – ha detto, – molto.

Ha posato la tazza sul tavolo e si è alzata. Anch'io mi sono alzata.

Ha detto: – Sono undici anni. Non potrei lasciarlo –. Tutt'a un tratto le son venute le lagrime agli occhi. – Non potrei, – ha detto, – davvero. Ci ho pensato tante volte. E l'ho ingannato e gli ho mentito e gli ho detto delle cose cattive e ci siamo lasciati e poi abbiamo ricominciato a vederci e adesso io lo so come gli voglio bene. Non posso rinunciare a lui. Mi dispiace –. Ha tirato fuori il fazzoletto e si è asciugata gli occhi. Si è soffiata il naso con forza stropicciandosi tutta la faccia. Ha fatto segno di no con la testa.

– Sono stata molto disgraziata, – ha detto. – Con mio marito è andato sempre male. È andato subito male, fin dai primi tempi. L'avrei lasciato se non avessi avuto il bambino. Non è un uomo cattivo e a modo suo mi vuol bene. Ma non abbiamo niente da dirci e mi trova stupida e strana. Per un certo tempo ho creduto davvero d'essere strana e un po' stupida, cosí come lui mi pensava. Mi sforzavo d'essere un po' come piaceva a lui. Andavo in società e facevo dei discorsi con le signore e davo dei piccoli tè e dei piccoli ricevimenti. E poi mi sono stufata e ho piantato lí. Si è molto arrabbiato sul principio e mi faceva delle tremende scenate ma poi ha lasciato perdere e ci siamo lasciati in pace a vicenda. Cosí è stato –. Si è infilata la pelliccia e i guanti e si è annodata al collo una sciarpa di velo. – Se avessi sposato Alberto, – mi ha detto, – forse sarei stata un'altra donna. Piú energica e piú coraggiosa e piú forte. E anche lui sarebbe stato un altro uomo. Non credere che mi piaccia com'è. Lo conosco bene e in certi giorni mi è odioso. Ma sarebbe stato diverso se ci fossimo sposati noi due. Ci siamo conosciuti troppo tardi. È difficile sapere cosa vogliamo e siamo scemi da giovani. E la vita comincia che siamo troppo giovani per capire.

Mi ha preso le mani e me le ha strette forte. Aveva un sorriso timido e triste e forse si chiedeva se dovevamo baciarci o no. Ho accostato il viso al suo viso e ci siamo baciate. Per un momento ho sentito l'odore del suo viso freddo. Mi ha detto mentre scendevamo le scale: – Peccato che non ho veduto la bambina.

Quando se n'è andata mi sono accorta che avevo ancora delle cose da dirle. Ma mi dava sollievo esser sola e sentivo che i muscoli tesi della mia faccia si abbandonavano a poco a poco al riposo. Mi sono sdraiata sul divano con un cuscino sotto la testa. Nel giardino si faceva buio. Avevo nostalgia della bambina quando veniva sera e mi chiedevo sempre se mia madre badava a rincalzarle strette le coperte quando la coricava perché non si scoprisse nel sonno. Sono andata in cucina e ho acceso il gas sotto la pentola della minestra. Ho chiamato il gatto e gli ho buttato una crosta di formaggio.

Avevo pensato che dopo averla vista Giovanna mi sarei sentita piú tranquilla. E davvero mi sentivo molto tranquilla. Una quiete gelata dilagava in me. Dove c'erano prima delle immagini mute, c'era adesso invece una donna che prendeva il tè con me e mi mostrava il ritratto del figlio. Non la odiavo e non avevo pietà di lei. Niente. Avevo come un buco nero dentro. E mi sentivo piú sola che mai. M'accorgevo adesso che quelle immagini mute di Giovanna come l'avevo pensata senza averla vista mi tenevano compagnia. Ero sola ora e dove la mia mano cercava quelle immagini mute trovava un buco nero aperto e vuoto. La mia mano si ritraeva con un senso di freddo. La vera Giovanna che si era seduta nella poltrona presso la finestra e aveva preso il tè e aveva pianto, non mi odiava e io non la odiavo e non c'era nessun rapporto vero tra lei e me.

Mi chiedevo quando Alberto sarebbe andato via. Adesso avevo molto bisogno che andasse via presto. Ma non aveva l'aria di volersi decidere. Ogni giorno metteva via qualche libro nella cassa di zinco. Guardavo gli scaffali che si vuotavano piano piano. Pensavo che forse quando avrebbe riposto tutti i libri, forse allora sarebbe andato via.

Noi due non parlavamo piú insieme. Preparavo da pranzo e da cena e gli stiravo le sue camicie adesso che Gemma era via. Lui certe volte m'aiutava a sparecchiare la tavola e si puliva le scarpe da sé. Al mattino quando mi alzavo gli rifacevo il letto e lui aspettava in piedi davanti alla finestra che avessi finito.

Non gli ho detto che era venuta Giovanna e non sapevo se lui lo sapeva. Qualche giorno dopo che Giovanna è stata da me sono andata a Maona a riprendere la bambina. Volevo dire a mia madre che con Alberto ci saremmo lasciati ma quando poi l'ho vista non ho detto niente. Era in cucina che affettava il prosciutto e mi sono arrabbiata perché la bambina aveva il raffreddore e dicevo che certo lei non aveva badato che non si scoprisse nel sonno. S'è offesa e s'è offeso anche mio padre. Sono ripartita nella corriera con la bambina in braccio e con Gemma che piangeva a dirotto perché si era dovuta dividere dai suoi di casa. Mentre percorrevamo nella corriera la grande strada fra vigne e colline, mi tenevo stretta la bambina in grembo e cercavo di vedere il tempo che saremmo state sole lei e io. Mia madre l'aveva pettinata con due treccine attorte strette sul capo e il suo viso nudo e magro aveva ora un'espressione nuova, arguta e malinconica insieme. Mi pareva che lei lo sapesse cos'era successo. Sedeva sulle mie ginocchia e sbriciolava un biscotto mettendone in bocca un pezzettino ogni tanto. Ancora non sapeva parlare ma aveva l'aria di capire bene ogni cosa.

Quando siamo arrivate a casa abbiamo incontrato Alberto che usciva in quel momento dal cancello. Ha preso la bambina in braccio e l'ha baciata ma lei s'è messa a gridare. Allora l'ha posata in terra subito. Si è stretto nelle spalle e se n'è andato.

Ho telefonato a Francesca e lei è venuta da me. Le ho detto se aveva voglia adesso di fare quel famoso viaggio con me e la bambina. Le ho detto che pensavo che Alberto sarebbe andato via di casa per sempre nei prossimi giorni e non volevo vederlo mentre se ne andava per sempre. Era molto contenta e ha detto che potevamo andare a San Remo all'albergo Bellevue. Si è messa a parlare dell'albergo Bellevue dove davano il gelato caldo la sera del sabato. Le ho chiesto cos'era il gelato caldo e me l'ha spiegato.

È un gelato che ci versano sopra della crema di cioccolata bollente. Ha guardato l'orario delle ferrovie e ha combinato in fretta ogni cosa.

Quando Alberto è tornato stavo preparando la valigia. Questa volta ero io che preparavo la valigia e lui che stava zitto a guardare. Non pareva contento. Gli ho detto che Gemma sarebbe rimasta con lui. Gli ho chiesto del denaro e me l'ha dato. Siamo partite la mattina presto che lui ancora dormiva.

A San Remo c'era un gran vento. Sul principio avevamo una sola stanza, ma Francesca non poteva sopportare di notte quel pianto della bambina. Allora ha preso poi una stanza per sé. I primi giorni stava sempre con noi e diceva che si scocciava. Diceva che San Remo era un posto noioso per vecchi signori soli. Poi ha fatto amicizia con della gente all'albergo, e andava in barca e a ballare la sera. Aveva molti vestiti da sera, uno piú bello dell'altro. Io restavo in camera con la bambina finché non era addormentata e poi scendevo per un poco giú nel salone a lavorare a maglia, ma non ero tranquilla perché la bambina poteva svegliarsi e gridare senza che io sentissi. Allora presto salivo e mi coricavo. Francesca quando rientrava bussava piano piano alla mia porta e andavo nella sua stanza e stavo ad ascoltare tutte le cose che le avevano detto al ballo e chi c'era e non c'era.

Dopo quindici giorni che eravamo a San Remo è arrivato Augusto. Era molto di cattivo umore e geloso e Francesca lo maltrattava. Stava seduto a fumare la pipa nella hall dell'albergo e scriveva il suo nuovo libro sulle origini del cristianesimo. Gli ho chiesto se Alberto era ancora a casa e m'ha detto che non s'era mosso. Riponeva ogni tanto qualche libro nella cassa di zinco. Gli volevo parlare di Giovanna ma lui ha tagliato corto. Credo che fosse troppo di cattivo umore per darmi un po' retta. Passeggiava qualche volta con me e con la bambina sul lungomare ma non parlava e guardava sempre da una parte e dall'altra se vedeva il cappotto scozzese di Francesca. Lei non lo voleva con sé. Aveva fatto amicizia con una contessa. Si ubriacava con questa contessa e giocava ogni sera al casinò. Era stufa di tutti i suoi vestiti da sera e aveva trovato modo di farsene uno nuovo con una sottana lunga di panno nero e dei fazzoletti di seta cuciti insieme. Aveva fatto un ritratto della contessa sdraiata su un divano sopra una pelle di tigre e mi veniva sempre a raccontare che i figli della contessa non erano cosí infernali e pestiferi come la mia bambina.

La bambina ora parlava un pochino, ogni giorno diceva qualcosa di nuovo, e mi pareva molto intelligente. Quando aveva finito il suo biscotto, apriva tutt'e due le mani e diceva – piú – con un sorriso furbo e malinconico. Al mattino si alzava su dal letto e diceva: – Piú nanna! piú! – e allora la prendevo nel mio letto insieme al cammello e facevamo passeggiare il cammello avanti e indietro sulla coperta. Entrava Francesca in vestaglia, con i capelli attorti nei bigudini e la faccia unta, e si sedeva sbadigliando a fumare e raccontava le storie della contessa.

Le ho detto che doveva smetterla di trattare Augusto a quel modo. Lei che vita gli faceva fare. Le ho detto che era senza cuore a trattarlo cosí. Ogni tanto andavano a passeggio insieme e credo che facessero all'amore e lui pareva molto quieto e contento quando tornavano poi all'albergo, ma tutt'a un tratto la contessa fischiava con i suoi amici sotto le finestre di Francesca e lei allora si truccava in gran furia e pigliava il suo cappotto scozzese e filava via. Non sapevo se c'era un uomo che le piaceva tra quegli amici, lei diceva di no. Diceva che era gente molto buffa e invece Augusto era tanto serio e geloso e noioso con quelle origini del cristianesimo e l'aveva scocciata.

La bambina s'è ammalata il diciassette novembre. Era stata nervosa tutto il giorno e non aveva voluto mangiare. Niente aveva mangiato. Era un sabato e c'era il famoso gelato caldo e avevo provato anche quello. Sputava via tutto e gridava e allora a un tratto ho perso la pazienza e l'ho picchiata forte sulle mani. Gridava e non sapevo piú cosa fare. Non voleva sentire la canzone del *roi Dagobert* e non voleva neppure il cammello, non voleva niente. Ha gridato cosí fino alle dieci di sera, poi s'è addormentata. L'ho sdraiata nel letto piano piano e mi sono seduta accanto a lei. Ha dormito forse una mezz'ora, ma non era un sonno tranquillo. Trasaliva e si agitava ogni tanto. È venuta Francesca a salutarmi perché andava a un ballo al casinò. Si era pettinata in un modo strano coi capelli tutti arruffati sulla fronte e si era dipinta le labbra con un nuovo rossetto quasi giallo. Aveva il vestito bajadera come lo chiamava lei, quello coi fazzoletti di seta cuciti insieme, e in vita aveva una larga fusciacca di lamé d'argento. Era bella, era. Ha guardato un momento la bambina e ha detto che doveva avere i vermi perché sussultava a quel modo nel sonno. Camminava per la stanza e la odiavo perché non stava attenta a non fare rumore. La contessa fischiava sotto le finestre e se n'è andata. Mentre correva via per il corridoio la bambina s'è svegliata urlando e l'ho presa in braccio. Mi pareva che scottasse e le ho messo il termometro. Aveva trentanove di febbre. La cullavo su e giú per la stanza e mi chiedevo cosa mai aveva. Pareva che respirasse a fatica e storceva le labbra. Mi pareva che non potesse essere una febbre qualunque. Tante volte aveva avuto la febbre ma non aveva mai pianto in un modo cosí disperato. Provavo a domandarle dove sentiva male, ma gridava e scostava via le mie mani. Ero piena di spavento. L'ho sdraiata un attimo sul letto e sono andata a chiamare Augusto. Era nella sua camera e stava sdraiato sul letto vestito e con la luce accesa. Aveva gli occhi piccoli e un'aria stravolta perché Francesca era andata a quel ballo. Gli ho detto che la bambina stava male e che andasse a cercare di un medico. Si è tirato su e si ravviava i capelli con le dita senza capire bene cosa gli dicevo. Poi ha capito e s'è infilato il cappotto. Sono tornata nella mia stanza e di nuovo ho preso la bambina in braccio e la cullavo tenendola avvolta nella coperta. Aveva il viso rosso e gli occhi lucidi. Ogni tanto s'addormentava ma faceva un sussulto e si svegliava. Pensavo come gli uomini e le donne passano il tempo a tormentarsi fra loro e pensavo com'è stupido questo davanti a una bambina con la febbre. Pensavo come mi ero tormentata anch'io per Alberto e come l'avevo aspettato tremando e mi chiedevo come avevo potuto dare importanza a una cosa tanto idiota. Ero molto spaventata ma in fondo al mio spavento c'era il senso che la bambina sarebbe guarita e Francesca m'avrebbe preso in giro per il mio grande spavento. Era successo cosí tante volte, che m'ero spaventata a morte per uno sciocco malessere della bambina.

È venuto Augusto col medico. Era un giovanotto rosso di capelli col viso lentigginoso. Ho spogliato in fretta e convulsamente la bambina sul letto. Piangeva in un modo sempre piú debole e lamentoso col suo gracile corpo nudo fra le mani del medico. Augusto stava zitto a guardare. Il medico ha detto che non capiva bene cos'era ma non vedeva il motivo d'inquietarsi poi troppo. Ha ordinato certe cartine di bromuro e Augusto è uscito a prenderle in farmacia. Il medico se n'è andato e ha promesso di tornare presto al mattino. Augusto è rimasto con me e mi sentivo molto piú tranquilla. La bambina s'era addormentata e guardavo il suo piccolo viso magro e rosso fra i capelli sudati. Ho pregato Augusto di restare perché da sola mi pigliava troppo spavento.

Alle tre del mattino la bambina s'è messa a gridare in un modo tremendo. Era viola in viso e tutt'a un tratto in un sussulto di vomito ha buttato fuori quel po' di gelato che le avevo fatto ingoiare per forza. Agitava le braccia e le gambe e scostava via le mie mani. È venuta la cameriera e una signora che aveva la stanza accanto alla mia e m'hanno detto che le facessi un clistere di camomilla. Mentre preparavo il clistere è arrivata Francesca. Credo che fosse molto ubriaca. Aveva il viso gonfio e gli occhi fissi e splendenti. Stava ferma sulla porta a guardare. La odiavo e le ho detto: – Vattene –. È andata nella sua stanza. Dopo un poco è tornata e si vedeva che s'era lavata la faccia. Ha chiesto alla cameriera un caffè forte. La odiavo tanto che non potevo guardarla. Mi sentivo la gola stretta dallo spavento. La bambina adesso non gridava piú, stava sdraiata sotto la coperta ed era molto pallida. Aveva un piccolo respiro convulso. Francesca ha detto: – Siete rimbecilliti tutti quanti? non lo vedete che sta molto male? ci vuole subito un medico –. La cameriera allora le ha spiegato che il medico c'era già stato. Ma Francesca ha detto che a San Remo c'era un solo medico bravo. Era il medico della contessa. Tutti gli altri non valevano un corno. Parlava a voce alta e con un'aria decisa per mostrare che non era affatto ubriaca. È uscita per veder di trovare quel medico lí. Augusto è uscito con lei. Sono rimasta sola con la signora che aveva detto di fare il clistere di camomilla. Era una donna con un viso grasso e rugoso e della cipria raggrumata nei solchi. Aveva indosso una specie di chimono viola e parlava con un forte accento tedesco. La sua presenza mi dava un grande sollievo non so perché. Avevo molta fiducia nel suo viso grasso e rugoso. Mi diceva che certo era un disturbo di stomaco, tante volte coi disturbi di stomaco si pigliano dei brutti spaventi. Anche un suo figlio da piccolo era stato male cosí. Proprio aveva tutto come la mia bambina. E adesso era un grande ragazzo. Alzava su la mano per mostrare quant'era grande adesso. Aveva preso la laurea in ingegneria e si era fidanzato.

Fuori cominciava il mattino. In una lieve nebbia d'un verde grigio s'alzava il sole sul mare. Sullo spiazzo davanti all'albergo, un cameriere in giacchetta bianca disponeva le poltroncine di paglia e i tavoli fra le palme. Un altro con la giacca a righe risciacquava uno straccio dentro un secchio. Ora il sole era rosso e abbagliante. Odiavo il mare e quelle poltroncine e le palme. Perché ero venuta lí al mare? Cosa facevo lí in quella stanza, con una signora dal chimono viola? Odiavo Francesca e pensavo che forse si erano fermati lei e Augusto dalla contessa e sbevacchiare e a sbronzarsi.

Francesca è arrivata col medico della contessa. Questo nuovo medico era alto e calvo, con una faccia magra color dell'avorio. Aveva il labbro inferiore rovesciato in fuori che lasciava vedere dei denti gialli e lunghi come quelli d'un cavallo. Ha detto che le cartine non servivano a niente. Neanche il clistere non serviva a niente. Era tutto sbagliato. Ha scritto un'altra ricetta e mentre Augusto scendeva di nuovo in farmacia mi ha interrogato a lungo sulla bambina, com'era stata nei mesi passati e come aveva incominciato a star male. Mentre parlavo teneva in mano il cammello e lo faceva andare su e giú sul tappeto. Quel suo gesto mi dava speranza non so perché. Gli ho chiesto se credeva che fosse una malattia grave. Ha detto che credeva di no. Ma ancora non era in grado di dire che malattia fosse. Poteva fare delle supposizioni ma non poteva ancora pronunciare una parola precisa. Ha mandato via la signora col chimono perché diceva che in una stanza dove c'è un malato bisogna essere in pochi per non levare l'ossigeno. La signora col chimono se n'è andata. Francesca mi ha portato del caffè. Era un chiaro giorno di sole e sullo spiazzo davanti all'albergo si sedevano i soliti vecchi signori col giornale e il bastone fra le gambe.

Alle nove è venuto il medico dai capelli rossi, proprio mentre l'altro medico calvo preparava la siringa per l'iniezione. È rimasto un po' male ma Francesca l'ha portato nel corridoio e gli ha detto non so che cosa. Dopo i due medici sono andati insieme nel corridoio a parlare. La bambina adesso era calma e respirava bene. Pareva molto stanca, con gli occhi cerchiati di un'ombra viola e le

labbra bianche. Si è alzata sul letto e ha detto: – Nanna piú –.
Era la prima cosa che diceva da quando stava male. M'è presa
allora a un tratto una gran gioia e mi son messa a piangere. Francesca mi teneva abbracciata.

– Credevo che morisse, – le ho detto.

Non ha detto niente e mi accarezzava le spalle.

– Credevo che morisse, davvero. L'ho pensato tutta la notte.
Crepavo dallo spavento.

Volevo chiederle scusa perché l'avevo odiata quando era tornata dal ballo. Le ho detto:

– Col vestito bajadera eri molto bella. Che bel vestito. E anche
pettinata col ciuffo stai molto bene.

Ha detto: – Non credi che si dovrebbe avvertire Alberto?
mandargli un telegramma? è sua figlia, povero cane.

– Sí, – ho detto, – ma forse la bambina sta meglio.

– Forse sí, – ha detto, – ma io gli manderei un telegramma.

Alle undici la bambina ha ricominciato a gridare in quel modo
tremendo. Tremava e sussultava. Aveva la febbre a quaranta. Nel
pomeriggio s'è addormentata di nuovo, ma solo per qualche minuto. Augusto è andato a telegrafare. Adesso avevo una voglia tremenda che Alberto arrivasse subito. Andavo avanti e indietro per
la stanza con la bambina avvolta nella coperta. Francesca usciva
ogni tanto a fumare nel corridoio. Il medico è sceso a pranzare e
poi è tornato. Guardavo la sua faccia cupa e sprezzante col grosso
labbro inferiore che pendeva rovesciato all'infuori. Quella faccia
pareva dire che non c'era nessuna speranza. Mi pareva che pensassero tutti che non c'era speranza per la mia bambina e avrei
voluto spiegare che la bambina invece stava meglio. Mi pareva di
vedere che stava meglio e un momento che era in braccio a Francesca s'era messa a giocare con la sua collana.

> Le bon roi Dagobert
> Chassait dans la plaine de l'Enfer!

Sul lungomare e nelle poltroncine sotto le palme sedevano
uomini e donne straordinariamente tranquilli. Fumavano e scuo-
tevano via la cenere e s'aggiustavano i plaids sulle gambe e si mostravano gli uni con gli altri delle vignette comiche nei giornali illustrati. Passava il ragazzino con la frutta e compravano delle

arance tastandole accuratamente e contando il resto sulla mano aperta.

Le bon roi Dagobert
A mis sa culotte à l'envers!

Ricordavo con orrore come avevo picchiato la bambina sulle mani la sera prima perché non mangiava. Ricordavo come aveva buttato via il cucchiaio e s'era messa a piangere di un pianto sconsolato e violento. Guardavo adesso i suoi larghi occhi color marrone e mi pareva che sapesse ogni cosa, ogni cosa di me. I suoi occhi erano stanchi e spenti. Quello sguardo mi pareva orribile nel viso d'una bambina. Era uno sguardo amaro e lontano, senza rimprovero ma senza pietà. Eran gli occhi di chi non chiede piú niente a nessuno. Ho smesso di cullarla e l'ho sdraiata sul letto, coprendola con lo scialle. Con un piccolo gemito convulso spingeva via le mie mani.

Tutt'a un tratto Francesca s'è messa a piangere. È uscita dalla stanza singhiozzando. Ho guardato il medico e anche lui m'ha guardato. Il suo labbro pendeva rosso e umido, e dava alla sua faccia l'espressione d'una bestia che beve. Poi è venuto di nuovo il medico con le lentiggini e un altro medico piccolo che pareva molto importante. Ho chiesto se dovevo spogliare la bambina e hanno detto di no. Il medico piccolo le tastava la fronte e la nuca e le ha battuto due o tre colpi sulle ginocchia con una bacchettina d'avorio. Sono andati via. Di nuovo son rimasta sola col medico calvo. Allora lui m'ha detto che era forse una meningite. Alle dieci di sera la bambina è morta.

Francesca m'ha portato nella sua stanza. Mi sono sdraiata sul suo letto e ho preso del caffè. È venuta la signora col chimono viola e è venuta la padrona dell'albergo e il medico delle lentiggini. La signora col chimono diceva che avrei avuto altri bambini. Diceva che quando i figli muoiono piccoli non è un grande dolore. È un grande dolore quando muoiono adulti. A lei era morto un figlio che era sottotenente di marina. Un grande ragazzo. Alzava su la mano per mostrare che ragazzo era. Ma la padrona dell'albergo diceva che è peggio quando muoiono bambini. Francesca ha mandato via tutti e mi ha detto di dormire un po'.

Ho chiuso gli occhi ma c'era una cosa che non sapevo allontanare da me. Era il viso della bambina come m'aveva guardato un momento mentre ancora la cullavo. Gli occhi erano amari e indifferenti. Quegli occhi non sapevano piú che farsene della storia del *roi Dagobert*. Mi venivano in mente a uno a uno i vestiti e i giocattoli della bambina: il cammello, la palla di stoffa, il gattino di gomma che fischiava, le ghette coi bottoni, il grembiale coi sette nani di Biancaneve, gli stivaletti da pioggia. Ricordavo le cose che mangiava e le parole che sapeva dire. Poi mi sono addormentata e sognavo di camminare per una strada ma di colpo battevo la fronte contro un muro e mi svegliavo gridando.

Ho chiamato Francesca ma non era piú nella stanza. C'era soltanto Augusto. Stava in piedi davanti alla finestra con la fronte appoggiata al vetro. M'ha detto che Francesca era andata di là dalla bambina. M'ha chiesto se mi occorreva qualcosa e l'ho pregato di sedersi vicino a me. Teneva stretta la mia mano e m'accarezzava i capelli. Allora mi son messa a gridare. Ho gridato tutta la notte nel buio col viso nel guanciale. Dicevo delle cose senza senso tenendomi aggrappata a quella mano. Se gridavo non mi fermavo a pensare al cammello e alla palla di stoffa. Alle cinque del mattino è arrivato Alberto. Ha lasciato cadere la valigia correndo accanto a me. Singhiozzava con la testa sulla mia spalla e quella scarna testa dai riccioli grigi che pesava cosí sulla mia spalla mi pareva che fosse l'unica cosa di cui avevo bisogno.

Io gli ho detto che non volevo piú vedere il cammello e la palla di stoffa, e allora lui e Francesca hanno fatto un pacco di tutte le cose della bambina e le hanno regalate via.

Francesca è partita da San Remo un giorno prima di noi e ha portato via dalla casa la culla e la carrozzella e tutti gli indumenti della bambina che erano rimasti là. E ha detto a Gemma che andasse a Maona dai suoi per un po' di tempo. Gemma è andata via in lagrime portandosi dietro il gatto. Non volevo vederla perché mi ricordavo della sua faccia con l'orzaiolo quando s'era curvata su di me quel giorno che era nata la bambina.

E Alberto ha scritto a mia madre che io non desideravo vedere né lei né mio padre e che volevo restar sola con lui per un po' di tempo. Non volevo nessuno altro che lui e bisognava aver pazienza e lasciare che scegliessi da sola le cose di cui avevo bisogno. Ha scritto che ogni uomo fa diverso quando gli succede una disgrazia. Ognuno si difende a modo suo. E gli altri che gli sono intorno devono stare quieti in silenzio e aspettare che tutto sia passato.

Siamo ritornati in città e nei primi tempi non uscivo di casa perché non volevo vedere dei bambini. Sul principio veniva qualche ora una donna a farmi i servizi ma mi riusciva cosí faticoso parlarle e allora le ho detto che non venisse piú e mi son messa a far le cose da sola. Ma lo stesso non avevo molto da fare. Restavo a letto fino a tardi al mattino. Guardavo sulla coperta le mie braccia libere e vuote. Lentamente mi alzavo e mi vestivo e lasciavo che fluisse via il giorno di ora in ora libero e vuoto. Mi sforzavo di non ricordare la canzone del *roi Dagobert*. Ma di continuo la sentivo ronzare nella mia memoria. E quello che vedevo davanti a me era sempre la faccia del medico e la sua bocca come di una bestia che beve, oppure erano i lunghi corridoi dell'albergo Bellevue e la scala col tappeto rosso e il piazzale con le poltroncine e le palme.

Alberto restava in casa con me. Era molto buono con me e mi stupivo a vedere come cercava di vedermi in aiuto. Non parlavamo mai della bambina e ho visto che toglieva dalla credenza le scatole di farina di riso e di alimento Mellin che Francesca non aveva pensato a portare via. Ne ha fatto un pacco e le ha portate via, non so dove. Ero stupita che fosse tanto buono con me. Mi leggeva Rilke e mi leggeva gli appunti che annotava in margine ai libri. Diceva che una volta o l'altra voleva raccogliere quei suoi appunti e farne un libro che avrebbe intitolato *Variazioni su scala minore*. Credo che fosse un po' invidioso di Augusto perché lui aveva pubblicato dei libri. Diceva che dovevo aiutarlo a raccogliere quei suoi appunti e certe volte mi dettava a macchina fino a tardi la sera. Non ero molto veloce nel battere a macchina, ma non s'arrabbiava. Mi diceva che dovevo fargli delle osservazioni dove pensavo che non s'era espresso chiaramente.

Un giorno allora gli ho chiesto se sarebbe andato via e mi ha detto di no. Mi ha detto che avrebbe vuotato di nuovo la cassa di zinco una volta o l'altra. Ma la cassa di zinco era sempre là nello studio, piena a metà dei suoi libri e delle altre sue cose. Quando voleva un libro trafficava a tirarlo fuori, ma non si decideva mai a rimettere a posto tutti i libri nello scaffale com'erano prima. Stavamo quasi sempre nello studio e non diceva mai che aveva voglia di uscire. Sul principio non parlavamo della bambina, ma poi abbiamo cominciato a parlarne e lui m'ha detto che forse mi faceva bene parlarne molto a lungo con lui. E mi ha detto che avremmo avuto un altro bambino e se anche adesso non mi faceva piacere pensarci, avrei amato questo nuovo bambino e sarei stata calma e felice nel momento stesso che l'avessi veduto vivo accanto a me. Cosí facevamo all'amore e a poco a poco mi son messa a pensare al tempo che avrei avuto il mio nuovo bambino. Pensavo come l'avrei allattato e cullato e di tutte le cose che pensavo soltanto questa mi faceva piacere.

Ma allora ho ricominciato a essere innamorata di Alberto e quando me ne sono accorta m'è preso un grande spavento. Tremavo ora al pensiero che potesse andar via per sempre. Guardavo la cassa di zinco e mi faceva orrore. Quando dettava e io battevo a macchina avevo sempre paura di non essere abbastanza veloce. Se mi guardava avevo sempre paura che non gli piacesse il mio viso. E pensavo com'era facile vivere alle altre donne, pensavo a Francesca e a Giovanna e mi pareva che loro due non avessero mai conosciuto neppure un'ombra di quella mia grande paura. Pensavo com'è facile la vita alle donne che non hanno paura di un uomo. Guardavo a lungo nello specchio il mio viso. Non era forse mai stato un bel viso e adesso mi pareva che ogni traccia di freschezza e di giovinezza l'avesse lasciato.

Si stava sempre soli nella nostra casa e capivo adesso come vivono insieme una donna e un uomo. Non usciva di casa e lo vedevo vivere in ogni minuto. Lo vedevo alzarsi al mattino e bere il caffè che io gli avevo preparato e annotare appunti nei libri e trafficare curvo sulla casa di zinco. Dormivamo insieme nello studio e facevamo all'amore e stavamo a lungo svegli nel buio, col suo calmo respiro nel buio vicino a me. Prima d'addormentarsi mi diceva sempre che potevo svegliarlo se non trovavo il sonno e mi sentivo triste. Non osavo svegliarlo ma il pensiero che lo potevo svegliare era molto dolce per me. Lui era cosí buono con me e capivo adesso come può esser dolce la tenerezza di un uomo. E pensavo che era colpa mia se neanche ora ero contenta con lui. Avevo sempre quella grande paura per il mio viso e per il mio corpo. Quando facevamo all'amore avevo paura che trovasse noioso far l'amore con me. E ogni volta che volevo dirgli una cosa ci pensavo prima tanto tempo per vedere se era noiosa o no. Quando mi leggeva quegli appunti che voleva raccogliere in un libro, tante volte mi venivano in mente certe osservazioni che gli avrei potuto fare. Ma un giorno che gli ho fatto un'osservazione m'è sembrato che fosse un po' malcontento e m'ha spiegato a lungo che avevo torto. Mi sarei morsa la lingua di rabbia per quello che avevo detto. Ricordavo a volte quel tempo quando non eravamo ancora sposati e siedevamo a lungo insieme al caffè e io parlavo sempre. Mi era facile allora parlare con lui. Dicevo tutto quello che mi veniva in mente e mi muovevo giovane e serena nel suo sguardo. Ma adesso che avevo avuto la bambina e la bambina era morta non potevo pensare che lui potesse lasciarmi.

Pensavo tante volte alle altre donne. Pensavo a Francesca e a Giovanna e anche a mia madre. Mi pareva che tutto fosse per loro sempre cosí semplice. Mia madre nel fare la conserva di pomodori e i vestiti per i bambini poveri di Maona e Francesca nel fare i suoi quadri e Giovanna nell'infilarsi la sua pelliccia d'agnello e nel rimproverare il figlio per via del latino, mi pareva che avessero trovato un modo di vivere giusto e naturale e non triste. Giovanna diceva che lei aveva sbagliato tutta la sua vita perché non aveva sposato Alberto e piangeva un poco ma dal modo che aveva di piangere mi pareva di vedere che ormai aveva accettato ogni cosa della sua vita dentro di sé. Aveva imparato a muoversi con destrezza nella sua vita dove c'era Alberto e dei viaggi con lui e dove c'era anche il figlio che non studiava e il marito e degli altri ricordi con un direttore d'orchestra, e ancora forse musica e libri e dei piccoli tè con delle amiche e riflessioni e discorsi. Ma a me pareva adesso di vedere che io non ero mai stata capace di vivere e adesso certo era troppo tardi per imparare, pensavo che nella mia vita non avevo mai fatto altro che guardare fisso fisso nel pozzo buio che avevo dentro di me.

Una notte ho domandato a Alberto se sapeva che una volta Giovanna era venuta a parlare con me. Avevo esitato a lungo prima di chiederlo ma mi pareva di non poter piú resistere a tenergli nascosta quella cosa lí. M'ha detto che lo sapeva e gli ho chiesto come l'aveva saputo e m'ha detto che l'aveva saputo da Augusto. Gli ho chiesto se gli dispiaceva e m'ha detto di no. Gli ho detto: – Non andrai piú via, – e ha detto: – No non andrò via –.

Gli ho detto: – Tirerai fuori tutto dalla cassa di zinco, – e ha detto: – Sí –. Gli ho detto: – Vuoi che ti aiuti a tirar fuori ogni cosa, – e ha detto: – No, non occorre. Non c'è questa furia. Lo farò a poco a poco –. E allora gli ho chiesto:

– Perché non vai via? perché ti faccio pietà non vai via?

Ha detto: – Mi dispiace che tu resti qui sola senza di me.

Ho detto: – Non m'aspettavo che saresti stato buono con me. Non m'aspettavo che avresti voluto aiutarmi. Mi pareva che non volessi molto bene alla bambina e neppure a me. Credevo che volessi bene soltanto a Giovanna.

Allora si è messo a ridere piano piano. Ha detto: – Certe volte mi viene l'idea che non voglio molto bene a nessuno.

– Neppure a Giovanna?

– No. Neppure a lei, – ha detto. – Adesso è andata col marito ai laghi dove hanno una villa. Non so quando ritornerà. Se non la vedo non mi ricordo molto di lei. Non ci penso molto. È una cosa curiosa.

Siamo rimasti zitti per un po'. Era coricato al mio fianco e respirava calmo, e giocava con la mia mano sulla coperta. Giocava a chiudermi le dita e ad aprirle, e d'improvviso m'ha solleticato sul palmo. Ha respinto di colpo la mia mano e s'è scostato da me. Ha detto:

– È difficile sapere davvero cos'abbiamo dentro di noi. Siamo un attimo qui e un attimo altrove. Non ho mai capito niente di me. Volevo molto bene a mia madre e ho sofferto molto quando l'ho vista morta. Ma poi una mattina sono uscito di casa e ho messo in bocca una sigaretta e nel momento che accendevo un cerino sfregandolo contro il muro mi sono sentito a un tratto straordinariamente felice che fosse finalmente morta e che mai piú avrei giocato a dama con lei e mai piú avrei sentito la sua voce stizzita quando mettevo troppo zucchero nel caffè. Cosí non so se voglio bene a Giovanna. Adesso non la vedo da diversi mesi e penso poco a lei. Sono un po' pigro e non mi piace soffrire.

– E quando lei ritornerà, – ho detto, – vorrai di nuovo andar via?

– Non so, – ha detto, – è anche possibile –. Si è voltato dall'altra e s'è addormentato.

Stavo sveglia e pensavo che m'aveva detto di chiamarlo se

mi sentivo troppo triste. Ma non ne avevo il coraggio e pensavo che non aveva senso chiedere aiuto a quell'uomo. Era stupido chiedere qualsiasi cosa a quell'uomo. Adesso sapevo che anche Giovanna non poteva chiedergli niente. Guardavo la sua faccia addormentata, la bocca immobile e senza risposta. Sarebbe rimasto con me o sarebbe andato via? Voleva davvero un altro bambino con me? Stavo sveglia con gli occhi spalancati e dicevo: « Io non lo saprò mai cosa vuole davvero. Io non lo saprò mai cosa vuole davvero ».

Allora ho cominciato a pensare a quella rivoltella. Ci pensavo come prima certe volte pensavo di allattare un nuovo bambino. Ci pensavo e mi sentivo calma, ci pensavo mentre rifacevo il letto e mentre sbucciavo le patate e mentre stiravo le camicie di Alberto. Ci pensavo mentre salivo e scendevo le scale, proprio cosí come avevo pensato di allattare e cullare un nuovo bambino. Ma se avessi avuto un altro bambino avrei avuto sempre paura che potesse ammalarsi e morire e mi sentivo cosí stanca di aver paura e mi pareva ormai che non avesse senso dare un figlio a quell'uomo.

Francesca veniva ogni tanto a trovarmi e raccontava che adesso aveva un nuovo amante, era un tale che aveva conosciuto a San Remo con la contessa e aveva piantato lí di far quadri e girava sempre con lui. Diceva che s'era presa una piccola cotta ma niente di serio e che quello era un bel muso di biscazziere e mi diceva che non dovevo stupirmi se un giorno o l'altro pigliavo il giornale e leggevo che lei era stata strangolata nel sonno. Era un tipo che non prometteva niente di buono e ogni volta dopo che se n'era andato lei correva a vedere se non le aveva scassinato il cassetto dove c'erano i soldi. Ma era bello e faceva piacere portarselo intorno perché tutte le donne lo guardavano ed era stato il gigolò della contessa per un certo tempo. Francesca adesso diceva che la contessa era una vecchia troia e avara in un modo scandaloso perché non aveva comprato il ritratto che lei le aveva fatto. Quando la contessa era tornata da San Remo si erano incontrate e si erano litigate a morte per via del gigolò. Di Augusto Francesca non voleva sentirne parlare e anche Augusto adesso quando veniva da noi non voleva che gli parlassimo di Francesca. Ma veniva di rado perché voleva finire il suo libro sulle origini del cristianesimo. Alberto gli leggeva i suoi appunti e parlava del libro che voleva mettere insieme ma lui era distratto. Piuttosto stava volentieri con me e guardava mentre stiravo le camicie, e io pensavo a quel giorno che avevamo passeggiato e c'era il vento e io credevo che poi avremmo fatto all'amore insieme. Guardavo la sua faccia e mi pareva che lui fosse un po' come me, con gli occhi fissi sempre nel gran pozzo buio che aveva di dentro. E per questo pensavo che forse saremmo stati felici se avessimo fatto all'amore insieme e lui m'avrebbe capito e m'avrebbe aiutato. Ma mi dicevo che era troppo tardi. Mi pareva che fosse troppo tardi per cominciare qualcosa di nuovo, un nuovo amore o un nuovo bambino, pensavo che era troppa fatica e che ero troppo stanca. E nel guardare Augusto ritrovavo quella notte a San Remo quando s'era ammalata la bambina e l'altra notte dopo che era morta e giacevo aggrappata alla sua mano. Mi dicevo che nella vita d'una persona non c'è forse soltanto amore o bambini ma uno può fare cento cose e perfino mettersi a scrivere un libro sulle origini del cristianesimo. Pensavo com'era povera la mia vita ma pensavo che ormai era troppo tardi per provare a cambiare e in fondo a tutti i miei pensieri trovavo sempre quella rivoltella.

Alberto ha ricominciato a uscire e diceva che andava all'ufficio ma io pensavo che forse era tornata Giovanna. Lui diceva che non era tornata ma non gli credevo. E un giorno Giovanna è venuta da me. Era mattina e Alberto era uscito da poco e io ero in salotto e battevo a macchina i suoi ultimi appunti.

Questa volta era vestita di grigio con un cappello tondo e duro di paglia nera e una specie di mantellina rotonda. Il vestito e il cappello erano nuovi ma aveva i guanti un po' logori dell'altra volta. Si è seduta e si è messa subito a parlare della bambina. Mi ha detto che mi aveva scritto una lettera ma poi l'aveva strappata perché di colpo le era sembrato stupido scrivermi. Pure aveva pensato sempre a me quando aveva saputo della bambina e anche ora prima di venire aveva esitato a lungo e non sapeva decidersi ma poi a un tratto s'era messa il cappello ed era venuta. Guardavo il cappello e non mi pareva un cappello ficcato in testa cosí tutt'a un tratto. Stava fermo e duro sulla sua fronte e mi pareva che dovesse darle fastidio. Le sue parole erano quiete e semplici e la voce era bassa e come attenta a non farmi male. Ma non avevo niente niente voglia di parlare della bambina con lei. Ha detto:

– È una cosa molto strana. Ho sognato la bambina due o tre notti prima che morisse. Eravamo qui nel salotto e c'era anche la madre di Alberto che stava sdraiata sul divano tutta involta in una coperta. Diceva che stava cosí perché aveva un gran freddo e le ho buttato addosso anche la mia pelliccia e m'ha ringraziato. La bambina era seduta su uno sgabello e lei aveva paura che pigliasse freddo e mi diceva di chiudere le finestre. Avevo comprato una bambola per la bambina e volevo tirarla fuori dal pacco ma non riuscivo a slegare lo spago.

Ho detto: – La bambina non giocava mai con le bambole. Giocava con un cammello e con una palla di stoffa.

Ha detto: – Questo sogno mi è sembrato strano e mi sono svegliata con un senso d'angoscia che non sapevo spiegarmi. Proprio qualche giorno dopo ho avuto la lettera di Alberto che mi diceva della bambina.

La guardavo e cercavo di capire se davvero aveva sognato cosí. Mi pareva che avesse inventato tutto. Ha detto:

– Era una lettera di poche parole. Avevamo degli ospiti quel giorno e ho dovuto passeggiare con loro e intrattenerli e parlare. Mi sentivo cosí smarrita. È strano ma non pensavo molto a Alberto. Pensavo a te.

Era seduta nella poltrona con le sue magre gambe accavallate e le mani congiunte sotto la mantellina. Il cappello era rigido e immobile sulla sua testa. – Deve darti noia, – ho detto indicando il cappello. – Sí, – ha detto, e se l'è strappato via. Aveva un segno rosso sulla fronte. La guardavo. Il suo viso era buono e calmo, il corpo calmo e fresco nel vestito primaverile. Pensavo come aveva scelto quel modello sfogliando una rivista di mode e come l'aveva ordinato alla sarta. Pensavo alla sua vita composta di giornate calme, al suo corpo senza sfiducia e senza paura.

Ha detto: – Senti dell'odio per me?

– No, – ho detto, – non forse proprio dell'odio. Soltanto non ho voglia di parlarti. Mi pare che non abbia nessun senso che noi due stiamo insieme in una stanza. Mi pare stupido e anche ridicolo. Perché non ci diremo delle cose importanti e neppure vere. E sai, non credo che quel sogno l'hai fatto davvero. Credo che l'hai inventato per la strada mentre venivi qui.

– No, – ha detto, e si è messa un po' a ridere. – Non mi conosci. Io non ho nessuna fantasia. Non sono in grado d'inventare niente. Non te l'ha detto Alberto che non ho fantasia?

– No. Non parliamo molto di te. Una volta che abbiamo parlato di te, lui m'ha detto che ti dimentica quando non ti vede. Avrebbe dovuto farmi piacere e invece è stato peggio. Vuol dire che non vuol bene neppure a te, vuol dire che per lui non c'è niente di sacro. C'era un tempo che ero gelosa di te, e ti odiavo, ma adesso anche questo è passato. Se credi che lui è infelice senza di te, ti sbagli. Non gli piace sentirsi infelice. Accende una sigaretta e cammina via.

– Lo so, – ha detto. – Non puoi dirmi niente di lui che io non sappia. Dimentichi che lo conosco da tanti anni. È passata una grande parte della nostra vita e adesso non siamo piú giovani. Siamo invecchiati insieme, io nella mia casa e lui nella sua casa, ma insieme. Ci siamo lasciati tante volte. Ma ci siamo sempre ritrovati. Non era lui che mi cercava, ero io. Questo è vero. Ma era sempre cosí contento. Stiamo bene insieme. Tu non lo puoi capire perché sei sempre stata male con lui.

– Vattene via, – le ho detto. – Credo che ti odierò se resterai qui ancora.

– Odiami, – ha detto, – è giusto. Forse anch'io ti odio. Ma ho pietà di te perché è morta la tua bambina. Ho anch'io un figlio e mi fanno pietà quelli che perdono i loro figli. Quando ho letto la lettera di Alberto, per tutto il giorno non ho pensato a nient'altro. Ero come stordita.

– Non voglio che Alberto ti scriva, – ho detto. – Non voglio che v'incontriate e facciate delle piccole passeggiatine e dei piccoli viaggi parlando forse della bambina o di me. Non voglio. Lui è mio marito. Magari non avrei dovuto sposarlo ma adesso è mio marito e abbiamo avuto insieme una bambina che è morta. E questo non si può cancellare solo perché a voi due vi piace far l'amore insieme.

Ha detto: – Forse anche quello che c'è stato fra me e lui non si può cancellare –. L'ha detto a bassa voce e come fra sé. Si è calzata di nuovo il cappello contraendo il viso. Si è infilata i guanti adagio adagio guardandosi tutte le dita.

– Non so cosa c'è stato fra voi, – ho detto. – Probabilmente delle cose importanti, ma non cosí importanti come la nascita e la morte d'una bambina. Dei piccoli viaggi, no? e delle piccole passeggiatine? Ma adesso vai via. Sono stanca di averti davanti a me. Sono stanca del tuo cappello e del tuo vestito. Ti dico delle cose senza senso. Se resti ancora qui, mi verrà voglia forse di ammazzarti.

– No, – ha detto, e si è messa a ridere. Era un riso giovane e squillante. – Non lo farai. Hai troppo l'aria da brava teresina. E non mi fai paura.

– Tanto meglio, – ho detto, – ma vattene.

– Sí, – ha detto, – me ne vado. Ma mi ricorderò questo giorno. È stato molto importante, in un certo senso. Non so bene perché. Ho l'impressione che sia stato molto importante e che ci siamo dette delle cose importanti e vere. Tornerò qualche volta a trovarti, se non ti dispiace.

Ho detto: – Grazie ma preferisco di no.

– Viva la sincerità, – ha detto, – grazie. Non odiarmi poi troppo –. Se n'è andata.

Ho ricominciato a scrivere a macchina ma facevo degli errori ed ero distratta. Sono andata a guardarmi nello specchio per vedere se avevo l'aria da brava teresina. Ho preparato il pranzo e Alberto è tornato a casa. Gli ho chiesto se avevo l'aria da brava teresina. M'ha guardato un momento e m'ha detto di no. Ma poi ha detto che lui non sapeva cos'è un'aria da brava teresina. Era distratto e come un po' nervoso ed è uscito subito dopo pranzo.

Avevo voglia di chiamare Francesca o di andarla a trovare ma pensavo che lei adesso aveva il gigolò. Alberto usciva di nuovo ogni giorno e a volte anche la sera dopo cena. Siccome io dormivo nello studio non chiudeva a chiave la porta. Cosí quando restavo sola in casa la sera tante volte aprivo il cassetto dello scrittoio e guardavo la rivoltella. La guardavo un minuto e mi sentivo calma. Richiudevo adagio adagio il cassetto e mi coricavo. Stavo ferma e sveglia nel buio e mi sforzavo di non ricordare il tempo che il pianto debole e rabbioso della bambina s'alzava nel silenzio notturno. Portavo i miei pensieri molto lontano, a Maona quando ero piccola, certa pomata nera che mi metteva sulle mani mia madre per guarirmi i geloni, una vecchia maestra con gli occhiali che ci faceva fare delle gite scolastiche, un frate che veniva da mia madre la domenica per la questua e aveva un sacchetto grigio tutto pieno di pane secco, e poi quando leggevo *Schiava o regina* e quando mi nascondevo a piangere nello stanzino del carbone, una volta che mia madre mi aveva fatto un vestito celeste per andare alla festa della scuola e io credevo che fosse molto bello e invece poi a un tratto avevo capito che non era bello per niente. Mi accorgevo che dicevo addio a tutte queste cose, come se fossi stata sul punto di lasciarle per sempre, e se chiudevo gli occhi sentivo l'odore di quella pomata nera sulle mie mani, e l'odore delle pere al forno che d'inverno preparava mia madre. Quando Alberto ritornava a casa facevamo all'amore. Ma adesso lui non diceva piú che avremmo avuto degli altri figli. E s'era anche stancato di dettarmi le sue annotazioni, e di continuo guardava l'orologio nel breve tempo che restava in casa. Qualche volta io pensavo che forse fra poco sarebbe diventato molto vecchio, e troppo stanco per uscire sempre di casa, e allora si sarebbe seduto in una poltrona a dettarmi le sue annotazioni, e m'avrebbe pregato di vuotare la cassa di zinco e riordinare i libri negli scaffali e disporre di nuovo nello studio le navi da guerra. Ma invece era sempre lo stesso, sempre piú vecchio ma sempre piú giovane, col suo passo veloce e leggero quando usciva nella città, col viso avido e magro proteso come a bere l'aria vivida della strada, l'impermeabile aperto e svolazzante sul suo gracile corpo, la sigaretta accesa fra le labbra. Gli ho sparato negli occhi.

M'aveva detto di preparargli il tè nel termos per il viaggio. Diceva che facevo molto bene il tè. Diceva che non ero brava a stirare e neppure a cucinare, non molto. Ma sapevo fare il tè come nessun'altra persona. Mentre si preparava la valigia s'era un po' arrabbiato perché trovava che le camicie non erano stirate bene. Soprattutto nel punto fra il colletto e la spalla. Ha fatto da sé la valigia, non ha voluto che io l'aiutassi. Ha preso anche qualche libro dalla cassa di zinco. Gli ho offerto le poesie di Rilke ma ha detto di no. Ha detto: – Quelle le so quasi a memoria –. Anch'io ho messo qualche libro nella mia valigia. Quando ha visto che facevo la valigia è stato contento. Diceva che m'avrebbe fatto bene riposarmi a Maona con mia madre che m'avrebbe portato il caffè a letto al mattino. Gli ho chiesto come avrebbe fatto per la cassa di zinco. – La cassa di zinco? – ha detto, e si è messo a ridere.

– No, – ha detto, – non me ne vado per sempre. Credi che me ne vada per sempre? È per questo che fai quella faccia? – Sono andata a specchiarmi e gli ho detto: – Una faccia niente di speciale. Una faccia da brava teresina. – Da brava teresina, – ha detto, – sí –. M'ha fatto una carezza sui capelli. Poi m'ha detto che andassi a preparare il tè. A lui piaceva molto zuccherato e ben forte.

Gli ho detto: – Dimmi la verità, – e ha detto: – Quale verità, – e ho detto: – Andate via insieme, – e ha detto: – Ma chi insieme –. E ha detto: – *Verità* va cercando, ch'è sí cara - come sa chi per lei vita rifiuta.

Aveva fatto quel disegno quando sono tornata nello studio. Me l'ha mostrato, e rideva. Un treno lungo lungo con una grossa colonna di fumo. Ha bagnato la matita con la saliva per fare il fumo piú denso. Avevo in mano il termos e l'ho posato sullo scrittoio. Rideva e si è voltato a guardarmi per vedere se io non ridevo.

Gli ho sparato negli occhi.

Avevo i piedi freddi e bagnati e quella sbucciatura sul calcagno mi faceva un gran male a ogni passo. Le strade erano vuote e luccicanti nella quieta pioggia. Avevo voglia di andare da Francesca ma pensavo che c'era il gigolò. Sono tornata a casa. C'era un grande silenzio che mi sforzavo di non ascoltare. Quando sono stata in cucina ho capito che cos'avrei fatto. Era facile e non ne avevo paura. Ho capito che mai avrei parlato con l'uomo dalla faccia olivastra dietro al tavolo e questo m'ha dato un grande sollievo. Ho capito che non avrei piú parlato a nessuno. Né a Francesca né a Giovanna né a Augusto né a mia madre. A nessuno. Sedevo al tavolo di marmo in cucina e non riuscivo a non prestare orecchio al silenzio. Dall'acquaio saliva un alito freddo e fetido e la sveglia pulsava sull'armadio. Ho preso l'inchiostro e la penna e mi son messa a scrivere sul libretto della spesa. Tutt'a un tratto mi son chiesta per chi scrivevo. Non per Giovanna e non per Francesca e neppure per mia madre. Per chi? ma era troppo difficile deciderlo e sentivo che il tempo delle risposte limpide e consuete s'era fermato per sempre dentro di me.

Valentino

Abitavo con mio padre, mia madre e mio fratello in un piccolo alloggio del centro. Avevamo la vita dura e non si sapeva mai come pagare l'affitto. Mio padre era un maestro di scuola a riposo e mia madre dava lezioni di piano: bisognava aiutare un po' mia sorella ch'era sposata con un rappresentante di commercio e aveva tre figli e non ce la faceva a andare avanti; e bisognava mantenere mio fratello agli studi e mio padre credeva che sarebbe diventato un grand'uomo. Io andavo alle magistrali e nelle ore libere davo qualche ripetizione ai bambini della portinaia: la portinaia aveva dei parenti in campagna e ci ripagava in castagne, mele e patate.

Mio fratello studiava medicina e ci volevano sempre dei soldi, ora per il microscopio, ora per i libri e le tasse. Mio padre credeva che sarebbe diventato un grand'uomo: non c'era forse una ragione per crederlo ma lo credeva: aveva cominciato a pensare cosí fin da quando Valentino era piccolo e adesso forse gli riusciva difficile smettere. Mio padre stava tutto il giorno in cucina e farneticava da solo: s'immaginava quando Valentino sarebbe stato un medico famoso e sarebbe andato ai congressi nelle grandi capitali d'Europa e avrebbe scoperto nuove medicine e malattie. Valentino invece non pareva che avesse voglia di diventare un grand'uomo: in casa, di solito si divertiva con un gattino; e faceva dei giocattoli per i bambini della portinaia, con un po' di segatura e qualche vecchio scampolo di stoffa: faceva dei cani e dei gatti e anche dei diavoli con delle grosse teste e dei lunghi corpi a bitorzoli. Oppure si vestiva tutto da sciatore e si guardava nello specchio: a sciare non andava un gran che, perché era pigro e soffriva il freddo: ma si era fatto fare da mia madre un completo da sciatore tutto nero con un gran passamontagna di lana bianca: si trovava molto bello cosí vestito e passeggiava davanti allo specchio prima con una sciarpa buttata intorno al collo e poi senza; e s'affacciava al balcone per farsi vedere dai bambini della portinaia.

Molte volte si era fidanzato e poi sfidanzato e mia madre s'era data da fare a pulire la saletta da pranzo e a vestirsi per bene. Era successo già molte volte e cosí quando ci disse che si sposava entro il mese non credemmo e mia madre si mise stancamente a pulire la saletta da pranzo e indossò il suo vestito di seta grigia che era quello per gli esami al Conservatorio delle sue allieve e per le fidanzate.

Cosí aspettavamo una delle solite ragazzine che lui giurava di sposare e piantava dopo quindici giorni e ormai ci pareva d'aver capito il tipo di ragazze che gli piaceva: ragazzine con dei berrettini che andavano ancora al liceo. Di solito eran molto intimidite e non ci facevano spavento un po' perché sapevamo che le piantava e un po' perché somigliavano tanto alle allieve di piano di mia madre.

Allora quando lui arrivò con la nuova fidanzata eravamo cosí sbalorditi che nessuno aveva fiato di parlare. Perché questa nuova fidanzata era qualcosa che non avevamo potuto immaginare. Portava una lunga pelliccia di martora e delle scarpe piatte con la suola di gomma ed era piccola e grassa. Aveva degli occhiali cerchiati di tartaruga e dietro gli occhiali ci fissava con degli occhi severi e rotondi. Aveva un naso un po' sudato e dei baffi. In testa aveva un cappello nero tutto schiacciato da una parte: dove non c'era il cappello si vedevano dei capelli neri striati di grigio, ondulati al ferro e spettinati. Doveva avere almeno dieci anni piú di Valentino.

Valentino parlava e parlava perché noi stavamo zitti. Valentino diceva cento cose insieme, sul gatto e sui bambini della portinaia e sul microscopio. Voleva subito condurre la fidanzata nella sua stanza a vedere il microscopio ma mia madre si oppose perché la stanza era ancora in disordine. E la fidanzata disse che del resto lei ne aveva visti tanti di microscopi. Allora Valentino andò a cercare il gatto e glielo portò. Gli aveva messo un nastro al collo e un sonaglio perché facesse una buona impressione. Ma il gatto era molto spaventato per via del sonaglio e s'arrampicò sulla tenda e di là ci guardava e soffiava col pelo tutto irto e gli occhi feroci e mia madre si mise a gemere per la paura che le sciupasse la tenda.

La fidanzata accese una sigaretta e cominciò a parlare. Parlava con la voce di chi è abituato a dare dei comandi e ogni cosa che ci diceva pareva che ci desse un comando. Disse che voleva bene a Valentino e aveva fiducia in lui; aveva fiducia che la smettesse di giocare col gatto e fare giocattoli. E disse che lei aveva moltissimi soldi e cosí potevano sposarsi senza aspettare che Valentino guadagnasse. Era sola e libera perché i suoi genitori erano morti e non aveva bisogno di render conto a nessuno di quel che faceva.

D'improvviso mia madre si mise a piangere. Fu un momento un po' penoso e non si sapeva bene cosa fare. Perché non c'era nessuna specie di commozione in quel pianto di mia madre, ma solo dispiacere e spavento: io lo sentivo e mi pareva che anche gli altri dovessero sentirlo. Mio padre le batteva dei colpettini sulle ginocchia e faceva dei piccoli schiocchi con la lingua, come si fa per consolare un bambino. La fidanzata si fece a un tratto molto rossa in viso e s'accostò a mia madre: i suoi occhi splendevano inquieti e imperiosi e capii che avrebbe sposato Valentino a ogni costo. – Ecco la mamma che piange, – disse Valentino, – la mamma ha sempre le lagrime in tasca. – Sí, – disse mia madre, e s'asciugò le lagrime e si lisciò i capelli e si raddrizzò. – Sono un po' debole in questo periodo e mi viene da piangere sovente. La notizia m'ha colto un po' di sorpresa: ma Valentino ha sempre fatto quello che ha voluto –. Mia madre era stata educata in un collegio signorile; era molto beneducata e aveva un grande controllo di sé.

Allora la fidanzata spiegò che quel giorno lei e Valentino sarebbero andati a comprare i mobili per il salotto. Altro non dovevano comprare perché c'era già tutto il necessario in casa sua. E Valentino disegnò a mia madre la pianta della casa, dove già abitava dall'infanzia la fidanzata e dove avrebbero abitato insieme: una villa a tre piani, col giardino, in un quartiere tutto di giardini e villette.

Quando se ne furono andati, per un po' restammo zitti a guardarci; poi mia madre mi disse d'andare a chiamare mia sorella e io andai.

Mia sorella abitava all'ultimo piano d'una casa in periferia.

Tutto il giorno batteva a macchina degl'indirizzi per una ditta che le dava un tanto ogni busta. Aveva sempre male ai denti e stava con una sciarpa intorno alla bocca. Le dissi che la mamma voleva parlarle; chiese cos'era, ma non glielo dissi. Era tutta incuriosita e si prese in collo il suo bambino piú piccolo e venne con me.

Mia sorella non aveva mai creduto che Valentino sarebbe diventato un grand'uomo. Non lo poteva soffrire e faceva una faccia cattiva ogni volta che ne parlava, e subito le venivano in mente tutti i soldi che mio padre spendeva per farlo studiare, mentre lei doveva battere indirizzi. Cosí mia madre le aveva tenuto nascosto il completo da sciatore e quando mia sorella veniva da noi bisognava correre nella stanza di Valentino e guardare che non ci fosse in giro quel vestito o altre cose nuove che s'era fatto.

Adesso era difficile raccontare a mia sorella Clara cos'era successo. Che c'era una donna con tanti soldi e coi baffi che voleva pagarsi il lusso di sposare Valentino e che lui ci stava. Che si era lasciato indietro tutte le ragazzine coi berrettini e girava per la città con una signora dalla pelliccia di martora a cercare dei mobili per il salotto. Aveva ancora pieni i cassetti di fotografie di ragazzine e di loro lettere. E nella nuova vita, con quella donna con gli occhiali di tartaruga e coi baffi, avrebbe armeggiato in modo da svignarsela di quando in quando per incontrarsi con le ragazzine dai berrettini; e avrebbe speso un poco di denaro per farle divertire: un poco di denaro: non molto, perché era fondamentalmente avaro nello spendere per gli altri il denaro che pensava gli appartenesse.

Clara restò ad ascoltare mio padre e mia madre e alzò le spalle. Aveva molto male ai denti e doveva battere indirizzi; e poi doveva fare il bucato e aggiustare le calze dei bambini. Perché l'avevamo scomodata a farla venire fin da noi, cosí che aveva perso il pomeriggio? Non voleva sapere niente di Valentino, cosa faceva e con chi si sposava: quella lí era certo una pazza, perché nessuna donna con la testa a posto poteva pensare sul serio a sposarsi con Valentino; oppure era una puttana che aveva trovato il suo merlo e probabilmente la pelliccia era finta: papà e mamma di pellicce non ci capivano niente. Ma mia madre disse che la pelliccia era proprio vera; e quella era una signora perbene e aveva un fare proprio da signora perbene e non era pazza. Soltanto era brutta da fare spavento: e mia madre si coprí la faccia con le mani e di nuovo si mise a piangere nel ripensare com'era brutta. Ma mio padre disse che non era lí la questione; e voleva dire dov'era la questione e stava cominciando tutto un discorso ma mia madre non lo lasciò finire: perché mia madre non gli lasciava mai finire i discorsi a mio padre e lui restava con le parole strozzate in gola e s'agitava e soffiava.

Si sentí un gran chiasso nel corridoio ed era Valentino che rientrava. Aveva trovato il bambino di Clara e gli faceva festa. Lo alzava su alto al soffitto e poi lo rimetteva a terra: e di nuovo lo faceva volare su alto e il bambino rideva forte. E per un momento Clara sembrò contenta di quelle risate del suo bambino: ma subito la sua faccia divenne amara e cattiva come sempre quando si trovava Valentino davanti.

Valentino si mise a raccontare che avevano scelto i mobili per il salotto. Erano mobili impero. Diceva quanto costavano, diceva delle cifre che ci sembravano enormi: si fregava forte le mani e gettava quelle cifre con gioia nella nostra piccola stanza. Tirò fuori una sigaretta e l'accese: aveva un accendisigari d'oro. Gliel'aveva regalato Maddalena, la sua fidanzata.

Non s'era accorto che noi eravamo muti e a disagio. Mia madre evitava di guardarlo. Mia sorella aveva preso in collo il bambino e gl'infilava i guanti. Da quando aveva visto l'accendisigari, s'era messa a sorridere a bocca stretta: si coprí quel sorriso con la sciarpa, e andò via col suo bambino in collo. – Che maiale, – disse dentro la sciarpa, sulla soglia.

Aveva detto quella parola pianissimo, ma Valentino sentí. Voleva rincorrere Clara giú per le scale e sapere perché aveva detto maiale, e mia madre lo trattenne a stento. – Perché maiale? – chiese Valentino a mia madre. – Perché m'ha detto maiale quella vigliacca? Perché mi sposo, mi dice maiale? Ma cosa crede quella brutta vigliacca?

Mia madre si lisciava le pieghe del vestito e sospirava e taceva; e mio padre si riempiva la pipa con le dita che tremavano forte. Poi sfregò un fiammifero contro la suola della scarpa per accender la pipa, ma allora Valentino s'accostò con l'accendisigari. Mio padre guardò un momento la mano di Valentino con l'accendisigari acceso: e a un tratto respinse da sé quella mano, scagliò via la pipa e lasciò la stanza. Poi di nuovo riapparve sulla porta, e annaspava e soffiava come se stesse per cominciare un discorso: ma invece se ne andò senza dir nulla, sbattendo forte la porta.

Valentino era rimasto senza fiato. – Ma perché? – chiese a mia madre. – Ma perché s'è arrabbiato? Che cos'hanno? cos'ho fatto io?

– È una donna brutta da fare spavento, – disse piano mia madre. – È proprio un orrore, Valentino. E siccome dice che è tanto ricca, la gente penserà che lo fai per i soldi. Lo pensiamo anche noi, Valentino. Perché non possiamo mica credere che ti sei innamorato, te che correvi sempre dietro alle ragazze carine, e una non ti pareva mai carina abbastanza. E queste cose in casa nostra non son mai successe: mai nessuno di noi ha fatto una cosa soltanto per i denari.

Valentino allora disse che non avevamo capito niente. La sua fidanzata non era brutta: almeno lui non la trovava brutta e in fin dei conti non doveva piacere solo a lui? Aveva begli occhi neri e un portamento distinto: e poi era molto intelligente, molto intelligente, con una grande cultura. Era stufo di tutte quelle ragazzine che non sapevano parlare di niente, e invece con Maddalena lui parlava di libri e d'un mucchio di cose. Non si sposava per i soldi: non era un maiale. Tutt'a un tratto si offese e andò a chiudersi nella sua stanza.

Nei giorni che seguirono, fece ancora l'offeso e l'uomo che sta per fare un matrimonio contrastato dalla famiglia. Era serio, dignitoso, un po' pallido, e non ci parlava. Non ci mostrava i regali della sua fidanzata, ma ogni giorno ne aveva uno nuovo: al polso aveva un orologio d'oro a cronometro con un bracciale di pelle bianca; e aveva un portafogli di coccodrillo e ogni giorno una cravatta nuova.

Mio padre disse che sarebbe andato a parlare con la fidanzata di Valentino. Mia madre invece non voleva che andasse: un po' perché mio padre era malato di cuore e non doveva emozionarsi; e un po' perché lei non aveva nessuna fiducia nelle cose che poteva dire. Mio padre non diceva mai niente di sensato: forse il fondo del suo pensiero era sensato ma non arrivava mai a dire il fondo del suo pensiero: si perdeva in tante parole inutili e digressioni e ricordi d'infanzia e cincischiava e annaspava. Cosí in casa non gli riusciva mai di concludere un discorso perché non avevamo pazienza: e lui rimpiangeva sempre il tempo che ancora faceva scuola, perché là poteva parlare quanto voleva e non c'era nessuno che lo mortificasse.

Mio padre era sempre stato molto timido con Valentino: mai aveva osato rimproverarlo neppure quando era stato bocciato agli esami: e mai aveva smesso di credere che sarebbe diventato un grand'uomo. Adesso invece pareva che avesse smesso di crederlo: aveva un'aria infelice e pareva diventato vecchio tutt'a un tratto. Non voleva piú stare da solo in cucina: diceva che si sentiva impazzire in quella cucina senz'aria e si metteva seduto in un caffè sotto casa a bere il chinotto; oppure si spingeva fino al fiume e guardava pescare e ritornava a casa soffiando e farneticando fra sé.

Cosí mia madre, perché avesse pace, acconsentí che andasse dalla fidanzata di Valentino. Mio padre si vestí dei suoi vestiti migliori e mise anche il suo cappello migliore e dei guanti: e io e mia madre restammo affacciate al balcone a guardarlo mentre s'allontanava. E mentre lo seguivamo con gli occhi, ci prese un po' di speranza che le cose potessero ancora aggiustarsi nel migliore dei modi: non sapevamo come, e non sapevamo neppur bene che cosa sperare di preciso, e non riuscivamo a immaginare che cosa potesse dire mio padre; ma fu per noi un pomeriggio sereno, come da un pezzo non ce n'erano stati. Mio padre rientrò tardi, e pareva molto stanco: volle mettersi subito a letto, e mia madre l'aiutò a spogliarsi e intanto lo interrogava: ma questa volta invece lui pareva che non avesse voglia di parlare. Quando fu a letto, con gli occhi chiusi, con un viso grigio come la cenere, disse: – È una brava donna. Ho pietà di lei –. E dopo un poco disse: – Ho visto la villa. Una gran bella villa, di gran lusso. Noialtri di un lusso cosí non ne abbiamo mai sentito nemmeno l'odore da lontano –. Rimase per un momento in silenzio, e poi disse: – Io tanto creperò fra poco.

Alla fine del mese ci fu il matrimonio: e mio padre scrisse a un suo fratello per chiedergli un prestito, perché tutti dovevamo esser vestiti con decenza e non far sfigurare Valentino. Mia madre si fece fare un cappello, dopo tanti anni: un cappello alto e complicato, con un nodo di nastro e una veletta. E tirò fuori la sua vecchia volpe con un occhio di meno: se puntava la coda contro

il muso non si vedeva che mancava l'occhio: mia madre aveva
già speso tanto nel cappello, che non voleva piú sborsare neanche una lira per quel matrimonio. Io ebbi un abito nuovo, di la-
netta celeste, con delle guarnizioni di velluto: al collo avevo anch'io una piccola volpe, piccolissima, me l'aveva regalata la zia
Giuseppina quando avevo compiuto nove anni. La spesa piú grossa fu l'abito per Valentino: un abito di panno blu marin, con una
sottilissima riga bianca. Erano andati a sceglierlo lui e la mamma,
e lui allora aveva smesso di fare l'offeso ed era felice e diceva che
l'aveva sognato tutta la sua vita, un abito blu marin con una sottilissima riga bianca.

Clara disse che lei al matrimonio non ci veniva, perché non
voleva immischiarsi nelle porcherie di Valentino e non voleva
spendere dei soldi: e Valentino mi disse di farle sapere che stesse
pure a casa ed era contento di non vedere il suo brutto muso la mattina che si sposava. E Clara disse che il muso l'aveva forse ancora
peggio la sposa di lei: l'aveva vista solo in fotografia ma bastava.
E invece poi comparve anche Clara quel mattino in chiesa, col
marito e la bambina piú grande: e s'erano dati da fare anche loro
a vestirsi per bene e mia sorella s'era fatta arricciare i capelli.

Per tutto il tempo della chiesa mia madre mi tenne stretta la
mano e stringeva sempre piú forte: e nel momento che loro s'infi-
lavano gli anelli chinò il viso e mi disse che le faceva troppo male
guardare. La sposa era vestita di nero con la solita pelliccia lunga
e la nostra portinaia che aveva voluto venire rimase delusa perché
si aspettava i fiori d'arancio e il velo: e ci disse poi che non era
stato tanto un bel matrimonio come aveva sperato dato che in giro
correva la voce che Valentino si sposava con una molto ricca. Oltre
alla portinaia e alla giornalaia dell'angolo non c'era nessuno che
conoscevamo noi: e la chiesa era piena dei conoscenti di Maddalena, signore ben vestite con pellicce e gioielli.

Poi andammo nella villa e fu servito un rinfresco. Adesso che
non c'era piú la portinaia e la giornalaia ci sentivamo proprio sper-
duti, mia madre e mio padre e io e Clara e il marito di Clara. Ce
ne stavamo accosto alla parete e Valentino venne un attimo a dirci
che non stessimo tutti insieme a fare tribú: ma noi continuammo
a stare insieme. Le stanze terrene della villa e il giardino eran
piene di quella gente che c'era in chiesa: e fra quella gente Valen-

tino si muoveva tranquillo e loro gli parlavano e rispondeva: era molto felice col suo vestito blu marin dalla riga bianca sottile sottile e prendeva le signore a braccetto e le accompagnava al buffet. La villa era proprio molto di lusso, come aveva detto mio padre: e pareva un sogno che ora Valentino abitasse lí.

Poi gl'invitati se ne andarono via e Valentino e sua moglie salirono in automobile: andavano in riviera per tre mesi in viaggio di nozze. Noi ritornammo a casa. La bambina di Clara era molto eccitata per le cose che aveva mangiato al buffet e per tutto quello che aveva visto: saltava e non faceva che parlare e raccontava che aveva girato per il giardino e si era spaventata di un cane e poi era stata anche in cucina dove c'era una gran cuoca tutta vestita di celeste che macinava il caffè. Ma appena a casa noi cominciammo a pensare a quel debito che avevamo fatto col fratello di mio padre; eravamo stanchi e di cattivo umore e mia madre andò nella stanza di Valentino e si mise a sedere sul letto disfatto e pianse un poco. Ma poi prese a riordinare ogni cosa e mise in naftalina il materasso e coprí i mobili con le fodere e chiuse le imposte.

Pareva che non ci fosse piú niente da fare senza Valentino, senza piú niente da spazzolare e stirare e smacchiare con la benzina. Parlavamo poco di lui; io mi preparavo agli esami e mia madre andava spesso da Clara che aveva un bambino ammalato. E mio padre andava in giro per la città perché non gli piaceva piú star da solo in cucina: andava a trovare certi suoi vecchi colleghi e cercava di fare con loro quei suoi lunghi discorsi ma poi finiva col dire che tanto lui sarebbe morto fra poco e non gli dispiaceva di morire perché la vita non gli aveva dato un gran che. Qualche volta saliva su da noi la portinaia per portare un po' di frutta, in cambio delle ripetizioni che avevo dato ai suoi figli: e sempre chiedeva di Valentino e diceva com'eravamo stati fortunati che Valentino si fosse sposato con una tanto ricca: cosí lei gli avrebbe messo su uno studio quando fosse stato dottore e noi potevamo dormire tranquilli che Valentino era a posto. E se lei non era bella meglio ancora, cosí almeno si poteva esser certi che non gli avrebbe messo le corna.

Passò l'estate e Valentino ci scrisse che ancora non ritornava; facevano i bagni e andavano in barca a vela e contavano di andare anche nelle Dolomiti. Era una bella vacanza e volevano godersela a lungo perché in città poi ci sarebbe stato da lavorare sul serio. Lui aveva gli esami da preparare e sua moglie si occupava sempre d'un mucchio di cose: doveva amministrare le sue terre e poi anche beneficenza e roba cosí.

Era già settembre inoltrato quando ce lo vedemmo arrivare a casa un mattino. Eravamo felici di vederlo: eravamo cosí felici che quasi ci pareva che non fosse piú niente importante la moglie che aveva preso. Era di nuovo seduto in cucina, con la sua testa riccia e i denti bianchi e la profonda fossetta nel mento e le grosse mani. Carezzava il gatto e diceva che voleva portarselo con sé: c'erano dei topi nella cantina della villa e cosí avrebbe imparato a mangiare i topi che adesso invece aveva paura. Rimase un pezzo con noi e volle mangiare un po' di salsa di pomodoro sul pane, perché la cuoca loro non faceva la salsa cosí buona come noi a casa. Si portò via il gatto in un cestino ma lo riportò dopo qualche giorno: l'avevano messo in cantina che mangiasse i topi ma aveva cosí paura di quei grossi topi che piangeva tutta la notte e la cuoca non poteva dormire.

Fu un inverno duro per noi: il bambino di Clara stava sempre male, pareva che avesse qualcosa di brutto nei bronchi e il medico aveva ordinato un vitto sostanzioso e abbondante. E poi avevamo sempre la preoccupazione di quel debito col fratello di mio padre, che cercavamo di pagare un poco alla volta. Cosí anche se non avevamo piú spese per Valentino facevamo fatica lo stesso ad arrivare alla fine del mese. Valentino non ne sapeva niente delle nostre preoccupazioni; lo vedevamo di rado, perché doveva prepararsi agli esami; comparivano a volte lui e la moglie, mia madre li riceveva in salotto, si lisciava le pieghe del vestito e c'erano lunghi silenzi: mia madre stava seduta in poltrona, diritta, col suo bel viso bianco e delicato fra le ciocche dei capelli bianchi, lisci e fini come la seta: e c'erano lunghi silenzi, interrotti ogni tanto dalla voce gentile e spenta di mia madre.

Al mattino andavo a comprare a un mercato lontano, per vedere di risparmiare un po' sulla spesa. Quella passeggiata che facevo al mattino mi piaceva molto, soprattutto all'andata quando avevo la sporta vuota: camminavo nell'aria fredda e libera e mi dimenticavo per un poco le preoccupazioni che c'erano in casa: e invece mi chiedevo tutte le cose che si chiedono di solito le ragazze, se mi sarei sposata e quando e con chi. Non sapevo proprio con chi mi potevo sposare perché in casa non venivano mai giovanotti: ancora quando c'era Valentino ne capitava ogni tanto qualcuno ma adesso piú niente. E mio padre e mia madre pareva che non pensassero mai che io mi potevo sposare: parlavano di me come se avessi dovuto restare sempre con loro e parlavano di quando avrei vinto il concorso di maestra e avrei portato un po' di soldi a casa. Certe volte mi stupivo dei miei genitori, che non si chiedessero mai se mi sarebbe piaciuto sposarmi, o anche soltanto avere un vestito nuovo e uscire qualche domenica con delle ragazze. Mi stupivo, ma non provavo nessuna specie di rancore: a quell'epoca io non avevo dei sentimenti molto dolorosi e profondi: e mi sentivo piena di fiducia che presto o tardi le cose si mettessero meglio per me.

Un giorno mentre ritornavo dal mercato con la sporta, vidi la moglie di Valentino: era in automobile e guidava lei: fermò e mi disse di salire che m'avrebbe accompagnato a casa. Mi disse che lei ogni mattina s'alzava alle sette, faceva una doccia fredda e andava a vedere le sue terre a diciotto chilometri dalla città: e Valentino intanto rimaneva a letto e mi chiese se era sempre stato tanto pigro. Io le dissi del bambino di Clara che era sempre malato e lei allora si fece molto scura in viso e disse che non ne sapeva niente: Valentino gliene aveva appena accennato come a una cosa di poca importanza e mia madre non gliene aveva parlato. — Mi trattate proprio come un'estranea: tua madre non mi può vedere e me ne sono accorta fin dalla prima volta che son venuta. Non vi passa nemmeno per la testa che potrei aiutarvi quando siete nei guai. E pensare che viene da me della gente sconosciuta a chiedermi aiuto e io mi muovo sempre —. Era molto arrabbiata e non sapevo che dirle: eravamo arrivate sotto casa mia e timidamente la invitai a salire ma disse che non le piaceva venire a trovarci perché lo sapeva benissimo che mia madre ce l'aveva con lei.

Ma quel giorno stesso andò da Clara e si trascinò dietro Valentino che non andava a casa di Clara da un pezzo, da quando lei gli aveva detto maiale. Maddalena per prima cosa spalancò le finestre, perché trovava che c'era molto cattivo odore. E disse che era una cosa vergognosa come Valentino se ne infischiava dei suoi: e lei che non aveva nessuno si scaldava per gente sconosciuta e faceva chilometri. Mandò Valentino a chiamare il suo medico di fiducia: e il medico disse che il bambino era meglio portarlo in clinica e lei disse che avrebbe pagato le spese. Clara era tutta spaventata e stordita mentre preparava la valigia con le cose del bambino: e Maddalena intanto la sgridava e la maltrattava e mia sorella si confondeva ancora di piú.

Ma quando il bambino fu entrato in clinica sentimmo un grande sollievo. Clara si chiedeva cosa poteva fare per sdebitarsi. Si consigliò con mia madre e comprarono una grande scatola di cioccolatini, e Clara andò a portarla a Maddalena: ma allora Maddalena le disse che era una vera cretina a spender soldi in cioccolatini con tutte le preoccupazioni che aveva, e cos'erano queste scemenze di sdebitarsi. Disse che tutti noialtri avevamo delle idee storte in fatto di denaro: mio padre e mia madre che non sapevano come tirare avanti e mi mandavano a un mercato lontano per risparmiare qualche lira e sarebbe stato tanto semplice che si fossero rivolti a lei per aiuto: e Valentino che se ne infischiava e si comprava una quantità di vestiti nuovi e poi si guardava nello specchio e faceva lo scimmiotto. E disse che d'ora innanzi ci avrebbe fatto avere del denaro ogni mese e poi della verdura tutti i giorni perché io non dovessi piú andare a quel mercato lontano, lei di verdura ne aveva sempre tanta dalle sue terre e le marciva in cucina. E Clara venne da noi a pregare che accettassimo quel denaro: perché avevamo sempre fatto tanti sacrifici per Valentino ed era giusto che adesso sua moglie ci aiutasse un poco. Cosí ogni mese veniva l'amministratore di Maddalena col denaro in una busta: e ogni due o tre giorni trovavamo in portineria una cesta di verdura e io non dovevo piú andare al mercato e potevo dormire di piú.

Alla fine dell'inverno, mio padre morí. Io e mia madre eravamo andate a trovare il bambino di Clara alla clinica. Cosí era solo mio padre quando morí. Tornammo a casa e lo trovammo già morto: s'era messo sul letto e aveva sciolto certe sue compresse in una tazza di latte, perché forse si sentiva male: ma poi non aveva bevuto. Nel cassetto del comodino trovammo una lettera per Valentino, che doveva aver scritto qualche giorno prima: una lunga lettera, dove si scusava d'aver sempre sperato che Valentino diventasse un grand'uomo; invece non c'era nessun bisogno che diventasse un grand'uomo, e bastava che diventasse un uomo, né grande né piccolo: perché adesso era soltanto un bambino. Vennero Valentino e Maddalena e Valentino pianse; e Maddalena per la prima volta fu molto buona con mia madre, delicata e gentile; telefonò all'amministratore che s'occupasse dei funerali, e restò con mia madre tutta la notte e anche il giorno dopo. Quando se ne fu andata, feci osservare a mia madre com'era stata gentile; ma mia madre disse che anche quando era gentile non la poteva sopportare e si sentiva una stretta al cuore ogni volta che la vedeva accanto a Valentino: e disse che era sicura che mio padre era morto per quello, per il dispiacere che Valentino si fosse sposato soltanto per i denari.

Nell'estate Maddalena ebbe un figlio: e credevo che mia madre si sarebbe commossa e intenerita e che si sarebbe affezionata al bambino: e mi pareva che il bambino avesse una piccola fossetta nel mento e che rassomigliasse a Valentino. Ma mia madre diceva che non c'era nemmeno l'ombra d'una fossetta: era molto triste e abbattuta mia madre; pensava sempre a mio padre e si faceva rimorso d'essere stata poco affettuosa con lui; non aveva mai pazienza di lasciargli finire un discorso e lo zittiva e lo mortificava. Invece adesso capiva che mio padre era stata la meglio cosa che aveva avuto nella sua vita: non poteva lamentarsi di Clara e di me, ma pure non le facevamo tutta la compagnia che avremmo dovuto; e Valentino si era presa quella moglie soltanto per i denari. A poco a poco smise di dar lezioni di pianoforte, perché aveva l'artrite e le dolevano molto le mani; e del resto quella busta che ci portava ogni mese l'amministratore bastava per noi due. L'amministratore lo ricevevo io nella saletta da pranzo, e mia madre si chiudeva in cucina e non voleva che le parlassi di quella busta: ma pure era di quello che mangiavamo ogni giorno.

Maddalena venne a dirmi se volevo passare l'agosto al mare con loro: sarei stata molto contenta di andare ma non volevo lasciar sola mia madre, e cosí rifiutai. Maddalena mi disse ch'ero una scema e non sapevo staccarmi da casa: e cosí era escluso che trovassi marito e mi mettessi pure il cuore in pace. Le dissi che non me ne importava di trovare marito: ma non era vero e fu un agosto lungo e malinconico; e io accompagnavo mia madre la sera a prendere il fresco nei viali e sul fiume con la sua lunga mano sformata dall'artrite al mio braccio e avevo una voglia tremenda di camminare in fretta e da sola e di poter parlare con qualcuno che non fosse mia madre. Poi cominciò a non alzarsi piú dal letto perché anche la schiena le doleva e si lamentava continuamente. Pregavo Clara di venire spesso ma aveva un gran daffare a battere indirizzi per quella sua ditta. Aveva mandato i bambini in campagna, anche quello ch'era stato malato e adesso era guarito bene; tutta la settimana batteva indirizzi come una furia, e la domenica andava dai suoi bambini. Cosí ero sola in casa quando morí mia madre, la domenica di ferragosto: tutta la notte si era lamentata di quel male alle ossa, e smaniava e voleva da bere e s'irritava perché non ero svelta a portarle l'acqua e a levarle i cuscini: al mattino andai a chiamare il medico e mi disse che non c'era speranza. Mandai un telegramma a Valentino e anche a Clara in campagna: ma quando loro arrivarono la mamma era morta.

Io le avevo voluto molto bene. Adesso avrei dato tutto per fare di nuovo quelle passeggiate serali che m'annoiavano, con la mano lunga e storta di mia madre appoggiata al mio braccio. E mi facevo rimorso di non essere stata abbastanza affettuosa con lei. Certe volte stavo affacciata sul cortile a mangiar le ciliege e non mi voltavo quando lei mi chiamava: lasciavo che mi chiamasse per un pezzo e restavo appoggiata alla ringhiera e non mi voltavo. Adesso m'ero venuto in odio quel cortile, quel balcone e le nostre quattro stanze vuote: eppure non volevo niente: non volevo andar via.

Ma venne Maddalena e mi disse d'andare a stare da loro. Era molto gentile con me, cosí com'era stata con mia madre quando era morto mio padre: era molto gentile e carezzevole e non comandava. Disse ch'ero libera di fare come volevo ma non aveva senso che stessi in quella casa da sola: c'erano tante stanze nella sua casa dove avrei potuto studiare tranquilla e quando fossi stata malinconica loro m'avrebbero tenuto compagnia.

Cosí lasciai quella casa dov'ero cresciuta e che sapevo a memoria, tanto che mi sembrava impossibile di poter vivere in un'altra casa. Mentre riordinavo le stanze prima d'andar via, trovai dentro un baule le lettere e le fotografie di quelle ragazzine coi berrettini che si fidanzavano con Valentino una volta: e io e Clara passammo un pomeriggio a leggere quelle lettere e a ridere e alla fine le bruciammo tutte sul gas. Il gatto lo lasciai alla portinaia: e quando tornai a vederlo dopo qualche mese aveva imparato a mangiare i topi ed era diventato un grosso gatto robusto e indifferente e non aveva piú niente da fare col nostro gattino sparuto e feroce che s'arrampicava sulle tende quando si spaventava.

Nella villa di Maddalena avevo una stanza con un grande tappeto azzurro. Mi piaceva molto quel tappeto e ogni mattina quando mi svegliavo mi rallegravo a vederlo. Ci posavo sopra i piedi nudi ed era caldo e soffice. Mi sarebbe piaciuto stare un po' a letto al mattino ma ricordavo che Maddalena non aveva stima della gente che s'alzava tardi, e difatti sentivo la sua scampanellata violenta e la sua voce imperiosa che dava gli ordini per la giornata. Poi usciva fuori con la sua pelliccia lunga e il cappello schiacciato da una parte: strillava ancora un po' con la cuoca e la balia e saliva in automobile sbatacchiando forte lo sportello.

Andavo a prendere il bambino e lo tenevo un po' in collo. Mi ero affezionata a quel bambino, e speravo che s'affezionasse a me. Valentino scendeva a far colazione, insonnolito, con la barba lunga: gli chiedevo se avrebbe dato gli esami ma girava il discorso. Poi veniva l'amministratore, il Bugliari, quello che ci portava sempre le buste quando stavo nel nostro alloggio col papà e la mamma: e veniva un cugino di Maddalena che chiamavano Kit. Valentino si metteva a giocare a carte con loro: ma quando si sentiva il rumore dell'automobile nel giardino, nascondevano in fretta le carte perché Maddalena non voleva che Valentino perdesse il tempo a giocare. Maddalena arrivava, spettinata e stanca, e con la voce rauca perché aveva gridato coi contadini; e si metteva a litigare con l'amministratore e tiravano fuori certi registri e discutevano un pezzo lí sopra. Io mi stupivo che non chiedesse neppure del bambino e non andasse a vederlo: pareva che non gliene importasse molto del bambino: quando la balia glielo portava lo prendeva un attimo in collo, e per un attimo il suo viso diventava giovane, mite e materno; ma subito annusava il bambino alla nuca e diceva che non aveva un buon odore pulito e lo ridava alla balia perché lo lavasse.

Kit aveva quarant'anni. Era lungo e magro, un po' calvo, con pochi capelli umidi e lunghi sulla nuca che parevano i capelli d'un bambino appena nato. Non aveva nessuna professione precisa: possedeva delle terre vicino a quelle di Maddalena ma non aveva mai voglia d'andarle a vedere; pregava Maddalena di darci un'occhiata e lei si lamentava sempre che con tutto il da fare che aveva le toccava anche vedere le terre di Kit. Kit passava le giornate da noi: giocava col bambino e chiacchierava con la balia e faceva qualche partita a carte con Valentino e stava buttato nel fondo di una poltrona a fumare. Poi, verso sera, lui e Valentino andavano a sedersi in un caffè del centro e guardavano passare le donne eleganti.

Ero molto preoccupata per Valentino perché mi pareva che non studiasse mai. Si metteva nella sua stanza col microscopio e coi libri e con un teschio, ma non riusciva a stare un momento al tavolo e suonava che gli portassero uno zabaione e poi accendeva una candela dentro il teschio e faceva tutto buio nella stanza e chiamava la cameriera per spaventarla. Da quando s'era sposato aveva dato due esami e gli erano andati bene: di solito gli esami gli andavano bene perché aveva la parola facile e riusciva a far credere di sapere anche quello che non sapeva. Ma gli restavano ancora molti esami prima della laurea e certi suoi amici che avevano cominciato con lui erano già laureati da un pezzo. Girava sempre il discorso quando gli parlavo dei suoi esami e non sapevo come fare. Maddalena quando ritornava a casa gli chiedeva: – Hai studiato? – e lui diceva di sí e lei gli credeva: o forse aveva trafficato e litigato tutto il giorno per i suoi affari e non aveva piú voglia di litigare ancora a casa sua. Si metteva sdraiata sul divano e Valentino si sedeva sul tappeto vicino a lei. Allora io la vedevo diventare vile di fronte a Valentino. Prendeva la sua testa fra le mani e l'accarezzava, e il suo viso diventava luminoso, materno e mite. – Valentino ha studiato? – chiedeva anche a Kit. – Ha studiato, – rispondeva Kit. E lei chiudeva gli occhi e stava quieta e passava e ripassava le dita sulla fronte di Valentino.

Maddalena ebbe un altro figlio e ce ne andammo al mare per l'estate. Faceva i figli senza nessuna fatica, e per tutto il tempo della gravidanza continuava a andare e venire per le sue terre. Poi, quando li aveva fatti, mandava a cercare una balia che li allattasse e non se ne interessava piú. Le bastava sapere che c'erano. E anche con Valentino era la stessa cosa: le bastava sapere che c'era ma passava le giornate lontano da lui: le bastava ritrovarselo a casa la sera quando ritornava, e accarezzargli un momento i capelli e star distesa con la sua testa nel grembo. Mi ricordavo quello che lui aveva detto a mia madre, che con Maddalena poteva parlare di qualunque cosa, di libri e di tutto: ma io non m'accorgevo che parlassero mai. Intanto c'era sempre Kit; e Kit era sempre lui a parlare, certe storie noiose e senza fine della sua serva che era mezza cieca e scema, e dei mali che lui si sentiva e del suo medico. E quando Kit non c'era, Maddalena gli faceva telefonare che venisse subito.

Dunque andammo al mare, e con noi vennero Kit e il Bugliari, la cameriera e la balia. Stavamo in albergo, un albergo molto elegante; e io mi vergognavo dei miei pochi vestiti, ma non volevo chiedere dei soldi a Maddalena e lei pareva che non ci pensasse a offrirmene: del resto anche lei non era niente elegante, sempre con lo stesso prendisole a palle bianche e blu; e diceva che non voleva spendere per i vestiti perché Valentino spendeva già tanto per farsene lui. Valentino sí era elegante, con i calzoni di tela, con canottiere e maglioni che si cambiava continuamente; era Kit che lo consigliava per i vestiti, anche se lui aveva sempre gli stessi calzoni un po' consumati perché diceva che era troppo brutto e non gli dava piacere vestirsi. Valentino se ne andava via in barca a vela con Kit, e Maddalena e io e il Bugliari stavamo ad aspettarli sulla spiaggia; e Maddalena diceva ch'era già stufa di quella vita perché non era capace di stare al sole senza niente da fare. Valentino e Kit andavano anche a ballare la sera: e Maddalena gli diceva di portare anche me a ballare ma Valentino diceva che a ballare ci si va senza sorelle.

Tornammo in città e io presi il diploma di maestra: ottenni una supplenza in una scuola e ogni mattina Maddalena m'accompagnava alla scuola in automobile prima di partire per le sue terre. Le dissi che ora avrei potuto star da sola e pensare a me stessa: ma si offese e mi disse che non vedeva cos'avrei fatto da sola, quando c'era la sua casa cosí grande e sempre con tanta roba da mangiare: non vedeva perché avrei dovuto affittarmi una stan-

zetta e cuocermi la minestrina su un fornellino. Non vedeva perché. E i bambini mi s'erano affezionati e potevo un po' sorvegliarli
quando non c'era lei: e potevo sorvegliare anche Valentino, che
studiasse.

Allora presi coraggio e le dissi che ero preoccupata per Valentino: mi pareva che studiasse sempre meno e adesso Kit gli aveva
detto d'imparare a cavalcare e ogni mattina andavano al maneggio. Valentino s'era fatto fare un costume da cavallerizzo, con gli
stivaloni e la giacchetta stretta e il frustino: e a casa si guardava
nello specchio e agitava il frustino e salutava con il berretto. Allora Maddalena chiamò Kit e gli fece una sfuriata: e gli disse che
se lui era un ozioso e un fallito, Valentino non doveva diventare
un fallito e lo lasciasse tranquillo. Kit restò ad ascoltare con gli
occhi socchiusi, spalancando la bocca e carezzandosi le mascelle:
e Valentino intanto gridava che cavalcare gli faceva bene, e stava
molto meglio di salute da quando cavalcava. Maddalena allora
corse a prendere il costume da cavallerizzo, gli stivali e il berretto
e il frustino, fece un pacco e disse che andava a buttarlo nel fiume:
e uscí fuori con quel gran pacco sotto il braccio: era di nuovo
incinta e la pancia le sporgeva fuori della pelliccia e correva un
po' zoppicando per il peso della pancia e del pacco. Valentino uscí
dietro a lei: e restammo soli io e Kit. – Ha ragione, – disse Kit,
e diede un sospiro profondo; si grattava quei pochi capelli e faceva una faccia cosí buffa che mi venne da ridere. – Maddalena ha
ragione, – disse ancora, – io non sono che un ozioso e un fallito.
Ha ragione. Per un tipo come me non c'è nessuna speranza. Ma
non c'è nessuna speranza nemmeno per Valentino: è come me:
è un tipo come me. Anzi è peggio, perché non gliene importa
niente di niente: e a me invece me ne importa un po' delle cose:
poco, ma un po' sí. – E pensare che mio padre credeva che Valentino diventasse un grand'uomo, – dissi, e lui disse: – Ah, davvero? – e ruppe a un tratto in una gran risata, con tutta la bocca
aperta: si cullava nella poltrona e stringeva le mani tra le ginocchia e rideva. Quella sua risata mi riusciva spiacevole, e lasciai la
stanza: e quando ritornai se n'era andato. Valentino e Maddalena
non rientrarono per mangiare, e venne buio e non si vedevano
ancora; ero già coricata da un po' quando li sentii nelle scale, e
ridevano e sussurravano e capii che avevano fatto la pace. L'indo-

mani Valentino andò al maneggio col suo costume da cavallerizzo:
Maddalena non l'aveva buttato nel fiume: soltanto la giacchetta
s'era un po' sgualcita e si dovette stirarla. Kit non si fece vedere
per qualche giorno, ma poi ricomparve: aveva le tasche piene di
calzini da rammendare e li diede alla cameriera, perché a casa sua
nessuno gli rammendava i calzini, stava solo con quella vecchia
serva mezza cieca che non rammendava.

Nacque il terzo figlio di Maddalena: era di nuovo un maschio,
e lei diceva ch'era contenta d'avere soltanto dei maschi, perché
se nasceva una bambina avrebbe avuto troppa paura che da grande
le assomigliasse, e avesse il suo viso: e il suo viso le pareva tanto
brutto che non si sentiva d'augurarlo a nessuna donna. Lei adesso
era contenta lo stesso anche col suo brutto viso, perché aveva i
bambini e Valentino: ma da ragazza aveva pianto molto e non si
dava pace, e temeva di non sposarsi mai; temeva d'invecchiare
sola in quella grande villa, coi tappeti e coi quadri. Adesso forse
faceva tanti bambini per dimenticarsi di quella paura che aveva
avuto, e perché fossero piene le stanze di giocattoli e di pannolini
e di voci: ma i bambini una volta che li aveva fatti non se ne occupava un gran che.

Andarono a fare un viaggio Valentino e Kit. Valentino aveva
dato un altro esame, gli era andato bene e diceva d'aver bisogno
d'un po' di riposo. Andarono a Parigi e a Londra, perché Valentino non aveva mai visto niente: e Kit diceva ch'era vergogna non
conoscere le grandi città. Diceva che Valentino aveva un fondo
molto provinciale: e bisognava sprovincializzarlo e portarlo in giro
nei dancing e nelle grandi gallerie di quadri. Io tutte le mattine
facevo scuola e il pomeriggio stavo nel giardino a giocare con i
bambini: e cercavo di fabbricare giocattoli con la stoffa e la segatura, come faceva un tempo Valentino per i figli della portinaia.
Quando Maddalena non c'era, la balia e la cameriera e la cuoca
venivano a sedersi in giardino con me: mi dicevano che non si
sentivano niente in soggezione con me, mi volevano molto bene
e si toglievano le scarpe e le posavano sull'erba lí accanto; e si facevano dei cappelli di carta e leggevano i giornali di Maddalena e
fumavano le sue sigarette. Trovavano che io facevo una vita troppo

solitaria e in disparte e che Maddalena avrebbe dovuto portarmi un po' a divertire: ma lei aveva sempre la testa soltanto alle sue terre. E dicevano che cosí era difficile che io trovassi marito: in casa non ci veniva quasi nessuno, salvo il Bugliari e Kit: il Bugliari era troppo vecchio, e cosí decisero che dovevo sposare Kit: era molto buono ma cosí scombinato, non andava mai a dormire la notte e passeggiava per la città fino a tardi: e forse gli ci voleva proprio una donna che pensasse a rammendargli i calzini e si prendesse cura di lui. Ma avevano una gran paura di Maddalena e appena sentivano il rumore dell'automobile si rimettevano svelte le scarpe e scappavano in cucina.

Andavo qualche volta da Clara, ma mi accoglieva male e diceva che ormai a me non me ne importava piú niente di lei e dei suoi bambini: e volevo bene soltanto ai figli di Valentino. Ormai s'era scordata di quando Maddalena s'era data da fare per il suo bambino ch'era ammalato e l'aveva fatto entrare alla clinica pagando le spese: ce l'aveva con Maddalena e diceva che Valentino s'era rovinato del tutto con quel matrimonio: adesso si trovava ogni giorno la minestra servita e potevamo dare un caro addio alla speranza che prendesse la laurea. Adesso si sarebbe mangiato tutti i soldi della moglie a poco a poco. Mentre mi parlava continuava a battere indirizzi: a forza di battere indirizzi le eran venuti dei calli alle dita, e poi aveva sempre un dolore alle spalle, e la notte dormiva poco per il mal di denti. Avrebbe dovuto fare una cura molto costosa e non le bastavano i soldi. Le proposi di chiedere un prestito a Maddalena ma si offese e disse che lei non voleva soldi da quel tipo di gente. Cosí presi a portarle il mio stipendio ogni mese: tanto io avevo da mangiare e da dormire e non mi occorreva nulla: e speravo che fosse piú serena e andasse dal dentista e s'affaticasse un po' meno a battere indirizzi. Ma invece batteva indirizzi lo stesso e dal dentista non ci andava: diceva che aveva dovuto fare il cappotto alla bambina e comprare le scarpe al marito e che io non avevo un'idea delle sue condizioni e se un giorno mi fossi sposata avrei visto che gioia. Perché era sicura che se io mi sposavo andavo a cascare con uno senza niente come era successo a lei e ormai nella nostra famiglia c'era già stato Valentino che aveva fatto un matrimonio coi soldi, e un'altra volta non potevamo aspettarcela una fortuna cosí. E del resto pareva una fortuna ma era una disgrazia, perché a Valentino i soldi gli servivano soltanto a fare l'ozioso e a mangiarseli tutti a poco a poco.

Valentino e Kit ritornarono e partimmo tutti per il mare: ma Valentino era molto di malumore e lui e Maddalena litigavano sempre. Valentino se ne andava via solo in automobile al mattino presto e non diceva dove andava: e Kit stava sdraiato sotto l'ombrellone con noi ed era molto triste. A mezzo agosto Valentino disse che ne aveva abbastanza del mare e voleva andare nelle Dolomiti: cosí partimmo tutti per le Dolomiti, ma là pioveva e al bambino piú piccolo venne la febbre. Maddalena disse allora che era colpa di Valentino se il bambino s'era ammalato, perché aveva voluto partire cosí di furia dal mare dove stavamo bene, e l'albergo dov'eravamo adesso era scomodo e c'entrava aria da tutte le parti. Ma Valentino disse che lui avrebbe anche potuto venirsene via da solo: non ci aveva chiesto di venirgli tutti dietro ma noi gli stavamo sempre alle costole e lui era stufo di bambini, di balie e di tutto il nostro corteo. Kit andò di notte con la macchina a cercare un medico: e quando il bambino si fu rimesso tornammo in città.

Tutt'a un tratto i rapporti fra Maddalena e Valentino parevano peggiorati e non c'era piú pace quand'erano insieme. Maddalena era molto nervosa e appena s'alzava al mattino cominciava a gridare con la cameriera e la cuoca. Era molto nervosa anche con me e s'irritava ogni volta che le parlavo. E li sentivo litigare forte lei e Valentino fino a notte tardi: e lei gli diceva che era un ozioso e un fallito proprio come Kit. Ma almeno Kit era buono e invece Valentino non era buono, era un egoista e pensava soltanto a sé: e buttava via i denari per i vestiti e per altre cose che lei non sapeva. E Valentino allora gridava ch'era lei che l'aveva rovinato: e gli pareva d'impazzire al mattino quando sentiva la sua voce e aveva orrore di sedersi a tavola con lei davanti. Qualche volta poi facevano la pace, lui le chiedeva perdono e piangeva e anche lei chiedeva perdono: e per un poco stavano tranquilli come una volta, lui seduto sul tappeto e lei sul divano a carezzargli i capelli: e chiamavano Kit e lo ascoltavano raccontare tutte le notizie della città. Ma duravano poco quei momenti e si facevano sempre piú rari: e c'erano lunghe giornate di visi scuri e silenzio e poi scoppi di voce a notte alta.

La cameriera si licenziò per una scena che le aveva fatto Maddalena; e Maddalena mi chiese d'andare a cercare una cameriera in un paese di campagna vicino alle sue terre, dove le avevan dato degl'indirizzi. M'avrebbe accompagnato Kit con la macchina. E partimmo un mattino io e Kit. La macchina correva nella campagna e non parlavamo; guardavo di tanto in tanto quel buffo profilo di Kit, con il piccolo basco sulla testa calva e il naso un po' a fischietto; alle mani aveva i guanti di Valentino. – Sono i guanti di Valentino? – gli dissi, per rompere il silenzio: e staccò un momento le mani dal volante e se le guardò. – Sí, sono i guanti di Valentino. Non voleva prestarmeli: è geloso delle cose sue –. Posai la fronte al vetro a guardare la campagna: e provai un senso di sollievo e di pace al pensiero di quella giornata che m'aspettava, libera, lontano da quella casa dove si litigava sempre: e pensai che dovevo andarmene da quella casa: non ci stavo piú bene, ci stavo troppo a disagio: m'era venuto in odio perfino il tappeto azzurro che c'era nella mia stanza e che prima mi piaceva tanto. Dissi: – Che bella mattina –. E Kit allora disse: – Sí, e troveremo una bella cameriera e faremo colazione in un'osteria che so io, dove hanno del vino buono. Sarà una vacanza, una piccola vacanza di una giornata: per te dev'essere pesante la vita, con quei due che non vanno d'accordo e non trovano pace. – Sí, – dissi, – certe volte non se ne può piú. Vorrei andarmene via. – Dove via? – disse. – Oh non so, in qualche posto. – Si potrebbe andare via insieme, io e te, – disse, – cercarci un piccolo posto tranquillo, e lasciare che se la sbrighino da soli quei due. Anch'io ne ho abbastanza di loro. Al mattino tante volte mi alzo e dico: non andrò da loro; ma poi càpito sempre lí. Ormai è un'abitudine: sono abituato a mangiare da Maddalena da tanti anni: e sto al caldo e m'aggiustano i calzini. Casa mia è una vera topaia; c'è una stufa a carbone che non tira e finirà che morirò asfissiato: e c'è la serva che mi chiacchiera sempre. Dovrei far fare l'impianto del termosifone: Maddalena qualche volta viene da me e mi dice tutte le cose che dovrei fare. Io le dico che non ho i denari: ma lei mi dice che me li trova i denari, basterebbe far fruttare quelle mie terre: vendere qui, comprare là, lei sa tutto come bisognerebbe fare. Ma io non ho voglia di decidere niente di nuovo. Maddalena poi dice che dovrei prendere moglie: ma questo credo proprio che non lo farò mai. Non ci credo nel matrimonio. Quando Maddalena e Valentino m'hanno detto che si sposavano, sono stato una giornata intera a cercare di dissuaderli. E allora a Valentino gliel'ho detto in faccia che non avevo stima di lui. E vedi, se m'avessero dato retta. Vedi adesso in che imbroglio si trovano: sempre a litigare, sempre a farsi amara la vita.

– Non hai stima di Valentino? – dissi.

– No. Perché tu forse hai stima di lui?

– Io gli voglio bene, perché è mio fratello, – dissi.

– Voler bene è un altro discorso. Può essere che anch'io gli voglia molto bene –. Si grattò la testa di sotto al basco. – Ma non ho stima di lui. Non ho stima neppure di me: e lui è come me: un tipo proprio come me. Un tipo che non farà mai niente di bello. La sola differenza tra me e lui è questa: che a lui non gliene importa niente di niente: né cose, né persone, né niente. Lui venera soltanto il suo corpo: il suo sacro corpo, che bisogna nutrire bene ogni giorno e vestire bene e badare che non manchi di niente. E a me invece me ne importa un poco delle cose e delle persone; ma non ho nessuno che gliene importi di me. Valentino è felice, perché l'amore per se stessi non delude mai; e io sono un disgraziato, e non ho un cane che gliene freghi niente di me.

Eravamo arrivati al paese che ci aveva detto Maddalena e lui fermò la macchina: – Ora andiamo a cercare questa cameriera, – disse.

Chiedemmo indicazioni nel paese e ci mostrarono una casa lontana, su alto sulla costa della collina, dove forse c'era una ragazza disposta a venire in città. Salimmo su per un viottolo tra le vigne e Kit era senza fiato e si faceva vento col basco. – Anche cercargli la cameriera dobbiamo, – diceva, – è un po' troppo. Che tipi che sono. Io le scarpe me le pulisco da me.

La ragazza era andata a lavorare nei campi e si dovette aspettarla. Ci sedemmo in una piccola cucina buia e la madre della ragazza ci offerse del vino e delle piccole pere grinzose. Kit parlava svelto in dialetto con la donna e lodava il vino e le faceva infinite domande minuziose sul lavoro dei campi; e io bevevo il vino in silenzio e a poco a poco mi si confondevano i pensieri: era un vino molto forte e ad un tratto mi sentii felice in quella cucina, con i liberi prati dietro ai vetri e il sapore del vino, e Kit con quelle gambe lunghe e col basco e col suo naso a fischietto: pensavo: « Ma com'è simpatico questo Kit! »

Poi uscimmo fuori al sole e ci sedemmo su una panca di pietra davanti alla casa. Mangiavamo le pere e godevamo il sole e Kit mi disse: – Come stiamo bene –. Prese un attimo la mia mano e mi levò il guanto e la guardò: – Hai le dita come Valentino, – disse. D'un tratto buttò via la mia mano. – Sul serio tuo padre credeva che Valentino diventasse un grand'uomo? – Sí, – dissi, – lo credeva. Abbiamo fatto molti sacrifici perché potesse studiare; avevamo la vita dura e non sapevamo mai come arrivare alla fine del mese. Ma a Valentino non gli è mancato mai niente; e mio padre diceva che poi saremmo stati ricompensati, il giorno che Valentino sarebbe diventato un medico famoso, di quelli che fanno delle grandi scoperte.

– Ah sí, – disse. Per un momento sembrò che lo pigliasse quel suo riso convulso, com'era successo quella volta in salotto quando avevamo parlato della stessa cosa. Si dondolò sulla panca con le mani strette fra le ginocchia; ma subito guardò la mia faccia e si rifece serio.

– Sai, – disse, – i padri hanno sempre delle strane idee. Il mio credeva che sarei diventato ufficiale d'aviazione. Ufficiale d'aviazione! io che non posso andare neppure in ottovolante perché mi vengono le vertigini a guardare in giú!

Arrivò la ragazza; aveva i capelli rossi e due grosse gambe con le calze nere arrotolate sotto i polpacci: Kit cominciò a farle una serie interminabile di domande minuziose e meticolose in dialetto: e pareva competentissimo su tutto quello che deve saper fare una cameriera. La ragazza era contenta di venire a servizio; avrebbe preparato le cose sue e fra due o tre giorni sarebbe partita.

Scendemmo al paese a pranzare e passeggiammo a lungo fra le case e nei campi. Kit non aveva nessuna voglia di ritornare. Spalancava ogni porta che vedeva e curiosava nei cortili: e una volta venne fuori una vecchia tutta infuriata e scappammo via e la vecchia ci tirò dietro una scarpa. Camminammo a lungo nella campagna: Kit aveva ancora le tasche piene di quelle piccole pere e me ne dava ogni tanto. – Vedi come stiamo bene lontano da quei due, – ripeteva, – vedi come siamo contenti. Ce ne dobbiamo andare via insieme, in un posto tranquillo.

Era buio quando risalimmo in automobile. – Vuoi sposarmi? – disse ad un tratto. Teneva le due mani sul volante e non faceva partire la macchina: e faceva una faccia cosí buffa, spaventata e severa, col basco tutto storto sulla fronte e le sopracciglia aggrottate: – Vuoi sposarmi? – ripeté con rabbia: e io risi e dissi di sí. Allora accese il motore e partimmo.

– Non sono innamorata, – dissi.

– Lo so; e neppur io sono innamorato. E io nel matrimonio non ci credo. Ma chi sa? Potrebbe anche andarci bene, a noialtri due; sei una ragazza cosí tranquilla, cosí dolce, mi pare che staremmo cosí tranquilli. Non faremmo delle cose strane, non faremmo dei grandi viaggi: soltanto andremmo ogni tanto a vedere un paese come quello di oggi, a spalancare delle porte e a curiosare nei cortili.

– Ti ricordi la vecchia che ci ha tirato la scarpa? – dissi.

– Ah sí, – disse, – com'era infuriata!

– Credo che dovrò pensarci ancora un poco, – dissi.

– Pensare a che cosa?

– Se sposarci o no.

– Ah sí, – disse, – pensiamoci bene. Ma sai, non è la prima volta che io l'ho pensato: ti guardavo, e dicevo: «Che cara ragazza». Io sono una brava persona: ho dei gravi difetti, sono pigro, lascio sempre le cose come sono: in casa mia le stufe non tirano, e le lascio stare. Ma nell'insieme sono una brava persona. Se ci sposiamo, farò aggiustare le stufe: e poi mi occuperò delle mie terre. Maddalena sarà molto contenta.

Davanti a casa, aperse lo sportello e mi salutò. – Non salgo, – disse, – metto la macchina in garage e vado a dormire. Sono stanco –. Si tolse i guanti e mi disse: – Restituiscili a Valentino.

Trovai Valentino in salotto. Maddalena era già andata a dormire. Valentino stava leggendo *I misteri della giungla nera*. – La cameriera l'avete trovata? – mi chiese, – dov'è Kit? – È andato a dormire: ti restituisce i guanti, – dissi, e glieli buttai. – Ma non sei un po' troppo vecchio per leggere *I misteri della giungla nera*?

– Non parlarmi con questo tono da maestra di scuola, – rispose.

– Sono una maestra di scuola, – gli dissi.

– Lo so; ma non parlarmi con questo tono.

M'avevano lasciato la cena su un tavolino lí in salotto e sedetti a mangiare: Valentino leggeva sempre. Dopo mangiato, andai a mettermi accanto a lui sul divano. Gli posai la mano sui capelli. Brontolò sottovoce e s'accigliò, senza staccare gli occhi dalla pagina. – Valentino, – dissi, – forse sposerò Kit.

Lasciò cadere il libro: mi guardò. – Sul serio? – disse.

– Sul serio, Valentino, – gli dissi. Fece allora un sorriso tutto storto, un sorriso come vergognoso; e si scostò da me.

– Non lo dici sul serio?

– Ma sí.

Restammo un poco in silenzio. Faceva sempre quel sorriso storto: non potevo guardarlo, perché non mi piaceva quel sorriso: era un sorriso che non capivo, un sorriso dove c'era della vergogna: non capivo quella vergogna: non capivo che cosa sentisse.

– Io non sono tanto giovane, Valentino, – cominciai a dire. – Ho quasi ventisei anni. E non sono tanto una bella ragazza e sono povera: e mi piacerebbe sposarmi, non vorrei diventare vecchia da sola. Kit è una brava persona: io non sono innamorata ma se ragiono trovo che è una brava persona, un uomo semplice e sincero e buono. Cosí se mi vuole sposare io sono contenta: perché mi piacerebbe avere dei figli, e una casa per me.

– Ah sí, – disse, – capisco. Allora vedi un po' tu. Io non sono bravo a dare consigli. Ma pensateci ancora.

S'era alzato in piedi, si stirava le braccia e sbadigliava. – È sporco, – disse, – non si lava bene.

– Ma questo è un difetto piccolo, – dissi.

– Ti dirò, non si lava proprio niente. Non è un difetto piccolo. A me non piace la gente che non si lava. Buonanotte, – disse, e mi fece una piccola carezza. Era molto raro avere delle carezze da Valentino, e gli fui grata. – Buonanotte, caro Valentino, – gli dissi.

Pensai tutta la notte se dovevo sposare Kit. Ero molto agitata e non riuscivo a dormire. Pensavo a tutta quella giornata che avevamo passato insieme, ricordavo ogni cosa: il vino, le piccole pere, la ragazza coi capelli rossi, i cortili e i campi. Era stata una giornata cosí felice: m'accorgevo ora come avevo avuto poche giornate felici nella mia vita: poche giornate libere, solo per me.

L'indomani mattina, Maddalena venne a sedersi sul mio letto.

– Ho sentito che ti sposi con Kit, – disse. – Può darsi che non
sia un'idea tanto cattiva, dopo tutto. Avrei preferito che ti trovassi
un uomo piú a posto: Kit è uno scombinato e un ozioso, glielo
dico sempre; e poi non ha molta salute. Ma può darsi che a te
riesca di tirarlo fuori da quella vita storta che fa. Non è detto che
non ti riesca. Certo, devi essere molto ferma con lui: la sua casa
è una vera cantina: bisogna far fare l'impianto per il riscaldamento
e dare il bianco alle stanze. E lui deve andare ogni giorno a vedere
le sue terre, cosí come faccio io: sono buone terre, e frutterebbero
se lui ci stesse un po' dietro: devi darti da fare anche tu. Mi dirai
che anch'io dovrei essere piú ferma con Valentino: mi ci provo
sempre a stargli dietro che studi, ma finiamo col litigare terribilmente e va male. Va proprio male e certe volte penso che dovremmo dividerci; ma abbiamo i bambini e non ho coraggio di farlo.
Ma adesso lasciamo stare queste cose tristi: ti sei fidanzata, e bisogna essere allegri. Kit lo conosco da quando era piccolo, siamo
cresciuti insieme come fratelli: è molto buono di cuore, e gli voglio
molto bene e spero che sia felice.

Il mio fidanzamento con Kit durò venti giorni. Per questi venti
giorni girammo con Maddalena a vedere dei mobili: ma Kit non
si decideva mai a comprare niente. Non furono giorni molto felici:
ripensavo sempre a quel giorno ch'eravamo andati a cercare la cameriera, io e Kit, e aspettavo che tornasse per noi la felicità di
quel giorno; ma non tornò mai quella felicità. Si girava per i negozi degli antiquari, veniva sempre anche Maddalena e Kit e Maddalena litigavano perché lui non si decideva a comprare niente: e
Maddalena diceva che cosí ci si lasciava scappare delle buone occasioni. La ragazza coi capelli rossi era arrivata, era vestita col grembiule nero e la cuffietta di pizzo e mi riusciva difficile riconoscere
in lei la contadina infangata di quel giorno: ma ogni volta che vedevo quei suoi capelli rossi, ricordavo le piccole pere e il vino e la
cucina buia e la panca di pietra davanti alla casa e la distesa dei
campi: e mi chiedevo se anche Kit si ricordava. Mi pareva che
avremmo dovuto stare un po' soli insieme qualche volta, io e Kit:
ma lui pareva che non lo desiderasse: e pregava sempre Maddalena di venire con noi quando andavamo a vedere dei mobili, e

quando eravamo in casa giocava a carte con Valentino come avevano sempre fatto.

In casa tutti mi facevano festa: e la cuoca e la balia si rallegra-
vano e ricordavano che me l'avevano detto sempre, che io e Kit
ci dovevamo sposare. Io avevo chiesto un'aspettativa di tre mesi
alla scuola, per motivi di salute; e mi riposavo e mi divertivo coi
bambini in giardino, quando non bisognava andare a cercare dei
mobili con Maddalena e con Kit. Maddalena m'aveva detto che
avrebbe pensato lei al mio corredo: e da Clara volle andare lei a
dirle che m'ero fidanzata. Clara aveva visto Kit due o tre volte e
non lo poteva soffrire: ma era sempre molto intimidita davanti a
Maddalena e non osò dir niente; e poi forse le faceva impressione
che mi sposassi con uno che aveva delle terre, e non con uno senza
niente come aveva sempre creduto.

Un pomeriggio mentr'ero in giardino e dipanavo la lana, m'av-
visarono che c'era Kit in salotto e cercava di me. Andai con la lana
e pensavo di chiedergli che mi reggesse la matassa. Maddalena era
fuori e Valentino dormiva: pensavo che avevamo qualche ora per
stare un po' soli.

Lo trovai seduto nel salotto. Non si era tolto il soprabito e
sgualciva il basco fra le mani. Era molto pallido e abbattuto e stava
buttato nel fondo della poltrona, con le sue lunghe gambe distese.

– Stai male? – dissi.

– Sí: non sto bene. Ho dei brividi. Forse mi verrà l'influenza.
Non ti reggerò la matassa, – disse guardando la lana che avevo sul
braccio, e agitava il suo lungo dito indice a dire di no. – Scusa.
Sono venuto a dirti che non ci possiamo sposare.

S'era alzato e passeggiava su e giú per la stanza. Sgualciva il
basco e d'un tratto lo scagliò via. Si mise davanti a me e restammo
in piedi uno davanti all'altra, e mi posò le mani sulle spalle. La sua
faccia era quella d'un neonato vecchissimo, con i pochi capelli
ravviati e umidi sulla lunga testa.

– Mi dispiace tanto d'averti detto che t'avrei sposato. Invece
non mi posso sposare. Sei una cara ragazza, cosí quieta, cosí dolce,
e io mi ero inventato tutta una storia di noi due insieme. Era una
bella storia ma tutta inventata, niente vera. Ti prego di perdo-
narmi. Non mi posso sposare. Ho spavento.

– Va bene, – dissi, – non importa, Kit –. Avevo molta voglia

di piangere. – Non sono innamorata, te l'ho detto. Se mi fossi
innamorata di te, sarebbe stato difficile; ma cosí non è tanto difficile. Si volta la testa dall'altra parte, e non ci si pensa piú.

Voltai la testa verso la parete. Avevo gli occhi pieni di lagrime.

– Io non posso proprio, Caterina, – disse. – Non devi piangere
per me, Caterina: non ne vale la pena. Io sono uno straccio. Ho
pensato tutta la notte, come dovevo dirtelo; e tutti questi giorni
non ho avuto pace. Mi dispiace tanto d'averti dato dolore: una
cara ragazza come sei. Ti saresti pentita a morte dopo poco tempo:
perché avresti capito che io sono uno straccio, proprio di quelli
che ci si pulisce per terra.

Tacevo e giocherellavo con la lana: – Ora posso reggere la
matassa, – disse lui, – ora ti ho parlato, e sono tranquillo. Mi sentivo tutto sossopra, mentre venivo qui. E stanotte non ho dormito
un momento.

– No; non ho voglia della lana ora, – dissi, – grazie.

– Perdonami, – disse. – Non so come farmi perdonare da te.
Dimmi cosa posso fare perché tu mi perdoni.

– Ma niente, – dissi, – proprio niente, Kit. Non è successo
niente: non avevamo ancora comperato i mobili, era tutto cosí
in aria. Era una cosa detta cosí, mezzo per scherzo.

– Sí sí, mezzo per scherzo, – disse. – In fondo, nessuno ci
credeva. Ma potremmo fare ancora qualche gita insieme, che quel
giorno è stato cosí bello: ti ricordi la vecchia con la scarpa?

– Sí.

– Nessuno ci proibisce di fare qualche gita insieme. Non c'è
bisogno d'essere sposati per questo. Andremo ancora, no?

– Sí. Andremo ancora.

Salii a piccoli passi nella mia stanza. Avevo quella lana da dipanare, e a un tratto mi pareva cosí faticoso dipanare la lana, e anche
tirar su i piedi nel salire le scale, e dovermi spogliare, e piegare i
vestiti sulla sedia e mettermi a letto. Volevo chiamare la cameriera e dirle che avevo mal di testa e non sarei scesa a cena: ma
non volevo vedere la cameriera, non volevo vedere i suoi capelli
rossi e ricordare quel giorno. Pensavo che dovevo andarmene da
quella casa subito, il giorno dopo: non vedere piú Kit. E pensavo

come non c'era niente di bello nella mia sofferenza, perché io non amavo Kit: sentivo solo vergogna: vergogna che m'avesse detto che ci saremmo sposati e poi che non si poteva fare. E mi pareva che in tutti quei giorni avessi speso tanti sforzi inutili, per cancellare tutte le cose che non mi piacevano di Kit, per accendere quelle che mi piacevano, per imparare a vivere col suo viso di neonato vecchio: quanti sforzi inutili, inutili! quanti sforzi inutili e umilianti! E com'era buffo Kit, cosí tutto spaventato di dovermi sposare davvero!

Quando Maddalena venne da me, le dissi che Kit e io d'accordo avevamo deciso di non sposarci e che volevo andarmene via di casa per un po' di tempo. Parlavo a voce bassa, e tenevo la faccia voltata verso la parete: avevo pensato a lungo quelle parole dentro di me, e ora le recitavo piano piano, fiaccamente e come una cosa successa già da tanto tempo; avevo pensato di dire cosí perché Maddalena non se la prendesse con Kit, ma anche era per non avere tanta vergogna; ma invece Maddalena non credette che d'accordo avessimo deciso di no.

– Tutt'e due vi siete pentiti? No, solo lui, – disse, e non pareva stupita.

– Tutt'e due, – ripetei fiaccamente. – Tutt'e due.

– Solo lui, – disse. – Lo conosco bene. Tu sei di quelli che non cambiano idea. Be', non è poi una gran disgrazia; ne troverai un altro molto meglio di Kit. È cosí scombinato, questo Kit. Domani verrà a dirti che ti vuole di nuovo. Lo conosco. Ma tu lascialo perdere: vedi com'è scombinato, com'è indeciso: vedi che anche per i mobili non si decideva mai.

– Voglio andare un po' via, – dissi.

– Dove, via?

– Non so. Un po' da sola, un po' da qualche parte.

– Come ti pare, – disse, e mi lasciò.

Partii l'indomani mattina, prima ancora che Valentino s'alzasse: Maddalena m'aiutò a fare le valige, volle darmi del denaro e venne alla stazione con me. – Ciao, – disse, e mi baciò. – Non litigare troppo con Valentino, – le dissi. – No, – disse, – cercherò di non litigare: e tu non piangere e non farti amara la vita. Non ne vale la pena, per quello scemo di Kit.

Andai dalla zia Giuseppina. La zia Giuseppina era la sorella di mia madre; stava in campagna, nel paese dove aveva fatto scuola tutta la vita: adesso non faceva piú scuola e passava le giornate a lavorare a maglia: le pagavano un po' quei lavori e viveva della pensione e di quello. Non la vedevo da tanti anni, e mi colpí la sua rassomiglianza con mia madre: e quando guardavo il suo piccolo chignon bianco e il suo profilo delicato, mi sembrava proprio di essere con mia madre. Le avevo detto che ero stata malata e che avevo bisogno di riposo; ed era piena di premure per me, badava che non mi mancasse niente, mi preparava le pietanze·che mi piacevano; passeggiavo con lei prima di cena, piano piano, con la sua mano magra posata sul mio braccio, e mi pareva di passeggiare con mia madre.

Ogni tanto arrivavano le lettere di Maddalena, brevi, delle brevi notizie: le cose con Valentino andavano cosí cosí, i bambini stavano bene, mi ricordavano e aspettavano il mio ritorno. Raccontavo alla zia Giuseppina dei bambini di Valentino e dei bambini di Clara, si ripetevano sempre le stesse parole, la zia Giuseppina rifaceva sempre le stesse domande: soprattutto la incuriosiva quella moglie di Valentino tanto ricca, quella sua villa con tanti servitori e tappeti: e si stupiva un po' che avessi lasciato quella bella villa per venire da lei, nel suo povero paese fangoso e cosí fuori mano.

Ero già da due mesi dalla zia Giuseppina, e s'avvicinava il tempo che dovevo ritornare a far scuola: e scrissi alla nostra portinaia d'una volta perché m'indicasse una stanza, perché non volevo piú abitare da Maddalena. E cosí mi preparavo a ripartire: e con la zia Giuseppina facevo il giro delle sue conoscenze, per dire addio e promettere cartoline.

Un mattino ricevetti una lettera da Valentino. Era tutta sgorbiata e sconnessa. Diceva: – Con Maddalena non ci possiamo piú stare insieme. Sono molto addolorato. Cerca di venire presto qui –. E al fondo della pagina c'era scritto: – Avrai saputo della morte di Kit.

Io non sapevo niente. Era morto, Kit? E mi sembrò di vederlo, morto, disteso, con le sue lunghe gambe diventate rigide. Avevo cercato di non pensare a lui per tutto quel tempo, perché non l'amavo ma pure era duro che non mi avesse voluta: e intanto lui era morto, Kit!

Piansi. Ricordavo la morte di mio padre, poi la morte di mia madre; quei visi che a poco a poco perdevano ogni traccia nella memoria, e inutilmente ci si sforzava di ricordare tutte le cose che dicevano sempre; e cosa diceva lui, Kit? – Ti ricordi la vecchia con la scarpa? – diceva. – Chi ci proibisce di fare qualche gita insieme? Io sono uno straccio, – diceva, – proprio di quelli che ci si pulisce per terra.

Dissi addio alla zia Giuseppina. In treno rilessi ancora la lettera di Valentino, quegli sgorbi incoerenti. Aveva litigato ancora con Maddalena: ormai c'ero abituata a vederli litigare, e chi sa, forse li avrei ritrovati già di nuovo in pace. Ma quella frase mi faceva impressione: «sono addolorato». Quella frase mi suonava curiosa: perché non era una frase da Valentino. E anche era strano che m'avesse scritto, lui che aveva orrore di prendere in mano la penna.

Dalla zia non leggevo giornali, perché lei non ne comperava e del resto in quel piccolo paese arrivavano sempre in ritardo di qualche giorno. Cosí non avevo saputo della morte di Kit. Ma perché Maddalena non m'aveva scritto? Avevo il cuore stretto d'angoscia e tremavo, mi pareva di avere la febbre: il treno correva forte nella campagna e rivedevo i luoghi che avevo visto quel giorno in automobile, quel giorno che ero stata con Kit a cercare la cameriera ed eravamo stati cosí felici: e ricordavo il vino e le piccole pere, e la vecchia che ci aveva tirato la scarpa.

Arrivai alla villa ch'erano le quattro del pomeriggio. I bambini mi vennero incontro in giardino e mi fecero festa. La balia lavava sotto l'androne, il giardiniere innaffiava le aiuole; dunque tutto pareva come il solito. Salii nel salotto.

Maddalena era seduta in poltrona, con gli occhiali bassi sul naso e con un gran mucchio di calze da rammendare. Di solito non era a casa a quell'ora, e in ogni modo non rammendava le calze. – Ciao, – disse, guardandomi di sopra agli occhiali: e mi parve a un tratto che fosse diventata molto vecchia: una vecchia signora.

Chiesi: – Dov'è Valentino?

– Non piú qui. Non vive piú qui. Ci siamo separati. Siediti.

Sedetti. – Non ti stupire se rammendo le calze, – mi disse,

– calma i nervi. E poi non voglio piú vivere come prima: voglio rammendare le calze e occuparmi della casa e dei bambini e stare molto seduta. Sono stufa di andare in giro per le mie terre e urlare e trafficare. Di soldi ne abbiamo: e adesso non c'è piú Valentino a buttarli via per i suoi vestiti e le altre cose. Valentino, gli ho detto che gli manderò un tanto al mese: una busta.

– Valentino verrà ad abitare con me, – dissi. – Prenderemo due stanze. Fino a quando non vi sarete riconciliati.

Non rispose. Rammendava molto accuratamente, stringendo forte le labbra e aggrottando la fronte.

– Ma forse presto farete la pace, – dissi. – Avete litigato altre volte, e poi avete rifatto pace. Lui m'ha scritto che è molto addolorato.

– Ah, t'ha scritto? – disse. – Che cosa t'ha scritto?

– M'ha scritto che è molto addolorato, e nient'altro, – dissi. – E allora sono venuta subito qui. E m'ha scritto che è morto Kit.

– Ah, te l'ha scritto, – disse. – Sí, Kit s'è ammazzato –. Parlava con voce fredda, lontana. D'un tratto posò la calza che rammendava, con l'ago infilato. Si strappò via gli occhiali e mi sgranò in faccia degli occhi cattivi.

– È successo cosí, – disse, – s'è ammazzato. Ha mandato via di casa la serva con una scusa, ha acceso nella stanza da letto quella sua stufa a carbone, l'ha scoperchiata e ha chiuso il tiraggio. Ha lasciato una lettera per Valentino. Io l'ho letta.

Respirò forte e si passò il fazzoletto sul viso, sulle mani e sul collo.

– Io l'ho letta. E poi allora ho frugato in tutti i cassetti. C'erano fotografie di Valentino, e lettere. Non lo voglio vedere mai piú, Valentino –. D'un tratto si mise a singhiozzare convulsamente. – Non lo voglio vedere mai piú, – diceva, – non me lo fate vedere mai piú. È una cosa che non posso sopportare. Avrei sopportato qualunque cosa, qualunque storia con una donna. Ma non questa cosa qui –. Tirò sú la faccia e mi fissò di nuovo con gli occhi cattivi. – Anche te, non ti voglio piú vedere. Vai via.

– Dov'è Valentino? – dissi.

– Non lo so. Il Bugliari lo sa. Stiamo facendo le pratiche per la separazione. Digli che stia tranquillo: ogni mese il Bugliari verrà con la busta.

– Ciao, Maddalena, – dissi.

– Ciao, Caterina, – disse. – Non venire piú. Preferisco non vedere nessuno della vostra famiglia. Preferisco stare tranquilla –. S'era messa di nuovo a rammendare. – Vedrò di farti incontrare sovente i bambini, – disse, – ma non qui. Combineremo con l'avvocato. E ogni mese manderò la busta.

– Non importa la busta, – dissi.

– Importa, – disse, – importa.

Già scendevo le scale quando mi richiamò. Ritornai. E allora m'abbracciò di nuovo e pianse, ma questa volta piangeva senza rabbia, quietamente e pietosamente. – Non è vero che non voglio piú vederti, – disse, – torna ancora da me, Caterina, mia carissima Caterina –. E piansi anch'io e restammo a lungo abbracciate. E poi uscii nel pomeriggio soleggiato e calmo, e andai a telefonare al Bugliari per sapere dov'era Valentino.

Adesso io e Valentino viviamo insieme. Abbiamo due piccole stanze con la cucina e un ballatoio davanti. Il ballatoio guarda su un cortile che somiglia molto al cortile della casa dove stavamo col papà e la mamma. Certe mattine, Valentino si sveglia con idee di commercio: e si viene a sedere sul mio letto e fantastica a lungo con cifre, damigiane d'olio e navi; e allora se la piglia col papà e la mamma che l'hanno fatto studiare, mentre lui sarebbe stato cosí bravo a occuparsi d'affari. Lo lascio dire.

Io faccio scuola al mattino e nel pomeriggio ho delle lezioni private: e allora dico a Valentino di non farsi vedere in cucina, perché in casa sta sempre con una vecchia vestaglia che ormai è diventata come un cencio. Valentino è abbastanza ubbidiente e docile con me: ed è anche abbastanza affettuoso e quando torno da scuola infreddolita e stanca mi prepara la borsa dell'acqua calda. È ingrassato, perché non fa piú nessuno sport; e si vede qualche ciocca grigia nei suoi ricci neri.

Al mattino, di solito non esce: ciondola per casa nella sua vestaglia lacera, legge dei giornaletti e fa le parole crociate. Nel pomeriggio si fa la barba, si veste e va fuori: lo seguo con gli occhi finché svolta l'angolo: e poi, dove vada, non so.

Una volta la settimana, il giovedí, i bambini vengono da noi.

Li accompagna la *nurse*: ora hanno una *nurse*, e la balia è andata via. E Valentino fabbrica di nuovo per i suoi bambini quei giocattoli con la stoffa e la segatura, che faceva una volta per i figli della portinaia: gatti e cani e diavoli tutti bitorzoluti.

Non parliamo mai di Maddalena, Valentino e io. Non parliamo neppure di Kit. Tratteniamo le nostre parole ben ferme su piccole cose, su quello che mangiamo o sulla gente che abita di fronte. Vedo Maddalena qualche volta. È diventata molto grassa, tutta grigia, e fa proprio la vecchia signora. Si occupa dei suoi bambini, li porta a pattinare e organizza per loro delle feste in giardino. Ora va di rado nelle sue terre: è stanca, e dice che di soldi ne ha fin troppi. Sta in casa degl'interi pomeriggi, e il Bugliari le tiene compagnia. È contenta di vedermi, ma non devo parlarle molto di Valentino: e con lei come con Valentino, sto attenta a trattenere le parole sulle cose che non fanno male: i bambini, il Bugliari, la *nurse*. Così non ho nessuno con cui dire le vere parole: le vere parole, di tutta la nostra storia così com'è stata: e me le tengo dentro, e certe volte mi pare che mi strozzino il fiato.

Certe volte mi viene una gran rabbia contro Valentino. Me lo vedo lí, a ciondolare per casa nella sua vestaglia lacera, a fumare e a fare le parole crociate, lui che mio padre credeva che diventasse un grand'uomo. Lui che si è preso sempre tutto quello che la gente gli ha dato, senza sognarsi di dare mai niente, senza trascurare un sol giorno di carezzarsi i ricci davanti allo specchio e di farsi un sorriso. Lui che certo non ha mancato di farsi quel suo sorriso allo specchio, neppure il giorno della morte di Kit.

Ma non dura a lungo la mia rabbia contro di lui. Perché lui è la sola cosa che rimanga nella mia vita; e io sono la sola cosa che rimanga nella sua. Cosí, sento che da quella rabbia io mi devo difendere; devo restar fedele a Valentino, e restare ferma al suo fianco, che mi trovi se si volta dalla mia parte. Lo seguo con gli occhi quando esce per strada, lo accompagno con gli occhi fino all'angolo: e mi rallegro che sia sempre cosí bello, con la piccola testa ricciuta sulle spalle forti. Mi rallegro del suo passo ancora cosí felice, trionfante e libero: mi rallegro del suo passo, dovunque lui vada.

Sagittario

Mia madre aveva comprato una casa in un sobborgo della città. Era una casetta a due piani, cintata d'un giardino incolto e umido. Di là dal giardino c'erano degli orti di cavoli, e di là dagli orti i binari della ferrovia. Il giardino, in quel mese d'ottobre, era tutto tappezzato di foglie fradice.

La casa aveva stretti balconcini di ferro, e una scaletta esterna che scendeva in giardino. Nelle quattro stanze del primo piano, e nelle sei stanze del piano di sopra, mia madre aveva disposto le poche cose che aveva portato da Dronero: gli alti letti di ferro cigolanti e gementi, con le pesanti trapunte di seta fiorata; certe seggioline imbottite, con una gonnellina di mussola; il pianoforte; la pelle di tigre; una mano di marmo posata su un cuscinetto.

Insieme a mia madre, eran venuti a vivere in città mia sorella Giulia e il marito, la figlia undicenne della nostra cugina Teresa che doveva fare il ginnasio, un barboncino bianco di pochi mesi e la nostra serva Carmela, una ragazza torva, spettinata e sbilenca, che si struggeva dalla nostalgia e passava i pomeriggi appostata alla finestra della cucina, scrutando l'orizzonte nebbioso e le lontane colline, dietro le quali s'immaginava ci fosse Dronero, la sua casa e il suo vecchio padre seduto sulla porta, con il mento appoggiato sul bastone a imprecare e a farneticare.

Per comperare quella casa in città, mia madre aveva venduto certi terreni che ancora possedeva fra Dronero e San Felice, e si era litigata con tutti i parenti, i quali erano contrari a quella vendita e alla divisione della proprietà. Ma mia madre carezzava l'idea di lasciare Dronero da alcuni anni, subito dopo ch'era morto mio padre aveva preso a pensarci, e ne parlava a tutte le persone che incontrava e scriveva lettere su lettere alle sue sorelle in città, perché l'aiutassero a cercare un alloggio. Le sorelle di mia madre,

che abitavano in città da molto tempo e avevano un piccolo negozio di porcellane, non erano troppo contente di quel suo progetto
e nutrivano un vago timore di doverle prestare dei soldi. Avare
e timide, le sorelle di mia madre soffrivano acerbamente a questo
pensiero, ma sentivano che non avrebbero avuto la forza di rifiutare il prestito. La casa, mia madre se l'era trovata da sola, in mez-
z'ora, un pomeriggio ch'era venuta in città. E immediatamente
dopo che ne aveva trattato l'acquisto, s'era avventata come un
cinghiale al negozio e aveva chiesto un prestito alle sue sorelle,
perché il denaro ricavato dalla vendita di quei terreni non poteva
bastarle. Mia madre, quando voleva chiedere un favore, prendeva
un fare ruvido e distratto. Cosí le sorelle dovettero sborsarle una
somma, che non avevano nessuna speranza di rivedere mai.

Poi le sorelle di mia madre soffrivano per un altro timore:
che mia madre, venendo a trasferirsi in città, si mettesse in testa
di aiutarle al negozio. E anche questo era puntualmente avvenuto. Il giorno dopo ch'era sbarcata in città, con le valige, i letti e
il pianoforte, mia madre aveva piantato in asso Carmela, intontita
e stravolta, nella nuova casa fra la segatura e la paglia, e impellic-
ciata, col berretto storto sugl'ispidi capelli grigi e la sigaretta tra
le dita inguantate, passeggiava avanti e indietro per il negozio,
dava ordini al fattorino e trattava con i clienti. Desolate, le sue sorelle s'erano rifugiate nel retrobottega e sospiravano ascoltando
il battito imperioso dei suoi altissimi tacchi. Erano tanto avvezze
l'una all'altra, che non avevan bisogno di molte parole e un sospiro bastava. Vivevano insieme loro due da piú di vent'anni,
nella penombra di quel vecchio negozio visitato da poche clienti
fedeli, signore anziane con le quali s'intrattenevano a volte in una
breve conversazione quasi amichevole, un sussurro sommesso, fra
una guantiera e un servizio da tè. Erano tutt'e due beneducate e
timide, e non osavano dire a mia madre che la sua presenza le tur-
bava e le indisponeva, e che anche si vergognavano un poco di lei,
dei suoi modi bruschi e della sua pelliccia spelacchiata e vistosa.

Rientrando in casa, mia madre sbuffava di fatica e gemeva sul
disordine che aveva trovato al negozio, e si strappava le scarpe
dai piedi e stava un pezzo con i piedi in aria stropicciandosi le caviglie e i polpacci, perché in tutto il giorno non s'era seduta un momento, e gemeva su quelle sue sorelle che in vent'anni non ave-

vano ancora imparato a tenere un negozio, e a lei le toccava aiutarle senza beccare una lira, e gemeva perché era sempre stata troppo generosa e troppo stupida, sempre si era prodigata per tutti senza mai pensare a se stessa.

Io abitavo in città da tre anni. Frequentavo ora il terzo corso dell'università di lettere, dividevo una stanza con un'amica e davo lezioni private. Nelle ore perse, facevo anche da segretaria di redazione d'una rivista mensile. Tra una cosa e l'altra, tiravo avanti e mi mantenevo da sola. Sapevo che mia madre, venendo a stabilirsi in città, aveva detto a tutti che ci veniva piú che altro per stare accanto a me, per vigilare un poco su di me, per vedere che andassi ben coperta e mi nutrissi bene. E poi a una ragazza sola in una città, potevan succedere ogni sorta di cose. Fin da quando aveva comperato la casa, mia madre m'aveva mostrato la stanza che contava dare a me. Ma io subito le avevo risposto abbastanza recisamente che intendevo seguitare a vivere con la mia amica e non pensavo a rientrare in famiglia. D'altronde, quella casa era troppo lontana e ci voleva un'ora per raggiungere il centro. Mia madre non aveva insistito. Ero fra le poche persone che riuscivano a intimidirla. Non osava mai opporsi alle mie decisioni. Tuttavia aveva voluto ugualmente che nella casa ci fosse una stanza per me. Potevo venirci a dormire quando mi faceva comodo. Io ci dormivo infatti qualche volta, la sera del sabato. Al mattino, mia madre mi veniva a svegliare portandomi su un vassoio un uovo al tegame e una tazza di caffè. Mentre mangiavo l'uovo, mi osservava soddisfatta. Aveva sempre paura che io non mi nutrissi abbastanza. Seduta sul mio letto, con una vestaglia nuova di seta fiammante, con i capelli stretti in una reticella e la faccia spalmata d'una crema densa che sembrava burro, mia madre mi parlava dei suoi progetti. Di progetti lei ne aveva tanti. Ne aveva anche per i poveri della parrocchia. Questa era un'espressione che usava spesso. Prima di tutto dunque lei voleva convincere le sue sorelle a darle una cointeressenza sul negozio. Perché in fondo non era giusto che si strapazzasse ad aiutarle senza beccare una lira. Mi faceva vedere come a star sempre in piedi lí al negozio le si erano gonfiate le caviglie. Poi voleva mettere su una piccola galleria d'arte. La differenza fra questa sua galleria d'arte e le altre già esistenti in città, era che ogni pomeriggio alle cinque lei avrebbe offerto ai visitatori una tazza di tè. Era incerta se offrire o no col tè anche dei dolcetti. Si potevano fare certi dolcetti rustici che costavano poco ed eran buoni, con la farina gialla e l'uva passa. Di farina gialla ne aveva tanta a Dronero, in cantina dalla cugina Teresa. Ne aveva anche per i poveri della parrocchia. E avrebbe chiesto in prestito alle sue sorelle qualche bella guantiera. C'erano al negozio certe belle guantiere di tipo francese, che nessuno comprava e facevano pena tutte polverose, e mia madre era convinta che le sue sorelle non facevano grandi affari perché la roba che avevano non la sapevano valorizzare, e se lei realizzava quel progetto della galleria d'arte, avrebbe anche potuto valorizzare certi oggettini che giacevano dimenticati da tempo immemorabile in fondo al retrobottega; qua avrebbe messo un vaso di cristallo pieno di crisantemi, là un orso di porcellana che reggeva una lampada, e con tutti i visitatori avrebbe portato il discorso su quel negozio delle sue sorelle, e gli avrebbe procurato clienti, e loro non si sarebbero potute piú rifiutare a darle quella cointeressenza. Non appena ottenuta la cointeressenza, avrebbe preso lezioni di guida e si sarebbe comprata una piccola utilitaria, perché era stufa d'aspettare il tram.

La galleria d'arte, diceva, sarebbe stata anche una distrazione per mia sorella e per me. Sarebbe stata una buona occasione di conoscenze e d'incontri. Io non dovevo avere molte conoscenze in città, mi diceva scrutandomi. Non le risultava che io avessi molti appuntamenti e amici. Mi vedeva sempre una faccia corrucciata e stanca. Lei avrebbe voluto vedere un'espressione piú animata sulla mia faccia: l'espressione di una ragazza di ventitre anni, di una ragazza che ha tutta la vita davanti a sé. Aveva molto piacere che io studiassi bene e che io fossi tanto giudiziosa e seria. Ma sarebbe stata contenta di sapere che avevo anche un gruppo di amici, gente allegra con cui passare il tempo. Per esempio non le risultava che andassi a ballare, né che facessi alcuna specie di sport. Cosí era un po' difficile che io mi sposassi. Forse ancora io non pensavo a sposarmi, eppure lei sentiva che ero fatta per sposarmi ed avere molti bambini. Mi scrutava aspettando una risposta. Non avevo qualcuno che mi stava intorno, qualcuno che m'interessava un poco? Io scuotevo la testa e mi giravo verso la parete, aggrottando la fronte e mordicchiandomi un labbro. Quelle indagini di mia madre mi disturbavano profondamente. Lei allora cambiava discorso, si metteva ad esaminare la mia sottoveste sulla seggiola, prendeva le mie scarpe sul tappeto e osservava suole e tacchi. Non possedevo un altro paio di scarpe? Lei aveva scoperto un calzolaio che faceva le scarpe su misura per pochi soldi ed erano bellissime.

Mi lavavo e mi vestivo sotto gli occhi attenti di mia madre. Era piuttosto malcontenta della mia gonna grigia, che portavo ormai da tre anni, e soprattutto del mio grosso maglione blu scuro, dai gomiti sformati e logori. Dove avevo pescato quel maglione da ciclista? Possibile che non avessi niente di meglio da mettere indosso? E dov'erano andati a finire i due vestiti nuovi che m'aveva fatto fare?

Di malumore, mia madre mi lasciava e saliva a vestirsi anche lei. Ma poco dopo ritornava per dirmi che Giulia e il marito avevan preso tutta l'acqua calda del bagno e a lei adesso toccava lavarsi con l'acqua fredda. Non importa, avrebbe fatto il bagno piú tardi dalle sue sorelle. Ma era pur seccante non poter fare il bagno in casa propria. Non importa, meno male che una volta tanto Chaim s'era deciso a fare il bagno, però anche quando aveva fatto il bagno conservava quella sua aria non linda, quella sua aria frusta e squinternata. Non si capiva come non pensasse a prendere un aspetto piú civile. Se non aveva un gran successo nella sua professione, certo era per colpa del suo aspetto. S'ostinava a portare quel giaccone col bavero di pelo, che a Dronero ancora poteva andare ma in città era ridicolo. E gli avevo mai guardato le mani? Erano brutte mani, con le unghie rotte e rosicchiate e le dita piene di pellicine. Ai malati non poteva piacere di vedersi addosso quelle mani.

Io facevo osservare a mia madre che Chaim a Dronero aveva molti malati; qui in città non lo conoscevano ancora. Pure anche qui lavorava, certi amici che aveva in ospedale gli procuravano dei clienti; al mattino andava in ospedale, dov'era assistente; e nel pomeriggio visitava i malati correndo da un punto all'altro della città sulla sua bicicletta a motore. Avrebbe avuto bisogno di uno studio nel centro. Mia madre gli aveva promesso di dargli il denaro per metter su lo studio, appena lei avesse vinto una causa che aveva col comune di Dronero per un appartamento; gliel'aveva promesso, perché non le pesava molto disfarsi di quel denaro cosí lontano e improbabile; la causa durava ormai da anni, e il marito della cugina Teresa, che era notaio, ci aveva detto che non c'era nessuna speranza di vincerla mai. Cosí intanto il dottore correva per la città sulla sua bicicletta, con un berretto a visiera e col vecchio giaccone spregiato da mia madre; in verità non aveva i soldi per farsi un cappotto nuovo; guadagnava poco, e tutto quello che guadagnava doveva darlo a mia madre per le spese di casa; tratteneva soltanto gli spiccioli per le sigarette, e ogni volta che accendeva una sigaretta, mia madre lo guardava male.

Passeggiando avanti e indietro fra la sala da bagno e la sua camera, mia madre dava gli ordini a Carmela e faceva ogni mattina gli stessi gesti, che io sapevo a memoria: scrollava forte nell'aria il suo piumino da cipria viola, diffondendo all'intorno una nuvoletta odorosa; si leccava il dito indice e se lo passava sulle palpebre e sulle sopracciglia; accostava la faccia allo specchio e si strappava qualche pelo dal mento, arricciando il naso e increspando le guance con gli occhi accesi d'un lampo di rabbia; si spalmava la bocca d'un rossetto untuoso, e si nettava i denti con la punta dell'unghia; scrollava forte nell'aria il suo berretto di maglia nera, e se lo calcava in testa con una smorfia; nel berretto infiggeva uno spillone; e in piedi davanti allo specchio, fumando e canticchiando una canzonetta, indossava la pelliccia e si rigirava guardandosi le calze e i tacchi. Poi finalmente usciva per andare dalle sue sorelle, per vedere cos'avevano da pranzo e se avevano fatto i conti di cassa.

Nel giardino, mia sorella Giulia sedeva su una poltrona a sdraio, col barboncino in braccio e con le gambe ravvolte in un plaid. Mia sorella era stata malata e le avevano ordinato il riposo. Tuttavia mia madre pensava che quella vita inerte non poteva giovarle alla salute. Qui come a Dronero, prima d'ammalarsi e ora dopo la malattia, mia sorella non faceva nulla in tutta la giornata. Di tanto in tanto s'alzava dalla poltrona, metteva il guinzaglio al cane e con la nostra piccola cugina Costanza faceva un giro attorno alla casa. La vita d'una vecchia di novant'anni, diceva mia madre. Com'era possibile che le venisse appetito? E mia madre non era ancora riuscita a sapere se era contenta Giulia d'abitare in città. Mi pregava di domandarglielo. Lei non glielo domandava. Non

glielo domandava perché le risposte di Giulia eran sempre le
stesse: uno sbatter di ciglia, una scossa del capo, un sorriso. E
mia madre era stufa di queste risposte. Neppur io non le davo
gran soddisfazione con le mie risposte, diceva, e non riusciva mai
a saper nulla neppure di me. Ma io almeno avevo un viso intelligente, un viso dove si leggeva qualcosa. E invece Giulia poveretta
era scema. Non si leggeva niente sul suo viso. Quando faceva quel
suo sorrisetto, mia madre aveva voglia di picchiarla. D'altronde
che godeva Giulia della città, se non si spingeva mai oltre il chio-
sco del giornalaio sull'angolo? La compagnia di quel brutto cagnetto che s'era comprata a Dronero da un contadino, o la compagnia della nostra piccola cugina Costanza, era la sola che pareva
riuscirle gradita. Non andava al cinema, e non aveva voluto saperne d'iscriversi al circolo di cultura. Mia madre frequentava il
circolo di cultura, dove si ascoltavano delle conferenze e si sfo-
gliavano delle riviste.

Il matrimonio di mia sorella era stata una profonda delusione
per mia madre. Lei s'era messa in testa di sposarla bene. L'aveva
condotta con sé a Chianciano e a Salsomaggiore, per curarsi il suo
fegato e perché intanto Giulia potesse conoscere dei giovanotti.
Mia madre aveva tranguggiato bicchieri e bicchieri di quell'acqua
amara e tiepida, mentre guardava Giulia sui campi di tennis, con
la sottana bianca svolazzante sulle gambe snelle. La grazia di quelle
gambe snelle e tornite nella sottana a pieghe, e la linea dolce e
delicata delle spalle spioventi nella blusa leggera, il profilo di Giulia con la crocchia un po' sfatta sul collo e le candide braccia levate
a riappuntare le forcine, appagavano mia madre della noia profonda che le procurava l'amaro sapore dell'acqua e l'assistere a
una partita di tennis. Sorseggiando la sua acqua, mia madre accor-
dava la mano di Giulia ora all'uno ora all'altro di quei giovanotti
che saltellavano sui campi di tennis e andavano e venivano lungo
la passeggiata; o componeva nel pensiero le frasi che avrebbe usato
per annunciare a Dronero il fidanzamento di Giulia col ricchissimo
industriale toscano, di origine nobile, il quale appunto in quel momento, ignaro, s'era seduto a un tavolo poco distante e fissava con
occhi vuoti davanti a sé.

Giulia presto era stanca e veniva a mettersi accanto a mia madre, la racchetta abbandonata sulle ginocchia e la giacca buttata sulle spalle pigre. Mia madre volgeva lo sguardo verso il tavolo dove sedeva l'industriale toscano, per scoprire una luce d'interesse nei suoi occhi vuoti. Ma l'industriale non si riscuoteva e non pareva accorgersi di Giulia; agitava d'un tratto fiaccamente le mani in direzione d'una ragazza lontana, e faceva un verso nella gola che pareva un chioccolare d'uccello. Mia madre di colpo decideva che era « una ciula », faceva una spallata sdegnosa e lo scartava dal proprio destino.

Non c'erano molti uomini intorno a Giulia, pensava mia madre perplessa. A volte qualche giovanotto la corteggiava, la faceva ballare per una o due sere, le sedeva vicino e provava a conversare con lei. Ma con Giulia non era facile conversare. Una stretta di spalle, uno sbatter di ciglia, un sorriso: ecco le sue risposte. Del resto di che cosa poteva conversare, povera figlia? Non aveva cultura. Non leggeva romanzi e ai concerti s'addormentava. Allora mia madre cercava di colmare il silenzio di Giulia conversando lei stessa: mia madre si teneva al corrente di tutta l'arte e la letteratura moderna, era abbonata a una biblioteca circolante e anche a Dronero riceveva i libri per posta. E non c'era un fatto culturale o politico che sfuggisse all'attenzione di mia madre. Aveva un'opinione su ogni cosa. Pure quei giovanotti restavano accanto a Giulia una sera, due sere; poi se la squagliavano e mia madre li vedeva, in distanza, chiacchierare e ballare con altre ragazze. Ma Giulia non pareva rattristarsene. Sedeva tranquilla, ferma, con le gambe raccolte sotto la gonna e le dita intrecciate, e sulle labbra quel suo sciocco sorriso.

Poi un'estate infine c'era stata una storia con un ragazzo. Un ragazzo come si deve; proprio tutto quello che poteva desiderare mia madre. Giulia l'aveva conosciuto a Viareggio, dov'era andata a passare il mese d'agosto con la cugina Teresa. Mia madre a quel tempo era immobilizzata su un letto, a Dronero, con una gamba ingessata perché era caduta da una scala. Mia madre fra il caldo, la gamba che le sudava e le prudeva sotto l'ingessatura, e le lettere della cugina Teresa che parlavano d'un probabile prossimo fidanzamento, davvero si sentiva diventar pazza. Due volte al giorno, veniva il dottor Wesser, un medico polacco che era stato confinato a Dronero in tempo di guerra e non se n'era piú andato, a prendere notizie della sua gamba e a tenerle un po' di compagnia. Mia madre nutriva per il dottor Wesser una benevolenza mescolata a disprezzo. Era allora ben lontana dall'immaginare che quel magro dottore, che se ne stava tutto rattorto in poltrona e si rosicchiava le unghie, guardando attorno con un mite sorriso, sarebbe diventato il marito di Giulia. Per adesso, il pensiero di mia madre palpitava sul mare di Viareggio, là dove Giulia forse in quel momento andava in barca col suo giovanotto. Pregava il dottor Wesser di darle dei calmanti, perché aveva tutti i nervi in tumulto, e voleva sapere quando avrebbe potuto muoversi, perché ardeva dall'impazienza di partire per Viareggio, a vedere cosa succedeva. Leggeva al dottor Wesser le lettere di Giulia e della cugina Teresa. Il dottor Wesser conosceva Giulia, avendola curata d'una scarlattina. Le lettere di Giulia erano brevi e un po' buffe, molto povere di particolari, e parevano le lettere d'una bimba di sette anni che scrive al buon Gesú per Natale, osservava mia madre. Pure dietro a quelle poche righe parsimoniose e puerili, si sentiva vibrare una tremula felicità. Mia madre chiedeva al dottor Wesser se non c'era modo di grattarsi la gamba sotto l'ingessatura, perché le prudeva e le bruciava terribilmente.

Infine l'ingessatura fu spezzata a colpi di martello. Infine mia madre poté alzarsi, e in tre giorni si mise insieme un corredo da mare: gonne a palle, gonne a fiori, gonne a quadri, sandali da spiaggia. Ce l'aveva con la cugina Teresa, perché nelle sue lettere non s'era diffusa abbastanza sul fisico, la famiglia e la situazione economica di quel giovanotto. S'era limitata ad affermare che si trattava d'un buon matrimonio.

Arrivando a Viareggio, trovò Giulia a letto con la febbre in albergo, e accanto a lei la cugina Teresa che le metteva pezzuole bagnate sulla fronte. Era niente di serio; Giulia aveva sudato e poi aveva preso un po' fresco. Mia madre tirò in corridoio la cugina Teresa, strapazzandola e interrogandola a precipizio. Chi diavolo era questo ragazzo? Che aspetto aveva? Che soldi aveva? Che famiglia erano? E perché venirsi a ficcare in una pensione tanto modesta, perché non cercare qualcosa di piú signorile?

Ma la cugina Teresa le disse che il ragazzo e i suoi genitori s'erano trasferiti da qualche giorno a quella stessa pensione, avendo

affittato la loro villetta. Mia madre sul momento rimase un po'
male; se acconsentivano ad abitare quella pensione, dallo stretto
corridoio che odorava di conegrina e di minestra in brodo, non
erano poi questi grandi ricconi. E che bisogno c'era di affittare la
villa, visto che avevano tutti quei soldi? La cugina Teresa le disse
che invece era gente che stava bene, gente come mia madre in vita
sua non ne aveva mai conosciuta, proprietari a Lucca d'un palazzotto antico, e qui a Viareggio d'una villetta col bagno, col frigorifero e con il garage. Il padre era uno stimatissimo magistrato, il
ragazzo studiava da magistrato anche lui, ed era tanto innamorato
di Giulia che aveva portato tutta la sua famiglia ad abitare in
quella pensione, per non dividersi un minuto da lei.

Poco dopo, mia madre sedeva col magistrato, la moglie del magistrato e il ragazzo nel giardinetto della pensione, sventagliandosi
e fumando e sbuffando via il fumo da un lungo bocchino d'avorio.
Era cosí eccitata, che quasi s'era scordata di Giulia febbricitante
su in camera. Non faceva che parlare e parlare; buttava fuori tutte
le parole e i discorsi che aveva accumulato in tante lunghe stagioni
solitarie a Dronero, quando ai vetri s'addensava la notte e gli unici
visitatori possibili, disprezzati e aspettati, erano la cugina Teresa
e il dottor Wesser. E negli ultimi tempi, mentre giaceva immobile
sul letto con la gamba ingessata, piú che mai aveva accumulato
parole, almanaccando sulle lettere che le arrivavano da Viareggio
e sventagliandosi e fumando appoggiata ai guanciali, circondata
d'immaginari interlocutori, forme incerte e mutevoli che assenti-
vano sorridendo. Adesso, quella che doveva diventare fra poco
la nuova famiglia di Giulia stava davanti a lei: un vecchio signore
azzimato, in giacca scura e pantaloni bianchi; una vecchia signora
che aveva un tremito al capo; un ragazzo dalla testa bionda e riccia, che la guardava con un largo sorriso meravigliato e cordiale,
e beveva dell'aranciata San Pellegrino dal collo della bottiglia. A
queste persone, mia madre raccontava in un fiotto l'intera sua
vita: la morte di mio padre per un insulto di cuore; i suoi anni di
vedovanza, col carico delle responsabilità e con i beni da amministrare; l'educazione semplice e casalinga che aveva dato alle figlie;
i suoi mali di fegato e i consigli del dottor Wesser; le sue opinioni
politiche, improntate di un sano buon senso e di una giovanile
fiducia nel progresso umano; lo sforzo che doveva fare, abitando

in provincia, per tenersi al corrente dell'arte moderna. A tratti, una commozione gioiosa le strozzava la voce in un breve singhiozzo; recitava finalmente la parte che da anni sognava di recitare, la parte della madre che si prepara ad affidare la figlia, con trepida sollecitudine, alle mani d'un giovane serio, laborioso e probo. Era cosí compresa nella sua parte, che quasi trascurava d'osservare quel giovane; e piú tardi, quando voleva ricondurselo alla memoria, non riusciva a vedere che un tosone biondo e due grosse labbra che poppavano al collo d'una bottiglia.

Quelle poche ore nel giardinetto della pensione, furon le sole che mia madre passasse in compagnia della famiglia del magistrato. Nella notte, mia sorella ebbe uno sbocco di sangue; un medico chiamato d'urgenza la fece ricoverare in ospedale; venti giorni dopo, mia madre e Giulia ripartivano per Dronero in vagone letto. E del ragazzo dal tosone biondo non si seppe piú nulla; raccontò la cugina Teresa che la madre del ragazzo, quando aveva saputo dello sbocco di sangue, era stata presa da una crisi nervosa, la sua testa tremava e ballava che pareva dovesse rotolarle via; aveva voluto ripartire subito per Lucca, strappare il figlio da quella pensione dove anche i muri le pareva stillassero sangue; la cugina Teresa diceva che il ragazzo partendo aveva un'aria tutta sconsolata, e che le aveva porto la mano nella svolta d'un corridoio, lacrimando come un pecorino; ma adesso anche la cugina Teresa voleva partire, era tutta impaurita e preoccupata perché lei e la sua bambina avevano dormito con Giulia, e chissà se non s'erano ammalate anche loro.

Cosí mia madre rimase sola nella stanzetta dell'ospedale, con Giulia pallida pallida, ferma nel letto come una piccola morta, i bei capelli sparsi sul cuscino, gli occhi chiusi e le labbra screpolate di febbre. Mia madre era furiosa con la cugina Teresa che l'aveva lasciata sola, e passeggiava su e giú nel corridoio dell'ospedale come un orso in gabbia, con indosso la gonna a palle tutta stazzonata e macchiata, perché non aveva testa per cambiarsi la gonna, eppure di gonne ne aveva anche per i poveri della parrocchia.

Ripensando al ragazzo dal tosone biondo, mia madre fremeva dalla collera. Dire che era stato incapace d'un impulso generoso, d'un cenno di conforto! Dire che se n'era andato senza un saluto, senza una parola! Il ricordo di quel tosone biondo, e di quel pomeriggio che aveva trascorso insieme alla famiglia del magistrato, le ispirava ora una repulsione profonda. Ma quando le fu passato un poco lo spavento per Giulia, quando i medici le ebbero assicurato che la malattia di Giulia, con le risorse della scienza moderna, si sarebbe risolta felicemente; quando ebbe fatto ritorno a Dronero, ed ebbe installato Giulia nel grande letto dalla trapunta di seta fiorata, con due buoni cuscini dietro la schiena e sul comodino da notte lo sciroppo di malto ordinato dal dottor Wesser, mia madre fra quelle pareti dove aveva cullato tante felici speranze, ricominciò a chiedersi cosa c'era stato di preciso fra Giulia e quel ragazzo. C'era stata una promessa? un impegno? Non osava toccare quell'argomento con Giulia, ancora tanto debole e macilenta, appoggiata ai cuscini con un piccolo scialle raccolto attorno alle gracili braccia venate d'azzurro, i capelli stretti in un nastrino di velluto nero, e il suo solito sorriso sciocchino che non diceva nulla. Soffriva, Giulia? Chi poteva saperlo? La fantasia di mia madre di nuovo trottava attorno alla città di Lucca, e al palazzotto antico, dai soffitti a volta con affreschi del Quattrocento, dove abitava la famiglia del magistrato e che la cugina Teresa le aveva detto sarebbe diventato presto o tardi museo nazionale. Andava dalla cugina Teresa e la torturava di domande su quella stagione a Viareggio; e la cugina Teresa la supplicava di lasciarla in pace, aveva detto tutto quanto sapeva, era una cosa andata a finir male e non c'era niente da farci.

Ma mia madre per tutto quell'inverno aspettò la posta con ansia, sempre piú certa che sarebbe arrivata una lettera del tosone biondo, per Giulia o magari per lei. Invece niente. Invece continuavano ad arrivare lettere d'un'infermiera di notte dell'ospedale di Viareggio, a cui mia madre imprudentemente aveva promesso un posto all'ospedale di Pinerolo, dove lavorava un amico del dottor Wesser. Mia madre nel frattempo aveva un po' litigato col dottor Wesser, e non gli andava di chiedergli che scrivesse al suo amico.

Mia madre da un pezzo pensava che il dottor Wesser si era forse innamorato di Giulia, perché passava delle ore con lei, a tradurle poesie tedesche di cui certo a Giulia non importava un fico, e a mostrarle tutti i suoi album di famiglia, signori polacchi con la pelliccia e il cilindro, signore con lunghe collane di perle e cappelli a piume; povera gente ammazzata durante la guerra, poveri ebrei che i nazisti avevano strappato dal letto e portato a morire chissà dove. Il dottor Wesser non aveva piú nessuno, salvo un fratello minore venuto via dalla Polonia insieme con lui, e che ora abitava in città, dove lavorava in uno stabilimento chimico, l'unica persona a cui il dottor Wesser voleva ancora bene sulla terra. Giulia gentilmente ascoltava i noiosi discorsi del dottor Wesser, e sfogliava per compiacerlo gli album di famiglia, dove si vedeva anche il padre e la madre del dottor Wesser, persone distinte e autorevoli, e faceva pena pensare com'erano morti, forse in quei gelidi campi mentre spaccavano pietre; e si vedeva in mezzo a loro il dottore e suo fratello bambini, vestiti da cosacchi per un ballo di carnevale.

Giulia ora stava molto meglio, s'alzava e qualche volta usciva un poco; il dottore qualche volta l'accompagnava in quelle piccole passeggiate, spingendo la sua bicicletta a motore, e raccontandole forse le sue tragiche storie di parenti scomparsi; niente di buono per una ragazza, pensava mia madre, e si sentiva sempre piú irritata col dottor Wesser, e si sentiva sempre piú scontenta quando dal balcone dov'era affacciata, vedeva giú nella strada l'alta figura di Giulia allontanarsi al fianco del dottore, che le arrivava appena appena alla spalla, insaccato nel suo giaccone marrone che aveva avuto in regalo dall'associazione ebrei profughi, una cosa corta col bavero di pelo e la martingala, metà giubba e metà paltò. Mia madre andava enumerando fra sé, incollerita, tutti i piaceri che aveva sempre fatto al dottor Wesser: quando c'erano i tedeschi a Dronero e il dottore stava nascosto in casa della cugina Teresa, e lei ogni giorno gli portava le sigarette; e quando il dottore aveva avuto la colite e lei gli aveva dato la lana perché si facesse fare una pancera ben calda; e tutte le bottiglie di maraschino che il dottore s'era scolato, la sera, mentre sedeva con loro presso la stufa e traduceva a Giulia le poesie di Hoffmannsthal. « Hoffmannsthal! » soffiava mia madre con ribrezzo, imitando le acca aspirate del dottore e il modo come lui si tastava la cravatta e si lisciava svelto svelto i capelli sulla tempia mentre leggeva. Mia madre adesso aveva preso a maltrattarlo, con un pretesto o con l'altro: gli chiedeva notizie d'un libro che gli aveva prestato molti anni prima e che lui non riusciva piú a ritrovare; gli diceva che lo sciroppo di malto

che faceva prendere a Giulia era pesante da digerire; e sbatteva
con rabbia il giaccone bagnato di pioggia, la sera quando il dottore
veniva a trovarle, via dal canapè. Il dottore raccoglieva il giaccone
e lo appendeva all'attaccapanni; e riprendeva a leggere a Giulia,
con la sua voce monotona e mite, le poesie di Hoffmannstahl.

Mia madre sentiva, qualche volta, il dottore e Giulia che ridevano insieme. Di che cosa ridessero, non sapeva; che ancora avesse
voglia di ridere il dottore con tutti quei parenti morti, che ancora
avesse voglia di ridere e di fare lo stupido, con tutti i pensieri che
aveva, pochi soldi e il fratello ogni tanto disoccupato, a mia madre
sembrava inconcepibile. Il dottore non aveva casa, dormiva in una
stanzetta sopra il bar, e si faceva il pranzo da sé sopra un fornellino, certi intrugli polacchi; i suoi quattro stracci se li lavava da
sé, e li appendeva a una corda fra il letto e l'armadio. Nell'armadio,
fra i libri e i calzini, il dottore riponeva le caciotte e le uova che
gli portavano dalla campagna; curava tutti, e tutti gli volevano
bene, e curava anche quelli che non pagavano; le uova tante volte
non le beveva neppure, le pigliava e le dava ai bambini che giocavano in strada, diceva che le uova andavano bene per i bambini e
non per lui che era vecchio; tanto vecchio non era, aveva tutt'al
piú quarant'anni, ma si teneva male e camminava storto, con una
spalla piú alta dell'altra e strascicando i piedi; e da quando s'era
messo a stare con Giulia, a mia madre pareva a un tratto vecchissimo, la piú brutta persona che avesse mai visto.

E il dottore una sera, mentre Giulia stava in poltrona accanto
alla stufa, con una scatola d'avanzi di lana sulle ginocchia, e faceva
con lane di tutti i colori certi fantoccini per la nostra cuginetta
Costanza, il dottore disse a mia madre che lui e Giulia contavano
di sposarsi nella prossima primavera. Mia madre s'aspettava quelle
parole da un pezzo; eppure sentí come un colpo nello stomaco. Si
voltò a guardare il viso di Giulia. Era il viso che s'aspettava: un
viso quieto, assonnato, con quel solito sorrisetto sciocco; Giulia
aveva in mano un fil di ferro, vi andava attorcendo attorno la
lana, da qualche giorno s'era messa a fabbricare quei fantoccini
che non sapevano proprio di nulla. Voleva sposare il dottore? le
gridò mia madre, strappandole dalle ginocchia la scatola della
lana; e Giulia alzò le braccia come per difendersi da uno schiaffo;
e d'un tratto il viso le si accese d'un vivo rossore. Allora mia

madre sentí una gran pietà di lei; le rimise in grembo la scatola, andò a rincantucciarsi in un angolo voltando le spalle al dottore e a Giulia; e da quell'angolo disse che si sposassero pure, che tanto lei era vecchia e non le importava piú un corno di nessuna cosa.

Mia madre l'indomani andò dalla cugina Teresa. Sí, la cugina Teresa lo sapeva da molto tempo; Giulia si era confidata con lei. Giulia certo non era innamorata; non si era mai piú innamorata dopo quella storia a Viareggio; ma col dottore si trovava bene, si sentiva contenta. Lo apprezzava perché era cosí colto, cosí fine; e i giorni che il dottore andava in città, a vedere il fratello, lei si sentiva come spersa e si annoiava di piú. Del resto, disse la cugina Teresa, Giulia ormai aveva venticinque anni. E aveva avuto quella malattia brutta; perciò forse non avrebbe trovato tanto facilmente un marito; la gente ha paura di questa malattia. E almeno, lei che aveva bisogno di cure, avrebbe avuto sempre vicino un dottore, uno che la curava senza spendere; e questo, disse la cugina Teresa sgranando tutti i suoi denti d'argento, era pure un vantaggio.

Mia madre fece il giro di tutte le cugine e le zie, alla ricerca di qualcuno che volesse dissuadere Giulia da quel matrimonio; ma le cugine e le zie non volevano impicciarsene, scrollavano il capo e dicevano che finalmente Giulia poverina si sposava, era proprio un peccato che non si sposasse; il dottor Wesser certo non era né bello né ricco, né giovane, però era una brava persona, un uomo che i bambini gli volevano bene, e correvano attorno a fargli festa quando lo vedevano passare. Ma come? gridava mia madre. Con quello lí doveva finire Giulia? un comunista? un ebreo? un apolide? Le cugine e le zie scrollavano il capo, comunista era il dottor Wesser, strano che non l'avevano mai sentito dire; ma che era ebreo cosa gliene importava a mia madre, non aveva sempre gridato ai quattro venti che coi negri e gli ebrei siamo tutti fratelli.

Infine la cugina Teresa diede un pranzo per festeggiare il fidanzamento; e alla fine del pranzo, mentre veniva in tavola una grossa torta con le ciliege candite, la cugina spinse mia madre sulla spalla del dottor Wesser; e mia madre dovette baciare il dottore sulla sua guancia scarna, solcata d'una ruga profonda.

Allora mia madre sentí un gran vuoto dentro di sé. In fondo all'anima, dove aveva mulinato tanti bei sogni, non trovava piú nulla. Le era venuto piú che mai a noia Dronero, dove sapeva a memoria anche i sassi, e dove dappertutto s'annidavano cugini e parenti; bruciava dalla voglia d'abitare in una grande città, dove avrebbe potuto occuparsi di cento cose, e dove anche soltanto passeggiare per strada era un divertimento; e provava ora una forte nostalgia di me. Pensava a volte che forse io potevo fare un bel matrimonio. Io non ero bella come Giulia, certo; e avevo quel difetto della statura. Mia madre non sapeva spiegarsi perché fossi cresciuta così poco; e i capelli li avevo tutti crespi, una nuvola informe. In compenso ero molto più intelligente di Giulia; forse più tardi avrei pubblicato dei libri, perché io fin da bambina scrivevo versi, e li tenevo nascosti nei quadernetti di scuola. Spesso se ne veniva in città, col pretesto di comperare i capi di corredo per Giulia; mi dava appuntamento in un caffè, e voleva sapere se scrivevo ancora dei versi. Le dispiaceva un po' che i miei denti sporgessero sulle labbra; quand'ero piccola, lei avrebbe voluto farmi portare la macchinetta ai denti, e mio padre s'era opposto; mio padre pover'uomo aveva certe sue fissazioni. Studiava cosa si poteva fare con i miei capelli. Al caffè ci raggiungeva a volte la mia amica, quella con la quale abitavo; mia madre non era troppo contenta che due ragazze abitassero sole, ma la rassicurava l'aspetto austero della mia amica, più anziana di me e insegnante di storia in un liceo. Mia madre spacchettava sotto gli occhi della mia amica le sottovesti e le camicie da notte che aveva comperato per Giulia; e pregava la mia amica di aiutarla a trovare un alloggio, perché a Dronero non ci si poteva più vedere e voleva trasferirsi in città. Poi tornava a tuffarmi la mano nei capelli, io tiravo indietro la testa, mia madre chiedeva anche alla mia amica cosa si poteva fare con i miei capelli. Quando raccontava a me e alla mia amica del dottor Wesser, mia madre quasi quasi se ne vantava; raccontava che era un uomo d'una cultura incredibile, che parlava sedici lingue, e s'intendeva molto anche di musica e aveva letto tutti i filosofi; e diceva di tutte le grandi ricchezze che aveva avuto il dottore da ragazzo in Polonia, erano una delle meglio famiglie di Cracovia, possedevano cofani d'argenteria, sua madre andava alle feste con in capo un diadema di brillanti.

Nel pullman che la riportava a Dronero, mia madre si sentiva un po' più animata e contenta, dopo quelle ore che aveva passato in città, a girare i negozi e a conversare con la mia amica e con me, e a curiosare fra le porcellane delle sue sorelle; ed era ansiosa d'arrivare a casa e sciorinare nella sala da pranzo, davanti a Giulia, al dottore e alla cugina Teresa, le belle camicie da notte ricamate a punto ombra.

Il dottore veniva a prenderla al pullman, per aiutarla a portare i pacchi; e mia madre dopo quel gran parlare che aveva fatto delle antiche ricchezze del dottore, adesso lo vedeva come imbellito da quelle grandi ricchezze, che poi eran finite chissà dove ma che pure c'erano state; e allora diventava col dottore un poco piú gentile.

Di punto in bianco una sera, mia madre ritornando da una di quelle sue gite per il corredo, quando fu col dottore e con Giulia nella sala da pranzo, dichiarò che aveva comprato la casa in città. Dichiarò che lei si trasferiva in città; del resto erano anni che voleva farlo, perché ormai quel buco di Dronero le era venuto a noia a un punto tale che quando s'affacciava alla finestra a guardare la strada, dalla noia sentiva un groppo in gola; e anche Giulia e il dottore dopo sposati dovevano venire a stare in città, perché aveva preso apposta una casa grande, e perché lei da Giulia non intendeva separarsi mai; mentre parlava le saliva in corpo una gran voglia di mettersi a litigare, s'aspettava che il dottore dicesse che lui e Giulia volevano rimanere a Dronero, lei allora gli avrebbe risposto che si provasse a restarsene lí solo con Giulia, Giulia era abituata molto bene, si faceva servire e non si chinava nemmeno a raccattare uno spillo; bisognava starle dietro dal mattino alla sera, frullarle l'uovo a merenda e stirarle le camicette; e il denaro che lui guadagnava non bastava nemmeno per il latte del cagnolino; proprio cosí aveva pensato di dirgli, « per il latte del cagnolino »; dunque dovevan fare quello che voleva lei. Ma il dottore calmo calmo le disse che era contento di venire in città, non aveva nessuna intenzione di rimanere a Dronero, anzi anche lui pensava alla città da un bel pezzo, perché aveva piacere d'essere vicino al fratello, al quale voleva un gran bene. Cosí mia madre rimase tutta calda di rabbia, con la bocca piena di saliva e d'insulti che non c'era motivo di scagliare.

Nella primavera, Giulia e il dottore si sposarono; vi fu una cerimonia in chiesa, ma il dottore era ebreo e perciò non si faceva nemmeno il segno della croce, e c'era voluto per Giulia il petmesso del vescovo, per potersi sposare in chiesa con un ebreo; il dottore se ne stava là accanto a Giulia, con la spalla scossa da un sussulto nervoso; e di continuo faceva quel suo gesto di tastarsi la cravatta e il pomo d'Adamo. C'era con me la mia amica, che anche lei non si faceva il segno di croce, perché era atea, e guardava attorno col suo viso severo; e c'era il fratello del dottore, un giovanotto piccolo, lentigginoso e occhialuto; e mia madre con un piccolissimo cappello di piume azzurre, con molti strati di cipria sulla faccia chiazzata dal pianto. E poi Giulia e il dottore partirono per un breve viaggio di nozze in Riviera; e quando ritornarono, il dottore cacciò in una valigia i suoi libri, il fornelletto e quel suo poco vestiario e lasciò per sempre la stanzetta sopra il bar, dopo un lungo saluto alla padrona, che piangeva commossa; e se ne venne a stare da mia madre.

Mia madre s'era ormai abituata a chiamarlo per nome, Chaim; e le piaceva un poco pronunciare quel nome straniero.

Adesso mia madre era occupata nei preparativi per lo sgombero; e tutto il giorno strillava dietro alla serva Carmela, che avrebbe dovuto imballare i piatti ma rompeva tutto ciò che toccava; e sempre c'erano per casa i parenti di Carmela, col pretesto che dovevano dirle addio, e il suo vecchio padre installato presso la stufa in cucina a mangiare pane e formaggio, la barba tutta piena di briciole, le scarpacce che formavano sul pavimento una pozza fangosa. E sempre c'era la cugina Teresa, a pregare mia madre che le lasciasse ora una cosa ora l'altra, ora chiedeva il mastello del bucato e ora il secchio dell'immondizia, mica voleva mia madre viaggiare col mastello o col secchio, tutta roba che impiccia in uno sgombero e che è bello ricomprare nuova. La cugina Teresa si raccomandava a Carmela, che le mettesse tutto quanto in disparte; e in cambio lei avrebbe regalato a suo padre un bel paio di ciabatte vecchie.

Carmela s'inteneriva a pensare al padre, che sarebbe rimasto solo solo a Dronero, senza un cane che andasse mai a guardare se era vivo o morto; perché di tutti i parenti che avevano, nessuno voleva saperne di quel vecchio mezzo matto e sempre ubriaco; e si raccomandava alla cugina Teresa, che il marito notaio l'aiutasse a ottenere il sussidio dei poveri, perché l'avevano chiesto da tanti anni e gliel'avevano negato sempre, eppure chi c'era a Dronero che fosse povero come lei e suo padre, lo vedevano bene suo padre che povero vecchio che era.

Carmela serviva in casa nostra da molti anni, a intervalli, perché ogni tanto la coglieva una gran pietà di suo padre, cosí vecchio, cosí matto e solo; e tornava da lui a quel buco di casa che avevano in fondo a un vicolo, un buco buio come una caverna, dove in terra correvano scarafaggi; ricompariva dopo qualche tempo, accompagnata dal padre; e il padre scongiurava che la riprendessimo, perché lui alla sera si ubriacava e quando era ubriaco la batteva; e ordinava a Carmela di scoprirsi le braccia e mostrare i lividi. Mia madre guardava i lividi e minacciava di andare dai carabinieri; acconsentiva a ripigliarsi Carmela, sospirando che lei aveva il cuore grande, e si tirava addosso tante grane; ma in fondo era ben contenta mia madre d'avere Carmela, a cui dava pochissimo salario, regalandole di tanto in tanto qualche spoglio di biancheria.

La notte, il padre di Carmela ubriaco veniva a chiocciare sotto il nostro balcone; gemeva lungamente sulle sue miserie, e sull'unica figlia costretta a stare a servizio; poi cantava le lodi di mia madre, una signora con il cuore grande, una vera signora; Carmela piangeva rimpiattata dietro le persiane, e mia madre nel letto godeva di quelle querule lodi, cantate nella notte per la via silenziosa; e perciò non osava scacciare il padre di Carmela, quando poi se lo trovava in cucina, ben installato al caldo col pane e formaggio. Al mattino, mia madre aveva un forte mal di capo, per quella voce che le aveva disturbato il sonno; e diceva a Carmela di tutte le noie e le grane che doveva patire a tenerla con sé. Anzi diceva che una delle ragioni per cui aveva piacere di andarsene a stare in città, era non dover piú sentire la notte quella voce querula; e Carmela restava tutta mortificata, a pensare che per colpa di suo padre bisognava scappare in città.

Dopo qualche mese che era in città, mia madre cominciò a mostrare segni d'impazienza. S'era presto stufata del negozio delle sue sorelle, frequentato soltanto da vecchiette spilorce, che discutevano per ore e ore sul prezzo d'una tazzina; e poi un giorno, voltandosi un po' bruscamente, mia madre aveva mandato in terra un pierrot che suonava la chitarra. Mia madre sosteneva che quel pierrot le era sempre stato antipatico, che forse portava scarogna, e che lei era contenta d'averlo rotto; del resto si trattava d'una sciocchezzuola, d'una cosuccia volgare, in porcellana bianca a sfumature azzurre, quelle cose come se ne vedono negli appartamenti delle sarte; anzi lei contava di rincollare i cocci con la resina indiana e farne un regalo alla sua sarta; sotto gli occhi costernati delle sorelle, aveva raccolto i cocci e se li era messi in borsetta. Andandosene aveva detto con fare sbadato, che contava poi di ripagare il pierrot; e che anzi le sue sorelle avevano avuto fortuna, perché certo non sarebbero riuscite a venderlo mai. Da allora il negozio delle sorelle le era diventato antipatico, del resto loro si ostinavano a rifiutarle la cointeressenza; i cocci del pierrot le eran rimasti in borsa per un po' di tempo, alla fine li aveva buttati nella pattumiera.

C'eran dei giorni che mia madre in città s'annoiava quasi come a Dronero. Ormai sapeva a memoria tutte le strade del centro, che aveva girato in lungo e in largo alla ricerca d'un locale piccolo e grazioso, dove mettere la sua galleria d'arte; ma i prezzi che chiedevano per l'affitto dei locali erano altissimi; e mia madre d'altronde cominciava a domandarsi inquieta, una volta che avesse avuto il locale, dove sarebbe andata a pescare i pittori disposti ad esporre. Non conosceva nessuno; s'era immaginata che fosse facile, venendo in città, formarsi subito un piccolo ambiente, circondarsi di persone colte con le quali sarebbe stato piacevole conversare; invece da quando stava in città, non aveva avuto modo di scambiare due chiacchiere con altri che con dei fornitori: il calzolaio, la bustaia, la sarta; si recava da loro a volte anche senza motivo, misurandosi una cosa o l'altra, osservando intensamente stoffe o modelli che non aveva nessuna intenzione di comperare; pur d'avere qualcuno a cui discorrere, e qualcosa da fare; e quando si trovava presso quei fornitori, aggirandosi attorno come fosse stata a casa sua, fumando e gettando la cenere sul pavimento, ed esaminando alla luce una pezza di stoffa o un lembo di cuoio, esprimeva a voce alta le sue impressioni e vi inseriva frammenti di sue convinzioni d'ordine generale, politiche o artistiche, nella speranza d'essere udita da altri clienti, da qualche persona raffinata e colta che apprezzasse il suo spirito e s'incuriosisse di lei. Ma non

succedeva niente; le giornate di mia madre si snodavano sempre
piú vuote, sempre piú senza scopo; in casa non ci veniva nessuno,
salvo Jozek, il fratello di Chaim, squallida presenza che si sedeva
in un angolo della sala da pranzo, a leggere romanzi polacchi;
quando poi parlava, Jozek si rivelava molto saccente, ed esprimeva delle opinioni sempre contrarie a quelle di mia madre. Di
tanto in tanto, con un sorriso sarcastico, chiedeva a mia madre
notizie della sua galleria d'arte; se aveva trovato i locali, e se
presto ci sarebbe stata l'inaugurazione; mia madre gli gridava invi-
perita che s'impicciasse dei fatti suoi; e Chaim cercava di metter
pace, col suo mite sorriso e la spalla che sussultava. Sulla poltrona
a dondolo, Giulia coccolava il cagnolino; la piccola Costanza faceva i compiti al tavolo, con le trecce annodate sulla schiena da un
gran nastro celeste; Jozek le strappava il nastro e se lo cacciava
in tasca, la piccola Costanza strillava e scalciava; s'avvicinava l'ora
del pranzo, e Jozek non se ne andava, sperando che mia madre lo
invitasse; mia madre per dispetto non lo invitava, guardava l'ora
e s'aggirava attorno scrollando i cuscini. Alla fine il dottore in
polacco gli diceva probabilmente che se ne andasse; e Jozek se
ne andava, buttando a Costanza il suo nastro; e Carmela entrava
con la faccia sempre cupa e stravolta, con i piedi storti e ciabat-
tanti, e metteva sulla tavola la zuppiera.

Mia madre qualche volta pensava ancora alla galleria d'arte.
Ma la spostava in un futuro sempre piú lontano, remoto; e ci pensava in un modo sempre piú fiacco, sempre piú spento. E quando
confrontava le ardite immagini che aveva accarezzato un tempo,
con la vita monotona che invece le era toccata, provava il senso
di aver subíto una grande ingiustizia. Non sapeva bene chi incol-
pare di questa ingiustizia; confusamente incolpava la propria mancanza di denaro, il dottor Wesser che guadagnava poco, Giulia che
aveva sposato il dottor Wesser; e poi ce l'aveva con Carmela che
era stupida e sudicia, e dimenticava sempre i suoi lerci grembiali
sulle spalliere delle poltrone; e con la piccola Costanza che mangiava troppa marmellata, e con la cugina Teresa che non le dava
abbastanza per il mantenimento della figlia; la cugina Teresa aveva
pensato in un primo tempo di mettere la figlia in un pensionato
di suore, lei aveva insistito perché invece gliel'affidasse; ma adesso
capiva che si era presa una bella grana a tirarsi in casa quella bam-

bina, con l'idea che un pensionato di suore fosse una cosa un po'
malinconica; certo lei non si pigliava altro che grane, era sempre
disposta a prodigarsi per tutti, pensava sempre agli altri e nessuno pensava a lei.

Vagabondava a lungo per la città, sbirciando le vetrine e mormorando sull'aumento dei prezzi; poi si sedeva stanca in un caffè,
traeva fuori il bocchino d'avorio e v'inseriva una turmak; ordinava una granita di caffè con panna, si guardava attorno e fumava,
arrabbiata con Giulia che non voleva mai saperne di uscire; io almeno mi preparavo agli esami; ma Giulia stava a coccolare il cane
e a guardare fuori dai vetri, di là dal giardino, i treni che fuggivano
nella nebbia. Una vita senza senso quella di Giulia. Il caffè verso
sera cominciava ad affollarsi, mia madre tendeva l'orecchio alle
conversazioni che si svolgevano ai tavoli accanto al suo; le sembravano conversazioni insulse, eppure avrebbe voluto prendervi
parte; ma dov'era la gente colta, gl'intellettuali e gli scrittori e
i pittori, quelli a cui mia madre contava d'offrire un giorno una
tazza di tè nella sua galleria? Il circolo culturale dove a volte andava, anche quello l'aveva delusa, le conferenze erano rare e pesanti, e ci veniva solo qualche vecchio, che dopo un po' cadeva a
sonnecchiare. Mia madre aveva ascoltato una conferenza su un mu-
sicista chiamato Béla Bartók, dal nome le sembrava un polacco, e
mia madre dai polacchi non s'aspettava niente di buono; poi un'altra volta un giovinottino aggraziato ed esile, bellino e quasi senza
naso, aveva sfarfallato per la stanza in punta di piedi, leggendo
qualche pagina di un romanzo che parlava d'una balena. Mia madre s'era annoiata con quella balena; e nelle seggioline intorno a
lei c'erano quei vecchietti appisolati; tuttavia s'era trattenuta fino
all'ultimo, immobile in prima fila, fissando il giovinottino coi suoi
occhi neri lampeggianti. Visto un po' da presso, il giovinottino
aveva una faccetta stanca di quarantenne, un roseo frutto avviz-
zito dal freddo. A mia madre sembrava che né quel giovinottino,
né quei vecchietti, né quella stanza né quella balena fossero la vera
cultura. Ma allora dov'era dunque la vera cultura? dov'erano gli
intellettuali veri? dove si nascondevano gl'intellettuali? Senza di
loro, a mia madre la città sembrava tediosa e deserta.

A volte mia madre saliva fin su da me. Portava un cartoccio di
paste, un po' perché ne era golosa, un po' perché aveva appena

preso una granita con panna, e sentiva un vago rimorso di essersi mangiata tutta quella panna da sola. Mi trovava seduta a studiare; scartocciava le paste sul mio scrittoio, e andava a prendere un piatto in cucina; rideva un po' del nostro cucinino, grande poco piú di un armadio; ma diceva che anche per lei ci sarebbe voluto un alloggetto cosí, camera, bagno e cucinino; perché ne aveva abbastanza di quella casa grande, e di dover studiare al mattino pranzo e cena per tanta gente; e soprattutto ne aveva abbastanza di quel Chaim. Io le chiedevo che fastidio le dava Chaim, cosí buono, gentile e discreto; ma mia madre diceva che io non potevo capire, si oscurava in viso e si sbatacchiava sul petto, sbuffando, le grosse perle della collana; io per distrarla dicevo com'era graziosa quella collana, lei diceva che era una collanaccia da mille lire. Sentivamo girar la chiave alla porta d'ingresso, era la mia amica che rincasava; entrava sbottonandosi l'impermeabile, ravviandosi sulla fronte le corte ciocche stillanti di pioggia; accanto a lei c'era il fidanzato, uno studente d'ingegneria; mentre la mia amica preparava il tè, mia madre osservava lo studente d'ingegneria, un ragazzo alto e rubicondo, con le orecchie a sventola; prendevamo il tè tutti insieme, vuotavamo il piatto delle paste, mia madre intavolava una conversazione, ma presto la mia amica e il fidanzato si scusavano di doversene andare, si sposavano fra due o tre mesi e dovevan vedere certi mobili.

Quando restavamo sole, mia madre faceva i suoi commenti su quel fidanzato, un bel ragazzo, peccato le orecchie; strano che la mia amica si fosse trovato quel bel ragazzo, la mia amica poverina era niente bella; simpatica, ma niente bella. Chiedeva poi se quando la mia amica si sposava, io sarei finalmente venuta ad abitare a casa con lei; ma io le spiegavo che sarei rimasta in quella stanzetta col cucinino, che era di proprietà della mia amica, le avrei pagato un modestissimo affitto; la mia amica, una volta sposata, si sarebbe installata col marito in un appartamento che aveva il padre di lui. Dunque allora stavano bene, diceva mia madre, se possedevano appartamenti; dunque la mia amica si sposava bene; altri avevano tutte le fortune, e invece a lei andava sempre tutto a rovescio: era nata con la scarogna.

Prima d'andarsene, mia madre sospirava a lungo e diceva come le rincresceva lasciarmi, io ero la sola persona con cui si trovava bene; con Giulia non si trovava bene, non avevano piú niente da dirsi; del resto un gran che da dire non c'era mai stato con Giulia. Sospirando mia madre s'allacciava la pelliccia, s'annodava intorno al collo il foulard; e riponeva dentro la borsetta il vassoio di cartone dov'erano state le paste, perché su quei vassoi di cartone Carmela ci grattava il formaggio.

Mia madre conobbe la signora Fontana dal parrucchiere. Mia madre stava nella sala grande, perché le cabine erano tutte occupate; stava con la testa nel casco, e con in grembo un fascio di giornali illustrati. Per mancanza di spazio, l'avevano messa in un angolo, vicino a una porta; la porta dava su un cortile, e ogni volta che qualcuno l'apriva, mia madre si sentiva investita da una folata fredda. Si sentiva la testa nel casco bell'e asciutta e stracotta, punteggiata di forcine roventi; era sicura di pigliarsi una polmonite, fra il calore del casco e le folate fredde che venivano dal cortile; chiamava e protestava che era stufa e venissero a pettinarla, ma nessuno voleva darle ascolto; le passavano accanto ragazze affaccendate, le toccavano appena appena i capelli con la punta del dito, e le dicevano di ricacciarsi nel casco. Seduta su un alto sgabello girevole, al fianco di mia madre, c'era una donnetta con una corta zazzera color fieno, con una faccia aguzza e occhi miopi; aveva una pelle porosa, che pareva di creta; teneva le dita sollevate e le agitava in aria, per far asciugare la vernice alle unghie; anche lei protestava per quelle folate fredde; e prese a compatire mia madre, che era là da un pezzo nel casco; anzi rise un poco di mia madre, in un modo piuttosto insolente; e spiegò che lei veniva in quel luogo soltanto per farsi fare le mani, ma i capelli se li lavava in casa, perché sua figlia, per il suo compleanno, le aveva regalato un fon.

La donnetta parlava con una voce rauca e ronzante, indossava un vestito poco bello a dadini bianchi e neri, e aveva ai piedi un paio di scarpe a sandalo, niente adatte per la stagione invernale; e mia madre quel giorno per l'appunto non aveva una gran voglia di conversare; e poi non le era piaciuto il modo insolente come quella donnetta dalla zazzera aveva riso di lei, perché chiamava e non le davano ascolto; e cosí sul principio rispose con una certa

freddezza, a monosillabi, ai discorsi della donnetta; la quale seguitava a dire che quel parrucchiere non valeva piú niente, c'era sempre troppa folla e lavoranti sgarbate; a sua figlia una volta, nella
fretta, le avevano versato sul vestito un barattolo di non so che
acido; era un bel vestito granata, nuovissimo, e sua figlia l'aveva
dovuto far tingere di nero; e il nero non andava mica bene per
una ragazzina di diciotto anni.

Disse a mia madre che la conosceva di vista da un pezzo, perché l'aveva incontrata dal calzolaio; avevano lo stesso calzolaio,
la donnetta tirò su i piedi calzati di sandali, era davvero un ottimo
calzolaio, faceva certe scarpe cosí morbide, che non si sentivano
nemmeno; la donnetta non poteva portare altro che sandali, perché aveva i piedi delicati, e non sopportava di sentirseli tutti im-
prigionati nel cuoio; s'era fatta, per quando pioveva, un paio di
galosce di gomma sintetica, leggerissime, come si usavano adesso
in America; ma il freddo? indagò mia madre. Non le venivano i
geloni col freddo? La donnetta si mise a ridere, non sapeva nemmeno cosa fosse un gelone, perché aveva una buona circolazione
del sangue; anzi andava sempre senza guanti e senza cappello, e
se un giorno si metteva il cappello, subito si prendeva il raffreddore. Adesso era sicura d'essersi presa il raffreddore, perché non
soffriva il freddo ma era delicata per le correnti d'aria; e quel parrucchiere era famoso per le correnti d'aria; adesso, appena a casa,
lei si beveva subito una bella tazza di latte col rum.

Uscirono insieme e la donnetta propose di andare a prendere
qualcosa al caffè. Disse il suo nome: si chiamava Priscilla Fontana;
gli amici la chiamavano Scilla; era separata dal marito, aveva una
figlia, e disegnava modelli per una casa di mode. Ma a tempo perso
faceva anche un po' la pittrice; allora mia madre cominciò a interessarsi a quella buffa donnetta un pochino insolente; guardava
i piccoli piedi nei sandali piatti, il cappottino chiaro, piuttosto
frusto e consunto, e la zazzera color del fieno, sventolante nel freddo; e quasi quasi le dispiaceva di non portare dei sandali, ma un
paio di scarpe di vernice con altissimi tacchi.

Sedettero al caffè; la signora Fontana aveva lí un appuntamento con la figlia, ma la figlia ancora non si vedeva; mia madre
aveva voglia d'una granita con panna, ma non osava ordinarla,
nel timore che poi la signora Fontana volesse pagare per lei; cosí

ordinò una cosa ben meno costosa, un cinzanino; e la signora Fontana invece ordinò un rabarbaro, con dentro una fettina di limone e una goccia d'amaro. Mia madre adesso desiderava parlare del suo progetto della galleria d'arte; ma non riusciva ad infilare la sua voce tra le chiacchiere della signora Fontana, che non chiudeva bocca un istante; s'era messa coi gomiti sul tavolo, in faccia a mia madre, col suo mento aguzzo puntato sul palmo della mano; adesso parlava cosí presto, che mia madre non riusciva a tenerle dietro; e Barbara, e Gilberto, e Menelao; mia madre non conosceva nessuna di queste persone. Poi scoperse che Menelao era un gatto. Si sentiva stanca e turbata, con la testa confusa; e s'annoiava un po', come sempre quando c'era un altro che parlava invece di lei.

Poi scoperse che Barbara era la figlia; e questa Barbara finalmente comparve. Era bellissima; e mia madre rimase sbalordita, perché non s'era aspettata che quella frusta donnetta avesse una figlia bella. Barbara veniva avanti scuotendo una gran chioma rosso fuoco, pettinata a coda di cavallo; aveva un viso rotondo e florido, denti piccoli e puri, occhi semplici; veniva avanti camminando adagio, con un largo cappotto aperto, dalla cintura che ciondolava; legato al collo aveva un fazzoletto verde, che rendeva smagliante la sua carnagione; sotto il braccio portava una cartella di scuola. Si voltavano tutti a guardarla mentre passava; e mia madre si sentí d'un tratto molto infelice, aveva sempre pensato che Giulia era bella, ma adesso vedendo la figlia della signora Fontana non le sembrava piú cosí bella; in fondo Giulia cos'aveva di bello? Giulia, nessuno s'era mai voltato a guardarla passare; e poi anche se era bella a che cosa serviva, visto che aveva sposato il dottor Wesser? Per un attimo, mia madre vagò sperduta fra amari pensieri, mentre Barbara sedeva al loro tavolo, si slacciava il fazzolettino e ordinava un gelato di fragole con moltissima panna; in seguito, guardando Barbara piú attentamente, mia madre notò che aveva qualche lentiggine, il naso un po' a patata e i seni troppo grossi; a trent'anni, quei seni sarebbero stati cadenti. Chissà cosa succedeva di quei seni, a trent'anni.

Pure mia madre quella sera ritornò a casa disprezzando tutta quanta se stessa; e desiderando di rientrare non nella sua casa, ma nell'appartamentino al sesto piano in via Tripoli, dove abitava la signora Fontana; dove aspettava il gatto Menelao, e una serva chiamata Settimia, cosí affezionata che non voleva salario; ma la signora Fontana, nonostante le sue proteste, le aveva aperto un conto alla cassa di risparmio. Nell'appartamentino di via Tripoli, c'erano sempre a tavola quattro o cinque coperti; chi veniva era inteso che restava a pranzo. Poteva capitare Gilberto, l'ex marito della signora Fontana, erano separati legalmente ma erano rimasti ottimi amici; Gilberto era nel commercio, e se le cose gli andavano bene, arrivava con gardenie e fondants. Oppure poteva capitare Crovetto, un amico di Gilberto che andava a caccia e portava sempre quaglie e pernici; e nessuno come Settimia sapeva cucinare la pernice. Oppure veniva Pinuccio, il fidanzato di Barbara; perché Barbara cosí ragazzina era già fidanzata: un giovanotto di ventisei anni, serio, laureato in legge; aveva la famiglia in Sicilia, gran famiglia non troppo contenta del matrimonio: gente all'antica, piena di pregiudizi borghesi: nobilacci, diceva la signora Fontana; piú tardi si sarebbero persuasi.

Mia madre rientrando trovò il solito Jozek, ed era un sabato e cosí c'ero anch'io; come sempre Jozek indugiava speranzoso di un invito a cena; e mia madre, ricordando che la signora Fontana aveva sempre ospiti a tavola, bruscamente lo invitò. Durante la cena, mia madre raccontò dell'incontro; e Jozek, si capisce, affermò di conoscere la signora Fontana, lui voleva sempre saper tutto e conoscere tutti; ma sí, la signora Fontana, una con le gambe corte e la vita lunga; e aveva una figlia coi capelli rossi. Abitavano, l'anno prima, di casa vicino a certi amici suoi; la madre, una matta intrigante; la figlia, una giovane troia. A queste parole di Jozek, mia madre andò sulle furie: Jozek era una lingua maligna, un serpente; certo aveva dato fastidio a quella ragazzina e lei l'aveva messo a posto; e cosí ora lui si vendicava. Chaim, come sempre, cercava di calmare mia madre: probabilmente non stavano parlando delle stesse persone. Ma mia madre rimase di malumore tutta la sera, e pensò che mai piú avrebbe invitato Jozek a cena; era un maleducato, e s'era tirato nel suo piatto tre grosse fette di carne: e cosí non ce n'era piú per domani.

Passammo tutta la domenica, io e mia madre, a riordinare certe vecchie lettere e a incollare in un album le nostre vecchie fotografie: mica soltanto Chaim aveva un album di famiglia, disse mia madre, anche noi l'avevamo. Giulia se ne stava sul letto in camera

sua, perché non si sentiva bene: era incinta, e soffriva di nausee
e di vertigini. Chaim era andato a un concerto con Jozek; e Costanza giocava a palla con Carmela in giardino. Fra poco, disse
mia madre, fra qualche anno, ci sarebbe stato il bambino di Giulia
nel giardino a giocare a palla; lei sperava soltanto che non rassomigliasse troppo a Chaim. E tanto meno a Jozek; odioso quello
Jozek, mi disse, un serpente, una lingua velenosa. Ma rivedendo
antiche fotografie di me e Giulia piccole, mia madre s'intenerí;
ecco Giulia con le sue gambe lunghe, le calze nere, il colletto alla
marinaia e il gran cappello di paglia, legato sotto il mento con un
nastro; e pensare che adesso doveva avere un bambino. L'idea di
questo bambino di Giulia, che doveva nascere nell'estate, com-
muoveva mia madre ma non le faceva dimenticare i suoi soliti
risentimenti; l'aveva saputo soltanto quel giorno, per caso, da
Giulia che stava sul letto; perché a lei anche le cose importanti
gliele dicevano cosí, per caso. E quando ci fosse stato il bambino,
mi disse, forse allora finalmente Chaim si sarebbe deciso a guadagnare; perché era vergogna che un uomo a quarant'anni si facesse quasi mantenere dalla suocera; meno male che lei aveva la casa
a Dronero, che adesso affittava, la pensione del marito e quel
pezzetto di terra, coltivato a vigneti, sulle colline di San Damia-
no; e poi aveva anche certe azioni dell'Italgas. Se no loro chissà
come avrebbero fatto. Di quelle azioni dell'Italgas, mi disse, non
doveva saperne niente nessuno; era un suo segreto, e guai se lo
sapevano le sue sorelle, altrimenti si sarebbero fatte restituire il denaro che le avevano prestato per comprarsi la casa qui in città. Lei
avrebbe restituito quella somma piú tardi, appena vinta la causa
che aveva col comune di Dronero, per due locali che le avevano
preso pagandoglieli quasi nulla, e dove avevan messo l'asilo infantile. Io le chiesi perché non vendeva un po' d'azioni dell'Italgas, in modo che Chaim potesse farsi uno studio nel centro; e
mia madre si offese, mi disse che io non ci capivo nulla di affari,
ero una smorfiosetta senza giudizio e volevo parlare di affari.

Ma quando stavo per andarmene, mia madre volle riconciliarsi
con me; volle regalarmi un ciondolo da mettere al collo, ripescato
quel giorno in un cassetto fra le vecchie fotografie; e mi disse che
la signora Fontana l'aveva invitata a prendere il tè il martedí, col
pretesto che poi al caffè mia madre aveva insistito per pagare le

consumazioni: e la ragazzina s'era preso un grosso gelato di fragole. La signora Fontana l'aveva pregata di portare al tè anche noialtre due; perché alla fine mia madre era riuscita a raccontare anche lei qualche cosa, e l'aveva informata della nostra esistenza. Mia madre mi disse che non credeva neppure una sillaba di quanto diceva Jozek, serpente, lingua maligna; invece erano persone perbene, bastava guardarle. Temeva che io rifiutassi di venire, e perciò mi disse che la signora Fontana aveva un mucchio di conoscenze, e poteva procurarmi delle lezioni. Lezioni, le risposi, ne avevo parecchie, e non me ne servivano altre; ma promisi che sarei venuta.

Cosí tutt'e tre ci avviammo alla ricerca di via Tripoli, il martedí pomeriggio; io e mia sorella ai lati, mia madre nel mezzo; quanto tempo, diceva mia madre, che non uscivamo a passeggio tutt'e tre insieme; era contenta ma un poco nervosa perché temeva di essere in ritardo; nessuno sapeva dove fosse via Tripoli, e vagammo un pezzo per un quartiere di case nuove, su strade non lastricate, fra pozzanghere e lembi di prato imbrattati d'una neve grigia; alla fine trovammo via Tripoli, un fosso lungo una siepe, che terminava entro un cortiletto pieno di neve e di lastroni di ferro; di là dal cortile, una casa alta e stretta come una torre, protesa nella nebbia sul ciglio della campagna.

Quartiere poco allegro, osservava mia madre mentre salivamo le scale; ma osservava che le case in centro costano care, e anche a lei era toccato pigliare quella casa in periferia; tuttavia la zona dove abitava le piaceva piú di questa, e chissà come faceva la signora Fontana a girare nel fango coi suoi sandali; quartiere poco signorile, scale faticose e niente ascensore; dovette fermarsi a riprendere fiato, e si tolse di tasca il fazzoletto e s'asciugò la neve sulle scarpe.

Ci venne ad aprire la serva Settimia, una vecchietta infagottata di scialli; e ci condusse lungo un corridoio in un piccolo salottino. Poca mobilia, lampadine fioche; da una porta mezzo aperta sul corridoio, s'intravvedeva una stanza da letto coi letti non ancora rifatti, con una camicia da notte appallottolata su un guanciale. Nell'angolo del salotto, su un divano coperto da un tappeto sardo, c'era il gatto Menelao: un siamese piuttosto selvatico, che non si lasciò accarezzare e scappò subito via. Sedemmo attorno a un tavolo dove stava una piantina grassa in un vaso; e mia madre subito fece le corna, perché le piante grasse portano disgrazia. Sedemmo ad aspettare, guardando di là dai vetri il crepuscolo sulla morta campagna; e mia madre diceva accigliata che non c'era motivo di correre tanto in quel fango, erano persone scortesi che non si facevano trovare in casa dopo averci invitato.

Finalmente arrivò la signora Fontana, e dietro a lei la figlia; e la signora Fontana carica di pacchi cominciò a scusarsi, aveva dovuto girare per commissioni, tra qualche giorno la figlia andava a un gran ballo, e si diede a scartare i pacchi e a mostrare tulle e velluti; aveva disegnato lei stessa l'abito per la figlia: bustino attillato, gonna ricca, tre pieghe sul mezzo davanti, tre pieghe increspate sul dietro: e un ramoscello di roselline allo scollo: una cosa molto vaporosa, una cosa molto *jeune fille*. Mia madre l'ascoltava severa, sempre offesa per avere aspettato: vere o false, le roselline? inquisí bruscamente; fresche, rose fresche, si capisce, rispose la signora Fontana. Poi comparve la serva Settimia col tè; e insieme al tè furono serviti dei biscotti grossi e duri come pietre, di quelli che dànno col caffelatte nelle latterie.

Mia madre chiese di vedere i quadri. La signora Fontana ci portò in un'altra stanzetta dov'erano i suoi quadri ammucchiati: guardammo delle teste livide e bislunghe, non si capiva se di uomo o di donna, con due crocette al posto degli occhi e al posto della bocca un'inferriata; e sullo sfondo case e case addossate contro un cielo a sbarre, case e case con finestre a sbarre e comignoli storti, che mandavano fuori fumo livido.

Sí, disse mia madre, era pittura moderna; altri non la capivano ma lei la capiva; soltanto le faceva un effetto un po' triste, un effetto come di prigione; ma forse era colpa di quel quartiere se la signora Fontana dipingeva cosí a sbarre; perché era un quartiere triste, un quartiere che ispirava idee di prigione. C'erano tutte quelle grandi case che parevano prigioni e caserme, e quella campagna desolata all'intorno. Ma la signora Fontana riguardo al quartiere non era d'accordo: non le sembrava triste per niente, dovevano vederlo in primavera, quando il prato era pieno di anemoni; ci si svegliava al mattino con lo scampanío delle pecore, e lei pigliava tavolozza e pennelli e scendeva a dipingere sull'erba.

Si mise a guardare Giulia e disse che aveva una bella testa, una testa interessante; le sarebbe piaciuto farle il ritratto, peccato non c'era piú molta luce. Mia madre adesso era tutta contenta, e si vantò di Giulia che doveva avere un bambino; e la signora Fontana disse che quando fosse nato il bambino si rivolgessero a lei per consiglio, lei aveva lavorato per qualche tempo in una *Kinderheim*, un momento che aveva molto bisogno di denaro. Aveva conosciuto momenti difficili, disse, e se l'era sempre cavata da sola: Gilberto, suo marito, poveretto, non era un uomo su cui potersi appoggiare: un carattere debole, incostante: un matrimonio durato nemmeno un anno; ma erano rimasti buoni amici. Da ragazza, studiava danze classiche; viziata in famiglia e tenuta nella bambagia; poi rovesci finanziari, la famiglia dispersa; e lei per vivere aveva fatto di tutto, contando sulle sole sue forze. Aveva fatto parte di una compagnia di filodrammatici; era stata nel giornalismo; era stata segretaria d'un deputato, e siccome era un vedovo, lei doveva anche fargli da direttrice di casa: c'erano pranzi ufficiali dove stava seduta al fianco di ambasciatori e ministri. Aveva conosciuto ogni specie di persone; la sua vita era tutta un romanzo; e forse, prima di morire, avrebbe scritto le sue memorie.

Mia madre le disse che io ero molto dotata per lo scrivere; scrivevo, da bambina, dei versi; e facevo dei temi che li leggevano in tutta la scuola; ero molto dotata, molto dotata, e adesso ero segretaria di redazione d'una rivista; davo lezioni, avevo quel lavoro nella redazione, e la notte studiavo per pigliare la laurea: e lei aveva una gran paura che mi venisse l'esaurimento nervoso. Domandò alla signora Fontana cosa le sembrava di me: cosa pensava si potesse fare con i miei capelli. La signora Fontana m'agguantò la testa e si mise a voltarmela in qua e in là, riflettendo e arricciando il naso; infine disse che bisognava tagliarmi i capelli cortissimi e fare una permanente a vapore, molto molto leggera. Poi disse alla figlia di portarci di là noialtre ragazze, dopo tutto era una ragazza anche Giulia perché aveva quel viso cosí giovane; e di farci vedere i suoi vestitini e tutte quante le sue cosette; lei voleva parlare un po' con mia madre di quel progetto della galleria d'arte.

Seguimmo la coda di cavallo che svolazzava fiammeggiante su un grembiale da scuola d'alpaga nero; passammo nella camera da letto che intanto era stata assestata alla meglio, i letti rimboccati

e ricoperti; sedemmo sui letti, e Barbara ci confessò ridendo che
non aveva gran vestiti da mostrare, sua madre bluffava sempre su
tutto; ne aveva due, niente di straordinario; forse quello nuovo
per il ballo sarebbe stato carino. Era un ballo importante, perché
ci sarebbero stati certi parenti del suo fidanzato, venuti in vacanza
dalla Sicilia; lui sperava di presentarla a questi parenti, e che loro
la pigliassero in simpatia, e tornando in Sicilia parlassero in favore
del matrimonio; la famiglia di Pinuccio, il suo fidanzato, non l'aveva mai voluta vedere nemmeno in fotografia, perché non volevano
saperne di una del continente; erano tipi stravaganti e superbi,
nobilacci, con tanti denari; vivevano asserragliati in un castello a
picco sul mare, non si vedeva altro che mare, fichidindia e mare.
Il padre pesava piú di cento chili, e faceva le scale abbracciato a
due servi; e c'era un mucchio di sorelle ancora zitelle, che portavano il lutto d'uno zio morto in guerra, e perciò non uscivano
mai dal muro di cinta; facevano il pane in casa, facevano certe
calze nere lunghe come serpenti e la sera dicevano il rosario attorno al lume. Lei, se sposava Pinuccio, doveva finire là in mezzo;
e proprio non le andava di finire cosí. Cercava di convincere Pinuccio a restare nel continente; Pinuccio fra pochi mesi diventava procuratore, poteva aprire uno studio a Torino o a Roma; e invece lui
s'era fissato che voleva tornare in Sicilia; e sognava soltanto di
salire, con lei, la scalinata che in mezzo agli scogli portava al castello, e chinarsi con lei a baciare, nell'ombra d'un salone grande
come una piazzadarmi, la mano a quel suo padre di cento chili.

Pinuccio, il pane che si comprava in bottega non lo poteva soffrire, e gli mandavano le sue sorelle certe ruote di pane con la
crosta dura, un pane che a tagliarlo andava tutto in briciole, perché era vecchio; e gli mandavano certi salamini tutti imbottiti di
pepe, e certi dolci fatti con la chiara d'uovo e col miele; lei una
volta li aveva assaggiati quei dolci, e s'era sentita per tutto il
giorno la bocca come impastata di sapone. Pinuccio, quando veniva da loro a pranzo trovava sempre qualcosa da criticare, perché
gli piacevano soltanto le pietanze cucinate in Sicilia; e poi trovava
da criticare sul modo come lei andava vestita, e sul modo come
camminava, guai se muoveva appena un poco il sedere; e guai se la
vedeva col rossetto alle labbra, era capace di prenderla a schiaffi.
Era molto geloso; era abituato con le sue sorelle, che non uscivano

mai sole e con tutto quel mare, non facevano mai il bagno di mare, non avevano nemmeno il costume; lei aveva un costume a un pezzo solo, un costume tranquillo, appena appena un po' nuda la schiena; eppure quando andava in piscina con Pinuccio, litigavano per quel costume. Se lui la sorprendeva a ridere o a scherzare con un giovanotto, diventava come una tigre.

Le faceva la vita difficile, ma lei gli voleva bene, e inghiottiva ogni cosa in santa pace, per l'amore che gli portava. Tante volte la notte stava sveglia, e pensava nella sua testa tutta una lettera da mandare a Pinuccio, per dirgli che non dovevano vedersi mai piú. Sua madre accendeva il lume, e la vedeva là con gli occhi sbarrati; s'impauriva, s'alzava a scaldarle la camomilla, e diceva di lasciarlo perdere questo Pinuccio, se no ci rimetteva la salute; pure anche sua madre a Pinuccio gli voleva un gran bene, e diceva sempre che uno cosí non era mica facile trovarlo, serio, affezionato, ricco e anche bello: e la bellezza, diceva sua madre, in un marito è una merce preziosa. Stavano sveglie a chiacchierare fino al mattino, lei e sua madre, e mangiavano i cioccolatini al liquore che Pinuccio aveva portato in regalo; e alla fine la madre la confortava, forse Pinuccio col tempo sarebbe cambiato, gli sarebbero passate quelle sue manie, e si sarebbe persuaso a non tornare a vivere in Sicilia.

Lei correva a scuola senza nemmeno bere il caffelatte, perché intanto le si era fatto tardi; in classe era tutta stanca e intontita, perché aveva dormito quasi niente, e quando la interrogavano pigliava sempre quattro, tanto era intontita; voleva pensare che non importava, che presto lei si sposava e piantava lí di studiare, ma lo stesso le veniva una gran vergogna, e usciva di scuola in lagrime; ma sulla porta della scuola c'era ad aspettarla Pinuccio, carino col suo paltò di cammello, e la consolava e andavano ai giardini pubblici; e lei a poco a poco dimenticava ogni cosa, i brutti voti che aveva preso e la malinconia di finire forse in Sicilia; quando lui era di buonumore, non sembrava piú lo stesso Pinuccio che certe volte l'aveva agguantata per il bavero della giacchetta, bianco in viso da mettere spavento, solo per uno scemo di ragazzo che passando le aveva fatto ciao.

Mentre parlava, Barbara si trastullava con la sua coda di cavallo, se l'era portata sul petto e se la pettinava con le dita; e ogni

tanto tendeva il collo a guardarsi nello specchio del cassettone, e
si toccava certe bollicine che aveva sul mento, purtroppo erano i
cioccolatini al liquore che le davano quelle bollicine; purtroppo
tutte le cose buone e ghiotte facevano danno, adesso in vista di
quel ballo famoso bisognava che lei per qualche giorno lasciasse
stare i cioccolatini, così ci andava con la carnagione chiara. Disse
a Giulia che le invidiava la sua carnagione, come faceva a avere
quelle guance tanto lisce; con la carnagione di Giulia, disse, ci
sarebbero stati benissimo i capelli rossi che aveva lei; e s'avvicinò
a Giulia, le circondò col braccio la vita e le accostò alla guancia
la coda di cavallo: si specchiarono insieme. Ma lei era bell'e stufa
di quella sua parrucca rossa: in classe la chiamavano Polendina.
    Quando ritornammo in salotto, ormai la signora Fontana e mia
madre si davano del tu; avevano fatto un gran parlare, avevano
parlato di un po' di tutto, e avevano stabilito che quella galleria
d'arte, così come l'aveva pensata mia madre, l'avrebbero messa
su insieme: e sarebbe stata una grande cosa, una cosa bellissima,
un nucleo intellettuale in quella città che offriva così poche risorse
alla gente di cultura. Stavano sul divano come vecchie amiche,
e avevano accanto un portacenere pieno di cicche e di bucce di
mandarini; e mia madre teneva in grembo il gatto Menelao, e
quando entrammo subito ci disse che i gatti sono meglio dei
cani; Giulia l'aveva bell'e stufata con quel suo cagnetto. Veden-
doci entrare in gruppo, mia sorella e io e Barbara, la signora Fontana gridò che ci avrebbe fatto un ritratto a tutt'e tre insieme; e
mia madre disse che però io mi dovevo mettere un abito decente,
e con quel maglione da ciclista le ero venuta a noia: sembravo un'o-
peraia sovietica. Invece la signora Fontana lodò il maglione da ciclista; Scilla, la chiamava adesso mia madre; disse Scilla che anzi
anche Barbara avrebbe messo un maglione il giorno che avremmo
posato per il quadro, e ci saremmo rincantucciate lí sul divano,
nell'angolo della finestra: un piatto di mandarini da un lato, il
gatto Menelao dall'altro; senz'altro dovevamo venire a posare
l'indomani. Io mormorai che non avevo tempo, che avevo da studiare; ma mia madre spingendomi verso l'ingresso dichiarò che
un'oretta per la posa l'avrei trovata senz'altro. Restammo ancora
un pezzo nell'ingresso, mia madre aveva chiesto qualche romanzo
in prestito; Scilla tirò fuori dei libri da uno scaffaletto, erano

vecchi libri del marito perché lei non leggeva: le piaceva tanto leggere, ma voleva risparmiarsi gli occhi per la pittura; qualche volta la figlia leggeva ad alta voce per lei. Si tenevano abbracciate alla vita Scilla e la figlia, e si sbaciucchiavano e mischiavano zazzera color fieno e chioma fulva; si chiamavano con vezzeggiativi, bijou, frufru; ma a un certo punto la serva Settimia dalla cucina strillò che la minestra era cotta; la serva Settimia alla sua padrona diceva « Scilla » e le dava del tu. Scilla sottovoce disse a mia madre che non riusciva a farsi dare del lei, d'altronde quella Settimia l'aveva tenuta a balia, stava con loro da tanti mai anni. Mia madre si mise sotto il braccio i libri che le avevano dato, senza nemmeno guardare cos'erano, perché ormai avevamo fatto tardi; e scendemmo rapidamente le scale. Sul portone ci scontrammo con un giovanotto pallido, dai lunghi capelli neri, dal paltò di cammello: ed era certo Pinuccio, perché sopra lo stavano aspettando.

Sul tram che ci riportava a casa, mia madre prese a togliersi dalla gonna i peli del gatto Menelao. Diede uno sguardo ai volumi avuti in prestito e rimase un po' male: erano I tre Moschettieri: roba da ragazzi, roba buona per la piccola Costanza. Scilla certo s'era sbagliata: lei le aveva chiesto qualche bel romanzo moderno. Probabilmente Scilla poveretta ci vedeva poco; e perciò dipingeva in quel modo, tutto a inferriate e a sbarre. Chissà, certo anche domani nel ritratto che ci voleva fare, di noi e dei mandarini e del gatto non sarebbe risultato che sbarre.

In tram, io sedevo dirimpetto a Giulia e notai che Giulia aveva le guance colorite, e un'insolita espressione di gioia nel suo sorriso timido; se ne accorse anche mia madre, e appena arrivata a casa disse a Chaim di guardare che bell'aspetto aveva Giulia stasera, soltanto per avere acconsentito a uscire un poco e a distrarsi; bisognava pure di tanto in tanto vedere qualcuno, disse mia madre, se no si scoppiava di noia e la noia faceva male al fegato. Raccontò lungamente a Chaim del pomeriggio che avevamo passato, un bel pomeriggio, in compagnia di persone piacevoli; e raccontò della signora Scilla che aveva lavorato un po' dappertutto, aveva conosciuto ogni specie di gente, ed era stata perfino in una Kinderheim. Ma Chaim non sembrava troppo contento che Giulia l'indomani di nuovo andasse laggiú, era molto lontano e lui temeva che potesse stancarsi: e poi a stare in posa ci si stanca.

Mia madre allora subito si offese, disse a Chaim che lui non capiva
niente, che era un medico dei suoi stivali; si rimpiattò in un
angolo del divano, mise gli occhiali e cominciò a leggere *I tre Moschettieri*: perché non l'aveva mai letto, e perché non aveva altro
di meglio.

L'indomani, Giulia stava poco bene e rimase tutto il giorno
sul letto; cosí da Scilla andammo sole io e mia madre. Mia madre
era molto dispiacente che Giulia fosse rimasta a casa, e diceva che
certo stava benissimo Giulia, era Chaim che non le aveva permesso di uscire; stava benissimo, era tutta questione di nervi;
dopo sposata, Giulia sembrava piú che mai addormentata e de-
pressa; un tempo almeno s'interessava un poco ai vestiti, sfogliava
qualche giornale di mode, ma ora anche di questo non le importava piú nulla. Chissà, forse quando avesse avuto il bambino sarebbe diventata piú sveglia. Andavano d'accordo, Giulia e Chaim?
Chi poteva saperlo? Litigare, non litigavano mai, almeno in presenza d'altri; a volte Chaim tendeva la mano a carezzare i capelli
di Giulia, e lei tirava via la testa; e il dottore subito si rattrappiva,
si toccava la cravatta convulso con la spalla che sussultava. Qualche volta, la domenica, lui le sedeva vicino e voleva leggerle, come
un tempo, le poesie di Hoffmannstahl; ma Giulia gli diceva di non
leggere, che non aveva voglia d'ascoltare; e gli diceva di mettersi
piú lontano, perché l'odore della sua sigaretta le dava fastidio.
Mia madre diceva che Giulia sarebbe stata diversa con un uomo
diverso, meno vecchio e meno triste; Chaim era uno che non credeva piú a nulla, gli erano successe troppe disgrazie. Una volta
era stato comunista, quando era piú giovane; adesso non era piú
comunista, adesso non era niente; mia madre i comunisti li odiava,
eppure quasi quasi avrebbe preferito se fosse stato ancora comunista Chaim; e tante volte gli gridava che almeno i comunisti avevano qualche cosa da proporre per il futuro, e invece lui cosa proponeva, non proponeva niente. Non credeva nemmeno nella sua
professione; che la gente dovesse morire o guarire per lui era
uguale, visto che la vita, diceva, non portava niente di bello; e
certo con una simile concezione non poteva farsi molti clienti,
perché da tutta la sua persona spirava scetticismo e sconforto. I

malati certo non gli accordavano nessuna stima; e lui a tutti rivolgeva quel suo sorriso mite, amaro e desolato, scoprendo i denti rotti che una volta in Polonia gli avevano spezzato con un pugno in una dimostrazione contro gli ebrei.

Scilla si mise subito a farci il ritratto, a me e a Barbara; Barbara aveva messo un maglione che s'era fatto per andare a sciare: un maglione verde bandiera, con un alto collo rivoltato. Ci mettemmo sedute sul divano, col gatto, ma il gatto a un certo punto scappò via; non c'era il piatto coi mandarini, perché i mandarini li aveva mangiati tutti Barbara a pranzo, e la serva Settimia non volle saperne di scendere a comperarne degli altri. Scilla s'era infilata per dipingere un grembialone lungo, imbrattato di colori; e dipingendo brontolava con mia madre riguardo alla serva Settimia, era una lumaca e bisognava discutere un'ora per farle fare due scale; lei avrebbe avuto una gran voglia d'una servotta un po' giovane. Ma mia madre le disse di guardarsi dalle serve giovani, per esempio la nostra Carmela mandava in briciole tutto quel che toccava.

In quattro e quattr'otto il quadro era bell'e finito: era quello che mia madre s'aspettava, teste bislunghe e livide, una coi capelli a nuvola, l'altra con un pennacchio fiammeggiante; occhi a croce, bocca a sbarre. Ma Scilla era tutta contenta; trovava che vi si vedeva espressa la sostanza della vita moderna, ragazze ardite e spregiudicate, ragazze senza fronzoli né leziosaggini, fatte per battersi al fianco dell'uomo; e vi appese un cartellino con scritto: *Ragazze col maglione*; questo nome avrebbe avuto il quadro sul catalogo, alla prossima mostra; sarebbe stata la sua prima mostra personale, e avrebbe avuto luogo nella galleria d'arte di mia madre. Mia madre osservò soltanto che i miei occhi non erano riusciti troppo bene: io la sola cosa che avevo erano gli occhi, molto espressivi e vivaci, e se mi levavano quelli non mi restava piú niente. Mentre io mi preparavo ad andarmene, sopraggiunse Gilberto, l'ex marito di Scilla: un uomo ancora abbastanza giovane, ma tutto calvo, con dei baffi da mongolo, lunghi e ricurvi, con un cappotto sfilacciato ai polsi; sedette con addosso il cappotto, perché trovava che in quella casa ci faceva un freddo del boia, e disse alla serva Settimia di portargli un cognac. La serva Settimia dava del tu anche a Gilberto, e lo trattava male; gli disse che se in casa faceva freddo, lui perché ci veniva; acconsentí a versargli un bicchierino di cognac, ne offerse anche a noi, rifiutammo e lei subito se ne tornò via con la bottiglia, perché se no quello lí, disse, gliela scolava tutta fino in fondo. Dalla cucina seguitò a gettare imprecazioni e vituperi; e mia madre era un po' sconcertata, ma Scilla le disse di non farci caso, Settimia ormai poveretta non era piú padrona delle sue facoltà: Settimia ormai dava i numeri. Gilberto scagliò un cuscino in direzione della cucina: e chiese a Scilla cosa mai aspettava a levarsi quella vecchia peppia dai piedi. Scilla rispose che quella vecchia peppia l'aveva pure tenuta in grembo bambina. Poi Gilberto si mise a guardare il quadro, carezzandosi i baffi: e infine fece un verso nella gola, che non diceva né di sí né di no. Barbara s'era messa sulla spalliera della sua poltrona, e gli faceva mille tenerezze, babbino, babbino; e lui di tanto in tanto tirava su una mano con un anello d'ametista, e dava uno strattone alla coda di cavallo.

Me ne andai e lasciai là mia madre, che insisteva perché io mi trattenessi ancora un poco; ma era tardi e io dovetti affrettarmi, avevo una lezione all'estremo opposto della città. Per tutta la durata della lezione, una ripetizione di latino a un ragazzetto svogliato, io pensavo a quelle persone fra cui s'era cacciata mia madre; e sentivo un confuso malessere, come se là in mezzo si celasse qualcosa di sospetto; ma non avrei saputo definire né chiarire questa sensazione.

Rincasando, trovai la mia amica che preparava un poco di cena nel nostro cucinino; mangiammo insieme accanto alla finestra, appoggiate al davanzale, guardando la piccola piazza dove gli uomini entravano ed uscivano dall'osteria, si fermavano in circolo sotto i lampioni, scalciavano e scalpitavano per il freddo, e facevano deviare per scherzo lo zampillo della fontanina sull'angolo; a noi era cara quella piccola piazza, con la fontanina, i lampioni e l'insegna al neon dell'osteria, e con in mezzo il monumento di bronzo, dal piedestallo sepolto sotto la neve. Mi pareva che quella piccola piazza, e quel nostro cucinino e la nostra stanza, coi libri e il tavolo dove la sera io studiavo, fosse un porto sicuro a cui tornavo per trovare quiete e conforto. Fra qualche mese, la mia amica si sarebbe sposata; e io sarei rimasta sola in quella stanza, sempre sola la sera a segnare con la matita rossa, in margine alle dispense, le cose che dovevo ricordare; e mi sarei sentita molto sola e triste, senza la figura severa della mia amica che al mio fianco leggeva e fumava, e scacciava la cenere dalle pagine con un colpetto della sua mano larga e vigorosa a me cara. La mia amica era per me un grande appoggio; e soffrivo a pensare che questo appoggio in parte l'avrei perduto, perché quando lei si fosse sposata non avremmo potuto vederci molto di frequente; e glielo dissi, e lei rise e posò sulla mia mano la sua mano calda e robusta, e mi rispose che invece contava di venirmi a vedere spesso, e condurmi a cena nella sua casa dove avrebbe avuto un arnese elettrico per fare i frullati di frutta. Avremmo sempre mangiato squisiti frullati d'ogni specie di frutta; quell'arnese glielo regalavano certi parenti per le nozze ed era un bellissimo arnese, come ce li avevano nei bar. Cosí su questo arnese per frullare la frutta s'interruppe subito il nostro discorso, perché alla mia amica non piacevano i discorsi un po' tristi e patetici, e subito li deviava su qualche oggetto solido e concreto. Conoscevo bene questo tratto del suo carattere: ed ero avvezza ad essere distolta, come portata altrove dalla sua mano imperiosa, quando m'indugiavo a languire su fantasie malinconiche. Mentre ci svestivamo per coricarci, la mia amica mi disse che del resto anch'io dovevo pur pensare a sposarmi; le risposi che certo mi sarebbe piaciuto sposarmi, ma avevo la sensazione oscura che non mi sarebbe mai capitato. Lei mi disse di non abbandonarmi a queste sensazioni oscure; non erano che vuoti vaneggiamenti, e ingombravano l'anima di una nebbia malsana.

Seppi poi che quella sera mia madre se n'era dovuta venir via col quadro: Scilla gliel'aveva regalato e a tutti i costi aveva voluto che se lo portasse subito a casa; l'aveva messo in cornice e l'aveva incartato e gliel'aveva cacciato sotto l'ascella; e mia madre aveva fatto una bella sudata a portarselo fino al tram. Cosí ora le ragazze col maglione guardavano dalle pareti della sala da pranzo; guardavano, coi loro occhi a croce, di sopra alla spalla di Chaim.

Noi cominciammo dunque a frequentare la signora Fontana e la figlia; e perfino a Carmela fu imposto di andare dalla vecchia Settimia, la domenica pomeriggio, visto che la domenica pomeriggio Carmela non sapeva mai dove andare: e se ne stava torva alla finestra della cucina, stropicciandosi i gomiti e stiracchiandosi sui polsi le maniche del golf. Mia madre pensava che Settimia poteva insegnare a Carmela qualche buona pietanza; e Carmela dovette dunque seguire mia madre in via Tripoli, e passeggiare insieme a Settimia su e giú per i viottoli tra i prati. Ma tornò ancora piú stralunata e torva da quella passeggiata sui viottoli, il quartiere non le piaceva, era ancora piú brutto e piú solitario che a casa sua a Dronero, era proprio campagna; e la vecchia Settimia di piatti non ne sapeva. Raccontò poi che Settimia le aveva detto che lei non era la serva, ma una parente stretta della signora, caduta in miseria; e la signora la faceva passare per serva, se no pensavano che la serva non ce l'aveva. Mia madre disse che quella Settimia era matta, e non c'era da credere una parola di quanto diceva; e Carmela allora le chiese perché la mandava la domenica in compagnia d'una matta; lei se doveva stare coi matti, allora tanto valeva che stesse con quel matto di suo padre. Settimia camminava cosí adagio, che s'infreddolivano tutt'e due a passeggiare lungo i prati, nel vento che tirava in quella zona; e Settimia era vestita buffa, con un mantellino tutto a perline cucite, buffa che pareva la befana, e i ragazzi le tiravano dietro manciate di neve. Pure a lei non sembrava tanto matta, forse un po' fissata, proprio matta no. Ma d'altronde gl'incontri fra Carmela e Settimia non furono molti, perché presto Settimia scomparve da casa Fontana; Scilla disse a mia madre che l'aveva rispedita al paese con una buona somma di denaro, era cosí matta e cosí vecchia e non combinava piú nulla. Scilla ora accudiva alla casa da sola, con un paio di guanti di gomma per non sciuparsi le mani; e diceva che ci prendeva gusto a trafficare per casa, a pasticciare in cucina e studiare pietanze curiose. Di serve per adesso non voleva saperne, tanto le serve sono tutte una razza, fanno arrabbiare e sprecano quattrini; piú tardi forse si sarebbe presa un servitore maschio, perché certe sue amiche le avevano detto che un maschio frutta molto di piú. Mia madre le chiese se non avrebbero avuto paura la notte, lei e Barbara sole col servitore; e Scilla rispose che quelle sue amiche le avrebbero mandato un uomo di assoluta fiducia, un parente del loro autista; mica le avrebbero messo in casa uno sconosciuto qualunque. Ma mia madre non era d'accordo su questa cosa del servitore, anche di fiducia un uomo è sempre un uomo, e può venirgli a un tratto qualche brutto pensiero. E poi Scilla non aveva l'idea di quello che mangia un uomo; mica come una donna, che gli dài un piattino di minestra e subito s'accontenta. Mia madre disse a Scilla che le sue amiche le avevano messo in testa una stupidaggine; e invece lei avrebbe potuto scrivere a Dronero alla cugina Teresa, che mandasse una brava ragazza da quelle campagne. Mia madre era un po' gelosa delle amiche di Scilla, di cui sentiva sempre parlare; sperava in segreto che Scilla gliele facesse incontrare una volta o l'altra; erano gran signore con l'automobile, e di tanto in tanto portavano Scilla in una loro tenuta, a qualche chilometro dalla città. Da quelle gite, Scilla ritornava sempre con lo stomaco in disordine, perché le avevano dato troppo da mangiare; e doveva attenersi a una dieta severa, a base di cicoria bollita e di prugne cotte passate allo staccio.

I giorni che Scilla era in gita con le sue amiche, mia madre non sapeva cosa fare; ormai s'era abituata a vedere Scilla ogni pomeriggio; e in quei giorni, mentre sedeva sola al caffè mangiando la granita con la panna, mia madre si domandava perplessa perché Scilla alludeva sempre ad un prossimo incontro fra lei e quelle altre amiche, e tuttavia non si decideva mai a combinare; e si chiedeva se Scilla non era forse un poco svaporata e inconcludente; per esempio faceva un gran parlare della galleria d'arte, dove avrebbe condotto le sue amiche e tutte le sue conoscenze, e dove a turno lei e mia madre avrebbero tenuto delle piccole conversazioni sui piú svariati argomenti, magari anche sull'emancipazione della donna; ma di tanti locali che avevano visitato insieme lei e mia madre, non ce n'era uno che le andasse a genio. Quanto ai denari per l'affitto dei locali, Scilla diceva che non c'era motivo di stare a pensarci; aveva quelle amiche tanto ricche, le quali senz'altro le avrebbero messo a disposizione la somma necessaria; ma mia madre pensava che la prima cosa da fare, era presentarla subito a quelle amiche.

In quei giorni, per disperazione, mia madre finiva con l'entrare nel negozio delle sue sorelle; curiosava tra i vasellami, sedeva un momento a fumare una sigaretta nel retrobottega, e dava ordine al fattorino di portarle a casa qualche vecchia cassa da imballaggio e un po' di paglia, che serviva a Carmela per accendere il termosifone; e le sue sorelle, molto piú gentili con lei adesso che la vedevano meno sovente, le regalavano anche dei rotoli di corda per stendere la biancheria; e tiravano fuori da un armadietto una bottiglia di marsala all'uovo, e gliene offrivano un mezzo bicchiere. Mia madre brontolava che non avevano nemmeno un biscotto: e senza biscotti il marsala le faceva girare la testa.

Un giorno, mia madre arrivando da Scilla trovò sul divano un ombrello di quelli che quando son chiusi son piccoli piccoli, e stanno dentro la borsetta; Scilla le disse che apparteneva a Valeria, una di quelle amiche della tenuta; se n'era andata via da poco, e l'aveva dimenticato lí. Mia madre, fiutando l'aria, sentiva un profumo acuto; cœur de lilas, disse Scilla; Valeria se n'era andata soltanto dieci minuti prima; per caso non l'aveva incontrata mia madre per strada, una bella donna alta, con pelliccia di castorino? No, disse mia madre, non l'aveva incontrata; e quanto al castorino, lei se avesse avuto i mezzi si sarebbe fatta ben altra pelliccia, non certo il castorino che si è visto troppo. Ma il castorino, le rispose Scilla, Valeria lo metteva nei giorni di cattivo tempo: era la sua pelliccia da pioggia. Volle mostrare a mia madre com'era carino l'ombrello, e lo aperse: ma mia madre le disse di richiuderlo subito, perché aprire l'ombrello in casa porta disgrazia.

Scilla seguitava a dire com'era peccato che mia madre fosse arrivata troppo tardi, le sarebbe piaciuto che vedesse Valeria, era molto curiosa di sapere cosa gliene sembrava: un viso forte, disse, un viso originale: mascelle prepotenti, naso aquilino; si tastava le mascelle e le sporgeva in fuori, per mostrare com'erano prepotenti nel viso di Valeria; e mia madre, seduta sul divano a palleggiare l'ombrello, osservò che se davvero ci teneva tanto a fargliela vedere questa Valeria, aveva solo da telefonarle di venire un po' prima; perché mia madre da qualche tempo aveva il telefono, l'aveva dovuto mettere per via di Chaim. Scilla rispose che a telefonare non ci aveva pensato, lei del resto non aveva il telefono, e per telefonare doveva scendere di sotto alla panetteria; il telefono lei non lo metteva e se ne guardava bene, se no con tutta la gente che conosceva sarebbe stato uno scampanellare continuo, e non avrebbe avuto piú pace. Ma mia madre disse che non sapeva spiegarsi perché tutte le amiche che diceva di avere, e Valeria e le altre, non gliele faceva incontrare mai; una cosa strana, disse mia madre, una cosa incomprensibile; e dov'erano tutte queste gran conoscenze, avevano girato insieme lei e Scilla per caffè e cinema, e mai c'era stato un cane che dicesse a Scilla buonasera. Scilla rispose che le sue conoscenze giravano poco a piedi, eran tutte persone con la macchina, e non frequentavano altro che i caffè elegantissimi, quelli dove una tazza di cioccolata costa cinquecento lire; mica quei caffeucci dove andavano a sedersi loro due. Mia madre disse che in quei caffeucci lei s'era sempre trovata bene; e non aveva tutti questi soldi da spendere, visto che per lo più toccava a lei pagare le consumazioni, perché Scilla o si scordava a casa il borsellino o proprio sul momento di pagare scompariva nella toilette. Mia madre si sentí d'un tratto calda di rabbia, sudata, e il collo le si coperse di chiazze rosse; e si sbatacchiava furiosamente la collana sul petto; e di colpo agguantò la sua pelliccia e andò via. Ma aveva fatto solo due piani di scale, quando Scilla la raggiunse; la prese a braccetto, la riportò di sopra, la baciò sulle guance e la ricacciò a sedere sul divano; e la pregò di non lasciarla sola, perché era triste e aveva un sacco di guai.

Mia madre stette a sentire i guai di Scilla fino a tardi: Scilla aveva pochi denari, non aveva che un piccolo capitale in azioni, e se lo mangiava giorno per giorno; aveva sí quel suo lavoro, disegnare modelli per le sartorie, ma non era un lavoro molto redditizio, e c'erano le stagioni di morta; adesso per esempio non aveva nulla da fare. E poi lei aveva un brutto carattere, un carattere orgoglioso e impertinente; e c'erano sartorie che non le avevano piú dato lavoro, perché aveva risposto male a certe stupide osservazioni; avrebbe dovuto lavorare in proprio; il suo sogno era possedere una piccola sartoria sua, o meglio non una sartoria ma uno di quei piccoli negozi per signora dove si fanno abiti su misura, e dove si vendono anche scarpe eleganti, orologetti alla moda, pantaloni sportivi, guanti e foulards. Lei si sarebbe molto divertita a studiare modelli d'abiti originali, e ad escogitare articoli estrosi, con un pizzico di stravaganza; sarebbe stato un successo sicuro, lo sentiva; e con Valeria quel giorno aveva parlato appunto di questo, chiedendole se le faceva un prestito, almeno per cominciare; perché lei aveva quel suo piccolo capitale, ma non voleva toccarlo. Valeria le aveva promesso un prestito, ma doveva chiedere il consenso al marito e il marito era un tipo antipatico, attaccato ai soldi; tanto avaro che quando il domestico riponeva i vestiti da inverno, lui pretendeva che la moglie contasse le pallottole di naftalina. Cosí chissà se avrebbe acconsentito a quel prestito: Scilla temeva fortemente che dicesse di no. Per questo non aveva ancora voluto parlare a Valeria della galleria d'arte: perché non voleva distrarla dal progetto del negozio. Certo la galleria d'arte era un'idea bellissima, peccato che non poteva rendere molto; e lei aveva bisogno di far subito un po' di soldi; e poi aveva bisogno di bruciare le proprie energie in qualcosa di solido, di veder fiorire un'impresa che le desse subito qualche soddisfazione. La galleria d'arte era un'iniziativa piú lenta e difficile, piena di rischi e incertezze; inoltre lei si sentiva in questo momento un po' lontana dall'arte, vogliosa di risultati immediati e concreti su un piano materiale; era un momento che non le piaceva piú tanto dipingere, prendeva la tavolozza e i pennelli, tracciava qualche segno di colore sulla tela, e subito le veniva un dolore alla nuca, le si annebbiava la vista; forse aveva anche un po' di esaurimento nervoso. E invece almanaccava tutto il giorno su quel negozietto. Sarebbe tornata alla pittura piú tardi, con energie rinnovate; piú tardi, quando Barbara si fosse sposata e lei avesse avuto meno pensieri. Adesso, fra l'altro, s'avvicinavano le nozze di Barbara, e doveva pensare a farle un po' di corredo; perché non la poteva mica mandare nuda a quel castello in Sicilia, fra tutte quelle cognate zitelle che la odiavano prima ancora di conoscerla: bisognava avesse un buon corredo, se no dicevano che Pinuccio s'era presa in moglie una morta di fame. Gilberto poveretto s'era offerto di vendere il suo anello con l'ametista, che portava sempre al dito perché era un caro ricordo; ma Gilberto non aveva mica un'idea di quanto costa un corredo, e ignorava che quel suo anello valeva ben poco. Gilberto purtroppo in questo momento era pieno di guai anche lui, gli affari non gli andavano niente bene; le doveva un fisso al mese, per legge; ma da qualche mese si trovava tanto in difficoltà, che finiva col non mandarle nulla, e lei non aveva cuore di protestare; Gilberto aveva poca salute, soffriva di un'ulcera gastrica e non doveva angustiarsi.

Allora mia madre disse che riguardo al negozietto, non le sarebbe niente dispiaciuto associarsi anche lei all'impresa; non le sarebbe niente dispiaciuto avere una cointeressenza. Quanto ai modelli e alla fattura degli abiti, lei non se ne sarebbe immischiata perché non se ne intendeva abbastanza: benché a Dronero le capitasse sovente di dar consigli alle varie nipoti e cugine, sfogliando giornali di mode e soprattutto il « Vogue ». Ma avrebbe potuto tenere l'amministrazione, e trattare con le clienti; questo era proprio il suo forte, e d'altronde l'aveva già fatto nel negozio di vasellami delle sue sorelle: peccato che le sue sorelle avevano idee ristrette, e lei non ci poteva andare d'accordo.

Con una voce leggermente ansante e rotta dall'emozione, disse a Scilla che aveva in una banca un po' d'azioni Italgas; e volentieri avrebbe rilevato una somma, per stanziarla nell'affare del negozietto. Veramente s'era impegnata da tempo a metter su uno studio medico per Chaim, suo genero il dottor Wesser; ma prima voleva pensare a se stessa, perché in fondo Chaim poteva continuare per un poco a andare in giro a visitare i malati con il motorino, e lei non aveva una gran fiducia nell'avvenire di Chaim; certo non era per la mancanza dello studio se Chaim non riusciva a combinare un gran che. Lei voleva per prima cosa pensare a se stessa; perché anche lei, come Scilla, si sentiva piena d'energie da spendere, e non aveva ancora voglia di rimpiattarsi in casa a rammendare le calze e a cullare i nipotini; piú tardi, quando il negozio avrebbe cominciato a fruttare, allora si sarebbe pensato allo studio per Chaim. Scilla annuiva seria, con la fronte aggrottata, scompigliandosi con le dita la zazzera color fieno; e infine andò in cerca della bottiglia del cognac, e bevvero lei e mia madre alla salute della loro impresa.

S'accordarono allora che nei prossimi giorni, non appena il marito di quella Valeria avesse dato una risposta, si sarebbero incontrate, Scilla, Valeria e mia madre: e avrebbero dato al progetto una linea concreta. Ma certo non bisognava dimenticare, disse Scilla, nemmeno la galleria d'arte: e conveniva scegliere un locale che si prestasse ad essere trasformato piú tardi in una galleria d'arte: occorreva un locale spazioso, illuminato bene. Il negozietto sarebbe stata una cosa un po' provvisoria, tanto per fare subito un po' di denaro, e anche per richiamare su di loro l'attenzione della città. Quale nome dare al negozietto? Mia madre e Scilla pensarono a lungo, e Scilla andava mormorando parole francesi: *coup de foudre, fanfan la tulipe, rayon de bonheur*; ma mia madre non approvava che fosse un nome francese; negozi di quella specie, con nomi francesi, ce n'erano anche per i poveri della parrocchia. Si diedero allora ad enumerare le costellazioni: Ariete, Bilancia, Capricorno; mia madre era nata sotto il segno dell'Ariete, e il nome Ariete non le dispiaceva per niente; Scilla era nata sotto il segno del Sagittario. Ecco il nome che avrebbero scelto, gridò Scilla, Sagittario; inutile cercare ancora, un nome piú bello non si poteva trovarlo. Ed era adatto anche per la galleria d'arte; e cosí il giorno che mettevano la galleria d'arte al posto delle scarpe e dei guanti, non c'era nemmeno bisogno di cambiare nome.

Poi Scilla riprese il racconto dei suoi dispiaceri. Barbara le dava grosse preoccupazioni; aveva quel fidanzato cosí geloso, e lei tremava sempre di paura che litigassero e rompessero il fidanzamento. Barbara era proprio sua figlia, le rassomigliava in ogni cosa; era tutta pepe e sale, un caratterino. A vedere il fidanzato geloso, si metteva a civettare con i compagni di scuola, apposta, per dispetto; niente, quattro smorfie di ragazzina; ma il fidanzato minacciava di battersi a duello con questo e quell'altro e di fare una strage. Per esempio c'era stato quel ballo. Scilla era stata due notti in piedi a tagliare e cucire il vestito; ed era venuta una cosa deliziosa, Barbara era deliziosa con tutto quel tulle, le roselline fresche e i capelli sciolti; e Scilla anche lei era abbastanza discreta, col suo vecchio lamé. C'erano dunque al ballo i parenti di Pinuccio venuti dalla Sicilia, una coppia di sposi: la moglie, bardata di viola come un vescovo; il marito con un frac troppo stretto, con la collottola bruna e grinzosa da contadino, e gran ciuffi di peli nel naso e nelle orecchie: gente uscita da un buco vicino a Catania, gente da poco, senza nessuna larghezza di idee. Bene, Pinuccio aveva condotto Scilla e Barbara davanti ai suoi parenti e le aveva presentate: e loro avevano allungato due dita, due dita mosce mosce, e poi s'eran voltati in là. Barbara si capisce era rimasta male; era diventata rossa rossa, e non sapeva dove guardare; e Pinuccio anche lui era tutto mortificato, e se ne stava fra Barbara e i suoi parenti, cincischiando il fazzoletto e facendo scricchiolare le scarpe: allora Barbara gli aveva girato le spalle, aveva raccolto la sua gonna a svolazzi e s'era allontanata per conto suo. Subito le si era fatto intorno un crocchio di giovanotti; ed ecco Barbara a ballare e a ridere, a far chiasso e a bere champagne: e i parenti di Pinuccio diventavano sempre piú cupi, e Pinuccio guardava piantato in piedi accanto a una tenda, fumava una sigaretta dopo l'altra e strapazzava la tenda con le mani sudate; e Scilla gli si era avvicinata e gli aveva chiesto perché non ballava; e lui le aveva dato una brutta risposta. Nel ripensare a quella risposta, Scilla quasi aveva le lagrime agli occhi; se n'erano venute via sole dal ballo, perché Pinuccio al momento d'uscire non l'avevano piú trovato; e Scilla per economia non aveva voluto prendere un taxi. Ma il marchese Petrocchi le aveva viste mentre se ne andavano sole a piedi, le aveva rincorse con la sua macchina e le aveva fatte salire; il marchese aveva ballato con Barbara tutta la sera, e portava infilata all'occhiello una sua rosellina. Sul portone di casa c'era Pinuccio, rimpiattato in fondo a un taxi; era là che aspettava, e chissà da quanto aspettava, e chissà com'era salito il tassametro. Pinuccio era saltato fuori dal taxi, s'era piantato di fronte al marchese, e gli aveva strappato la rosa dall'occhiello; stava per pigliarlo a pugni, Scilla e Barbara s'erano messe a gridare; ma il marchese era una persona di spirito, e aveva saputo volgere la cosa in scherzo; e Scilla aveva invitato Pinuccio e il marchese a venire a spiegarsi di sopra; gli aveva dato un cognac a tutt'e due, e Pinuccio a poco a poco s'era calmato, e aveva chiesto scusa tanto al marchese che a loro; infine il marchese e Pinuccio se n'erano andati via insieme, da ottimi amici, e anzi il marchese aveva offerto a Pinuccio la sua macchina per l'indomani, se voleva accompagnare in giro i parenti di Catania. Ma intanto lei e Barbara erano stanche e snervate; e lei aveva un po' sgridato Barbara perché in verità al ballo non s'era mica portata bene: gettava certi strilli e certe risate che si sentivano fin giú nella strada. E Barbara allora si era cosí arrabbiata, che spogliandosi aveva fatto uno squarcio nel tulle della sottana.

No, disse Scilla, non era semplice allevare una figlia; e si pensava che adesso, nella nostra società moderna, certi pregiudizi dovessero essere scomparsi; invece no, invece lei per il fatto che era separata dal marito si trovava esposta a tutte le maldicenze. E Barbara poi era cosí chiassona e bamboccia, che tanti la pigliavano per civetta quando invece non era che una monella; e mia madre disse che infatti Barbara non aveva una buona fama, ed era meglio che si sbrigasse a sposarsi perché in giro ne parlavano male. Scilla subito divenne furiosa, e volle sapere chi mai parlava male di Barbara; e mia madre disse che a lei gliene aveva parlato male una volta Jozek, il fratello minore di Chaim. Scilla chiese dove stava di casa questo Jozek, e voleva che mia madre subito glielo portasse davanti, per sbatterlo contro il muro e fargli dar fuori tutto il veleno che aveva in corpo; ma chi era questo Jozek, loro non l'avevano mai visto in faccia e non sapevano neppure chi fosse. Soltanto l'addolorava che mia madre, sentendo quelle cose, fosse rimasta zitta e non l'avesse scaraventato fuori della porta, quel verme; Scilla se qualcuno osava dire una sola parola su mia madre o sulla nostra famiglia, diventava una iena perché era una vera amica; e credeva che anche mia madre fosse una vera amica per lei.

Mia madre rimase molto mortificata, e disse che se proprio non l'aveva messo alla porta Jozek, pure l'aveva strapazzato ben bene. E giurò che Scilla su di lei poteva contare; era una vera amica, erano amiche e in futuro avrebbero lavorato a fianco a fianco, solidali l'una con l'altra come due sorelle. Per Barbara, disse mia madre, non doveva prendersi pena; se per un caso qualsiasi non si sposava con Pinuccio, trovava subito chissà quanti altri partiti: era cosí carina, niente timida, e aveva anche il marchese che le stava intorno; ma Scilla disse che il marchese era bell'e sposato e aveva quattro bambini.

Mia madre la sera rientrando trovò Barbara che era venuta a tenere compagnia a Giulia; stavano, Barbara e Giulia, sedute a chiacchierare in sala da pranzo; Barbara fumava, ma non pareva che la sua sigaretta desse noia a Giulia, lei che invece protestava sempre quando sentiva l'odore della sigaretta di Chaim. Giulia era tutta animata e contenta; avevano preso il tè, avevano mangiato molti cioccolatini al liquore, e Barbara teneva in grembo il cagnetto e gli dava delle zollette di zucchero; e mia madre aveva voglia di dirle che la piantasse di sprecare lo zucchero per il cane; e anche aveva voglia di dirle che non stava bene fumare tanto, una ragazzina di diciotto anni. Ma non disse nulla, perché le faceva piacere veder Giulia contenta; e invece se la prese con la piccola Costanza, che aveva versato una bottiglietta d'inchiostro sul

tappeto. Corse subito a mettere il tappeto a bagno, e intanto si
proponeva di scrivere alla cugina Teresa che venisse a ripigliarsi
la figlia: perché al ginnasio non combinava niente, e aveva riportato una pagella orribile.

Rincasò Chaim con Jozek, Jozek fu presentato a Barbara, e
subito si mise a parlarle di quei conoscenti che avevano in comune; Barbara li ricordava piuttosto vagamente; sí, quei vicini di
casa, in via Lucrezio dove abitava l'anno scorso; lei e sua madre
avevano cambiato tante volte alloggio. Jozek prese poi a discutere con lei, sempre con quella sua aria saccente, a proposito di
un romanzo intitolato *Il crepuscolo degli dèi*; doveva essere di
uno scrittore polacco, bell'e morto da un mucchio di tempo. Infine Jozek propose a Barbara di riaccompagnarla a casa sulla
canna della sua bicicletta; e mia madre li vide dalla finestra che salivano insieme sulla vecchia bicicletta sconquassata di Jozek; e Barbara si avviluppava la testa nella sciarpa, per ripararsi dal vento.
Ecco, disse mia madre, ecco com'era Jozek: sputava nella minestra e poi la mangiava.

Mia madre i giorni seguenti restò in attesa d'una telefonata di
Scilla; Scilla al solito se n'era andata nella tenuta di Valeria, la-
sciando Barbara in casa d'una compagna di scuola; non conduceva
mai Barbara con sé alla tenuta, perché Valeria non aveva niente
pazienza con le ragazze giovani; in verità Valeria aveva un amante, e forse non le piaceva che questo amante vedesse il suo viso
travagliato accanto a quello cosí fresco di Barbara. Anzi Valeria
e Barbara si conoscevano appena; e Scilla non gradiva che s'incon-
trassero, perché Valeria usava sempre un linguaggio piuttosto cru-
do e spregiudicato. Al ritorno, Scilla doveva dunque telefonare a
mia madre e fissarle un appuntamento con Valeria, per discutere
del *Sagittario*. Mia madre del *Sagittario* non ne aveva parlato a
nessuno in casa, e contava di parlarne soltanto quando la cosa
fosse già incamminata; e anzi non desiderava dire che lei ci metteva dei soldi, perché temeva un rimprovero da parte di Giulia e
Chaim; e con l'idea che non gli dava per ora i soldi per lo studio,
ma invece li impiegava altrove, mia madre si sforzava di essere un
po' piú gentile del solito con Chaim: gli chiedeva notizie dei suoi

malati, e gli chiedeva se non era forse il caso di far prendere alla piccola Costanza qualcosa a base di fosforo, in modo da farla diventare meno tonta a scuola. Mia madre era molto di buon umore, e si preparava all'incontro con la famosa Valeria: si provava diversi abiti, e s'appuntava sullo scollo ora un fiore di velluto, ora una spilla di strass; e seduta in camera sua davanti allo specchio, con il mento appoggiato sulla mano e le ginocchia accavallate, guardava i riflessi che avevano le calze sui suoi polpacci; e andava mormorando fra sé tutti i discorsi che avrebbe fatto con Valeria, sorrideva, annuiva col capo e aggrottava le sopracciglia; e ogni tanto sporgeva la mascella in fuori, per imitare il ghigno risoluto di Valeria e la sua grinta imperiosa; e una volta mentre sporgeva in fuori cosí la mascella entrò Costanza per chiamarla a tavola; e Costanza rimase per un attimo stupita sulla soglia, a vedere mia madre che si specchiava facendo quelle bocche. Mia madre sgridò Costanza, che era entrata senza bussare: e scendendo le scale brontolava contro la cugina Teresa, che non sapeva dare un'educazione ai suoi figli e li tirava su da monellacci.

Un pomeriggio arrivò finalmente la telefonata di Scilla: l'appuntamento con Valeria era fissato per le cinque al caffè. Mia madre si stupí che avesse scelto quel caffè dove andavano sempre, e non invece uno di quelli eleganti, piú adatti forse per Valeria, e dove una tazza di cioccolata costava cinquecento lire.

Mia madre aspettò a lungo, seduta al caffè, tormentandosi la spilla di strass e incipriandosi il naso ogni cinque minuti: era una giornata di vento, e la pelle, per il vento e forse per l'emozione, le si era fatta ruvida e chiazzata; e il naso, a forza di incipriarlo, le era diventato tutto giallo. Mia madre si rammaricava che Valeria non la vedesse in uno dei suoi momenti migliori; il vento le aveva scompigliato i capelli, e inutilmente cercava di ricomporseli sotto al berretto; apriva e richiudeva la borsa, si asciugava la punta del naso col fazzoletto, e come sempre quando era molto nervosa, si sentiva le ascelle bagnate di un sudore freddo. Infine ecco sopraggiungere Scilla sola, e inoltrarsi fra i tavoli nel suo paltoncino chiaro; la zazzera color fieno era arruffata dal vento, e i suoi occhi miopi scrutavano attorno con espressione incerta e svagata; che personcina ridicola, pensò a un tratto mia madre, e com'era frusto e ridicolo quel suo paltoncino; da quando la conosceva le sembrava imbruttita, e oggi aveva un'aria sbatacchiata e stanca; e perché era sola? Niente, disse Scilla sedendosi, niente per adesso con Valeria; il marito di Valeria era cascato da cavallo e s'era rotto tre costole; l'avevano ricoverato in clinica, e Valeria non poteva staccarsi dal suo letto. Poi c'era tutta una storia, l'amante di Valeria forse la lasciava; insomma adesso Valeria non aveva testa per il prestito; poveretta, era fuori di sé; e intanto il marito la voleva sempre vicino, noioso e capriccioso come un bimbo piccolo; e Valeria, quando aveva troppa voglia di piangere, doveva rifugiarsi nel *water closet*. E allora? chiese mia madre, ed era tanto delusa che anche lei aveva quasi voglia di piangere; e si sentiva a un tratto molto stanca, braccia e gambe morte: perché aveva tanto aspettato, e adesso invece non succedeva piú niente. E allora, disse Scilla, era tutto rimandato fino a data da destinarsi; lei cosa ce ne poteva, era tanto giú di morale; e poi ecco che cosa le era capitato con Barbara.

Partendo per la tenuta, l'aveva affidata per quei giorni alla madre d'una compagna; ma si capisce che le aveva lasciato le chiavi di casa, perché poteva servirle qualche libro o un paio di calze; insomma lei tornando era andata in cerca di Barbara, e in casa della compagna non l'aveva trovata, se n'era uscita dopo il pranzo e non sapevano dove fosse. Scilla era corsa a casa loro in via Tripoli, e Barbara era là con Pinuccio; soli, in camera da letto; là soli da piú di due ore. A Scilla era sembrato che tutt'e due avessero un'aria sconvolta; era tornata un giorno prima di quello che aveva detto, e certo loro non se l'aspettavano di vederla arrivare; Barbara aveva come delle ditate rosse sul collo, e la coperta del letto era tutta pestata. Scilla aveva comandato a Pinuccio di seguirla nel salottino; e a Barbara aveva comandato di lavarsi la faccia, pettinarsi e ricomporsi un poco; e chiusa nel salottino con Pinuccio gli aveva detto chiaro che se non si sposavano subito, andava a denunziarlo in questura per violazione di domicilio, abuso di minorenne e mancata promessa. Pinuccio le aveva giurato che non pensava ad altro, e aspettava soltanto il consenso dei suoi; niente consenso, aveva detto Scilla, lei ne faceva a meno del consenso: Pinuccio d'altronde aveva passati i venticinque anni, possedeva una casa a Catania e un reddito sufficiente per mantenersi da sé.

Mia madre rimproverò a Scilla d'aver lasciato Barbara senza
sorveglianza; per andarsene a quella stupida tenuta, ecco che cosa
le era successo. E perché non aveva affidato a lei Barbara, invece
che a una famiglia sconosciuta o quasi? Perché piuttosto non l'a-
veva affidata a Gilberto? A Gilberto, disse Scilla, Gilberto stava
in una stanzetta dove c'era appena il posto per la sua branda; e
faceva una vita scombinata, giocando a carte con i suoi amici fino
a tarda notte. Sí, forse aveva sbagliato a non affidarla a mia madre;
Barbara si trovava cosí bene con noi, e soprattutto con Giulia;
erano diventate grandi amiche Barbara e Giulia, e Scilla pensava
che a Barbara doveva giovare la compagnia di Giulia cosí dolce,
cosí tranquilla; ma Scilla aveva sempre paura che Barbara in
casa di mia madre potesse disturbare. Al contrario, disse mia madre; comunque ora forse le cose si mettevano bene, forse Pinuccio si decideva a sposarla subito; e Scilla doveva pensare al corredo. Macché corredo, disse Scilla, ormai non c'era piú tempo
di stare tanto dietro al corredo; Pinuccio fra qualche giorno dava
gli esami di procuratore, ed entro un mese quei due bisognava
che fossero marito e moglie.

Cosí fra poco lei sarebbe stata piú sola che mai, disse Scilla;
ed era assolutamente necessario che avesse un'occupazione, perché
se no le prendeva voglia di morire; bisognava che assolutamente
si tenessero stretta quell'idea del negozio, e anche se da Valeria
non riuscivano ad ottenere il prestito, bene, lei Scilla avrebbe buttato nell'impresa il suo piccolo capitale; poi da vecchia se non le
restava piú nemmeno una lira, sarebbe andata a chiedere l'elemo-
sina sulle scalinate delle chiese. Sí, disse mia madre, quell'idea
del *Sagittario* non dovevano abbandonarla; di Valeria ne facevano
a meno; se mettevano insieme i loro risparmi, potevano avviare
anche subito un bel negozietto. Scilla tirò fuori una matita, la
bagnò di saliva e si diede a far calcoli sul tovagliolino di carta che
avevano portato insieme alle tazze della cioccolata; perché mia
madre aveva ordinato due tazze di cioccolata calda con panna,
cosí almeno si riconfortavano il cuore. Mia madre voleva seguirla
in quei calcoli, ma non le riusciva; il suo pensiero balzava abba-
gliato fra Pinuccio e Barbara, Valeria e l'amante, il marito e la
clinica, Gilberto sulla branda e il *Sagittario*: perché Scilla aveva
il potere di riempirle la fantasia d'immagini, e mia madre ricor-

dava bene che prima di conoscere Scilla, la sua vita era ben grigia e nuda.

Poi Scilla per qualche tempo fu assorta nei preparativi del matrimonio; e aveva detto che non faceva nessun corredo, ma invece qualche capo di corredo lo faceva. Era tanto eccitata che la notte non riusciva a dormire, e stava alzata a ricamare il punto ombra sulle camicie; sapeva ricamare molto bene, era stata da piccola in un collegio di monache. Barbara ora aveva lasciato la scuola, e oziava per casa guardando dalla finestra se veniva Pinuccio; perché sua madre le aveva proibito di uscire, se no incontrava qualche ragazzo e aveva occasioni di civettare. Le permetteva di uscire soltanto per venire da Giulia; e Barbara passava con Giulia pomeriggi intieri. Sedevano insieme sul divanetto in sala da pranzo, s'appoggiavano al davanzale della finestra e guardavano i treni; Barbara cingeva col braccio la vita di Giulia ingrossata dalla gravidanza, e diceva che lei voleva sei figli, tre maschi e tre femmine. Poi voleva anche un cane lupo, una scimmia e una gabbia di pappagalli: tutte bestie che desiderava da quando era bambina. Gatti non ne voleva perché il suo gatto Menelao, in una zuffa su per le grondaie, aveva perso un occhio; era diventato bruttissimo, e forse soffriva, e avevano dovuto telefonare alla Società Protezione degli Animali, che se lo portassero via: lei non voleva aver piú niente da fare coi gatti, se no si ricordava di quel suo gattino. Pinuccio adesso era buono, non piú tanto geloso, e aveva scritto ai genitori che si sposava e loro avevano mandato una lettera non poi tanto arrabbiata; e le sorelle avevano mandato a Barbara in regalo una torta fatta da loro, con uva secca, noci e mandorle, che Barbara aveva mangiato quasi tutta in un colpo, e il giorno dopo era piena di bollicine. Sí, forse dopo sposata finiva in Sicilia; ma adesso non le dispiaceva piú tanto, forse quelle cognate non erano poi tanto male.

E vi fu il matrimonio: una cosa piuttosto sbrigativa. Venne Scilla ad avvertire mia madre che la cerimonia era fissata per il giorno dopo, nella chiesa di San Pietro e Paolo, alle cinque di sera; perché sposarsi di sera, domandò mia madre, come le sedotte e le vedove, e perché la chiesa di San Pietro e Paolo, la piú buia della città? Scilla disse che Pinuccio aveva deciso cosí; Pinuccio era di nuovo di pessimo umore, e non voleva nessuno al matrimonio, noi soli, perché sapeva che eravamo amici veri; non voleva altra gente, dato che c'erano state persone cattive le quali avevano scritto a suo padre un mucchio di bugie su Barbara, Scilla e Gilberto: e il padre aveva creduto ogni cosa, e il giorno prima aveva mandato una lettera piena d'ingiurie; e la madre, una povera donna spaventata, schiava del marito e invecchiata nella penombra d'una cucina, di nascosto aveva mandato poche righe bagnate di lagrime e un anello con un rubino. Cosí Pinuccio era molto abbattuto, e non voleva nessuna specie di festeggiamenti. Ma a Barbara non aveva detto nulla, per non addolorarla; e Barbara si sposava sicura che tutto quanto s'era sistemato con la famiglia di lui, e un po' arrabbiata che non si facesse un festino. Dopo le nozze, Pinuccio e Barbara partivano per Catania, ad allestire un piccolo appartamento che lui possedeva e a tentare una riconciliazione con la famiglia.

Al matrimonio dovetti essere presente anch'io, perché mia madre mi venne a prendere; e mi tolse di dosso il maglione e mi fece indossare una blusa nuova che m'aveva comperato apposta, perché ci teneva che io facessi bella figura; e lei s'era messa in gran pompa con un tailleur nero sotto la pelliccia, sperando in segreto di vedere Valeria; ma Valeria non c'era, Scilla disse che si trovava ora a fare i fanghi all'Isola d'Ischia; c'era solo Gilberto, un amico di Gilberto che era poi quello che andava a caccia e prendeva pernici, uno con l'impermeabile e con un basco nero; e Giulia e Chaim. Barbara aveva un vestitino azzurro liscio e semplice, ed era bellissima: sul capo aveva un piccolo velo da sposa, e la fiammeggiante coda di cavallo tutta attorta in un grosso chignon. E mia madre a vedere quel matrimonio si commoveva e sentiva bruciare l'antica ferita; e confrontava Pinuccio, alto e giovane e solido nel suo doppio petto blu scuro, occhi languidi e lunghi capelli neri lievemente arricciati sulla nuca, con la figura curva e sussultante di Chaim.

Dopo la cerimonia, andammo a prendere qualcosa al caffè: il solito caffè dove sedeva sempre mia madre. Il cameriere ormai conosceva bene Scilla e mia madre, e venne a fare le sue congratulazioni; ci mettemmo tutti attorno a un tavolo, Scilla ordinò paste

e vino bianco, e brindammo agli sposi. Gilberto e l'amico se ne
stavano un poco in disparte, discorrevano fitto tra loro, e Gilberto annuiva serio, carezzandosi i baffi; e d'un tratto scoppiava in
una risata secca e stridula, che pareva una scarica di fucile. A
quelle risate, Pinuccio trasaliva e si faceva piú torvo; e guardava
di traverso quei due con i suoi occhi lunghi, neri e languidi, metteva un sospiro e stringeva i denti e tamburellava con le dita sul
tavolo. Barbara gli sedeva accanto, e con la mano paffuta e lentig-
ginosa gli carezzava il bavero del paltò di cammello; e si riassestava
le forcine nello chignon, che si era un po' allentato e le ricadeva
sulla nuca, pronto a ritrasformarsi in coda di cavallo. Scilla, con
la sua voce rauca e ronzante, chiese a Chaim cosa si poteva fare
per l'ulcera di Gilberto; un'ulcera vecchia di tanti anni, e tra-
scurata, perché Gilberto fumava e beveva whisky e cognac e non
voleva saperne di stare a regime. Gilberto dichiarò che oltre al-
l'ulcera aveva anche l'ameba, se l'era presa quando combatteva in
Albania; e allora l'amico dal basco nero gridò che la piantassero
di parlare di ulcera e di tutti i marci guai che avevano: stavano
festeggiando un matrimonio.

Poi dopo qualche bicchiere di vino Scilla era tutta accesa e
commossa; e tuffò la sua zazzera color fieno nella pelliccia di mia
madre. Ma Gilberto disse che non c'era tempo per le lagrime,
ormai era tardi e il treno partiva; e bisognava ancora andare a
casa a prendere le valige. Chiamarono un taxi, e mia madre volle
salire con loro per accompagnarli; e l'amico dal basco nero montò
su una lambretta e scomparve sventolando un grosso guanto di
cuoio.

Ci incamminammo per rientrare, io, Chaim e Giulia; e Giulia
lagrimava in silenzio, a testa china, mordicchiandosi un guanto;
e Chaim disse che certo era un gran peccato che Barbara andasse
ad abitare cosí lontano, in Sicilia; perché era per Giulia una buona
amica. Ma la madre di Barbara, disse Chaim, quella Scilla, non
gli era troppo simpatica: e non poteva soffrire il modo come dipingeva. E Gilberto gli era ancora meno simpatico: e lui non capiva che gusto ci provasse mia madre a cacciarsi fra quelle persone.
E dissi anch'io che non mi piacevano troppo; ma Giulia non disse
nulla, e seguitava a succhiarsi la punta del pollice nel guanto e
a lagrimare.

Mia madre quella sera, dopo la partenza degli sposi, andò a cena con Scilla e Gilberto in una piccola trattoria nei pressi di via Tripoli; e Scilla espose a Gilberto il progetto del *Sagittario*. Carezzandosi i baffi, Gilberto ascoltava; fece poi un verso nella gola, che non diceva né di sí né di no; e rimase ancora a lungo in silenzio, carezzandosi i baffi, stropicciandosi la testa calva e guardando altrove. Infine mentre stava per andarsene, disse che forse Crovetto, quel suo amico dal basco nero, sapeva di un locale in vendita, un locale abbastanza in centro, che era stato prima una merceria. Allora Scilla gli disse di telefonare subito a Crovetto: e lui, come di malavoglia, si fece dare un gettone al banco e si mise al telefono, tappandosi l'altro orecchio con la mano perché c'era chiasso.

Il locale lo vendevano per sei milioni. Era, a quel che diceva Crovetto, un'occasione unica: centralissimo, sull'angolo fra via della Vigna e via Monteverdi; e aveva accanto una rinomata pasticceria. Crovetto conosceva il proprietario e poteva accompagnarle da lui l'indomani; il proprietario aveva un'agenzia immobiliare in via San Cosimo; d'altronde anche Gilberto lo conosceva un poco. Quando Gilberto se ne fu andato, Scilla e mia madre conversarono ancora a lungo sedute al tavolo; poi uscirono e passeggiarono avanti e indietro sulla pensilina al capolinea del tram. Mia madre aveva investita in quelle azioni Italgas una somma che superava di poco i cinque milioni; e Scilla aveva delle Incet, che a rivenderle avrebbero fruttato circa tre milioni. Bisognava, disse mia madre, convincere il proprietario a cedere il locale subito per quattro milioni; e il resto l'avrebbero versato mese per mese.

L'indomani Scilla venne a prendere mia madre di buon mattino. Avevano un appuntamento con Gilberto e Crovetto, nella pasticceria di via della Vigna; mentre aspettavano, mangiarono qualche pasta; ma ecco arrivare Crovetto sulla sua lambretta, con Gilberto appollaiato sul sellino. Il locale era lí sull'angolo, con la vetrina impiastricciata di biacca; e all'interno si vedevano uomini e scale, perché lo stavano riverniciando.

Andarono in cerca del proprietario. Abitava poco distante, in fondo a un lungo portone stretto dove c'era lo studio d'un foto-

grafo; avanzarono nella penombra, tra fotografie di ragazze rag-
gianti e di ufficiali in piedi; giunsero a una porta a vetri dov'era
scritto: « Agenzia Pacini »; la porta s'aperse scampanellando. Uscì
fuori una bionda ossigenata che si stava facendo il manicure: era
la moglie del proprietario, e li fece accomodare in un salottino,
spalancando le imposte a illuminare addobbi di raso giallo. Sedettero, mentre lei seguitava a lustrarsi le unghie con un pezzo di
pelle scamosciata; sembrava in confidenza con Gilberto e Crovetto, e fra loro alludevano di continuo a un certo Gaspare che
aveva vinto al poker. Quel locale, sí, doveva essere in vendita; il
prezzo lei non lo sapeva; suo marito adesso era a Genova, tornava
fra una diecina di giorni. Seguitarono, Gilberto e Crovetto e la
bionda, a chiacchierare fra loro evocando una serata dove avevano
fatto i dispetti a una ragazza chiamata Maria; alla fine, Maria era
fuggita in lagrime. Gilberto dava in quelle sue risate acute e stri-
dule, ricordando le lagrime di Maria; ma mia madre, dentro di sé,
parteggiava per Maria pienamente. Mia madre si sentiva a disagio,
in quel salotto tutto bardato di giallo, con una enorme conchiglia
appesa al muro e con un mazzo di piume di struzzo ondeggianti
in un vaso: e le piume di struzzo portano scarogna.

Ma Scilla bruscamente s'alzò, si chiuse addosso il suo paltoncino, scosse la zazzera color fieno, e dichiarò che sarebbero tornate
fra dieci giorni. La bionda invitò Gilberto e Crovetto a restare;
avrebbe chiamato anche Gaspare, il quale stava al piano di sopra,
per fare una partita a poker; e avrebbe preparato per pranzo un
timballo coi funghi. La bionda salutò Scilla freddamente, senza
guardarla e senza darle la mano; a mia madre porse un dito distratto. Mentre la porta si richiudeva scampanellando dietro di
loro, parve a mia madre di udire alle sue spalle la risata di Gilberto, secca e stridula, come una scarica di fucile; e si sentiva
sempre piú a disagio, stanca, e con una gran voglia d'essere a casa
sua: e provava una vergogna, come se l'avessero mortificata. Ma
Scilla la prese a braccetto e le disse che era furiosa: quello sfacciato di Crovetto le aveva portate in casa della sua amante, una
poco di buono, una donnaccia. Scilla si sentiva avvilita per mia
madre, che quel Crovetto le avesse mancato di riguardo a quel
modo: sfacciato, insolente che non era altro, a portarle in quella
lurida casa; lei si era trattenuta a stento dal fargli una scenata in

presenza della sua puttana. Mia madre finí col consolarla; dopo
tutto bisognava pure che trattassero col proprietario. Ma Scilla
disse che d'ora innanzi avrebbero trattato Gilberto e Crovetto
per loro: perché loro in certi sudici luoghi non dovevano metterci
piede. Mia madre le chiese notizie di quella Maria che avevano
fatto piangere; ma Scilla non sapeva chi fosse. Ecco che gente
frequentava adesso Gilberto, disse Scilla, ecco adesso come passava le sue giornate: a giocare a poker, a bere whisky. Ed era
anche diventato cinico e crudele: si divertiva a far piangere le
ragazze. Andarono, Scilla e mia madre, a rivedere il locale; era
ormai mezzogiorno, gli operai se n'erano andati e la serranda era
chiusa; loro due sostarono un poco lí accanto, per vedere se passava gente elegante su quell'angolo di strada; infine, prima di
rincasare, entrarono un altro momento nella pasticceria, perché a
mia madre, a sentire di quel timballo coi funghi, le era venuta
fame.

Poi Scilla partí per la tenuta di Valeria, e rimase via piú di una
settimana. Tornata da Ischia, Valeria voleva ora dimenticare il
suo amante, che l'aveva definitivamente lasciata; e Scilla doveva
tenerle compagnia mentre distruggeva lettere e ricordi di quel-
l'uomo ignobile, e accompagnarla a passeggio per i vasti prati dove
pascolavano i cavalli. Il marito, convalescente, si riposava; e anche lui voleva la compagnia di Scilla, e voleva sentirla raccontare
di quando faceva da segretaria a quel deputato; il marito di Valeria s'interessava molto ai deputati, desiderando entrare un giorno nella vita politica; spendeva molti soldi a questo scopo, avaro
com'era, e finanziava un giornale di sinistra, perché le destre l'avevano deluso.

Mia madre, in quei giorni che era sola, restò molto in casa;
teneva compagnia a Giulia, le giornate s'eran fatte tiepide, e Giulia stava a prendere il sole in giardino; mia madre s'era messa a
lavorare a un giubbetto per il bambino di Giulia, in un punto
a maglia che le aveva insegnato Scilla, una specie di punto a croce;
strano, Scilla aveva la mania delle croci, e da tutto quel che faceva
cavava fuori crocette. Mia madre, mentre stava cosí accanto a
Giulia, in certi momenti aveva quasi voglia di raccontarle del

Sagittario: chissà, forse anche Giulia avrebbe acconsentito a lavorare in negozio, le avrebbe tanto giovato un'attività quotidiana. Ma sul punto di parlare si tratteneva; le accomodava il plaid sulle ginocchia, le toglieva dal vestito qualche capello, e tirava una scopola al cagnetto che, per giocare, mordeva a Giulia le gracili braccia, venate d'azzurro.

In una tasca della giacchetta di Giulia, mia madre trovò un giorno una lettera di Barbara. Erano poche righe disordinate, con macchie e cancellature: Barbara scriveva da Catania, e scriveva che le cose non le andavano troppo bene: ma non spiegava perché. Scriveva che aveva una forte nostalgia della sua casa in via Tripoli, di sua madre e di Giulia, e perfino di quei banchi di scuola dove s'era tanto annoiata; e terminava dicendo che la giovinezza era bell'e finita per lei. Mia madre decifrò quelle poche parole scarabocchiate in fretta, con qualche errore d'ortografia, e sul tono dei giornaletti sentimentali che leggono le ragazze; ripose la lettera dentro la busta, e la ricacciò nella tasca di Giulia. Poi si mise il berretto e corse in via Tripoli. Pensava che ora Scilla doveva essere ritornata; e voleva avvertirla subito che a Catania c'era qualcosa che non andava.

Mia madre, leggendo la lettera, aveva sentito un sottile piacere; perché quando a qualcuno le cose gli andavano male, provava un piacere sottile ma nascosto sotto una gran voglia di darsi da fare; e per la strada rimuginava le frasi che avrebbe detto a Scilla, rimproverandola perché quella figlia l'aveva maritata troppo giovane.

Arrivata sulla porta di Scilla, premette il bottone del campanello con forza; e dopo un pezzo, dopo un gran tramestío di sedie smosse e lucchetti, ecco apparire Scilla nel vano della porta. Scilla era in vestaglia, e sembrava tutta assonnata; s'annodava la cintura, e si stringeva sul petto i risvolti di quella vestagliuccia stinta e logora; la fece entrare nella casa che era tutta buia, con le imposte chiuse; la condusse in salotto. Scilla era arrivata da poche ore; non sembrava troppo contenta di vedere mia madre, e si stropicciava le palpebre come se avesse ancora un gran sonno; ascoltò la storia della lettera di Barbara, ma non parve colpita: certo i primi tempi del matrimonio sono sempre difficili, ma Barbara in fondo aveva molto buon senso e pazienza, e Pinuccio era un caro ragazzo; probabilmente s'erano un po' bisticciati, ed ecco Barbara a mandare lettere piagnucolose. A lei erano arrivate lettere di tutt'altra specie; e molte cartoline da Napoli, da Pompei e da Capri, dove Barbara s'era comprata un paio di pantaloni da pescatore. Disse mia madre che Barbara non doveva star bene in pantaloni, perché aveva il sedere troppo grosso; Scilla si offese, e disse che non era grosso per niente, e Barbara aveva le stesse misure di Ava Gardner. Scilla disse a mia madre di andarsene, perché adesso voleva mettersi a pulire bene la casa; voleva lavare i vetri e dare la cera, e sbattere i materassi. Mia madre s'alzò per andarsene, anche lei molto offesa; e chiese a Scilla cosa aspettava a pigliarsi quel servitore famoso, parente dell'autista di Valeria.

Mia madre, quando fu di nuovo per la strada, si sentí di pessimo umore: erano le tre del pomeriggio, cominciava a far caldo, e lei si trovava cosí per strada senza saper dove andare, con un lungo pomeriggio vuoto davanti a sé. Le era sembrato che Scilla avesse una gran fretta di vederla uscire: e all'ultimo quasi l'aveva spinta verso la porta. E le era sembrato che nella casa, oltre a loro, ci fosse qualcun altro: ma non avrebbe saputo spiegare il perché di questa sensazione.

Dopo aver gironzolato un poco, entrò in un cinematografo: davano un film di cacce africane, a colori; e lei rimase a guardare, nella sala semivuota, mandrie e mandrie di bufali su sconfinati orizzonti color rosso fuoco; non c'era intreccio, non succedeva niente, si vedevano solo bufali, bisonti e elefanti; senza intreccio lei si annoiava, e poi non riusciva a staccare il pensiero da quelle stanze in penombra, dove Scilla s'aggirava stringendosi nella sua vestaglietta; e l'aveva proprio spinta alla porta, e aveva richiuso girando il lucchetto con uno scatto irritato. E quando lei gli aveva detto della lettera di Barbara aveva appena ascoltato, come se ora non avesse piú voglia di pensare a Barbara, e di stare in pena. Uscendo dal cinema, mia madre vide esposti all'ingresso i cartelloni di un film con Ava Gardner, di prossima programmazione; e guardando il sedere di Ava Gardner, uguale di misura a quello di Barbara, soffiò con disprezzo.

Venne poi a cercare di me; io avevo una lezione, e restò ad aspettare, seduta in poltrona con l'edizione pomeridiana del giornale, che avessi finito. Di tanto in tanto lanciava commenti sui fatti politici che stava leggendo; e chiedeva l'approvazione della mia allieva, una studentessa delle magistrali, pallida pallida e sempre un po' sbalordita. Quando la mia allieva se ne fu andata, mia madre cercò di convincermi a venire con lei al caffè: ma avevo da studiare e rifiutai. Allora s'offese molto con me; e mi chiese cosa speravo di ottenere a studiare tanto, perché quando avessi preso la laurea cosa speravo, sarei finita a insegnare in qualche grigia scuola, di faccia a tante ragazze sbalordite e pallide, come quella che era andata via ora. No, disse mia madre infilandosi i guanti, non era mica stata una buona idea la mia di studiar lettere, avrei fatto meglio a prendere chimica o legge; perché da piccina sembravo tanto dotata per lo scrivere, e invece poi non avevo scritto piú nulla. Oppure avrei potuto studiare medicina; perché adesso ci sono tante donne che fanno le dottoresse e le ricercano molto, ancor di piú degli uomini, dato che tante signore non vogliono lasciarsi visitare da un medico uomo: e del resto anche i medici uomini guadagnano bene, escluso quell'impiastro di Chaim. Ero anch'io arrabbiata, e per dispetto le chiesi cosa aspettava a metter su lo studio per Chaim; rispose che non ci pensava nemmeno, anzi aveva tutt'altro per la testa, e se ne andò sbattendo la porta. Ma dopo un attimo tornò indietro, col pretesto che aveva dimenticato il foulard: lo trovai su una sedia, glielo porsi, e le dissi per rabbonirla che era un foulard molto grazioso: allora di colpo decise di regalarmelo, perché lei di foulards ne aveva tanti, ne aveva per i poveri della parrocchia; e me lo annodò attorno al collo. M'abbracciò e mi chiese scusa per avermi trattato male, e mi disse che ero la sua sola consolazione: almeno io parlavo un poco, e invece Giulia stava sempre zitta. Giulia passava giorni e giorni senza spiccicare una sillaba; e non era nemmeno gentile col marito, non lo guardava e non gli parlava, e scostava il ginocchio quando lui vi posava la mano. Non era un matrimonio felice: e tante volte per una donna, disse mia madre, forse è meglio non sposarsi affatto piuttosto che scegliersi un marito che poi non piace; e mi disse che io dovevo pensarci bene prima di sposarmi, e dovevo consigliarmi a lungo con lei, perché invece Giulia non le aveva domandato nulla. Non avevo qualcuno? Scossi forte la testa, guardando altrove con la fronte aggrottata; e lei allora subito cambiò discorso, nel timore di irritarmi

di nuovo. Per una donna, disse, forse la cosa importante è avere
un'attività. Mi chiese notizie della mia amica, che si era sposata
ed era in viaggio di nozze, e mi chiese se era felice con quell'ingegnere dalle orecchie; e mi chiese se ero proprio decisa a volermene
restare sola in quell'alloggetto.

Avevo messo a bollire in cucina un po' d'acqua con un dado,
per farmi una minestrina; era questa la mia cena, chiese mia madre, senza un uovo, né una fetta di carne? Avevo, dissi, della
frutta cotta e del formaggio; ma non era contenta, le sembrava
poco, e mi chiese se non facevo economia sul mangiare: perché
il mangiare, disse, era l'unica cosa su cui non si doveva risparmiare. Le assicurai che non mi facevo mancare nulla; ma volle
ad ogni costo lasciarmi diecimila lire, cosí mi potevo comprare
qualche sciocchezza che mi piaceva. Poi si mise ad esaminare i
miei vestiti: avevo finalmente smesso il maglione da operaia sovietica, e portavo un abito a quadretti: mica brutto, disse mia
madre, ma un pochino da orfana. Mi raccontò del film che aveva
visto, coi bisonti e i bufali; s'era annoiata ma si vedevano bei pae-
saggi; e disse che io e lei, forse piú tardi, se le riusciva una certa
cosa, avremmo potuto viaggiare e magari andare anche in Africa,
fare qualche bella crociera d'estate. Piú tardi, se le riusciva una
certa cosa; e rideva tutta fra sé. Aveva un gran desiderio di vedere
un po' di mondo fuori d'Italia. Per la crociera, disse, ci saremmo
fatte fare, io e lei, qualche bel tailleur di tela bianca: e un ometto
che lei conosceva le aveva offerto parecchi metri d'una tela bianca
ruvida, un po' spugnosa, che costava soltanto cinquecento lire al
metro ed era una vera occasione. Se ne andò, e mentre la guardavo
dalla finestra allontanarsi sulla piazzetta, con la borsa dondolante
sul fianco e col suo passo baldanzoso, io sapevo che s'immaginava
sdraiata sul ponte di una nave, con gli occhiali neri e con un tailleur di tela bianca spugnosa, a sfogliare riviste e a conversare col
capitano.

La sera, Scilla telefonò a mia madre e le disse che riguardo al
locale, il proprietario acconsentiva a cederlo ma esigeva il versa-
mento immediato di cinque milioni; e il resto della somma potevano pagarla a rate mensili di settantamila lire. Scilla sembrava
allegra, e sembrava aver dimenticato quel loro incontro del pomeriggio, che si era svolto in modo cosí gelido: e anche mia madre

immediatamente dimenticò. Siccome c'eran presenti Giulia e la piccola Costanza, mia madre non poteva rispondere che a monosillabi; e fissò a Scilla un appuntamento per l'indomani.

S'incontrarono al solito caffè. Questa volta Scilla era arrivata per prima; ed era molto seccata per aver dovuto aspettare. Pareva di nuovo di malumore, aveva i calamari sotto gli occhi, e la sua pelle color creta era tirata e rugosa; stava male, disse, e al solito in quei giorni alla tenuta di Valeria aveva mangiato troppo. Trangugiò una pastiglia con un bicchiere d'acqua minerale; e disse a mia madre di ordinare in fretta qualcosa, non la granita con panna perché lei non aveva voglia di sentirne nemmeno l'odore. Ma la panna, disse mia madre, non ha mica odore.

Occorrevano, disse Scilla, subito cinque milioni; non c'era un minuto da perdere, perché il proprietario aveva urgenza di questa somma, e aveva avuto anche un'altra offerta; i cinque milioni, disse, li avrebbe versati mia madre, e lei poi le avrebbe restituito metà della somma non appena avesse venduto le sue Incet; ma non poteva venderle quel giorno, perché erano a quota bassa e ci avrebbe perso; le Italgas invece si vendevano bene. Tese a mia madre il giornale con le quotazioni di borsa; e mia madre scorse con gli occhi una colonna di cifre; e annuí con la testa in silenzio, ma in verità non aveva capito nulla, perché non se ne intendeva.

Poi mia madre andò a telefonare al suo agente di cambio, chiedendogli se poteva versarle la somma in denaro liquido quella stessa mattina; e telefonò a casa che non l'aspettassero per pranzo, perché avrebbe pranzato da Scilla e non sarebbe tornata che la sera.

Dall'agente di cambio entrò sola; e Scilla rimase ad aspettarla fuori sul corso, seduta su una panchina al sole, perché quel giorno aveva molto freddo. Mia madre si trattenne a lungo là dentro, c'era molta gente e la fecero sostare in anticamera; e lei si sentiva molto eccitata e nervosa e non faceva che fumare. Infine, con cinque milioni chiusi in una busta gialla e riposti nel fondo della sua vecchia borsetta di cuoio grasso, stringendo ben forte la borsetta sotto l'ascella sudata, mia madre tornò a riprendere Scilla sulla panchina.

E ora, disse Scilla, sarebbero andate a casa sua, per mangiare un boccone e riposarsi un poco. Di là avrebbero avvertito Gilberto e Crovetto, che la somma c'era e ne informassero il proprietario; e insieme col proprietario sarebbero andate dal notaio, per la stesura del contratto.

Per andare a casa di Scilla, presero un taxi; e nel taxi mia madre guardava, socchiudendo la borsa, quella busta gialla stretta in un elastico, accanto al suo pettinino e al suo portacipria di lacca rossa. Mia madre ora sentiva una voglia convulsa di ridere; ma Scilla era sempre di malumore, rimpiattata in un angolo della macchina, e si copriva il mento col bavero della giacca, seguitando a ripetere che sentiva un gran freddo: aveva i brividi, aveva forse qualche linea di febbre, e adesso appena a casa si metteva il termometro. Il taxi volle pagarlo mia madre, perché, disse, con tutti quei soldi, si sentiva ricchissima, ricca come il signor Bonaventura; e Scilla non insistette, e scomparve a telefonare dentro la panetteria.

Salirono ed aspettarono, affacciate al balcone, che arrivasse Gilberto. La busta coi denari, Scilla l'aveva chiusa nel cassetto del suo comò; consegnò la chiave a mia madre, perché lei era tanto sventata e temeva di perderla. Per pranzo, Scilla fece friggere per mia madre una braciola di carne; lei non prese che un po' di cicoria bollita e una tazza di caffè nero. La braciola era saporita, ma un po' troppo cotta; a mia madre piaceva la carne al sangue, ma Scilla, mentre faceva friggere la braciola nel tegamino, s'era messa a stirarsi una sottoveste e così s'era distratta. Mangiarono in cucina, senza tovaglia, scostando un poco la coperta da stiro; e Scilla aveva anche una bottiglia di Barolo, che le aveva regalato Crovetto; e ne versò un gran bicchiere a mia madre, ma lei non ne prese, perché non toccava Barolo da tanti anni.

Accesero una sigaretta e se ne andarono sul balcone a fumare. E mia madre d'un tratto ricordò che Scilla doveva misurarsi la febbre; ma Scilla disse che ora si sentiva bene. Tuttavia era pallida, molto nervosa, e non faceva che arrotolarsi la cintura e abbottonare e sbottonare i bottoni del suo abito di gabardine: un abito di gabardine color fieno, identico al colore della sua zazzera. Mia madre disse che anche lei si sentiva nervosa; ed era giusto, perché stavano per compiere un passo importante: e appena aves-

sero avuto il contratto in tasca, si sarebbero sentite subito bene.
Stavano appoggiate alla ringhiera, nel tiepido sole: e mia madre
disse che forse da vecchie, potevano mettersi insieme e ritirarsi
in qualche paesino della riviera: quei paesini dove vanno a finire
le vecchie signore, per risparmiare e per godersi l'aria marina.
Scilla disse che davvero sarebbe stata una bella cosa: e forse finalmente da vecchia lei avrebbe avuto una vita tranquilla, e se lo
meritava perché ne aveva passate tante, mia madre non immaginava nemmeno quante ne aveva passate; peccato, non aveva mai
avuto fortuna, il suo cattivo destino l'aveva sempre sbattuta qua
e là. Mentre aspettavano, il tempo passava; sul balconcino non
c'era piú sole, e Scilla adesso aveva di nuovo freddo; e mia madre,
a forza di guardare giú nella strada da quel vertiginoso balconcino,
si sentiva girare la testa. Allora Scilla le disse di andare a stendersi
un poco sul letto; e mia madre si tolse le scarpe e si distese sul letto
di Scilla, sotto una trapunta di raso color pervinca, e con accanto
una fotografia di Barbara a sette anni, nell'abito bianco della prima
comunione.

Mia madre si sentiva le palpebre pesanti, e un cerchio di piombo alla testa; e pensò che forse quel vino le aveva fatto male. Vedeva Scilla accovacciata ai suoi piedi, e le pareva sempre piú piccola; sempre piú piccola e sempre piú lontana, faccia di creta e
zazzera di fieno svaporante nell'aria; poi s'accorse che Scilla chiudeva le imposte, e la copriva bene fino al collo con la trapunta di
raso; e voleva dirle grazie, ma riuscí soltanto a carezzarle il vestito con una mano divenuta inerte; e poi si sentí precipitare
lontano, al fondo d'un'acqua buia dove non le importava piú nulla.

Al suo risveglio, mia madre sul primo momento non ricordava
dov'era. Ma vedendo la trapunta color pervinca, ricordò a poco
a poco. S'alzò al buio, cercando a tentoni le scarpe sullo scendi-
letto; e si diede a chiamare Scilla, riallacciandosi l'abito e ravviandosi i capelli arruffati. Ancora sentiva quel cerchio alla testa, le
gambe pesanti; e gridò a Scilla che le aveva fatto male quel suo
vino: di sicuro non era vino schietto.

Non le giunse risposta. Allora uscí nel corridoio, chiamando
sempre; e le venne in mente che forse Scilla era scesa a telefonare.
Nelle stanze, le imposte erano chiuse; ma la finestra di cucina era
aperta, e mia madre vide che di fuori era notte. Guardò l'orolo-

gio, segnava le dieci; mio Dio quanto aveva dormito, disse mia madre, aveva dormito quasi otto ore. E pensò che forse Scilla era scesa a telefonare a casa sua, che lei non sarebbe rientrata; e pensò che la cosa dal notaio era stata rimandata a domani: e per questo l'avevano lasciata dormire tranquilla.

Accese la luce nella saletta da pranzo: e vide carte e spaghi per terra e un gran disordine tutt'in giro. E tornando nella stanza da letto, vide che l'armadio dove Scilla teneva i suoi vestiti era vuoto e socchiuso, e la fotografia di Barbara era scomparsa; e anzi erano scomparse dalle pareti tutte le fotografie. Allora si mise a cercare nella sua borsa, convulsamente, la chiave del comò che Scilla aveva consegnato a lei: rovesciò la borsa sul letto, si sparpagliarono sulla trapunta il pettinino e il fazzoletto e il portacipria e il suo notes di indirizzi: non c'era piú la chiave. Mia madre corse al comò: stava là nell'angolo accanto alla finestra, e sopra vi era posato un vasetto con una pianta grassa: e piante grasse portano scarogna.

Ed ecco, infilata nella serratura del primo cassetto, quella piccola chiave. Mia madre spalancò tutti i cassetti, ed erano vuoti: vuoto il primo, quello dove Scilla aveva riposto la busta con i denari: vuoti gli altri. C'era soltanto, al fondo del primo cassetto, un paio di calze di seta annodate e una sdrucita camiciola rosa.

Allora tutto fu chiaro. Sollevando il capo, mia madre vide riflesso nello specchio il suo viso: un viso solcato e gonfio, cosparso di chiazze rosse. Fece il giro di tutte le stanze: dalla credenza mancavano le posate e c'erano soltanto i piatti; lo stanzino dove stavano i quadri era vuoto; nella stanza da bagno, si vedeva appesa ad un gancio la vestaglietta logora. In cucina c'era sul tavolo una scodella con un po' di cicoria già cotta, una pallottola verde; e un gambo di sedano in un bicchiere.

Era stata truffata: era stata ingannata e presa in trappola, come tanta povera gente di cui si legge nelle cronache dei giornali. Scilla aveva calcolato ogni cosa: l'aveva condotta con sé e le aveva messo del sonnifero nel vino; e mentre lei dormiva del suo sonno profondo, era scappata con i suoi denari. Aveva portato via da quell'alloggio tutto quanto le apparteneva: non i mobili, che erano del padrone di casa. E a lei non aveva lasciato nulla: solo due calze vecchie, e una pallottola di cicoria.

Mia madre sedette in cucina, al tavolo, e cominciò a singhiozzare; e singhiozzando si sbatteva la collana sul petto, e si premeva sulle labbra il palmo della mano tremante; e i singhiozzi scoppiavano forte dal fondo del suo cuore, strappandole in cuore una pietà di se stessa che non aveva nessuna dolcezza, una pietà desolata e buia come la notte. Mia madre non aveva piú voglia di rivedere Giulia, né me, né Chaim: e non aveva voglia di fare piú nulla.

Ma d'un tratto la prese un tal disgusto di quella casa vuota, di quella cucina e di quella cicoria, che afferrò il suo berretto e la borsa e scappò via nelle scale. Il portone s'apriva dall'interno; mia madre uscí nel cortile, e andò a bussare alla porta della materassaia, da cui filtrava una striscia di luce; quella casa non aveva portiere, e faceva un po' da portiera la materassaia. Mentre aspettava che la materassaia le aprisse, mia madre s'asciugò le lagrime con le dita sul viso, si ravviò i capelli; ed ecco la materassaia stupita, un po' seccata perché stava per coricarsi. Mia madre le chiese se per caso la signora Fontana, partendo, non aveva lasciato detto nulla per lei. No, disse la materassaia, non aveva lasciato detto nulla; l'aveva avvertita che lei era di sopra, e che si sarebbe forse trattenuta per un giorno o due; aveva fatto venire un taxi, perché aveva tre grosse valige; aveva detto che tornava presto, non le aveva lasciato indirizzo, la posta l'aveva pregata di ritirarla e tenerla con sé; e le aveva lasciato un mazzo di chiavi dell'appartamento, per ogni eventualità.

Singhiozzando, mia madre ritornò a casa; fece tutta la strada a piedi, perché non voleva prendere il tram, non voleva esser vista a singhiozzare; e non voleva nemmeno pigliare il taxi, perché ormai si sentiva povera, povera; e del resto aveva pochi spiccioli nella borsa. Cosí percorse a piedi l'intera città; e ogni tanto s'appoggiava al muro e singhiozzava, ma se qualcuno si fermava a guardarla si rincamminava; e stringeva forte la borsa con quei pochi spiccioli, perché adesso aveva paura che tutti volessero derubarla. Non aveva le chiavi di casa: e suonò al cancello.

Dopo un pezzo, venne Carmela ad aprire, mezzo addormentata e col soprabito sulla camicia da notte: Chaim e Giulia, le disse Carmela, erano a dormire da parecchio; non l'aspettavano per quella sera, perché la signora Fontana aveva telefonato nel pomeriggio, che se ne andavano tutt'e due in gita e non tornavano che l'indomani. Mia madre disse a Carmela di svegliare Chaim.

Poi mia madre, quando fu nella sua stanza, si buttò sul letto a gridare; ed ecco ora tutti intorno a lei, Chaim, Giulia, la piccola Costanza e Carmela. Mia madre pianse e gridò per tutta la notte; e voleva raccontare ogni cosa, ma balbettava e tremava e nessuno capiva nulla. Chaim le faceva delle iniezioni calmanti; e le faceva bere, sostenendole il capo, un'acqua amara che lei non voleva.

Andarono, Chaim e mia madre, in questura di primo mattino; perché infine Chaim era riuscito ad afferrare qualcosa tra le sue rotte parole. In questura mia madre venne a sapere che il nome vero di Scilla era Grossi Antonietta; e che lei e Gilberto s'erano già trovati implicati in una storia di cambiali false, parecchi anni prima. Il commissario, molto poco gentile con mia madre, le disse che non sperasse di riavere mai quei denari; la denuncia poteva sempre farla, ma non esistevano prove che li avesse mai consegnati; e le disse che con tutti i suoi capelli grigi, s'era comportata col giudizio d'un bambino di quattro anni.

Risultò poi che la signora Grossi Antonietta, in compagnia del marito e d'un altro individuo dal basco nero, aveva preso il treno per Ventimiglia; avevano passato la frontiera e adesso vai a pescarli. Accompagnati da un poliziotto, mia madre e Chaim andarono all'agenzia Pacini; venne fuori la solita bionda, e li introdusse nel solito salottino: ricordava, sí, vagamente, di aver già visto mia madre; ma lí da loro ci veniva sempre una tal folla di persone. Suo marito mancava dalla città da piú di tre mesi; conoscevano, sí, vagamente, un certo Gilberto, e anche il suo amico Crovetto, al quale anzi avevano prestato dei soldi; non possedevano nessun locale da vendere sull'angolo di via Monteverdi: ma lei del resto degli affari del marito non sapeva nulla. Mia madre allora ebbe una crisi isterica; e Chaim dovette chiamare un taxi e riportarla a casa.

Risultò che il vero proprietario di quel locale era un grossista, il quale non si sognava di venderlo e forse ci metteva una birreria. E risultò che la signora Grossi Antonietta, o Priscilla Fontana, era in debito col suo padrone di casa in via Tripoli di molti mesi d'affitto; e aveva lasciato vari altri debiti in giro, dal panettiere, dal lattaio e dal macellaio: e mia madre pensò che neppure quella braciola che le aveva offerto, a quel loro pranzetto in cucina, neppure la braciola Scilla l'aveva pagata. E il padrone di casa, dietro un'indicazione della materassaia, venne da mia madre a piangere miseria, e voleva che mia madre pagasse il debito della sua amica: perché la materassaia gli aveva detto che erano molto amiche Scilla e mia madre, si vedevano sempre insieme e anzi forse erano mezze cugine.

Io venni ad abitare per un po' con mia madre. Ma lei non sembrava gradire la mia compagnia; e nemmeno quella di Giulia. Se ne stava chiusa nella sua stanza, piangeva e fumava, e scriveva una lettera dopo l'altra con la sua calligrafia lunga e stretta, in cui le T avevano un trattino che occupava la riga intera: e scriveva a Barbara, a Pinuccio, ai genitori di Pinuccio di cui Giulia sapeva l'indirizzo, e anche al marito notaio della cugina Teresa, ma pregandolo di non riferire nulla agli altri parenti. L'unico a risponderle era il notaio; da quegli altri, nemmeno una parola. Non era piú andata al negozio delle sue sorelle, e il solo pensiero di quei vasellami le dava la nausea; e non aveva nessuna voglia di stare con le sue sorelle, che tuttavia venivano qualche volta a trovarla, e la commiseravano scuotendo il capo. Nutriva ormai una piena sfiducia, e anche un sordo odio, verso i commissariati di questura: e in questura non voleva tornarci mai piú a nessun costo. Di tutte le persone di cui Scilla le aveva parlato, non ricordava che nomi di battesimo; soltanto di Valeria le aveva detto il cognome: Lubrani; Valeria, se esisteva, di cognome si chiamava forse Lubrani. Sull'elenco telefonico, di Lubrani ce n'erano sei o sette; ma mia madre ricordò che Scilla le aveva detto una volta che Valeria abitava nei pressi della chiesa di San Matteo. C'era sull'elenco un Lubrani che abitava in via Roma, poco lontano dalla chiesa di San Matteo; e d'un tratto mia madre decise di andarvi. Allora, per la prima volta dopo tanti giorni, si vestí con cura: e s'appuntò all'occhiello del suo tailleur nero, dopo qualche incertezza, la spilla di strass.

Si trovò davanti a una villetta signorile, con un giardino ricoperto di ghiaia e una vasca con lo zampillo; e le venne ad aprire un cameriere in giacca bianca, al quale mia madre chiese di vedere la signora Valeria, ma non la conosceva, era solo per un'informazione; il cameriere la fece attendere in anticamera, e mia madre per qualche minuto rimase a contemplare una pittura giapponese, con rami di mandorlo e uccelli; infine il cameriere la introdusse in uno studio tappezzato di scaffali. Su una poltrona di cuoio, con un abito nero e una volpe buttata su una spalla, stava una signora con una gran bazza, che lavorava svelta all'uncinetto. Era Valeria.

Valeria indicò a mia madre un'altra poltrona di cuoio: e mia madre sedette, slacciandosi la sciarpa sul collo per far vedere la spilla di strass; e chiese a Valeria con voce bassa, indecisa e tremante, se conosceva forse la signora Scilla Fontana. Valeria per un attimo aggrottò la fronte, non sembrava ricordare: ma poi ricordò. Scilla Fontana, in via Tripoli, quella donnina che faceva le camicette? Sí, faceva delle camicette graziose, con un ricamo tanto delicato: ma la vista le si era indebolita negli ultimi tempi, e l'ultima camicetta che le aveva fatto aveva il collettino un po' storto: e lei non c'era ritornata piú. Ma non capiva bene che cosa desiderasse mia madre: e se gradiva un indirizzo per camicette, lei poteva fornirgliene un altro migliore.

Allora mia madre giunse le mani e cominciò a raccontare. Aveva raccontato la sua storia dinanzi ai visi sgomenti di Giulia e di Chaim; e dinanzi alla grinta ironica d'un commissario di questura; e adesso la raccontava a questa Valeria dalla bazza lunga. Aveva troppo sofferto: e doveva parlare. Anzi non poteva piú parlare di nessun'altra cosa.

Lisciandosi la bazza e carezzando la coda della sua volpe, Valeria ascoltò. Infine ruppe a ridere: una risata schietta e fresca, non priva di un poco di simpatia. Ma subito trangugiò la risata, con una mossa brusca della sua bazza; come una gru che inghiotte un pesciolino.

Batté sul ginocchio a mia madre la sua larga mano ossuta, dalle nocche sporgenti: e si chinò un poco verso di lei, e mia madre sentí il suo profumo, che Scilla aveva chiamato *cœur de lilas*. No, disse Valeria, non aveva nessuna tenuta, da nessuna parte; aveva, sí, una casetta a Pallanza: non ci aveva mai portato Scilla, e anzi non credeva d'avergliene mai parlato. Lei e Scilla, le poche volte che s'erano viste, avevano parlato di camicette: camicette, e nient'altro. E quanto a suo marito, era direttore d'un archivio storico;

non si occupava di politica, e non montava a cavallo da piú di vent'anni.

Valeria ricondusse mia madre fino alla porta d'entrata. Spalancando le mani, disse che era molto spiacente di non poterla aiutare: perché di questa Scilla Fontana non sapeva proprio nulla. Purtroppo si trovano tante persone cattive, che ci provano gusto a intrappolare il prossimo; e adesso ripensandoci s'accorgeva che Scilla le era sempre sembrata una donnina un po' strana, con qualcosa di un po' sospetto; e una volta che era stata a casa sua per ordinarle una camicetta, aveva dimenticato là il suo ombrello, un ombrello di quelli che si piegano e si mettono in borsa; o almeno era convinta d'averlo dimenticato là. Ma Scilla poi aveva negato di averlo trovato; e lei si era detta che forse l'aveva perduto altrove. Ora pensava invece che la Scilla se l'era tenuto: si vede che rubava anche gli ombrelli. Era forse un po' matta.

Dopo quella visita a Valeria, passarono giorni e giorni senza che mia madre uscisse di casa; ora non scriveva piú lettere, e nemmeno piangeva; e la schietta risata di Valeria le tintinnava a volte nelle orecchie. Quella risata la mortificava, e tuttavia era salubre per la sua anima: perché mia madre ora non voleva piú che nessuno ridesse di lei. Sedeva assorta, sulla poltrona accanto alla finestra, e guardava i treni che fuggivano con un sibilo; e ora lavorava all'uncinetto, come aveva visto fare a Valeria: faceva all'uncinetto una coperta per il bambino di Giulia: tanto per muovere un poco le mani.

A volte si sorprendeva a cullare, nel fondo della sua anima, il sogno d'una lunga amicizia con Valeria, e d'un futuro d'imprese comuni in quello studio tappezzato di scaffali; ma si staccava subito da questo sogno, lo sentiva come arido e stopposo, senza gioia, senza nutrimento; e pensava che lei ormai era vecchia, e la vita non le avrebbe dato piú nulla.

Poi riprese ad uscire un poco. Ma ogni angolo, ogni punto della città portava qualche ricordo di Scilla: qui era il caffè dove sedevano sempre, là era la chiesa dove s'era sposata Barbara; qui il parrucchiere dove s'erano conosciute, e là un cinema dov'erano state insieme. Dappertutto s'era aggirato il paltoncino chiaro, la zazzera color fieno s'era scompigliata al vento; a mia madre pareva lontanissimo il tempo in cui quella zazzera sventolava accanto alla sua spalla; lontanissimo come il tempo della gioia negli anni della sfortuna, come i giochi dell'infanzia quando siamo in punto di morte. Era stato un tempo felice, eppure lei doveva cancellarlo dalla memoria; perché non le aveva portato che ombre e cenere. E le ombre e la cenere non possono lasciare rimpianti.

Poi un mattino, venne Jozek a portarci un giornale dove si vedevano in grande le fotografie di Pinuccio e di Barbara; e il giornale diceva che all'Albergo del Passeggero a Catania, Pinuccio Scardillo aveva sparato alla sua giovane moglie Barbara Scardillo nata Grossi, di anni diciannove, proveniente dalla nostra città; le aveva sparato per motivi d'onore, dopo una scenata violenta che aveva fatto uscire in corridoio tutti i clienti dell'albergo; e qualcuno era accorso per strappargli di mano la pistola, ma non aveva fatto a tempo e Pinuccio aveva sparato: e Barbara era stata colpita a un polmone. Era morta.

Allora Giulia si mise a gridare. Gridò a lungo, a lungo; e Carmela che era in fondo al giardino, corse dentro credendo che partorisse. Era orribile vederla mentre gridava cosí: stava stretta contro la parete, e si premeva le mani alle tempie; e fissava gli occhi nel vuoto, là dove forse vedeva fiammeggiare la coda di cavallo.

Chaim era già andato in ospedale; e io m'attaccai al telefono e finalmente gli potei parlare: e gli dissi di tornare subito a casa. Ma quando arrivò Chaim, Giulia s'era calmata; stava sul letto, con le gambe ravvolte nel plaid, e si lamentava appena appena; e mia madre le teneva la mano, e le metteva sulla fronte delle pezzuole fredde. Era l'unica cosa che le era venuto in testa di fare: questo, e dire a Jozek di andarsene via dai piedi con quei suoi giornalacci.

Un giorno, qualche tempo dopo, mia madre sedeva al caffè e sorseggiava una bibita fresca: perché adesso la granita con la panna non la poteva piú sopportare. E le sembrò di vedere in lontananza, sul corso, una zazzeretta color fieno e un abituccio nero: e credette di riconoscere Scilla vestita a lutto, con gli occhi miopi che scrutavano incerti, e con un passo lento e strascicato nella polvere del viale. Mia madre voleva balzare in piedi, e inseguirla; ma sentí subito una grande stanchezza, e rimase dov'era. Dopo un attimo, quell'abituccio nero scomparve tra la folla: e mia ma-

dre non seppe mai se era davvero Scilla, o un'altra che le rassomigliava. E del resto non le importava piú nulla; e in fondo al
suo cuore, là dove sempre s'agitava un odio ribollente e buio,
s'accorse con meraviglia che aveva per quella povera zazzera un
po' di pietà.

Nell'estate, mentre metteva al mondo il suo bambino, mia
sorella Giulia morí. Era estate, un mattino di piena estate. Sul
letto ricomposto, Giulia giaceva nell'abito di quando s'era sposata, e aveva le gracili braccia venate d'azzurro incrociate al seno.
Con le labbra spianate in un vago sorriso gentile e malinconico,
Giulia sembrava dire addio a questa vita che non era stata capace
di amare. Nella stanza accanto, in braccio alla cugina Teresa arrivata il giorno prima col pullman, piangeva il bambino di Giulia, rosso
rosso, con lunghi e biondi capelli polacchi. La cugina Teresa lo
cullava dondolandosi avanti e indietro sulla poltrona, e mia madre, divenuta d'un tratto molto vecchia e sfatta, fissava quell'ignoto bambino con occhi foschi. A me, a Chaim, alla cugina Teresa,
a quell'ignoto bambino, mia madre chiedeva in silenzio, con i suoi
occhi foschi dove i lampi antichi s'erano smorzati in un velo di
lagrime, mia madre in silenzio chiedeva che le restituissimo la
sua Giulia. Ma quella che lei voleva era Giulia piccola, col vestito
alla marinaia e le calze nere, quando ancora non era apparso sulle
sue labbra quel sorriso malinconico e timido. Adesso mia madre
capiva il senso di quel sorriso. Era il sorriso di chi vuol essere
lasciato in disparte, per ritornare a poco a poco nell'ombra.

Le voci della sera

A Gabriele

In questo racconto i luoghi, e i personaggi, sono immaginari. Gli uni non si trovano sulla carta geografica, gli altri non vivono, né sono mai vissuti, in nessuna parte del mondo.

E mi dispiace dirlo, avendoli amati come fossero veri.

Avevo accompagnato mia madre dal dottore; e tornavamo a casa, per il sentiero che costeggia il bosco del generale Sartorio, poi l'alto muro muschioso di villa Bottiglia.

Era ottobre, cominciava a far freddo; nel paese alle nostre spalle s'erano accesi i primi lampioni, e il globo azzurro dell'Albergo Concordia rischiarava d'una luce vitrea la piazza deserta.

Disse mia madre: – Sento come un nòcciolo nella gola. Se inghiotto, mi duole.

Disse: – Generale, buonasera.

Il generale Sartorio era passato accanto a noi col cappello alzato sulla testa argentea e riccioluta, la caramella all'occhio e il cane al guinzaglio.

Mia madre disse: – Che bella capigliatura ancora, a quell'età!

Disse: – Hai visto com'è diventato brutto il cane?

– Ora sento in gola come un sapore d'aceto. E quel nodo, sempre, che mi duole.

– Com'è che mi ha trovato la pressione alta? Bassa, l'avevo sempre.

Disse: – Gigi, buonasera.

Era passato il figlio del generale Sartorio, col montgomery bianco sulle spalle; su un braccio reggeva un'insalatiera coperta da un tovagliolo, e aveva l'altro braccio ingessato e piegato in fuori.

– Ha fatto proprio una brutta caduta. Chissà se potrà mai riavere l'uso completo del braccio, – disse mia madre.

Disse: – Chissà cosa ci aveva in quell'insalatiera?

– Si vede che c'è una festa, – disse poi. – Dai Terenzi, probabile. Chi va deve portare qualcosa. Adesso molti fanno cosí.

Disse: – Ma a te, non t'invitano mai?

– Non t'invitano, – disse, – perché trovano che ti dài delle arie. Non sei andata piú nemmeno al Circolo del Tennis. Se uno non si fa vedere in giro, dicono che si dà arie e non lo cercano piú. Le bimbe Bottiglia, invece, le invitano tutti. L'altra sera hanno ballato dai Terenzi fino alle tre. C'era gente da fuori e perfino un cinese.

Le bimbe Bottiglia si chiamano bimbe in casa nostra, benché la piú giovane abbia ormai ventinove anni.

Disse: – Non avrò mica l'arteriosclerosi?

Disse: – Ci sarà da fidarsi di questo nuovo dottore? Il vecchio era vecchio, si capisce, non si interessava piú. Se gli si diceva un disturbo, diceva subito che l'aveva anche lui. Questo scrive tutto, hai visto come scrive tutto? Hai visto com'è brutta la moglie?

Disse: – Ma possibile che non si possa avere da te, qualche volta, il miracolo d'una parola?

– Che moglie? – dissi.

– La moglie del dottore.

– Quella che è venuta a aprire, – dissi, – non era la moglie. Era l'infermiera. La figlia del sarto di Castello. Non l'hai riconosciuta?

– La figlia del sarto di Castello? Che brutta che è.

– E come mai non aveva il camice? – disse. – Gli farà da serva, non da infermiera, ecco qua.

– Non aveva il camice, – dissi, – perché se l'era levato, perché stava per andarsene. Il dottore non ha né serva, né moglie. È scapolo, e mangia alla Concordia.

– Scapolo, è?

Mia madre subito nel suo pensiero mi sposò col dottore.

– Chissà se si trova meglio qui, o a Cignano dov'era prima? Meglio a Cignano, probabile. Piú gente, piú vita. Dovremo invitarlo a pranzo una volta. Con Gigi Sartorio.

– A Cignano, – dissi, – ha la fidanzata. Si sposano in primavera.

– Chi?

– Il dottore.

– Cosí giovane, già fidanzato?

Camminavamo sul viale del nostro giardino, tappezzato di foglie; e si vedeva la finestra illuminata della cucina, e la nostra serva Antonia che sbatteva le uova.

Mia madre disse: – Ora quel nodo in gola mi si è tutto seccato, e non va né su né giú.

Sospirando, sedette nell'ingresso, e sbatteva le galosce una contro l'altra per scuoterne il fango; e mio padre uscí sulla porta dello studio, con la pipa, con la sua giacca da casa di lana dei Pirenei.

– Ho la pressione alta, – mia madre disse con un poco di orgoglio.

– Alta? – disse la zia Ottavia, in cima alle scale, appuntandosi al capo le due piccole trecce nere, lanose come quelle di una bambola.

– Alta. Non bassa. Alta.

La zia Ottavia aveva una guancia rossa e l'altra pallida, come sempre quando s'addormenta in poltrona vicino alla stufa, con un libro della biblioteca « Selecta ».

– Da villa Bottiglia, – disse l'Antonia sulla porta della cucina, – hanno mandato per farina. Ne avevano poca e dovevano fare i bignè. Gliene ho data una buona scodella.

– Ancora? Ma gli manca sempre la farina. Potevano far di meno di fare i bignè. La sera, son pesanti.

– Non son mica tanto pesanti, – disse la zia Ottavia.

– Son pesanti.

Mia madre si tolse il cappello, il soprabito e una fodera di pelo di gatto che porta sempre sotto al soprabito, poi lo scialle che punta sul petto con uno spillo da balia.

– Ma forse, – disse, – hanno fatto i bignè per la festa che ci dev'essere dai Terenzi. Abbiamo visto anche Gigi Sartorio con un'insalatiera. Chi è venuto a chiedere la farina? la Carola? Non t'ha detto qualcosa d'una festa?

– A me non m'ha detto niente, – disse l'Antonia.

Salii nella mia stanza. La mia stanza è all'ultimo piano e guarda sulla campagna. Si distinguono in lontananza, la sera, i lumi di Castello, e i pochi lumi di Castel Piccolo, in alto, su una gobba della collina; e di là dalla collina, c'è la città.

La mia stanza ha un letto ad alcova, con le cortine di mussola;

una poltroncina bassa, di velluto color grigio topo; un comò a specchio e una scrivania di ciliegio. C'è anche una stufa di maiolica, color marrone, e qualche ceppo in un cesto; e uno scaffale girevole, con sopra un lupo di gesso, fatto dal figlio del nostro contadino, che è in manicomio; e appesa al muro una riproduzione della Madonna della Seggiola, una veduta di San Marco e una tasca per le calze, grande, di trina, con nodi d'amore celesti, regalo della signora Bottiglia.

Io ho ventisette anni.

Ho una sorella un poco maggiore di me, sposata a Johannesburg; e mia madre legge sempre i giornali per vedere se dicono qualcosa del Sud Africa, sempre inquieta per quello che succede laggiú. Nella notte, si sveglia e dice a mio padre:

– Ma là dov'è la Teresita, non ci verranno mica i Mao Mao?

Ho un fratello un poco piú giovane di me, che lavora nel Venezuela; e in casa ci sono ancora, nell'armadio della guardaroba, le sue maschere da scherma e subacquee, e i suoi guanti da boxe, perché era, da ragazzo, uno sportivo; e quando uno spalanca l'armadio, i guanti da boxe gli cascano sulla testa.

Mia madre sempre si lagna che ha i figli lontani; e sovente se ne va a piangere dalla sua amica, la signora Ninetta Bottiglia.

Pure queste son lacrime che le piace un poco versare; perché son lacrime che la lusingano un poco, lacrime a cui si mescola l'orgoglio d'aver gettato il suo pòlline in luoghi tanto remoti e pericolosi. Ma il cruccio piú pungente, per mia madre, è che io non mi sposi; ed è un cruccio che l'avvilisce, e trova un balsamo soltanto nel fatto che nemmeno le bimbe Bottiglia, a trent'anni, sono ancora sposate.

Per lungo tempo, mia madre ha carezzato il sogno che io sposassi il figlio del generale Sartorio; sogno che s'è dileguato, quando le hanno detto che il figlio del generale Sartorio è morfinomane e non s'interessa alle donne.

Tuttavia, a volte, ci ripensa; si sveglia, nella notte, e dice a mio padre:

– Bisognerà che invitiamo a pranzo il figlio del generale Sartorio.

E dice: – Ma tu ci credi che sia pervertito, quello lí?

Mio padre dice: – Cosa ne so io?

– Lo dicono di tanti e l'avranno detto, magari, anche del nostro Giampiero.

– Probabile, – dice mio padre.

– Probabile? come probabile? Ti risulta che l'abbia detto
qualcuno?

– Cosa ne so io?

– E chi ha potuto dirla, questa cosa, del mio Giampiero?

Abitiamo nel paese da molti anni. Mio padre è il notaio della
fabbrica. L'avvocato Bottiglia è l'amministratore della fabbrica.
Tutto il paese vive in funzione della fabbrica.

La fabbrica produce stoffe.

Manda un odore che riempie le strade del paese, e quando c'è
scirocco arriva quasi fino alla nostra casa, che pure è in aperta
campagna. È un odore a volte come di uova fradice, a volte come
di latte quagliato. Non c'è rimedio, è per via di certi acidi che
adoprano, dice mio padre.

I padroni della fabbrica sono i De Francisci.

Il vecchio De Francisci lo chiamavano il vecchio Balotta. Era
piccolo e grasso, con una gran pancia tonda tonda che gli scoppiava fuori dai calzoni, e aveva grossi baffi spioventi ingialliti dal
sigaro, che mordeva e succhiava. Ha cominciato con una baracca
grande appena appena da qui a lí, racconta mio padre. Girava in
bicicletta, con un vecchio zaino da soldato dove teneva la colazione, e mangiava al sole appoggiato a un muro del cortile, co-
prendosi la giacca di briciole e tracannando il vino dal fiasco.
Quel muro c'è sempre, e lo chiamano il muro del vecchio Balotta,
perché lui la sera, finiti i lavori, stava là col berretto all'indietro
a fumare il sigaro e a chiacchierare con gli operai.

Mio padre dice: – Quando c'era il vecchio Balotta, non succedevano certe cose.

Il vecchio Balotta era socialista. Rimase socialista sempre, pur
avendo perduto l'abitudine, venuto il fascismo, di dire il suo pensiero ad alta voce: ma era diventato, negli ultimi tempi, di umore
assai malinconico e torvo; e al mattino quando si alzava, fiutava
l'aria e diceva a sua moglie, la signora Cecilia:

– Che puzzo, però.

E diceva:

– Io non lo sopporto.

La signora Cecilia diceva:

– Non sopporti piú l'odore della tua fabbrica?

E lui diceva:

– No, non lo sopporto piú.

E diceva:

– Non sopporto piú di campare.

– Basta che ci sia la salute, – diceva la signora Cecilia.

– Tu, – diceva il vecchio Balotta alla moglie, – dici sempre cose nuove e originali.

Poi gli venne una malattia alla cistifellea; e disse alla moglie:

– Non c'è piú nemmeno la salute, e io non sopporto piú di campare.

– Si campa finché Dio lo comanda, – disse la signora Cecilia.

– Macché Dio! ci mancherebbe ancora che ci fosse Dio!

Si metteva sempre appoggiato al suo muro nel cortile; e quel muro e quell'angolo di cortile è tutto quello che rimane ancora dell'antica baracca; il resto è un edificio di cemento armato, grosso quasi quanto l'intero paese. Ma non mangiava piú quelle pagnotte, il dottore gli aveva ordinato una dieta di ortaggi bolliti, che doveva per forza consumare a casa, seduto a tavola; e gli aveva proibito anche il vino, il sigaro e la bicicletta: lo accompagnavano alla fabbrica in automobile.

Il vecchio Balotta tirò su un ragazzo, suo lontano parente, rimasto orfano da piccolo; e lo fece studiare, insieme ai suoi figli. Si chiama Fausto, ma lo chiamano tutti il Purillo; perché porta sempre un berretto a purillo, calzato fin sulle orecchie. Col fascismo, il Purillo diventò fascista; e il vecchio Balotta disse:

– Naturale, perché il Purillo è come il moscon d'oro, che dove si posa, si posa sulla merda.

Il vecchio Balotta camminava per il cortile della fabbrica, le mani dietro la schiena, il berretto spinto quasi sulla nuca, legata al collo la sua sciarpetta unta e logora, come una corda; e si fermava davanti al Purillo, che ora lavorava nella fabbrica, e gli diceva:

– Tu, Purillo, sei antipatico. Io non ti posso soffrire.

Il Purillo faceva un sorriso, inarcando la sua piccola bocca, dai denti candidi e schietti; e allargava le braccia, e diceva:

– Non posso mica essere simpatico a tutti.

– È vero, – diceva il vecchio Balotta; e si allontanava con le mani dietro la schiena, col suo passo storto, strascicando le scarpe come ciabatte.

Pure quando cominciò a star male, nominò il Purillo direttore della fabbrica.

La signora Cecilia non se ne dava pace, di questo affronto fatto ai suoi figli; e chiedeva:

– Perché il Purillo? perché non il Mario? perché non il Vincenzo?

Ma il vecchio Balotta diceva:

– Tu non t'impicciare. Tu impicciati delle tue salse. Il Purillo ha una bella intelligenza. I tuoi figli non valgono una cucca. Il Purillo ha una bella intelligenza, anche se io non lo posso soffrire.

E diceva:

– Tanto andrà tutto a carte quarantotto, con la guerra.

Il Purillo aveva sempre abitato con loro, alla Casetta: com'era chiamata la casa del vecchio Balotta, che s'era comprata per pochi soldi, ancora al tempo della prima guerra: ed era, quando l'aveva comprata, una casetta da contadini, con l'orto, il frutteto e la vigna; poi l'aveva fatta grande e bella, con verande e logge, pur lasciandole un poco del suo rustico aspetto. Il Purillo, da sempre, abitava con loro; ma a un bel momento, il vecchio Balotta lo mise fuori di casa. Il Purillo andò ad abitare alle Pietre, una casa sull'altro versante della collina, che il vecchio Balotta aveva comprato per i suoi due fratelli, il Barba Tommaso e la Magna Maria; un luogo che il vecchio Balotta considerava come una specie di confino, e dove mandava in esilio i figli per qualche periodo, se ci litigava troppo. Ma quando mandò là il Purillo, era chiaro ch'era una cosa definitiva; e la sera che se n'era andato, la signora Cecilia, a tavola, piangeva, non che avesse un tenero speciale per il Purillo, ma le faceva senso non averlo piú in casa, perché l'aveva avuto sempre, fin da bambino. E il vecchio Balotta disse:

– Non vorrai mica sciupare le tue lacrime per il Purillo? Io, senza quel brutto muso, mangio meglio la cena.

Né al Barba Tommaso né alla Magna Maria fu chiesto se erano contenti d'avere insieme il Purillo; d'altronde né all'uno né all'altra il vecchio Balotta chiedeva mai un consenso o un'opinione di qualche specie.

Diceva:

– Mio fratello il Barba Tommaso, con rispetto parlando, è una ciula.

– Mia sorella la Magna Maria, con rispetto parlando, è una scema.

E nemmeno al Purillo, si capisce, fu chiesto se aveva piacere di stare col Barba Tommaso e con la Magna Maria.

Del resto lui, il Purillo, con quei due vecchi ci stava pochissimo. Faceva i pasti con loro; e dopo il pranzo tirava fuori un astuccio rilegato in pelle di serpente, con le sue iniziali d'oro.

– Sigaretta, Barba Tommaso?

– Sigaretta, Magna Maria?

E non si prendeva pena di dire nient'altro.

Calzava in testa il purillo e se ne andava alla fabbrica.

Il Barba Tommaso e la Magna Maria, di lui, avevano paura e rispetto. Non osavano dirgli niente quando appese nella stanza da pranzo, ben grande, una sua fotografia in camicia nera e col braccio teso, fra i gerarchi venuti a visitare la fabbrica.

Il Barba Tommaso e la Magna Maria non hanno mai avuto decise opinioni politiche. Ma bisbigliavano uno con l'altra:

– Se un giorno viene qui il Balotta, come si fa?

Del resto era un'eventualità improbabile, perché il vecchio Balotta alle Pietre non ci veniva mai.

Poi venne la guerra. I figli del Balotta andarono in guerra, ma il Purillo fu riformato, perché aveva il torace stretto; e aveva avuto la pleurite da piccolo, e si sentiva ancora, da una parte, un fischio.

Dopo l'8 settembre, il Purillo venne una notte alla Casetta a svegliare il Balotta e la signora Cecilia. Gli disse di vestirsi subito e venir via, perché i fascisti volevano venirseli a prendere. Il Balotta protestava, che lui non si sarebbe mosso; diceva che in paese tutti gli volevano bene, e nessuno avrebbe osato fargli qualcosa. Ma il Purillo, con una faccia dura come il marmo, aveva agguantato una valigia. S'era piantato lí con le mani alla cintura, e disse:

– Non perdiamo tempo. Metta via un po' di roba, che andiamo.

Allora il vecchio Balotta si arrese, e cominciò a vestirsi; e annaspava sui bottoni delle bretelle, con le sue mani lentigginose e coperte di ricciuti peli bianchi.

– Si va dove? – chiese.

– A Cignano.

– A Cignano, a Cignano! e in casa di chi?

– Penso io.

La signora Cecilia, spaurita, girava per le stanze raccogliendo a caso quel che trovava, qualche vasetto da fiori, che riponeva nella borsetta, cucchiaini d'argento e camiciole vecchie.

Il Purillo li fece salire in automobile. Guidava senza dire una parola, col suo lungo naso a becco d'uccello ricurvo sui baffetti neri e ispidi, la piccola bocca serrata, il purillo calzato sulle orecchie.

– Tu Purillo, – disse il vecchio Balotta, – forse mi salvi la vita. Ma lo stesso sei antipatico, e io non ti posso soffrire.

E il Purillo questa volta disse:

– Non devo mica essere simpatico a lei.

– È vero, – disse il vecchio Balotta.

Il Purillo al vecchio Balotta dava del lei, perché il Balotta mai gli aveva detto di dargli del tu.

A Cignano, il Purillo aveva preso in affitto, per loro, un piccolo appartamento. Passavano le giornate in cucina, dove c'era la stufa. Il Purillo veniva a trovarli quasi ogni sera.

Alla Casetta c'erano davvero venuti i fascisti; e avevano rotto i vetri, e sfondato a colpi di baionetta le poltrone.

A Cignano, la signora Cecilia morí. Si spense quietamente, stringendo la mano alla padrona di casa, con la quale aveva fatto amicizia. Il vecchio Balotta era andato in cerca di un medico. Quando tornò col medico, sua moglie era morta.

Lui non ci poteva credere, e continuava a chiamarla e a scuoterla, credeva che fosse solo svenuta.

Al funerale non c'erano che lui e il Purillo, e la padrona di casa. Il Barba Tommaso e la Magna Maria erano ammalati alle Pietre, con la febbre.

– Febbre di paura, – disse il vecchio Balotta.

Poi anche il Purillo non comparve piú. Il Balotta era cosí solo, che aveva quasi voglia del Purillo. Tutti i momenti chiedeva alla padrona di casa:

– Ma dove s'è cacciato il Purillo?

Si seppe che il Purillo era scappato in Svizzera, essendo stato minacciato di morte sia dai fascisti che dai partigiani. La fabbrica era rimasta tutta sulle spalle a un vecchio geometra, un certo Borzaghi. Ma al vecchio Balotta non importava piú della fabbrica.

Cominciò a svanirgli un poco la memoria. Sovente si addormentava su una sedia in cucina, a testa bassa. Si svegliava di soprassalto, e chiedeva alla padrona di casa:

– Dove sono i miei figli?

Glielo chiedeva con aria minacciosa, come se lei li tenesse nascosti nell'armadio della dispensa.

– I maschi, i grandi sono in guerra, – diceva la padrona di casa, – non si ricorda piú che sono in guerra? E il Tommasino, il piccolo, in collegio. E le femmine, la Gemmina è in Svizzera, e la Raffaella sulle montagne, dove ci sono i partigiani.

– Che vita, – diceva il vecchio Balotta.

E si riaddormentava, curvo, trasalendo ogni tanto e guardandosi attorno con gli occhi spenti, come chi non capisce dove si trova.

Dopo la liberazione, venne la Magna Maria a prenderlo in automobile, con l'autista. Lui riconobbe l'autista, che era il figlio d'un suo operaio; e lo abbracciò. Alla Magna Maria porse due dita flosce, guardandola di storto.

Disse:

– Non sei nemmeno venuta al funerale della Cecilia.

– Avevo quaranta di febbre, – disse la Magna Maria.

Lo portarono alla Casetta. La Magna Maria aveva scopato via i vetri, e rassettato un poco le stanze, insieme alla contadina: ma non c'erano piú materassi, né lenzuola, né posate o piatti. Nel giardino era tutta una devastazione, là dove un tempo si vedeva passare la signora Cecilia in mezzo alle rose, col suo grembiule azzurro, le forbici legate alla cintola, l'innaffiatoio in mano.

Il vecchio Balotta, con la Magna Maria, se ne andò alle Pietre. Là c'era il Barba Tommaso, sempre identico, roseo, con la sua camicia di bucato, i calzoni di flanella bianca.

Il vecchio Balotta si mise a sedere, e scoppiò a singhiozzare nel fazzoletto, come un bambino.

Disse: – Meno male che è morta la Cecilia, che non vede tutto quel disastro là!

La Magna Maria gli carezzava la testa, e badava a ripetere:

– Bravo, bravo, ma sta' bravo, ma che sei bravo.

Il Barba Tommaso disse:

– Io sono stato il primo a vedere arrivare i partigiani. Ero alla finestra col mio canocchiale, insieme al generale Sartorio, e li ho visti arrivare sulla strada. Gli sono andato incontro con due bottiglie di vino, perché ho pensato che avevano sete.

E disse:

– Alla fabbrica, i tedeschi si son portati via i macchinari. Ma non importa, perché adesso i macchinari nuovi ce li daranno gli americani.

Il vecchio Balotta disse:

– Tu stai zitto, che tu sei sempre una ciula.

– Il Borzaghi è stato proprio bravo, – disse la Magna Maria. – I tedeschi l'avevano preso anche lui, ma si è buttato giú dal treno in corsa, e s'è rotto una spalla.

E disse:

– Lo sai che hanno ammazzato il Nebbia?

– Il Nebbia?

– Ma sí. L'hanno preso i fascisti e l'hanno ammazzato, proprio là dietro, su quelle rocce là. Era notte, e noi abbiamo sentito gridare. E al mattino, la contadina ha trovato la sciarpa, gli occhiali tutti rotti, e il cappello, quello peloso che portava sempre.

Il vecchio Balotta guardava il sole del tramonto, su quel pendio di rocce dietro la casa, che per quello è chiamata Le Pietre; e i boschi di pini, che coprono quel versante della collina; e di là dalla collina le montagne, coi picchi aguzzi e nevosi, e i ghiacciai dalle ombre lunghe e azzurre, e una cima candida e tonda, a pan di zucchero, che è chiamata Lo Scivolo, e dove i suoi figli andavano, la domenica, con gli amici in gita.

L'indomani, il sindaco venne a chiamarlo, che facesse un discorso, per salutare la liberazione. Lo portarono sul balcone del Municipio, e sotto c'era tanta gente, piena la piazza. C'era gente fin giú sulla strada, stavano arrampicati sugli alberi e sui pali del telegrafo. Lui vedeva dei visi che conosceva, suoi operai: ma lo stesso si vergognava a parlare. Si appoggiò con le mani alla ringhiera, e disse:

– Viva il socialismo!

Poi si ricordò del Nebbia. Alzò il berretto, e disse:

– Viva il Nebbia!

Scrosciò un applauso, fortissimo, come un rumore di tuono; e lui ne ebbe un poco di spavento, e poi subito un grande piacere.

Dopo, voleva parlare ancora; ma non sapeva piú cosa dire d'altro. Ansimava, e annaspava con le dita sul bavero della giacca. Lo condussero via dal balcone, perché adesso doveva parlare il sindaco.

Mentre tornavano a casa, il Barba Tommaso gli disse:

– Era mica socialista il Nebbia. Comunista, era.

– Non importa, – disse il vecchio Balotta. – E tu stai zitto, che sei sempre una ciula.

A casa, la Magna Maria lo fece mettere a letto, perché era rosso, accaldato, e con l'affanno al respiro.

Nella notte morí.

In paese dissero:

– Che malore, che è morto il vecchio Balotta! Ora i suoi figli chissà dove sono finiti, e la fabbrica resta in braccio al Purillo.

E dissero:

– Tanti figli, e nessuno vicino, al momento della morte.

Il giorno dopo che lui era morto, arrivò la sua figlia minore, la Raffaella, che era stata sulle montagne e aveva fatto la partigiana. Aveva i calzoni, un fazzoletto rosso legato al collo, e una pistola nella fondina.

Era impaziente di farsi vedere dal padre, con quella pistola. Arrivò alle Pietre e trovò la Magna Maria sul cancello, con un velo di crespo nero sulla testa, che si mise a piangere e disse:

– Che malore, che malore!

Poi l'abbracciò, e andava ripetendo:

– Brava, brava, ma come che sei brava!

E disse:

– Ma non spara mica quella pistola lí?

Durante la guerra, noi siamo stati sfollati prima a Castello, poi a Castel Piccolo, per paura che bombardassero il paese, a motivo della fabbrica. A Castello, mia madre teneva dei polli, dei tacchini e dei conigli; e anche aveva messo su un alveare di api. Ma doveva esserci qualche difetto nelle arnie, perché le api morirono tutte, con la neve.

A Castel Piccolo, non volle piú tenere animali. Diceva che quando gli animali lei li doveva accudire, ci si affezionava, e non se la sentiva piú di cuocerli.

Adesso abbiamo vari animali alla nostra cascina, che è chiamata la Vigna, e si trova verso i boschi di Castello, circa un chilometro distante da noi. Mia madre va alla Vigna due o tre volte la settimana; ma non fa nessuna amicizia con gli animali, che la contadina accudisce, e che l'Antonia uccide, spenna o scuoia; e mia madre li rimescola in pentola senza commuoversi, perché non si ferma a pensare che avevano, prima, piume o peli.

Dopo la liberazione, a mia sorella fu chiesto di fare da interprete, perché sapeva bene l'inglese. S'innamorò di lei un colonnello americano; e si sposarono e partirono per Johannesburg; avendo lui, da civile, un'impresa laggiú.

Io sono andata all'università in città. Abitavo, insieme alla minore delle bimbe Bottiglia, al Foyer protestante. La Giuliana Bottiglia ha finito le magistrali, io mi sono laureata in lettere; e poi siamo ritornate tutt'e due al paese.

Vado in città circa due volte la settimana, con una scusa o con l'altra: cambiare i libri alla biblioteca « Selecta », per la zia Ottavia; comprare, per mia madre, le matassine da ricamo e i biscotti d'avena; comprare, per mio padre, uno speciale tabacco da pipa di marca inglese.

Vado, di solito, con l'autobus, che parte a mezzogiorno e mezzo dalla piazza; e scendo in città in corso Piacenza, a due passi da via dello Statuto, dove c'è la biblioteca « Selecta ».

L'ultima corsa dell'autobus è alle dieci di sera.

Me ne stavo sulla poltroncina, e premevo le mani sulle pareti della stufa; poi le toglievo, quando sentivo scottare, e me le mettevo sulla faccia; e poi tornavo a metterle sulla stufa. Passò, cosí, una mezz'ora.

Entrò la Giuliana Bottiglia.

Portava calze nere, com'era di moda in quel periodo, guanti neri scamosciati, un impermeabile bianco cortissimo, e in testa un fazzoletto di seta nera.

– Disturbo? – disse.

Sedette, si tolse i guanti, il fazzoletto, e cominciò a farsi le onde col pettine. Poi diede una scrollatina ai capelli, che sono neri e pettinati gonfi, con qualche virgola sulle tempie.

– Oggi, – disse, – sono stata al cinematografo, a Cignano.

– Cosa davano?

– *Tenebre di fuoco.*

– E perché erano di fuoco le tenebre?

– Perché lui era un ingegnere, diventato cieco, – disse. – E lei era una donna di strada, ma lui non lo sapeva e la credeva pura, e si sposano. Prendono un bellissimo appartamento. Ma lui comincia ad avere dei sospetti.

– Perché dei sospetti?

– Perché lei gli aveva detto che prima era povera, e invece lui scopre che non era mica tanto povera, perché aveva una parure di gioielli. Lo scopre perché glielo dice la cameriera, che l'aveva vista con quella parure.

– Prima?

– Sí, prima. E lui sente una sera, sulla terrazza, che lei parla con uno. È un banchiere molto innamorato di lei, e che sa il suo passato, e la ricatta. Le dice che o fa all'amore, o se no lui va dal cieco e gli dice tutto. Il banchiere è Yul Brinner.

– Quello con la pelata?

– Sí. E allora l'ingegnere accetta di farsi un'operazione, che o muore, o vede di nuovo. E gli fanno l'operazione, e lui vede, prima tutto confuso e poi chiaro, e lei è lí molto bella, con una pelliccia d'ermellino. E lui le abbraccia la pelliccia, e piange.

– Piange?

– Sí. Poi vanno in vacanza in una villa, ma Yul Brinner ci viene anche. E la notte, Yul Brinner cerca lei e alla fine la trova in un bel salotto, con dei libri, una specie di biblioteca. E vuole baciarla. E arriva l'ingegnere e li trova insieme.

– E allora?

– Allora finisce che Yul Brinner scappa, e l'ingegnere dietro, e sono sul cornicione d'una finestra. E anche lei è salita sul cornicione, per salvare l'ingegnere, e casca di sotto.

– Morta?

– Sí.

– E l'ingegnere?

– L'ingegnere spara al banchiere, che muore, ma prima di morire all'ospedale dice all'ingegnere che lei era pura come una santa. E l'ingegnere ridiventa cieco.

– Ridiventa cieco?

– Sí.

– Perché ridiventa cieco?

– Perché aveva ancora gli occhi delicati, e si vede che gli casca la retina, dall'emozione.

– Era un film idiota.

– Mica tanto. Lavoravano bene.

– E sei andata fino a Cignano a vederlo?

– A Cignano, sí.

– Con l'autobus?

– In bicicletta, con la Maria mia sorella e la Maria Mosso.

– Era carino il cinese?

– Che cinese?

– Quello del ballo in casa dei Terenzi.

– Non era cinese, era indiano, e aveva per lo meno settant'anni. L'ha portato Gigi Sartorio.

Si lisciava i guanti sul grembo, adagio adagio, con gli occhi bassi e la testa un po' storta; e disse:

– C'era il Tommasino.

– Dove?

– Al ballo dei Terenzi.

– C'era?

– Sí, c'era.

– E be'?

– Niente. C'era, cosí.

Continuava a lisciare i guanti, senza guardarmi; e disse:

– Tu a me non mi dici piú niente. Una volta, ero la tua amica.

Io rimestavo la cenere nella stufa. Dissi:

– Non ti dico niente, di cosa?

– Vengo qui, parliamo di stupidaggini. Ti annoio, lo so.

– Non mi annoi affatto. Mi son divertita con la storia dell'ingegnere.

– Ti annoio, lo so.

S'infilò i guanti, si allacciò la cintura dell'impermeabile.

– Ora me ne devo andare.

Sulla porta, senza voltarsi, mi disse:

– Ti hanno vista.

– Cosa?

– Ti hanno vista, col Tommasino.

– Chi?

– La Maria mia sorella, e la Maria Mosso. Vi hanno visti in
un bar.

– E allora?

– Allora, niente.

– Giuliana! Che festa c'è dai Terenzi? – gridò mia madre ai
piedi delle scale.

– Non so.

– Perché abbiamo incontrato Gigi Sartorio con un'insalatiera.

– Ma non andava dai Terenzi, andava dai Mosso, a portargli
un po' di zabaione, perché ne avevano fatto tanto, che gli avanzava. Anche a noi ne hanno dato.

– Ma quanto ne avevano fatto? un barile? – disse mia madre.
E disse: – Che idea mettere lo zabaione in un'insalatiera.

– E dove lo dovevano mettere? – disse la zia Ottavia.

– In una coppa di cristallo, che diamine!

– Noialtri, – disse la Giuliana, – siccome lo zabaione non ci
piace da solo, abbiamo fatto qualche bigné.

– Invece noi la sera, – disse mia madre, – ci piace di mangiare
molto leggero.

Sul suo viso si leggeva il rammarico, per essere noi stati esclusi
dal festino dello zabaione.

I figli del Balotta sono cinque.

La maggiore è la Gemmina. Oramai ha piú di quarant'anni. Non si è sposata e sta alla Casetta. Tornata dalla Svizzera, disse:

– La Casetta non me la leva nessuno.

Volevano venirci ad abitare i suoi fratelli, dopo che furono tutti ritornati al paese; ma lei badava a ripetere:

– La Casetta era di mamma e papà, e non me la leva nessuno.

Inutile farle osservare che mamma e papà, erano mamma e papà anche per gli altri fratelli, e non solo per lei.

La Gemmina rimase alla Casetta, da sola, con una donna di servizio, una vecchia balia che ha tirato su tutti loro fratelli, uno dopo l'altro.

Anche quella donna, la volevano il Vincenzino e il Mario per balia, che loro avevano bambini.

Ma la Gemmina disse:

– La balia non me la leva nessuno. La balia sta con me, e guai chi me la tocca.

La Gemmina è alta, magra, con i capelli ossigenati e tagliati corti, con una faccia lunga e stretta, tutta mento, la carnagione macchiata e segnata da un vecchio sfogo, che le ha lasciato come delle lividure.

Porta, d'inverno, un paltò casentino, un berretto di pelo spinoso, e dei calzoni da sci. Ha sempre da fare e corre avanti e indietro, nella sua topolino, da Castello a Cignano e da Cignano a Castello. A Castello ha messo su un ospedale, e a Cignano un negozio di artigianato. Si vedono, in vetrina, delle pantofole fatte a maglia, dei vasi di legno intagliato e dei quadri di soggetto alpino.

Passando, compera le mele per l'ospedale a Soprano, dove costano poco.

Le piace moltissimo organizzare dei tè benefici. Mette in moto otto o dieci ragazze, e ne manda una dalla Magna Maria a farsi dare delle noci, che loro ne hanno tante alle Pietre, per metterle a spicchi sui panini al formaggio; e un'altra la manda dal fornaio a Cignano a farsi dare dei rottami di biscotti, che si possono macinare nel macinacaffè, e impastare con un po' di polvere di cacao:

e ne escon fuori dei pasticcetti, niente buoni, ma pure mangiabili.

È avara, e di suo non tira fuori niente, né soldi, né altro. Ma riesce a farsi dare da tutti, per il suo ospedale e per gli altri suoi traffici, soldi e roba.

Tutt'al piú va a pescare, per le lotterie e i cotillons, certi oggettini che ha in casa e di cui non sa cosa farsi, certe uova di Pasqua di cartone, foderate di seta, certi cavaturaccioli a forma di cuore, certi puntaspilli.

Quando ha messo su l'ospedale, stava là dal mattino a sorvegliare i lavori, col suo paltò casentino, col naso acceso dal freddo, quelle macchie sul viso che, nel freddo, diventavano ancora piú livide, gli scarponi da montagna ai piedi, la sigaretta nel bocchino di onice.

Le piacciono i ricevimenti e le feste. Allora si veste molto elegante, con la pelliccia di castorino, i gioielli, certi abiti da sera che si fa fare in città da una grande sarta.

Le piace, a quelle feste, incontrare delle contesse, perché è snob.

Corre sempre avanti e indietro, dalla mattina alla sera. Si ferma a chiacchierare con tutti, perché conosce tutti, nella zona. A ognuno dice, chiudendo gli occhi e sbuffando:

– Sono sfinita.

Torna a casa tardi, la sera, e si butta sul divano, con un guanciale sotto le gambe, per favorire la circolazione del sangue. Dice:

– Sono sfinita.

E se ne sta là ad occhi chiusi, cercando di rilassarsi, di non pensare a niente, perché ha letto su una rivista che rilassarsi riposa la pelle.

– Balia, la borsa calda. E il registro.

Viene avanti la balia, grossa, curva, coi piedi dolci, col grembiale bianco stirato all'amido, la faccia sempre imbronciata, rugosa e bruna che sembra di cuoio.

La Gemmina si mette a sfogliare il registro. Là ci sono i conti dei suoi traffici, complicate operazioni di dare e avere.

Il vecchio Balotta la trovava niente sciocca, e diceva che era tagliata per il commercio. Solo diceva:

– Peccato che non ha nessuna femminilità. E poi ha una bruttissima carnagione. Peccato che non ha preso da sua madre, che era, da giovane, fresca come una rosa.

La Gemmina è stata innamorata del Nebbia.

Faceva pena, perché era diventata, per l'amore, ancora più brutta e più magra. Per piacergli, si tingeva guance e labbra di un rosso scarlatto. Si tingeva male, senz'arte, perché ha imparato a truccarsi molto più tardi, in Svizzera, dove ha un'amica che lavora in una casa di bellezza. E usava una cipria troppo scura, quasi marrone, per nascondere le macchie della sua pelle. Lo aspettava all'uscita della fabbrica, ogni sera, e tutti sapevano che aspettava il Nebbia; solo il Nebbia non l'aveva capito, perché era ingenuo, stupido nelle cose dell'amore, e distratto.

Il Nebbia veniva fuori, con le sue orecchie a sventola, sempre rosse, gli occhiali cerchiati di tartaruga, la sua grande bocca seria.

– Cosa fa lei qui? – le diceva. – Suo padre se n'è andato da un pezzo.

Lei diceva:

– Mi dà un passaggio?

Lui la faceva salire sulla canna della bicicletta, e la riportava a casa. La lasciava poco lontano dalla Casetta, ai piedi della salita, e si rimetteva in sella.

Lei diceva:

– Ci si va, domenica, in montagna?

– Sicuro.

Andavano, a volte soli, a volte coi fratelli di lei, o col Purillo, o con altri impiegati della fabbrica. Lei aveva fatto scuola di roccia, un'estate, sulle Dolomiti. Era fiera di esser brava, di non aver mai paura, di non restare mai indietro, di non soffrire il mal di montagna.

– Ha un fiato da cavallo, – le diceva il Nebbia.

Andavano, a volte, da soli; e una volta li sorprese la tormenta, in alta montagna, e dovettero mettersi al riparo d'una roccia, e passare la notte lí.

Si infilarono tutti i maglioni che avevano. Lui aveva, nel sacco, un telo impermeabile, e se lo avvolsero intorno alle gambe. Bevvero un poco di cognac, e il Nebbia s'addormentò di un sonno profondo.

Invece lei non riuscí a chiudere occhio, sentiva i tuoni, il vento che fischiava sul ghiacciaio, e ogni tanto un franare di sassi. E guardava il Nebbia addormentato, col suo lungo viso, la grande bocca chiusa cosí seria, screpolata dal freddo e tutta unta di vaselina.

Quando fu mattina, c'era il sole, e lui si diede a raccogliere attorno le provviste avanzate, le gavette, i ramponi. Disse:

– Giú di corsa, che i suoi staranno in pensiero.

Lei si sentiva tutta rotta, gelata, e aveva voglia di piangere. Ma non disse niente e calzò i guantoni di lana, soffiandoci dentro per scaldarli.

Lui le legò la corda alla vita, si legò a sua volta, infilò il sacco e cominciarono a scendere.

Finite le rocce, si buttarono giú per i prati di corsa, coi sacchi che ballavano sulla schiena.

Incontrarono la squadra di soccorso, mandata dal Balotta per loro. C'era anche il Vincenzino, il Mario, il Purillo. Alla Casetta la signora Cecilia era in lacrime, credendoli morti.

La Gemmina si tuffò in una vasca d'acqua calda. Sentiva sua madre, nella stanza accanto, che diceva:

– Non la lascio piú andare la Gemmina, da sola col Nebbia. La porta troppo nei pericoli. E poi, in paese parlano, sempre soli in gita lei e il Nebbia.

E il vecchio Balotta disse:

– Ora si usa cosí, e non c'è niente di strano. Ora vanno soli, in viaggio, in montagna, dappertutto, una ragazza e un uomo. È la moda del tempo. Non si può mica andare contro il tempo.

E disse:

– Tutti e due hanno la passione della montagna. Vedrai che la sposa. Se la sposa, io ne ho molto piacere.

Ma la Gemmina, in accappatoio su uno sgabello del bagno, piangeva. Perché avevano passato la notte vicini, lei e il Nebbia, su un palmo di roccia; e lui non le aveva dato nemmeno un bacio.

I suoi la videro venire a tavola con gli occhi gonfi di pianto, e credettero avesse, per lo spavento e per la stanchezza, un tracollo nervoso.

Il Nebbia veniva, a volte, a cena da loro. Discuteva di cose della fabbrica col vecchio Balotta, e gli dava sempre torto; perché non aveva, il Nebbia, soggezione di nessuno al mondo. Il Balotta

poi andava a letto, essendo abituato a coricarsi presto; e il Nebbia
restava là con la Gemmina e la signora Cecilia, che lavoravano a
maglia; ma anche lui a poco a poco s'addormentava, col suo lungo
viso rosso sulla spalliera della poltrona, la grande bocca che faceva
a volte, nel sonno, un vago sorriso.

Era famoso, il Nebbia, per addormentarsi dopo cena.

– Scusate se ho un po' dormito, – diceva, ravviandosi i capelli
ricciuti, e prendendo il cappello e l'impermeabile.

La Gemmina lo accompagnava al cancello; e lui saliva sulla sua
bicicletta, e filava via verso l'Albergo della Concordia, dove stava
a pensione.

Una sera che erano rimasti soli, la Gemmina e il Nebbia, perché il Balotta era già andato a coricarsi, e la signora Cecilia con la
Raffaella pernottava in città, la Gemmina posò il lavoro a maglia,
si scacciò i capelli dalla fronte, e disse:

– Io, Nebbia, credo di essermi innamorata di lei.

Poi si chiuse il viso tra le mani, e si mise a piangere.

Il Nebbia rimase attonito, con le orecchie di fuoco; e inghiottiva, con la sua grande bocca ondulata, sempre un po' screpolata
dal freddo.

Disse:

– Mi dispiace.

Poi vi fu un lungo silenzio, e la Gemmina sempre piangeva; e
lui tirò fuori il suo fazzoletto, grande, sgualcito, un po' sporco,
e le asciugò il viso.

Disse, con una voce piccola piccola, rauca:

– Ho molta amicizia per lei. Ma non sento di volerle bene.

Rimasero ancora un po' là seduti, senza dirsi altro; la Gemmina si mordeva l'unghia del pollice, e ogni tanto dava ancora un
singhiozzo. Ma d'improvviso arrivò il Balotta, in pigiama, che
voleva il giornale; e il Nebbia svelto si ricacciò in tasca il fazzoletto, e la Gemmina riprese i ferri da calza.

Poi il Nebbia s'infilò l'impermeabile, si calcò in testa il suo
cappello peloso, tutto pestato, e andò via.

Si fidanzò, poco tempo dopo, con la figlia del farmacista di
Castello: una ragazza chiamata la Pupazzina. Aveva solo diciannove anni, ed era piccolina, paffuta, con una testa tutta boccoli;
andava sempre vestita con certe camicettine sbuffanti, stretta la

vita in un cinturone alto di vernice nera; e vacillava sugli altissimi tacchi. Volle subito l'automobile, desiderando fare la signora; e un alloggetto con mobili novecento, con le piante grasse sui davanzali. Non sopportava la montagna, né d'inverno né d'estate, e pativa tanto il freddo. Non era buona di andare in bicicletta. Le piacevano i balli, e si sposò col Nebbia che non sapeva ballare.

Il vecchio Balotta sempre serbò rancore al Nebbia, perché s'era sposato con quell'oca, e non aveva voluto nessuna delle sue due figlie, né la Gemmina né la Raffaella.

La Gemmina decise di andarsene in Svizzera. Aveva, in Svizzera, un'amica; e trovò lavoro in un'agenzia di turismo.

Tornò soltanto dopo la guerra. La Pupazzina, con i due figli che aveva avuto dal Nebbia, se n'era andata ad abitare a Saluzzo.

La Gemmina mai volle andare a vedere, nel pendio dietro Le Pietre, il punto dove hanno ammazzato il Nebbia.

A volte, mentre guida la sua topolino, la Gemmina canta una canzone. È una canzone che dice:

> Linda, o Linda, amato mio ben,
> Ti tses là 'n drinta, mi fora a cel seren!
> Ti tses là 'n drinta, ca t'mangi le bistecche,
> Mi sôn si fora, ca batô le brocchette!
> Linda, o Linda, amato mio ben,
> Ti tses là 'n drinta, mi fora a cel seren!

Questa canzone la cantavano in coro, lei e il Nebbia e il Vincenzino e il Purillo, sull'autobus, tornando dalla montagna.

Il Nebbia cantava stonato. A lei sembra ancora di sentirlo. Quando dice quella canzone, ritrova tutta la sua giovinezza, le allegre sere che tornavano tutti insieme dalla montagna, la stanchezza, l'odore della lana e del cuoio, la neve sciolta sotto gli scarponi, le spalle indolenzite dalle cinghie del sacco, il cioccolato mezzo strutto nella stagnola, e le arance, il vino.

Non è mai piú andata in montagna. Conserva ancora, dentro una scatola, un bicchiere di latta, tutto ammaccato. È quello dove hanno bevuto insieme lei e il Nebbia, la notte della tormenta.

Dopo la Gemmina, il Vincenzino. Poi il Mario, la Raffaella, e ultimo il Tommasino. I figli del Balotta, eccoli.

Il Vincenzino era un ragazzo piccolo, grasso, biondo, ricciuto come un agnello. Era sempre sporco e in disordine, sempre coi riccioli troppo lunghi sul collo, le tasche dell'impermeabile piene di opuscoli e di giornali, le scarpe slacciate, perché non era buono di farsi i nodi, e il fondo dei calzoni infangato, perché girava per la campagna.

Il vecchio Balotta diceva:

– Mi sembra un rabbino.

Girava per la campagna da solo. Si piantava, a volte, fermo davanti a un muro o a un cancello, dove non si vedevano che dei cespugli di ortica, o dei ciuffi di capelvenere; e guardava guardava, e non si capiva cosa guardasse.

Camminava adagio, tirando fuori di tasca ogni tanto un giornale o un libro, che si metteva a leggere camminando, un po' curvo, con la fronte aggrottata. Quando apriva un libro, sembrava che ci cascasse dentro col naso.

Amava la musica, e aveva nella sua stanza innumerevoli strumenti a fiato. Sul calare del crepuscolo, si metteva a suonare l'oboe, o il clarino, o il flauto.

Ne usciva fuori una lamentela tristissima, querula e fievole, come un belato. Il vecchio Balotta diceva:

– Ma possibile che io devo sempre sentirlo belare cosí?

A scuola, il Vincenzino non riusciva bene. Prendeva ripetizioni tutto l'anno, e lo bocciavano sempre. Il Purillo e il Mario, piú giovani, andavano avanti; e lui rimaneva indietro.

Non si capiva bene come mai, dato che leggeva tanti libri, e sapeva un mondo di cose.

Parlava sempre a voce bassa, con un mormorio confuso. E alle domande piú semplici, rispondeva con dei ragionamenti confusi e prolissi, che si dipanavano adagio, sull'onda triste di quel mormorio.

Suo padre diceva:

– Io non lo sopporto.

E diceva, sentendo, al crepuscolo, la lamentela del flauto:

– Se continua a belare cosí, lo mando alle Pietre.

E lo mandava, per un poco, alle Pietre. Ma poi lo faceva tornare, perché voleva riguardarselo ancora, capire com'era fatto.

– Pure non dev'essere proprio stupido, – diceva alla moglie.

Lo portava alla fabbrica, lo conduceva davanti alle macchine. Il Vincenzino guardava, cupo, stralunato, un po' curvo, aggrottando le sopracciglia.

Guardava intensamente, e arricciava le narici; allo stesso modo come quando, per strada, guardava un muro, un albero, o un ciuffo d'ortiche.

Fece le scuole a Salice, in collegio. Poi, presa infine la licenza liceale, andò all'università in città.

Il padre voleva che si iscrivesse nella facoltà di scienze economiche, come il Mario, che già faceva il secondo corso. Invece lui si iscrisse, come il Purillo, in ingegneria.

Era stato, in questo, risoluto. Il Balotta si strinse nelle spalle, e disse alla moglie:

– Non ce la farà mai a finire il Politecnico. Troppo difficile. Ma se la veda lui. Tanto io con lui non ci ragiono. È matto, e coi matti non si ragiona.

Abitavano, lui e il Purillo e il Mario, in un alloggetto ammobiliato, con una donna per i servizi.

Il Purillo con questa donna ci andava a letto. Era una donna non piú giovane, grossa, pesante. Chiuso nella sua stanza il Vincenzino sentiva, di là dalla parete, la limpida risata del Purillo e le materne e torpide esortazioni di lei.

Il Vincenzino detestava il Purillo.

Conobbe, al Politecnico, il Nebbia. Si vedevano sempre alle lezioni; presero a conversare una sera, sul treno che li riportava, in fine settimana, a casa. Anche il Nebbia aveva la famiglia fuori città.

Il Vincenzino cominciò a parlare, con la sua voce bassa. Raccontò che aveva un cugino, il Purillo, con il quale abitava, e gli era odioso. Raccontò com'era il Purillo, come si lavava e mangiava, come faceva l'amore con la serva, come faceva gli esercizi ginnastici, al mattino, in mutandine di elastico nero.

Il Nebbia ascoltava, tendendo l'orecchio, quel lungo mormorio malinconico. Rideva, divertito a quell'odio, che non aveva nessun motivo reale, e traeva a pretesto una maniera di masticare, di grattarsi le ascelle, di alzarsi ed abbassarsi a scatti in canottiera e mutande.

Conosceva, di vista, il Purillo. Poi venne a conoscerlo da vicino, e gli parve del tutto innocuo. Era del resto, il Nebbia, per natura socievole, ingenuo, tranquillo e distratto; e tutti gli andavano bene.

Il Vincenzino strinse amicizia col Nebbia: e fu il suo primo, ed ultimo e unico amico.

Il Nebbia lo condusse a casa sua, a Borgo Martino, e gli fece conoscere i genitori, il padre medico condotto, la madre maestra di scuola; e fratelli, sorelle.

A sua volta, il Vincenzino lo portò alla Casetta. Il Nebbia parve simpatico al vecchio Balotta; che anzi gli promise, per quando avesse finito il Politecnico, un posto alla fabbrica.

Andavano in montagna, la domenica, tutti insieme, il Nebbia, il Vincenzino, le sorelle del Nebbia, la Gemmina, il Purillo. Il Vincenzino camminava piano, e rimaneva indietro; e gli altri si spazientivano, dovendo aspettarlo. Cosí lui si fermava, di solito, in una baita, vicino al fuoco acceso, a belare col flauto, e a guardare le fiamme.

Conobbe, un'estate a San Remo, una ragazza brasiliana, che studiava musica. Lui era lí al mare per consiglio del medico, avendo avuto una tonsillite; ma non faceva i bagni, né si esponeva al sole sulla spiaggia, perché aveva la pelle cosí bianca, che il troppo sole gli dava la febbre: e d'altronde aveva in odio il sole, e la sabbia, e gli ombrelloni, e la folla. Cosí se ne stava a leggere sotto gli alberi, nel giardino dell'albergo; e prese a conversare con la brasiliana, che anche lei non faceva i bagni, ed era là con gli occhiali neri e con un gran cappellone, e aveva insieme sua madre, la *mamita*, una vecchietta piccola come una scimmia, coi capelli tinti di rosso.

Il Vincenzino venne alla Casetta, dopo il mare, ben rimesso in salute. Posò sul tavolo della sua stanza un ritratto. Si vedeva una ragazza in piedi, di profilo, vestita da sera, con una collana di perle, il collo lungo, un grosso chignon nero, e un boa di piume.

Disse:

– La mia fidanzata.

Il Balotta disse alla moglie:

– È fidanzato, quel babaccio là?

Andava a guardare il ritratto, quando il Vincenzino era fuori.

– Che collo lungo, – diceva.

E al mattino, appena sveglio, diceva alla moglie:

– Quella lo riempirà di corna dalla testa ai piedi, e dai piedi alla testa.

Il Vincenzino scriveva lunghe lettere indirizzate a San Paolo del Brasile. Ne riceveva di altrettanto lunghe, scritte fitto, in una calligrafia grande e puntuta, difficili a leggersi, perché scritte anche sul rovescio del foglio.

Venne, verso Natale, in città, la ragazza con la *mamita*, il *papito*, e il *Fifito*, che era un fratello di dodici anni. Intendevano essere condotti alla Casetta, a conoscere la famiglia del Vincenzino.

Erano scesi all'albergo, e il Vincenzino li portava attorno a veder la città.

Una sera il Purillo, rientrando, trovò il Vincenzino sul letto, pallido come un cencio, che vomitava in una catinella. Tremava tutto, e aveva un tracollo nervoso.

Si era accorto di essere stufo a morte della *mamita*, del *papito*, del *Fifito*, e della ragazza. E non sapeva come liberarsi di loro.

Il Purillo andò a chiamare un medico, e il Nebbia. Rimasero tutta la notte, lui e il Nebbia, ad assistere il Vincenzino, a fargli bere il caffè forte, ad asciugargli il sudore.

Al mattino andarono dal *papito* e dalla *mamita*, e dissero che il Vincenzino era malato, molto malato, esaurito di nervi, e per adesso non poteva pensare a sposarsi.

La *mamita* si mise a piangere. Poi chiesero soldi. Avevano fatto spese, viaggi, avevano comperato, per la figlia, un costoso corredo.

Ebbero tutto quello che volevano, e ripartirono per il Brasile.

– Però il Purillo, – disse al Vincenzino il Nebbia, – s'è portato bene.

Ma il Vincenzino non sentiva, per il Purillo, alcuna gratitudine. Anzi, essendo stato visto da lui cosí, lo odiava piú forte.

Il Purillo, nel riferire la cosa al vecchio Balotta, era cortese e triste. Ma spirava nella sua voce un soffio di incontenibile gioia. Lui, il Purillo, corteggiava le ragazze per bene, e andava a letto con le puttane e le serve. Mai gli era capitato un infortunio, mai era toccato al vecchio Balotta sborsare somme per le sue storie d'amore.

Il Vincenzino fu mandato di nuovo al mare, perché era ridotto male, ma questa volta andò con lui la Gemmina, per sorvegliarlo, che non facesse nuove sciocchezze.

Lasciò il Politecnico, avendo troppi esami arretrati; e si iscrisse in economia e commercio.

Intanto il Nebbia s'era laureato da un pezzo, e lavorava alla fabbrica. Anche il Purillo e il Mario s'erano laureati, e lavoravano là.

Poi al Vincenzino toccò fare il servizio militare. Lo mandarono a Pesaro. Era sempre consegnato, essendo totalmente incapace di puntualità e precisione. S'era lasciato crescere la barba, e aveva le guance coperte d'un pelame ricciuto e rossiccio, come una vegetazione selvaggia, che cresce su una ripa abbandonata.

Infine, dopo la ferma, prese la laurea.

– L'ultimo ad arrivar fu Gambastorta, – disse il vecchio Balotta. Era però contento; e lo mandò in America, per un anno, che vedesse il mondo e imparasse l'inglese.

Quando tornò dall'America, il Vincenzino era molto cambiato. Di nuovo non aveva piú la barba. E aveva imparato a lavarsi, a star piú dritto, a parlare piú forte.

Se gli presentavano una persona nuova, raddrizzava le spalle e fissava con uno sguardo acuto, penetrante, limpido, come un lampo freddo.

E aveva a volte una risata rapida, furba, furtiva, che gli scopriva i denti piccoli e bianchi, e si spegneva improvvisa.

Aveva visitato, in America, delle fabbriche. E aveva idee nuove, voleva buttar giú la loro vecchia fabbrica e rifarla tutta nuova, a vetrate, con un quartiere d'abitazione per gli operai.

Aveva letto dei libri di psicanalisi, e aveva scoperto d'avere il complesso paterno, e di avere subíto un trauma, nell'infanzia, vedendo il Purillo che uccideva un cane a sassate.

Era tornato alla Casetta, e cominciò a lavorare in fabbrica. Lavorava fino a notte tarda, tracciando progetti.

Suo padre diceva:

– Prima non s'interessava niente alla fabbrica. Ora vuole impicciarsene troppo. L'unico vantaggio è che non ha piú il flauto, e non bela piú.

Tuttavia se ne andava ancora il Vincenzino, da solo, a passeggiare per la campagna. E ancora si fermava a guardare, immobile, un muro o un albero, aggrottando la fronte e arricciando il naso.

Sposò una ragazza di Borgo Martino. Era un'amica delle sorelle del Nebbia, e la conosceva da tanti anni. La sposò, dopo una complicata e confusa dichiarazione d'amore. La sposò in fretta, perché temeva di cambiare idea.

Non si avvertiva, tra il Mario e il Vincenzino, la piú lontana rassomiglianza. Il Mario era un ragazzo allegro, vivace, mondano, e tutto gli riusciva facile.

Alto, disinvolto, elegante, spartiva bene le sue giornate tra il lavoro e lo svago. Dopo la fabbrica, rientrava alla Casetta a cambiarsi, e se ne andava dai Sartorio a giocare a tennis, in pantaloni e giacchetta azzurra a bottoni d'oro.

– Identico al Barba Tommaso. Speriamo che non sia una ciula, – diceva il vecchio Balotta.

Le serate, il Mario le passava a giocare a poker, dai Sartorio, dai Perego, dai Bottiglia.

Sapeva raccontar bene le barzellette, serio serio, senza battere ciglio. Ne sapeva sempre tante, che pescava in certe riviste, italiane o estere, a cui era abbonato; e aveva un grande successo.

Solo a volte, nei periodi che era un po' affaticato, gli veniva una parlantina rapida, nervosa, balbettante, come infrenabile, e non si riusciva a farlo star zitto. Raccontava barzellette, faceva progetti per la fabbrica. Gli veniva allora un viso grigio, scavato, come un fascio di muscoli troppo tesi, e aveva sull'alto dello zigomo, proprio sotto l'occhio sinistro, un piccolo tremito. Non poteva dormire, in quei periodi, e passava le notti a fumare nella sua stanza, oppure passeggiava per il paese, e andava fino alle Pietre, a svegliare il Barba Tommaso e il Purillo, con quella sua parlantina.

Lo mandavano un poco al mare, o in montagna, perché si riposasse; e quando tornava era di nuovo calmo, gli era passata l'insonnia e la parlantina.

Parve, a un certo momento, che stesse per fidanzarsi con la maggiore delle bimbe Bottiglia, perché s'accompagnava sempre con lei. E invece andò a passare qualche mese a Monaco, per affari; e là si sposò.

Il vecchio Balotta andò in furia, quando seppe che si sposava. La ragazza era una pittrice e scultrice, una russa, d'una famiglia scappata da Mosca con la rivoluzione. Era orfana, e stava a Monaco con degli zii. Il vecchio Balotta pensava che doveva essere un'avventuriera o una spia.

Mandò il Purillo a Monaco, a vedere. Il Purillo fece sapere che non c'era modo di far niente, il Mario s'era innamorato, e si sposava, e non sentiva ragioni.

Lui aveva preso qualche informazione. Gli zii avevano un piccolo negozio di dischi. Non se ne sapeva un gran che.

Il Mario venne alla Casetta con la moglie. Era una ragazza piccola, magra, patita, con un viso incipriato che sembrava polveroso, un cappello di feltro nero, guanti neri.

Quando si tolse i guanti, apparvero due mani macilente, esili, e tutte piene di cicatrici. Il Mario spiegò che s'era bruciata con certi acidi, mentre preparava i colori, perché usava preparare i colori da sé.

Non parlava una parola d'italiano. Parlava un francese incerto, mescolato di tedesco e di russo, con una voce sommessa, un po' rauca. Si chiamava Xenia.

Il vecchio Balotta era sconsolato. Pensava che il Mario avrebbe sposato una delle figlie del suo vecchio amico, l'avvocato Bottiglia. E invece ora avevano davanti questa sconosciuta, emersa da chissà qual vita oscura, e che parlava in francese, lingua che lui e sua moglie non sapevano affatto.

Il Balotta provò per Xenia un'antipatia violenta, infrenabile e cieca. E il Vincenzino condivise quell'antipatia. Per la prima volta, in tanti anni, erano alleati, il Vincenzino e suo padre.

Intanto anche il Vincenzino s'era sposato: e la moglie del Vincenzino era là, chiara, semplice, pulita, che di lei si sapeva tutto, che il suo paese era Borgo Martino.

Il Mario e Xenia si misero in giro per il paese, in cerca d'una casa da comprare. Ne visitarono tante. Xenia guardava, con i suoi occhi opachi, grandi, bistrati, dalle palpebre pesanti; bisbigliava qualcosa in francese, e si capiva che quelle case non le piacevano.

Infine comperarono Villa Rondine, una grande palazzina rossa, circondata di boschi, sull'alto della collina.

I figli del Balotta sapevano, da molto tempo, d'essere ricchi;

e vedevano che, con gli anni, diventavano ricchi sempre di piú. Pure le loro abitudini non cambiavano molto. Si vestivano sempre allo stesso modo, mangiavano le medesime cose. La signora Cecilia rivoltava da sé, in casa, con l'aiuto della sua serva Pinuccia, il cappotto dell'inverno passato. Se proprio voleva un vestito nuovo, chiamava allora la sartina del paese, la Sestilia.

Alla Casetta venivano in tavola cibi buoni, sostanziosi, freschi, e c'era grande abbondanza di tutto. Ma la tovaglia era un poco lisa dai molti bucati, i bicchieri per tutti i giorni eran quelli della marmellata Cirio, e la formaggera aveva il coperchio rotto e riincollato, che la signora Cecilia diceva sempre: – Dovrei comprare un'altra formaggera.

Avevano, alla Casetta, due automobili, una piú vecchia, grossa e scura, e una piccola, decapottabile, che usava piú che altro il Purillo, quando doveva andare in città. Avevano molti impermeabili, molti bauli e valige, molti plaids scozzesi, molte paia di sci. Non badavano a spese per viaggi, vacanze, ricostituenti, dottori. Ma quando arrivò Xenia, si accorsero che nessuno di loro sapeva avere un modo costoso di vivere, e Xenia, invece, sapeva.

Si scoperse che quei suoi abiti, dall'aria sempre un po' sgualcita e polverosa, erano costosissimi, e uscivano da una famosa sartoria di Parigi. Passando per Parigi dopo il matrimonio, lei s'era ordinata quei vestiti, e pellicce, e scarpe.

Si installò a Villa Rondine, avendo ammobiliato le stanze con mobili pesanti e un po' funebri, di taglio solenne. Alle finestre, fece mettere tende scure, perché amava la penombra.

Assunse una quantità di camerieri e serve, sottoserve e sottocamerieri, e non si capiva come facesse a comandarli tutti, parlando solo il francese, e con quel filo di voce.

Mandava a comprare la carne a Cignano, dove era migliore, ma costava di piú. Mandava a prendere la frutta a Castello, al mattino presto, con l'autista. Mandava a Castel Piccolo per le fragole, a Soprano per la ricotta, a Torre per i grissini.

Lei, poi, si nutriva pochissimo: una foglia di lattuga, un sorso di brodo. Si faceva venire dalla città gli ananassi, che assaggiava appena, un bocconcino sulla punta della forchetta.

Era cosí magra, eppure le sembrava di esser grassa. Aveva fatto mettere, in uno dei bagni, una caldaia speciale, per i bagni a vapore. Veniva fuori da quei bagni piú smunta, piú emaciata che mai.

Aveva, in una grande stanza al pianterreno, il suo studio. Là stava, in pantaloni di velluto nero, a dipingere, a scolpire, e a impastare certe sue terrecotte, che poi cuoceva dentro un grosso forno, fatto venire apposta dall'Olanda.

Non scendeva mai in paese. Passeggiava nel giardino, a piccoli passi, con i suoi due cagnolini. Eran due cagnolini tutti ricciuti, di un grigio che dava nel rosa.

Non metteva mai piede alla Casetta. Ma quando era Natale o Pasqua, mandava a tutti principeschi regali.

La sera, stavan soli, lei e il Mario, nel grande salotto, popolato di quadri bui, di preziose porcellane, di specchi. Qualche candela era accesa, nei candelabri d'argento, e non c'era altra luce. Si tenevano per la mano, giocavano coi cagnolini. Cosí li trovava a volte il Purillo, l'unica persona che capitasse a Villa Rondine, qualche sera.

– Con quelle candele, – diceva la signora Cecilia, – almeno risparmiano la luce elettrica.

Ma non era vero, pagavano dei conti enormi anche di luce elettrica, forse perché era elettrico il forno, venuto dall'Olanda.

Si comprarono una grande automobile nera, lucida, che sembrava un carro funebre. Accompagnata dall'autista, lei scendeva in città due volte alla settimana, sepolta in fondo alla macchina, con gli occhiali neri, il pallido viso tuffato nel bavero di pelliccia. Andava per fare i bagni turchi, perché quelli a vapore non le bastavano piú.

Aveva contagiato il Purillo della voglia di spendere. Il Purillo si comprò un'Isotta-Fraschini. Si comprò un letto ribaltabile, come ce ne sono nelle cliniche, per stare piú comodo quando leggeva la sera, prima di prendere sonno. E fece fare, accanto alla sua stanza, un lussuoso bagno con la vasca interrata, ricavato entro uno sgabuzzino dove prima la Magna Maria teneva appesi i prosciutti.

Quando doveva nascere a Xenia il primo bambino, il Mario mandò a chiamare un ginecologo dalla Svizzera. Ebbero, l'anno seguente, ancora un bambino. Avevano una nurse svizzera, col velo azzurro. Avevano, anche, una balia veneta. Xenia poi s'ammalò, e le tolsero l'utero. Guarí, e riprese a scolpire, a dipingere, a passeggiare coi cagnolini.

Molto presto le vennero tutti i capelli grigi, e non se li tingeva, chissà perché.

Il vecchio Balotta, le rare volte che la vedeva, in occasione dei compleanni dei bambini, diceva poi alla moglie:

– Hai visto com'è invecchiata la Xenia? Hai visto com'è brutta? Ma come farà ad andarci a letto, il Mario?

Il Vincenzino spiegava tutto con la psicanalisi. Diceva che il Mario aveva un complesso materno, e si sentiva protetto dalla Xenia, che aveva un temperamento autoritario, e lo governava e comandava.

Ogni tanto al vecchio Balotta, e anche al Vincenzino, rinasceva il dubbio che fosse una spia. Non si sapeva nulla di lei, nulla di quello che aveva fatto, prima d'arrivare al paese. Le rare volte che la incontravano, parlava pochissimo, e sempre in francese, perché non si era data pena di imparare l'italiano.

Ma il Nebbia diceva:

– No che non è una spia. È soltanto una stupida, e per non far capire quanto è stupida si intese attorno tutti quei misteri. Come certi bruchi, che si fanno tutto un guscio con la saliva, perché nessuno li acchiappi.

Il Mario intanto era un poco ingrassato, andava a coricarsi presto, e non aveva piú avuto quei disturbi dell'insonnia e della parlantina.

Il Vincenzino e sua moglie andarono a stare a Casa Mercanti. Era una piccola casa, subito finito il paese, e aveva davanti un largo prato, con due o tre alberi di pere; e dietro aveva un orto cintato, coltivato a cavoli.

La moglie del Vincenzino si chiamava Cate. Era alta, bella, robusta, con una massa di capelli biondi che pettinava a volte in due trecce, strette e schiacciate sulle orecchie, a volte in un casco molle e pesante, attorto e puntato in cima al capo.

Aveva un viso pieno, dorato dal sole, con qualche lieve lentiggine, con gli zigomi alti e sporgenti, con gli occhi verdi un poco tirati all'insú, verso le tempie.

La ricordarono poi per molto tempo, al paese, quando tornava dal torrente dove andava a fare i bagni, col vento che le frustava la sottana sulle gambe nude, tornite, dorate dal sole, i capelli umidi e arruffati sulla fronte, sulla spalla un asciugamano bagnato, tutto sporco di rena.

La ricordarono quando scendeva dalla collina con le labbra sporche di sugo di more, grande, bella, bionda, coi suoi biondi bambini.

Aveva, quando andava al torrente nell'estate, un vestito azzurro, con una striscia bianca sul fondo della sottana. Aveva un fazzoletto a palle bianche ed azzurre, che si cingeva attorno ai capelli. Aveva, d'inverno quando andava a sciare. un maglione bianco, col collo rivoltato. Metteva sulle spalle, nelle sere fresche dell'autunno, quando sedeva in giardino, uno scialletto nero da povera.

Aveva sposato il Vincenzino senz'amore. Ma aveva pensato che era tanto buono, un po' malinconico, e che doveva essere cosí intelligente.

Aveva anche pensato che lui aveva tanti soldi, e che lei non ne aveva.

Ma i primi tempi, quando fu nella Casa Mercanti, la prese un'infinita tristezza. Stava là nei lunghi pomeriggi, a guardare quell'orto di cavoli, dietro alla casa. Le pareva che tutto il mondo fosse pieno di cavoli. E piangeva, perché aveva tanta voglia di ritornare dalla sua mamma.

Borgo Martino non era poi tanto lontano, ma lei non osava andarci, per soggezione del marito.

Aveva, a casa sua, a Borgo Martino, la mamma vedova, che possedeva un piccolo negozio di cartoleria. E aveva tre sorelle ancora piccole, che andavano a scuola; e c'era sempre in casa una grande allegria, un gran chiasso.

Qui invece, nella Casa Mercanti, regnava sempre il silenzio. Lei andava a volte in cucina, per passare il tempo, a discorrere con la serva Pinuccia, che sua suocera, la signora Cecilia, le aveva ceduto. Alla Pinuccia raccontava di casa sua, delle matte risate che facevano, lei e le sorelle. La Pinuccia ascoltava, sbucciando le patate e soffregandosi ogni tanto il naso con la mano ruvida.

A sera tardi, rientrava il Vincenzino; e lei, nell'aspettarlo, si era addormentata sulla poltrona.

Il Vincenzino l'aveva sposata, anche lui, senz'amore. Aveva pensato che era sana, semplice, e che era una buona ragazza.

Aveva anche pensato, in qualche sua maniera aggrovigliata, che un matrimonio come quello doveva piacere a suo padre. Perché poteva in qualche modo rassomigliare al matrimonio dello stesso Balotta, il quale pure s'era scelto la Cecilia in un vicino sobborgo, scegliendola perché era bionda, povera e sana.

Ma quando l'ebbe sposata, il Vincenzino s'accorse che non aveva niente da dirle. Passavano le serate in silenzio, l'uno dirimpetto all'altra su due poltrone in salotto.

Lui leggeva un libro, mettendosi le dita nel naso. Ogni tanto la guardava lavorare a maglia, con la testa bionda reclina, nella luce rosea del paralume. La trovava molto bella; ma pensava che non era il suo tipo, perché a lui piacevano le brune, e le bionde non gli dicevano nulla.

Lei si faceva dei gran pianti, nel pomeriggio, chiusa nella sua stanza, accanto alla finestra dove si vedevano i cavoli. E lui rientrando la trovava col viso gonfio, gli occhi rossi. Allora, gentilmente, la sollecitava ad andare, il giorno dopo, a veder la madre a Borgo Martino.

A poco a poco, lei prese l'abitudine di andarci spesso, in bicicletta. Ci andava quasi ogni giorno; ci andava, a volte, anche nel pomeriggio della domenica. Tanto il Vincenzino, la domenica, passava tutto il pomeriggio a dormire, a leggere, o a studiare progetti per la fabbrica, e non voleva saperne di uscire.

Il Vincenzino, solo in casa, girava in pigiama per le stanze. Tutte le stanze erano fresche, in penombra, e regnava un riposante silenzio. Anche la Pinuccia era uscita. Lui si versava un gran bicchiere di whisky, col ghiaccio e con l'acqua minerale. Aveva imparato in America a bere whisky. Si metteva sulla poltrona in salotto, con un libro, con accanto il bicchiere.

Gli piaceva trovarsi così solo. Sentiva un profondo sollievo, un refrigerio.

Poi, ebbero bambini. Nacque un maschio, poi una bambina, e poi ancora un maschio. Sul prato davanti alla casa sventolavano pannolini, su una fune legata fra i due peri, e nell'erba si vedevano birilli e secchielli. Venne una contadina da Soprano, a guardare i bambini, e fu vestita con grembiali azzurri. La Cate aveva da fare, e aveva smesso di piangere. Non andava piú cosí spesso a Borgo Martino.

Ma in paese non le piaceva nessuno. Trovava la signora Cecilia noiosa, una vecchia bergianna, parola che usavano a casa sua, a Borgo Martino. Significava qualcosa come vecchia peppia. Con la Gemmina erano in freddo, erano sempre state in freddo, da quando lei s'era sposata col Vincenzino. Forse la Gemmina era gelosa, trovandola bella; o forse pensava che aveva sposato il Vincenzino per i soldi, senz'amore.

Il Purillo le era antipatico. Xenia le sembrava una pazza. Il Nebbia le piaceva abbastanza, anche perché era di Borgo Martino; ma la Pupazzina, la moglie del Nebbia, non le piaceva per niente, trovava che era un impiastro, e che teneva male i suoi bambini, i quali erano sempre un po' sporchi, e non uscivano mai.

Con la Raffaella, la sorella piú giovane del Vincenzino, andava a volte a fare i bagni al torrente. Ma s'annoiava anche della Raffaella, dopo un poco. Sui diciotto anni, la Raffaella era come un ragazzaccio sguaiato. Si scatenava a giocare con i bambini, e gli faceva fare dei giochi troppo rumorosi e pericolosi, li faceva tuffare nei punti piú vorticosi del torrente, e salire sulle piú alte rocce.

La Cate si provò a spendere i soldi, visto che ce n'erano tanti. Si ordinò qualche vestito in città. Si ordinò anche una pelliccia di *rat musqué* nero; ma non la metteva spesso, perché le sembrava che le desse un'aria, come dicevano a casa sua a Borgo Martino, da vecchia marzuppia. Una parola che significava, nel loro gergo di sorelle, madama.

Si comprò, per imitare Xenia, dei pantaloni stretti, di velluto nero. Ma il Nebbia le disse che non le stavano bene, perché le ingrossavano i fianchi. Lei si offese, e disse al Vincenzino che poteva stare zitto il Nebbia, lui con quella moglie, sempre vestita di buffi straccetti.

Faceva venire i grissini da Torre. E mandava la Pinuccia a comprare le fragole a Castel Piccolo. La Pinuccia tornava, accaldata e sudata per la salita e il gran sole, senza fragole, perché le avevano già prese tutte, fin dal primo mattino, quelli di Villa Rondine.

Andava, a volte, alla Casetta, a trovare la signora Cecilia. La

signora Cecilia le mostrava le sue ortensie, i suoi garofani e le
sue rose, e anche un cespo di rose muschiate, venute su da un
seme che le aveva portato dall'Olanda il Purillo.

Andava, a volte, alle Pietre. Il Barba Tommaso le veniva incontro al cancello, e le baciava la mano, strusciandole un poco
sulla mano la sua guancia di vecchio, ben rasata e rosea: perché
gli piaceva che si dicesse che era un libertino, e che ancora, a settant'anni suonati, corteggiava le belle donne.

E la Magna Maria era là con i suoi capelli grigi ravviati, col
suo naso rosso e lungo, che aveva su una narice un porro, grosso
come un pisello; e le offriva un piattino di albicocche, un bicchiere
di passito; e l'abbracciava, e poi tornava ad abbracciarla, e badava a dire:

– Come stai? stai bene? Brava, brava! e i bambini? Bravi, bravi! e tua madre? brava, brava, ma come che sei brava!

Non era mica divertente, nemmeno la Magna Maria.

Prese l'abitudine di andare, ogni domenica, in montagna, a
fare roccia d'estate, e sci d'inverno, insieme col Nebbia, col Purillo, con la Raffaella.

Il Nebbia le diceva che non sciava bene: perché non aveva
nessuno stile, e si buttava giú come un sacco. Litigavano sempre un poco, lei e il Nebbia, essendosi conosciuti bambini.

La Raffaella si comportava come un monellaccio, calava giú
dalle discese urlando come un selvaggio, e dava gran manate nella
schiena a tutti, con le sue mani dure come il piombo. Quand'era
in montagna, all'aria libera, si scatenava piú che mai. Soprattutto
si divertiva a fare scherzi al Purillo, gli dava sapone quando chiedeva formaggio, o formaggio quando chiedeva sapone. Oppure
gli metteva nel collo dei ricci di castagne, portati apposta dal suo
giardino. Il Purillo, pazientemente, si districava quei ricci dalla
lana del maglione. Erano scherzi innocui, un po' sciocchi, da liceale.

Canzonavano tutti il Purillo, perché era tanto fascista; e gli
rifacevano il verso quando, alla fabbrica, accoglieva i gerarchi,
scattando nel saluto romano.

Il Purillo sorrideva inarcando la piccola bocca, buttando via
la mano della Raffaella, che gli dava, dura come il piombo, gran
pugni sulla pancia.

Verso sera, si riposavano nella baita, a bere il vino caldo, a cantare.

> Linda, o Linda, amato mio ben,
> Ti tses là 'n drinta, mi fora a cel seren!

Era la canzone del Nebbia.

Ma il Nebbia voleva sempre ritornare a casa presto, se no trovava la Pupazzina col muso. La Cate allora lo canzonava, perché aveva paura della Pupazzina.

Avevano lasciato l'automobile alle Alpette, un paesucolo sulla strada. Era sempre l'automobile del Nebbia, perché il Purillo, lui, la sua Isotta-Fraschini, la custodiva nella bambagia.

La Cate trovava il Vincenzino ancora alzato a leggere, col bicchiere del whisky. Lei ne assaggiava un piccolo sorso, e faceva un brivido, perché non era avvezza a quel forte sapore.

– Come va, carina? – lui diceva.

E si rimetteva a leggere. Lei andava a spogliarsi, sceglieva una camicia da notte nel comò. Aveva tante camicie da notte, le piacevano belle, fini, di seta ricamata, di chiffon.

– Che bella camicia, – diceva il Vincenzino, venendo anche lui a spogliarsi.

Lei diceva:

– Quand'ero ragazza, mia madre mi faceva portare certe camicie di flanella a fiori, con le maniche lunghe, che io non le potevo soffrire.

E diceva, nell'addormentarsi:

– Non è poi tanto male, il Purillo.

Perché era contenta, e si sentiva piena di tolleranza, e amica di tutti.

Poi cominciò a andare alle feste, ai balli. A volte, il Vincenzino l'accompagnava; sennò, l'accompagnava il Purillo.

In paese, presero a dire che lei era l'amante del Purillo. Lei lo sapeva, perché gliel'aveva riportato la serva Pinuccia. Lo raccontò al Vincenzino, ridendo.

– Io, col Purillo!

Ma adesso il vecchio Balotta, quando lei veniva alla Casetta, la guardava torvo, e le dava torto qualunque cosa dicesse.

Venivano a volte a trovarla, da Borgo Martino, le sue sorelle, giovinette ormai. Rimanevano anche a dormire, e facevano il chiasso coi bambini, dopo cena. Ma lei aveva un invito per la serata, e si vestiva impaziente.

Il Vincenzino le diceva:

– Perché non porti con te anche le sorelle?

Lei diceva, appuntandosi gli orecchini:

– No, sono troppo giovani. E poi, non le hanno invitate.

In verità non voleva portarle con sé, per timore che le trovassero un po' volgari.

Diceva:

– E non hanno nemmeno un vestito da mettere.

Il Vincenzino diceva:

– E tu, domani, compragli qualche vestito.

A volte, veniva il Nebbia a passare da loro la serata. La Pupazzina la lasciava a casa, perché non si potevano soffrire, la Cate e la Pupazzina. Il Nebbia discuteva col Vincenzino di cose della fabbrica; ed erano d'accordo loro due, contro il vecchio Balotta, che aveva idee all'antica.

Lei s'annoiava, e aspettava che il discorso girasse su qualcosa di bello.

Diceva:

– Come siete noiosi.

– Sta' un po' zitta, – le diceva il Nebbia.

Si davano del tu, perché erano amici d'infanzia.

– La vita, – diceva lei una sera al Nebbia, – è una cosa proprio bella.

S'era divertita molto nel pomeriggio, a un tè che c'era stato a Villa Rondine. Aveva conosciuto un violinista, amico di Xenia, e ospite in quei giorni a Villa Rondine: un piccolino, che tutti là chiamavano « maestro », esclusa Xenia, che gli dava del tu.

– La vita, – disse il Nebbia, – è bella per me, e per il Vincenzino, che abbiamo da fare. Ma per te, dev'essere una gran seccatura, che non fai niente tutta la giornata.

– Io, non faccio niente? – disse lei.

– Eh, no. Cosa fai? – disse il Nebbia.

– E tua moglie? tua moglie cosa fa? – disse lei.

– Mia moglie, – disse il Nebbia, – anche lei non fa niente.

Per i bambini, per la casa, avete le donne di servizio. Siete delle borghesi, e vi annoiate, come tutte le buone madame.

– Io non sono una buona madama! Non sono una borghese! Non so perché, ma non sono una borghese, neanche per sogno!

Il Vincenzino si mise a ridere.

– E poi, – disse lei, – anche se sono una borghese, non me ne importa niente. E non mi annoio, perché mi diverto. E dei bambini, anche se ho la bambinaia, me ne occupo, e li porto fuori, con qualunque tempo. Invece la Pupazzina non li porta mai fuori, perché ha paura che si raffreddino. E son pallidi. E i miei non hanno mai un mal di gola.

Aveva parlato in fretta, e restò senza fiato. Ma il Nebbia non voleva che si toccasse la sua Pupazzina.

Disse: – Lascia stare la Pupazzina. Cosa ti ha fatto, a te?

– A me niente, – lei disse, e alzò le spalle.

E poi disse: – Oggi sono stata a Villa Rondine. Hanno messo ora, nell'entrata, due angioloni grandi, di legno dorato. Li hanno trovati da un antiquario, in città. Non son mica tanto belli.

– Noialtri, – disse, – dovremmo cambiare casa, perché qui siamo allo stretto. Non c'è nemmeno la stanza da stiro, e bisogna stirare in cucina. A Villa Rondine hanno una stanza da stiro grande, tutta armadi a muro, con la biancheria bene in ordine. E ora hanno rifatto nuova la cucina, col pavimento di marmo, una bellezza.

– Non ci penso neppure a cambiar casa, – disse il Vincenzino, – sto benissimo qui.

Questa discussione sulla casa, la facevano quasi ogni sera.

– La Xenia, – disse lei, – non è mica tanto antipatica. Con me è sempre molto gentile.

Intanto il Nebbia, siccome non lo interessavano quei discorsi, s'era addormentato, con la testa sulla spalliera della poltrona, e faceva, nel sonno, un languido sorriso.

– Perché viene qui, se poi dorme? – disse la Cate. – Che noioso è diventato questo Nebbia. Proprio un martuffio.

Dopo che il Nebbia se ne fu andato, lei andò a coricarsi: e intanto il Vincenzino girava ancora per le stanze, prendeva un libro, e ci cascava dentro col naso.

Lei pensava a quel violinista, che aveva incontrato dalla Xenia; e che era rimasto sempre seduto accanto a lei su uno sgabello, e le aveva detto che aveva una testa cosí interessante, e rassomigliava alla Primavera di Botticelli.

Si chiamava Giorgio Tebaldi. Era piccolo piccolo, coi capelli grigi, e parlando cantava con la voce, un poco.

Era cosí piccolo, non le arrivava neppure alla spalla: e già tutto grigio, mica giovane, doveva essere.

Non le piaceva: eppure avrebbe voluto starsene là in eterno, nel salotto di Villa Rondine, a sentire quella voce cosí dolce, cantante, che la cullava.

Quella voce le faceva come un miagolio dentro, se ci ripensava: come un miagolio che la indispettiva, ma anche la rimescolava.

« Com'è bello, com'è bello vivere! e com'è pericoloso! È proprio pericoloso, ma tanto bello! », pensò.

– Io non sono mica una borghese, – disse al Vincenzino, che s'era coricato accanto a lei. – Non capisce niente il Nebbia. Sua moglie, sí, è una vera borghese. Ma io no.

– No, carina, – disse il Vincenzino.

E s'addormentarono.

L'indomani, Xenia la mandò a chiamare di nuovo a Villa Rondine; ed erano là in giardino, Xenia e quel violinista, a bere spremuta di pompelmo in certi bicchieri verdi.

Per via di Xenia, bisognava parlare in francese; e la Cate se la cavava male col francese, e si vergognava.

Poi, andarono nel salotto; e Xenia sedette al pianoforte. Lui si mise un fazzoletto sulla spalla, poggiò il mento sul violino, indurí i muscoli del viso e suonò il Valse Triste di Sibelius.

Xenia lo accompagnava al pianoforte, con uno sguardo come sonnolento e ironico nei suoi occhi larghi, pesanti, bistrati, e mormorando la musica a labbra chiuse.

Poi se ne andarono tutt'e tre a passeggiare nel bosco, dietro ai cagnolini.

Il giorno dopo, lui la venne a prendere e andarono, loro due soli, con l'autobus in città, dall'antiquario, perché lei aveva detto che le piacevano quegli angioloni dorati, e ne voleva di uguali.

Ma non era vero che le piacevano, e l'aveva detto cosí, per essere gentile con Xenia, e perché era contenta.

Dall'antiquario non ce n'erano piú di quegli angioloni, ma c'era invece una testa di moro, e lui disse che era abbastanza bella.

Lei la comprò.

L'antiquario promise di spedirgliela. Andarono, poi, a un caffè. Era un caffè molto buio, deserto, e loro s'erano messi in un angolo, al fondo; e lui la guardava. Lei non sapeva che dire, e si tormentava, fra le mani, la sciarpa.

Si sentiva invischiata nel suo sguardo, come nelle maglie d'una rete; e sentiva un disagio, una gran voglia di scappar via, e insieme di restare sempre là.

Lui disse, con la sua voce cosí carezzevole:

– Per me è molto bello di averti incontrata.

Lei disse, stupidamente:

– Ma non mi deve mica dare del tu.

Subito ebbe vergogna d'aver detto cosí. Guardò l'orologio, e disse che era l'ora dell'autobus, e bisognava andare.

Siccome l'autobus era pieno, lei sola poté sedersi, e lui rimase in piedi, accanto allo sportello.

Lei, cosí un po' da lontano, lo guardava: piccolo, con i suoi capelli grigi, un cappottone chiaro troppo largo, la mano in tasca, e un'aria raccolta, un po' triste.

Allora lei pensò che tutti gli uomini, a guardarli un po' attentamente, avevano quell'aria indifesa, solitaria, raccolta, e a una donna facevano pena; e pensò che questo era molto pericoloso.

Lui le chiese di salire un momento da lei, a prendere una tazza di tè.

Mentre prendevano il tè in salotto, rientrò il Vincenzino. Come sempre quando gli presentavano una persona, il Vincenzino raddrizzò le spalle, ed ebbe quel suo sguardo acuto, un lampo freddo.

Sedette, e parlò di musica, guardando nel vuoto: un lungo, interminabile mormorio. Dopo un poco, Giorgio Tebaldi si congedò.

Lei andò nella sua stanza, si buttò sul letto; e aveva una gran voglia di ridere, e insieme aveva spavento.

« Com'è piccolo, com'è piccolo! che piccolino! – diceva; e rideva, tutta fra sé. – E non è mica bello, è brutto, è meglio il Vincenzino, e anche il Nebbia, il Purillo ».

Lo vedeva quando si metteva il fazzoletto sulla spalla, poggiava il mento al violino, e induriva i muscoli del viso: e ora non sapeva perché ma le faceva pena, con quel violino, con quel fazzoletto.

Lei una volta sola l'aveva chiamato maestro; e si era sentita molto ridicola, perché non era niente abituata a chiamare la gente cosí.

L'indomani arrivò la testa di moro; e lei la mise in salotto, su una scansia. Il Vincenzino la trovò bruttissima; e il Nebbia la trovò orrenda. Ma il Vincenzino le disse di tenerla pure, se le piaceva, lí in salotto: perché lui, di soprammobili e di arredamenti, se ne infischiava.

L'indomani, di nuovo Giorgio Tebaldi venne a prenderla, e andarono a passeggio per la campagna.

Cosí, diventarono amanti.

Durò pochi giorni; e poi lui partí. Le mandò due cartoline, una da Verona, e una da Firenze: con la firma soltanto. Le aveva chiesto se poteva scriverle qualche volta, fermo posta: ma lei aveva detto di no.

« È stato niente, niente, – lei pensava. – Succede a tante donne, a tante succede. E non è niente, non l'ha saputo nessuno, e devo fare come se non fosse successo ».

Ma si stufò della testa di moro, e la mise nello stanzino delle scarpe. E anche le dava un po' noia tornare a Villa Rondine. Tuttavia qualche volta ci ritornava, perché ora spesso Xenia dava dei tè, dei ricevimenti; e a lei pareva che avesse un sorriso vagamente ironico nei suoi occhi stanchi, pesanti, mentre le porgeva del sugo di frutta in un bicchiere verde, come quel giorno cosí lontano.

Una sera, mentre tornavano da Villa Rondine, disse al Vincenzino:

– Sai, mi ero un po' innamorata di quel violinista.

– Che violinista? – lui disse.

– Giorgio Tebaldi.

– Ah.

Lui disse, dopo un lungo silenzio:

– Ci hai fatto l'amore?

– No, – lei disse, – no.

Ma il cuore le pesava come un sasso, per aver mentito.

A volte, si metteva a piangere, quand'era sola; e diceva:

– Ma perché sono cosí disgraziata?

E diceva: – Se il Vincenzino non fosse cosí strano! Se mi parlasse, se fosse diverso! Se fosse diverso, piú come l'altra gente! Allora anch'io sarei una donna diversa, piú buona!

Poi, cominciò a far l'amore con quelli che capitavano. Fece anche l'amore col Purillo. Col Nebbia no, non fece mai l'amore, perché non veniva in testa di far l'amore col Nebbia, che lui era attaccato alla Pupazzina.

Il Vincenzino sapeva tutto. E lei lo vedeva bene che sapeva tutto; e lo odiava, perché sapeva, eppure continuava ad essere quello di sempre, a passeggiare solo, a bere il whisky, a scrivere progetti per la fabbrica, a leggere i libri cascandoci dentro col naso.

Dopo la guerra, il Vincenzino e la Cate si separarono. I bambini li avevano a Roma, in collegio.

Per tutto il tempo della guerra, la Cate e Xenia erano state, con i figli, a Sorrento. L'idea di Sorrento l'aveva avuta Xenia; un'idea felice, perché difatti la guerra non passò per di là.

Poi, litigarono, la Cate e Xenia, per una questione di lenzuola. Ma era un pretesto, e i loro rapporti s'erano guastati da un pezzo, per motivi imperscrutabili.

La Cate venne via da Sorrento, e prese, a Roma, una casa al viale Parioli.

Il Mario tornò dalla prigionia in Germania con i polmoni disfatti, e con una malattia all'intestino. Tornarono, lui e Xenia, a Villa Rondine. Xenia fece venire dalla Svizzera un medico omeopatico, sempre lí fisso in casa, che curasse il Mario.

Questo medico lo curava con delle porzioni minuscole di una polvere verde, e poi con certe pillolette bianche, e gli aveva ordinato una dieta di ortaggi crudi, che la Xenia frullava in un frullatore elettrico, venuto allora di moda, e che si chiamava Gogò.

Il Mario era contento.

Tuttavia morí in pochi mesi, sempre contento, e pieno di fiducia nel medico, con il quale giocava tutto il giorno a scacchi. Il medico, gli ultimi giorni, essendosi spaventato, lo fece trasportare in una clinica in città, dove morí.

La Xenia lasciò Villa Rondine, dove venne ad abitare il Purillo. La Xenia si stabilí in città con i figli, e si sposò col medico svizzero, continuando tuttavia sempre a portare abiti neri da vedova, e a far venire dozzine e dozzine di uova dal paese, perché quelle di città non le sembravano troppo fresche.

La Raffaella, che aveva fatto la partigiana, non riusciva a riabituarsi a vivere in modo tranquillo. Si era iscritta al partito comunista, e girava per la campagna in bicicletta, con degli opuscoli di propaganda. Il Tommasino era in collegio a Salice, e tornò al paese finito il liceo, un ragazzo alto e magro, sui diciotto anni.

Il Tommasino e la Raffaella andarono ad abitare insieme, in un piccolo alloggio nel cuore del paese, dietro la fabbrica. Mangiavano al ristorante della Concordia. Ma il Purillo gli disse che potevano farsi costruire una bella casa.

La Raffaella non voleva, e diceva che i soldi non erano mica loro, ma erano degli operai.

Tuttavia si fecero costruire, la Raffaella e il Tommasino, una casa. Una casa molto moderna, tutta tonda, col tetto piatto, con una scala esterna circolare, come quelle dei bastimenti. Sta là, sopra Villa Rondine, sul cocuzzolo della collina.

La Raffaella si comprò un cavallo, perché aveva la mania dei cavalli, fin da piccola.

Il Tommasino si iscrisse alla facoltà di agraria, e stava in città. Veniva al paese il sabato. La Raffaella aveva lasciato il partito comunista, e s'era iscritta a un piccolo partito di comunisti dissidenti, che aveva solo tre membri, in tutta la zona.

Invece il Vincenzino era della sinistra cristiana.

Il Vincenzino aveva fatto la guerra sul fronte greco, ed era stato fatto prigioniero e portato in India. Tornò in Italia piú di un anno dopo la fine della guerra. La Cate e i bambini erano a Roma.

Misero i bambini in collegio. Ormai erano dei ragazzetti. Erano tutt'e due d'accordo, la Cate e il Vincenzino, a non stare piú insieme.

La Cate, ora, si era tagliata i capelli, e li portava cortissimi, spazzolati all'indietro. Aveva fatto un viso magro, duro, con la bocca un po' piegata all'ingiú.

Il Vincenzino, lui, era sempre uguale. Solo portava gli occhiali adesso, per leggere, perché era diventato presbite.

Tornarono insieme al paese. La Cate scese alla Concordia, e lui andò a dormire a Casa Mercanti. Ormai non si consideravano piú marito e moglie. Erano molto gentili, l'uno con l'altro; solo ogni tanto, su un pretesto minimo, scoppiavano a litigare.

Venne la Raffaella alla Concordia, a trovare la Cate.

La Cate volle andare al cimitero, a portare dei fiori al Balotta, alla signora Cecilia. Andarono, lei e la Raffaella. Il Balotta e sua moglie son sepolti lí tutt'e due, in una tomba fatta a cupola, quasi una piccola villa, tutta circondata di alberetti. Il Balotta s'era comprato quella tomba da tanto tempo, da quando s'era ammalato alla cistifellea.

La Cate piangeva, soffiandosi forte il naso in un fazzoletto piccolo piccolo. Anche sua madre era morta, durante la guerra, a Borgo Martino. Le sorelle, sposate e andate a vivere altrove. La cartoleria, scomparsa, perché al suo posto hanno messo un garage.

Andarono, poi, alle Pietre. Là c'era il Barba Tommaso, sempre fresco, roseo, bello, ma rimbambito del tutto. Non riconobbe la Cate, e chiedeva forte alla Raffaella:

– Chi è, chi è?

La Magna Maria era in cucina, con la serva Pinuccia, che adesso avevano loro.

Si abbracciarono, la Pinuccia e la Cate.

E la Magna Maria le diede il passito, i fichi, e intanto diceva:

– Cosí, ti sei tagliata i capelli? Ma che brava, che brava!

Lo diceva, però, con minore sicurezza di un tempo.

Venendo via, la Cate disse alla Raffaella di farle vedere il punto, dietro Le Pietre, dove hanno ammazzato il Nebbia.

Andarono. C'è una roccia, grande, alta, aguzza, macchiata di licheni. L'hanno ammazzato proprio lí.

La Cate piangeva. E toccava tutto, la roccia, gli alberi intorno, e il cespuglio dove hanno trovato il cappello. Guardava, e toccava, e piangeva.

Non aveva voglia di vedere né la Gemmina, né il Purillo.

Cosí tornarono per la strada carrozzabile, evitando di passare per la Casetta, e lungo il bosco di Villa Rondine.

La Cate continuava a piangere. La Raffaella disse:

– Ma quanto piangi! ma sei una vera fontana!

Tuttavia la portò a casa sua, la fece sdraiare sul letto, e le diede la borsa calda, l'aspirina.

La Cate disse:

– Ma perché si è sciupato tutto, tutto?

– Cos'è che si è sciupato? – disse la Raffaella.

Volle portarla nella stalla a vedere il cavallo, prima che se ne andasse. Ma la Cate, di cavalli, ne capiva poco. Pure lo guardò sorridendo, per compiacenza, e disse che aveva il pelo di un bel colore. Gli toccò la coda con un dito. Ma il cavallo fece uno scarto, battendo la zampa; e lei si spaventò.

– Sei sempre stata una gran paurosa, – disse la Raffaella. – Ti ricordi quando si andava in montagna, e ti tremavano le gambe a scendere, e il Nebbia s'arrabbiava?

– Sí, – disse la Cate.

– E quando si andava coi bambini al torrente, e io volevo che si tuffassero, e tu avevi paura?

– Sí, – disse la Cate; e ricominciò a piangere.

– Basta, per l'amor di Dio, – disse la Raffaella.

Intanto era venuto il Vincenzino a prenderla; e lei si lavò il viso, disse addio alla Raffaella, e s'avviò col Vincenzino per il sentiero, che porta a Casa Mercanti.

– Che brutto paese! – disse la Cate. – Che brutto, brutto paese! Un paese cosí martuffio! Non so come ho fatto a starci per tanti anni.

Dovevano elencare i mobili, vuotare gli armadi, contare gli oggetti che erano dell'uno o dell'altra, contare le posate, i piatti.

Il Vincenzino mise gli occhiali e cominciò a scrivere in un taccuino.

La Cate, inginocchiata sul tappeto, prese a contare le forchette, i cucchiai.

– Però io me ne infischio di tutti questi cucchiai, – disse all'improvviso.

– E io me ne infischio piú ancora di te, – disse lui.

– E allora perché li contiamo?

– Perché si fa cosí, – disse lui.

Lei tirò un sospiro, e ricominciò.

– Cosa farai di questa casa? – lei disse. – Ci verrai a vivere con qualcuno?

– Non so, – disse lui.

– Era una bella casa, – lei disse, – e invece non mi piaceva, quando ci stavo, e volevo cercarne un'altra, e tu non volevi. Ti ricordi?

– Sí.

– Ero stupida, – lei disse, – ero stupida, perché ero giovane, mica altro.

– Mi faceva malinconia, – disse, – vedere tutti quei cavoli, dalle finestre della nostra stanza. Adesso, su quel pezzo di terreno, non c'è piú i cavoli, hanno cominciato a costruire un negozio, o cosa?

– E lí seduto in quella poltrona, la sera, c'era il Nebbia, – disse. – E si stava cosí bene, e sembrava niente, averlo lí seduto addormentato, e invece ora non possiamo averlo piú!

– La felicità, – lui disse, – sembra sempre niente, è come l'acqua, e si capisce solo quando è perduta.

– È vero, – lei disse. E pensò un poco, e disse:

– E anche il male, il male che noi facciamo, è cosí, sembra niente, sembra una sciocchezza, acqua fresca, mentre lo facciamo. Se no allora la gente non lo farebbe, starebbe piú attenta.

– È vero, – lui disse.

E lei disse:

– Ma perché abbiamo sciupato tutto, tutto?

E si mise a piangere.

Disse: – Non posso andarmene da questa casa! Io qui ho cresciuto i miei bambini, sono stata qui tanti anni, tanti anni! Non posso, non posso andarmene!

Lui disse:

– Allora vuoi restare?

E lei disse: – No.

E partí il giorno dopo.

Il Vincenzino rimase solo.

Per un poco restò a Casa Mercanti; poi si trasferí nella casa dov'erano il Tommasino e la Raffaella, sul cocuzzolo della collina.

Andava a Roma, una o due volte al mese, con l'automobile, a trovare i suoi figli. La Cate era là a Roma, nel suo appartamento sul viale Parioli. Non si vedevano mai.

Portava ai suoi figli dolci e regali. Gli portò anche, una volta, un flauto. Ma loro non si interessavano di musica, e gli piacevano soltanto i meccanismi, i motori.

La sinistra cristiana s'era sciolta, e lui non apparteneva piú a nessun partito. Scrisse un libro, sulla sua prigionia in India: ed ebbe un grande, clamoroso successo.

Rimase sorpreso, contento anche; ma smise quasi subito di pensarci.

Ora, nella fabbrica, comandava lui solo. E aveva le mani libere, poteva fare quello che gli pareva. Aveva in testa tanti progetti, e poteva attuarli. Aveva in testa un mondo di cose.

Era sempre uguale, sempre coi suoi riccioli biondi, folti, fitti come un tappeto. Non aveva un capello grigio. Gli era venuto tuttavia un fare sicuro, un po' stanco, autorevole, che piaceva alle donne.

Forse poteva avere tutte le donne che voleva. Ma non ne voleva nessuna.

Quando andava in città, finiva a volte da Xenia, a passar la serata. Giocava a scacchi col medico svizzero, che Xenia aveva sposato; e beveva whisky. Quel medico gli dava consigli per il fegato, che gli si era rovinato, a forza di whisky; e gli dava, in tante cartine, minuscole dosi di quella sua polvere verde.

Al paese, a volte, passava le serate col Purillo. E si stupiva che gli piacesse passare il tempo cosí, con i suoi vecchi nemici: la Xenia, il Purillo.

Era, il Purillo, ancora molto spaventato, quando era tornato dalla Svizzera dopo la guerra; cosí spaventato, che prima di tornare aveva aspettato un pezzo, e non si decideva mai. E sul principio, se ne stava sempre chiuso là a Villa Rondine, senza mai metter piede alla fabbrica: ed era magro, consumato dalla paura, e se ne stava in casa col purillo in testa, col paltò addosso perché a Villa Rondine s'era gelata l'acqua nei termosifoni, ed erano scoppiate le caldaie: e bisognava accendere delle stufe a legna, che non tiravano e scaldavano male.

Si struggeva per il dispiacere di essere stato fascista, gli pareva una sciocchezza enorme, imperdonabile, e che avrebbe macchiato la sua vita. A volte, parlava d'ammazzarsi. Il Vincenzino doveva consolarlo, e calmarlo.

Pregava il Vincenzino di dirlo a tutti che lui, il Purillo, aveva salvato il Balotta, portandolo via dal paese. I fascisti l'avrebbero ucciso il vecchio Balotta, se lui non lo portava a Cignano.

– Ma in paese lo sanno, – diceva il Vincenzino.

E lo guardava, là con quel purillo, le guance mal rasate, il pomo d'adamo che sporgeva dal colletto sbottonato, le mani pallide e pelose sul dorso. L'aveva tanto odiato, aveva sprecato tanto odio, su quei baffi, su quel purillo, su quel naso ricurvo, aveva sprecato tanto odio, e anche tanta paura, che gli portasse via la fabbrica, il potere, l'affetto del padre, o chissà che cosa! Ora, di tanto odio, non restava piú nulla: e anche questo era triste.

Veniva sempre la Raffaella, a trovare il Purillo; gli riaccendeva le stufe, che si erano spente, e gli chiedeva consigli per il cavallo. Il Purillo diceva che lui, di cavalli, se ne intendeva, avendo avuto in giovinezza un amico, che possedeva una scuderia.

Anche alla Raffaella diceva che voleva ammazzarsi, perché aveva sbagliato, e la sua vita non aveva piú senso.

La Raffaella diceva:

– Ma sei matto? non vorrai mica ammazzarti sul serio! Ma smettila, via!

E gli dava gran colpi nella schiena, con le sue mani dure come il piombo.

Gli diceva:

– Non c'eri mica solo tu di fascista! Era piena l'Italia!

E poi gli diceva:

– Iscriviti al mio partito.

Il Purillo diceva:

– Comunista, io? mai!

– Ma non lo sai che non son piú comunista? – diceva la Raffaella. – Trotzkista, sono. Per Trotzki. Ma tu magari, Trotzki, non sai nemmeno chi era.

A poco a poco, il Purillo riprese coraggio; e tornò a lavorare in fabbrica. Tornò anche a frequentare la gente, i Sartorio, i Terenzi, i Bottiglia.

Non volle iscriversi a nessun partito. Diceva che la politica lo nauseava. Tuttavia la sera, in casa del generale Sartorio, a volte si spingeva a dire:

– Però, Mussolini era un uomo a posto.

E infilava i pollici nel gilè.

– Peccato che s'è messo coi tedeschi, – diceva. – Se non si fosse messo coi tedeschi, le cose sarebbero andate molto, molto diversamente. Se l'Italia, come la Svizzera, fosse rimasta neutrale.

E pigliava a parlare della Svizzera, dov'era stato a lungo, e che diceva di conoscere come il fondo dei suoi calzoni.

Tornò a girare per i cascinali, come prima della guerra, con una scusa o con l'altra, e a far l'amore con tutte le contadine. In paese, ha la fama d'essere un gran dongiovanni.

In paese, quando vedono una contadina con un bambino in braccio, dicono:

– Quello lí è del Purillo.

Gli attribuiscono centinaia di figli.

Poi cominciò a correre voce che sposava la Raffaella. Rimasero sbalorditi.

– Con la Raffaella, il Purillo!

– Poverina, – dicevano, – poverina, la Raffaella! che malore, che malore!

Il Vincenzino lo seppe dalla Gemmina. Restò anche lui sbalordito; e poi lo prese una rabbia, che avrebbe mandato in pezzi tutto quello che aveva davanti.

Stavano nella stessa casa, la Raffaella e lui, il Vincenzino; e sedevano insieme a pranzo, a cena. Eppure lei non gli aveva detto niente.

– Il Purillo, – disse la Gemmina, – deve averla pensata e calcolata, questa cosa, da un pezzo. Forse ancora da quando erano vivi mamma e papà.

E disse: – Meno male che non c'è il Balotta, che non vede questa cosa.

La Gemmina a volte, per vezzo, lo chiamava il Balotta, suo padre.

E disse: – Il Purillo è come i serpenti, che hanno la vista lunga.

– Mai saputo che i serpenti abbiano la vista lunga, – disse il Tommasino, che anche lui era lí.

Il Vincenzino disse, quella sera, alla Raffaella:

– È vero che ti sposi col Purillo?

– Sí, – disse lei.

Lui, ora che se la trovava cosí davanti agli occhi, non sentiva piú rabbia. Sentiva solo un disagio, uno sconforto.

Disse: – Ma perché?

Lei disse: – Perché gli voglio bene.

Lui pensò che quando s'era sposato con la Cate, non le voleva bene, e aveva invece in testa delle strane teorie. E tacque.

Ma tutta la notte, a letto, si rivoltava tra le lenzuola, e diceva:
– Ma come si fa a voler bene al Purillo?

E non si dava pace, lo domandava anche al Tommasino, mentre si facevano la barba, nel bagno, la mattina presto.

– Ma come si fa a voler bene al Purillo?

Neppure il Tommasino lo sapeva.

Poi, a poco a poco, smise di pensarci. Perché tormentarsi per gli altri? Tanto, ognuno faceva quello che gli pareva.

Alla Raffaella, come regalo di nozze, regalò un frigorifero. Cominciavano a venir di moda, ma ancora, lí al paese, non ce l'aveva nessuno.

La Raffaella andò a stare a Villa Rondine. Voleva portarsi dietro il cavallo; ma il Purillo glielo proibí. Dove metterlo, a Villa Rondine? A Villa Rondine, non c'era mica la stalla.

E il cavallo rimase alla Casa Tonda; cosí chiamava la Raffaella la casa, sul cocuzzolo della collina.

Per un poco, rimase lí; accudito dai figli della contadina. Sul principio, la Raffaella veniva quasi ogni giorno a trovarlo; poi se ne dimenticò.

Finirono col venderlo.

La Raffaella e il Purillo hanno un bambino, che si chiama il Pepè.

E la Raffaella, come madre, è una grande paurosa. Lo porta in giro infagottato di lana, il Pepè; e non fa che levargli e mettergli golfini e golfetti. Non si sogna nemmeno di farlo tuffare nell'acqua gelida del torrente, come faceva coi figli della Cate e del Vincenzino, tanto tempo fa.

Il Vincenzino e il Tommasino, soli, a volte parlavano. Il Vincenzino s'era preso d'affetto per quel fratello piú giovane. Gli raccontava cose, che non aveva detto mai a nessuno.

Cominciava di solito la sera, dopo la cena. Guardava nel vuoto, e cominciava a parlare con quel suo lungo, lento mormorio.

Parlava, a volte, della Cate. Aveva, sull'insieme dei loro rapporti, un'idea strana.

Diceva di quel giorno, che aveva visto, quand'era ancora un bambino, il Purillo che prendeva a sassi un cane.

Il Purillo non amava le bestie, si era sempre saputo. Difatti, non aveva voluto il cavallo.

Secondo il Vincenzino, quell'impressione forte che lui aveva patito da piccolo, per quel cane ucciso a sassate, gli aveva generato nell'anima un grande orrore della crudeltà.

E per orrore della crudeltà, lui aveva lasciato che la Cate potesse staccarsi da lui, per non farle violenza, perché non soffrisse, perché non avesse a sanguinare e soffrire.

E cosí l'aveva perduta.

Il Tommasino, quella deduzione complicata non lo persuadeva troppo. Ma annuiva, perché al Vincenzino non piaceva tanto gli si desse torto, quando s'era cacciata in testa una cosa.

Diceva, il Vincenzino, che lui ora tante volte aveva rimorso, per quello che aveva fatto alla Cate. Perché sapeva bene che, non volendo, l'aveva fatta sanguinare e soffrire.

E tante volte, gli risuonava alla memoria la voce di lei, che diceva:

« Ma perché, perché abbiamo sciupato tutto? »

Tante volte, la notte, non poteva dormire, e la sentiva lamentarsi cosí.

Parlavano fino a tardi; e bevevano whisky. E poi andavano a coricarsi; e il Vincenzino, nella sua stanza all'ultimo piano, si metteva in un letto ribaltabile, dove poteva leggere ben seduto prima di dormire, e che aveva copiato da quello del Purillo.

Conosceva, ora, il Vincenzino, tanta gente, in città. Ma in fondo, aveva voglia di stare col Tommasino, e basta; oppure con quegli altri della sua famiglia. Con la Raffaella o la Gemmina, o perfino con la Magna Maria.

Perché queste persone, forse, avevano conosciuto la Cate; e tutte le altre, in città, non l'avevano conosciuta mai.

S'era messo a scrivere un nuovo libro. E aveva tanti progetti, tante idee.

Ebbe un incidente d'automobile, mentre andava a Roma a trovare i suoi figli. Era solo. Cominciava a far buio, e pioveva: e la macchina slittò sull'asfalto.

Lo trovarono, poco dopo, dei contadini, rovesciato sul volante; e chiamarono un'autoambulanza.

Morí all'ospedale. Il Purillo, avvisato per telefono, fece a tempo a dargli un saluto. Il Tommasino no, non fece a tempo.

Il Tommasino mangia da solo, col libro appoggiato al bicchiere. Viene a fargli da mangiare la Betta, la contadina.

La Betta va e viene dalla cucina, bassa, grossa, larga, col suo vestito di percalle a cerchietti bianchi.

La Betta dice:

– Allora t'è piaciuta la bistecca, Tommasino?

La Betta gli dà del tu, avendolo visto piccolo.

– E domani, – dice la Betta, – domani siccome c'è ancora del manzo, lo taglio bene, a tocchetti, e lo faccio andare piano piano, con la cipolla.

Dice: – Ora finisco i piatti, poi scopo, e poi lavo quei due panni. E poi metto a bagno i fagioli, che cosí domani, quando vengo, li metto bene a cuocere, con un po' di prezzemolo, aglio, e cotiche. Eh?

Il Tommasino si mette seduto in poltrona, col libro, vicino al lume.

– Cosí solo, povero cuore, – dice la Betta. – Dovresti prenderti una bella moglie. Sei ricco, sei bello, sei giovane, e qui al paese c'è tante ragazze, belle, ricche, buone, che ti aspettano tanto.

Dice: – Vuoi che ti porti il coso là, Tommasino?

Il coso è un registratore. Il Tommasino quando sta lí solo, la sera, parla nel registratore, se gli vengono delle idee.

Poi se lo porta in camera da letto, perché quando è a letto, e sta per dormire, gli vengono ancora altre idee.

La stanza da pranzo, alla Casa Tonda, è grande, a vetrate. È quasi vuota, perché nessuno ha mai pensato a metterci dei divani, dei quadri.

– Io, – dice la Betta, – se fossi ricca come te, metterei qui una credenza, e la sua bella controcredenza, là su quella parete. Ora coi piatti è un traffico, li devo andare a prendere in cucina.

Si vede, dai vetri, la collina tutta pelata, poi gli alberi di Villa Rondine, il paese, i lumi di Castello e di Castel Piccolo, il cielo notturno.

Dice la Betta: – Un ragazzo come te, non dovrebbe mai trovarsi solo. Un ragazzo come te, tanto ricco, dovrebbe avere amici, ragazze, sempre rumore.

Dice: – Se li avessi io tanti soldi, non me ne starei qui. Andrei sempre in giro, a godere il mondo, a viaggiare. Non starei mai ferma, viaggerei sempre.

Dice: – Tanto la fabbrica te l'ha soffiata il Purillo.

Dice: – I soldi ce li hai, ma comandare, comanda lui. E quando arriveranno qui i figli del Vincenzino, grandi, non avranno niente, perché sarà tutto del Pepè.

Dice: – Ma tanto a te non te ne importa, cosí non hai rogne, e i soldi, alla fine del mese, li vedi lo stesso.

Dice: – Tu sei buono, fine, gentile, e non hai muscoli per combattere col Purillo.

Dice: – Ora vado a casa mia, mi metto vicino alla stufa, che sto calda, e mi accomodo un vestito. È un vestito marrone, vecchio, non è tanto brutto, ma non mi piace piú. Allora ho pensato cosí. Lo scucio, siccome la Magna Maria mi ha dato della seta rossa, ma poca, tutti pezzetti, io con quei pezzetti rifaccio nuove le maniche, coi suoi polsi, e il collo.

– Una bella pensata, – dice il Tommasino.

– E i bottoni, ho già comprato l'anima, e li porto poi a Cignano, a farli coprire.

– Hai comprato l'anima?

– Quella palletta nera, dei bottoni.

– Ah.

– E il collo, io lo faccio tondo, alla carletta.

– Bene.

– Allora buonasera, ciao, Tommasino.

– Ciao.

Il Tommasino se ne sta là, e s'attorciglia i capelli attorno alle dita. Poi caccia indietro tutti i capelli, va alla macchina da scrivere, e batte qualche parola.

Poi si alza, s'infila il cappotto, esce di casa, scende la collina. Ha un cappotto vecchio, troppo corto, liso ai polsi, con le tasche sformate. La Gemmina, da un pezzo gli ha detto che deve farsi fare un cappotto nuovo.

Tiene l'automobile nel garage della Concordia. L'automobile, su fino alla Casa Tonda, non ci va.

Al bar della Concordia, prende una china Martini, perché lí non c'è tanto da scegliere.

Si mette in automobile, e va al cinematografo, a Cignano.

Dànno *Tenebre di fuoco.*

Se ne sta là, in fondo alla sala quasi vuota, con la sigaretta, il bavero del cappotto alzato, le mani in tasca.

Prende, al bar di Cignano, una china Bisleri.

Lo conoscono tutti, lo salutano. Lui risponde portandosi la mano alla fronte, in una specie di saluto militare, ma fiacco. È un saluto che gli è rimasto dal collegio.

Torna a casa, si mette in pigiama, gira scalzo per la cucina, guarda dentro una pentola, dove ci sono a bagno dei fagioli.

Poi si siede sul letto, con la macchina da scrivere sulle ginocchia, e batte qualche parola.

Poi si gratta forte tutta la testa, sbadiglia, arriccia il naso, e si ficca sotto le coperte.

Ha, sul comodino, il registratore. Dice qualcosa, ascolta la sua stessa voce, che balbetta indecisa nel registratore, estranea e lamentevole presenza nella casa vuota.

Caccia la testa sotto il cuscino, spegne e dorme.

Il Tommasino, quasi tutte le serate le passa cosí.

Oppure va a Villa Rondine. Oppure, qualche volta, va alle feste, e balla con le ragazze, se è un valzer.

Non conosce altri balli. Solo il valzer.

A Villa Rondine, fa arrabbiare la Raffaella, perché fa i dispetti al Pepè.

Villa Rondine, dal tempo della Xenia e del Mario, non è molto cambiata. La Xenia venendo via s'è presa tutti i mobili, ma il Purillo ne ha ricomprati di simili, non avendo il Purillo, come diceva sempre il Vincenzino, nessuna personalità.

Il Purillo è là col Borzaghi, in un angolo del salotto, e giocano a scacchi.

Chiede, tuttavia, il Purillo al Tommasino:

– Come vanno i tuoi studi sulla programmazione lineare?

E la Raffaella chiede:

– Ma questa programmazione lineare, cos'è?

La programmazione lineare è come una linea che va diretta dai beni di produzione ai beni di consumo. Diretta.

Il Tommasino spiega, arrossendo, perché c'è il Borzaghi, e gli piacerebbe che il Borzaghi ascoltasse.

Spiega, aiutandosi con i gesti delle sue dita lunghe, bianche, magre, e arrossendo un poco, perché la programmazione lineare gli è cara, e si vergogna di parlarne cosí ad alta voce.

La Raffaella dice: – Non ho capito neanche una parola.

E gli dice: – Tommasino, perché non ti iscrivi al mio partito?

Il suo partito è sempre quello dei comunisti dissidenti. Ma ora ci pensa poco, e se ne ricorda solo ogni tanto, piú che altro per fare arrabbiare il Purillo, che lui i comunisti, dissidenti o no, gli dànno il mal di stomaco. Ci pensa poco, perché ora pensa solo al Pepè.

Dice, la Raffaella:

– Tu, Tommasino, forse sei molto intelligente. Che peccato che sei cosí scombinato. Perché non ti sposi?

– Non ne ho voglia, – dice il Tommasino.

– Lui ha sposato la programmazione lineare, – dice il Purillo.

E strizza l'occhio al Borzaghi, che sorride, per compiacenza.

Il Tommasino va quasi tutti i giorni alla fabbrica.

A volte, lí, non trova niente da fare. Ha una bella stanza, un bel tavolo, un telefono con tanti bottoni rossi e verdi, e una poltrona girevole, sulla quale, ogni tanto, fa un mezzo giro.

Ha una grande cartella di marocchino, tutta foderata di carta assorbente, una penna infilata dritta nel portapenne, un notes, una matita appesa a una catenella.

Fa, con la penna, dei tondini sulla carta assorbente. Scrive, sul notes:

« Anima dei bottoni. Palletta nera ».

E poi china la testa sul tavolo, si preme con i pollici le palpebre, e pensa alla programmazione lineare, una linea che va diretta dal produttore al consumatore, diretta.

Ci incontriamo, il Tommasino e io, tutti i mercoledí in città.

Mi aspetta davanti alla biblioteca « Selecta ». È là, col suo cappotto vecchio, un po' liso, con le mani in tasca, appoggiato al muro.

Mi saluta, portandosi la mano alla fronte e staccandola, con molle sussiego.

Ci vediamo solo in città. Al paese, evitiamo d'incontrarci. Lui vuole cosí.

E sono ormai mesi e mesi che ci incontriamo cosí, il mercoledí, sovente anche il sabato, a quell'angolo di strada; e facciamo sempre le stesse cose, cambiamo i libri alla biblioteca « Selecta », compriamo i biscotti d'avena, compriamo, per mia madre, quindici centimetri di gros-grain nero.

E andiamo in una stanza, che lui affitta, in via Gorizia, all'ultimo piano.

È una stanza con un tavolo tondo nel mezzo, coperto da un tappeto, e sul tavolo una campana di vetro, che custodisce rami di coralli. C'è anche un fornelletto dietro una tendina, dove possiamo, volendo, fare il caffè.

Lui mi dice, a volte:

– Guarda che non ti sposo.

E io mi metto a ridere, e dico:

– Lo so.

Dice: – Non ho voglia di sposarmi. Se mi sposassi, mi sposerei forse con te.

E dice: – Ti basta?

Dico: – Lo faccio bastare.

Son le parole della nostra serva Antonia, quando mia madre chiede se c'è abbastanza formaggio.

– E la programmazione lineare? – gli dico.

– Grazie, – dice, – bene.

Sta sdraiato, con le mani intrecciate sotto la testa, col suo viso magro, delicato, la sua bocca seria.

Mi chiede, a volte:

– E tu?

– Io, cosa?

– E tu? e le bimbe Bottiglia?

Torniamo al paese con l'ultima corsa dell'autobus, quella delle dieci di sera.

Si siede lontano da me, al fondo, col bavero alzato, e guarda fuori dal finestrino.

Scendiamo sulla piazza, davanti all'Albergo della Concordia, e mi saluta al suo solito modo. E ci dirigiamo in due direzioni opposte, lui sul viottolo ripido che porta alla Casa Tonda, io per il sentiero che costeggia il bosco del generale Sartorio.

Mangio un po' di cena, in cucina, e mia madre mi sta a guardare.

Dice: – Oggi sono stata sempre bene, ma verso sera ho sentito come un vuoto freddo nello stomaco, e ho dovuto mangiare un biscotto.

Dice: – Mi hai portato i biscotti d'avena?

Mia madre, quando enumera nel suo pensiero gli uomini del paese che io potrei sposare, non si ferma sul Tommasino.

Forse, lo trova troppo ricco; qualcosa d'irraggiungibile. E poi lo trova strano, trova che va in giro vestito come un povero, e che è sempre pallido, e deve avere una cattiva salute.

E dice che tutti i figli del Balotta, per un verso o per l'altro, morti e vivi, hanno sempre avuto delle stranezze, delle idee sballate, e si son cercati dei guai.

E quando mi sta a guardare, mentre mangio la mia cena in cucina, il mercoledí sera, come è lontana dall'immaginarlo mia madre, che io e il Tommasino, poche ore fa, eravamo insieme, in via Gorizia, all'ultimo piano.

Non sa nemmeno che esista, via Gorizia, mia madre. Di rado scende in città.

La zia Ottavia le dice:

– Perché non andiamo in città, qualche volta?

E mia madre dice:

– Per fare?

A volte, il Tommasino è nero di umore, e non parla.

Gli propongo, allora, di fare una passeggiata; e camminiamo interminabilmente, in silenzio, nel parco, sul fiume.

Ci sediamo su una panchina; c'è dietro a noi, nel mezzo del parco, il castello, con le sue torrette rosse, le guglie, e il ponte levatoio: e da un lato la veranda a vetri del ristorante, deserta a quell'ora, ma con due camerieri che aspettano ugualmente fra i tavoli, col tovagliolo sotto il braccio.

E c'è il fiume, davanti a noi, silenzioso, con le sue acque verdi, con le barche legate alla riva, col casotto dell'imbarcatoio piantato su palafitte, la scaletta di legno dove batton le onde.

Lui mi fa una carezza sul viso. Mi dice:

– Povera Elsa!

– Perché povera? – dico. – Perché ti sembro povera?

– Perché sei capitata con me, che sono uno sciagurato.

– Però, – gli dico, – ce l'hai sempre, la programmazione lineare.

– Quella sí, ce l'ho sempre, – dice, e ride.

Camminiamo, interminabilmente, sul fiume. Lui si guarda intorno, dice: – Ma qui è proprio campagna. Veniamo in città, ma poi andiamo sempre in cerca della campagna, non è cosí?

Gli dico: – Perché facciamo finta di non conoscerci, quando siamo al paese?

Dice: – Perché siamo buffi.

Dice: – Per la tua reputazione. Non devo comprometterti, visto che poi non ti sposo.

Rido, e dico: – Della mia reputazione, me ne infischio, io.

S'attorciglia i capelli attorno alle dita, si ferma un poco a pensare.

– Al paese, – dice, – non mi sento libero. Mi pesa addosso tutto.

– Cosa ti pesa?

– Mi pesa, – dice, – tutto, il Purillo, la fabbrica, la Gemmina, e anche i morti.

– Mi pesano, capisci, anche i morti.

– Una volta o l'altra, – dice, – pianto lí e me ne vado.

E io gli dico: – Non mi porti con te?

– Crederei di no.

Camminiamo, per un poco, in silenzio.

– Tu, – mi dice, – devi trovarti uno che ti sposa. Non subito, magari, fra un po'.

Dice: – Non hai mica bisogno di sposarti subito. Che furia c'è?

– Anche con me, cosí, – dice, – stai bene.

– Con te, cosí? il mercoledí e il sabato? – dico.

– Sí, cosí, no?

– Adesso, – dico, – dobbiamo tornare, che presto sarà l'ora dell'autobus.

E torniamo, riattraversiamo il parco, costeggiamo le mura del castello, passiamo il ponte che vibra sotto le ruote dei tram.

– Non dico mica che sia l'ideale, per te, cosí, – dice.

– E per te? – gli dico. – È l'ideale per te?

– Io, – dice, – io sono senza ideali.

Rido, e gli dico: – Povero Tommasino.

– Perché povero, che ho tutti quei soldi?

Era mattina, e m'ero appena alzata, e stavo sul balcone; e vidi la signora Bottiglia, che aveva preso una zappa e zappava le aiole.

– Ehilà! – mi disse, – ciao.

La signora Bottiglia è alta e magra, con un viso rugoso, bruno, grossi occhiali cerchiati di tartaruga, mascelle quadrate.

S'era messa un cappellone di paglia, un grembiale, e aveva, ai piedi nudi, ciabatte.

Disse: – Cos'ha detto il dottore, di tua madre?

– Pressione alta, – dissi.

– Eh?

– Pressione alta.

– Alta, alta, – disse mia madre affacciandosi. – Altissima.

– Allora, – disse la signora Bottiglia, – via la carne.

Mia madre le disse di venir dentro da noi, a prendere un po' di caffè.

– Ieri, – disse mia madre, – sentivo in gola come un nòcciolo duro, che mi raspava. Stamattina sembra che sto bene.

S'erano sedute tutt'e due in cucina, e mia madre versava il caffè dalla caffettiera, che è vestita d'un cappuccio di maglia.

– Ma con la pressione, – disse la signora Bottiglia, – il caffè non dovresti prenderlo. Via la carne, via il caffè.

Piace, a mia madre, il caffè.

– E cosa prendo, allora, la mattina? La mattina, quando mi alzo, ho lo stomaco freddo come il ghiaccio.

– Però tu come fai a star senza calze? – disse. La signora Bottiglia aveva alzato un piede, e si guardava la gamba abbronzata, il polpaccio percorso d'una vena rigonfia, di color cilestrino.

– E hai una varice anche, – disse mia madre. – Sei matta a girar cosí la mattina, col freddo che fa.

– Non è mica una varice, – disse la signora Bottiglia, pigiandosi la vena col dito. – Non mi fa nessun male.

– E cos'è, se non è una varice? – disse mia madre.

– E la Giuliana dov'è? – dissi.

– La Giuliana, – disse la signora Bottiglia, – s'è alzata presto, è venuta a prenderla Gigi Sartorio, e sono andati al tennis.

– Come, al tennis? – disse mia madre. – Ma se Gigi Sartorio ha un braccio ingessato!

– Non giocano, guardano. Ci sono i tornei.

– Ah guardano, – disse mia madre. – E perché non vai anche tu un poco, Elsa, a guardare?

– Io a mezzogiorno, – dissi, – devo prendere l'autobus.

– Ah è vero che è sabato, – disse mia madre. – Prima andava giú in città solo il mercoledí, – spiegò alla signora Bottiglia, – ma adesso anche il sabato. Per cambiare i libri per la Ottavia, che legge tanto.

– Comprami, – disse la signora Bottiglia, – una bustina di lievito di birra. Domani voglio fare la torta paradisa. Abbiamo a pranzo il Purillo.

– Il Purillo da solo? – si stupí mia madre.

– Sí, perché la Raffaella è andata al mare, col Pepè. Ha avuto un brutto mal di gola, quel Pepè. Due tonsille come lamponi.

– Ma ne ha sempre una, quel Pepè, – disse mia madre, tastandosi il collo. – Curioso che se pigio forte, ancora mi duole. Saranno le tonsille, può essere.

– E dopo che ha finito le commissioni, – disse mia madre, – la Elsa va sempre a passare il pomeriggio dai suoi amici, i signori Campana.

Ho conosciuto i Campana al tempo dell'università.

– Hanno una bella casa, in via Novara, – disse mia madre. – Sono molto, molto benestanti.

– I Campana? – disse la signora Bottiglia.

– I Campana.

– Li conoscono anche le bimbe, questi Campana, – disse la signora Bottiglia. – Ma lui ha avuto un infarto, e adesso è in clinica.

– Un infarto, ha avuto? – disse mia madre. – E com'è che non m'hai detto niente? – disse a me. – Ma quando l'ha avuto, questo infarto?

– L'altro mese, – disse la signora Bottiglia.

– Un infarto? Consalvo Campana?

– Consalvo Campana.

– Ma tu com'è che non m'hai detto niente, dell'infarto? – mi disse, quando la signora Bottiglia fu tornata, col suo cappellone, a zappare.

– Era piccolo, – dissi.

– Piccolo? un piccolo infarto?

– Piccolo o grande, l'hanno portato in clinica, – riprese dopo un poco. – E tu com'è che non m'hai detto niente? Avrei scritto un biglietto, mandato due fiori. I Campana son sempre così gentili con te.

– Li ho mandati io, i fiori, – dissi.

– Ah li hai mandati? che fiori?

– Rose.

– Che colore?

– Bianche.

– Ma le rose bianche si mandano alle spose e alle partorienti, – disse mia madre. – Era meglio garofani, per un uomo.

– E dove le hai trovate le rose in questa stagione? – disse. – Avrai speso un patrimonio, avrai speso.

Mentre mi vestivo nella mia stanza, entrò la Giuliana Bottiglia.

— Disturbo? — disse.

Portava una gonna bianca a piegoline, una maglia bianca, e
aveva sulle spalle un fazzoletto, dov'era stampata la pianta di
Londra.

— Londra? — dissi.

— Londra, sí. Me l'ha portato Gigi Sartorio, quando c'è stato
l'ultima volta.

— Cosa ci va a fare, Gigi Sartorio, a Londra?

— Scambi commerciali.

— E cosa scambia?

— Scambia, non so.

— Ti fa la corte, Gigi Sartorio?

— No. Solo un amico.

— Erano belli i tornei?

— Belli, sí. Hanno vinto quelli di Cignano. Il Terenzi ha perso.

— Quello perde sempre.

— Sempre, no. Oggi ha perso.

S'era seduta, e si faceva le onde col pettine.

— Non sono piú tua amica, vero? — disse.

— Ma finiscila, — dissi.

— Una volta, eravamo amiche. Non avevi segreti con me.

Disse: — È il tuo ragazzo, vero?

M'ero chinata e cercavo, sotto il letto, le scarpe.

— Devo andare, se no parte l'autobus, — dissi.

— È il tuo ragazzo, lo so.

Ora camminavamo giú per il sentiero. Reggevo nella rete i
libri della biblioteca « Selecta », rilegati in azzurro.

— E se almeno tu avessi l'aria contenta, — disse, — non ti chie-
derei niente. Invece non hai mica l'aria contenta.

Disse: — Certe volte, dal cancello, ti guardo passare. Hai un
modo di camminare, che si capisce che non sei contenta.

— Butti indietro i capelli, fai i passi lunghi, fai la spavalda. Ma
intanto fai la bocca triste.

— È vero che Gigi Sartorio prende la morfina? — dissi.

— Non prende nessuna morfina. Prende adesso la cibalgina,
perché ha male al braccio.

– Ti aspetto da piú d'un'ora, – disse il Tommasino.

– Ho perso l'autobus di mezzogiorno, ho dovuto aspettare quello dopo.

– E com'è che hai perso l'autobus?

– Ero con la Giuliana Bottiglia, mi ha voluto accompagnare, parlava, e cosí ho fatto tardi.

– Perché perdi il tempo con quella stupida?

– Lo sa, di me e di te, – dissi.

– Lo sa? e come lo sa?

– Perché ci hanno visti in un bar, la Maria sua sorella, e la Maria Mosso.

– E cosa dicono di noi, tutte queste Marie?

– Non so. La Giuliana, – dissi, – trova che non ho l'aria contenta.

– È una stupida.

– Perché? Invece ho l'aria contenta?

– Io non so che aria hai, – disse.

– E non ti sembra brutto, di non saperlo?

– Non mi sembra né brutto né bello. Non mi pongo il problema.

– Grazie, – dissi.

– Cosa grazie?

– Grazie, cosí.

– Come sai essere odioso, – dissi. – Che personaggio odioso sai essere.

Eravamo in via Gorizia; e dissi:

– Oggi non mi va di salire.

– E allora perché siamo venuti fin qua?

Camminavo, e mi veniva dietro; camminavo a caso, dondolando la rete coi libri.

– Dammi la rete, – disse, – te la porto io. Almeno potevamo lasciarla dal portiere di via Gorizia, questa maledetta rete. Non è stufa di leggere tanti romanzi, tua nonna?

– Non è mia nonna, – dissi, – è mia zia.

– Zia o nonna, – disse, – quello che è.

– Sai benissimo che è mia zia, – dissi. – Sei preciso come un impiegato del catasto, e hai una diabolica memoria. Hai detto cosí per farmi male.

– È vero, – disse, e rise. – Lo so che non è tua nonna, è tua zia. L'ho detto per rabbia, perché ho aspettato, e non mi piace aspettare.

– L'ho preso in odio, quel portoncino della biblioteca « Selecta », mentre ti aspettavo, – disse.

– Avevo paura, – disse, – che ti fosse successo qualcosa. Che stessi male, o che si fosse rovesciato l'autobus.

Disse: – Allora la bimba Bottiglia trova che non hai l'aria contenta?

– Ma perché non sei contenta? – disse.

– Quando sono là a casa mia, alla Casa Tonda, – disse, – guardo là dov'è la tua casa. Guardo, e penso: « Cosa farà adesso? Sarà triste, sarà contenta? »

– Ti fa piacere che penso cosí, quando sono là solo?

– Ti sembra poco, – disse, – quello che ti do io? Poco amore?

– Sí, – dissi, – mi sembra poco amore.

– Pure è tutto quello che posso darti, – disse. – Non posso darti di piú. Non sono un romantico. E ho una natura solitaria, sto solo. Non ho amici, non cerco nessuno.

– Le donne, – disse, – sono contente con gli uomini appassionati, romantici.

– Ma ero disperato, mentre t'aspettavo poco fa su quell'angolo di strada. Dicevo: « Come farò se non viene? se è morta? »

– Se è morta, dicevo, come vivrò?

Eravamo ora nel parco, e camminavamo tra gli alberi spogli, calpestando l'erba bruciata dalla brina.

– Quella stanza di via Gorizia, – lui disse, – è tetra. Potremmo prendere un'altra stanza, in una piú bella strada. Potremmo prendere tutta una casa. Ce lo vieta qualcuno?

– Vuoi, – disse, – che cerchiamo una casa, bella, comoda, con tutta una cucina, dove possiamo anche farci un po' da mangiare?

– Ma vale la pena, per cosí poche ore? – dissi. – Due pomeriggi soli, il mercoledí e il sabato?

– Come non vale la pena? non vale la pena, anche per poche ore, star bene?

– Vuoi che andiamo in via Gorizia, adesso, un poco? – disse.

Ero rientrata appena; e mangiavo, seduta al tavolo di cucina. Mia madre vuotava la rete sul tavolo, tirava fuori uno per uno i libri della « Selecta », guardava il frontespizio increspando le labbra.

– « La gatta sul tetto che scotta », – lesse. – Oh, povera bestia.

– E dov'è il lievito di birra? – disse. – Te ne sei scordata?

– Sí.

– A che cosa serviva, il lievito di birra? – disse la zia Ottavia. – Non dobbiamo fare nessuna torta.

– Ma non era per noi, era per Villa Bottiglia, – disse mia madre. – Le bimbe là, quando gli do qualche commissione, si ricordano sempre.

Suonarono al cancello.

– E chi può essere, a quest'ora? – disse mia madre. – Sono quasi le undici. Dio mio, sarà un telegramma.

L'Antonia staccò dal chiodo la grossa chiave rugginosa, e andò ad aprire il cancello.

– Presto, presto, – diceva mia madre, – sarà un telegramma.

– È il signore della Casa Tonda, – disse l'Antonia riappendendo al chiodo la chiave. – L'ho fatto passare in salotto.

– Della Casa Tonda? che signore? – disse mia madre.

Io andai nel salotto, e mia madre venne dietro a me; e il Tommasino era là, in piedi, col suo cappotto corto, sbottonato, con in mano un pacchetto.

– Il lievito di birra, – disse. – M'era rimasto in tasca.

– Ah il lievito, – disse mia madre. – Non occorreva che ti disturbassi per cosí poco, Tommasino, a quest'ora.

– Siediti, – disse.

Mio padre s'affacciò alla porta, con la pipa.

– Oh buonasera, caro Tommasino, – disse. Mio padre vuole bene al Tommasino, perché voleva bene al vecchio Balotta, e si erano trovati insieme, nella prima guerra, sul Carso.

– Tommasino, possiamo offrirti qualcosa? – disse mia madre.

Disse: – Allora oggi vi siete incontrati in città, e avete fatto le spese insieme?

E si era messa in poltrona, e si aggiustava sul petto la baverina di ricamo.

– E come sta tua zia, la Magna Maria? Devo andare a trovarla, uno di questi giorni, che m'ha promesso d'insegnarmi il *petit point*. Lei fa dei tappeti, dei copriletti, al *petit point*. È tanto industriosa, tanto brava, come è brava, – disse, entrando nello spirito della Magna Maria.

– Hai già cenato, Tommasino? – dissi.

– Io sí, e tu? – disse lui.

– Ah vi date del tu. Certo, vi conoscete fin da bambini, – disse mia madre.

– Giocavate insieme, – disse, – da bambini, nel giardino della Magna Maria. E il Barba Tommaso vi portava ad arrampicarvi su quelle rocce, dietro la casa, là dove poi hanno ammazzato, poverino, il Nebbia.

– Io non mi ricordo, – dissi.

– Io mi ricordo un poco, – disse il Tommasino. – Avevi certi grembiali lunghi, tutti a fiocchi.

– Erano orrendi quei grembiali, – dissi.

– Erano molto graziosi, – disse mia madre. – Li ricamavo io. Mi piace ricamare. Ma non ho mai imparato il *petit point*.

– Avremo giocato insieme, tutt'al piú, due o tre volte, – dissi.

– E poi vi siete persi di vista, – disse mia madre. – Sembra strano, si vive a due passi, è un paese che è un guscio di noce, eppure non ci si vede mai. Noi non frequentiamo piú nessuno. Solo qualche volta i Bottiglia. Era per loro il lievito di birra. Io non ne faccio uso. Mi trovo meglio con la Schiuma d'Angelo.

– E cos'è la Schiuma d'Angelo? che nome romantico, – disse mio padre.

– Anche la Schiuma d'Angelo, – disse la zia Ottavia, – non è altro che lievito di birra.

Era entrata, e s'era seduta in un angolo, sulle ginocchia i libri rilegati in azzurro.

– Lievito di birra, la Schiuma d'Angelo? ma sei matta, – disse mia madre.

– Andavano bene i libri che abbiamo preso? – disse il Tommasino.

– Ah ma siete stati insieme anche alla « Selecta »? – disse mia madre. – È una buona biblioteca, la « Selecta », si trova di tutto, anche romanzi stranieri. Mia sorella legge tanto, io non posso, non ne ho il tempo, sono troppo occupata con la casa, non sto mai ferma un minuto. E poi ho troppi pensieri, troppi dispiaceri, non riesco a perdermi in un romanzo. Ho i figli cosí lontani. Lo ricordi, Tommasino, il mio Giampiero?

– Lo ricordo, – disse il Tommasino, – e come sta?

Era là seduto con le mani sui ginocchi, con un'aria gentile, sottomessa, come addomesticato.

– S'è fatta una bellissima posizione, – disse mia madre, – a Tobago, nel Venezuela. Avrebbe desiderato lavorare qui nella fabbrica, ma con l'ingegner Guascogna non si sono messi d'accordo, e cosí se n'è andato tanto lontano.

L'ingegner Guascogna è il Purillo.

– Se ci fosse stato ancora tuo padre, o il povero Vincenzino, era diverso, – disse mia madre. – Povero Vincenzino, che destino triste.

Disse: – Ci sono tante cose tristi nella vita. Perché leggere romanzi? Non è un romanzo, la vita?

Disse: – Lo sai che la mia Teresita è finita nel Sud Africa? Tu la ricordi? Ora è mamma. Succedono anche laggiú tante cose, io non sto mai tranquilla. Ho dispiaceri, ho pensieri, mi duole sempre la testa, proprio qui sulla nuca, nel cervelletto. Sono stata ieri dal dottore, con la Elsa, m'ha trovata esaurita, e m'ha trovato la pressione alta. È bravo questo nuovo dottore, è molto attento, preciso, scrive tutto. Oggi anzi mi sono sentita sempre bene, solo ho come un raspio nella gola, come avessi ingoiato dei chiodi, devono essere le tonsille.

– Ho a casa, – disse il Tommasino, – delle pastiglie alla penicillina, per il mal di gola. Domani gliele porto, se crede.

– Ah alla penicillina? – disse mia madre. – Io sono un po' contraria alla penicillina, per dirti la verità. Forse perché so che è fatta di muffa. Curano la gente con la muffa, ora, è strano.

Disse: – Perché non vieni a cena, domani? Portami quelle pastiglie, le proverò, forse mi fanno bene.

Disse: – E l'ingegner Guascogna, come sta?

– E la Raffaella? e il Pepè?

– Anche lui ha avuto male alla gola, eh, il Pepè?

– E cosí allora l'hanno portato al mare?

– Chissà se anche a me farebbe bene il mare?

– Ma come posso lasciare la casa, per andarmene al mare? E poi non abbiamo mica tanti soldi da spendere.

– Con la pressione alta, farà bene il mare?

Staccai dal chiodo la chiave, me ne andai col Tommasino al cancello.

– Mi sono comportato bene? – disse.

– Bene, sí. Eri buffo.

– Ero buffo? Non eri contenta?

– Perché sei venuto? – dissi.

Disse: – Per portare il lievito di birra.

– Son venuto, – disse, – per provare.

– Per provare?

– Per provare, sí.

– Provare a vedermi, nella mia cornice?

– Sí.

– E che effetto ti ho fatto, nella mia cornice?

– E io? che effetto ti ho fatto, nella tua cornice, io?

Mia madre, sulle scale, si stava chiedendo se doveva o no invitare, col Tommasino, a cena anche Gigi Sartorio.

– Forse no, per via di quel braccio, – disse. – Che impressione può fare, a una tavola, un invitato con un braccio teso sopra un'assicella?

– Ma com'è che mi avevi detto che te n'eri scordata, del lievito? non te n'eri scordata, l'avevi preso, e l'avevi dato al Tommasino.

– Che bel giovane, – disse la zia Ottavia.

– Bello, sí. Dei figli del Balotta, è sempre stato il piú bello, – disse mia madre.

Disse: – Ma com'è che t'è venuto in testa di portartelo dietro alla « Selecta »?

Disse: – Ma com'è che gli è venuto in testa di venire fin qui cosí tardi, per un poco di lievito?

– E m'è anche toccato invitarlo a cena. Gli farò il sufflé di spinaci.

– E lo zabaione. Posso fare anche lo zabaione, se non invito Gigi Sartorio, che loro l'hanno avuto ieri sera.

– Troppe uova, – disse la zia Ottavia. – Uova nel sufflé, uova nello zabaione. Meglio finire con una crostata.

– E nella crostata, non ci sono le uova?

– Tommasino, – disse mia madre, – prendi ancora un po' di sufflé. È molto leggero.

Disse: – Volevo invitare anche Gigi Sartorio, ma non sapevo se t'avrebbe fatto piacere. E poi ora è cosí ingombrante, con quel braccio. Si teme sempre che possa sbattere contro qualcosa.

Disse: – È un po' strano, quel Gigi Sartorio. Dicono che è morfinomane, chissà se è vero?

– Tu, Tommasino, cosa credi?

– Dicono che ha dei gusti strani, – disse ancora mia madre. – Va molto all'estero, avrà preso strane abitudini, forse, chissà. Suo padre, il generale, è una persona molto distinta.

– Dicono che ha dei gusti strani, io non so. Tu lo conosci bene, Tommasino?

– Il generale Sartorio?

– Ma no, il figlio. Il generale davvero non ha gusti strani. Un uomo cosí metodico.

– Dicono in paese, – disse la zia Ottavia, – che Gigi Sartorio è fidanzato con la Giuliana Bottiglia.

– Macché, – disse mia madre, – figurati. Sono solo due buoni amici, due buoni compagni. Lui per esempio l'altra mattina è venuto a prenderla, sono andati al tennis, a vedere i tornei. E tu giochi al tennis, Tommasino?

– No, – disse il Tommasino, – io non faccio nessuno sport.

– È male, – disse mia madre, – pure sei alto, hai la figura d'uno sportivo. La nostra Elsa, qui, prima frequentava il Circolo del Tennis. Giocava bene, dicevano che aveva un tiro lungo, un bel tiro. Ma poi ha smesso di andare, chissà perché.

– E il mio Giampiero, – disse, – quand'era qui, era appassionato di sport. Adesso, nel Venezuela, s'è impigrito, dev'essere il clima. Difatti, quando è venuto in vacanza, ho visto che aveva perduto il suo bel colore.

– E anche tu non hai mica un bel colore, Tommasino, – disse.
– Sei sempre un po' pallido. Posso dirtelo, sono una mamma. Sei
sempre un po' pallido. Forse è la vita sedentaria che fai.

– Io son cosí di colore, – disse il Tommasino.

– No, non sei cosí di colore. Da bambino, eri bianco e rosso,
una mela.

– E allora una delle bimbe Bottiglia è fidanzata? – disse il Tommasino.

– Ah le chiami bimbe Bottiglia anche te? – disse mia madre.
– Credevo che le chiamassimo cosí solo noi, qua in casa. Non sono
piú delle bimbe, purtroppo.

– Perché purtroppo? – disse mio padre.

– Purtroppo, – disse mia madre, – perché non sono ancora
sposate. Per una donna, il matrimonio è il destino piú bello, un
matrimonio felice. Non disgraziato, sennò meglio niente, si sa. Tu,
Tommasino, hai avuto la triste esperienza d'un matrimonio disgraziato, nella tua famiglia. Il povero Vincenzino.

– E forse è per questo, – disse, – che ancora non ti sposi. Vuoi
riflettere a lungo, hai ragione. Del resto, come uomo, sei ancora
molto giovane.

– Io, – disse la zia Ottavia, – non mi sono sposata, e sono contenta cosí.

– Tu, – disse mia madre, – per il matrimonio non eri tagliata.
Ti piace troppo fare i tuoi comodi.

– I miei comodi? e quando mai faccio i miei comodi? – disse
la zia Ottavia.

– Ma no che non s'è fidanzata, la Giuliana Bottiglia, – disse
mia madre. – Sono tanti anni che si vedono sempre insieme, lei
e il Gigi Sartorio. Se fossero fidanzati, sarei io la prima a saperlo.
Con la madre, la Netta Bottiglia, siamo insieme dalla mattina
alla sera.

– Come vanno i tuoi studi, caro Tommasino? – chiese mio
padre.

Il Tommasino, attorcigliandosi i capelli attorno alle dita, si
mise a parlare della programmazione lineare.

Passammo a prendere il caffè in salotto.

– Sei di idee socialiste, Tommasino? – disse mia madre. – Questa programmazione lineare, se ho sentito bene, è qualcosa di socialista?

Non potevo permettere che mia madre s'impadronisse della programmazione lineare.

– Ma non c'entra niente il socialismo, – dissi. – Inutile voler parlare di quello che non si capisce.

– Ho capito benissimo, io, – disse mia madre. – Il mio povero fratello, non so se l'hai sentito nominare, Tommasino, si occupava di queste cose anche lui. È morto qualche anno fa, si chiamava Cesare Maderna.

– Tuo fratello, – disse mio padre, – era impiegato alle ferrovie. Come poteva aver da fare con quello di cui parlava il Tommasino?

– Ma era un uomo politico, – disse mia madre. – È stato candidato al Parlamento. Era socialista. Un grande socialista, come tuo padre, Tommasino.

– Salvo che poi però s'è iscritto al fascio, – disse mio padre.

– Cosa importa questo? ·doveva farlo, sennò perdeva l'impiego. Ad ogni modo prima era un uomo politico, e si occupava di problemi sociali, appunto come adesso il Tommasino. Non è vero, Ottavia?

– Il nostro povero fratello, – disse la zia Ottavia, – era solo un modesto impiegato delle ferrovie. Da giovane si occupava, un poco, di politica, senza molto successo però. Non è mai stato candidato al Parlamento. Tu, Matilde, confondi col cugino Ernesto. Il cugino Ernesto, sí, è stato candidato al Parlamento. Ma il nostro povero fratello, mai. Era solo un gran galantuomo. Si era iscritto, sí, al fascio, ma la camicia nera non se l'è messa mai. L'aveva, ma non la metteva.

– E cosa gliene importava, anche se perdeva l'impiego? – disse mio padre. – Sua moglie era ricca, lui campava lo stesso. Sua moglie, – disse rivolto al Tommasino, – era una Terenzi, di Cignano. Vigne, boschi, pascoli, un bel patrimonio. Non avevano figli, e morendo han lasciato tutto ai preti.

– È stata lei, la moglie, – disse mia madre. – Lui non li poteva vedere, i preti. Ma era già morto, quando è morta lei.

– Una Terenzi di Cignano, – disse il Tommasino. – Parenti di questi Terenzi di qui?

– Parenti lontani.

– E invece il cugino Ernesto, – disse la zia Ottavia, – i fascisti l'hanno picchiato, è stato in prigione, anche. È morto povero.

– E la figlia di lui, del cugino, – disse mia madre, – aveva una voce bellissima. È andata in America, e cantava nei piú grandi teatri. Poi, di colpo, le è sparita la voce. Ora non può piú cantare nemmeno l'Inno di Garibaldi.

– È stato perché s'è trovata, là in America, in un incendio, – disse la zia Ottavia. – Bruciava l'albergo, una notte, e lei doveva saltare dalla finestra, e tutti le gridavano di saltare, e lei stava là a cavalcioni sul davanzale, e non saltava. E poi è saltata, che sotto, si sa, avevan messo la rete di sicurezza. È saltata, ma le è sparita la voce.

– Un po' lo spavento, un po' il fumo, – disse mia madre.

– Ora però, – disse la zia Ottavia, – s'è consolata, e ha sposato un dentista.

– Perché dopo che le è sparita la voce, – disse mia madre, – era diventata, dal dolore, come pazza, ed è stata ricoverata in una clinica. E lí passava, una volta alla settimana, un dentista, per vedere i denti alle malate. E cosí s'è innamorato di lei. Aveva una bocca bellissima.

– Cosí abbiamo sentito tutta la storia della figlia del cugino Ernesto, – disse mio padre.

– La Ada, – disse mia madre, – non te la ricordi tu la Ada? Non la vediamo piú da tanti anni, ma era una gran bella donna.

– Questa storia, – disse mio padre, – me l'avrete raccontata milioni di volte. E cosa volete che gliene importi, al Tommasino, di persone che non ha mai visto, e che non vedrà mai?

– Si fa per fare un po' di conversazione, – disse mia madre. – Vuoi mica che stiamo qui tutta la sera a guardarci negli occhi? Si racconta, si parla. Chi dice una cosa, chi un'altra.

Disse: – Tommasino, vuoi che ti cucia quel bottone, lí alla manica? Lo perderai sennò.

Disse: – Questo cappotto è un pochino sciupato. Perché non dici a Gigi Sartorio che ti porti da Londra, la prima volta che ci andrà, un montgomery? sono molto pratici.

Disse: – Non sei mica offeso se ti ho detto cosí? Non sono una mamma?

– È molto educato, – disse mia madre a mio padre, quando furono soli nella loro stanza. Io, di là dalla parete, sentivo.

– Si vede, – disse mia madre, – che quel collegio di Salice è un buon collegio.

– Forse non è poi cosí stravagante, – disse. – Forse quelle piccole stravaganze, sono vizi di giovinezza.

– È molto simpatico, – disse. – Ha il naso della signora Cecilia, che aveva un bel naso. La bocca è della Magna Maria.

– Non ci vedo nessuna traccia della Magna Maria, nel Tommasino, – disse mio padre.

– Perché tu Ignazio, – disse mia madre, – non capisci le somiglianze.

– E allora che effetto ti faccio, nella mia cornice? – dissi.

Eravamo là nella stanza di via Gorizia, e io stavo sdraiata sul letto, e il Tommasino era seduto al tavolo, coi due gomiti appoggiati al tavolo, e fumava.

– Un effetto sinistro, no? – dissi.

– E io? – disse. – Che effetto ti faccio, nella tua cornice, io?

– Tu, – dissi, – ci sei sempre, nella mia cornice. Non te ne vai mai.

– Ti tengo sempre là con me, – dissi, – fra le cose mie, e ti parlo, e tutto continua, come quando siamo insieme qui. Tu invece, mi stacchi da te. Torni là, nella tua Casa Tonda, e non ci sono io. Ogni tanto, ma solo ogni tanto, guardi giú verso la mia casa. Ma solo ogni tanto, e come per sbaglio.

– Io, – dissi, – non ti stacco mai da me. Ti tengo là, fra le cose mie. Se no certe volte, la mia cornice, non potrei sopportarla.

– Pure la sopportavi, – lui disse, – quando non esistevo ancora, io, per te.

– Sí, la sopportavo, – dissi. – Mi pesava, ma la sopportavo. Ma non sapevo, allora, che la vita potesse avere un altro passo. Lo immaginavo, cosí, vagamente, ma non lo sapevo.

– Non sapevo, – dissi, – che la vita potesse andare di corsa, suonando il tamburo.

– Per te, non è cosí, – dissi. – Per te la vita, dopo che ci sono io, ha conservato il suo solito passo, e non suona.

– Suona un poco, – lui disse, – suona un poco, sí, anche per me. Non proprio tanto forte, ma suona.

Disse: – Però vorrei essere andato lontano, in qualche luogo all'estero, e averti conosciuto per caso, in una strada qualunque, ragazza mai vista prima. Vorrei non saper niente di te, niente dei tuoi parenti, e non incontrarli mai.

– E invece, – io dissi, – siamo cresciuti nello stesso paese, e abbiamo giocato insieme, bambini, alle Pietre. Ma a me, questo, non mi disturba. Non me ne importa niente.

Dissi: – Non me ne importa, e anzi m'intenerisce perfino un poco. E da quando tu esisti per me, quel nostro paese là è come se fosse diventato una terra sconosciuta, grandissima, e tutta piena di cose imprevedibili, drammatiche, emozionanti, che possono succedere in qualunque minuto. Può succedermi, per esempio, di andare sulla piazza a impostare, e vedere la tua macchina ferma davanti alla Concordia. O vedere le tue sorelle, o vedere la Magna Maria.

– Non capisco, – disse. – Ti sembra emozionante, vedere la Magna Maria?

– Vedere la Magna Maria, – dissi, – mi fa battere molto il cuore.

– Non capisco! – disse. – Io quando incontro tuo padre, nel corridoio della fabbrica, non mi sento affatto battere il cuore.

– Ho molta stima per tuo padre, – disse, – ma ti giuro che non mi fa battere il cuore!

– Perché tu non sei innamorato di me, – dissi. – Questa è l'unica spiegazione.

– Nella tua vita, – dissi, – da quando io esisto per te, non c'è nessun cambiamento.

– E per questo, – dissi, – vai almanaccando, se m'avessi incontrato all'estero, se tutto fosse successo in un altro modo. E invece per me va bene, cosí com'è andata. Che abbiamo giocato insieme, da bambini, con dei brutti grembiali.

– Eri tu che avevi dei brutti grembiali, – disse. – Io, in vita mia, mai ho portato grembiali.

– Dici che non sei un romantico, – dissi. – E non è vero, sei un romantico, invece. Vuoi donne velate, città sconosciute, non famiglie, non parenti. Questo vuol dire essere un romantico.

– Ne ho già tanti io, di parenti, – disse, – un lungo corteo.

– Ho un corteo di parenti, lungo come una serpe, – disse. – Non ne vorrei altri, no. Mi bastano i miei.

– Quando sei venuto a casa mia, l'altra sera, col lievito, – dissi, – hai detto che volevi provare. Cosa volevi provare?

– Volevi provare, – dissi, – a essere il mio fidanzato? e hai visto che non ti riesce? che non ti piace?

– Ho visto, – disse, – che mi è un po' difficile.

– E cosí ora non sarà piú bello nemmeno venire qui, – dissi. – Ora che ci siamo trovati là insieme, a casa mia, con i miei genitori, prima in salottino, poi nella stanza da pranzo, poi di nuovo nel salottino, ora che hai bevuto il caffè nelle nostre tazze coi fiorellini, ora che hai sentito le storie del cugino Ernesto, mi sembra che non mi piacerà piú trovarmi con te, qui, in questa stanza, e neppure cambiare con te i libri alla «Selecta», e neppure passeggiare con te al parco. Perché sempre penserò questo, che hai voluto provare a essere il mio fidanzato, e non t'è riuscito, non t'è piaciuto. Sempre penserò che io ti vado bene, cosí, come ragazza, ma non ti vado bene come moglie.

– Ho sempre detto, – lui disse, – che non ti volevo sposare.

– È vero, – dissi, – sempre lo dicevi. E io dicevo: «pazienza». Ne soffrivo, ma dicevo «pazienza». «Meglio di niente» dicevo. Ma ora hai provato, hai voluto vedere se, per caso, non ti sbagliavi. E hai visto che non ti sbagliavi, che davvero non puoi. E io ora, davanti a questo, non riesco piú a dire «pazienza». Per me è un dolore, che non so tollerare.

Dissi: – Mi ha fatto cosí tenerezza che tu sia venuto a casa mia, l'altra sera, con quel lievito. E mi piaceva tanto vederti là, vivo, nel nostro salottino, dove io ti pensavo sempre. Ma invece, cosí, s'è sciupato tutto. Ora non possiamo piú nemmeno star qui. M'è venuta in odio questa via Gorizia, questa stanza.

E cominciai a piangere. Dissi:

– Ma perché abbiamo sciupato tutto?

– Ah no, – lui disse, – almeno non piangere! ho in odio veder piangere le donne!

Ma io piangevo, e dicevo, anch'io, come la Cate:
— Ma perché s'è sciupato tutto?

La sera del giorno dopo, il Tommasino venne a parlare a mio padre. S'era messo un vestito scuro. Aveva chiesto consiglio alla Betta, e la Betta gli aveva detto che il vestito scuro era indispensabile.

Mio padre aperse, per l'occasione, una bottiglia di moscato della nostra vigna, vecchio di nove anni.

Mia madre era cosí emozionata, che rimase sveglia tutta la notte. Svegliava anche mio padre, e gli diceva:
— Ma tu l'avevi pensato?
E diceva:
— Io, quando me lo son visto davanti l'altra sera, con quel pacchetto in mano, l'ho quasi pensato.
Poi diceva:
— Ma i beni immobili, a quanto potranno ammontare? dev'essere una bella cifra! eh?
Mio padre, insonnolito, diceva:
— Non lo so.
— Non lo sai? Non lo sai tu, il notaio? Bel notaio! e allora chi è che lo sa?

Appena fu mattina, corse a raccontare tutto alla signora Bottiglia. Ma la signora Bottiglia lo sapeva, perché gliel'aveva detto la Betta, venuta all'alba a portarle della verdura.

E anzi lo sapeva ancora prima, che c'era qualcosa. Lo sapeva da un pezzo.

Gliel'aveva detto sua figlia, la Mariolina, che aveva visto un giorno me e il Tommasino in città, seduti in un caffè, a tenerci le mani.

— Impossibile, — disse mia madre. — Figurati se la Elsa, in un luogo pubblico, si lascia prender le mani da un uomo. La tua Maria chissà cos'avrà visto.

Ed era un po' delusa, perché la signora Bottiglia non si stupiva; e lei aveva sete di suscitare stupore, e tutta la notte aveva pregustato il piacere di vedere stupore negli occhi della sua vecchia amica, sormontati di grosse lenti, e sempre accesi d'una piccola scintilla verde, incredula e maliziosa.

La signora Bottiglia disse:

– Noi mamme, siamo sempre le ultime a saperle certe cose.

E raccontò in segreto a mia madre che anche sua figlia Giuliana stava per fidanzarsi col Gigi Sartorio. Ma aspettavano, perché a lui dovevan prima togliere l'ingessatura.

– Cosa c'entra l'ingessatura? – disse mia madre. – Per fidanzarsi non c'è mica bisogno del braccio.

– Ma il dottore, – disse la signora Bottiglia, – s'è raccomandato che non abbia emozioni, che non sudi, e che non faccia strapazzi.

– È mica uno strapazzo, fidanzarsi, – disse mia madre. – Non c'è mica bisogno di sudare.

Tornata a casa, corse a raccontarlo alla zia Ottavia, della Giuliana e del Gigi.

– Sarà piuttosto che lui deve aspettare, per sposarsi ben guarito della morfina, ecco come sarà!

Il Tommasino prese a venire da noi ogni sera. Cadde, nell'inverno, molta neve, e lui arrivava coi capelli pieni di neve. E mia madre diceva:

– Ma com'è che giri senza cappello?

A volte, giocava con mio padre a scopone. A volte stavamo nel salottino, lui e io, con la zia Ottavia che leggeva romanzi.

Mia madre diceva:

– Lascio qui la zia, perché con due fidanzati si usa che stia sempre qualcuno.

Parlava della zia come fosse stata una sedia. E difatti la zia Ottavia si comportava come una sedia, muta, immobile. Non alzava gli occhi dal libro.

C'era, però. E noi non trovavamo niente da dirci, per la presenza di quella testa dalle trecce lanose, là, sotto la lampada.

Lui si attorcigliava i capelli attorno al dito. Io lavoravo a maglia.

E a me sembrava impossibile che fosse mai esistita una via

Gorizia, una stanza con un fornellino dietro una tenda, dove, a volte, facevamo il caffè.

Andavamo ancora, sovente, in città. Ma non andavamo piú in via Gorizia. Evitavamo, anzi, di passare per quella strada.

Io non sapevo nemmeno se lui teneva ancora quella stanza, se continuava a pagare l'affitto.

Evitavamo certi discorsi. Raramente parlavamo del tempo di prima, quando ci vedevamo là in via Gorizia. Tutt'e due fingevamo che quel tempo non ci fosse mai stato.

Andavamo dai mobilieri, dai tappezzieri, per contentare mia madre.

E mia madre chiedeva, al nostro ritorno:

– Avete ordinato la controcredenza? Siete stati a vedere per quel divano?

Poi mia madre si mise in testa di venirci dietro, ogni volta che scendevamo in città. Camminava nella città col suo passo lentissimo, fermandosi ad ogni vetrina; e le ore diventavano interminabili.

Mia madre voleva, per la Casa Tonda, quadri e tappeti. Voleva stiparla da cima a fondo, che non ne restasse un centimetro quadrato scoperto.

E la notte, quando stentava a trovar sonno, galoppava con la sua fantasia, faceva il diavolo nella Casa Tonda, rompeva muri, sfondava pavimenti, innalzava colonnati, arcate, dai terrazzi ricavava bagni, e dai bagni ricavava terrazzi.

Anche, nel dormiveglia, licenziava la Betta. La Betta aveva detto alla signora Bottiglia che il Tommasino meritava una moglie piú bella e piú ricca di me, e la signora Bottiglia l'aveva subito riferito a mia madre. Cosí mia madre licenziava la Betta, rappresentandosi una scena in cui la sorprendeva a rubare. Aveva, per la Betta, poche amare, contegnose parole. Assumeva al suo posto la vecchia balia, quella della Gemmina, promettendole un forte aumento di salario. Questo lo faceva anche per far dispetto alla Gemmina, che le era antipatica.

La Gemmina ci aveva invitato a pranzo, me e il Tommasino, e ci aveva dato del coniglio. Mia madre trovava che era stata una grave mancanza di riguardo. Il coniglio le sembrava una pietanza poco eletta, niente indicata per festeggiare un fidanzamento.

E una volta che mia madre era stata a trovarla su alla Casetta, stancandosi le gambe nella salita, la Gemmina le aveva rifilato quattro biglietti per la mostra dell'artigianato, e un bruttissimo tovagliolino a festoni, che costava ottocento lire.

Mia madre poi, nel suo dormiveglia, licenziava il Purillo dalla fabbrica, non so in che maniera, e metteva il Tommasino al suo posto. Cambiava tutto l'ordinamento della fabbrica, e aumentava i salari agli operai. Al Borzaghi invece diminuiva lo stipendio, perché il Borzaghi le era antipatico, essendosi lei litigata con la moglie, una volta, in un negozio, perché la signora Borzaghi voleva essere servita prima.

Si era perfino dimenticata un poco i suoi mali, mia madre, nell'eccitazione; e quando se ne ricordava, dava la colpa alla Gemmina di un catarro che si sentiva nei bronchi, per quel giorno che era andata alla Casetta, e aveva sudato nella salita, e c'era il vento.

Eravamo invitati a volte, io e il Tommasino, a cena alle Pietre. Il Barba Tommaso urlava, indicandomi col dito:

– Ma chi è? chi è?

E la Magna Maria mi suonava gran baci sulle guance, e diceva:

– Brava, brava!

Tornando, il Tommasino chiedeva:

– Ti emoziona sempre, vedere la Magna Maria?

E io dicevo:

– Molto di meno.

– Allora, – lui diceva, – sei diventata piú come me, che non mi emozionavo mai a vedere quelli di casa tua.

– Sí, – dicevo, – forse sono diventata piú come te.

E lui mi chiedeva:

– Però sei contenta?

E io dicevo:

– Sí.

E i giorni correvano, con un ritmo sempre piú rapido, impetuoso, profondo, e tutta la mia vita avanzava, suonando il tamburo. Quel tamburo suonava in me cosí forte, che m'assordava.

Andavamo, io e il Tommasino, a passeggio per la campagna.

La neve cominciava a sciogliersi, ma ce n'era ancora qua e là qualche traccia, che il sole tingeva di rosa.

Diceva: – È più bello qui che al parco. Abbiamo fatto tante camminate, per quel parco, per la città. E invece era più bello qui, no?

Diceva: – Però tu non sei contenta. È vero che non sei tanto contenta?

E io dicevo: – Sí, è vero.

Ma non sapevo spiegare perché.

Lui diceva:

– Ma allora cosa vuoi?

Diceva: – Volevi che ti sposassi, e ti sposo. Cos'altro vuoi?

Dicevo: – Non so.

Diceva: – Come sei complicata! Come sono complicate e noiose, le donne!

Diceva: – E a casa ci aspetta una di quelle piccole serate nel tuo salottino, con la zia Ottavia?

Diceva: – E domani bisogna andare in città, con tua madre, a guardare i divani?

Diceva: – Ma se almeno tu fossi contenta! E invece no, non sei neppure contenta, e io non capisco cosa vuoi!

Dovevamo sposarci nel mese di luglio.

Eravamo scesi, un pomeriggio, in città, noi due soli, senza mia madre, che era rimasta a casa a lavorare attorno a un grande scialle spagnolo di pizzo nero, da cui voleva ricavare un vestito per il matrimonio.

Del resto era il giorno di Corpus Domini, tutti i negozi erano chiusi, e non avevamo niente di speciale da fare. Solo il Tommasino doveva passare un momento dal sarto, per la seconda prova del vestito nuovo che s'era ordinato, un sarto di cui gli aveva dato l'indirizzo il Purillo.

Cosí entrammo dal sarto, e io sedetti ad aspettare in un salottino. Venne poi fuori il Tommasino a farmi vedere il vestito, la giacca tutta piena d'imbastiture, col bavero di teletta.

Camminava su e giú davanti allo specchio, e il sarto gli veniva dietro con la bocca piena di spilli. Era un vestito scuro, che lui doveva mettersi al ricevimento in casa nostra, la sera prima del matrimonio.

Poi prendemmo a girare per la città, e finimmo al parco. Il Tommasino rifaceva il verso al sarto, che parlava con le *e* al posto delle *a*, essendo barese.

Disse: – Il Purillo deve avere un'amante barese, perché mi dà sempre indirizzi di baresi, era barese anche un garagista, da cui mi ha mandato.

Disse: – Ma chissà dove li pesca fuori, tutti questi baresi, il Purillo?

Eravamo stati, la sera prima, a cena a Villa Rondine. Dissi:
– Pensi che sia felice, la Raffaella, col Purillo?

Disse: – No, penso che sia profondamente infelice. Ha solo il Pepè.

Disse: – E come vuoi che possa essere felice, col Purillo?

Dissi: – E tu perché non cerchi di parlarle, di farla parlare? di aiutarla un poco?

– Perché non otterrei niente, – disse. – Anzi se le parlassi, se la facessi parlare, la renderei ancora piú infelice. Credi tu che sia possibile aiutare un'altra persona?

– Niente si può fare, per gli altri, – disse.

– La Raffaella, – disse, – certo non pensa d'essere infelice. Ha sotterrato tutti i suoi pensieri. È infelice, ma fa in modo di non dirselo, per poter vivere.

– E d'altronde, – disse, – si finisce sempre col vivere cosí.

– E anche tu, – dissi, – col tempo, andando avanti, finirai col sotterrare i tuoi pensieri? Credi questo, tu?

– Certo, – disse. – E anzi, in qualche modo, ho già cominciato. Altrimenti, come farei?

– In questi mesi, – disse, – ho sotterrato tanti miei pensieri. Gli ho scavato una piccola fossa.

– Cosa vuoi dire? – dissi. – In questi mesi, in questi ultimi mesi, da quando sei fidanzato con me?

– Ma sí, certo, – disse. – Lo sai anche tu. Stiamo quasi sempre zitti, ora, insieme. Ce ne stiamo quasi sempre zitti, perché abbiamo cominciato a sotterrare i nostri pensieri, bene in fondo, bene in fondo dentro di noi. Poi, quando riprenderemo a parlare, diremo solo delle cose inutili.

– Prima, – disse, – mi veniva di dirti tutto quello che mi passava per la testa. Ora non piú. Ora m'è sparita la voglia di raccontarti le cose. Quello che vado pensando, lo racconto un poco a me stesso, e poi lo sotterro. Poi, a poco a poco, non racconterò nemmeno piú niente a me stesso. Sotterrerò tutto subito, ogni vago pensiero, prima ancora che prenda forma.

– Ma questo, – dissi, – vuol dire essere infelice.

– Non c'è dubbio, – disse, – vuol dire essere molto infelice. Ma succede a tanta di quella gente. Una persona, a un certo momento, non vuole piú vedere in faccia la propria anima. Perché ha paura, se la guarda in faccia, di non trovare piú il coraggio di vivere.

– E tu sei stato tutti questi mesi, – dissi, – a vedere che ti succedeva questo, e a guardare come succedeva? A questo pensavi, mentre eravamo là nel salottino, la sera, con la zia Ottavia? che stavi voltando le spalle alla tua stessa anima?

– Certo, – disse, – a questo pensavo, là nel salottino. E a cosa, sennò?

Camminavamo per il parco, sul fiume. C'era folla, chiasso e musica, e avevano installato, sui prati dietro al castello, un Luna Park.

Accanto a noi la gente passava, passava, si radunava sulla balaustrata di pietra che s'affaccia sul fiume, e si gettava giú dalla scarpata erbosa, con grida e fischi, perché c'erano, quel giorno, le regate

Passavano sul fiume barche e barche, con bandierine che sventolavano. Anche il casotto dell'imbarcatoio, piantato su palafitte, era pieno di gente, e sul tetto sventolavano bandierine.

– Prima, – lui disse, – quando ci trovavamo là in quella stanza, in via Gorizia, io avevo sempre voglia di raccontarti quello che pensavo. Era bello, era una gran libertà, un senso di pieno respiro. Poi questa voglia mi s'è spenta del tutto, in questi mesi.

– E pensi, – dissi, – che non ti ritornerà mai piú?

– Oh no, – disse. – Una volta spenta, come può tornare?

– Prima, – disse, – potevo scegliere, se trovarmi con te un pomeriggio, o no. Ora invece, in questi mesi, ho sentito che non potevo piú scegliere, che dovevo venir da te senza scampo, là a casa tua, perché ormai avevo bell'e scelto, una volta per sempre. Dovevo fare quello che tutti si aspettavano che io facessi, quello che anche tu, con gli altri, ti aspettavi da me. Cosí, ho preso a sotterrare i miei pensieri. Non potevo piú guardare in faccia la mia anima. Per non sentir gridare la mia anima, ho girato le spalle, ho camminato lontano da lei.

– Ma è orribile, – dissi. – Mi hai detto delle cose orribili.

– E non lo sapevi, che era orribile? – disse. – Lo sapevi anche tu. Lo sapevi, e hai sotterrato questa consapevolezza. Hai fatto, anche tu, quello che tutti s'aspettavano che tu facessi. Sei andata, con tua madre, dai tappezzieri, dai mobilieri, e nei negozi di biancheria. E intanto, dentro di te, sentivi le grida lunghe della tua anima, ma sempre piú lontane, sempre piú fioche, sempre piú coperte di terra.

– Ma allora, – dissi, – perché ci siamo fidanzati? perché ci sposiamo?

– Per essere come tutti, – disse, – e per fare quello che tutti s'aspettano che facciamo.

– Non era, il mio per te, un grande amore, – disse. – Lo sai bene, te l'ho sempre detto, non era un grande amore appassionato, romantico. Era però qualcosa, qualcosa di intimo e delicato, e aveva una sua pienezza, una sua libertà. Tu e io, là in via Gorizia, soli, senza piani per l'avvenire, senza niente, siamo stati felici, in qualche nostra maniera. Abbiamo avuto là qualcosa, era poco, ma era pure qualcosa. Era qualcosa di molto leggero, di molto fragile, pronto a disfarsi al primo soffio di vento. Era qualcosa che non si poteva acchiappare, portare alla luce, senza che morisse. L'abbiamo portato alla luce, ed è morto, non lo riavremo mai.

– Vuoi che andiamo là, in via Gorizia, un momento? – disse. – L'ho tenuta sempre, quella stanza, ho pagato sempre l'affitto. Ci andavo, sai, qualche volta, mentre tu eri, con tua madre, dalla sarta, o nei negozi di biancheria. Andavo là, mi riposavo un poco, e qualche volta mi facevo il caffè. Sentivo un gran silenzio, una gran pace.

– Vuoi che andiamo, adesso, un momento là? – disse.

– Oh no, – dissi. – Mi farebbe troppa malinconia, Tommasino.

– Una cosa sola è vera, – dissi, – che io sono innamorata, e
tu no.

– Sono innamorata, – dissi, – ora, prima, sempre, e tu no.
Tu mai.

Andammo a prendere l'autobus. Non l'ultima corsa. Erano
solo le cinque del pomeriggio, non tramontava ancora il sole.

Era quasi vuoto, l'autobus, a quell'ora. Sedemmo l'uno accanto
all'altra. Non parlammo piú:

La mattina dopo, mi alzai, mi vestii piano piano, senza farmi
sentire da mia madre; e andai alla Casa Tonda.

Non c'ero stata mai da sola. C'ero stata, sí, con mia madre,
con la Gemmina o con la Raffaella, piú volte.

Il Tommasino mi venne ad aprire. Era già alzato, vestito, benché fosse presto; e s'era messo un grosso maglione grigio, peloso,
sebbene fuori cominciasse un giorno soleggiato, caldo.

– Salve, – mi disse, senza mostrare nessuno stupore. – Sono
malato, sono raffreddato, forse stanotte ho avuto un po' di febbre.
Per questo mi son messo il maglione.

Era là nella stanza da pranzo, col maglione calato sui fianchi
magri, e i polsini pieni di fazzoletti.

Aveva in mano una piccola spugna, e puliva il registratore.

– Vuoi parlare un poco nel registratore? – disse. – Fa impressione sentire la propria voce. In principio, io non lo sopportavo,
sentivo la mia voce odiosa, in falsetto. Poi adesso mi sono abituato. Ma fa impressione. Prova.

Io dissi: – No.

Me ne stavo seduta, con le mani nelle tasche della giacchetta;
e lo guardavo. Lo guardavo, guardavo la sua testa, i suoi capelli
arruffati, il maglione lungo, largo, le magre mani che non stavano
ferme, che gestivano sempre.

– Sono venuta a restituirti l'anello, – dissi.

E lo trassi di tasca, piccolo, con una piccola perla, l'anello che
lui m'aveva dato, e che era appartenuto a sua madre, la signora
Cecilia.

Lui lo prese, lo posò sul tavolo.

– Non vuoi piú sposarmi, – disse.

– No, – dissi. – Come puoi pensare che voglio ancora sposarti, dopo le cose che ci siamo detti ieri?

– Ieri, – lui disse, – ero depresso, ero pessimista, forse mi sentivo venire la febbre.

– Però certo, – disse, – hai ragione, è meglio cosí.

Io mi guardavo attorno. Dissi:

– Avevo immaginato tutto, con troppa chiarezza. Avevo immaginato te e me, qui, in questa stanza, in questa casa. Avevo immaginato tutto, con una tal precisione, fino ai minimi particolari. E quando si vedono le cose future con tanta chiarezza, come se già stessero succedendo, allora è segno che non devono succedere mai. Perché son già successe, in un certo senso, nella nostra testa, e non è piú consentito di provarle davvero.

Dissi: – È come in certi giorni che l'aria è troppo chiara, troppo limpida, si vedono i contorni spiccati, netti, precisi, e vuol dire che vien la pioggia.

– Come sei tranquilla! – disse. – Non piangi, dici tutto cosí tranquilla!

– E io, – disse, – cosa farò?

– Farai, come hai fatto sempre, – dissi.

– E tu? – disse, – cosa farai tu?

– Farò anch'io, – dissi, – come ho fatto sempre.

– Come siamo tranquilli! – lui disse. – Come siamo freddi, pacati, tranquilli!

– Io spero, – disse attorcigliandosi i capelli al dito, – che tu possa incontrare, un giorno, un uomo migliore di me.

– Vedi, non c'è in me, – disse, – una vera carica vitale. È questa la mia piú grande mancanza. Sento come un brivido di ribrezzo, quando sto per buttarmi. Voglio buttarmi, e ho quel brivido. Un altro, un brivido cosí, magari non ne fa nessun conto, e lo scorda subito. Ma io lo porto a lungo nel cuore.

– Perché ho sempre come l'impressione, – disse, – che abbiano già vissuto abbastanza gli altri prima di me. Che abbiano già consumato tutte le risorse, tutta la carica vitale che era disponibile. Gli altri, il Nebbia, il Vincenzino, mio padre. A me, è rimasto niente.

– Gli altri, – disse, – tutti quelli che hanno abitato in questo paese, prima di me. Mi sembra di non essere, io, che la loro ombra.

Disse: – I primi tempi, dopo che era morto il Vincenzino, pensavo che avrei attuato tutti i suoi progetti. Aveva pronti tanti progetti, piani per la fabbrica, mense, asili, quartieri per gli operai. Erano cose savie, realizzabili, non erano sogni. A lui è mancato il tempo di portarle a termine, queste cose. Pensavo che l'avrei fatto io.

– E invece, – disse, – non sono stato buono di far niente. Al Purillo dico sempre di sí. Non ho voglia di tenergli testa, di litigare. Piego il mento, dico di sí.

– Qualche volta, – disse, – mi vien l'idea di andarmene da questo paese. Per trovare un po' di carica vitale.

– Andrò, forse, in Canadà, – disse. – Tempo fa, l'anno scorso, il Borzaghi m'aveva detto che poteva farmi avere là un lavoro. In Canadà, a Montreal.

– Il Canadà, – dissi, – non so come sia. Mi immagino che dev'essere un posto tutto pieno di legna.

– Sí, – disse, e rise. – Ci dev'essere infatti un po' di legna. Dei boschi.

Si vedeva, dalle finestre, Villa Rondine. Si vedeva, nel giardino, il Purillo, che giocava a tennis col figlio del Borzaghi.

– Eccolo là, – disse il Tommasino guardando dai vetri, – eccolo là, il bel Purillo. Lui, sí, ha molta carica vitale. È stupido, ma ha molta carica vitale. O meglio non ce l'ha, ma si comporta come se l'avesse, e ottiene i risultati che vuole.

– Forse anzi proprio perché è stupido, – disse, – e non s'è accorto che l'hanno già tutta spesa, la carica vitale disponibile, in questo paese.

– Come può pesare, un paese! – disse. – Ha un peso di piombo, con tutti i suoi morti! Come mi pesa questo nostro paese, cosí piccolo, un pugno di case! Non posso mai liberarmene, non posso dimenticarlo! Se anche vado a finire in Canadà, me lo tiro dietro!

– Se tu fossi stata, – disse, – una ragazza di un altro paese! Se ti avessi trovato a Montreal, o non so dove, se ci fossimo incontrati, e sposati! Ci saremmo sentiti cosí liberi, cosí leggeri, senza queste case, queste colline, queste montagne! Libero come un uccello, io sarei stato!

– Ma se anche ti portassi ora con me, a Montreal, – disse, – sarebbe come qui, non sapremmo inventare niente di nuovo. Là

continueremmo forse ancora a parlare del Vincenzino, del Nebbia, del Purillo. Sarebbe uguale, come essere qua.

– E poi, chissà se è vero che ci andrò io, mai, a Montreal? –
disse.

– E ora vai via, – disse. E mi prese il viso tra le sue mani. – Vai
via, cosí, senza piangere, senza versare nemmeno una lacrima.
Vai via con gli occhi asciutti, bene aperti, calmi. Perché non vale
la pena di versar lacrime. E io voglio ricordarti cosí.

– Ciao, addio Elsa, – disse, e io dissi:

– Ciao, addio, Tommasino.

E me ne andai.

Poi, nei giorni che seguirono, venne il Purillo da mio padre a
spiegargli che io e il Tommasino, d'accordo e per nostri motivi,
avevamo rotto il fidanzamento.

Il Purillo, le rotture di fidanzamenti, sono il suo pane. Aveva
già preso nelle sue mani la rottura del Vincenzino con la brasiliana della *mamita*, molti anni fa.

Offerse a mio padre dei soldi, per le spese che avevamo avuto.
Mio padre rifiutò freddamente, e si offese.

Ma non serbò rancore al Tommasino. Del resto gli dissi anch'io
che eravamo tutt'e due d'accordo a non sposarci piú, per nostri
motivi, e che non c'erano stati, né da una parte né dall'altra, dei
torti. Non ci riesce mio padre ad avercela col Tommasino, perché
gli piace, continua ancora adesso a piacergli, e voleva bene al vecchio Balotta, rispetta la sua memoria.

Mio padre disse a mia madre di lasciarmi in pace. Disse che i
giovani di oggi hanno problemi psicologici sottili, complicati, che
non è dato di capire a loro, della vecchia generazione.

Era però, mio padre, nei primi tempi, molto abbattuto. Prese
in antipatia la fabbrica, e non volle piú andarci. Disse che ormai
era vecchio, non voleva piú lavorare, si ritirava a riposo. Prese
soltanto una piccola consulenza a Cignano, in una ditta di appalti.

Mia madre, quando seppe della rottura, pianse, cadde svenuta,
e si dovette chiamare la signora Bottiglia, che rimase ad assisterla
tutta la notte.

Poi, si diede da fare a riporre dentro gli armadi la biancheria del mio corredo. E trovandosi un giorno fra le mani lo scialle spagnolo, al quale già aveva cucito due maniche di velluto, e che si rivelava ormai inutile, pianse forte, e a lungo, di nuovo.

Per un pezzo, per qualche mese, si rifiutò di uscire di casa, vergognandosi della gente.

Dissero, in paese, molte cose. Dissero che io avevo lasciato il Tommasino perché, andando alla Casa Tonda di primo mattino, l'avevo trovato a letto con la figlia della Betta, che ha solo quindici anni.

Dissero che l'avevo lasciato perché mio padre, nella sua qualità di notaio, aveva scoperto che la situazione della fabbrica pericolava.

Dissero che lui m'aveva lasciato, perché io avevo troppi amanti.

Dissero che m'aveva lasciato perché s'era accorto che prendevo, insieme al Gigi Sartorio, la morfina.

Andai, per qualche mese, a Lambrate, dalla sorella del cugino Ernesto.

E anche il Tommasino intanto era partito, ma non era andato a Montreal. Era andato solo a Liverpool per qualche mese, a sbrigare certi affari per incarico del Purillo.

Quando tornai da Lambrate, in paese già non parlavano piú di me e del Tommasino.

Parlavano della Giuliana Bottiglia e del Gigi Sartorio, i quali intanto s'erano sposati e si erano presi una grande villa, lontano dal vecchio padre, che avevano lasciato solo.

Ora il Tommasino è ritornato. Guardo, la sera, le luci accese là alla Casa Tonda.

È tornato, e qualche volta lo incontro, sulla piazza, quando vado a impostare.

Mi saluta, nel suo modo solito, portandosi la mano alla fronte. Lo saluto. Qualche volta si ferma, e mi chiede:

– Come va?

– Bene, – gli dico, – grazie.

E ce ne andiamo in due direzioni opposte, io lungo il bosco del generale Sartorio, lui su per il viottolo che porta alla Casa Tonda.

Incontro, a volte, la Magna Maria. È in lutto stretto, perché è morto il Barba Tommaso. Mi fa, da lontano, un cenno, e un gran sorriso dei suoi lunghi denti bianchi.

Incontro, a volte, la Gemmina, che mi ha tolto il saluto. E incontro a volte la Raffaella, col Pepè.

Mi saluta, la Raffaella. Mi ferma.

Dice: – Come mi è dispiaciuto che non vi siete sposati, tu e il Tommasino!

Io non dico niente, e carezzo i capelli al Pepè.

Dice: – Mi è dispiaciuto, perché tu mi sei molto simpatica. È molto simpatico anche lui, il Tommasino.

Io dico: – Sí.

Lei mi guarda, mi guarda, coi suoi occhi neri, larghi, curiosi, cercando di capire.

Ma subito si distrae e mi lascia, per correre dietro al Pepè. Mi fa un cenno con la mano, in distanza.

La Giuliana Bottiglia non la vedo mai. Sta là, nella sua grande casa, con tre domestici e un giardiniere. Dicono, in paese, che il Gigi va a letto col giardiniere e i domestici. Con la moglie, poco.

Dice la signora Bottiglia a mia madre: – La Giuliana e il Gigi fa commozione vederli, come sono felici.

Dice: – Il Gigi è tanto buono, tanto buono. Da Parigi, da Londra, le porta sempre qualche regalo. Da Parigi una borsa di coccodrillo, bellissima.

– E da Londra? – chiede mia madre.

– Da Londra, un servizio d'argento. La teiera, la zuccheriera, la lattiera, tre pezzi.

– Bello, – dice mia madre.

– Stile giorgiano puro, autentico, – dice la signora Bottiglia.

– Giorgiano? della Georgia?

– Ma no, macché Georgia. Giorgiano, di Giorgio, – spiega la signora Bottiglia.

– Chi, Giorgio?

– Qualche re.

Mia madre torna a casa, e dice a mio padre:

– Insomma, quel Gigi Sartorio, non si capisce se sia un pervertito o no. Pare che voglia tanto bene alla moglie, a sentire la Netta. In paese però dicono che se la dice col giardiniere. Il giardiniere io l'ho visto, è bruttissimo, con dei peli neri lunghi nel naso.

Dice, dopo aver pensato un poco:

— Ma forse, sarà molto virile.

È di nuovo ottobre.

Torniamo, io e mia madre, dalla Vigna, dove siamo state a vedere come va la vendemmia. Torniamo, e mia madre cammina pianissimo, io la precedo di qualche passo. Porto un canestro pieno d'uva moscata, infilato al braccio.

È quasi sera, e comincia a far freddo. In paese si sono accesi i lampioni. La terra, sul sentiero, s'è fatta dura, l'erba velata e umida, e il vento soffia mordendo e pungendo, forse presto verrà la neve.

Dice mia madre: — M'è venuto il torcicollo, chissà perché. Non dev'essere il vento, dev'essere piuttosto che mi sono voltata un po' troppo bruscamente, quando m'ha chiamato la contadina.

Dice: — Questa nostra nuova contadina, non mi ricordo mai il nome, si chiama Drusbalda. Hanno strane fantasie per i nomi, nelle campagne.

Dice: — Non sembrano male. Però non sono troppo puliti. La casa, ho visto, non era troppo pulita. M'hanno offerto il caffè, e mi si è fatto, nello stomaco, aceto.

— Perché la tazza non era pulita. L'ho bevuto di controcuore.

— Uno di questi giorni, — dice, — voglio andare dalla Giuliana, a vedere la teiera.

Dice: — Chissà com'è che ha trovato da sposarsi proprio la Giuliana, che è tanto piú stupida delle altre sorelle?

Dice: — Sono sempre le stupide che trovano da sposarsi. Le ragazze meglio, non trovano.

Dice: — Io non ci sono mica andata, sai, al funerale del Barba Tommaso. Tu eri a Lambrate. C'è andato tuo padre, con la zia Ottavia. Io no. M'è dispiaciuto non andare, per la Magna Maria. Ma mi è mancata la forza, non me la sentivo di dare la mano al Purillo.

Dice: — Io il Purillo, dopo la rottura, non l'ho piú visto. Non te ne parlo, perché tuo padre non vuole. Ma sono sicura che è stata colpa del Purillo. È lui che ha messo su il Tommasino contro di noi.

Dice: – Il Tommasino è un debole, un carattere stracco. In fondo è bene che non l'hai sposato. È un debole, non ha carattere, non ha una personalità ben definita. E lí alla fabbrica, non ha nemmeno una funzione precisa. Sta lí, dietro a un tavolo, perché è il figlio del Balotta, è il fratello del povero Vincenzino. Il Vincenzino, sí, lui aveva un'autorevolezza, un carattere fermo. Però vedi, anche lui, il matrimonio gli è andato male. È vero che era colpa della moglie. Quella Cate.

Dice: – Allora cosí il Tommasino, per via del suo carattere debole, ha dato retta al Purillo. Gli avrà detto, il Purillo, di cercare una ragazza piú ricca, e senza socialisti nella sua famiglia.

Dice: – Perché cosa vuoi, loro, quelli che hanno le fabbriche, dei socialisti hanno sempre una gran paura. Per forza. Fanno finta, magari, che gli piacciono, ma non è vero. Appena sentono da vicino l'odore, scappano via come lepri, e addio. Adesso è cosí. Forse una volta no, era diverso, per esempio il vecchio Balotta, era socialista, lui.

Dice: – Ma tuo padre non vuole che te ne parli. È stato, per noi, un fortissimo dispiacere. Tuo padre sta zitto, ma io so che ci pensa sempre. Ora vorrebbe che ci trasferissimo a Cignano. Gli è venuto in odio il paese.

Dice: – Se andiamo a stare a Cignano, avrò la compagnia della Olga, la figlia del Nino Conversi. L'ho vista, l'altro giorno, in piazza, e m'ha detto che è tanto contenta, se noi veniamo. Ha una ragazza della tua età, potreste giocare al tennis. Gioca, mi pare. E c'è un ragazzo, anche.

– Ha detto che possiamo prendere in affitto l'alloggio sopra la farmacia. È del padre di quella Pupazzina, la vedova, poveretto, del Nebbia.

Dice: – La nostra casa qui, la darei in affitto. Certo dovremmo vendere la stanza da pranzo, che è troppo ingombrante. Mi dispiace, perché era del mio papà.

Dice: – Però la carne la manderei sempre a prendere qui, una volta la settimana. Qui costa molto di meno. Se vendo la stanza da pranzo, compero un frigorifero. La Giuliana ne ha uno, e si trovano tanto contenti.

Dice: – Però il burro, i formaggi, si trovano meglio a Cignano. Di formaggi, fanno quelle tome, certi panetti piccoli, tondi, salati. Una bontà.

Dice: – Cignano è un po' piú basso. Va meglio, per la mia pressione, Cignano.

– Chissà se ci vorrà venire, – dice, – l'Antonia, a Cignano?

– Chissà se non si mette in testa che le fa male l'aria?

– Del resto se non viene, faccio senza. Col frigorifero, con tante comodità, che bisogno c'è della serva?

– Quell'alloggio sopra la farmacia, è piccolo, ma è un gioiello. Io non l'ho visto, me l'ha detto la Olga, questa figlia del Nino.

Dice: – Vuol dire che se stiamo un po' allo stretto, tu puoi dormire con la zia Ottavia. Non ti dà mica noia la zia, basta metterla lí con un libro, non si sente nemmeno.

Dice: – Chissà se ci saranno armadi a muro? Chissà se c'è posto per il mio comò?

– Adesso, appena a casa, mi misuro la temperatura. Facile che ho un po' di febbre.

– Chissà se devo prendere un'aspirina? non la digerisco, di solito. Mi si fa come un piombo, nello stomaco.

– L'unico difetto di quell'alloggio sopra la farmacia, è che ci passa vicinissimo il treno. Io che ho il sonno cosí leggero, come dormirò?

– Chissà se, la notte, ci sveglierà il campanello della farmacia? chissà se suona molto forte?

– Però sarà comodo avere la farmacia proprio al piano di sotto, basterà scendere pochi scalini, se avremo bisogno.

– Chissà se la tengono in farmacia quella roba che prendo io per la mia pressione, a Cignano?

Racconti brevi

Tornato a casa dalla stazione, si sentí solo nella sua casa troppo grande. Mai come allora gli parvero privi di senso i lunghi tendaggi scuri, le mensole polverose, il cameriere che serviva a tavola coi guanti di filo bianco. Senza Anna, tutto questo prendeva l'aspetto di una farsa. E la sera il letto matrimoniale, con la trapunta di raso celeste, prima lo fece ridere e poi gli mise malinconia. Anna amava le cose fastose, maestose, all'antica, e se avesse potuto si sarebbe fatto un vestito con dei drappeggi e dei veli, e un largo cappello a piume come si usava una volta.

Quella prima sera di solitudine, Maurizio andò a letto presto e dormí tutto un sonno, e la mattina lo svegliarono gli strilli del suo bambino che non voleva lavarsi. Gli venne fatto di cercare con gli occhi l'accappatoio bianco di Anna, appeso accanto al letto. Non lo vide e si ricordò. «Anna è a San Remo». Pensò che sarebbe toccato a lui di andare a sgridare il bambino, e fargli un bel discorso come Anna, dirgli per esempio che tutti i buoni bambini si lavano, e che sarebbe diventato come quel Pierino Porcospino, e minacciarlo di portargli via la sua palla nuova. Ma si accorse di non averne voglia e non si mosse. Dopo un poco gli strilli cessarono ed egli sentí il passo pesante della bambinaia, la grossa voce sussurrare: – Su, caro, va' a dire buongiorno al papà –. E alla porta si affacciò il bambino, la bionda testa arruffata, la faccina rossa. – Villi caro, vieni –. Lo aiutò a salire sul letto, carezzò con le mani sudate le manine fredde. – Chi era che faceva i capricci, un momento fa? No, i bambini cattivi non mi piacciono –. Poi giocarono a palla in pigiama, e si divertirono molto. La mattina era chiara, soleggiata e calma. – Ora vatti a vestire, caro Villi –. Stette un'ora nel bagno, stropicciandosi tutto con la spugna. Poi si fece portare una tazza di cacao. Anna beveva sempre il tè, e faceva portare il tè anche a lui, perché, diceva, non bisogna dar troppo da fare alla servitú. – Questa non è un'osteria.

Si vestí e andò nello studio, e si stese sul divano senza togliersi le scarpe, chiedendone perdono ad Anna in cuor suo. « Cosa diavolo potrei fare? di uscire non ne ho voglia ». Allungò una mano allo scaffale, scelse un volume di poesie francesi moderne, che ad Anna piacevano, ne lesse una e si annoiò. Lui preferiva le poesie con le rime e col ritmo, e l'aveva detto un giorno ad Anna, che aveva fatto una smorfia.

Cercò d'immaginare Anna a San Remo, e la vide passeggiare per un viale, nel suo largo mantello bianco. O anche la immaginò, di sera, col suo vestito nero molto scollato nella schiena. Solo di bianco e di nero si vestiva Anna: sempre di bianco e di nero come un pianoforte. – Cosí è distinto, – diceva. Odiava quello che non era distinto. Certi amici di suo marito... – Buona gente, – diceva. Quando diceva cosí, buona gente, si poteva esser certi che li disprezzava.

Egli stesso non era ben certo che Anna non lo disprezzasse, qualche volta: e qualche volta il pensiero d'averla sposata lo riempiva di meraviglia. Prima di fidanzarsi con lui, ella era andata a passeggio per un mese con uno studente ebreo, uno con una corta barba rossa, che sputava quando parlava. Del resto sapeva undici lingue e aveva molti pregi, e se Anna non l'aveva sposato, era perché mai avrebbe sposato un uomo brutto e povero. E quando i genitori di Anna e il padre di Maurizio avevano combinato il matrimonio, Anna non aveva detto di no, e Maurizio s'era chiesto piú volte come mai. E la mattina in cui si svegliò nel grande letto matrimoniale, con la trapunta di raso celeste, e Anna accanto, si domandò se proprio era vero, e come poteva esser vero. Lui sapeva d'esser molto ricco, ma anche Anna era molto ricca, e Anna non era innamorata di lui, né lui lo era di Anna. Tutti e due sapevano queste cose, eppure non erano stati infelici, anche se in principio c'era stato qualche leggero conflitto, perché Anna voleva dei mobili antichi e a Maurizio piaceva lo stile novecento, e per via del tè e del cacao, e cose simili.

Maurizio s'era domandato piú volte se Anna lo tradiva, e quel giorno ne ebbe la certezza, gli parve di sapere che era andata a San Remo per un amante, e che dal viaggio non sarebbe piú ritornata. Immaginò una lettera di lei: « Maurizio, sento di non poter piú tacere, il nostro matrimonio è stato un errore... Dobbiamo separarci ». Vide la sua larga calligrafia chiara, la carta da lettere lilla. Immaginò l'amante di Anna, alto alto e magro, con lunghi capelli ricciuti, un francese o forse un russo. Ma no, Anna sarebbe tornata, perché era una persona di buon senso. – Amico mio, tu non mi puoi capire... il mio bambino... Tu non sai che cos'è una madre –. A volte le piaceva parlare come l'eroina di un romanzo: – Serberò il ricordo di te finché vivrò, di te, di questi bei giorni...

E poi tornava, tornava, i capelli schiariti dall'acqua di mare, la bella bocca rossa nella faccia bruna. – Anna, cara Anna! – Sedeva davanti a lui, con le gambe accavallate; tre rughe orizzontali sulla fronte. – Maurizio, devo parlarti di cose serie. – Che c'è? – Si alzava, gli metteva le mani sulle spalle, le sue mani forti, gialle di nicotina. – Hai cercato? – Io? cosa? – Un posto. – Ah... no, Anna, me ne sono scordato –. E poi si metteva a protestare: – Ma, mi pare, non è una cosa urgente. Noi abbiamo molti denari. – È lo stesso. È indecoroso per te questo non far niente. E questo trovarci piacere –. La prima volta che Anna gli aveva parlato di cercare un posto, lui s'era messo a ridere tutto stupito: – Ma un posto di cosa? – Oh, santo Dio... Non hai una laurea in legge? – Una laurea in legge? ah già.

Anche della laurea in legge si stupiva, come di essere sposato con Anna. Aveva messo insieme una cortissima tesi, aveva avuto tutti voti bassi, e gli avevano fatto dei regali. Ma Anna parlava volentieri di quella sua laurea, nei salotti, infilandola in un discorso qualunque con molta abilità. – Sí, quando Maurizio si è laureato... mio suocero diede un gran pranzo e invitò molti amici... Anch'io vi partecipai. Non eravamo ancora fidanzati.

Anna amava i ricordi. Un giorno aveva detto a Maurizio: – Parlami un poco della tua infanzia –. E Maurizio le era stato immensamente grato di quelle parole, perché anche lui amava i ricordi. S'era messo a raccontare, raccontare. La sua infanzia! cosí viva, cosí vicina. Ma Anna s'era annoiata, non le erano piaciuti quei ricordi. Intanto, Maurizio bambino se l'era immaginato diverso. S'era immaginato un ragazzino svelto, capriccioso, audace, che saliva sugli alberi e scappava di casa. Invece... – Quando ero piccolo avevo sempre l'otite, una fascia intorno alle orecchie. Non mi piaceva giocare con gli altri ragazzi... Avevo paura delle mucche –. E ancora: – Sai Anna? io ho portato il grembiale fino a quindici anni. – Che dici? Fino a quindici anni? – Ma sí, Anna, un largo grembiale turchino, con due grandi tasche –. Anna s'era messa a ridere, ma si vedeva che non era contenta. Quel particolare del grembiale non le andava giú. – Proprio, proprio fino a quindici anni? – Ma sí, Anna...

E poi, i suoi giocattoli. Quanto a lungo avrebbe voluto parlare, lui, dei suoi giocattoli. Ma Anna non sapeva ascoltare a lungo. Egli aveva amato non i giochi meccanici, ma i bei balocchi variopinti, le grosse bestie di panno o di felpa, i teatrini di marionette. E ai libri di Verne o di Salgari preferiva le fiabe illustrate, le care fiabe tedesche, e la storia di Peter Pan. Ebbene, tutto questo non piaceva ad Anna. E Anna regalava al bambino tutti giochi seri, difficili, mentre Maurizio gli riempiva l'armadio di bei balocchi all'antica, semplici e ricchi, ed era capace di portare a casa tre palloncini rossi in una volta, perché anche quella era una sua vecchia passione.

Tutto quel giorno – quel primo giorno dopo la partenza di Anna – passò lento e liscio e vuoto. Venne la sera e a cena Maurizio e Villi giocarono a molti giochi, agli indovinelli, ai ritratti e ai colori, e macchiarono di conserva il tappeto, con silenziosa disapprovazione del cameriere, che si chiamava Giovanni. E poi Maurizio capí che per Villi era tardi, e perché andasse a letto senza piangere gli promise di condurlo al cinematografo un'altra sera, chiedendone perdono ad Anna in cuor suo. Il bambino gli diede la buonanotte, ed egli si chinò a baciarlo sul nasetto lentigginoso, e gli disse di sognare la mamma. Cosí si trovò solo davanti alla tavola, e scoprí per la prima volta che una tavola dopo che si è mangiato ha qualcosa di triste, con tutto quel disordine di briciole e di bucce, i bicchieri mezzi vuoti, i tovaglioli spiegazzati. Decise di uscire.

Si trovò in strada col soprabito sbottonato, e gli soffiò sul viso un vento fresco e una leggera contentezza di sé. «Dove ho da andare? Al cinematografo?» Prese a camminare sul ponte: sotto di lui scorreva il fiume, buio, torbido, picchiettato di luci rosse. «Dove ho da andare?» Si fermò appoggiandosi al parapetto. «Anna... Ora starà ballando, e poi berrà dello champagne, e poi... col suo amante... Mio Dio, perché non sono geloso di Anna?» Guardò il cielo, la piccola luna, le poche nuvole sporche. Non aveva mai creduto in Dio. «Mio Dio, se ci sei, fammi essere geloso di Anna... fammi, per un momento solo, essere orribilmente geloso di Anna...» Provò a ricordarsi di lei, la fresca bocca, i piccoli seni, le dolci mani carezzevoli. «Anna, Anna!» Niente. Niente si mosse in lui, non un fremito lo riscosse. In cielo, la piccola luna si coprí con una nuvola, quasi maliziosamente. Egli si sentí stanco, sfiduciato e solo. Ricordò una frase di Anna, un giorno che, un po' per scherzo, un po' sul serio, leticavano: — Acqua, non sangue hai tu nelle vene —. Acqua, certamente, non sangue: acqua fresca, limpida. Gli sembrava di non aver mai sofferto, di nulla, per nessuno. Non ricordava d'essersi mai innamorato. Non ricordava d'aver mai desiderato, follemente, una donna. Non ricordava altri sogni che le sue pazze fantasticherie di bambino, confuse con assurde fiabe e vecchie leggende. E a un tratto gli parve d'aver capito quello che veramente egli era. «Mio Dio, perché non hai voluto che anch'io fossi un uomo, un uomo come gli altri? perché non mi dai la forza di proteggere il mio bambino, di difendere Anna?» Si rivolgeva a Dio cosí, per il bisogno di prendersela con qualcuno. «Un bambino sono, e nient'altro, un bambino come il mio bambino». Si accorse d'essere in uno di quei momenti di sincerità, cosí rari nella sua vita. «Neanche a Villi voglio bene davvero. Mi diverto con lui e coi suoi giocattoli. Se domani diventassimo poveri, non avrei la forza di mettermi a lavorare per lui. E allora a chi sono utile io, chi soffrirebbe se io... se venissi a mancare...» La gente va e viene intorno a lui, egli ormai non sa piú che di se stesso e del fiume. «Se mi gettassi... Anna riceverebbe un telegramma: "Accaduta disgrazia parti subito". Come si spaventerebbe! penserebbe a Villi. Poi, sul giornale: "Rapito da morte immatura, ne dànno il doloroso annunzio..." Ma non mi getterei nel fiume, cosí scuro e sporco. Tutta la spazzatura della città. Anna dice che sono schifiltoso. — Non posso fare l'avvocato, Anna, i poveri mi fanno schifo. — Ma non hai mica da metterti i loro vestiti, che diamine! I tuoi clienti... Parli con loro della causa.

– Lo so Anna, ma l'odore d'aglio e cipolla mi dà fastidio –».
Qualche volta esagerava, per indispettire Anna.

Lentamente, lentamente si staccò dal parapetto. Riprese a
camminare. La luna riapparve: sul suo cuore dilagò una luce chiara, fredda. Lentamente, lentamente sentí di ritornare se stesso.
« E perché stanotte non andrei... Quella bella ragazzetta bionda...
Mimí, Lilí o qualcosa di simile ». Camminò piú diritto, piú veloce.
E si sentí vagamente orgoglioso di quel mezzo pensiero di sui-
cidio, un momento prima, sul ponte. « Cicí, Lilí o come diavolo si
chiama? una bella ragazzetta bionda, col collo tutto a fossette,
come Villi ». Chi sa come sarebbe stato Villi da grande? come
lui, o come Anna? Anna era stata una bimba pettegola e precoce,
ed era entrata presto in società, dove aveva imparato a civettare,
ma con grazia e distinzione, come faceva tutte le cose. E fin da piccola aveva viaggiato molto, e sapeva fare con la gente. Lui no.
Lui a quindici anni era un ragazzo magro, con un largo grembiale
turchino, e non desiderava le donne... Infilò un vicoletto buio, ri-
schiarato da un fanale a gas. « Ora poi siamo a posto, cara Anna.
Tu a San Remo col tuo amante e io qui con la mia ragazza, una
bella Tití e Cicí o come si chiama. Eccomi arrivato ».

Sale le poche scale, suona senza impazienza il campanello, stru-
scia scrupolosamente le scarpe sulla stuoia, e quando gli vengono
ad aprire entra, senza fretta, chiedendone perdono ad Anna in
cuor suo.

Da molti anni non vedevo il mio amico Walter. Qualche volta lui mi scriveva, ma le sue lettere puerili e sgrammaticate non dicevano niente. Alla notizia che si era sposato mi meravigliai. Quando lo frequentavo, egli non mostrava interesse per nessuna delle donne che allora ci accadeva d'avvicinare. La sua singolare bellezza suscitava l'amore in molte donne, ma egli disprezzava e scherniva crudelmente le ragazze che si erano innamorate di lui. Gli altri giovani nostri coetanei gli mostravano poca simpatia, ed io ero il suo solo amico.

Cinque anni circa dopo il suo matrimonio ricevetti una lettera di lui che mi chiedeva di venirlo a raggiungere in una città balneare, dove egli ora si trovava con la moglie e il bambino. Accennava in forma vaga a una difficoltà per cui gli era necessario il mio consiglio.

Io vivevo allora con mia madre. Avevo un piccolo impiego che mi fruttava poco guadagno e per partire chiesi del denaro a mia madre. Ella mi accusò di sperpero e di poco riguardo per lei e ci fu un leggero litigio. Ebbi in prestito il denaro da uno zio e partii. Era una giornata calda sul principio d'estate. In viaggio pensavo all'amico Walter e nella mia gioia di rivederlo c'era un turbamento vago, come un po' di paura e d'angustia, che avevo sempre provato in quegli anni nel ricordarlo. Era forse timore che egli potesse in qualche modo sconvolgere e spezzare la vita che m'ero venuto formando, infiammandola di desideri e di nostalgie. Pensavo anche a sua moglie con curiosità. Non sapevo immaginare come potesse essere, né quali fossero i loro rapporti.

Giunsi a mezzogiorno e scesi in una stazione calda, riverniciata di fresco e deserta. Walter mi aspettava addossato al muro, con le mani in tasca. Non era per nulla mutato. Portava un paio di pantalóni di tela e una canottiera bianca, con le maniche corte ed aperta sul collo. Sul suo viso grande, dorato dal sole, apparve un sorriso, ed egli mi venne incontro indolente e mi porse la mano. Io sapevo che mi avrebbe accolto cosí, che non avrebbe avuto esclamazioni di sorpresa e che non ci saremmo abbracciati: tuttavia ne ebbi un senso di freddo. Per strada, mentre mi portava la valigia facendosela dondolare lungo il fianco, presi a interrogarlo sulla natura della difficoltà in cui si trovava, ed egli mi disse, senza guardarmi e con la sua voce breve, che erano preoccupazioni d'indole famigliare e che era stata Vilma, sua moglie, a volere che mi facesse venire.

Incontrammo Vilma che tornava dal bagno col bambino. Vidi una donna alta, un po' grossa, coi capelli neri ancor umidi e delle tracce di sabbia sul viso. Portava un abito da sole a quadretti che le lasciava le ginocchia scoperte, e aveva in mano un cappello di paglia intrecciata e una borsa di telacerata rossa. Il bambino mi parve piccolissimo, ma dissero che aveva quattro anni. Era un bimbetto magrolino, pallido, bello, con folti riccioli biondi che gli arrivavano alle spalle.

Abitavano un villino a due piani, davanti alla spiaggia. Mi era stata preparata una stanza al piano superiore, che dava non sul mare, ma sulla campagna. In tutta la casa c'era penombra e un buon odore fresco di legno e di pesche gialle. Si pranzava nella veranda: le tende di grossa tela color ruggine, mosse dal vento, si scostavano e lasciavano vedere il mare d'un azzurro splendente, il cielo e la spiaggia coi capanni dipinti a colori vivaci. Durante il pranzo, il bambino non voleva mangiare e la madre lo incitava con voce stanca, imboccandolo. Walter taceva e spezzettava del pane, guardando fisso davanti a sé. Poi a un tratto s'arrabbiava e diceva che il cibo era malcotto e cattivo e che se fosse stato migliore, certo anche il bambino avrebbe mangiato. Vilma non rispondeva, ma sospirava ed abbassava il capo. Il bambino volgeva dall'uno all'altra gli occhi spaventati.

— Scenette famigliari, — mi disse Walter quando fummo soli, — se non c'è piú l'accordo, basta qualunque pretesto. Adesso poi ci sono cose piú gravi. Pare che lei si sia innamorata —. Domandai di chi, ed egli mi rispose vagamente che era un artista. — Un musico, — disse con uno sgradevole sorriso beffardo.

Subito il primo giorno del mio arrivo, Vilma mi volle parlare. Fu la sera, un momento che Walter era uscito. Mi sedette davanti, e con uno sforzo di risoluta franchezza che mi fece un'impressione penosa, prese a dire di sé e di Walter. Aveva molto sofferto in quegli anni: conoscevo Walter e questo non mi doveva stupire. Quando si era sposata, disse, era ancora molto giovane ed inesperta. Guardandola io cercavo di stabilire quanti anni avesse, ma non mi pareva che potesse essere molto giovane e l'avrei detta anzi piú vecchia di Walter. Aveva i capelli neri arruffati e gli occhi stretti, di un colore azzurro-scuro e profondi. Nonostante il suo naso lungo e la carnagione sciupata, mi sembrava assai bella. – E ora ho ritrovato qui un vecchio amico... Vrasti. È un'anima elevata e nobile, e il suo primo impulso è stato di aiutarmi e di farmi del bene. Ma i miei sentimenti per lui sono puri, e in nulla possono offendere il mio bambino e Walter –. Ella mi parlava con abbandono e fiducia, ma questo, invece di piacermi e d'ispirarmi la stessa fiducia, m'imbarazzava e mi riusciva penoso. La situazione era complicata, ella disse, da insufficienza di mezzi e dalla salute gracile del bambino, al quale sarebbe stato necessario un clima famigliare molto tranquillo.

Conobbi poi anche Vrasti. Seppi che aveva abitudine di venire ogni giorno, ma era di una timidezza quasi morbosa, e saputo che c'ero io, sul principio non osava. Era un uomo sulla cinquantina, con lunghi e molli capelli striati di grigio ed occhi chiari in un volto rugoso e scarno. Parlava poco: sedeva accanto a Vilma e la guardava cucire, trastullandosi con le frange della sua sciarpa. Cercava di attirare a sé il bambino che gli sfuggiva, lo tratteneva per il polso e gli accarezzava il capo con la mano grossa, dalle unghie rotte e sciupate.

– Un artista, un vero artista, – mi disse Vilma in disparte, quando Vrasti venne la prima volta. – Ma è difficile indurlo a suonare.

Pregai Vrasti di suonare ed egli disse no, no, ma si vedeva che ne aveva un gran desiderio. Finalmente sedette al pianoforte e suonò, a lungo e in un modo scolaresco e noioso, Mozart e Schumann.

Spesso Vilma lo invitava a fermarsi a cena ed egli rispondeva di no, che non era possibile, ma era chiaro che aveva una gran voglia di accettare e temeva che ella non insistesse piú e dover andar via. A tavola maneggiava le posate senza destrezza e beveva moltissimo, di continuo si versava del vino. Dopo aver bevuto balbettava frasi sconnesse ed era preso da un tremito. Walter distoglieva il viso da lui con un'espressione di disgusto. Accanto alla moglie, a Vrasti e al bambino, egli mi appariva stranamente giovane e sano. La sua alta statura, le larghe spalle e le solide braccia nude, l'indolente serenità del suo corpo, riempivano tutta la stanza. Vrasti gli stava accanto con timidezza e con un sorriso colpevole, osando appena parlargli direttamente. A me invece dimostrò subito familiarità e simpatia.

Io ero là da diversi giorni, mi sentivo molto a mio agio e la mia salute ne godeva. Il pensiero di dovermene andare mi rattristava. Scrissi a mio zio per avere altro denaro e ricevetti una somma, un po' minore di quella che avevo chiesto, e accompagnata da una lettera d'ammonimento. Mia madre pure mi scriveva lagnandosi della mia assenza, della solitudine in cui la lasciavo e del mio lavoro interrotto. Il ricordo del lavoro, della città, di mia madre, mi riusciva spiacevole e lo evitavo. Mi sembrava d'esser là da un tempo indeterminato, lunghissimo. Gli altri non accennavano mai alla mia partenza e neppure parevano rammentare che mi avevano chiamato per un consiglio. Non davo alcun consiglio e nessuno me ne chiedeva. Avevo compreso che l'amore di Vilma per Vrasti non era sincero, ma una semplice opera della sua fantasia. Ella si aggrappava al solo essere che le pareva potesse salvarla, ma forse sentiva dentro di sé come questo era artificioso e non vero, e soffriva di piú.

Quando ricevetti il denaro dello zio, ne offersi una gran parte a Walter ed egli accettò. Vilma quando lo seppe mi ringraziò con le lagrime agli occhi. Disse che mi ero mostrato un vero amico per loro. – Non lo dimenticherò mai, – disse.

Mi alzavo molto presto alla mattina e mi affacciavo alla finestra: vedevo l'orto con la verde insalata rugiadosa e i fiori rossi e gialli, la vasta distesa dei campi e i monti lontani velati d'un leggero vapore. Scendevo. La spiaggia era ancora quasi deserta e la rena, non ancora toccata dal sole, era umida e fredda. Vedevo Walter – egli si alzava ancor prima di me – uscire dall'acqua e venirmi incontro camminando col suo passo molle e leggero. Per costume non aveva che un paio di strette mutandine di maglia e da lontano sembrava nudo. Si sdraiava accanto a me col forte corpo bagnato e si passava la mano sui capelli biondi. Un'americana di grande famiglia che aveva il capanno poco lontano dal nostro s'era innamorata di lui, e se lo vedeva solo s'avvicinava e gli voleva parlare. Egli le rispondeva in modo poco gentile e se ne andava. L'aveva soprannominata «il pappagallo». Dava soprannomi a tutti, e Vrasti era per lui ora «il vecchio pulcinella» ora «il dottor Tartaglia». Diceva quei soprannomi al bambino e lo faceva ridere.

Vilma e il bambino venivano sulla spiaggia molto tardi. Walter prendeva il bambino in collo e lo portava nell'acqua, facendolo ridere e gridare di paura. Il piccolo aveva per lui un amore frenetico e vedevo che Vilma ne era gelosa.

Ben presto m'accorsi che accadeva a Vilma qualcosa di strano. Ella ora invitava meno spesso il musico a cena, e, in genere, mi parve che vederlo o non vederlo le fosse divenuto indifferente. Anche Vrasti finí per rendersene conto, e sentivo che si tormentava e soffriva. Ella non lo pregava piú di suonare e non lo tratteneva dal bere. Una volta che in presenza di lei Walter parlando di Vrasti disse: «Il dottor Tartaglia», ella rise.

Il suo desiderio di piacermi lo sentivo in ogni suo gesto, in ogni parola. Se camminava per la casa riordinando gli oggetti o rincorreva il bambino sulla spiaggia o si sdraiava, io sentivo che faceva questo non per Vrasti, ma per me.

Avrei dovuto partire subito. Ma non ne fui capace. Sul principio mi dissi che non c'era nulla di vero. Finsi con me stesso di credere d'aver dato importanza a cose che non ne avevano alcuna. Nondimeno evitavo di rimaner solo con lei. Passavo la maggior parte del giorno a vagabondare per la campagna con Walter.

Nelle nostre interminabili passeggiate egli stava quasi sempre in silenzio. Guardavamo il tramonto sdraiati su una roccia che scendeva a picco sul mare, in una vegetazione selvaggia di fichidindia e di palme. Che cosa fossero stati per Walter quegli anni in cui eravamo stati lontani, che cosa avesse fatto, creduto, sperato, io lo ignoravo, ma sapevo che ogni domanda sarebbe stata inutile. Lui stesso non mi rivolgeva alcuna domanda, e sapevo che non avrebbe preso alcun interesse a quello che di me gli avrei potuto dire. Tale mancanza d'interesse che in un altro m'avrebbe avvilito, in lui mi appariva del tutto naturale, ovvia, e non mi faceva soffrire. Capivo, meglio di quanto non avessi fatto in passato, che egli era diverso ed avulso dagli altri esseri umani, e per questo ogni suo rapporto con gli altri prendeva una forma strana, inesplicabile ed offensiva per tutti ma non per me. Era come una grande pianta isolata. Il vento che soffia nelle sue fronde e la terra che nutre le sue radici fanno parte della sua vita, non altro. Cosí io sentivo che le gioie e i dolori di Walter non gli venivano dai suoi simili, ma da cause incomprensibili e sconosciute a noi, come la terra o il vento.

A volte mi parlava del suo bambino e mi parve che gli volesse bene. Diceva che Vilma non era fatta per tirar su un bambino. Ella lo alzava tardi, non gli permetteva di stare troppo a lungo nell'acqua né di giocare al sole con la testa scoperta. – E poi, come lo veste e come gli fa crescere i riccioli. Sembra il figlio di un'attrice.

Finalmente decisi di partire e lo dissi. Walter non espresse né meraviglia né rammarico. Ma Vilma mi guardò con un viso cosí disperato, che ne ebbi una scossa dentro. Di rado m'era accaduto di essere oggetto dell'amore di una donna. E sentii che questo mi dava un certo oscuro piacere. Ma subito ebbi vergogna di me stesso. Ero venuto là per chiarire le cose e rendermi utile in qualche modo, non avevo chiarito nulla e anzi avevo complicato e forse rovinato irreparabilmente la situazione. Salii nella mia camera e cominciai a fare la valigia. Era notte: sarei partito la mattina dopo. Walter era già andato a dormire.

Di lí a poco sentii bussare leggermente alla porta e Vilma entrò. Disse che era venuta a vedere se avevo bisogno che m'aiutasse. Avevo già finito, non era che una piccola valigia, le risposi. Sedette sul letto, e mi stava a guardare mentre riponevo i pochi oggetti e i libri. D'un tratto si mise quieta quieta a piangere. Mi avvicinai e le presi le mani. – No, perché? Vilma, perché? – le dicevo. Ella posò la testa sulla mia spalla, si strinse a me e mi baciò. Anch'io la baciai. Non potevo reagire. Mi pareva di amare quella donna come lei mi amava, e coprivo di baci appassionati il suo corpo.

L'indomani mattina svegliandomi ero cosí fiacco che durai fatica ad alzarmi. Sentivo pena e disgusto. Macchinalmente mi vestii e scesi ad incontrare Walter sulla spiaggia. Non potevo partire senza dirgli quello che era avvenuto. Non mi chiedevo se parlare fosse bene o male, sapevo soltanto che non potevo partire senza aver parlato. Lo vidi sdraiato sulla rena con le braccia incrociate sotto la nuca. Nella notte c'era stato un gran vento e il mare era agitato, con grandi onde schiumose che s'accavallavano a riva.

Quando mi vide s'alzò. – Sei pallido, – mi disse. Prendemmo a camminare lungo la spiaggia. Il dolore e la vergogna m'impedivano di parlare. – Perché stai zitto? Be', lo so, hai passato la notte con lei, – egli disse. Mi fermai e ci guardammo in viso. – Sí, me l'ha detto. È di quelli che hanno la smania della sincerità. Non può vivere senza la sincerità. Ma non devi pensar male di lei. È una disgraziata e nient'altro. Non sa piú neanche lei quello che vuole. E cosí adesso hai visto anche tu come siamo –. La sua voce era spenta ed amara. Gli posi la mano sul braccio. – Ma non soffro per questo, – egli mi disse, – tu potessi capire come tutto mi è lontano! Neppur io so quello che voglio –. Ebbe un gesto come d'impotenza. – Io... io non so, – disse.

Era venuto anche Vrasti per salutarmi, e tutti insieme – avevano alzato anche il bambino – mi accompagnarono alla stazione. Vilma non pronunciò una sola parola. Il suo viso era pallido e attonito.

Salito in treno mi affacciai a dire addio: vidi un'ultima volta i riccioli del bambino scompigliati dal vento, Vilma, Vrasti che agitava verso di me il suo cappello floscio: poi Walter volse le spalle e s'incamminò per andarsene, con le mani in tasca, e gli altri lo seguirono.

Per tutto il viaggio non potei pensare che a loro. Per molto tempo, tornato in città, non pensavo che a loro e non sentivo alcun legame con le persone che mi erano intorno. Scrissi molte lettere a Walter, ma non ebbi risposta. Piú tardi seppi da estranei che il bambino era morto, essi si erano separati e Vilma era andata a stare col musico.

Mio marito

Uxori vir debitum reddat:
Similiter autem et uxor viro.

SAN PAOLO, I *Cor.*, 7, 3

Quando io mi sposai avevo venticinque anni. Avevo lungamente desiderato di sposarmi e avevo spesso pensato, con un
senso di avvilita malinconia, che non ne avevo molte probabilità.
Orfana di padre e di madre, abitavo con una zia anziana e con mia
sorella in provincia. La nostra esistenza era monotona e all'infuori
del tener pulita la casa e del ricamare certe grandi tovaglie, di
cui non sapevamo poi cosa fare, non avevamo occupazioni precise.
Ci venivano anche a far visita delle signore, con le quali parlavamo
a lungo di quelle tovaglie.

L'uomo che mi volle sposare venne da noi per caso. Era sua
intenzione comprare un podere che mia zia possedeva. Non so
come aveva saputo di questo podere. Era medico condotto di un
piccolo paese, in campagna. Ma era abbastanza ricco del suo. Arrivò in automobile, e siccome pioveva, mia zia gli disse di fermarsi
a pranzo. Venne alcune altre volte, e alla fine mi domandò in moglie. Gli fu fatto osservare che io non ero ricca. Ma disse che questo non aveva importanza per lui.

Mio marito aveva trentasette anni. Era alto, abbastanza elegante, coi capelli un poco brizzolati e gli occhiali d'oro. Aveva un
fare serio, contenuto e rapido, nel quale si riconosceva l'uomo
avvezzo a ordinare delle cure ai pazienti. Era straordinariamente
sicuro di sé. Gli piaceva piantarsi in una stanza in piedi, con la
mano sotto il bavero della giacca, e scrutare in silenzio.

Quando lo sposai non avevo scambiato con lui che ben poche
parole. Egli non mi aveva baciata, né mi aveva portato dei fiori,
né aveva fatto nulla di quello che un fidanzato usa fare. Io sapevo
soltanto che abitava in campagna, in una casa grande e molto vecchia, circondata da un ampio giardino, con un servo giovane e

rozzo e una serva attempata di nome Felicetta. Se qualcosa l'avesse interessato o colpito nella mia persona, se fosse stato colto da un amore subitaneo per me, o se avesse voluto semplicemente sposarsi, non sapevo. Dopo che ci fummo congedati dalla zia, egli mi fece salire nella sua macchina, chiazzata di fango, e si mise a guidare. La strada uguale, costeggiata di alberi, ci avrebbe portati a casa. Allora lo guardai. Lo guardai a lungo e curiosamente, forse con una certa insolenza, con gli occhi ben aperti sotto il mio cappello di feltro. Si volse verso di me e mi sorrise, e strinse la mia mano nuda e fredda. – Occorrerà conoscersi un poco, – egli disse.

Passammo la nostra prima notte coniugale in un albergo di un paese non molto lontano dal nostro. Avremmo proseguito l'indomani mattina. Salii in camera mentre mio marito provvedeva per la benzina. Mi tolsi il cappello e mi osservai nel grande specchio che mi rifletteva tutta. Sapevo di non essere bella, ma avevo un viso acceso e animato, e il mio corpo era alto e piacevole, nel nuovo abito grigio di taglio maschile. Mi sentivo pronta ad amare quell'uomo, se egli mi avesse aiutato. Doveva aiutarmi. Dovevo costringerlo a questo.

L'indomani quando ripartimmo non c'era ancora mutamento alcuno. Non avevamo scambiato che poche parole, e nessuna luce era sorta fra noi. Avevo sempre pensato, nella mia adolescenza, che un atto come quello che avevamo compiuto dovesse trasformare due persone, allontanarle o avvincerle per sempre l'una all'altra. Sapevo ora che poteva anche non esser cosí. Mi strinsi infreddolita nel soprabito. Non ero un'altra persona.

Arrivammo a casa a mezzogiorno, e Felicetta ci aspettava al cancello. Era una donnettina gobba e canuta, con modi furbi e servili. La casa, il giardino e Felicetta erano come avevo immaginato. Ma nella casa non c'era niente di tetro, come c'è spesso nelle case vecchie. Era spaziosa e chiara, con tende bianche e poltrone di paglia. Sui muri e lungo la cancellata si arrampicava l'edera e delle piante di rose.

Quando Felicetta mi ebbe consegnato le chiavi, sgattaiolando dietro a me per le stanze e mostrando ogni cosa, mi sentii lieta e pronta a dar prova a mio marito e a tutti della mia competenza. Non ero una donna istruita, non ero forse molto intelligente, ma sapevo dirigere bene una casa, con ordine e con metodo. La zia m'aveva insegnato. Mi sarei messa d'impegno al mio compito, e mio marito avrebbe veduto quello che sapevo fare.

Cosí ebbe inizio la mia nuova esistenza. Mio marito era fuori tutto il giorno. Io mi affaccendavo per la casa, sorvegliavo il pranzo, facevo i dolci e preparavo le marmellate, e mi piaceva anche lavorare nell'orto in compagnia del servo. Bisticciavo con Felicetta, ma col servo andavo d'accordo. Quando ammiccava gettando il ciuffo all'indietro, c'era qualcosa nella sua sana faccia che mi dava allegria. Passeggiavo a lungo per il paese e discorrevo coi contadini. Li interrogavo, e loro m'interrogavano. Ma quando rientravo la sera, e sedevo accanto alla stufa di maiolica, mi sentivo sola, provavo nostalgia della zia e di mia sorella, e avrei voluto essere di nuovo con loro. Ripensavo al tempo in cui mi spogliavo con mia sorella nella nostra camera, ai nostri letti di ferro, al balcone che dava sulla strada ed al quale stavamo tranquillamente affacciate nei giorni di domenica. Una sera mi venne da piangere. All'improvviso mio marito entrò. Era pallido e molto stanco. Vide i miei capelli scomposti, le mie guance bagnate di lagrime. – Che c'è? – mi disse. Tacqui, chinando il capo. Sedette accanto a me carezzandomi un poco. – Triste? – mi chiese. Feci segno di sí. Allora egli mi strinse contro la sua spalla. Poi a un tratto si alzò e andò a chiudere a chiave la porta. – Da molto tempo volevo parlarti, – disse. – Mi riesce difficile, e perciò non l'ho fatto finora. Ogni giorno pensavo « sarà oggi », e ogni giorno rimandavo, mi pareva di non poter trovare le parole, avevo paura di te. Una donna che si sposa ha paura dell'uomo, ma non sa che l'uomo ha paura a sua volta, non sa fino a che punto anche l'uomo ha paura. Ci sono molte cose di cui ti voglio parlare. Se sarà possibile parlarsi, e conoscersi a poco a poco, allora forse ci vorremo bene, e la malinconia passerà. Quando ti ho veduta per la prima volta, ho pensato: « Questa donna mi piace, voglio amarla, voglio che mi ami e mi aiuti, e voglio essere felice con lei ». Forse ti sembra strano che io abbia bisogno d'aiuto, ma pure è cosí –. Sgualciva con le dita le pieghe della mia sottana. – C'è qui nel paese una donna che ho amato molto. È sciocco dire una donna, non si tratta di una donna ma di una bambina, di una sudicia bestiolina. È la figlia di un contadino di qui. Due anni fa la curai d'una pleurite grave. Aveva allora quindici anni. I suoi sono poveri, ma piú ancora che poveri, avari, hanno una dozzina di figli e non volevano saperne di comprarle le medicine. Provvidi per le medicine, e quando fu guarita, la cercavo nei boschi dove andava a far legna e le davo un po' di denaro, perché si comperasse da mangiare. A casa sua non aveva che del pane e delle patate col sale; del resto non ci vedeva niente di strano: cosí si nutrivano i suoi fratelli e cosí si nutrivano il padre e la madre, e gran parte dei loro vicini. Se avessi dato del denaro alla madre, si sarebbe affrettata a nasconderlo nel materasso e non avrebbe comprato nulla. Ma vidi poi che la ragazza si vergognava di entrare a comprare, temendo che la cosa fosse risaputa dalla madre, e che anche lei aveva la tentazione di cucire il denaro nel materasso come sempre aveva visto fare a sua madre, sebbene io le dicessi che se non si nutriva, poteva ammalarsi di nuovo e morire. Allora le portai ogni giorno del cibo. Sul principio aveva vergogna di mangiare davanti a me, ma poi s'era avvezzata e mangiava mangiava, e quando era sazia si stendeva al sole, e passavamo delle ore cosí, lei e io. Mi piaceva straordinariamente vederla mangiare, era quello il momento migliore della mia giornata, e quando mi trovavo solo, pensavo a quello che aveva mangiato e a quello che le avrei portato l'indomani. E cosí presi a far l'amore con lei. Ogni volta che mi era possibile salivo nei boschi, l'aspettavo e veniva, e io non sapevo neppure perché veniva, se per sfamarsi o per fare all'amore, o per timore che io m'inquietassi con lei. Ma io come l'aspettavo! Quando a un sentimento si unisce la pietà e il rimorso, ti rende schiavo, non ti dà piú pace. Mi svegliavo la notte e pensavo a quello che sarebbe avvenuto se l'avessi resa incinta e avessi dovuto sposarla, e l'idea di dividere l'esistenza con lei mi riempiva d'orrore, ma nello stesso tempo soffrivo a immaginarla sposata ad un altro, nella casa di un altro, e l'amore che provavo per lei mi era insopportabile, mi toglieva ogni forza. Nel vederti ho pensato che unendomi a te mi sarei liberato di lei, l'avrei forse dimenticata, perché non volevo lei, non volevo Mariuccia, era una donna come te che io volevo, una donna simile a me, adulta e cosciente. C'era qualcosa in te che mi diceva che mi avresti forse perdonato, che avresti acconsentito ad aiutarmi, e cosí mi pareva che se agivo male con te, non aveva importanza, perché avremmo imparato ad amarci, e tutto questo sarebbe scomparso –. Dissi: – Ma potrà scomparire? – Non so, – egli disse, – non so. Da quando ti ho sposato non penso piú a lei come prima, e se la incontro la saluto calmo, e lei ride e si fa tutta rossa, e io mi dico allora che fra alcuni anni la vedrò sposata a qualche contadino, carica di figli e disfatta dalla fatica. Pure qualcosa si sconvolge in me se la incontro, e vorrei seguirla nei boschi e sentirla ridere e parlare in dialetto, e guardarla mentre raccoglie le frasche per il fuoco. – Vorrei conoscerla, – dissi, – me la devi mostrare. Domani usciremo a passeggio e me la mostrerai quando passa –. Era il mio primo atto di volontà, e mi diede un senso di piacere. – Non mi serbi rancore? – egli mi chiese. Scossi il capo. Non provavo rancore: non sapevo io stessa quello che provavo, mi sentivo triste e contenta nel medesimo tempo. S'era fatto tardi, e quando andammo a cena, trovammo tutto freddo: ma non avevamo voglia di mangiare. Scendemmo in giardino, e passeggiammo a lungo per il prato buio. Egli mi teneva il braccio e mi diceva: – Sapevo che avresti capito –. Si svegliò piú volte nella notte, e ripeteva stringendomi a sé: – Come hai capito tutto!

Quando vidi Mariuccia per la prima volta, tornava dalla fontana, reggendo la conca dell'acqua. Portava un abito azzurro sbiadito e delle calze nere, e trascinava ai piedi un paio di grosse scarpe da uomo. Il rossore si sparse sul suo viso bruno, al vedermi, e rovesciò un po' d'acqua sulle scale di casa, mentre si voltava a guardare. Questo incontro mi diede un'emozione cosí forte, che chiesi a mio marito di fermarci, e sedemmo sulla panca di pietra davanti alla chiesa. Ma in quel momento vennero a chiamarlo e io rimasi sola. E mi prese un profondo sconforto, al pensiero che forse ogni giorno avrei veduto Mariuccia, che mai piú avrei potuto camminare spensieratamente per quelle strade. Avevo creduto che il paese dove ero venuta a vivere mi sarebbe divenuto caro, che mi sarebbe appartenuto in ogni sua parte, ma ora questo mi era negato per sempre. E difatti ogni volta che uscivo m'incontravo con lei, la vedevo risciacquare i panni alla fontana o reggere le conche o portare in braccio uno dei suoi fratellini sporchi, e un giorno sua madre, una contadina grassa, m'invitò a entrare nella loro cucina, mentre Mariuccia stava là sulla porta con le mani sotto il grembiule, gettandomi ogni tanto uno sguardo curioso e malizioso, e alfine scappò via. Rientrando io dicevo a mio marito: – Oggi ho visto Mariuccia, – ma egli non rispondeva e distoglieva gli occhi,

finché un giorno mi disse irritato: – Che importa se l'hai vista?
È una storia passata, non occorre parlarne piú.

Finii col non allontanarmi piú dal giardino. Ero incinta, e mi
ero fatta grossa e pesante. Sedevo nel giardino a cucire, tutto intorno a me era tranquillo, le piante frusciavano e diffondevano
ombra, il servo zappava nell'orto e Felicetta andava e veniva per
la cucina lucidando il rame. Pensavo qualche volta al bambino che
doveva nascere, con meraviglia. Egli apparteneva a due persone
che non avevano nulla di comune fra loro, che non avevano nulla
da dirsi, che sedevano a lungo l'una accanto all'altra in silenzio.
Dopo quella sera in cui mio marito mi aveva parlato di Mariuccia,
non aveva piú cercato di avvicinarsi a me, si era richiuso nel silenzio, e a volte quando io gli parlavo levava su di me uno sguardo
vuoto, offeso, come se io l'avessi distolto da qualche riflessione
grave con le mie incaute parole. E allora io mi dicevo che occorreva che i nostri rapporti mutassero prima della venuta del bambino. Perché cosa avrebbe pensato il bambino di noi? Ma poi mi
veniva quasi da ridere: come se un bambino piccolo avesse potuto
pensare.

Il bambino nacque d'agosto. Arrivarono mia sorella e la zia,
venne organizzata una festa per il battesimo, e vi fu un grande
andirivieni in casa. Il bambino dormiva nella sua culla accanto al
mio letto. Giaceva rosso, coi pugni chiusi, con un ciuffo scuro di
capelli che spuntava sotto la cuffia. Mio marito veniva continuamente a vederlo, era allegro e rideva, e parlava a tutti di lui. Un
pomeriggio ci trovammo soli. Io m'ero abbandonata sul cuscino,
fiacca e indebolita dal caldo. Egli guardava il bambino, sorrideva
toccandogli i capelli e i nastri. – Non sapevo che ti piacessero i
bambini, – dissi ad un tratto. Sussultò e si rivolse. – Non mi piacciono i bambini, – rispose, – mi piace solo questo, perché è nostro. – Nostro? – gli dissi – ha importanza per te che sia *nostro*,
cioè mio e tuo? Rappresento qualcosa io per te? – Sí, – egli disse
come soprapensiero, e si venne a sedere sul mio letto. – Quando
ritorno a casa, e penso che ti troverò, ne ho un senso di piacere e
di calore. – E poi? – domandai quietamente, fissandolo. – Poi,
quando sono davanti a te, e vorrei raccontarti quello che ho fatto
nella giornata, quello che ho pensato, mi riesce impossibile, non
so perché. O forse so il perché. È perché c'è qualcosa nella mia

giornata, nei miei pensieri, che io ti devo nascondere, e cosí non posso piú dirti nulla. – Che cosa? – Questo, – egli disse, – che di nuovo m'incontro con Mariuccia nel bosco. – Lo sapevo, – io gli dissi, – lo sentivo da molto tempo –. Si chinò su di me baciando le mie braccia nude. – Aiutami, te ne prego, – diceva, – come faccio se tu non mi aiuti? – Ma che cosa posso fare per aiutarti? – gridai, respingendolo e scoppiando a piangere. Allora mio marito andò a prendere Giorgio, lo baciò e me lo porse, e mi disse: – Vedrai che ora tutto ci sarà piú facile.

Poiché io non avevo latte, venne fatta arrivare una balia da un paese vicino. E la nostra esistenza riprese il suo corso, mia sorella e la zia ripartirono, io mi alzai e scesi in giardino, ritrovando a poco a poco le mie abitudini. Ma la casa era trasformata dalla presenza del bambino, in giardino e sulle terrazze erano appesi i pannolini bianchi, la gonna di velluto della balia frusciava nei corridoi, e le stanze risuonavano delle sue canzoni. Era una donna non piú molto giovane, grassa e vanitosa, che amava molto parlare delle case nobili dov'era stata. Occorreva comprarle ogni mese qualche nuovo grembiule ricamato, qualche spillone per il fazzoletto. Quando mio marito rientrava, io gli andavo incontro al cancello, salivamo insieme nella camera di Giorgio e lo guardavamo dormire, poi andavamo a cena e io gli raccontavo come la balia s'era bisticciata con Felicetta, parlavamo a lungo del bambino, dell'inverno che si avvicinava, delle provviste di legna, e io gli dicevo di un romanzo che avevo letto e gli esponevo le mie impressioni. Egli mi circondava col braccio la vita, mi accarezzava, io appoggiavo il viso contro la sua spalla. Veramente la nascita del bambino aveva mutato i nostri rapporti. Eppure ancora a volte io sentivo che c'era qualcosa di forzato nei nostri discorsi, nella sua bontà e tenerezza, non avrei saputo dire perché. Il bambino cresceva, sgambettava e si faceva grasso, e mi piaceva guardarlo, ma a volte mi domandavo se lo amavo davvero. A volte non avevo voglia di salire le scale per andare da lui. Mi pareva che appartenesse ad altri, a Felicetta o alla balia, ma non a me.

Un giorno seppi che il padre di Mariuccia era morto. Mio marito non me ne aveva detto nulla. Presi il cappotto e uscii. Nevicava. Il morto era stato portato via dal mattino. Nella cucina buia, Mariuccia e la madre, circondate dalle vicine, si tenevano il capo fra le mani dondolandosi ritmicamente e gettando acute grida, come usa fare in campagna se è morto qualcuno di casa, mentre i fratelli, vestiti dei loro abiti migliori, si scaldavano al fuoco le mani violette dal freddo. Quando entrai, Mariuccia mi fissò per un attimo col suo sguardo stupito, acceso di una subitanea allegria. Ma non tardò a riprendersi e ricominciò a lamentarsi.

Ella ora camminava nel paese avvolta in uno scialle nero. E sempre mi turbavo all'incontrarla. Rientravo triste: vedevo ancora davanti a me quei suoi occhi neri, quei denti grossi e bianchi che sporgevano sulle labbra. Ma di rado pensavo a lei se non la incontravo.

Nell'anno seguente diedi alla luce un altro bambino. Era di nuovo un maschio, e lo chiamammo Luigi. Mia sorella s'era sposata ed era andata a vivere in una città lontana, la zia non si mosse, e nessuno m'assistette nel parto all'infuori di mio marito. La balia che aveva allattato il primo bambino partì e venne una nuova balia, una ragazza alta e timida, che si affezionò a noi e rimase anche dopo che Luigi fu svezzato. Mio marito era molto contento di avere i bambini. Quando tornava a casa domandava subito di loro, correva a vederli, li trastullava finché non andavano a letto. Li amava, e senza dubbio pensava che io pure li amassi. E io li amavo, ma non come un tempo credevo si dovessero amare i propri figli. Qualcosa dentro di me taceva, mentre li tenevo in grembo. Essi mi tiravano i capelli, si aggrappavano al filo della mia collana, volevano frugare dentro il mio cestello da lavoro, e io ne ero infastidita e chiamavo la balia. Qualche volta pensavo che forse ero troppo triste per stare coi bambini. «Ma perché sono triste? – mi chiedevo. – Che c'è? Non ho ragione d'essere così triste».

In un pomeriggio soleggiato d'autunno, mio marito ed io sedevamo sul divano di cuoio dello studio. – Siamo sposati già da tre anni, – io gli dissi. – È vero, – egli disse, – e vedi che è stato come io pensavo, vedi che abbiamo imparato a vivere insieme –. Tacevo, e accarezzavo la sua mano abbandonata. Poi egli mi baciò e mi lasciò. Dopo alcune ore io pure uscii, attraversai le strade del paese e presi il sentiero lungo il fiume. Volevo passeggiare un poco, in compagnia dell'acqua. Appoggiata al parapetto di legno del ponte, guardai l'acqua scorrere tranquilla ed oscura, fra l'erba e le pietre, con la mente un poco addormentata da quell'uguale rumore. Mi venne freddo e stavo per andarmene, quando ad un tratto vidi mio marito salire rapidamente per il dorso erboso del pendio, in direzione del bosco. M'accorsi che lui pure mi aveva veduta. Si fermò per un attimo, incerto, e riprese a salire, afferrandosi ai rami dei cespugli, finché scomparve fra gli alberi. Io tornai a casa, ed entrai nello studio. Sedetti sul divano dove poco prima egli mi aveva detto che avevamo imparato a vivere insieme. Capivo adesso quello che intendeva dire. Egli aveva imparato a mentirmi, non ne soffriva piú. La mia presenza nella sua casa l'aveva reso peggiore. E anch'io ero divenuta peggiore stando con lui. M'ero inaridita, spenta. Non soffrivo, non provavo alcun dolore. Anch'io gli mentivo: vivevo accanto a lui come se l'avessi amato, mentre non lo amavo, non sentivo nulla per lui.

A un tratto risonò per le scale il suo passo pesante. Entrò nello studio, senza guardarmi si tolse la giacca infilando la vecchia giubba di fustagno che portava in casa. Dissi: – Vorrei che lasciassimo questo paese. – Farò richiesta per un'altra condotta, se tu lo desideri, – mi rispose. – Ma sei tu che devi desiderarlo, – gridai. E mi accorsi allora che non era vero che non soffrivo, soffrivo invece in modo intollerabile, e tremavo per tutto il corpo. – Una volta dicevi che dovevo aiutarti, che è per questo che mi hai sposata. Ah, perché mi hai sposata? – dissi con un gemito. – Ah, davvero, perché? Che errore è stato! – disse, e sedette, e si coprí la faccia con le mani. – Non voglio piú che tu vada da lei. Non voglio piú che tu la veda, – dissi, e mi chinai su di lui. Ma egli mi respinse con un gesto. – Che m'importa di te? – disse. – Tu non rappresenti nulla di nuovo per me, non hai nulla che possa interessarmi. Rassomigli a mia madre e alla madre di mia madre, e a tutte le donne che hanno abitato in questa casa. Te, non ti hanno picchiata quando eri piccola. Non ti hanno fatto soffrire la fame. Non ti hanno costretta a lavorare nei campi dal mattino alla sera, sotto il sole che spacca la schiena. La tua presenza, sí, mi dà riposo e pace, ma nient'altro. Non so che farci, ma non posso amarti –. Prese la pipa e la riempí accuratamente e l'accese, con una subitanea calma. – Del resto questi sono tutti discorsi inutili, chiacchiere senza importanza. Mariuccia è incinta, – egli disse.

Alcuni giorni dopo io partii coi bambini e la balia per il mare. Da lungo tempo avevamo deciso questo viaggio, perché i bambini erano stati malati e avevano bisogno entrambi di aria marina: mio marito sarebbe venuto ad accompagnarci e si sarebbe trattenuto là con noi per un mese. Ma senza che ci dicessimo piú nulla, era inteso ora che non sarebbe venuto. Ci fermammo al mare tutto l'inverno. Scrivevo a mio marito una volta alla settimana, ricevendo la sua puntuale risposta. Le nostre lettere non contenevano che poche frasi, brevi e assai fredde.

All'inizio della primavera tornammo. Mio marito ci aspettava alla stazione. Mentre percorrevamo in automobile il paese, vidi passare Mariuccia col ventre deformato. Camminava leggera, nonostante il peso del suo ventre, e la gravidanza non aveva mutato il suo aspetto infantile. Ma il suo viso aveva ora un'espressione nuova, di sottomissione e di vergogna, ed ella arrossí nel vedermi, ma non piú come arrossiva una volta, con quella lieta insolenza. E io pensavo che presto l'avrei veduta reggere fra le braccia un bambino sporco, con la veste lunga che hanno tutti i bambini dei contadini, e che quel bambino sarebbe stato il figlio di mio marito, il fratello di Luigi e di Giorgio. Pensavo che non avrei sopportato la vista di quel bambino con la veste lunga. Non avrei potuto allora continuare l'esistenza con mio marito, restare ad abitare nel paese. Sarei andata via.

Mio marito era estremamente abbattuto. Passavano giorni e giorni senza che pronunciasse una parola. Neppure coi bambini si divertiva piú. Lo vedevo invecchiato, trasandato negli abiti: le sue mascelle erano ricoperte di un'ispida barba. Rientrava molto tardi la sera e a volte si coricava senza cenare. A volte non si coricava affatto e passava l'intera notte nello studio.

Trovai la casa nel piú grande disordine dopo la nostra assenza. Felicetta s'era fatta vecchia, si scordava di tutto, litigava col servo e lo accusava di bere troppo. Si scambiavano violenti insulti e spesso io dovevo intervenire a placarli.

Per alcuni giorni ebbi molto da fare. C'era da ordinare la casa, prepararla per l'estate vicina. Occorreva riporre negli armadi le coperte di lana, i mantelli, ricoprire le poltrone con le usse di tela bianca, metter le tende in terrazza e seminare nell'orto, potare i rosai nel giardino. Ricordavo con quanta animazione ed orgoglio m'ero data a tutte queste cose, nei primi tempi che ero sposata. Immaginavo che ogni mio semplice atto dovesse avere la piú grande importanza. Non erano passati da allora neppur quattro anni, ma come mi vedevo cambiata! Anche il mio aspetto oggi era quello d'una donna matura. Mi pettinavo senza scriminatura, con la crocchia bassa sul collo. A volte specchiandomi pensavo che cosí pettinata non stavo bene e apparivo piú vecchia. Ma non desideravo piú d'esser bella. Non desideravo niente.

Una sera sedevo in sala da pranzo con la balia che mi stava insegnando un punto a maglia. I bambini dormivano e mio marito era partito per un paese lontano alcuni chilometri, dove c'era un ammalato grave. All'improvviso suonò il campanello e il servo andò scalzo ad aprire. Anch'io scesi: era un ragazzo sui quattordici anni, e riconobbi uno dei fratelli di Mariuccia. – M'hanno mandato a chiamare il dottore, che mia sorella sta male, – disse. – Ma il dottore non c'è –. Si strinse nelle spalle e andò via. Ricomparve di lí a poco. – Non è tornato il dottore? – chiese. – No, – gli dissi, – ma lo farò avvertire –. Il servo s'era già coricato: gli dissi di vestirsi e di andare a chiamare il dottore in bicicletta. Salii nella mia camera e feci per spogliarmi: ma ero troppo inquieta, eccitata, sentivo che anch'io dovevo fare qualcosa. Mi copersi il capo con uno scialle ed uscii. Camminai nel paese buio, deserto. In cucina, i fratelli di Mariuccia sonnecchiavano col capo sulla tavola. Le vicine parlavano tra loro aggruppate davanti alla porta. Nella camera accanto, Mariuccia camminava nello stretto spazio tra il letto e la porta, camminava e gridava, sostenendosi alla parete. Mi fissò senza riconoscermi, seguitando a camminare e a gridare. Ma la madre mi gettò uno sguardo astioso, cattivo. Sedetti sul letto. – Non tarderà il dottore, signora? – mi chiese la levatrice. – Sono diverse ore che la ragazza ha i dolori. Ha perso già molto sangue. È un parto che non si presenta bene. – L'ho mandato a chiamare. Dovrebbe essere qui tra poco, – risposi.

Poi Mariuccia cadde svenuta e la portammo sul letto. Occorreva qualcosa in farmacia e mi offersi di andarvi io stessa. Al mio ritorno s'era riavuta ed aveva ricominciato a gridare. Aveva le guance accese, sussultava buttando via le coperte. Si aggrappava alla spalliera del letto e gridava. La levatrice andava e veniva con le bottiglie dell'acqua. – È una brutta storia, – mi disse ad alta voce, tranquillamente. – Ma bisogna fare qualcosa, – le dissi. – Se mio marito tarda, bisogna avvertire un altro medico. – I medici

sanno dire molte belle parole, e nient'altro, – disse la madre, e di
nuovo mi gettò il suo sguardo amaro, riponendosi in seno la co-
rona. – Gridan tutte quando si sgravano, – disse una donna.

Mariuccia si dibatteva sul letto coi capelli in disordine. A un
tratto s'aggrappò a me, mi strinse con le scarne braccia brune.
– Madonna, Madonna, – diceva. Le lenzuola erano macchiate di
sangue, c'era del sangue perfino in terra. La levatrice non s'allontanava piú da lei. – Coraggio, – le diceva di quando in quando.
Ora ella aveva come dei singhiozzi rauchi. Aveva un cerchio sotto
gli occhi, la faccia scura e sudata. – Va male, va male, – ripeteva la
levatrice. Ricevette nelle sue mani il bambino, lo sollevò, lo scosse.
– È morto, – e lo buttò in un angolo del letto. Vidi una faccia
vizza di piccolo cinese. Le donne lo portarono via, ravvolto in uno
straccio di lana.

Ora Mariuccia non gridava piú, giaceva pallida pallida, e il sangue non cessava di scorrere dal suo corpo. Vidi che c'era una
chiazza di sangue sulla mia camicetta. – Va via con un po' d'acqua, – mi disse la levatrice. – Non fa nulla, – risposi. – Mi è stata
molto d'aiuto stanotte, – ella disse, – è una signora molto coraggiosa. Proprio la moglie di un dottore.

Una delle vicine volle ad ogni costo farmi prendere un po' di
caffè. La dovetti seguire in cucina, bere del caffè chiaro e tiepido
dentro un bicchiere. Quando tornai, Mariuccia era morta. Mi dissero che era morta cosí, senza piú riaversi dal suo sopore.

Le pettinarono le trecce, le ricomposero le coltri intorno. Alfine mio marito entrò. Teneva in mano la sua valigetta di cuoio:
era pallido e trafelato, col soprabito aperto. Sedevo accanto al
letto, ma egli non mi guardò. Si fermò nel mezzo della camera.
La madre gli venne davanti, gli strappò dalle mani la valigetta but-
tandola a terra. – Non sei neppure venuto a vederla morire, –
gli disse.

Allora io raccolsi la valigetta e presi mio marito per la mano.
– Andiamo via, – gli dissi. Egli si lasciò condurre da me attraverso
la cucina, fra le donne che mormoravano, e mi seguí fuori. A un
tratto io mi fermai: mi sembrava che avrei dovuto mostrargli il
piccolo cinese. Ma dov'era? Chissà dove l'avevano portato.

Camminando mi stringevo a lui, ma egli non rispondeva in
alcun modo alla mia stretta, e il suo braccio pendeva immobile

lungo il mio corpo. Capivo che non poteva accorgersi di me, capivo che non dovevo parlargli, che dovevo usare la piú grande prudenza. Venne con me fino alla porta della nostra camera, mi lasciò e ridiscese nello studio, come spesso faceva negli ultimi tempi.

Era già quasi giorno, sentivo gli uccelli cantare forte sugli alberi. Mi coricai. E ad un tratto mi accorsi che ero in preda a una felicità immensa. Ignoravo che si potesse essere cosí felici della morte di una persona. Ma non ne provavo alcun rimorso. Da molto tempo non ero felice, e questa era ormai una cosa tutta nuova per me, che mi stupiva e mi trasformava. Ed ero piena di uno sciocco orgoglio, per il mio contegno di quella notte. Comprendevo che mio marito non poteva pensarci ora, ma piú tardi, quando si fosse ripreso un poco, ci avrebbe ripensato e si sarebbe forse reso conto che avevo agito bene.

All'improvviso un colpo risuonò nel silenzio della casa. Mi alzai dal letto gridando, gridando uscii per le scale, mi gettai nello studio e scossi quel suo grande corpo immobile nella poltrona, le braccia abbandonate e riverse. Un po' di sangue bagnava le sue guance e le sue labbra, quel volto che io conoscevo cosí bene.

Poi la casa si riempí di gente. Dovetti parlare, rispondere ad ogni domanda. I bambini furono portati via. Due giorni dopo, accompagnai mio marito al cimitero. Quando ritornai a casa, mi aggirai assorta per le stanze. Quella casa mi era divenuta cara, ma mi pareva di non avere il diritto di abitarvi, perché non mi apparteneva, perché l'avevo divisa con un uomo che era morto senza una parola per me. Eppure non avrei saputo dove andare. Non c'era un luogo al mondo in cui desiderassi andare.

La madre era piccola e magra, con le spalle un po' curve; portava sempre una sottana blu e una blusa di lana rossa. Aveva i capelli neri crespi e corti, li ungeva sempre con dell'olio perché non stessero tanto gonfi; ogni giorno si strappava le sopracciglia, ne faceva due pesciolini neri che guizzavano verso le tempie; s'incipriava il viso di una cipria gialla. Era molto giovane; quanti anni avesse loro non sapevano ma pareva tanto più giovane delle madri dei loro compagni di scuola; i ragazzi si stupivano sempre a vedere le madri dei loro compagni, com'erano grasse e vecchie. Fumava molto e aveva le dita macchiate dal fumo; fumava anche la sera a letto, prima d'addormentarsi. Dormivano tutti e tre insieme, nel grande letto matrimoniale con la trapunta gialla; la madre stava dal lato della porta, sul comodino aveva una lampada col paralume fasciato d'un cencio rosso, perché la notte leggeva e fumava; certe volte rientrava molto tardi, i ragazzi si svegliavano allora e le chiedevano dov'era stata: lei quasi sempre rispondeva: – Al cinema –, oppure: – Da una mia amica –; chi fosse quest'amica non sapevano perché nessuna amica era mai venuta a casa a trovare la madre. Lei diceva loro che dovevano voltarsi dall'altra mentre si spogliava, sentivano il fruscío veloce degli abiti, sui muri ballavano ombre; s'infilava nel letto accanto a loro, magro corpo nella fredda camicia di seta, si mettevano discosti da lei perché sempre si lamentava che le stavano addosso e le davano calci nel sonno; qualche volta spegneva la luce perché loro s'addormentassero e fumava zitta nell'ombra.

La madre non era importante. Era importante la nonna, il nonno, la zia Clementina che abitava in campagna e arrivava ogni tanto con castagne e farina gialla; era importante Diomira, la serva, era importante Giovanni, il portinaio tisico che faceva delle sedie di paglia; tutte queste persone erano molto importanti per i due ragazzi perché erano gente forte di cui ci si poteva fidare, gente forte nel permettere e nel proibire, molto bravi in tutte le cose che facevano e pieni sempre di saggezza e di forza; gente che poteva difendere dai temporali e dai ladri. Ma se erano soli in casa con la madre i ragazzi avevano paura proprio come se fossero stati soli; quanto al permettere e al proibire lei non permetteva né proibiva mai nulla, al massimo si lamentava con una voce stanca: – Non fate tanto chiasso perché io ho mal di testa, – e se le domandavano il permesso di fare una cosa o l'altra lei subito rispondeva: – Chiedete alla nonna, – oppure diceva prima no e poi sí e poi no ed era tutta una confusione. Quando uscivano soli con la madre si sentivano incerti e malsicuri perché lei sempre sbagliava le strade e bisognava domandare al vigile e aveva poi un modo cosí buffo e timido di entrare nei negozi a chiedere le cose da comprare, e nei negozi dimenticava sempre qualcosa, i guanti o la borsetta o la sciarpa, e bisognava ritornare indietro a cercare e i ragazzi avevano vergogna.

La madre teneva i cassetti in disordine e lasciava tutte le cose in giro e Diomira al mattino quando rifaceva la stanza brontolava contro di lei. Chiamava anche la nonna a vedere e insieme raccoglievano calze e abiti e scopavano via la cenere che era sparsa un po' dappertutto. La madre al mattino andava a fare la spesa: tornava e sbatteva la rete sul tavolo di marmo in cucina e pigliava la sua bicicletta e correva all'ufficio dov'era impiegata. Diomira guardava tutto quello che c'era nella rete, toccava gli aranci a uno a uno e la carne, e brontolava e chiamava la nonna a vedere com'era brutta la carne. La madre ritornava a casa alle due quando loro tutti avevano già mangiato e mangiava in fretta col giornale appoggiato al bicchiere e poi filava via in bicicletta di nuovo all'ufficio e la rivedevano un momento a cena, ma dopo cena quasi sempre filava via.

I ragazzi facevano i compiti nella stanza da letto. C'era il ritratto del padre, grande, a capo del letto, con la quadrata barba nera e la testa calva e gli occhiali cerchiati di tartaruga, e poi un altro suo ritrattino sul tavolo, con in collo il minore dei ragazzi. Il padre era morto quando loro erano molto piccoli, non ricordavano nulla di lui: o meglio c'era nella memoria del ragazzo piú grande l'ombra d'un pomeriggio lontanissimo, in campagna dalla zia Clementina: il padre lo spingeva sul prato in una carriola verde; aveva trovato poi qualche pezzo di quella carriola, un manico e la ruota, in soffitta dalla zia Clementina; nuova era una bellissima carriola e lui era felice di averla; il padre lo spingeva correndo e la sua lunga barba svolazzava. Non sapevano niente del padre ma pensavano che doveva essere del tipo di quelli che son forti e saggi nel permettere e nel proibire; la nonna quando il nonno o Diomira si arrabbiavano contro la madre diceva che bisognava aver pietà di lei perché era stata molto disgraziata e diceva che se ci fosse stato Eugenio, il padre dei ragazzi, sarebbe stata tutt'un'altra donna, ma invece aveva avuto quella disgrazia di perdere il marito quando era ancora tanto giovane. C'era stata per un certo tempo anche la nonna paterna, non l'avevano mai veduta perché abitava in Francia ma scriveva e mandava dei regalini a Natale: poi aveva finito col morire perché era molto vecchia.

A merenda mangiavano castagne, o pane con l'olio e l'aceto, e poi se avevano finito il compito potevano scendere a giocare in piazzetta o fra le rovine dei bagni pubblici, saltati in aria in un bombardamento. In piazzetta c'erano molti piccioni e loro gli portavano del pane o si facevan dare da Diomira un cartoccio di riso avanzato. Là s'incontravano con tutti i ragazzi del quartiere, compagni di scuola e altri che ritrovavano poi al ricreatorio la domenica, quando facevano le partite al pallone con don Vigliani che si tirava su la sottana nera e tirava calci. Anche in piazzetta a volte giocavano al pallone o giocavano a ladri e carabinieri. La nonna di tanto in tanto si affacciava al balcone e gridava di non farsi male: era bello vedere dalla piazza buia le finestre illuminate della casa, là al terzo piano, e sapere che si poteva ritornare là, scaldarsi alla stufa e difendersi dalla notte. La nonna sedeva in cucina con Diomira e rammendavano le lenzuola; il nonno stava nella stanza da pranzo e fumava la pipa col berretto in testa. La nonna era molto grassa, vestita di nero, e portava sul petto un medaglione col ritratto dello zio Oreste che era morto in guerra: era molto brava a cucinare le pizze e altre cose. La nonna li prendeva qualche volta sulle ginocchia, anche adesso che erano abbastanza grandi; era grassa, aveva un grande petto tutto molle; si vedeva da sotto lo scollo dell'abito nero la grossa maglia di lana bianca col bordo a festoni che si era fatta da sé. Li prendeva sulle ginocchia e diceva nel suo dialetto delle parole tenere e come un poco pietose; e poi si tirava fuori dalla crocchia una lunga forcina di ferro e gli puliva le orecchie, e loro strillavano e volevano scappare e veniva sulla porta il nonno con la sua pipa.

Il nonno era prima professore di greco e di latino al liceo. Adesso era in pensione e scriveva una grammatica greca: molti dei suoi antichi studenti venivano ogni tanto a trovarlo, Diomira allora doveva fare il caffè; c'erano al cesso fogli di quaderno con versioni dal latino e dal greco, con le sue correzioni in rosso e blu. Il nonno aveva una barbetta bianca, un po' come quella d'una capra, e non bisognava far chiasso perché lui aveva i nervi stanchi da tanti anni che aveva fatto la scuola; era sempre un po' spaventato perché i prezzi crescevano e la nonna doveva sempre un po' litigare con lui al mattino, perché si stupiva sempre del denaro che ci voleva; diceva che forse Diomira rubava lo zucchero e si faceva il caffè di nascosto e Diomira allora sentiva e correva da lui a gridare, il caffè era per gli studenti che venivano sempre; ma questi erano piccoli incidenti che si quetavano subito e i ragazzi non si spaventavano, invece si spaventavano quando c'era una lite fra il nonno e la madre; succedeva certe volte se la madre rientrava molto tardi la notte, lui allora veniva fuori dalla sua stanza col cappotto sopra il pigiama e a piedi scalzi, e gridavano lui e la madre: lui diceva: – Lo so dove sei stata, lo so dove sei stata, lo so chi sei, – e la madre diceva: – Cosa me ne importa, – e diceva: – Ecco, guarda che m'hai svegliato i bambini, – e lui diceva: – Per quello che te ne importa dei tuoi bambini. Non parlare perché lo so chi sei. Una cagna sei. Te ne corri in giro la notte da quella cagna pazza che sei –. E allora venivano fuori la nonna e Diomira in camicia e lo spingevano nella sua stanza e facevano: «Sss, sss» e la madre s'infilava nel letto e singhiozzava sotto le lenzuola, i suoi alti singhiozzi risuonavano nella stanza buia: i ragazzi pensavano che il nonno certo aveva ragione, pensavano che la madre faceva male a andare al cinema e dalle sue amiche la notte. Si sentivano molto infelici, spaventati e infelici, se ne stavano rannicchiati vicini nel caldo letto morbido e profondo, e il ragazzo piú grande che era al centro si stringeva da parte per non toccare il corpo della madre: gli pareva che ci fosse qualcosa di schifoso nel pianto della madre, nel guanciale bagnato: pensava: « Un ragazzo ha schifo di sua madre quando lei piange ». Di queste liti della madre col nonno non parlavano mai fra loro, evitavano accuratamente di parlarne: ma si volevano molto bene tra loro e stavano abbracciati stretti la notte quando la madre piangeva: al mattino si vergognavano un po' uno dell'altro, perché si erano abbracciati cosí stretti come per difendersi e perché c'era quella cosa di cui non volevano parlare; d'altronde si dimenticavano presto d'essere stati infelici, il giorno cominciava e sarebbero andati a scuola, e per la strada avrebbero trovato i compagni e giocato un momento sulla porta di scuola.

Nella luce grigia del mattino, la madre si alzava: col sottabito arrotolato alla vita, s'insaponava il collo e le braccia stando curva sulla catinella: cercava sempre di non farsi vedere da loro ma scorgevano nello specchio le sue spalle brune e scarne e le piccole mammelle nude: nel freddo i capezzoli si facevano scuri e sporgenti, sollevava le braccia e s'incipriava le ascelle: alle ascelle aveva dei peli ricciuti e folti. Quando era tutta vestita cominciava a strapparsi le sopracciglia, fissandosi nello specchio da vicino e stringendo forte le labbra: poi si spalmava il viso d'una crema e scuoteva forte il piumino di cigno color rosa acceso e s'incipriava: il suo viso diventava allora tutto giallo. Certe volte era abbastanza allegra al mattino e voleva parlare coi ragazzi, chiedeva della scuola e dei compagni e raccontava qualcosa del tempo che lei era a scuola: aveva una maestra che si chiamava « signorina Dirce » ed era una vecchia zitella che voleva fare la giovane. Poi s'infilava il cappotto e pigliava la rete della spesa, si chinava a baciare i ragazzi e correva via con la sciarpa avvolta intorno al capo e col suo viso tutto profumato e incipriato di cipria gialla.

I ragazzi trovavano strano d'esser nati da lei. Sarebbe stato molto meno strano nascere dalla nonna o da Diomira, con quei loro grandi corpi caldi che proteggevano dalla paura, che difendevano dai temporali e dai ladri. Era molto strano pensare che la loro madre era quella, che lei li aveva contenuti un tempo nel suo piccolo ventre. Da quando avevano saputo che i bambini stanno nella pancia della madre prima di nascere, si erano sentiti molto stupiti e anche un po' vergognosi che quel ventre li avesse contenuti un tempo. E anche gli aveva dato il latte con le sue mam-

melle: e questo era ancora piú inverosimile. Ma adesso non aveva
piú figli piccoli da allattare e cullare, e ogni giorno la vedevano fila-
re via in bicicletta dopo la spesa, con uno scatto libero e felice del
corpo. Lei non apparteneva certo a loro: non potevano contare su
di lei. Non potevano chiederle nulla: c'erano altre madri, le madri
dei loro compagni, a cui era chiaro che si poteva chiedere un mondo
di cose; i compagni correvano dalle madri dopo ch'era finita la
scuola e chiedevano un mondo di cose, si facevano soffiare il naso
e abbottonare il cappotto, mostravano i compiti e i giornaletti:
queste madri erano abbastanza vecchie, con dei cappelli o con delle
velette o con baveri di pelliccia e venivano quasi ogni giorno a
parlare con il maestro: erano gente come la nonna o come Diomira, grandi corpi mansueti e imperiosi di gente che non sbagliava:
gente che non perdeva le cose, che non lasciava i cassetti in disordine, che non rientrava tardi la notte. Ma la loro madre filava via
libera dopo la spesa, del resto faceva male la spesa, si faceva imbrogliare dal macellaio, molte volte anche le davano il resto sbagliato: filava via e non era possibile raggiungerla lí dov'era, loro
in fondo l'ammiravano molto quando filava via: chi sa com'era
quel suo ufficio, non ne parlava spesso: doveva battere a macchina
e scriver lettere in francese e in inglese: chi sa, forse in questo era
abbastanza brava.

Un giorno ch'erano andati a fare una passeggiata con don Vigliani e con altri ragazzi del ricreatorio, al ritorno videro la madre
in un caffè di periferia. Stava seduta dentro il caffè, la videro dai
vetri, e un uomo era seduto con lei. La madre aveva posato sul
tavolo la sua sciarpa scozzese e la vecchia borsetta di coccodrillo
che conoscevano bene: l'uomo aveva un largo paltò chiaro e dei
baffi castani e parlava con lei sorridendo: la madre aveva un viso
felice, disteso e felice, come non aveva mai a casa. Guardava l'uomo e si tenevano le mani, e lei non vide i ragazzi: i ragazzi conti-
nuarono a camminare accanto a don Vigliani che diceva a tutti di
far presto perché bisognava prendere il tram: quando furono in
tram il ragazzo piú piccolo si avvicinò al fratello e gli disse: – Hai
visto la mamma, – e il fratello disse: – No, non l'ho vista –. Il
piú piccolo rise piano e disse: – Ma sí che l'hai vista, era proprio
la mamma e c'era un signore con lei –. Il ragazzo piú grande volse
via la testa: era grande, aveva quasi tredici anni: il fratello minore

lo irritava perché gli faceva pena, non capiva perché ma gli faceva pena, aveva pena anche di sé e non voleva pensare a quella cosa che aveva visto, voleva fare come se non avesse visto nulla.

Non dissero niente alla nonna. Al mattino mentre la madre si vestiva il ragazzo piccolo disse: – Ieri quando siamo andati a fare la passeggiata con don Vigliani ti abbiamo vista e c'era anche quel signore con te –. La madre si volse di scatto, aveva un viso cattivo: i pesciolini neri sulla sua fronte guizzarono e si congiunsero insieme. Disse: – Ma non ero io. Figúrati. Devo stare in ufficio fino a tardi la sera, lo sai. Si vede che vi siete sbagliati –. Il ragazzo grande disse allora, con una voce stanca e tranquilla: – No, non eri tu. Era una che ti somigliava –. E tutti e due i ragazzi capirono che quel ricordo doveva sparire da loro: e tutti e due respirarono forte per soffiarlo via.

Ma l'uomo dal paltò chiaro venne una volta a casa. Non aveva il paltò perché era estate, aveva degli occhiali azzurri e un vestito di tela chiara, chiese il permesso di levarsi la giacca mentre pranzavano. Il nonno e la nonna erano andati a Milano a incontrarsi con certi parenti e Diomira era andata al suo paese, loro dunque erano soli con la madre. Venne allora quell'uomo. C'era un pranzo abbastanza buono: la madre aveva comprato quasi tutto alla rosticceria: c'era il pollo con le patate fritte e questo veniva dalla rosticceria: la madre aveva fatto la pastasciutta, era buona, solo la salsa s'era un po' bruciata. C'era anche del vino. La madre era nervosa e allegra, voleva dire tante cose insieme: voleva parlare dei ragazzi all'uomo e dell'uomo ai ragazzi. L'uomo si chiamava Max ed era stato in Africa, aveva molte fotografie dell'Africa e le mostrava: c'era la fotografia d'una sua scimmia, i ragazzi gli chiesero molto di questa scimmia; era cosí intelligente e gli voleva bene e aveva un fare cosí buffo e carino quando voleva avere una caramella. Ma l'aveva lasciata in Africa perché era malata e aveva paura che morisse nel piroscafo. I ragazzi fecero amicizia con questo Max. Lui promise di portarli al cinema una volta. Gli mostrarono i loro libri, non ne avevano molti: lui chiese se avevano letto *Saturnino Farandola* e loro dissero di no e disse che gliel'avrebbe regalato, e poi anche *Robinson delle praterie* perché era molto bello. Dopo pranzo la madre disse loro di andare al ricreatorio a giocare. Avrebbero voluto rimanere ancora con Max. Protestarono un poco ma la madre e anche Max dissero che dovevano andare; e la sera quando ritornarono a casa non c'era piú Max. La madre preparò in fretta la cena, caffelatte e insalata di patate: loro erano contenti, volevano parlare dell'Africa e della scimmia, erano straordinariamente contenti e non capivano bene perché: e anche la madre pareva contenta e raccontava delle cose, una scimmia che aveva visto ballare sull'organetto una volta. Poi disse loro di coricarsi e disse che sarebbe uscita per un momentino, non dovevano aver paura, non c'era motivo; si chinò a baciarli e disse che era inutile raccontare di Max al nonno e alla nonna perché loro non avevano mai piacere che s'invitasse la gente.

Dunque rimasero soli con la madre per alcuni giorni: mangiavano delle cose insolite perché la madre non aveva voglia di cucinare, prosciutto e marmellata e caffelatte e cose fritte della rosticceria. Poi lavavano i piatti tutti insieme. Ma quando il nonno e la nonna tornarono i ragazzi si sentirono sollevati: c'era di nuovo la tovaglia sulla tavola a pranzo e i bicchieri e tutto quello che ci voleva: c'era di nuovo la nonna seduta nella poltrona a dondolo col suo corpo mansueto e col suo odore: la nonna non poteva scappar via, era troppo vecchia e troppo grassa, era bello avere qualcuno che stava in casa e non poteva mai scappar via.

I ragazzi alla nonna non dissero nulla di Max. Aspettavano il libro di *Saturnino Farandola* e aspettavano che Max li portasse al cinema e mostrasse altre fotografie della scimmia. Una volta o due chiesero alla madre quando sarebbero andati al cinema col signor Max. Ma la madre rispose dura che il signor Max adesso era partito. Il ragazzo piú piccolo chiese se non era forse andato in Africa. La madre non rispose nulla. Ma lui pensava che certo era andato in Africa a ripigliarsi la scimmia. S'immaginava che un giorno o l'altro venisse a prenderli a scuola, con un servo negro e con la scimmia in collo. Ricominciarono le scuole e venne la zia Clementina a stare un po' da loro: aveva portato un sacco di pere e di mele che si mettevano a cuocere in forno col marsala e lo zucchero. La madre era molto di cattivo umore e litigava di continuo col nonno. Rientrava tardi la notte e stava sveglia a fumare. Era molto dimagrita e non mangiava nulla. Il suo viso si faceva sempre piú piccolo, giallo; adesso anche si dava il nero alle ciglia, sputava dentro una scatoletta e con uno spazzolino tirava su il nero

lí dove aveva sputato; metteva moltissima cipria, la nonna voleva
levargliela col fazzoletto e lei scostava via il viso. Non parlava
quasi mai e quando parlava pareva che facesse fatica, la sua voce
veniva su debole. Un giorno tornò a casa nel pomeriggio verso le
sei: era strano, di solito rientrava molto piú tardi; si chiuse a
chiave nella stanza da letto. Il ragazzo piú piccolo venne a bussare perché aveva bisogno d'un quaderno: la madre rispose da
dentro con una voce arrabbiata, che voleva dormire e la lasciassero
in pace: il ragazzo spiegò timidamente che gli serviva il quaderno;
allora venne ad aprire e aveva la faccia tutta gonfia e bagnata: il
ragazzo čapí che stava piangendo, tornò dalla nonna e disse: – La
mamma piange, – e la nonna e la zia Clementina parlarono a lungo
sottovoce tra loro, parlavano della madre ma non si capiva cosa
dicevano.

Una notte la madre non ritornò a casa. Il nonno venne molte
volte a vedere, scalzo, col cappotto sul pigiama; venne anche la
nonna e i ragazzi dormirono male, sentivano la nonna e il nonno
che camminavano per la casa, aprivano e chiudevano le finestre.
I ragazzi avevano molta paura. Poi al mattino telefonarono dalla
questura: la madre l'avevano trovata morta in un albergo, aveva
preso il veleno, aveva lasciato una lettera: andarono il nonno e la
zia Clementina, la nonna urlava, i ragazzi furono mandati al piano
di sotto da una vecchia signora che diceva continuamente: – Senza cuore, lasciare due creature cosí –. La madre la riportarono a casa. I ragazzi andarono a vederla quando l'ebbero distesa sul letto:
Diomira le aveva messo le scarpe di vernice e l'aveva vestita col
vestito di seta rossa di quando s'era sposata: era piccola, una piccola bambola morta.

Riusciva strano vedere fiori e candele nella solita stanza. Diomira e la zia Clementina e la nonna stavano inginocchiate a pregare: avevan detto che s'era preso il veleno per sbaglio, perché se
no il prete non veniva a benedirla, se sapeva che l'aveva fatto
apposta. Diomira disse ai ragazzi che la dovevano baciare: si vergognavano terribilmente e la baciarono uno dopo l'altro sulla gota
fredda. Poi ci fu il funerale, durò molto, traversarono tutta la
città e si sentivano molto stanchi: c'era anche don Vigliani, poi
c'erano tanti ragazzi della scuola e del ricreatorio. Faceva freddo,
al cimitero tirava un gran vento. Quando tornarono a casa, la

nonna si mise a piangere e a gridare davanti alla bicicletta nell'andito: perché pareva proprio di vederla quando filava via, col suo corpo libero e la sciarpa che svolazzava nel vento: don Vigliani diceva che adesso era in Paradiso, perché lui forse non sapeva che l'aveva fatto apposta, o lo sapeva e faceva finta di niente: ma i ragazzi non sapevano bene se il Paradiso c'era davvero, perché il nonno diceva di no, e la nonna diceva di sí, e la madre una volta aveva detto che non c'è il Paradiso, con gli angioletti e con la bella musica, ma da morti si va in un posto dove non si sta né bene né male, e dove non si desidera nulla, e siccome non si desidera nulla ci si riposa e si sta molto in pace.

I ragazzi andarono in campagna per qualche tempo dalla zia Clementina. Tutti erano molto buoni con loro, e li baciavano e li accarezzavano, e loro avevano molta vergogna. Non parlarono mai della madre fra loro, e neppure del signor Max; nella soffitta della zia Clementina trovarono il libro di *Saturnino Farandola* e lo lessero e trovarono che era bello. Ma il ragazzo piú grande pensava tante volte alla madre, come l'aveva vista quel giorno al caffè, con Max che le teneva le mani e con un viso cosí disteso e felice; pensava allora che forse la madre aveva preso il veleno perché Max era forse tornato in Africa per sempre. I ragazzi giocavano col cane della zia Clementina, un bel cane che si chiamava Bubi, e impararono ad arrampicarsi sugli alberi, perché prima non erano capaci. Andavano anche a fare il bagno nel fiume, ed era bello tornare la sera dalla zia Clementina e fare i cruciverba tutti insieme. I ragazzi erano molto contenti di stare dalla zia Clementina. Poi tornarono a casa dalla nonna e furono molto contenti. La nonna sedeva nella poltrona a dondolo, e voleva pulir loro le orecchie con le sue forcine. La domenica andavano al cimitero, veniva anche Diomira, compravano dei fiori e al ritorno si fermavano al bar a prendere il ponce caldo. Quando erano al cimitero, davanti alla tomba, la nonna pregava e piangeva, ma era molto difficile pensare che le tombe e le croci e il cimitero c'entrassero per qualche cosa con la madre, quella che si faceva imbrogliare dal macellaio e filava via in bicicletta, e fumava e sbagliava le strade e singhiozzava la notte. Il letto era ora molto grande per loro, e avevano un guanciale per uno. Non pensavano spesso alla madre perché faceva un po' male e vergogna pensarci. Si provavano a volte a ricordare com'era, in silenzio ciascuno per conto suo: e si trovavano a mettere insieme sempre piú faticosamente i capelli corti e ricciuti e i pesciolini neri sulla sua fronte e le labbra: metteva molta cipria gialla, questo lo ricordavano bene; a poco a poco ci fu un punto giallo, impossibile riavere la forma delle gote e del viso. Del resto adesso capivano che non l'avevano amata molto, forse anche lei non li amava molto, se li avesse amati non avrebbe preso il veleno, cosí avevano sentito che diceva Diomira e il portinaio e la signora del piano di sotto e tanta altra gente. Gli anni passavano e i ragazzi crescevano e succedevano tante cose e quel viso che non avevano molto amato svaniva per sempre.

Rimasi lontana dai miei figli per un certo tempo. Erano al mare con mia sorella e mia madre, io ero in città, mia madre era arrabbiata con me perché non mi facevo vedere e scrivevo di rado. Adducevo impegni di lavoro, in verità inesistenti. Abitavo in una pensione dove c'era una portinaia che puzzava, l'odore del suo corpo e del suo vestito s'erano alzati con grande violenza nelle giornate calde. Andavo ogni giorno in ufficio ma lavoravo poco, piú che altro andavo in ufficio per fingere d'essere un uomo, ero stanca d'essere una donna. Ciascuno si diverte a sostenere una parte non sua per un certo tempo, io giocavo ad essere un uomo, sedevo al grande tavolo lurido dell'ufficio e mangiavo in un'osteria, oziavo per le strade e nei caffè con amici ed amiche, rientravo tardi la sera. Mi stupivo a pensare com'era stata diversa la mia vita una volta, quando cullavo i miei bambini e cucinavo e lavavo, pensavo come c'è sempre tanti modi di vivere, e ognuno può fare di se stesso esseri sempre nuovi, magari anche nemici l'uno all'altro. Ma poi anche quella parte che recitavo finí con l'annoiarmi, seguitavo a fare la stessa vita senza piú provarci alcun piacere. Ma al mare da mia madre non volevo andare, volevo star lontana dai bambini e star sola: mi pareva che non potevo mostrarmi ai bambini cosí com'ero adesso, con quella ripugnanza nel cuore, mi pareva che avrei avuto ripugnanza anche di loro se li avessi veduti. Tante volte pensavo che ero come gli elefanti che si nascondono per morire. Si nascondono per morire, cercano lungamente nella giungla un luogo riparato e folto d'alberi, per nascondervi la vergogna del loro grande corpo stanco che muore. Era estate, l'estate era calda, avvampante nella grande città, e quando percorrevo in bicicletta il viale asfaltato sotto gli alberi, un senso di repulsione e d'amore insieme mi contraeva il cuore per ogni strada, per ogni casa di quella città, e nascevano ricordi di varia natura, scottanti come il sole, mentre fuggivo scampanellando. Giovanna mi aspettava in un caffè la sera quando uscivo dall'ufficio, e io sedevo al tavolo al suo fianco, le mostravo le lettere di mia madre. Lei lo sapeva che volevo morire, e per questo non avevamo piú molte cose da dirci, ma stavamo sedute una davanti all'altra a fumare, soffiando via il fumo dalle labbra chiuse. Io volevo morire per un uomo, ma poi anche per tante altre cose, perché dovevo del denaro a mia madre, e perché la portinaia della pensione puzzava, e perché l'estate era calda, avvampante, nella città piena di ricordi e di strade, e perché pensavo che cosí com'ero non potevo giovare a nessuno.

I miei figli cosí come un giorno avevano perduto il padre, avrebbero perduto anche la madre ma non aveva una grande importanza, perché la ripugnanza e la vergogna ci assalgono a un certo istante della nostra vita, e nessuno ha il potere di aiutarci allora. Fu nel pomeriggio di una domenica, avevo comperato del sonnifero in una farmacia. Camminai tutto il giorno nella città vuota, pensando a me e ai miei figli. A poco a poco andavo perdendo coscienza della loro età infantile, il timbro delle loro voci puerili s'era spento dentro di me; dissi loro ogni cosa, del sonnifero e degli elefanti, della portinaia della pensione e di quello che dovevan fare da uomini, come dovevan fare per difendersi da quello che avviene. Ma ad un tratto li rividi come li avevo visti l'ultima volta, seduti in terra a giocare ai birilli. E l'eco dei pensieri e delle parole mi risuonò nel silenzio, restai stupita a guardare com'ero sola, sola e libera nella città vuota, col potere di fare a me stessa tutto il male che avessi voluto. Rientrai e presi il sonnifero, sciolsi tutte le pastiglie del tubetto in un bicchiere di acqua, non capivo bene se volevo dormire molto a lungo o morire. Al mattino venne la portinaia della pensione, mi trovò che dormivo e dopo un poco andò a chiamare un medico. Rimasi a letto una settimana, e Giovanna veniva ogni giorno e mi portava degli aranci e del ghiaccio. Io le dicevo che non deve vivere chi gli è nata una ripugnanza nel cuore, e lei fumava zitta e mi guardava, soffiando via il fumo dalle labbra chiuse. Venivano anche altri amici, e ognuno mi diceva il suo pensiero, ognuno mi voleva insegnare cosa dovevo fare adesso. Ma io dicevo che non deve vivere chi gli è nata una ripugnanza nel cuore. Giovanna mi disse di andarmene da quella pensione e di andare a

stare da lei. Viveva sola con una ragazza danese che girava scalza
per le stanze. Adesso non avevo piú voglia di morire, ma non avevo voglia neppure di vivere, e oziavo in ufficio o per le strade, con
amici ed amiche, persone che volevano insegnarmi in che modo mi
dovevo salvare. Giovanna s'infilava al mattino un accappatoio color prugna, si scostava i capelli dalla fronte e mi gettava uno sdegnoso saluto. Al mattino la ragazza danese entrava in camera scalza, e si metteva a scrivere a macchina tutti i sogni che aveva fatto.
Una notte sognò che prendeva una scure e ammazzava suo padre e
sua madre. Eppure lei voleva molto bene a suo padre e a sua madre. L'aspettavano a Copenaghen ma lei non voleva tornare, perché diceva che dobbiamo vivere lontani dalle nostre radici. Ci leggeva ad alta voce le lettere di sua madre. Giovanna sua madre era
morta e lei era arrivata troppo tardi per vederla morire, quando viveva s'erano provate inutilmente a discorrere insieme. Io dicevo
che la madre serve soltanto ai bambini quando sono piccoli, per al-
lattarli e cullarli, ma dopo non serve piú a niente e ci si prova inva-
no a parlare. Non si possono dire nemmeno le cose piú semplici, e
allora come può venire in aiuto? è anzi un peso quel silenzio che
nasce quando si prova a discorrere insieme. Dicevo che io ai miei
figli non gli servivo piú a niente, perché ormai non avevano piú bisogno d'essere allattati e cullati, ragazzetti con le ginocchia sudice
e le toppe ai calzoni, e neppure erano abbastanza grandi perché si
potesse provare a discorrere insieme. Ma Giovanna diceva che c'è
un solo modo bello di vivere, ed è salire in treno e partire per qualche paese lontano, magari di notte. Aveva in casa tutto quello che
occorre per andare in viaggio, aveva tanti thermos e tante valige di
tutte le sorte, e perfino un sacchetto per vomitare quando si va in
aeroplano. La ragazza danese mi diceva che dovevo scrivere i sogni, perché i sogni ci dicono quello che dobbiamo fare, e mi diceva che dovevo ripensare alla mia infanzia e parlarne, perché nella
nostra infanzia è nascosto il segreto di quello che noi siamo. Ma la
mia infanzia mi sembrava ormai cosí remota e lontana, e remoto il
volto di mia madre, ed ero stanca di pensare tanto a me stessa, avevo voglia di guardare gli altri e capire com'ero. Cosí ripresi a guardare la gente mentre oziavo nei caffè e per le strade, uomini e donne con i loro figli, forse qualcuno aveva avuto una volta quella ripugnanza nel cuore, poi era passato il tempo e l'aveva dimentica-

to. Forse qualcuno aveva aspettato inutilmente una volta sull'angolo d'una strada, o qualcuno aveva camminato per tutto un giorno in silenzio nella città polverosa, o qualcuno guardava il volto di un morto e gli chiedeva perdono. Un giorno ricevetti una lettera di mia madre, che mi diceva che i bambini avevano la scarlattina. Allora l'antica angoscia materna mi paralizzò il cuore. Presi il treno e partii. Giovanna venne con me alla stazione, e fiutava con desiderio l'odore dei treni, scostandosi i capelli dalla fronte col suo sorriso sdegnoso.

Con la fronte apoggiata al vetro io guardavo la città allontanarsi, priva d'ogni malefico potere ormai, fredda ed innocua come la brace spenta. L'antica nota angoscia materna tumultuava dentro di me col fragore del treno, travolgendo come un turbine la ragazza danese, Giovanna, la portinaia della pensione, il sonnifero e gli elefanti, mentre mi domandavo con meraviglia come avessi potuto interessarmi di cose tanto futili per tutta un'estate.

*Cronologia della vita e delle opere
di Natalia Ginzburg*

1916 Nasce il 14 luglio a Palermo, da Giuseppe Levi e Lidia Tanzi, ultima di cinque fratelli. È il caso a farla nascere a Palermo: il padre, triestino, insegnava anatomia comparata all'Università di Palermo, in quegli anni; divenne, piú tardi, un biologo e un istologo di grande fama. La madre era lombarda, ed era figlia di Carlo Tanzi, avvocato socialista, amico di Turati. Figure di primo piano erano, nella famiglia, Eugenio Tanzi, psichiatra, zio della madre, il musicologo Silvio Tanzi, morto giovane, fratello della madre, e Cesare Levi, fratello del padre, critico teatrale e studioso.

1919 La famiglia Levi si trasferisce a Torino. Natalia non frequenta le elementari; studia in casa.

1927 È iscritta al Liceo-Ginnasio Vittorio Alfieri.

1935 Consegue la maturità classica e s'iscrive alla Facoltà di Lettere. Frequenta i corsi di Augusto Rostagni e Ferdinando Neri. Non si è mai laureata. Scrive e pubblica i primi racconti su «Solaria», «Il Lavoro», «Letteratura» (1934-1937).

1938 Sposa Leone Ginzburg.

1940 Segue il marito al confino – senza limite di tempo – in Abruzzo, a Pizzoli, un villaggio a quindici chilometri dall'Aquila, coi figli Carlo e Andrea. All'Aquila nasce la figlia Alessandra.

1942 Pubblica, presso la casa editrice Einaudi, il suo primo romanzo, *La strada che va in città*, con lo pseudonimo di Alessandra Tornimparte.

1943 Il 26 luglio Leone Ginzburg lascia il confino, rientra a Torino e di lí passa a Roma, dove in settembre comincia la lotta clandestina. Il primo novembre, coi tre figli, Natalia raggiunge il marito a Roma, in un alloggio di fortuna in via XXI Aprile. Il 20 novembre Leone è arrestato dalla polizia italiana nella tipografia clandestina di via Basento. È trasferito nel braccio tedesco di Regina Coeli.

1944 Il 5 febbraio Ginzburg muore nelle carceri di Regina Coeli. Dal giorno dell'arresto fino a quello della morte, Natalia non vide mai il marito. Dopo una provvisoria sistemazione nel convento delle Orsoline al Nomentano, si trasferisce coi figli a Firenze, in casa della zia materna. Liberata Firenze, ritorna a Roma in ottobre. Prende alloggio in una pensione valdese a S. Maria Maggiore, poi in casa di un'amica, nel quartiere Prati. È assunta come redattrice dalla casa editrice Einaudi.

1945 In ottobre ritorna a Torino, nella vecchia casa dei genitori in via Pallamaglio (oggi via Morgari). Continua a lavorare nella casa editrice Einaudi.

1947 Pubblica il romanzo *È stato cosí*.

1950 Sposa Gabriele Baldini, professore incaricato di Letteratura inglese a Trieste; Natalia continua a vivere a Torino.

1952 Si trasferisce a Roma col marito, chiamato dalla locale Facoltà di Magistero. Pubblica il romanzo *Tutti i nostri ieri*.

1960 Si trasferisce a Londra, dove Baldini è chiamato a dirigere l'Istituto italiano di cultura.

1961 Pubblica la raccolta di saggi *Le piccole virtú*.

1962 Pubblica il romanzo breve *Le voci della sera*. Ritorna col marito a Roma. Prende alloggio in piazza Campo Marzio.

1963 Pubblica il romanzo autobiografico *Lessico famigliare*.

1965 Scrive la commedia *Ti ho sposato per allegria*, che viene rappresentata con successo. Seguono nel 1968 *L'inserzione* e *La segretaria*.

1969 Muore a Roma, all'Ospedale S. Giacomo, Gabriele Baldini.

1970 Pubblica la raccolta di saggi *Mai devi domandarmi*.

1973 Pubblica la raccolta di commedie *Paese di mare* e il romanzo, metà narrativo e metà epistolare, *Caro Michele*.

1974 Pubblica la raccolta di saggi e di articoli *Vita immaginaria*.

1977 Pubblica, col titolo *Famiglia*, due racconti lunghi, *Famiglia* e *Borghesia*.

1983 Pubblica la ricerca storico-epistolare *La famiglia Manzoni*. È eletta deputata alla Camera nel gruppo degli Indipendenti di sinistra.

1984 Pubblica il romanzo epistolare *La città e la casa*.

1990 Pubblica il saggio *Serena Cruz o la vera giustizia*.

1991 Muore nella sua casa di Roma durante la notte tra il 6 e il 7 ottobre.

Indice

Stampato da Mondadori Printing S.p.A.
presso lo Stabilimento N.S.M., Cles (Trento)

C.L. 17680

Edizione										Anno			
9	10	11	12	13	14					2005	2006	2007	2008 9